Souviens-toi de Sarah

Page COMANN

Souviens-toi de Sarah

M+ ÉDITIONS
5, place Puvis de Chavannes
69006 Lyon
mpluseditions.fr

Composition Marc DUTEIL
ISBN 978-2-38211-068-3

1

Journal de Sarah

Samedi 17 mars 2012 – Stockton-on-the-Bridge

Je m'appelle Sarah. Au fil des jours, j'ai consigné le secret de mes solitudes, de mes tourments et de mes peurs dans le refuge de plusieurs carnets bleus. Ma confession couvre quelques années de ma vie, de rares instants de joie et beaucoup de moments terribles.

Je suis ici, blottie entre ces phrases, au milieu de mes fragiles victoires et de mes nombreux chagrins. Ceux de la violence des hommes et de leurs désirs carnassiers. Ceux de mes mauvaises rencontres et de mon inconscience. J'ai osé me réchauffer à des feux qui n'étaient que les brasiers du diable, et j'ai brûlé vive. Toute mon histoire est là, dans ces pages à l'écriture trop appliquée, dans ce récit qui pourrait paraître mensonger.

Pourtant, je n'ai rien exagéré. Partout, le parfum aigre de la mort me suit, c'est vrai.

J'ai tué, je le confesse. Pour m'accrocher à l'espoir du bonheur autant que pour me venger. La tête froide et la main sûre avec, chevillée au plus profond de mon être, la certitude de faire acte de rédemption. Chacun jugera. Qu'importe le réquisitoire, j'accepterai la sentence, car le seul verdict qui compte à mes yeux est celui que j'ai déjà prononcé à mon encontre.

Ce qui est passé ne peut être changé.

Si un Dieu existe, où qu'il soit, quel qu'il soit, il comprendra mes fautes et mon incapacité à agir autrement. Mon âme ne voulait pas se reconnaître à travers ces tragédies-là. Trop tard. Sa fracture ne s'est jamais consolidée, même si l'instinct de conservation a permis à mon corps de survivre à ses blessures.

« Relève-toi ! » est devenu pour moi une injonction capitale.

Dieu, encore lui, me reprochera peut-être l'effet dévastateur de mes errements. De toute façon, ses Enfers ne peuvent être plus sévères que la vie qu'Il a décidée pour moi et que j'ai subie toutes ces années. Sans le mal, le bien n'est qu'une idée abstraite. Dès lors, pourquoi me punirait-il après m'avoir accordé le droit de choisir entre les deux ? Je n'ai eu que la violence pour m'extraire de celle dont il m'a accablée, de ces gens abjects, en embuscade sur mon chemin. Ses propres serviteurs, bien souvent, devenus mes bourreaux.

S'il est lu, j'espère que ce témoignage détruira la vie de ceux qui s'y reconnaîtront. Ça ne serait que justice. Quelqu'un me croira et les traquera jusqu'à l'hallali, comme de vulgaires gibiers de potence. C'est ce qu'ils sont, malgré leurs titres et leurs charges, les ors de leurs châteaux, les enluminures de leurs recueils pervers et les autels secrets des théâtres de leurs offenses.

À consigner sa vie dans un journal intime, la tentation est grande d'habiller la vérité d'un peu de mensonge. C'est la facilité. Peut-être pour paraître moins friable, plus présentable aux yeux de ceux qui en tourneront les pages. J'ai relu maintes fois ce journal avant de me décider. Je l'ai corrigé, amendé. Avec le temps, j'ai réécrit certains passages et déchiré de nombreuses pages. La confession initiale est peut-être devenue moins fougueuse, moins spontanée, mais je n'ai rien changé de ce que j'ai subi ni de ce que j'ai fait. Les noms et les lieux sont là. Les faux espoirs, les outrages, les crimes et leurs conséquences aussi.

Toi qui liras ces lignes, souviens-toi de Sarah.

2

Londres-Sandwood publishing house.
Où une éditrice reçoit un manuscrit…

Diane pousse la porte de son bureau et découvre qu'Ashley est déjà là, à feuilleter un manuscrit. L'enveloppe de papier kraft est posée sur la pile de celles reçues ce jour.

– Tu lis mon courrier, maintenant ?

– Tu arrives en retard à nos rendez-vous, maintenant ?

– Désolée Ashley, mais ce mardi inconsistant et pluvieux a commencé comme un mardi inconsistant et pluvieux. Thé renversé, flaque éclaboussée, parapluie retroussé. J'ai taché mon corsage, noyé mes escarpins et mon brushing n'est plus qu'un mauvais soufflé. Je hais l'Angleterre. Je déteste son insipide Earl Grey, sa météo et ses trottoirs. Je n'aime plus rien pour toute la journée, je te préviens !

Elle s'ébroue, remet de l'ordre dans ses cheveux, lisse sa jupe de ses mains manucurées et se défait de ses chaussures qu'elle envoie balader du bout des pieds, jusque sous le radiateur en fonte.

– Alors, attends demain pour lire ce texte, dit Ashley en se levant, ce serait dommage de ne pas l'apprécier à cause d'une journée qui commence mal.

Elles s'embrassent et Diane passe de l'autre côté de son bureau.

– Quoi, c'est si bon que ça pour mériter un compliment de la grande Ashley Royce ?

– Je n'ai parcouru que quelques paragraphes, mais le début est prometteur. Qui a écrit ça ?

– Comment veux-tu que je le sache ? répond Diane en se laissant choir dans son fauteuil. Encore une soumission spontanée, je suppose.

Elle tire à elle le manuscrit, en feuillette les premières pages, et s'étonne de ne trouver ni lettre de présentation, ni nom d'auteur. Elle vérifie que les coordonnées ne figurent pas à la fin du texte, puis fouille dans l'enveloppe.

– Ça vient d'où ? s'énerve-t-elle en cherchant le cachet postal. Stockton ! Tu connais Stockton, toi ?

Ashley se contente de hausser les épaules. Diane range le manuscrit dans son enveloppe et le garde quelques instants en main.

– Tu me conseilles vraiment de le lire ?

– Pourquoi, tu ne lis pas tout ce que tu reçois ?

– Pas les envois spontanés. Des lectrices les filtrent et ils n'arrivent sur mon bureau qu'accompagnés d'une fiche d'analyse.

– Seigneur Dieu, s'exclame Ashley, comment ai-je pu passer à travers ces herses et ces tamis !

– Tu n'y es pas passée, corrige Diane. N'oublie pas que j'ai refusé ton premier roman.

– Comment pourrais-je l'oublier, très chère éditrice ? Avoir édité les dix-sept suivants ne te rachètera jamais d'avoir rejeté *Sang donné*.

Diane regarde soudain son amie dans les yeux et reste silencieuse un long moment.

– Tu n'essaierais pas de me refourguer un pseudomanuscrit anonyme pour me tester ?

Ashley rit de bon cœur en haussant les sourcils.

– Diane, crois-tu qu'à mon âge et avec mes ventes je m'amuserais à ça ? Ce texte était sur la pile de ton courrier du jour. Je n'ai fait que le feuilleter parce que tu étais en retard. Et d'ailleurs, je t'ai demandé ce rendez-vous pour une raison exactement contraire à ce que tu sous-entends.

– Contraire à quoi ? s'étonne l'éditrice.

– Je vais arrêter d'écrire.

La stupeur fige Diane qui s'adosse à son fauteuil dont le cuir soupire, lui aussi.

– Je savais bien que je n'aimerais rien de cette fichue journée !

– Je vais arrêter d'écrire quelque temps, reprend Ashley. Je suis un peu fatiguée et n'oublie pas que j'ai l'âge d'être ta mère.

– Mais tu arrêtes quoi ? Tout ? Et notre invitation en Arménie ? Erevan est nommée nouvelle capitale mondiale du livre et tu es invitée d'honneur ! C'est énorme ! Et tes lectures au pavillon anglais de l'expo internationale de Séoul ?

– Je suis désolée, mais je n'irai pas. Nous sommes en 2012, Diane. Dans un mois, ça fera vingt ans que j'écris un roman chaque année et que j'en assure la promotion. Ça fait beaucoup, tu sais, et j'ai décidé de lever le pied. Pour ça, j'ai acheté un petit quelque chose dans les Highlands.

– Seigneur Dieu ! Je redoutais cet instant depuis des années. Je sens que je vais haïr tous les mardis du monde jusqu'à la fin de ma vie. Ashley, c'est plus que d'une plume dont tu vas me priver, c'est d'une amie.

– Eh bien, fais de moi une lectrice par exemple, donne-moi des manuscrits à évaluer. Je te rapporterai mes notes et mon ressenti chaque mardi inconsistant et pluvieux qu'il te plaira. Diane, j'ai envie de profiter de la vie. Écoute, rien n'est définitif. Comme je viens de te le dire, je suis fatiguée, mais par-dessus tout, je n'aimerais pas écrire le roman de trop, tu comprends ?

– Je comprends. Tiens, dit-elle en poussant vers Ashley l'enveloppe. Tu as le job. Tu commences aujourd'hui avec celui-là, puisque tu l'as déjà attaqué.

Mais Ashley écarte doucement le manuscrit.

– Merci, mais j'ai vraiment besoin d'une pause. Lis-le, toi, et laissons passer l'été. Si je ne suis pas revenue sur ma décision, je prendrai mes fonctions de relectrice en septembre, si tu veux bien.

– D'accord, accepte Diane à contrecœur, alors allons déjeuner.

Elles se lèvent et Diane ne peut s'empêcher de serrer Ashley dans ses bras. L'étreinte sincère se prolonge. Puis Diane s'écarte et saisit soudain Ashley par les épaules.

– Tu dis être fatiguée… Est-ce que je dois m'inquiéter ?

– À partir de quand faut-il s'inquiéter de son âge ? rétorque Ashley, soudain un peu distante.

– Excuse-moi, c'était une question idiote. Os à moelle chez Blumenthal ?

– La recette de 1720 avec les escargots, le persil, les anchois et les condiments de légumes ?

– Exact : Roast Marrowbone1720, parfaitement. Et morue rôtie sauce verte sur lit de chicorée braisée !

Quand elles montent à bord du taxi, le chauffeur indien enturbanné imagine deux amies en goguette qui partent fêter un anniversaire ou une quelconque célébration sans présence masculine. Une jolie soixantaine pour la plus âgée, blonde aux yeux clairs, pommettes saillantes, se dit-il ? Une belle quarantaine pour la plus jeune aux cheveux bouclés, presque roux, et au regard pointu. Il ne se trompe pas de beaucoup.

3

Londres, quartier de Shoreditch.
Où Diane rencontre Sarah…

Télécommande en main, Diane éteint la musique. Dans la pénombre de son loft en rotonde, elle ne veut pas d'autre émotion que ce qu'elle lit et qui la surprend. La nuit entre en maraude par les six hautes fenêtres étroites. Posée sur un guéridon de bois ciré, une lampe d'ambre callipyge, coiffée d'un épais parchemin opaque, sauve de l'obscurité les feuillets éparpillés du manuscrit.

L'appartement occupe la pointe arrondie d'un immeuble rococo de Shoreditch. Tout le second étage. Proue d'un navire ancré au milieu des bâtisses sombres d'un quartier changeant. C'est son antre chaleureux, son doux refuge, son cocon loin de l'autre Londres. Lovée dans son canapé, face à la cheminée où crépite un feu, elle est bien avec Sarah et s'en étonne. Il n'a fallu que quelques pages de ce journal anonyme pour qu'une étrange alchimie se crée entre elle et cette Sarah sortie de nulle part. Cette insaisissable enfant. Cette pauvre âme. Cette gamine qu'elle imagine, dès les premiers mots, perdue et bien trop fragile pour survivre à ce que lui réserve l'Angleterre de ces années-là. Celle qui ajoute à la misère l'infortune des mal nés, dans ce royaume qui donne le change avec l'audace des minijupes de Mary Quant et les échos amplifiés de sa musique pop.

Elle ne s'attache pas à Sarah pour ce que cette fille raconte de sa vie, mais pour tout ce qu'elle ne dit pas encore et que Diane devine. Orpheline et miséreuse à quinze ans, violée et enceinte, amoureuse d'une petite frappe…

Diane en a souri au début. Du jus de malheur pour faire pleurer dans les chaumières. Elle en a lu et refusé, des confessions de ce genre ! Couchées sur des pelures d'oignon pour appeler les larmes. De la bouillie qui pique les yeux… *merci pour votre manuscrit qui a retenu toute notre attention, mais ne correspond pas à notre ligne éditoriale actuelle…*

Diane tend la main et pioche sur une table basse en verre quelques éclats de Cheddar extravieux et des grains de raisin. Elle les savoure entre deux gorgées de vin blanc. Pinot grigio Terre Magre.

Comme tant d'autres, elle non plus n'a jamais été pauvre. Juste une existence d'adolescente simple. Le seul malheur de sa vie ne l'a même pas frappée directement. Il s'est produit bien avant, dans sa toute petite enfance. La perte de ses parents, dont elle n'a aucun souvenir, et qui l'a fait renaître dans une famille aimante. Une douce période pas très loin de Manchester, juste à l'abri du besoin, à apprécier les gens et découvrir les livres.

Diane suspend son geste.

Dans la clarté du feu, son verre s'illumine d'une délicate robe de paille. Son destin lui a choisi un sentier d'herbe tendre pour la sortir des premières années de sa vie.

Mais qu'en sera-t-il pour Sarah ? Elle comprend alors ce qui l'alarme. Ce n'est ni la pauvreté, ni la misère de cette gamine, mais le nombre de mauvais coups qui semblent la guetter à la croisée de chaque chemin. En quelques pages déjà, le sort s'est appliqué contre elle, ponctuant chaque petit bonheur d'un grand malheur. Et elle n'a que quinze ans ! Elle a pourtant survécu, puisqu'elle a écrit ces pages.

Le manuscrit a été saisi sur un traitement de texte, ça ne fait aucun doute. Ce n'est certainement pas le journal intime d'origine. Le style permet également d'en douter, parfois trop littéraire pour une gamine de cet âge. Bien sûr, la valeur n'attend pas le nombre des années, Anne Frank en est la preuve, mais celui-ci… ? Repris, réécrit ? Sarah le dit elle-même dans son introduction. Inventé ? Certainement pas… Si Sarah a surmonté tous les malheurs qu'elle va raconter et que ces premiers chapitres laissent craindre, elle peut très bien avoir envoyé ce texte elle-même.

– Qui es-tu, petite Sarah et à quoi joues-tu ? Est-ce que c'est vraiment toi ? L'as-tu réellement écrit ?

Diane pose son verre et récupère l'enveloppe.

Stockton. Est-ce que Sarah habite Stockton aujourd'hui ? A-t-elle posté ce journal depuis ce village ? Attend-elle, fiévreuse, la réponse d'une éditrice ?

Elle se penche et ramasse l'ordinateur portable ouvert sur le parquet et pianote le nom de Stockton sur un moteur de recherche. Il n'existe qu'un Stockton-on-the-Bridge, en Écosse. Ses doigts courent sur le clavier pour appeler une image satellite qu'elle agrandit aussitôt. Sept maisons groupées le long d'une rivière vive qu'enjambe un pont de pierre. Cinq autres à l'écart, dans des prairies vallonnées et verdoyantes, tachetées de moutons, entre des bois sombres. Se pourrait-il que Sarah habite ce paisible hameau ? Une de ces chaumières aux murs blanchis à la chaux ? Ou une de ces autres, de briques rouges et sales, qui forment le cœur minuscule et solide du village, de part et d'autre du pont ?

– Pourquoi moi, petite Sarah ? Pour la réputation de Redwood Publishing ? Et pourquoi maintenant ?

Mais qu'importe toutes ces questions.

Après tout, peut-être que Sarah est apaisée aujourd'hui. Peut-être que ces premières pages sombres s'ouvrent dès les prochains chapitres sur une vie radieuse ?

Pourquoi pas ? Mais pourquoi Diane n'y croit-elle pas ? Dès les premières lignes, quelque chose l'a inquiétée. Les pages suivantes n'ont fait qu'amplifier ce mauvais sentiment.

Elle soupire, récupère la télécommande, et hésite. *Help* ou *Yesterday* ? Avant de comprendre que les deux chansons ne sont en fait, chacune à leur façon, qu'un même appel dans la nuit. Une nostalgie de l'âge. Elle choisit *Yesterday*, pour la longue tristesse de la mélodie et elle reprend sa lecture, saisie par l'émotion, presque gênée de pleurer parfois.

Quelle gamine ! Quelle vie ! Toutes ces traîtrises, ce monde ignoble, cette société pervertie. Plusieurs fois, elle veut arrêter, mais la voix de Sarah la supplie de ne pas renoncer. À quoi aurait servi cette courageuse confession si elle, Diane, n'avait pas la force et l'opiniâtreté de continuer ?

Et à voix basse, dans la nuit de son appartement, dans un murmure aimant, Diane répond à Sarah.

« *Je ne pleure pas de ce que tu racontes, Sarah, mais du bonheur de savoir que tu y as survécu. Je t'espère heureuse à Stockton-on-the-Bridge et je te remercie de t'être confiée à moi par ce journal. De m'avoir choisie. Je vais rester avec toi toute cette nuit, je te le promets. Nous sommes déjà amies, est-ce que tu comprends ? Je vais te lire jusqu'au dernier mot, comme la lettre de quelqu'un qu'on aime… Je veux te connaître par cœur.* »

4

Journal de Sarah

20 mars 1965-Claddaghduff-Irlande

Être née un 17 mars, une nuit de Saint-Patrick en 1950, sur la route entre Claddaghduff et Clifden, pas loin de l'église dédiée à Saint-Feichin, devrait suffire à ma fierté d'Irlandaise. Mais, si j'en crois ce que Janet O'Driscoll m'a raconté de ma naissance, je n'ai aucune raison de m'en vanter.

Je suis venue au monde sous la pluie, sur un coin d'herbe dégagé de pierres et miraculeusement épargné par la boue. J'ai glissé d'entre les jambes de ma mère jusqu'au pied d'un pieu sur lequel mon père s'était empalé. On l'a retrouvé ainsi, le visage beurré de tourbe, au milieu des débris de sa bétaillère renversée derrière un talus. Il avait bien trop bu pour prendre le volant, mais il voulait assumer jusqu'au bout son rôle de mâle responsable : conduire à l'hôpital la femme qu'il avait engrossée. Comment interdire à un ivrogne, au whiskey mauvais, de satisfaire ses délires ? Personne ne l'en empêcha. En bons chrétiens, ceux de notre village se contentèrent de prier pour maman et pour moi, pauvre petite chose arrivée sur cette terre, par une nuit de pleine lune, chez de telles gens. Née dans la tourbe, qu'ils ont dit : elle sera rousse. Et je le suis. C'est tout ce que j'ai d'Irlandais.

Nous avons été heureuses, maman et moi, avant qu'elle ne meure elle aussi. Elle était institutrice sur l'île d'Inishbofin et toutes les fins d'après-midi je cavalais jusqu'à la pointe d'Aughrus pour voir apparaître le ferry la ramenant vers moi. Notre vie n'était pas simple, mais bercée de tendresse. Le veuvage l'avait rendue belle. Quand je m'inquiétais de savoir si elle n'avait pas envie de me dénicher un nouveau père, elle éclatait de rire et m'expliquait que Dieu s'était trompé sur les hommes. *« Plus de couilles que de cœur ! »* Puis, son front se ridait, ses yeux se grisaient de mélancolie et elle me serrait contre elle en murmurant : *« Un ivrogne dans ton cœur, c'est pire qu'une vipère dans ton lit. »*

Je suis restée fille unique.

De cette période surgissent parfois des souvenirs. Le visage de maman, long et triste malgré ses sourires, déjà fatigué et pourtant si jeune. Sa fine silhouette, les bras levés pour suspendre nos draps sur les fils d'étendage, est devenue celle d'une dame blanche. Un fantôme aujourd'hui. Restent les balades sur les plages d'Omey, lessivées d'embruns, écrasées sous des nuages gorgés d'orages inventés par l'horizon. Et les heures de lecture. Obligatoires. Les yeux perdus devant ces paysages de pluies lointaines, au-delà des fenêtres, pendant qu'elle me retournait l'âme avec les classiques irlandais.

« Le Portrait de Dorian Gray », d'Oscar Wilde, m'a rasée. J'ai détesté James Joyce qui prétendait que l'épouse était le point faible du mari. Quelle arrogance de résumer l'amour entre un homme et une femme à une histoire de bouteille et de bouchon ! Seul, « Le Voyage de Gulliver » me tirait de l'ennui, surtout le périple à Brobdingnag décrivant la Chaussée des géants. Mais le soir, en cachette et pour changer d'univers, je rejoignais les horizons lointains de « Autant en emporte le vent », et je devenais Scarlett O'Hara pour m'enivrer de ses passions.

Maman s'est noyée à la Saint-Patrick, dans le lac Fawna, le jour de mes quinze ans. Elle essayait de sortir de l'eau un border collie qui s'était pris les pattes arrière dans un barbelé de barrière à moutons. C'est ce que me raconta Janet O'Driscoll, ce même jour où elle m'expliqua les circonstances de ma naissance dans la tourbe. Jamais avare d'un mensonge ou d'une méchanceté, elle me jura aussi que ce malheur était la volonté de Dieu.

Pour moi, *volonté divine* ou pas, la mort de maman a laissé un vide immense. Je ne suis pas certaine de pouvoir le combler.

J'ai pleuré. Beaucoup. Les trois jours traditionnels de la veillée mortuaire furent interminables. Et pourtant, «ils» m'ont empêchée de l'enterrer. «Les funérailles, ce n'est pas pour les enfants», décida le maire. Il se chargerait de la tombe et je pourrais venir la fleurir plus tard. C'est ce *plus tard* qui m'a poignardée. Les mots qui suivirent ajoutèrent du sel sur la plaie.

«Tu n'as plus rien à toi, il te faut un endroit pour vivre, des gens pour s'occuper de toi, un nouveau foyer, une nouvelle école. La sœur de Janet O'Driscoll est d'accord pour te prendre en charge. Tout est arrangé. Un homme attend pour t'emmener à Londres, dès la cérémonie religieuse terminée.»

Et me voilà devant ce chez-moi qui ne l'est plus, assise sur ce banc de bois où, l'été, maman me faisait la lecture. Quelqu'un a choisi mes vêtements et bouclé mes bagages. Deux valises sur le pas de la porte. La vie m'arrache à mes racines et je me perds vers la Chaussée des Géants où un Gulliver de baudruche se meurt.

Quand je reviens à la réalité, une charrette s'éloigne vers le cimetière. Sur la route qui file vers les plages d'Omey à marée basse, elle bringuebale au rythme pesant d'un vieux cheval de labour. Dessus, maman dans son cercueil recouvert d'un drap noir. Derrière, des silhouettes sombres. Les femmes du village. Les hommes sont restés au pub, le nez collé à la mousse de leurs Guinness, pour ne pas avoir à penser à qui sera le prochain.

Sur sa tombe, ne sera gravé que son nom et deux années entre les parenthèses d'une vie trop courte : Sheila Dennehie (1930-1965)

Une violente douleur me transperce soudain le ventre. L'angoisse m'étouffe. Une tristesse infinie pèse sur mes épaules. Impossible de bouger. Janet, qui a refusé de suivre le cortège funèbre, m'aide à me lever. Mais comme je m'appuie sur son bras, ses yeux se tournent vers le banc où j'étais assise.

Du sang!

Elle prend ma main et la glisse de force entre mes cuisses. Mes ongles ressortent vernis de rouge. Je vais mourir ! La mort a décidé de me faucher moi aussi. Aurai-je le temps d'être enterrée avec maman ? Mais la sentence tombe, sèche comme un coup de bâton sur la croupe d'un mouton. J'ai mes règles. « Ne me dis pas que ça ne t'est jamais arrivé ! » bougonne-t-elle, ulcérée par mon air ahuri. Je rentre à la maison pour me laver et quand je ressors, elle me désigne un inconnu qui patiente un peu plus loin.

« Tu n'as plus personne en Irlande, Sarah, ils vont s'occuper de toi en Angleterre. »

« Ici aujourd'hui, pour s'en aller demain », dit le proverbe. J'étais en Irlande, je suis partie ailleurs. Loin.

Dimanche 21 mars 1965
Départ pour Londres

L'homme, habillé de noir, la soixantaine rubiconde et bedonnante, est le beau-frère de Janet O'Driscoll. Il dit s'appeler Stephen Flitch et sa femme se prénomme Shannon. Bien qu'obligés par les circonstances, ils sont, assure-t-il, ravis de m'accueillir et de devenir ma nouvelle famille. Maman les aurait tant aidés ! Moi, elle ne m'a jamais parlé de ces deux-là.

Flitch a le regard torve d'un tricheur, les dents nicotinées et une haleine de curé malade. Je suis incapable de me souvenir du voyage en train jusqu'à Dublin mais, après avoir feint de s'intéresser à moi, il préfère m'ignorer devant le tranchant de mes réponses. Pendant la traversée qui nous emporte vers Liverpool, il se contente de fumer des cigares sur le pont arrière, absorbé par le cri des mouettes hystériques qui fouillent le sillage du ferry. Sa taille, sa moustache et son costume lui donnent l'air d'un bourgeois. Son pantalon, élimé aux cuisses et aux fesses, contredit l'analyse. Ses chaussures, sales et éculées, balaient toute forme de méprise. Ancien riche ou futur pauvre, ce n'est qu'un besogneux qui fanfaronne.

Dans le bus entre Liverpool et Londres, Flitch reste avare de mots et se contente de lire un livre écorné dont j'ai oublié le titre. De temps en temps, il lève les yeux et me sourit d'une grimace qu'il espère rassurante. Mais trop souvent, quand l'autocar chahute dans une ornière, sa cuisse s'appuie contre la mienne et sa main frôle mon genou.

Lundi 24 mai 1965
Londres – chez les Flitch

Loin des horizons d'Irlande et des îles sous le ciel immense, les Flitch habitent une maison en briques rouges sur Narrow Way. C'est dans un mauvais quartier d'East End, entre la Tamise au sud, le canal de Limehouse Ship Lock à l'ouest et le terrain abandonné de Ropemakers Fields à l'est.

Shannon m'accueille de toute sa compassion et de sa bonté religieuse et n'exige de moi, en échange de son hospitalité chrétienne, que des obligations paroissiales et ménagères. Stephen, malgré ses simagrées de bourgeois généreux, confirme son statut de fourbe profiteur. Très vite, il cherche une récompense à mon hébergement et s'octroie quelques effleurements en retour.

Au début.

Mais entre-temps, j'ai découvert Ropemarkers, l'ancien quartier des cordiers, dont le bel ouvrage retenait à quai les grands paquebots ou soulageait les pauvres pendus du poids de leur existence. Moi, je me fiche des cordages, des drisses et autres gibets. Aujourd'hui, les chômeurs sont les maîtres des lieux. La tiédeur ambrée des pintes leur permet d'en oublier la laideur et la médiocrité.

C'est dans un pub de Ropemakers que je rencontre Ritchie. Son regard gris de petite frappe insolente, son sourire de chat, sa main sur ma taille pour m'offrir un verre, tout me bouleverse. Encore une cigarette, une bière. « *Please, Please Me* », l'album initial des Beatles avec « *I Saw Her Standing There* », en titre numéro un. Ritchie approche ses lèvres. Je suis là, debout devant lui, et je fonds. « *Misery, Anna, Ask Me Why, Love Me do* »...

C'est à Ropemarkers Fields qu'est enterré mon pucelage.

En dehors de Ritchie, très vite, les jours mornes se succèdent. Mes cours à l'école anglicane aussi, ponctués de plus de mots d'absences que de bonnes notes. Je suis la faussaire attitrée des Flitch. L'imitation de leurs signatures est devenue ma spécialité.

Vivre chez eux m'étouffe. Tout y est triste, petit, sombre, étriqué. Et surtout, désespérément prévisible, réglé comme le papier d'une mauvaise rengaine. À table, ils n'échangent que des banalités, entrecoupées de silences interminables amplifiés par le cliquetis des couverts. J'invente la moindre raison pour échapper à ce rituel. Surtout celui du soir. Un insupportable concert de succion sous une maigre lumière de pingres.

Pour oublier, j'essaie d'écrire le plus souvent possible. C'est pas facile. Sarah par ici, Sarah par là... Il y a toujours quelqu'un pour me demander quelque chose. Comme les jours et les semaines, les mots défilent, englués dans l'ordinaire.

Shannon, en grenouille de bénitier, m'impose d'assister à deux offices hebdomadaires, l'un à Christ Church, l'autre à Saint-Anne's Limehouse. Ensuite, après une visite au cimetière où sont enterrés ses parents, nous nous occupons des abandonnés de Spitafields, à l'ancienne mission des marins. Elle les appelle les « pauvres », mais c'est pire, ce sont des miséreux. Ils sont de plus en plus nombreux, partout, sous les porches, dans les ruines des usines, à deux familles lestées de gamins dans un deux-pièces. Des jaunes, des noirs, des Indiens, des Irlandais. Depuis la réunion des arrondissements, sous le nom pompeux de Tower Hamlets, j'ai le sentiment qu'on leur a donné de faux espoirs, juste pour les pousser à s'échouer là.

Après l'heure des cours, auxquels je n'assiste presque plus, j'ai inventé le mensonge d'un petit boulot de repasseuse sur Dockland pour rejoindre Ritchie. La vraie raison est surtout d'éviter de me retrouver seule avec Stephen Flitch, l'adipeux époux. Je sais qu'il boit et fume beaucoup à m'attendre. Même s'il n'hésite pas à lever le coude, cet homme-là n'a pas dû enfoncer le moindre clou dans sa vie. Pourtant, sans tutoyer l'excès, l'argent ne manque pas dans cette tanière de radins. Le pactole provient de l'héritage des beaux-parents, pas du labeur de leur fainéant de gendre. D'où la visite au cimetière pour fleurir leur tombe.

Flitch est un pervers. La nuit, je ferme ma chambre à clé. Pour éviter de le croiser, j'attends minuit avant de rentrer. Après, il est souvent ivre. Avec Ritchie, je patiente dans la chaleur d'un pub en sirotant des bières, les yeux piqués par la fumée des cigarettes. Soirée pinte-Beatles. Le succès de ces quatre gars de Liverpool prend de l'ampleur. Les garçons se coiffent et s'habillent à leur façon. Le *Beatles Monthly* se vend comme des petits pains. Dès sa sortie, chaque numéro du magazine s'arrache. Je les ai tous. Ritchie a du mal à comprendre cet engouement. Lui, il est plutôt Who ou Yard Birds. Il dit que les Beatles sont des pédés. Il leur préfère les Stones.

Je suis presque heureuse grâce à Ritchie, mais je suppose que quelqu'un, quelque part, tient les comptes de nos vies, prend plaisir à remettre les pendules à l'heure et s'arrange pour que ce qui doit arriver devienne réalité.

Dimanche 22 août 1965
Londres – réfugiée chez Ritchie

C'est une nuit de fin d'août. Le goudron des rues transpire la chaleur de la journée. La pluie a quitté Londres depuis plus d'une semaine et, pendant l'avant-match, la bière monte à la tête des énervés. Ce soir, c'est une rencontre sans enjeu entre West Ham et Millwall. Mais un derby n'a jamais rien d'amical. « C'est un affrontement et ça se gagne » , me hurle Ritchie dans les oreilles. Upton Park est plein comme une bombe. Les chants guerriers dégringolent en cascades et se répondent d'une tribune à l'autre. Ritchie m'explique que la concurrence entre deux compagnies de ferblantiers est à l'origine de cette rivalité devenue haineuse entre les deux équipes. Heureusement, dit-il, la Tamise nous sépare. Lui, son club, sa vie, c'est West Ham. «On va les bouffer, on va se les faire jusqu'au bout, ces tantouses ! ». Il a déjà trop bu. Ils ont tous déjà trop bu. Les hordes de hooligans s'organisent. Chaînes de chantier, barres de fer, coup-de-poing américain, tout est prêt pour en découdre.

Une peur panique m'envahit. Cette sourde explosion de violence me liquéfie. Tout mon être me hurle de déguerpir le plus vite et le plus loin possible de ce stade.

Récupérer mon vélo et rentrer chez les Flitch.

Tout est éteint. Shannon assiste à une soirée caritative et ne sera pas là avant des heures. Son alcoolique de mari doit cuver son *Four Roses,* avachi dans son fauteuil aux accoudoirs élimés. Les lampadaires en enfilade éclairent les briques des maisons et décorent l'impasse d'un semblant de merveilleux. Une chanson filtre d'une fenêtre voisine. J'appuie ma bicyclette contre le mur, intriguée. Je reconnais les Beatles, mais pas l'album. C'est Lennon qui chante. *Help* ! Je me fige. La musique s'arrête. Le silence s'installe et le bourdonnement des quais de Limehouse reprend sa place. Puis, un accord de guitare et c'est la voix de McCartney.

Yesterday…

Les violons s'en mêlent. Un choc. Je reçois cette mélodie en plein cœur. Elle me fauche, m'anesthésie, me vide de toute substance. Cette mélancolie dans la nuit. Ces regrets et ces remords. Je suffoque devant tant d'abandons magnifiques. Je succombe. Je me laisse glisser contre la porte d'entrée, jusqu'à tomber les fesses par terre, étonnée de mon propre renoncement.

Yesterday, ce sont les plages d'Irlande qui défilent. Maman. Une brutale envie d'arrêter le temps me serre la gorge. Comment rembobiner le cours des jours, recommencer à zéro ? Cette mélodie inattendue, ces paroles inespérées, me persuadent que c'est sans doute possible. Mon cœur frappe comme un poing. Je visite un lieu dans ma mémoire. Un lac plus plat qu'une dalle ardoisée vers lequel descend un pré bossué. Des bosquets d'ajoncs. Des haies de fuchsias et de rhododendrons. Là-bas, maman avance sur un sentier pierreux, à travers les tourbières. Elle a vu un border collie qui se noie…

La porte s'ouvre brusquement et je bascule en arrière. Une poigne de fer me saisit par les cheveux et me tire vers le couloir. Je sais qui c'est et je comprends vite ce qu'il veut. Je cherche à me redresser pour l'affronter mais deux gifles m'étourdissent. Le sol chavire, il me traîne encore sur le dos. Je ne peux que donner des coups de pied aux étoiles avant que la porte ne se referme. Et aussitôt, dans le couloir éteint, l'haleine fétide de Flitch me murmure des insanités puantes au visage. Son corps flasque s'étale sur moi. Il retrousse ma minijupe et fourre sa main droite entre mes cuisses jusqu'à ce que ses doigts me pénètrent. Sa gauche relève mon soutien-gorge. Il écrase et griffe mes petits seins avant de m'étouffer de tout son poids. Mon cri n'est plus qu'un gémissement entre ses lèvres qui me bâillonnent.

Dehors, *Yesterday* s'épuise. Dedans, moi aussi.

Alors il défouraille son sexe raide et gonflé de veines. D'un mouvement de reins brutal, il s'enfonce dans mon ventre. Trois coups de boutoir. Un râle de plaisir. Un autre de colère d'en avoir déjà fini. La haine et le mépris déforment aussitôt son visage. Je suis une salope de l'avoir fait jouir trop vite. Je suis une putain qui ne mérite même pas qu'on la paye. Je lui dois d'être baisée parce qu'il m'héberge. Je devrais avoir honte de ce que je le force à faire avec mon cul à l'air et ma chatte qui mouille. Et si jamais je brise le cœur de Shannon en lui racontant des mensonges, la prochaine fois, il me tuera après m'avoir défoncée de toute part. Il prétend être possédé par le diable, mais c'est faux. Il sait exactement ce qu'il fait et ce qu'il dit.

Maintenant que c'est terminé, je n'ai plus que ma colère à lui cracher au visage. Aussitôt, une lueur de vengeance brille dans ses yeux. Pour m'humilier un peu plus, Flitch promène son membre dégoulinant de sperme et de mauvaises odeurs sur mes joues et sur mes paupières. Sa folie l'excite. Je sais ce qu'il cherche. Je secoue la tête pour lui échapper. Il me frappe. Je serre les dents. Sa poigne écrase mes mâchoires pour me forcer à ouvrir la bouche. Son truc immonde s'enfonce jusqu'au fond de ma gorge.

Alors je le mords avec la férocité d'un fox-terrier.

Je crois que son coup de poing me tue. Quand il s'abat sur ma tempe, une douleur me transperce.

Puis je reviens à l'horreur qui m'entoure dans les hurlements de Flitch. La minuterie du couloir ne cesse de claquer, de s'allumer et de s'éteindre sur une flaque de sang. Les voisins dans la rue, alignés derrière une rubalise, sont des personnages inventés pour les besoins du décor, en pantoufles et robe de chambre, éclairés par les flashs bleutés des gyrophares de la police et ceux de l'ambulance.

Shannon Flitch est là, elle aussi, pétrifiée dans un cri muet, les yeux exorbités par l'horreur qu'elle découvre, incapable de prononcer un mot. Tout son être vacille. Sa compassion chrétienne vient d'atteindre ses limites. C'est moi qui la dégoûte et elle me lorgne comme le crachat d'un sans-abri. Malgré la couverture sur mes épaules et la chaleur du trottoir, je claque des dents. J'ai perdu une de mes chaussures.

Ma deuxième famille aussi.

Lundi 20 décembre 1965
La fin de notre folle vie à Londres

Ma troisième famille, je la bricole avec Ritchie. Sans doute pas assez courageuse pour déclencher une vengeance, je ne lui ai jamais parlé du viol. Dans mes rêves les plus téméraires, j'espérais que l'automne se chargerait de gommer le drame, mais on est début décembre et le cauchemar remonte toujours à la surface.

Surtout quand j'ai trop bu.

C'est une période folle. Avec Ritchie, la passion est un curieux mélange d'eau de rose et de vitriol. Une succession de bouderies et de réconciliations. On fait n'importe quoi, tout ce qui nous passe par la tête, à condition que ça fasse grimper l'adrénaline. J'apprends à conduire et même à crocheter les serrures. Je suis plutôt adroite à ce jeu-là. Ritchie me ment souvent, mais je m'en fiche, il sait mentir de façon si sensuelle !

Ses amis, les jumeaux Kray, lui ont déniché une maison en préfabriqué dans les terrains abandonnés de Bethnal Green. Ici, dans ce coin de l'East End, écrasé sous les bombes pendant la Seconde Guerre, les bungalows ont poussé comme des champignons. Jardins potagers, clôtures peintes à l'huile de vidange pour ne pas moisir sous la pluie londonienne, ce ghetto est devenu au fil du temps l'Eden des voyous, des petites frappes et des traîne-savates. On y déniche n'importe quoi. Ritchie s'est spécialisé dans les magnétophones à bandes, largeur de 18 mm avec deux sens d'enregistrement. De l'hébreu pour moi.

L'argent n'a pas d'odeur, et Ritchie le prend là où il le trouve. Nous n'en manquons pas. Les fins de semaine, nous le gaspillons à l'ouest de Londres, de King's Road à Carnaby Street, où quelques pâtés de maisons abritent ce que les journaux appellent une révolution musicale et culturelle. Pour nous, ce sont juste des boutiques où brûlent les billets de nos envies. Minijupes et ceintures serties de diamants de pacotille, chemises à jabots et pantalons bariolés. Nous évitons les galeries d'art mais nous fréquentons les pubs transformés en salle de concerts improvisés. Tout est possible. Croiser Jagger ou Donovan, Twiggy ou Marianne Faithfull. L'autre soir, nous sommes tombés sur Brian Jones et Hendrix.

On se balade, on rentre faire l'amour, on fume n'importe quoi. On a le sentiment de vivre libre, de s'amuser et de se ficher de tout. Nos disputes, simulées ou non, ne sont qu'un prétexte pour terminer sous l'édredon. Plaisir des sens. Orgasmes indescriptibles. Feux d'artifice allumés par deux dépravés.

Mais la folie, ça se paye. Toujours.

Ritchie traîne trop souvent avec les frères Kray. Ces types portent en eux les stigmates du malheur. Ronnie surtout. Le gars avoue lui-même qu'il est un vrai paranoïaque à tendance schizophrène. Son double, Reggie, est moins atteint, mais plus cruel, plus violent. À eux deux, ils règnent sur l'East End à coups de lames de rasoir. Tout est à eux : Aldgate, West Ham, Limehouse, Hackney et les docks. Leurs désirs, toujours rémunérés, sont des ordres.

Et d'un seul coup, tout dérape. C'est le soir de la Saint-Nicolas. Une sortie normale, ni plus fumeuse, ni plus alcoolisée que les autres. Le pub est bondé. À la table des Kray, trois types austères et deux filles tirées du ruisseau. Je suis avec Ritchie, à côté du bar. Bière à volonté. La musique et l'herbe sont bonnes mais, au milieu de ce moment de liberté, un énergumène décide de parler politique. Il clame haut et fort que les voyous sont des fascistes et je ne sais même pas ce que ça veut dire. Qu'ils sont les suppôts des grands argentiers et je comprends encore moins ! Que les prolétaires devraient se débarrasser d'eux, autant que du capitalisme !

Le freluquet lève sa pinte en insultant la table des jumeaux. Sa chemise est ouverte comme celle d'un révolutionnaire, mais il a le torse glabre et la poitrine creuse d'un type ficelé contre un poteau d'exécution. Une femme l'accompagne et tente de le calmer. Son visage est empreint d'une tumultueuse panique. À cet instant, je revois maman quand elle s'inquiétait pour moi. Dans le pub, le ton monte encore. Son homme la repousse, insiste et vocifère en désignant les frères Kray. Ce travailliste en herbe n'aurait pas dû. Il termine la soirée aux urgences, le crâne fendu par le cendrier de Reggie. Pour ne pas être en reste, son jumeau lui lacère la poitrine avant de se pencher vers Ritchie.

– Nous, on peut pas. On a un sursis au cul, alors tu assumes ce bordel. On saura te récompenser, dit-il en refermant son rasoir et en le glissant dans la poche de Ritchie.

Et ça me glace le sang.

Help !

Flagrant délit. Ce soir-là, *The Swinging London* nous présente la facture de la vie facile. Le lendemain, personne n'est dupe. Ni la police, ni le juge, ni les jurés. Comparution immédiate. Audience bâclée et erreur judiciaire. Le verdict tombe. Ritchie prend six mois. Deux en détention à la maison d'arrêt de Brixton et quatre à Wandsworth.

Ça ne va pas être facile de passer Noël toute seule.

Lundi 14 février 1966
Londres – Prison de Wandsworth

Brixton est un endroit sordide. Isolement et surpopulation carcérale, des détenus politiques et des détraqués en tous genres, un vrai cloaque de misère et de vices. Ritchie dit qu'il connaît du monde et que personne ne lui cherche des noises, mais quand je lui rends visite, je comprends qu'il ne maîtrise rien. Surtout pas les coups qu'il ramasse. Sa haine d'être là le gangrène. Ses phrases, toujours les mêmes, sont maculées de violence et d'envie d'en découdre. Il me regarde à peine. Tant mieux. Il ne s'aperçoit de rien.

Le lundi suivant son transfert à Wandsworth, pour la Saint-Valentin, je reviens le voir. C'est un matin humide et sale de février. En entrant dans le parloir, je me sens épiée. D'autres détenus chuchotent avec leurs femmes. Attelages de vies ratées, figures de raves blêmes. J'avance, sans me préoccuper d'eux. Ritchie est là. Son œil droit est rouge et enflé. Il me fixe, appuie ses mains sur la table qui nous sépare et regarde mon ventre. C'est à cet instant précis qu'il comprend : « De combien ? » me demande-t-il. « Six mois », je murmure en lorgnant mes chaussures. Je lui jure que je ne m'en suis aperçue qu'au bout de… je ne sais plus ! Personne ne s'en est rendu compte. En plus, je n'avais même pas de ventre. Je voulais tout lui dire, mais avec sa préventive et son procès, ce n'était pas vraiment le moment. Après la condamnation, les douze semaines à Brixton, le transfert… Mais là, c'est la Saint-Valentin, alors j'ai pensé que…

L'incrédulité glace son regard de chat. Il encaisse comme s'il recevait un sac de ciment sur les épaules. L'espace de quelques secondes, j'imagine que le regret de ne pas être avec moi pour vivre ma grossesse le bouleverse. « Débrouille-toi pour te débarrasser de ce polichinelle » qu'il me dit. Cette phrase me tétanise. Celle qu'il ajoute me crucifie. « À tous les coups, c'est même pas moi le père de ce môme. » Il tourne les talons et hèle un gardien pour regagner sa cellule. Peut-être a-t-il raison de m'en vouloir. L'ombre de Flitch, l'haleine chargée de bourbon, hante le parloir. En face de moi, une chaise vide et un désert d'angoisse.

Retour en arrière, comme sur un magnétophone. Une chanson merveilleuse filtre d'une fenêtre et descend dans l'impasse.

Yesterday !

Un mirage ? Je suis devant la porte des Flitch. J'ai dans la tête les voix d'une foule compacte qui s'entremêlent. La clameur monte et, au milieu, maman hurle mon prénom et me crie de m'en aller. De fuir. Vite. Plus vite.

D'écrire.

Alors, j'écris. Partout. Devant la prison, sur le parking en attendant le bus, tant j'ai besoin de me confier à quelqu'un pour m'apaiser. Je n'ai personne, alors je parle à voix haute et noircis des pages entières. C'est incroyable tous ces sentiments qui se succèdent. Depuis quelques semaines, je n'ai que de sales souvenirs à consigner dans le carnet de ma vie. Chaque feuillet est le récit d'une désillusion ou d'un inévitable échec.

Mon ventre bouge, je me sens mal.

Jeudi 17 mars 1966
Londres – quartier de Ropemarkers

C'est mon anniversaire et celui de la mort de maman, et je suis seule dans notre bungalow de Ropemarkers. Tout ce qui précède est le résumé d'une période que j'aimerais ne jamais avoir vécue. Depuis le viol, presque huit mois, et les semaines s'étirent sans jamais finir. La solitude est le fardeau de l'âme, disait maman. Elle avait raison.

Après mon unique passage à Wandsworth, je n'ai pas eu le courage de retourner voir Ritchie. D'après l'aumônier de la prison, le Père Patrick, qui a eu la gentillesse de me donner de ses nouvelles, il ne décolère pas de me savoir enceinte. Depuis cette sinistre Saint-Valentin, plus rien.

N'ayant que mon ventre à qui parler, j'éprouve le besoin de consigner mes états d'âme au jour le jour. C'est brouillon, mal écrit, souvent décousu. Les vérités du matin sont les mensonges de l'après-midi. Je me promets d'être plus rigoureuse à l'avenir, d'aller à l'essentiel pour ne plus me disperser. J'espère que ce n'est pas un vœu pieux.

Ce soir, comme tous les soirs quand le calme s'installe autour des bungalows, j'essaie de m'habituer à l'idée d'être bientôt mère. Si tout se passe bien, j'accoucherai fin mai, dans moins de deux mois. Ritchie sortira peut-être pour la Saint-Jean. Sera-t-il un bon père ? À moi de le convaincre. Sinon… Avec lui, le pire est toujours envisageable, mais j'ai besoin de me blottir dans ses bras. *Yesterday* m'aide à tout rendre possible.

La radio s'énerve. Le conflit irlandais s'envenime. Le monde devient fou et je n'y comprends rien. Le journaliste dit que l'UVF déclare la guerre à l'IRA. Je m'en fiche. Que ceux qui persistent à collaborer avec les catholiques seront exécutés ! Je suis Irlandaise et catholique. Là, ça me fiche la trouille.

Je coupe le son et vais dormir. Rêver peut-être ? Non, je suis trop énervée.

Help !

Mercredi 6 avril 1966
Londres – Ropemarkers

Six cent cinquante livres ! Les billets sont en éventail devant moi. Jamais je n'avais eu l'occasion d'en caresser autant. C'est de la part des frères Kray. Le gars qui me les apporte dit s'appeler Tyson Brown. Gueule de travers et voix râpée au tabac, il m'explique que la somme n'est qu'un acompte. Le reste suivra quand Ritchie sortira. Son regard vicieux s'attarde sur l'échancrure de mon corsage. Trop longtemps. Heureusement qu'il est en mission pour les Kray, sinon je passe à la casserole. C'est écrit dans ses yeux. Puis, il se lève. Lentement. Comme si une sciatique lui piquait les reins. Le merci que je lui envoie reste coincé dans ma gorge.

Depuis le viol, depuis que Ritchie est à Wandsworth, je sors rarement. Sauf pour gagner mon pain. La blanchisserie où j'ai trouvé un petit boulot se situe dans le quartier de Poplar, le fief des travaillistes. J'aime l'odeur du linge humide, de la paraffine chauffée sous la semelle des fers à repasser. Même si les regards des filles et de la patronne traînent sur mon ventre, même si je sais qu'elles me crucifient de messes basses et de moqueries salaces, personne n'ose me parler en face de ma grossesse.

Jusqu'à vendredi dernier, un 1er avril. Mauvaise blague ?

Je termine une chemise de bourgeois. Le col est trop amidonné. Les épaules et les manches refusent de se déplisser. Du carton. Je change de fer pour en prendre un plus lourd et plus chaud. Depuis les machines à laver, une odeur de bisulfite se mêle à celle de la javel. La tête me tourne un peu. Autour de moi, le caquetage des voix est inaudible, comme craché par le haut-parleur crevé d'un vieux tourne-disque. Une douleur soudaine me cisaille les reins. Je soutiens mon ventre d'une main et, de l'autre, je m'appuie sur le rebord de la table à repasser. Toute la buanderie bascule pour devenir un manège de fête foraine. Le tohu-bohu s'amplifie, se désaccorde…

Je perds connaissance.

Lorsque j'ouvre les yeux, je suis assise sur un sac de linge sale. Au-dessus de moi, le visage du chef d'atelier est tordu de colère. Il me tend sous le nez la liquette à jabots dont le pan est marqué d'une brûlure jaunâtre. « Retenu sur ta paie ! » qu'il me hurle. « Rentre chez toi. Ne reviens pas ! Ton avenir est dans un bordel, pas dans une blanchisserie ! »

Je passe la matinée à compter et recompter les billets. Comme si un coup de vent imaginaire pouvait m'en voler un. C'est mon sursis. Sans cette somme inespérée, j'étais capable de prendre au mot mon chefaillon : mettre mon enfant au monde et me prostituer pour l'élever. À propos, garçon ou fille ? Pour calmer Ritchie, il vaudrait peut-être mieux que ce ne soit pas une future traînée. L'épisode de la blanchisserie a eu le mérite de m'ouvrir les yeux. Jusque-là, j'étais grosse, un point c'est tout. Maintenant, je vais devenir mère. Quelque chose va sortir de mon ventre. Quelque chose de vivant.

C'est fou, je suis enceinte et pourtant jamais je ne me suis préoccupée de savoir où et comment accoucher. En fait, j'ai peur. Pour ne pas y penser, je me force à réfléchir à un prénom. C'est sans doute de la superstition, mais je n'ose pas me décider. Pour un garçon, Nolan, j'aime bien. Petit champion, en Irlandais. Si c'est une fille, j'hésite. Loane, en Celte, ça veut dire belle lumière, mais j'adore Sheyla, comme se prénommait maman, même si gens la surnommaient Honey, parce que ses cheveux étaient de la couleur du miel. J'aime bien Andie. Enfant, c'était le nom de mon amie imaginaire. Mais si Ritchie n'est pas d'accord, on changera. C'est lui qui choisira.

Tout s'embrouille. Mes pensées s'agglutinent comme de vieux rossignols dans l'arrière-cour d'un faillitaire. Tout s'entasse pêle-mêle. Des souvenirs désagréables, d'autres moins.

Beaucoup d'occasions manquées et des promesses irréfléchies. Des boîtes entières d'imperfections, de faiblesses et d'hésitations. Dans un coin, une pile de bonnes intentions croule sous le fatras de sentiments moins honorables. Sans savoir ce que l'avenir me réserve, ça ne va pas être simple de mettre de l'ordre dans ce capharnaüm.

Pour le signe des Poissons, l'horoscope d'aujourd'hui parle de moments difficiles avant de voir la lumière du succès. Quand ? Si au moins, on me donnait une date pour me rassurer. Toujours d'après ce fichu horoscope, mon ange gardien, Mumiah, n'interviendra que si je le sollicite. Mais comment ? Dommage que je ne sois pas Bélier. Les six mois à venir sont pour eux des « bagues de chance serties des perles de la réussite ».

Mumiah, qu'est-ce que tu attends ?

Je ne sais pas si l'idée est bonne, ni ce que cela signifie ni à quoi cela servira, mais, à partir de maintenant, ce journal intime s'appellera Mumiah. Ça ne fait pas très sérieux, je ne suis pas dupe, mais c'est comme ça. Après tout, je ne suis qu'une gamine de quinze ans qui va accoucher, non ?

Une voiture glisse devant le bungalow. Couleur aubergine, comme dans une bande dessinée de Mickey. Son capot ridicule imite la gueule d'un poisson triste. Les phares ronds louchent sur le pare-chocs avant. Le mauvais goût motorisé. Elle s'arrête. Plus rien pendant quelques secondes. Une portière claque. Panique ! Sans comprendre, je ramasse les billets et les cache sous l'évier, dans la cocotte-minute.

On a de la visite, Mumiah.

J'ai à peine le temps de regagner ma place dans le fauteuil et d'essayer de me donner un air détaché que trois coups rapides cognent contre la porte d'entrée. Mon cœur bat la déroute. C'est l'homme au faciès tordu qui vient récupérer les six cent cinquante livres, c'est sûr. Ça ne pouvait être qu'une erreur. Il va le rendre à Ritchie pour lui permettre de cantiner à la prison. Ou alors il revient pour moi, pour terminer ce que son regard avait commencé, me violer sur la table. Trois nouveaux coups. Plus secs, ceux-là. Mon « entrez ! » se veut jovial, mais sonne comme le bêlement d'un agneau écarté de sa mère.

« Bonjour, je suis le père Patrick », dit l'homme en se présentant devant moi.

Lorsqu'il m'avait donné des nouvelles de Ritchie, au téléphone, j'avais imaginé un curé plus vieux. Celui-là ne doit pas dépasser la trentaine. Son ombre longiligne dessine une tache de deuil sur le mur blanc du bungalow. Il reste dans l'encadrement de la porte. Silencieux. Spectre grisâtre et étrange. Haute figure émaciée dont l'œil aux aguets prend la mesure de ce que je suis et du désordre qui m'entoure. Beau front, traits fins, regard sombre et profond, un visage d'ange tourmenté cerné de cheveux noirs mi-longs. Une coiffure qu'on attribuerait plus volontiers à Lucifer qu'à un homme de Dieu. Énigmatique et avare de gestes, Père Patrick affiche la prestance d'un curé qui meurt d'envie de devenir évêque.

« Puis-je m'asseoir ? », dit-il en tirant d'autorité une chaise. « Crois-tu en Dieu ? » me demande-t-il alors. Je réponds par l'affirmative aux deux questions, ça me semble plus prudent.

« Tant mieux. Sais-tu, Sarah, qu'il arrive à Dieu, lorsqu'il est pris au dépourvu, de détourner les yeux et d'en appeler à la bonne conscience de ses créatures les moins obscures pour régler le problème ? Tu comprends ce que je te dis ? »

De peur de passer pour une idiote, je préfère ne pas répondre.

Il se lance alors dans une diatribe qui me surprend. Ritchie est un brave garçon. Une âme un peu perdue, comme la mienne, dont Dieu se préoccupe malgré tout. Il assure avoir eu l'occasion de s'entretenir longuement avec lui à Wandsworth. C'est toujours la même chose, un détenu parle plus facilement à un aumônier des prisons. Avec ses comparses de cellule, il se vante. Avec un homme de Dieu, il se confie. Devant mon silence, père Patrick insiste et me demande si je suis d'accord avec ça.

J'acquiesce et il continue.

Certes, le Seigneur a doté mon compagnon d'une intelligence moyenne et d'une âme opaque, mais il convient de ne pas LUI en vouloir. Dans son immense bonté, IL n'a pas omis d'affubler cet être un peu brusque d'un fond de gentillesse et de discernement.

La phrase est longue et j'ai du mal à la comprendre. En tout cas, je suis ravie de l'entendre, mais je ne vois pas où cet aumônier veut en venir. Je déconnecte.

S'ensuit un discours dont je ne perçois que la moitié des mots. Il y est question de travaillistes prônant la distribution du bien-être en supprimant la liberté de penser. De la prospérité du peuple et du recul de ses droits. Je n'y comprends rien, mais j'éprouve à l'écouter un engourdissement délicieux, une anesthésie des sens. La voix grave et veloutée de cet homme de Dieu m'emprisonne l'esprit. Je n'ai pas envie de m'évader. J'en serais même incapable.

Puis, le silence s'installe. Père Patrick, très docte, lève le menton, croise les jambes et pose ses mains jointes sur sa ceinture. « L'ingratitude est un crève-cœur pour celui qui la ressent », ajoute-t-il. Cette dernière phrase prouve bien que je ne suivais pas. Je n'ai aucune idée de ce qu'il veut dire. Nouvelle diatribe.

D'une certaine manière, Ritchie m'aime, mais il convient de regarder la réalité en face : il ne le sent pas capable d'assumer sa paternité. Il est trop versatile, trop immature. Moi, je suis une victime, je n'ai pas les armes pour lui résister. Quinze ans ! Je suis bien trop jeune pour être mère. Le système va nous broyer. L'Angleterre d'aujourd'hui ne sait pas comment gérer une telle situation. La naissance nous ensevelira sous des tonnes de problèmes administratifs et financiers. Nous serons incapables d'y faire face. La garde de l'enfant nous sera retirée et ce sera un déchirement. Avec Ritchie, il assure avoir parlé de tout cela pendant des heures. C'était parfois un peu… comment dire ? Houleux. Au bout du compte, l'aumônier pense avoir trouvé une solution satisfaisante. Pour tout le monde. Et mon compagnon est d'accord.

Enchantée de l'apprendre !

Père Patrick me regarde. Il a soudain sur le visage un trait de compassion juvénile. Ou de suffisance. Mais le problème n'est pas là. Le problème, c'est ce qu'il vient de dire : c'est quoi, une *solution satisfaisante* ? Je sais qu'il attend ma question. Pas facile de sauter dans le vide que cet aumônier des prisons ouvre devant moi. Il y avait beaucoup de phrases dans son discours et je ne les ai pas toutes comprises. La seule certitude que j'ai, c'est que la vie dont il parle est la mienne. La mienne et de celle de mon enfant. Maman disait souvent que vivre c'était revoir ses prétentions à la baisse. Les miennes ne sont déjà pas très hautes.

Mumiah, aide-moi !

Pour m'accorder un répit illusoire, je lui propose quelque chose à boire. Il accepte un thé. Sans sucre avec un nuage de lait. Je n'ai que du Jameson et des bières. « Va pour une bière », dit-il. Je la décapsule, la pousse vers lui et plonge vers l'inconnu. C'est quoi cette *solution satisfaisante* ?

Une goulée précautionneuse et il commence son histoire. Il est né en Irlande, à Tuam, une petite ville du comté de Galway, pas très loin du lac Mask et du Corrib. Des coins merveilleux pour taquiner la truite au mois de mai. Sa mère est Écossaise et son père Anglais. Elle est catholique, il est protestant. Le mariage de la carpe et du lapin. Le commerce de la viande de mouton permet à la famille de bien vivre. Un jour, c'est le drame. Sa mère se noie lors d'une partie de pêche au *tapping* sur le Corrib. Il a quinze ans. Presque comme moi, aujourd'hui. Son regard se grise de tristesse.

Nouveau silence.

Mon cœur s'arrête de battre. Ça ne peut pas être une coïncidence. C'est maman qui m'envoie ce messager. Moi aussi, je veux raconter ma vie à ce curé arrivé de nulle part. Lui dire que j'ai dans les tripes une douleur qui ne cicatrise pas. La même que la sienne. Mes mots se bousculent. Rien ne sort.

Il m'explique alors qu'à l'époque un prêtre officiant à la Cathédrale Notre-Dame-de-l'Assomption l'aide à surmonter le drame. Sa vocation naît à ce moment-là. Ensuite, c'est le retour à Londres. Une ville qu'il déteste. Des études pénibles dans un pensionnat protestant. Entre deux voyages d'affaires et sans doute pour lui témoigner d'un peu d'affection, son père l'emmène visiter un oncle en Écosse. Stockton-on-the-Bridge. Un trou perdu au milieu d'une immensité désolante de cailloux et d'ajoncs. Une bâtisse modeste dont la grange est délabrée. Un pont, une rivière à truites, des tourbières et des moutons. C'est beau, mais déprimant. Au cours d'un séjour qui se prolonge, il tombe sur un livre expliquant, dans les Trente-neuf

Articles, la valeur impérative de la religion anglicane. L'acte de suprématie finit de le convaincre.

J'ai l'impression d'entendre Ritchie me parler de ses magnétophones. Je ne comprends rien à ces bondieuseries. Que de mots pour se justifier! Il m'agace maintenant. En Irlande, on est catholique ou on est mort. Pas protestant. Encore moins entre les deux. Où veut-il en venir? Me convertir? Les hosties sont peut-être fourrées au beurre salé, chez les anglicans?

Je lui pose la question.

Ses sourcils dessinent de l'étonnement sur son front. Je vois ses phalanges blanchir. Une colère sourde lui crispe les mâchoires. Soudain, il se lève et avance vers moi. J'attends une claque pour me punir de mon insolent blasphème. Mais ses doigts prennent avec délicatesse les deux côtés de mon chemisier, les resserrent et referment l'avant-dernier bouton. Puis, d'un geste tendre, père Patrick écarte le col, balaie du bout des ongles une poussière qui n'existe pas et me sourit. Il m'appelle par mon prénom et ajoute que l'agressivité ne sert à rien. Les filles comme moi, si elles provoquent le destin, la vie se charge d'elles. Elles deviennent danseuses ou écrivaines, actrices, avec de la chance. Les autres, celles qui insultent notre Seigneur, se prostituent. Une épine d'angoisse dégonfle mon arrogance. J'ânonne un « vous proposez quoi ? » pour calmer le sanglot qui me noue la gorge.

Sa réponse n'est pas celle que j'imagine. Demain, il viendra me chercher. Nous partirons pour Tuam. Il connaît là-bas un endroit qui m'accueillera et me permettra d'accoucher sans que personne ne soit choqué. Les contacts qu'il a conservés sur place sont sûrs et l'enfant sera élevé dans les meilleures conditions possibles. Un travail me sera proposé. Blanchisseuse au départ, cuisinière ensuite. Secrétaire si je suis assidue aux cours. Pour subvenir au coût de cette éducation, une partie de ma paie sera reversée à l'institution. J'ai la nuit pour réfléchir.

Père Patrick me caresse les cheveux, puis le front. Sa main est d'une douceur étonnante. Il me sourit une nouvelle fois et ajoute que c'est ce qu'il y a de mieux pour moi. Ritchie est d'accord, dit-il, et il a promis de venir me voir à Tuam. Pour qu'il accepte cette situation et entreprenne ce long voyage, je dois juste lui donner un peu de temps. Celui de sortir de prison.

Puis Père Patrick s'en va et je reste dans mon bungalow comme une cruche oubliée au bord d'un ruisseau. Tous mes 33 tours des Beatles y passent. Pendant des heures, j'écris ce qui vient de m'arriver en espérant que la décision à prendre surgira d'entre les lignes. J'avale trois bières et grille toutes mes cigarettes. Je regarde mon ventre. Ça ne doit pas être bon pour l'enfant. J'arrête de fumer.

La nuit s'étire sans se presser. Une promesse de lune s'esquisse entre les nuages. Elle hésite puis s'éteint. Le ciel sombre dessine un jeu de pile ou face. Pile, si le cumulus de droite prend la forme d'un mouton, je pars à Tuam. Face, si celui de gauche avale les autres, je reste et j'attends Ritchie.

Ça risque d'être compliqué. Cette dernière possibilité me paraît de plus en plus improbable. Elle est chargée de trop d'angoisses. De trop d'incertitudes. Je ne me sens pas le courage de supporter la violence qu'elle peut engendrer. Dans le sac à dos de ma vie, les cailloux de mes mauvais choix sont déjà bien lourds à porter. Pas la peine d'en ajouter d'autres.

– Mumiah, comment tu trouves ce que je viens d'écrire ?

– C'est pas mal.

– Je n'ai rien oublié ?

– C'est pas mal, je te dis.

– On décide quoi ?

– Ne pas décider, c'est déjà décider.

– Ce n'est pas ce que je te demande.

– Un jour, tu as formalisé un de tes rêves. Au milieu d'une foule compacte, tu entendais ta mère te supplier de t'en aller. Alors, va-t'en.

Voilà que je parle toute seule…

Dans le ciel, le cumulus a pris la forme d'un mouton.

Ma décision est prise : je pars pour Tuam.

5

Londres, quartier de Shoreditch

Où Diane pleure pour Sarah…

– Mon Dieu, murmure Diane en se redressant sur le sofa, tu ne vas pas faire ça, petite idiote ! Sais-tu seulement ce qui t'attend à Tuam ?

Elle se souvient des rumeurs horribles sorties dans la presse, du combat courageux de cette femme obstinée, Catherine Corless. Près de huit cents bébés officiellement morts, certificats de décès à l'appui, mais sans aucune sépulture. Elle se souvient aussi d'un manuscrit. C'est ça, un manuscrit refusé. Mal écrit, mais terriblement accusateur. Une affaire de gamins qui sautent le mur du couvent et ouvrent une trappe sous laquelle reposent des centaines de petits squelettes. L'auteur, un journaliste du Tuam Herald, prétendait l'avoir vécu. Corless, qui avait fréquenté l'école de la Miséricorde tenue par les sœurs du Bon Secours, affirme que les huit cents enfants, tous nés de filles-mères hébergées par l'établissement religieux, ont été jetés dans une fosse commune. Une ancienne fosse septique. À l'intérieur même du couvent. Sur les conseils de l'avocat de Sandwood, Diane n'avait pas voulu prendre le risque de publier une telle horreur. Surtout romancée et sans preuves consistantes. Mais elle avait deviné par instinct qu'un terrible scandale pourrissait dans le sous-sol de ce couvent.

– Dis-moi que tu n'es pas tombée dans ce piège, petite gourde ! s'emporte Diane.

Elle s'étonne de sa colère, mais comprend vite qu'elle n'est pas dirigée contre Sarah, mais contre le destin qui se dessine pour cette pauvre enfant.

– Oh non, pas Tuam, je t'en prie, pas Tuam !

Elle ne sait pas très bien qui elle implore, elle qui ne croit pas en Dieu, surtout après ce qu'il a probablement laissé faire à Tuam justement, et par ses propres gens. Elle cherche qui pourrait empêcher que l'horreur se produise. Pas les dieux, et encore moins les hommes. Et elle enrage. Faudrait-il se résoudre alors à regarder, sans le redouter, cette gamine marcher vers un nouveau calvaire ?

Puis elle se reprend.

Le journal est daté du milieu des années soixante. Il n'y a rien qu'elle puisse envisager pour changer le destin de Sarah. C'est idiot de réagir de la sorte. C'est non professionnel. Ce texte n'est qu'un manuscrit. Elle n'est même pas certaine que ce soit une confession. Tout ça pourrait n'être qu'une fiction bien ficelée. Peut-être que tout est inventé dans cette histoire, alors pourquoi s'emballer ? Elle se sert un verre de vin avant que la réponse ne s'impose, évidente : elle s'est attachée à Sarah, ou à son personnage. Vraie môme ou fausse gamine perdue, peu importe, elle tremble pour cette fille qu'elle aime déjà. Et au fond d'elle-même, parce que le document qu'elle a dans les mains compte encore plusieurs centaines de pages, elle devine, elle sait, elle redoute d'autres malheurs.

– Mais pas Tuam ! implore-t-elle à nouveau.

Et comme ni elle ni personne ne peut rien pour éviter à Sarah ce qui doit lui arriver, elle se décide à l'affronter et reprend sa lecture. Bien plus tard, au cœur de la nuit, les yeux rougis, des mouchoirs en papier trempés dans ses poings serrés, Diane tourne le dernier feuillet. Elle repose le manuscrit sur le parquet, éteint la lampe callipyge, vide son verre de vin blanc, s'enfonce dans le sofa et tire le plaid sur elle. Puis elle ressort les bras et prend son téléphone pour envoyer un message à Ashley.

– Tu avais raison, c'est un texte terrible, magnifique s'il raconte une vérité. Je pars demain pour Stockton-on-the-Bridge. Je veux savoir qui est à l'origine de tout ça.

6

Stockton-on-the-Bridge

Une petite fosse dans un jardin

La vache la regarde. Ou plutôt Diane pense qu'elle la regarde parce que son toupet touffu, entre ses cornes élancées, écartées et pointées vers le ciel, lui masque les yeux. Diane croyait que la robe des Highlands était rouge. C'est leur couleur officielle. Mais celle-ci est d'un roux blond qui s'allume quand le soleil éclaire le monde entre les nuages. C'est comme un manteau d'hiver. De longs poils un peu froissés qui tombent depuis son dos, et qu'on devine doublés, dessous, d'un douillet duvet. L'animal la fixe, immobile. Elle a sur le crâne un autre toupet frisé qui lui donne un air bienveillant, avec sa bonne tête en triangle parfait en bas duquel bourgeonne son gros mufle blanc. Diane hésite à passer la clôture pour frotter son visage dans la fourrure épaisse.

Elle n'entend pas la voiture. Un vieux coupé Saab des années quatre-vingt qui descend la petite route. Moteur éteint.

– N'allez pas souiller vos escarpins pour rien, dit le conducteur en passant, vous en aurez peut-être bien besoin pour déguerpir au plus vite.

Diane se retourne, mais le véhicule chuinte déjà en roue libre vers le val où Stockton-on-the-Bridge se blottit autour de son pont de pierre.

– Monsieur ! Monsieur, s'il vous plaît !

Mais l'homme lui adresse un geste de la main pour indiquer qu'il ne peut pas attendre. Ou s'arrêter. Ou répondre. Elle ne comprend pas très bien.

Quand elle se résigne à remonter dans sa voiture, le bovin des highlands s'est déplacé de quelques pas pour suivre des yeux l'auto silencieuse qu'elle a dû reconnaître. De profil, la vache n'est pas très haute, mais trapue. Le dos bien plat, l'encolure solide et large, les sabots recouverts de poils comme des moonboots : c'est un mâle. Ses deux énormes testicules pendent à mi-pattes. Diane bondit en arrière et recule jusqu'à son coupé Jaguar rouge que la bête convoite soudain du regard. Diane saute à bord en panique et démarre aussitôt, sous le regard inexpressif du taureau qui s'en moque.

La route serpente jusqu'au village sur une centaine de mètres. Un lieu-dit plutôt. Quelques habitations regroupées autour d'un pont anodin. D'autres sont dispersées dans les prés aux alentours. Diane repère une maison dont la baie et la porte vitrées ressemblent à celles d'une ancienne boutique. Elle se gare, gravit les trois marches du perron et regarde à l'intérieur. Elle y devine un petit bar, avec deux tables et un jeu de fléchettes. Elle essaie de pousser l'ouvrant. Verrouillé. Elle frappe. Plusieurs fois.

– Il y a quelqu'un ? S'il vous plaît, il y a quelqu'un ?

Elle patiente quelques instants, puis se retourne vers les autres bâtisses. De la fumée sort des cheminées mais rien n'est allumé à l'intérieur malgré le nuage de pluie qui assombrit le ciel. Elle appelle à nouveau en frappant à la porte.

– Et alors, demande une voix dans son dos, Boris ne vous a pas culbutée dans le fossé ?

C'est l'homme de la vieille Saab. Il monte les marches trop étroites pour eux deux, bouscule un peu Diane et s'en excuse.

– Boris ? s'étonne-t-elle.

– Boris, le taureau. Il a la même tignasse que ce clown de Johnson, vous ne trouvez pas ? Coiffés comme un gâteau sous la pluie, tous les deux.

Il ouvre la porte et, d'un signe de la main, lui propose d'entrer la première.

– La beauté avant l'âge, plaisante-t-il, frivolement sentencieux.

Quand il allume, cette pièce qui semblait obscure et froide de l'extérieur devient un cocon chaleureux. Chauffé à l'excès par deux gros radiateurs en fonte. Le plafond, entre les poutres, est peint d'un rouge du plus anglais qui soit. Un lambris sombre et verni court sur tout le bas des murs qui sont, au-dessus, tapissés d'un vert profond égayé de minuscules fleurs de lys en fil d'or. Tous les cadres sont naturalistes. Croquis encyclopédiques de poissons et d'oiseaux pour la plupart, à l'encre ou à la mine, avec le nom latin et des petites lettres au bout de fins filets qui devaient renvoyer à des légendes techniques. La grosse suspension joufflue entre les poutres centrales est en pâte de verre et écrase toute la pièce de sa lumière jaune. C'est chaleureux, c'est vrai, et à la fois d'un si mauvais goût que Diane se retient d'en rire. Jusqu'à ce que, dans l'ombre ambrée de la lampe, elle devine la frise qui décore le haut de chaque mur. Que des têtes de poissons naturalisées, la gueule grande ouverte. Carnassiers. Poussiéreux. Elle pense à des films dans lesquels de mignonnes petites bêtes deviennent, la nuit, de cruelles créatures. Elle ne peut en détacher son regard, et son hôte croit qu'elle est venue à Stockton pour la pêche.

– Non, dit-elle trop brusquement pour cacher son dégoût, je cherche la poste.

L'homme, qui ôtait sa casquette, suspend son geste et la dévisage.

– La poste ?

– Oui, répond Diane qui le regarde vraiment pour la première fois.

Malgré le froid et la pluie au-dehors, il ne porte qu'un gilet ocre sur une chemise grise. Un pantalon de flanelle glissé dans des bottes de fermier. On le sent un peu malmené par l'âge, un peu raide aux entournures, mais ses yeux se frisent de malice à chaque instant.

– Brenda ! appelle-t-il, viens donc voir par ici.

Le bruit d'un pas traînant se fait entendre et d'un couloir apparaît une petite femme froissée par les années et une vie rustique. Maigre comme une épaule de chat, aurait dit la mère de Diane. Son tablier de cuisine est poudré de farine.

– Cette charmante personne cherche la poste, s'amuse l'homme.

– Au lieu de te moquer, lui as-tu proposé quelque chose à boire, au moins ?

– Mince alors, je manque à tous mes devoirs de péquenaud du trou du cul de l'Écosse ! Désirez-vous boire quelque chose, Madame… ?

– Diane, appelez-moi Diane, je vous en prie.

– Je suis Harvey MacFarlane, et voici ma douce et très directive épouse Brenda. Donc, Diane : Thé ? Chocolat chaud ?

La pluie fouette soudain une averse contre les carreaux et Diane se surprend à frissonner.

– Vous n'auriez pas quelque chose d'un peu plus fort ? demande-t-elle dans une mimique de fausse innocence.

– Un lait de poule ? Propose Brenda.

– Oh, Seigneur Dieu ! soupire Diane. Un lait de poule ! Je n'en ai pas bu depuis des siècles !

– Je vous le prépare, dit Brenda en retournant devant ses fourneaux.

– Je peux voir comment vous le faites ?

Brenda accepte d'un sourire et ils se retrouvent tous les trois dans la cuisine.

– Vous cherchez vraiment la poste ? demande la vieille femme en sortant un saladier dans lequel elle casse quatre jaunes d'œufs qu'elle blanchit au fouet avec du sucre.

– C'est ça, répond Diane.

– La poste de Stockton-on-the-Bridge ?

Dans une casserole, Brenda chauffe un demi-litre de lait, deux louches de crème, trois clous de girofle et une pincée de vanille et remue le tout sans le porter à ébullition.

– Oui, bien sûr, c'est d'ailleurs pour ça que je suis venue jusqu'ici. Pourquoi cette question ?

Avant de répondre, Brenda verse lentement le lait fumant et parfumé sur les œufs blanchis et sucrés en battant délicatement sa préparation.

– Eh bien, Diane, parce qu'il n'y a jamais eu de poste à Stockton, dit finalement Brenda en vidant le mélange dans le récipient pour le garder à feu doux.

– Pas de poste, vous êtes sûre ?

Brenda dessine des huit avec une spatule en bois dans la mixture crémeuse qui épaissit doucement.

– Ma chère, la seule poste qu'il n'y ait jamais eu ici, c'était un simple bureau de dépôt que nous tenions quand nous vendions encore du tabac. En quelle année avons-nous arrêté le tabac, Harvey ? En 1975, je crois ?

– 76, peut-être…

– Non, 75, j'en suis sûre.

– Alors pourquoi tu demandes !

Brenda surveille sa spatule. Bientôt, le mélange y colle un peu.

– Au lieu de ne servir à rien, apporte-moi trois grands verres et les bouteilles.

Harvey disparaît, tout sourire, en levant les yeux au ciel.

– J'ai pourtant reçu un paquet avec le tampon de la poste de Stockton-on-the-Bridge, insiste Diane.

– Reste plutôt là-bas, lance Brenda à son mari, nous n'allons quand même pas faire boire cette brave anglaise dans la cuisine !

Elle raccompagne Diane jusque dans la pièce où Harvey a aligné trois hauts verres et deux bouteilles.

– Glengoyne, explique-t-il fièrement. Le seul whisky fabriqué dans les Highlands et maturé dans les Lowlands. Le rhum est français : du Savanna grand arôme de la Réunion, distillé en colonne de cuivre.

– Je prendrai du rhum, alors, s'il vous plaît.

– Il n'en est pas question, ma chère. Le vrai lait de poule par chez nous, c'est deux cuillerées à soupe de chaque alcool et un soupçon de noix de muscade par-dessus.

Harvey joint le geste à la parole et prépare les trois laits de poule. Diane serre le sien bien chaud entre ses mains et s'enivre des parfums qu'elle découvre.

– Donc il n'y a pas de poste à Stockton ?

– Non ma chère, confirme Harvey. Est-ce que je peux voir ce courrier dont vous parliez ?

– Il est dans une de mes valises, dans la voiture, j'irai le chercher quand la pluie s'arrêtera.

– Jeudi alors, parce qu'il va pleuvoir les trois prochains jours. Boris s'est mis le cul au vent et ça, c'est pluie assurée pour trois jours.

– Oh non ! soupire Diane.

– Quand vous aurez bu votre lait de poule, Harvey vous aidera à décharger vos bagages.

– Mais je…

– Bien sûr que si, coupe Brenda. Nous faisons un peu chambres d'hôtes à la bonne saison. Nous pouvons vous héberger pour la nuit.

– Ou pour trois jours, rajoute Harvey, l'œil coquin.

– C'est trop aimable. Alors, c'est un pub ici ?

– C'était. Maintenant c'est plus chez nous qu'un commerce, mais si quelqu'un pousse la porte, nous le servons. Villageois ou touristes.

– Des touristes viennent vraiment jusqu'ici ?

– Oui. Une bonne partie pour photographier Boris qui a été dix ans de suite le meilleur reproducteur des Highlands. Et aussi pour le pont, qui aurait été l'enjeu de féroces batailles pendant un siècle.

– Un si petit pont ? s'amuse Diane.

– À l'époque, les clans se battaient à vingt contre vingt à peine. Il fallait bien des défis à la mesure de leur nombre.

– Mais on pourrait franchir la rivière d'un seul bon !

– C'est vrai. Gamins, nous sommes tous tombés dedans plus souvent qu'à notre tour. Mais les clans aimaient les batailles, vous savez, et tout leur servait de prétexte. Même un aussi petit pont de pierres.

Diane regarde autour d'elle. À l'extérieur, le ciel a gardé le paysage sous un édredon noir et mouillé. Le soir est presque là. Dans le hameau, aucune maison n'est vraiment éclairée. Ou à peine. D'une seule lampe, dans une seule pièce. Ce pub improbable est comme un phare allumé dans la pénombre d'un océan immobile.

– C'était si important ce courrier, pour venir jusqu'ici depuis Londres ?

– Comment savez-vous que j'arrive de Londres ?

– Votre indécrottable accent british mâtiné de londonien, sourit Harvey.

– Ne l'écoutez pas, Diane. Ce vieux beau a dû être vacciné avec une aiguille de gramophone, il est bavard comme une pie.

– Et alors, ce n'est déjà pas si mal de vieillir beau, non ?

– La ferme, Commissaire !

– Alors Diane, ce courrier ?

– Rien de très secret, Harvey.... C'est un manuscrit prometteur que j'ai reçu dans une enveloppe apparemment affranchie à Stockton-on-the-Bridge. J'étais curieuse d'en connaître l'auteur, mais comme aucune coordonnée ne figurait ni sur le manuscrit ni sur l'enveloppe, je voulais essayer de retrouver au moins la personne qui me l'avait envoyé.

– Vous êtes éditrice ? s'intéresse Harvey avec admiration. Vous éditez de vrais écrivains ?

– Oui, c'est un peu le principe de ce métier, se moque-t-elle gentiment.

– Et ce manuscrit était si bon qu'il justifiait un tel déplacement ? Ça vous arrive souvent de partir à la recherche d'un auteur anonyme ?

– Non, avoue Diane, c'est la première fois. En général, les auteurs n'oublient jamais de mentionner leurs coordonnées. Ils sont trop avides d'être publiés afin que le monde entier reconnaisse leur immense talent. Je suis vraiment très déçue d'avoir fait tout ce chemin pour rien.

– Vous l'aurez au moins fait pour un bon lait de poule dans la plus pure tradition écossaise, la console Harvey en levant son verre.

– Oui, soupire Diane en sirotant le sien.

– Et ce roman, demande Brenda, parle-t-il réellement de Stockton ?

– Non justement, c'est ce qui m'a intriguée. C'est un journal intime, une bien triste histoire qui se déroule entre l'Irlande et l'Écosse. Si le bourg de Stockton-on-the-Bridge y est mentionné, c'est qu'il est une des étapes du périple malheureux de son auteure. Et comme je l'ai déjà dit, le manuscrit a été posté d'ici.

– Et que raconte-t-il ? se passionne Harvey. Dites-nous vite !

– Deux personnages, le père Patrick, et l'héroïne, Sarah, y auraient séjourné quelque temps, dans la maison d'un oncle du prêtre…

– Abercombrie, lâche Brenda sans sourire.

– Pardon ?

– L'oncle du père Patrick, c'est ce vieux grippe-sou de Daniel Abercombrie, confirme Harvey.

– Vous connaissez cet homme ? s'intéresse aussitôt Diane.

– Pas directement, mais on m'a raconté que ce type avait du barbelé dans les poches, tellement radin qu'il économisait ses mots. Un vrai taiseux. Et le prêtre, c'était le fils de son frère, Feargus Abercombrie. Seigneur Dieu, les frères Abercombrie ! Si vous saviez tout ce que j'ai pu entendre sur eux ! Il paraît qu'ils s'asseyaient là où vous êtes et qu'ils partageaient la même pinte qui leur durait jusqu'à la fermeture !

– Ils vivent encore à Stockton ?

– Non, ils ne souffrent plus de migraine depuis longtemps, ces deux-là. Ça fait des années qu'ils ont la tête dans la glaise à force d'y mettre celle des autres.

– Harvey, je t'en prie, même si elle s'envole d'une pourriture de charogne, une âme reste une âme et elle se respecte !

– Pourquoi dites-vous ça ? s'inquiète Diane.

– Harvey dit ça parce que Daniel Abercombrie était croque-mort pour les cimetières des alentours. Et moi je dis ça parce que Feargus Abercombrie était un fieffé salopard de sacristain qui tripotait les enfants de chœur et jusqu'à son propre môme. Quand ça s'est su, il s'est pendu chez lui et a obligé son fils unique à le regarder faire.

Un long silence s'installe, en même temps qu'une pluie lourde et régulière grêle sur le toit. Diane n'en revient pas. Le père Patrick aurait donc bien existé et la triste histoire de Sarah pourrait être vraie !

Brenda devine que Diane est sous le choc et fait signe à Harvey de se lever.

– Je vais réchauffer le dîner. Ragoût de queue de bœufs aux légumes racines, crème glacée au whisky et au miel en dessert. Ça vous va ? Et toi Commissaire, dresse plutôt la table !

Diane ne sait pas quoi dire, excitée que le père Patrick ait existé, subjuguée par l'hospitalité écossaise des McFarlane. Elle se lève pour aider l'homme de la maison.

– Harvey, pourquoi Brenda vous donne-t-elle du Commissaire ?

– Parce que j'ai été policier dans une autre vie. Quinze ans, à Édimbourg, avant de revenir à Stockton avec une mauvaise blessure. Un joli coup de surin pendant une arrestation et qui m'a coûté la moitié d'un poumon. Déjà que je fumais comme un remorqueur !

C'est comme un dîner en famille. Brenda explique que dans ses crèmes glacées, elle ajoute le miel très chaud et un fin filet régulier, à la manière des Français, avec de l'huile dans la mayonnaise. Harvey raconte ses histoires de policiers. Diane parle des livres et des auteurs.

– Royce ! Vous éditez Ashley Royce ! s'extasie Brenda. J'ai tellement pleuré en lisant « Sang donné » !

Le visage de Diane s'éclaire d'un sourire désolé.

– C'est le seul que je n'ai pas édité, mais j'ai publié tous les autres. Je vous enverrai son dernier dédicacé dès mon retour à Londres.

Ils parlent encore, et Harvey s'épanche sur le sort de ce pauvre Boris. Cette race est faite pour la vie sauvage, pour piétiner dans les tourbières, se rafraîchir dans les lacs et débroussailler l'herbe rêche des landes, pas d'être pris en selfie par des touristes qui l'excitent pour qu'il bande ! Mais Diane revient sur père Patrick.

– Est-ce que la maison de Daniel Abercombrie est toujours là ?

– Bien sûr, un peu à l'écart, mais en piteux état, sur la colline de l'autre côté du pont.

– Quelqu'un l'habite encore ? Vous pensez que je pourrais la visiter ?

– Elle est à l'abandon. Personne n'y vit depuis la mort du dernier des deux frères. La rouille a rongé jusqu'au portail. Je peux vous y amener demain, si vous voulez. Vous cherchez quelque chose en particulier ?

Brenda perçoit la gêne de Diane en même temps que l'intérêt du policier qui germe chez Harvey.

– Arrête donc, tu nous chamboules la tête avec tes questions, va plutôt récupérer les bagages dans la voiture !

Il prend un parapluie et Diane le suit pour ouvrir le coffre.

– Et ça ne vous manque pas, la vie de flic ?

– Que voulez-vous ? La vie est ainsi faite ! Les plus belles braises se réduisent toujours en cendres froides.

– Vous n'exagérez pas un peu, non ?

– L'exagération, Diane, c'est juste la vérité qui s'énerve !

Ils rentrent en courant, mais la pluie a eu le temps de les mouiller. Brenda a eu celui de débarrasser la table et Diane insiste pour l'aider à laver la vaisselle.

– Harvey se chargera de ça bien mieux que nous. Laissez-le faire. Je vous offre le verre des anges.

Elle retourne dans la salle du pub et sort d'un placard une bouteille de Drambuie.

– *Am dram buiadch*, la boisson qui satisfait, dit-elle en servant à ras bord trois petits godets d'une liqueur ambrée.

Diane en sirote une gorgée, surprise par son crémeux fruité et sa force. Elle devine facilement la senteur et le goût du miel et du whisky, mais y décèle un autre parfum subtil qu'elle ne reconnaît pas. Brenda s'en doute et la fixe en souriant.

– Ce qui fait la terre d'Écosse…

– De la tourbe ?

– Non, quand même pas ! De la bruyère.

Diane teste à nouveau.

– Ah oui, de la bruyère !

– Mais surtout un assemblage de whisky de l'île de Skye pour la liqueur, autour d'un Talisker entre 15 et 17 ans, précise Harvey qui les rejoint. Ce qui me donne l'audace et l'insolence de vous demander un petit plaisir.

– Tant que cela reste honnête, sourit Diane.

– M'autoriseriez-vous à lire ce manuscrit dans lequel il se dit des choses sur notre hameau ? Peut-être y découvrirai-je des détails ou des allusions qui me permettraient de vous aider à résoudre l'énigme du tampon.

– Harvey, comment oses-tu ! s'indigne Brenda en lui claquant l'épaule.

– Laissez, Brenda, je trouve que c'est une très bonne idée.

Diane fouille dans son bagage et tend le manuscrit à Harvey qui le pose sur ses genoux, le feuillette d'abord, puis commence à le lire avec attention. Brenda et Diane parlent de choses et d'autres puis décident qu'il est grand temps d'aller se coucher. Harvey bougonne qu'il ira plus tard et tout s'éteint dans le pub, sauf une lampe au-dessus de sa table. Diane le regarde avant de suivre Brenda dans les escaliers.

Depuis l'extérieur, dans le noir de la nuit, à travers la seule baie vitrée éclairée, cet homme doit ressembler à un personnage des tableaux de Hopper.

– Ce sont les femmes qui portent les bagages, Commissaire? se fâche Brenda.

Harvey ne répond pas. Il est avec Sarah.

– Ne vous faites pas d'illusions, il s'endort toujours après dix pages. Il ne va jamais bien plus loin. Syndrome de la lecture sédative.

Mais Brenda se trompe.

Harvey, pris par le destin de Sarah, reste penché sur le manuscrit jusqu'au milieu de la nuit. Beaucoup plus qu'il n'aurait pensé. Et pourtant pas assez.

7

Journal de Sarah

Vendredi 29 avril 1966 – Départ pour l'Irlande

Ma valise est bouclée. Pleine de pas grand-chose. Je ne peux enfiler que des robes informes et des chemisiers trop larges. Pas de soutien-gorge non plus, mes seins gonflés ne rentrent plus dedans. Et des culottes de grand-mère. Pour « après », une minijupe *New England Rockabilly*, une jupe taille haute à carreaux, deux paires de collants et un jeans effrangé. Trois tee-shirts, un vert, un blanc et un orange en l'honneur du drapeau irlandais. Et deux bouquins.

Le premier, parce que le titre m'intrigue : « Le Long Labeur du Temps », un ouvrage de science-fiction. Le second, c'est le nouveau titre d'Agatha Christie : « À Hôtel Bertram », que j'ai déjà commencé, mais qui reste pour moi le meilleur des somnifères. En souvenir d'un moment passé avec Ritchie, j'ajoute le court roman de Stevenson : « L'Étrange cas du Docteur Jekyll et M. Hyde. » Quand je vivais encore chez les Flitch, nous sommes allés voir le film. Spencer Tracy, c'est quelque chose ! La semaine dernière, en farfouillant dans les rayons poussiéreux d'un bouquiniste des docks, je suis tombée par hasard sur l'édition originale du bouquin. Coïncidence ?

Dans un sac, j'entasse des affaires de toilettes et deux autres carnets bleus et vierges. Et Mumiah, je te glisse dans une poche à l'intérieur, avec les six cent cinquante *livres* des frères Kray. Le prix d'une voiture !

La nuit blanche me cerne les yeux et me vide la tête d'une absence qui ne me ressemble pas. Une sorte de résignation. Comme si je me regardais partir vers un lieu inconnu, avec pour guide un aumônier des prisons que je viens de rencontrer. Et je vais accoucher. Accoucher ! Seigneur Dieu, je vais accoucher ! Mumiah !

Un soleil pâlichon lustre les toits mouillés des bungalows. Les rues sont aussi désertes que mon âme. L'East End ne se préoccupe pas d'elle. Ni de mon départ. Ni de cette vie qui soudain m'attend. Les deux années passées à Londres se terminent en crachin, dans cette brume froide, presque invisible, et qui pourtant détrempe les os. Il me reste bien quelques souvenirs, mais personne à embrasser avant de partir. Ritchie m'aurait-il serrée dans ses bras s'il ne croupissait pas dans son cachot de Wandsworth ?

À la radio, des chroniqueurs sportifs s'écharpent. La coupe du monde de foot. D'après eux, le groupe de qualification de l'Angleterre est abordable, surtout avec la France dedans. Le sujet de discorde tourne plutôt autour de la composition de l'équipe. Banks ou Springett dans la cage ? Hurst est indiscutable devant. Ritchie serait d'accord, Geoffrey Hurst, c'est son idole. Toute sa carrière à West Ham. 54 buts en 20 matchs la saison dernière. Mais comment le monde peut-il se passionner pour des types qui courent après un ballon quand moi je cavale après ma vie ? Toute seule. Sans Ritchie. Je coupe la chique à ces bavardages inutiles.

9 h 15. J'ai une tête horrible, je n'ai pas dormi. La voiture couleur aubergine du père Patrick se gare devant la palissade du jardinet. Il ouvre son coffre. Je sors. Un dernier coup d'œil à ce triste décor où j'ai quand même été heureuse. J'ai envie de pleurer. Il faut y aller, Mumiah.

Nous nous arrêtons à Stafford après avoir évité le centre de Birmingham. Père Patrick a rendez-vous avec un curé de la ville dont j'ai oublié le nom. J'ai cru comprendre qu'ils étaient ensemble, à Londres, à l'école du Bon Dieu. D'après Père

Patrick, ce curé-là bénéficie d'entrées intéressantes à Glasgow, dans le milieu de la curaille. Plutôt dans les hautes sphères. Chez les Monseigneurs. « On ne sait jamais, » dit-il en coupant le contact. « Anticiper n'a jamais été un défaut aux yeux du Seigneur, » qu'il ajoute.

Repas dans le réfectoire du prieuré. Je suis exilée à une table, du côté des toilettes. Verre et assiette en Pyrex. Couverts d'aluminium. Le pain, coupé épais, date de quelques jours. Je picore la *coleslaw* et grignote sans faim le *fish and chips* du vendredi. Eux parlent à voix basse et, de temps en temps, me surveillent du coin de l'œil. On dirait deux margoulins, deux maquignons, mains jointes, avant-bras sur le lourd plateau de bois, tête penchée l'un vers l'autre. Comme des complices qui se remémorent de mauvais coups. Dieu, qui entend tout, doit en rougir. Vin aidant, je sens leurs conciliabules dériver vers moi. Quand ils glissent les yeux dans ma direction, leurs regards se frisent de frivolité. Moi, la treille de la cure me brûle l'intérieur. Juste bonne à nettoyer les bottes, disait maman. Je prétexte la fatigue des nombreux *miles* déjà parcourus pour demander à me reposer un peu. Notre hôte me propose un fauteuil dans sa sacristie. Je préfère les sièges arrière de la voiture aubergine.

Je t'y retrouve, Mumiah, laissant les hommes de Dieu ergoter sur mon sort. La chaleur de l'habitacle m'ensuque et je relis ce que je viens d'écrire. Les lignes se mélangent. La fatigue de la dernière nuit blanche m'écrase les épaules. Et soudain, une piqûre de lucidité. Glasgow ? Pourquoi Père Patrick a-t-il parlé de Glasgow ? Glasgow, c'est en Écosse que je sache, pas en Irlande, à Tuam ou je dois accoucher. C'est quoi ce micmac ? Mumiah, t'en penses quoi, toi ?

– Rien. Dors un peu, ça t'éclaircira les idées.

Samedi 30 avril 1966
À bord de Ferry de Liverpool à Dublin

Liverpool. Le ferry. Trois heures de traversée. Père Patrick désire consacrer un moment à la prière et reste seul sur le pont arrière. Je m'isole dans un coin de la coursive menant au bar. La salle de restaurant est en enfilade.

Le bateau quitte le canal. L'air sent l'algue et le sel. Les mouettes s'égosillent. La sirène corne deux fois. La côte s'éloigne. Adieu l'Angleterre. Je retourne vers ma terre d'Irlande et je devrais en être heureuse, pourtant j'ai l'impression que ce n'est pas moi qui voyage. C'est une inconnue, perdue et malheureuse. Non, cette fille-là, ce n'est pas moi. La raison me fuit. Comment pourrait-il en être autrement ? Je suis là, assise dans un coin de rafiot, à regarder mon ventre et à redouter ce qu'il y a dedans. Les gens vont et viennent, me sourient si je lève les yeux vers eux. Mais leur bienveillance se froisse aussitôt en reproches dédaigneux dès qu'ils aperçoivent la rondeur du péché sous ma robe. Et je redeviens insignifiante. Cette vie dans laquelle je patauge ne peut pas être la mienne, Mumiah !

Ritchie, j'aimerais tant penser à toi et je n'y parviens même pas. Vers quel futur naufrage ce ferry m'entraîne-t-il ?

Appuyée contre une cloison, j'écoute le bruit de la mer prendre de l'ampleur. Mes seins me font mal. Mes reins aussi. Les moteurs du ferry vibrent comme le rugissement permanent d'un torrent. Je sens qu'une longue houle s'installe. Que la langue des vagues grimpe contre les flancs du navire. Qu'elles tentent de s'accrocher au bastingage puis lâchent prise et retombent s'écraser les unes sur les autres, gonflées d'embruns. J'ai encore le goût du repas de midi dans la gorge. Pour lutter contre la nausée qui me tenaille l'estomac, j'essaie de me rappeler le discours du père Patrick pendant le voyage jusqu'à Liverpool.

Le paysage défile, hypnotisant et soporifique. Nous parlons de tout et surtout de rien. Il m'apprend que la voiture aubergine est une Morris MS ayant appartenu à son paternel. Six cylindres, arbre à cames en tête, direction Bishop Cam à engrenage. Je n'y comprends rien du tout. Peu à peu, le bavardage s'épuise mais, dans mon crâne, les points d'interrogation montent et éclatent comme des ludions de savon. Inquiète de savoir ce qui m'attend à Tuam, je le dis à Père Patrick. Il me renvoie un long silence, puis une moue dubitative suivie d'une profonde inspiration. « Inquiète, tu es sûre ? » Je confirme d'un timide hochement de tête.

Sa réponse tombe et me sidère.

D'après lui, c'est un peu tard pour me préoccuper de ce qui va m'arriver. Je suis seule responsable du désastre de ma vie. Je suis fautive de tout et en même temps, je ne suis rien. Faible et dérisoire, guère plus importante qu'une virgule dans la Bible. Ma faute est de m'entêter à qualifier ce que j'ai créé de mauvais au lieu de l'assumer. C'est en affrontant mes peurs que je les vaincrai et Le Seigneur ne m'aidera que si je viens à lui de la bonne façon. Sauf à me prendre pour Dieu, ce n'est pas à moi de décider ce qui est bon ou mauvais. Même pour moi. Mes idées fausses sur le bien et le mal ne sont que ça : des *idées fausses*. C'est là mon erreur : devenir ce que je suis à cause de la connaissance des autres. Je serai bientôt mère et l'enfant que je vais délivrer au monde est le fruit du péché. Je me trompe sur tout ! Dieu n'a pas créé le sexe pour que les hommes le galvaudent, mais pour leur donner l'occasion de vivre l'expérience la plus tendre, la plus agréable, la plus divine qui soit. La vie m'apprendra à vérifier cette évidence.

Pour être honnête, encore une fois, je n'ai pas tout compris et, décidément, la *coleslaw* et le *fish and chips* ne passent pas. Je me retiens de vomir.

Lundi 2 mai 1966
Tuam – Kilcony Inn

Lorsque nous arrivons à Tuam, il est tard. La pluie désespère mes illusions. Les phares de la voiture aubergine balaient les façades tristes de la bourgade que la peste semble avoir décimé. Pas âme qui vive. Pas le moindre chien pour traverser la rue principale. Juste des portes, des fenêtres éteintes et la lumière d'un quatuor de réverbères pour rendre le décor plus lugubre encore.

Père Patrick roule à faible allure et passe le cœur du village. Il freine. Redémarre. S'arrête à un embranchement. Cherche son chemin dans cette obscurité qui déforme tout. La pluie martèle l'habitacle et le pare-brise. Père Patrick prend sans conviction sur la droite une route boueuse et creusée de flaques qui file soudain vers le néant entre deux murs bordiers. Puis, par miracle, le sentier gravillonné s'écarte sur la façade chaulée d'une auberge et le déluge qui crépite sur ses ardoises.

Kilcony Inn, indique un panneau en bois abîmé par le mauvais temps. Dans le pré jouxtant la bâtisse, deux chevaux sales viennent nous observer, l'encolure fumante, la crinière assombrie par l'orage. Un chien qui ressemble au border collie que maman voulait sauver s'approche, trempé comme une soupe, accablé de flotte, incapable d'aboyer plus de deux fois.

« Nous dormons ici, dit père Patrick. L'auberge est tenue par un vieil ami. Je sais qu'il est tard, mais l'horloge de son hospitalité n'a pas d'aiguilles. »

Un feu de tourbe enfume la salle. Derrière le comptoir, un géant aux bras plus épais que mes jambes, chevelure incandescente, nez écrasé et barbe de deux ans, essuie sans enthousiasme une pinte dans un coin de torchon. Devant lui, deux vieux contemplent la mousse de leur Guinness. Pipe aux lèvres, ils n'ont plus rien à se dire. Le temps s'est sans doute chargé de vider leurs sacs à mensonges.

« Oh là ! hurle le géant roux. V'là la curaille qui pousse ma porte ! Sais-tu, Patrick, que les oreilles du dernier curé entré ici sèchent dans le tiroir de mon bar ? » Puis il écarte les bras et part d'un rire tonitruant.

Le repas est chaud à défaut d'être bon. Un *stobhach Gaelach*. Le mouton trop cuit, les pommes de terre et les carottes, pas assez. Les oignons brûlés.

Père Patrick, après les bruyantes retrouvailles saluées de plusieurs pintes, est assis en face de moi. Son assiette est terminée. La mienne, encore à moitié pleine. Je sens son regard sur moi. Il me prend la main. Le contact m'électrise. D'une voix douce, il m'explique que nous ne resterons pas à Tuam. Demain, nous irons dans un autre village, Glenamaddy, près du lac du même nom. Ce n'est pas très loin d'ici, précise-t-il pour me rassurer. À peine une dizaine de miles. Dans un premier temps, il pensait me confier à l'orphelinat du Bon Secours de Tuam, mais le prêtre que nous avons rencontré à Stafford lui a appris sa fermeture, il y quatre ans…

« Père Georges, tu te souviens ? » insiste-t-il. Je hoche la tête sans quitter des yeux mes doigts qu'il ne veut pas me rendre.

Toujours avec calme et sérénité, l'aumônier me décrit l'endroit que son ami curé lui a recommandé. C'est, paraît-il, une ancienne ferme, rénovée par de généreux donateurs et tenue par les dernières nonnes de la congrégation. C'est là que j'accoucherai. Ensuite, si tout se passe bien, si l'enfant est en bonne santé et si mon comportement le permet, je serai admise dans un autre établissement. On m'y enseignera tout ce qu'une jeune fille doit savoir des tâches domestiques. Son ami, le père Georges, connaît personnellement la sœur qui le gère. La supérieure des Dames Irlandaises d'Ypres, à l'abbaye de Kylemore.

Kylemore ! Mon cœur trébuche. C'est presque chez moi, Kylemore ! C'est mon Irlande ! *Mainistir na Coille Móire* ! Gamine, ma mère m'emmenait pique-niquer là-bas, au bord du lac Pollacapull. En face, le château, encastré dans le flanc de Droughruagh, soutenait toute la montagne. Je connais l'histoire de Kylemore sur le bout des doigts. Ses tragédies surtout. D'un seul coup, j'ai envie d'embrasser cet aumônier de prison qui a forcé la porte de ma vie. Mais, par instinct, je retire ma main et lui murmure que mon ventre devient douloureux. Je dois m'allonger. Le sourire un peu triste qu'il me renvoie me procure une chaleur immense et troublante à la fois.

La clé de la chambre est suspendue au bout d'un rectangle métallique gravé d'une croix celtique. Quand il me la tend, le géant au torchon et au nez écrasé me dit qu'il a allumé un feu de tourbe pour réchauffer ma nuit. Lui aussi, j'ai envie de l'embrasser. L'escalier grince. Le parquet du couloir craque. L'étage sent le renfermé et la pisse de chat. Le lit n'est pas grand mais couvert d'un édredon épais.

Je te sors de mon sac, Mumiah, et te raconte cette interminable journée. Le sommeil me fuit, alors j'écris encore. Le discours de père Patrick tourne dans ma tête. Sa voix chaude surtout. Et si j'avais enfin un peu de chance ? Demain, je lui demanderai l'autorisation de l'appeler par son prénom. Père Patrick, ça fait trop vieux pour lui. Et trop curé aussi.

Mumiah, dans une dizaine de minutes, je te refermerai et je m'allongerai sans dormir. J'essaierai de considérer mon avenir en toute conscience et remercierai Dieu pour ce qu'il m'a donné aujourd'hui. Mais avant, j'ai une ou deux questions, je peux ?

– Vas-y.

– Est-ce qu'un curé, ça peut tomber amoureux ?

– T'as d'autres questions idiotes du même genre ?

– Comment tu le trouves, Patrick ?

– C'est père Patrick. Lis « l'Étrange cas du Docteur Jekyll et M. Hyde. »

– « L'Étrange Docteur Jekyll et M. Hyde », je connais l'histoire ! Quel rapport avec père Patrick ? Mumiah, tu m'énerves avec tes sous-entendus. De toute façon, je n'ai plus envie de plonger le nez dans un livre. Pas maintenant.

Jusqu'à trois heures du matin, il pleut. Des gouttes énormes claquent sur les ardoises et dans les chenaux. Certaines descendent par le conduit de la cheminée et agressent le feu que le géant rouquin a eu la gentillesse d'allumer dans ma chambre. Les braises de tourbe crachent alors comme des chatons furieux.

Le tintamarre de l'eau s'apaise peu à peu puis se transforme en mélodie agréable. Dehors, un chien jappe après la lune. Mon cerveau mouline dans le vide. À cette heure-ci, Dieu doit dormir depuis un bon moment. Mumiah, je n'ai que toi à qui parler. Pourquoi tu ne dis rien ? Hé, l'ange ! Tu es fâché ?

– Non. Les anges gardiens n'ont pas à l'être car ils n'attendent rien des humains. Va te laver les dents et souffle cette bougie avant qu'elle ne fiche le feu aux rideaux. Pour ta gouverne, Dieu ne dort jamais. Prie, si ça te chante.

J'ai bien conscience d'imaginer à la fois les questions et les réponses, mais qu'importe. Mumiah, tu as raison. J'improviserai une supplique. J'espère la terminer avant de sombrer dans mes rêves.

Mardi 3 mai 1966
Arrivée à Glenamaddy

Trois coups tambourinés contre la porte de ma chambre. « Le breakfast est prêt ! » La voix de père Patrick m'extirpe d'un rêve délicieux. J'essaie de m'accrocher aux images inventées. Dans un couloir de rhododendrons pourpres, une rivière serpente, rebondissant contre les cailloux qu'elle bouscule.

Là-bas, l'abbaye de Kylemore m'offre l'abondance et la protection de ses gargouilles en forme d'angelots aux visages de jeunes filles.

Trois nouveaux coups. « Dépêche-toi, Sarah. »

Je tombe de mon rêve. J'ai l'impression d'être une pierre dégringolant le versant d'une colline. Comment ma vie va-t-elle rebondir aujourd'hui ? Jusqu'où va-t-elle dévaler ? Mon ventre bouge de plus en plus fort.

Thé, œufs au bacon et assortiment de saucisses. L'odeur écœurante d'une pipe se mélange à celle de la tourbe éteinte. Je me force à avaler deux ou trois bouchées pendant que père Patrick charge nos valises dans le coffre. Il revient avec une carte routière qu'il déplie sur le bar. Son ami, l'aubergiste, reprend sa place derrière le comptoir et l'essuyage éternel de sa pinte. Père Patrick lui explique notre itinéraire. Le géant lorgne dans ma direction, les sourcils en accent circonflexe. Sa barbe remue de droite à gauche, m'envoyant un « non » silencieux. Pas pour m'interdire de parler, mais pour m'avertir d'un possible danger. Pour m'y préparer. Son front se barre d'inquiétude.

Flitch, mon violeur, avait souvent cette tête les lendemains de cuite. « La ferme ! qu'il disait au moindre mot. Je vous préviens que ma bonne humeur est restée sous l'oreiller ! »

C'est le départ. Une route déserte. Des fossés gorgés de pluie. Des prés. Des haies. Par des questions sans importance, j'alimente une discussion qui ne vient pas. Père Patrick se contente de me répondre par des « oui », des « non », des « peut-être », ou des « on verra bien. » Au bout d'une dizaine de *miles*, devinant mon inquiétude, il pose avec douceur sa main gauche sur mon ventre. Son geste me bouleverse. Tout en moi frémit soudain. De surprise d'abord, d'une sorte de plaisir honteux ensuite. Pour masquer mon trouble et profiter de l'occasion, j'ose le déranger de la question qui m'obsède depuis la veille.

« Je peux t'appeler Patrick ? Père Patrick, ça me gêne un peu. »

Après un moment d'hésitation flattée, il accepte, à condition que je ne le fasse que dans les moments où nous sommes seuls. Là où nous allons, il souhaite que je garde le « père » entre nous. Les sœurs ne comprendraient pas une telle familiarité, et une attitude trop légère nuirait à ma bonne intégration et aux règles édictées par l'institution. Cette remarque me replonge dans une réalité que j'avais trop vite coloriée du vert de l'espérance. Le « Quelle gourde ! » muet que je m'inflige ne sert qu'à amplifier mon désarroi.

La N83 défile vers Dunmore, rectiligne et triste, percée d'œils-de-chat. Pour m'éviter de penser, je décide de les compter. C'est hypnotisant. Ensuite, la nationale devient un trait de goudron au milieu des prés, jusqu'à Glenamaddy. Dans la bourgade, les maisons se succèdent, toutes les mêmes, différenciées par la seule couleur de leurs portes d'entrée. Patrick ralentit en passant devant l'église, un édifice pompeux en pierre grise. Pendant un instant, j'espère qu'il va s'arrêter, mais il repart. C'est terrible, j'ai envie de pisser. À m'en mordre les joues.

« Deux *miles* », me répond Patrick lorsque je lui demande si c'est encore loin. On tourne à gauche. L'asphalte n'est plus qu'un chemin filant en direction de nulle part, bassiné de trous de pluie sale. Sans fin. On dirait un sentier longeant un champ de bataille dévasté par les obus. Ne manquent que les charrettes renversées, attelées à des chevaux morts. Et les cadavres des soldats. Çà et là, des silos rouillés au milieu du brouillard qui suinte de la terre. Les murs d'une ancienne bergerie ne sont plus qu'un enchevêtrement de poutres et de pierres. Le ciel, resté bleu quelques minutes, redevient gris et bas, plus lourd qu'un couvercle de cercueil. Tout est détrempé. Un abreuvoir à vaches, rempli à ras bord, se déverse dans une flaque boueuse. Plus loin, contre la porte d'une grange, une affiche se décolle. Celle d'une foire aux moutons datant de l'année dernière. Dans cette brume de fin du monde, des bâtiments se dessinent alors. Imposants et sombres. Agglutinés. Le flou se dissipe à notre approche. Sur le plus distant, le toit s'est effondré. Sur les autres, le crépi soufflé des façades jaunâtres a été rafistolé au ciment. Un décor de film d'épouvante. Pourvu que ce ne soit pas là !

« On est arrivés, » dit père Patrick.

Sa voix n'est plus aussi douce qu'hier soir. Je suis glacée de trouille. Les ornières secouent la voiture aubergine. Et mon envie de pisser. On pénètre dans la cour intérieure : un marécage encerclé de bâtisses qui ne tiennent debout que par l'opération du Saint-Esprit. Je n'en crois pas mes yeux. Père Patrick non plus. Pour s'éviter la peine d'un signe de croix, ses lèvres remuent d'une prière silencieuse. Ou d'une grossièreté pour alerter Dieu.

Sous un porche, en haut d'un court perron, une nonne attend. À l'endroit où elle se tient, son parapluie ouvert ne lui sert à rien. Voile et coule noirs, scapulaire de dévotion autour du cou, la moniale, aussi haute que large, est une statue taillée dans un bloc de méchanceté. Père Patrick se gare au milieu de la désolation et coupe le contact. Je reste pétrifiée. « Descends, m'ordonne-t-il. » Je descends. Un chien marron et blanc vient à ma rencontre, la truffe reniflant la boue, comme si le diable lui avait botté le derrière. L'animal efflanqué passe devant moi sans me voir. Je ne dois déjà plus exister.

Derrière la nonne sombre, une porte s'ouvre et libère une volée de mioches, tous plus sales les uns que les autres. Deux filles du Seigneur suivent la meute. Leurs cris dirigent le troupeau braillard vers un préau fermé de latrines. Les gamins tournent dans les jambes des sœurs, telles des mouches affamées autour d'une bouse. L'un d'entre eux s'arrête, indifférent aux ordres. L'index fourré dans une narine, il me regarde comme si j'étais une apparition divine. Chérubin dépenaillé et laid. Enfant déjà vieux. Brouillon de misère. Dans ses yeux, l'espoir est une bougie presque éteinte, oscillant entre le douloureux et l'inexorable acceptation. Un coup de trique sur les cuisses le remet dans le rang des rats crotteux.

Père Patrick m'encourage d'un sourire forcé. « Je te présente sœur Magdalena, dit-il. Sœur Magdalena, voici Sarah. »

Un regard chargé de reproches me pénètre. Le visage de cette femme est dédié à la haine des pécheresses dans mon état. Elle reste muette. Ses yeux descendent sur mon ventre. Je l'imagine prier pour me voir accoucher sur un tas de fumier.

« Elle est bien pleine », constate-t-elle avec l'aplomb d'un maquignon estimant la panse d'une vache. Sans me quitter du regard, elle ajoute de strictes consignes à l'attention de Père Patrick. Son lit a été préparé. Sœur Mary l'accompagnera et lui expliquera les lieux. De manière tout à fait exceptionnelle, et à contrecœur, sœur Magdalena avoue avoir cédé à la requête de son ami de Stafford, le père Georges. L'autorisation d'assister à l'accouchement lui est refusée, mais il pourra patienter dans une pièce à proximité de la nursery. Puis, la sévère moniale se tourne vers moi.

« Toi, tu me suis. »

Mes jambes se dérobent. Père Patrick se précipite pour me soutenir. « Viens, murmure-t-il. » J'avance un pied, l'autre ne suit pas. Je sens un liquide chaud me réchauffer les cuisses. Je me pisse dessus.

Nous entrons dans une cuisine immense. Sur mon épaule, la main de Père Patrick est celle de Dieu. Il marmonne quelque chose. C'est du latin. Une prière ? Il m'aide à m'asseoir et m'abandonne là, telle une hostie sur la langue d'un mécréant. La pièce est froide et humide. Des chaises dépaillées cernent une table en chêne, épaisse, longue comme un jour sans pain. Le plateau est incrusté de taches de bougies et de morsures de lames de couteaux. Sœur Magdalena gagne ce qui doit être sa place. Une chaise plus haute que les autres, avec des accoudoirs. Cette imitation de trône tourne le dos à la cheminée éteinte. La nonne me dévisage avec la répugnance d'une bourgeoise devant la main tendue d'un miséreux. Et le discours fielleux dont elle me couvre me repousse au rang des âmes inutiles.

Je suis là parce que je suis une dévergondée. Cet endroit me permettra d'expier mon péché de luxure. Dans son immense bonté, Dieu m'accordera son pardon si ma repentance est sincère et si je tire un trait sur mon immonde penchant pour le sexe. Ici, la règle est simple : accoucher et se taire. Le silence est le meilleur refuge pour les impies de mon acabit. En public, je ne parle que si elle m'y autorise, et les yeux baissés. Toujours. Et la vacharde ponctue son couplet d'un humiliant « Va te laver, tu pues la pisse. »

Je me lève sans savoir où aller. Une peur mêlée de haine me dévore.

« Peggy ! Ici, tout de suite ! » hurle sœur Magdalena.

À gauche de la cheminée, la tenture s'écarte. Je m'attends à voir apparaître le diable. La Peggy en question n'est guère plus âgée que moi et ressemble à une truie dressée sur ses pattes arrière. Elle porte une robe grise, trop longue, protégée par un tablier ridicule. Son chemisier contient mal sa lourde poitrine. Regard vide et bouche ouverte, son teint a la pâleur d'un cierge. Sa tignasse, peignée d'un coup de vent, rend sa folie perceptible. Ou alors c'est la tristesse et la résignation de ne pouvoir être belle. Lorsque je passe devant sœur Magdalena, j'oublie de baisser les yeux. Le rappel à l'ordre qu'elle crache m'explose au visage. Puis une claque me dévisse le menton.

«Viens,» dit doucement Peggy en me prenant la main.

Je ramasse mon sac et ma miséreuse défaite.

La chambre est monacale. Deux lits en fer, hauts et étroits, séparés par une seule table de nuit. Un lavabo. Une bassine, un broc et, contre le mur, une armoire métallique rouillée. Le sol est en terre battue. Je suis nue, debout au milieu de la pièce. Peggy me lave. Le gant trempé d'eau froide court entre mes cuisses, sur mes fesses, sur mon ventre. Elle en prend un autre pour essuyer mes larmes puis m'enveloppe les épaules d'une couverture trop fine et trop rêche. Je claque des dents. «Tu devrais t'allonger», murmure-t-elle. Sa voix a la douceur d'un bonbon au miel. Je la serre dans mes bras, comme si tout le reste de ma vie dépendait soudain de cette inconnue. J'ai honte de l'avoir comparée à une truie. J'en suis une, moi aussi. «Allonge toi», insiste-t-elle.

Je lui obéis et m'endors, abrutie de désespoir, dans un sommeil sans rêves.

Jeudi 5 mai 1966
Glenamaddy

Une main me secoue doucement puis des doigts caressent ma joue. Combien de temps a duré le néant de ma nuit ? «C'est l'heure de manger, murmure Peggy.» Je refuse et cherche mon sac. Je lui dis que je vais écrire. «À qui ?» me demande-t-elle.

Je lui réponds : à Mumiah.

Et j'écris pendant des heures. Tout ce qui vient de m'arriver depuis que je suis ici. Ce que j'imaginais est bien pire qu'une simple descente aux Enfers. Depuis plusieurs jours, je ne parviens pas à me ressaisir. Même mes phrases n'ont ni queue ni tête.

Les couloirs de Glenamaddy sont déserts et l'institution roupille sur l'oreiller de sa bonne conscience. La porte grince. Peggy m'apporte un bout de pain et une pomme. « Avale ça au lieu de te cuire la vue sur ton papier », m'ordonne-t-elle en les collant sur mon ventre. « C'est qui, Mumiah ? »

Je lui raconte ma vie. Au moins des petits morceaux. Peut-être en mentant un peu. Elle est assise au bord de son lit, la bouche ouverte en permanence, les yeux toujours écarquillés. Un « ben vingt dieux » blasphématoire sanctionne la fin de mon récit. Puis elle s'allonge, les mains derrière la tête, le regard rivé sur les fissures du plafond. Puisque j'ai un carnet et un stylo à bille, la brave fille me demande de recopier ce qu'elle va dire. D'après elle, ça ne sera pas long, elle n'arrive pas trop à coudre les mots ensemble.

« T'es prête ? J'y vais… »

C'est Padraig O'Toole qui l'a prise, un soir de beuverie. Culbutée entre deux poubelles, derrière un pub. Elle n'a rien dit parce qu'il est de la Garda Síochána. Dans le coin où elle vit, les flics, faut pas leur chercher des poux sur le crâne. Quand elle a été grosse, son paternel lui a donné le choix. « Ou tu craches le péché d'un coup d'aiguille à tricoter, ou tu accouches ta honte ailleurs que chez moi. Le plus loin possible. » C'est ainsi qu'elle est arrivée à Glenamaddy. Sa gamine est née, elle l'a allaitée pendant une semaine et on la lui a enlevée. Peggy raconte ses pleurs et sa fierté de ne rien dire et de ne pas se plaindre. Aujourd'hui, elle pense que sa môme est sans doute morte. Elle n'a pas beaucoup de courage, alors elle est restée là, à obéir aux ordres de cette garce de sœur Magdalena, pour s'occuper de la nursery. Quand elle y réfléchit, elle se maudit d'avoir accepté. Ici, les enfants naissent, mais deux sur trois disparaissent. Et on ne les revoit jamais plus. Enterrés comme des chats crevés… L'institution n'en garde pas plus d'une dizaine sur les tables à langer, les fesses à l'air ou, au mieux, emmaillotées dans des torchons. Sinon, ça coûte trop cher... Les mères, dans le bâtiment sud, attendent d'être sevrées avant de rentrer chez elles. Pas une n'est capable de reconnaître son enfant. De toute façon, ils ne sont pas destinés à être reconnus. Ils sont destinés à mourir ou à survivre, selon le bon vouloir de Dieu. Ceux qui cavalent dans la cour, les grands que j'ai vus en arrivant, ce sont les plus résistants. Ils n'appartiennent à personne et personne ne sait qu'ils existent. Ils sont toujours une douzaine. Certains, les moins vieux, sont placés dans des familles riches. Les autres, passé l'âge de six ans, sont rendus à la misère des villes. Puis Peggy se tait. « nous sommes en enfer, ici, Sarah, et c'est nous qui mettons les bûches dans le fourneau ». Et elle se couvre le visage de son oreiller pour étouffer le hurlement de sa honte.

J'ai peur, Mumiah. Cette fois, j'ai vraiment peur. Tu vois, mon écriture tremble. Encore une ligne ou deux, si je peux... Avant de m'embrasser sur le front pour bénir ma nuit de beaux rêves, maman me disait :

« Si un cauchemar te réveille, répète ton prénom dix fois. Tu entendras alors la voix de ton âme. Son message sera limpide et t'éloignera des Enfers en t'indiquant le chemin à suivre. »

Mumiah, je vais souffler ma bougie et répéter mon prénom. Jusqu'au matin, s'il le faut.

Vendredi 20 mai 1966
Glenamaddy

Hier, père Patrick a quitté Glenamaddy pour quelques jours, le temps de régler des affaires urgentes dont il n'a pas voulu me parler. En regardant partir la voiture aubergine, j'ai eu l'impression d'être abandonnée par le seul ami que j'avais encore, celui qui me reliait à mon passé avec Londres et Ritchie. Il doit revenir demain. J'ai mal dormi.

Ce jour qui vient n'a pas d'âme. Dehors, le ciel s'encombre de nuages bas, lourds, chargés de pluie. Des panses de moutons. Énormes. Comme le mien. Là-bas, à la lisière d'un pré gorgé d'eau, une charrette de tourbe bringuebale au cul d'un âne.

Un chien cavale autour de l'attelage. Derrière, un homme suit le cortège. Les odeurs de la nuit flottent dans la chambre. Les restes d'un mauvais rêve aussi. Peggy se prépare pour se rendre à la nursery. « À s'occuper des crapauds », comme elle dit.

Ce matin, après avoir pleuré, comme toutes les nuits, la tête enfouie dans son oreiller, elle se lève et s'assied près de moi, le visage marqué d'une résolution butée. Après diverses digressions, elle m'explique avoir un plan pour nous tirer de cet enfer. Mon état ne me permet pas d'envisager de partir, mais mes protestations restent vaines devant son entêtement. Elle récupère mon carnet bleu, le pose sur mes genoux et me demande d'écrire sur mon « truc » ce qu'elle veut me dire. Promis, si elle va trop vite, je l'arrête.

Cette nuit, pendant qu'elle chialait, elle m'a vue tourner autour de mon lit. Je tirais les draps, regroupais mes affaires. D'après son expérience, c'est un signe. Les lapines font pareil. Quand elles sentent que les oreilles du premier lapereau vont se pointer, elles rangent le terrier. Pour être sûre, elle doit vérifier une ou deux choses. D'abord, elle va me toucher les pieds. Si le gros orteil est plus froid que les autres, c'est que ma chaleur remonte vers mon ventre. Ensuite, elle posera ses doigts entre mes cuisses, pour voir si je commence à m'ouvrir. Je dois me laisser faire et ne pas crier. Pas le moment d'alerter la cavalerie des nonnes. En principe, j'aurai pas mal.

Elle m'agace. Où veut-elle en venir ? Devant son insistance, je ferme les yeux et j'implore le Ciel de ne rien ressentir, prête à tout supporter pour ficher le camp d'ici.

« Normalement, c'est pour demain après-midi », confirme Peggy en remontant mes draps. Et elle repart dans son monologue d'experte en accouchement. Avec la pleine lune de cette nuit, certaines filles mettront bas plus tôt que prévu. Le matin, la garce de Magdalena a poussé la porte de ma chambre, elle m'a reniflée. La connaissant, elle a déjà deviné à quelle heure viendra mon tour. Ça se passera dans la buanderie, pas dans la nursery. Je vais savoir ce que c'est que d'avoir mal et ce sera cent fois pire que dans un cauchemar. Tronçonnée de bas en haut, le dos et le ventre transpercés de fulgurances. Toutes les dix minutes au début. Après, ça se rapprochera. Ce sera de plus en plus long, de plus en plus intense. Incontrôlable. Je maudirai ma mère de m'avoir mise au monde pour que je souffre autant qu'elle. Heureusement, Dieu est malin, il a tout prévu, et on oublie vite la souffrance quand elle s'arrête d'un seul coup. Sinon, pourquoi les femmes pondraient-elles un second marmot après avoir enduré le martyre d'une première naissance ?

Dans la buanderie, donc, c'est une vraie glacière d'après Peggy. La pierre du lavoir est froide, mais pratique à nettoyer. Les nonnettes vont me retirer l'enfant et je ne le reverrai plus. Là, le plus important, c'est de m'arranger pour le griffer. N'importe où. Sur le dos, sur les jambes, on s'en fiche. C'est le seul moyen de le reconnaître quand il sera au milieu des autres. Ensuite, je regagnerai mon lit et j'en profiterai pour retrouver des forces. Et pendant la nuit, on se tirera avec mon curé, sa bagnole et notre progéniture. Peggy dit qu'elle ramassera un nouveau-né au passage. Une fille de préférence. Histoire de ne pas rentrer chez elle bredouille. Hier, elle a pris son courage à deux mains pour appeler sa mère. L'ancienne est d'accord pour qu'elle revienne. Avec sa gamine. Son vieux, c'est une autre paire de manches. Elle fera avec son sale caractère. Une fois qu'il aura la petite devant lui, il faudra bien qu'il l'accepte. Surtout si mon curé est là, il n'osera jamais nous faire de mal. Ni à nous ni aux mômes.

Elle me demande si j'ai écrit tout ce qu'elle a fomenté.

Je lui réponds qu'elle perd la tête. Pourquoi m'enlèverait-on mon enfant ? Père Patrick ne cautionnera jamais une telle folie ! Au moment de l'accouchement, il sera dans la pièce d'à côté et il s'y opposera. Sœur Magdalena l'a promis.

« Cette vieille, c'est pire que la concubine du diable ! » s'exclame Peggy.

Et elle continue. Cette nonne, c'est le mal ! Je ne dois jamais la croire, elle change d'avis quand ça l'arrange. Sa seule raison de vivre, c'est la souffrance imposée par Dieu aux pécheresses dans notre genre. Mais bon, après tout, c'est moi qui vois... Mais mon curé, il fera comme les autres. Il baissera le nez et vérifiera si ses chaussures sont bien cirées. Point barre. Avec un peu de chance, il bénira mon ventre et tournera les talons.

Et Peggy de me supplier de tenter le coup. Si père Patrick me rend visite, je dois à tout prix essayer de le convaincre. Si je chiale de trouille en me serrant contre lui, il craquera comme une biscotte, c'est sûr. Elle a vu ses yeux traîner sur mes nichons. Dans la même confidence, elle me garantit que ses mamelles ont été souillées plus souvent qu'à leur tour par des regards pareils. Mon père Patrick, il me suivra au bout du monde tant qu'il ne m'aura pas possédée jusqu'au trognon, elle me le jure. Moi, parfaite idiote, je gobe tout et ne prends pas ses prédictions pour des menaces, mais pour des compliments.

« T'as tout noté dans ton carnet bleu ? C'est bien… Alors, cogite et relis tout ça pour t'en persuader. Sur ce, dors bien. »

J'ai tout noté, et quand je relis, Mumiah, j'ai honte d'avoir encombré tes pages des mots sales et des phrases tordues de Peggy.

Sur la table de chevet, un bol de soupe claire, deux biscottes, un morceau de beurre rance et un couteau. Je n'y toucherai pas. Cette nuit, comme annoncé par la pleine lune de Peggy, trois autres mères ont accouché. Des cris. Des cavalcades. Des pleurs, des hurlements de bébés refusant le monde de misère dans lequel on les tire par la tête.

Mumiah, existe-t-il sur cette terre un endroit, même tout petit, même très lointain, planté du seul bonheur de Dieu ?

Je suis assise sur mon lit, jambes écartées, bouche ouverte, et je halète comme un soufflet de forge. Une douleur me traverse, puis s'estompe peu à peu. Ma respiration s'apaise. Mon odeur me dérange.

J'écris et je relis les pages précédentes, tout ce que Peggy m'a dit. Et si elle avait raison ? Enterrés comme des chats crevés. Cette phrase me terrifie. J'écris encore. Les mots bousculent beaucoup d'angoisse.

Mumiah, aide-moi mon ange !

Lundi 23 mai 1966
Glenamaddy

Je n'ai pas le courage d'avoir mal. Une autre douleur monte. Et là, ça devient plus difficile.

La porte de ma chambre s'ouvre. Épaisse et ronde, noire comme une mygale, mère Magdalena entre. Épinglée contre le mur du couloir, je devine derrière elle l'ombre de Patrick. « Tu as des contractions ? » demande-t-elle. Je lui retourne un oui craintif. « Souvent ? » insiste-t-elle en soulevant mon drap. Je n'en sais rien. C'est quoi, souvent ? Sa main touche mon gros orteil puis palpe mon ventre comme si elle pressait une serpillière humide. « Jusqu'à maintenant, c'était des fausses. Dans une heure, tu perdras les eaux. Après, ce sera à la grâce de Dieu. »

Ses doigts écartent ma chemise et m'écrasent le bout des seins. « Ce n'est pas plein. Tu ne pourras peut-être même pas allaiter. »

Puis elle autorise père Patrick à entrer. Dix minutes, pas plus, parce que le travail va commencer.

L'aumônier avance. Méconnaissable. Livide. Les mains jointes sur son ventre en une inutile prière. Ma poitrine encore découverte aimante son regard. Je ne me souviens pas de ses premières phrases. Des banalités du genre « tu vas bien ? » Gardant mon chemisier ouvert, je lui demande de m'entendre en confession et il accepte. Hésitant, il approche une chaise du lit. Le signe de croix dont il me gratifie n'est qu'un rapide mouvement de main gêné, comme pour chasser une mouche inopportune. Au fur et à mesure de mon déballage, son visage se décompose de stupéfaction. Je lui raconte tout ce que Peggy manigance. Enfin presque tout…

« Sarah, c'est… c'est impensable ! »

Pour lui, la meilleure solution est de confier l'enfant à cette institution. Sœur Magdalena lui trouvera une bonne famille qui l'élèvera dans l'amour de Dieu et la foi chrétienne. Je ne peux pas l'assumer ! Mon amie a perdu la tête ! Je dois prier le Seigneur de m'aider à supporter ma douleur. C'est ce que je dois au Tout-Puissant pour mes errements.

Je lui coupe la parole et saisis le couteau sur la table de chevet. Ma colère est froide. Peu importe ses conseils, ceux de Dieu et de toute sa clique de curés. J'accepte de souffrir, mais pas d'accoucher pour qu'une bourgeoise stérile berce mon enfant à ma place. Je me confesse, un point c'est tout. Je veux être pardonnée à l'avance de mon geste. S'il refuse de m'aider, de nous aider, Peggy et moi, je me tranche la gorge. Mieux vaut perdre la vie que son âme. C'est bien une de ses phrases, non ?

Il blêmit.

Lentement, je m'assieds au bord du lit. Poitrine offerte, je me penche sur lui. Le visage couvert de larmes, je pose ma tête sur ses cuisses. Mon front touche sa braguette. Et j'attends. Mumiah, sers à quelque chose pour une fois, aide-moi ! Donne-moi la force et à lui la faiblesse qui nous sauvera ! Je m'agenouille cette fois et... merci mon ange ! Peggy avait raison. Patrick me caresse les cheveux. Appuie un peu sur ma nuque. Sa respiration ralentit, plus longue, plus profonde.

Ritchie ronronnait de la même manière...

« C'est d'accord » finit par dire Père Patrick d'une voix rauque.

Depuis sa chambrée, il aperçoit notre fenêtre. Nous partirons cette nuit. Je dois garder la lumière allumée, tirer deux fois les rideaux pour lui donner le signal et il nous attendra dans la voiture.

Il s'en va et me laisse là, en prière devant une chaise vide. C'est dans cette position qu'une nouvelle contraction me mord le ventre et je hurle.

Là, c'est vraiment sérieux.

Vendredi 27 mai 1966
Glenamaddy

Peggy avait raison. C'est inhumain. Appuyée contre le mur de la chambre, j'attends la douleur suivante. Mes reins me brûlent. J'arrive à me traîner jusqu'à une chaise. Mumiah, je vais mourir ! Mon ventre se vide d'un liquide blanchâtre. Je hurle de terreur. Une nouvelle fulgurance me découpe de haut en bas et je repense à la tronçonneuse de Peggy. Deux nonnes se précipitent pour m'emmener à la buanderie. Sœur Magdalena est là. Dans ce couloir interminable, elle marche devant moi, m'emportant vers mon calvaire. Celles qui me soutiennent me trimbalent comme un morceau de viande. Dans la buanderie, le sol est encore maculé des accouchements de la nuit. Les deux chauves-souris m'allongent sur une pierre glacée qu'elles rincent d'un seau d'eau et, sans ménagement, m'écartent les jambes.

« On voit la tête ! » dit la première. « Appuie sur le ventre ! » ajoute la seconde. « Vas-y, pousse ! Pousse ! Qu'on n'y passe pas des heures ! »

Ça recommence. Je ne sais combien de fois.

Je m'évanouis.

Je suis dans ma chambre. Hagarde. Mon ventre s'est dégonflé et j'ai honte d'avoir perdu connaissance. Je viens d'accoucher sans savoir si j'ai mis au monde un garçon ou une fille. Je n'ai même pas pu griffer son corps comme Peggy l'avait recommandé. Mumiah, je le reconnaîtrai comment mon bébé maintenant ?

Comme une morte de faim, j'avale une soupe de persil, pour calmer les montées de lait, et de pommes de terre écrasées. C'est froid. Écœurant. Mes mains s'agitent. Secouée de frissons, je claque des dents. J'ai l'impression de devenir folle. Peggy a raison, on doit fuir, c'est impossible de rester dans ce trou à rats. Mais avec quel bébé : Le mien ? Celui d'une autre ? J'entends des pas dans le couloir. Des bruits de sabots et des rires qui s'éloignent. Fausse alerte. C'est trop tôt. Les nonnes sont encore dans la cuisine. Si la sinistre Magdalena se met en travers, je la tue, Mumiah, je l'étrangle avec son chapelet.

Les rideaux sont tirés. De l'autre côté de la cour, Patrick attend de les voir s'ouvrir deux fois. Fermer les yeux et prier. Je ne suis pas certaine de pouvoir tenir debout, encore moins de courir. Sur mes cuisses, le sang a séché. Je dois me laver.

Voilà, c'est fait. J'écarte deux fois le rideau.

Le couloir menant vers la nursery est vide. Peggy est là, cachée dans une embrasure, un tisonnier à la main. « On y va ? t'es prête ? » Je suis prête. Prête à tout pour ficher le camp. « Tu crois que ton curé ne va pas nous la jouer à l'envers ? ». Je n'en sais rien, je l'espère. « Parce que sinon, on est dans la merde. Tu sais démarrer une voiture et conduire ? » Je sais. Ritchie m'avait appris. C'était une Triumph. « Sarah, on s'en fiche de la marque. Tu sais ? T'es sûre ? » Je confirme. « Alors on bouge, murmure Peggy en crochetant la serrure de la nursery. Prends-en un. N'importe lequel de ces quatre-là. Ils sont nés cette nuit. Celle du bout, je me la garde. Elle a deux mois. »

J'en choisis un. Le plus petit. Il dort, emmailloté dans une serviette. Les autres, entortillés dans des torchons de cuisine, gémissent et se battent contre des fantômes. De vulgaires jambons. Ils ne me font pas envie.

J'ai honte de moi.

Vendredi 3 juin 1966
Buncrana, chez Peggy

Désolée, Mumiah, je n'ai pas eu beaucoup de temps à te consacrer. Le petit accapare toutes mes heures. Je pensais le prénommer Nolan, mais j'ai choisi Geoffrey, comme l'avant-centre de West Ham et de l'équipe nationale. Ritchie sera content. C'est pas mal, Geoffrey ? T'en dis quoi ?

Geoffrey, né le 27 mai 1966.

Dans l'astrologie celtique, c'est un Chasseur-Cerisier. Si je me rappelle ce que racontait maman, il sera beau, charmeur et d'une éternelle jeunesse. Par contre, toujours d'après elle, sa vie agréable connaîtra un destin tragique. Maman était Chasseur-Cerisier… Elle craignait d'attirer la mort et de la retenir dans ses veines au sang rouge cerise.

Et elle y est arrivée.

Mieux vaut ne pas y penser. Qui est son ange gardien ? Mumiah, renseigne-toi s'il te plaît. J'espère qu'il sera meilleur que toi, parce que j'ai l'impression que tu m'as abandonnée sur ce coup-là. Nous n'avons pas fait un demi-mile que je me suis évanouie dans la voiture. Je me suis réveillée dans ma chambre à Kilcony Inn, deux jours plus tard, faible comme une chiffe molle et fiévreuse. Sombre et furieux, père Patrick arpente la pièce. Peggy s'occupe des enfants en me couvant des yeux, et le géant roux a fait venir sa vieille mère qui soigne ma fièvre en bougonnant des horreurs contre ces filles de Dieu.

Il m'a fallu cinq jours de plus pour me remettre sur pied.

Cinq jours pendant lesquels chacun me veille à tour de rôle. Quand c'est à père Patrick de le faire, le visage tourmenté de désir, il glisse sa main sous mes couvertures et caresse mes seins douloureux. Pour m'apaiser, dit-il. Pour m'aider à m'endormir. Et collant ses lèvres contre mon oreille bouillante, il me promet mille plaisirs dès que je serai en état. En secret. Rien que pour nous deux. En remerciement de tout ce qu'il fait pour moi. Par la grâce de Dieu qui lui accorde ce droit. Et moi, Mumiah, je lui en suis reconnaissante. De m'aimer plus que son Dieu. De me désirer plus que son paradis.

Le géant roux n'a rien voulu entendre quand j'ai cherché à payer pour nos nuitées. Il a juste exigé de Peggy et de moi que nous essayions d'être un peu heureuses à partir de maintenant. Je ne sais pas ce qu'il a dit à père Patrick pour le mettre d'aussi méchante humeur après moi. J'ai vu dans les yeux de sa vieille mère autant de haine pour mon curé que de pitié pour moi.

Finalement, nous avons trouvé refuge chez les parents de Peggy, à Buncrana, comme prévu. Je suis dans une chambre à l'étage, avec Geoffrey. Il dort. Buncrana, c'est une petite ville du Donegal, dans la péninsule d'Inishowen, le long d'un lac. C'est plus un fjord qu'un lac. L'endroit me rappelle Streamstown Bay. Les mêmes prés qui descendent vers l'océan, saupoudrés de moutons. Les mêmes cimetières tournés au vent d'ouest. Et des plages de sable, belles et tristes, à n'en plus finir. Je n'ai pas le moral, Mumiah, j'ai un ciel sombre dans la tête. La journée a été longue.

Et je repense à notre voyage pour arriver jusqu'ici.

Père Patrick roule toute la nuit. Je suis assise à l'arrière de la voiture aubergine. Quand nos regards se croisent dans le rétroviseur, je devine de l'inquiétude dans ses yeux. Ou de l'impuissance. Pas ou peu de gentillesse. De la rancœur aussi.

C'est un voyage étrange. Silencieux. Chacun mouline dans sa tête des grains de mauvaise conscience. Moi, c'est un silo de culpabilité. L'image des gamins dans la nursery vire à l'obsession. Ma honte de les avoir abandonnés devient de la rage à mon encontre. J'aurais dû les prendre tous. Deux au moins. Nos petits dorment, bercés par la route, sans même se douter qu'ils sont des rescapés. Peu avant une bourgade du nom de Letterkenny, le voyage se transforme en cauchemar. Les deux hurlent de concert. Tout le monde s'énerve. Père Patrick s'arrête sur la place d'une église et nous plante là. Peggy, sa fille, mon Geoffrey et moi. Quelle idée de prier n'importe où à n'importe quelle heure! Il aurait au moins pu se garer devant une pharmacie!

Première mise au sein. Maladroite. Douloureuse aussi. Peggy, sevrée, m'aide comme elle peut. «T'as pas encore de lait», me dit-elle. Je vais devoir patienter un jour ou deux. La première montée, paraît que c'est quelque chose, «imagine un rat qui s'agrippe à tes tétons.» En attendant le pire, je dois rassasier Petit Geoffrey de ce que je peux lui donner. C'est une catastrophe. De mon sein douloureux, ne perle qu'un liquide jaunâtre qu'il refuse. Ses cris redoublent et nous vrillent les tympans. «T'es comme Herman's Hermits, toi», se moque Peggy. «Pourquoi tu dis ça?». Elle chante en se fichant de moi : *« No milk today, my love has gone away... »*. Je ne trouve pas ça drôle du tout. Peggy sort alors un biberon plein de son sac. Du bout de sa tétine, elle chatouille les lèvres de sa fille et la petite se jette dessus avec l'avidité d'une truite sur une mouche. «Elle, je l'ai déjà habituée à téter autre chose.»

Et là, elle m'assène sans hésiter une vérité pas agréable à entendre. Si mon mioche réagit de cette manière, c'est que je n'ai pas emporté le bon. Ce n'est pas le mien. S'il refuse, c'est qu'il a goûté aux mamelles d'une autre. Je me suis trompée. «Mauvaise pioche!» qu'elle ajoute pour enfoncer le clou de mon désespoir.

Un sanglot m'étrangle et je pleure en silence.

En relisant ce que j'ai ressenti à ce moment-là, je comprends que la vie n'est qu'une succession de choix avec lesquels Dieu nous demande de bricoler nos existences. Je me souviens m'être arrêtée d'écrire sur cette « mauvaise pioche » qui me servait de mouchoir. Toutes les phrases de Peggy sont maculées de grossièretés et de vérités que j'ai du mal à entendre.

Voici la suite du voyage jusqu'à Buncrana et notre arrivée là-bas.

Père Patrick revient. Sombre et décidé. Aussi froid et rebutant que le granit d'un bénitier, il démarre. Pendant plus d'une heure, rien. Pas un mot. La route défile. Champs. Moutons. Prés. Moutons. Hameaux. Champs. Moutons. Le pays des farfadets. Des murets de pierres. Des villages déserts. Des haies de rhododendrons à n'en plus finir. Des ponts idiots sur des rivières tourbeuses. Et des nuages en contre-jour.

« Là ! C'est là, » dit soudain Peggy.

La ferme de Buncrana est posée au bord du lac Swilly. À côté du bâtiment principal, un empilement de poches d'huîtres éventrées, deux tracteurs rouillés et rongés par le sel. La carcasse démantibulée d'une bétaillère. Peggy nous recommande de nous garer, de patienter et de prier pour elle. Elle descend de la voiture et prend sa fille dans ses bras. « Si mon vieux est là, c'est quitte ou double », ajoute-t-elle...

Nous attendons. Pour tromper son impatience, père Patrick s'impose d'interminables allers-retours le long du véhicule, les mains dans les poches, les yeux rivés sur ses chaussures. Prière tourmentée ou analyse d'une situation qui l'est tout autant ? J'aimerais être dans sa tête pour démêler ses pensées.

Avant de s'énerver, Ritchie était toujours comme ça.

Moi, je serre mon bébé contre mon cœur. C'est mon Petit Geoffrey quand même. Ça va le faire entre nous, j'en suis sûre. S'il tient le coup, parce que, quand je le regarde, on dirait un agnelet malade. Ses doigts fragiles s'agrippent à d'invisibles esprits qui tournent autour de lui. Comme des mouches. Son cœur palpite contre le mien. Lequel des deux bat la chamade ? De temps en temps, sa respiration s'énerve d'une toux aboyante.

Après dix minutes qui me semblent des heures, Peggy apparaît dans l'encadrement de la porte. Un sourire soulage son visage. D'un signe, elle nous invite à la rejoindre.

La pièce est large. De la frisette jusqu'au plafond. Chargée de bibelots hétéroclites. Pas un grain de poussière. Contre le mur, des sous-verres de plages et de phares au milieu de terribles tempêtes. Des portraits aussi, de style rococo. Des gueules burinées de marins, pipe aux lèvres, casquette vissée sur le crâne. Sur la hotte de la cheminée, un tableau étrange. Celui d'un épouvantail traçant une rose des vents dans le sillage énigmatique d'une goélette.

Le nez enfoui dans l'odeur des langes, la mère de Peggy s'enivre du bonheur de découvrir celle qu'elle croit être sa petite fille. Un berceau a été préparé, au fond de la pièce, à côté d'un radiateur à huile. Comme un cadeau de bienvenue.

Un homme est assis à table. Bras croisés. Ses mains burinées de coupures attisées par le sel sont des battoirs. La réincarnation de Bran le Béni ou de Manannan Mac Lir, eux-mêmes fils de Lir, le dieu de la mer. Un paysan de l'océan, condamné à retourner des poches d'huîtres sur des tables de culture, dans de l'eau ne dépassant jamais les treize degrés. À perpétuité. Sous sa chevelure grise, ébouriffée par la furie du vent, c'est un druide massif, un forçat de la houle et de l'écume, taillé dans un tronc de bois flotté. Ses joues sont pailletées de la limaille d'une mauvaise barbe. Et, dans ses yeux rougis de larmes, toute la misère du monde. Ou la colère sourde d'un père bafoué.

L'homme austère dévisage ces inconnus que sa fille amène sous son toit. Un cureton, une pute et son marmot. Son regard nous transperce tous les trois d'une malédiction muette. Je me souviens de son accueil. De ses mots secs. Et toutes les phrases qui suivent restent gravées dans ma tête.

« Je suis Peter Flayerty, dit-il, la gorge nouée. Ma femme, c'est Alana. En Celte, ça signifie juste et apaisante. Vous pouvez la remercier d'être ici. Pour moi, vous n'êtes que des indésirables. »

Il se lève et se dirige vers une imposante armoire. Les gonds grincent d'inhospitalité. Il en sort un fusil à canons superposés, le casse et engage deux cartouches. « Je vais dans les dunes tirer un lièvre pour le dîner de ce soir. Alana ouvrira vos chambres.» Puis il se retourne en pointant père Patrick d'un index noueux. «Détail important, curé. Ici, on ne croit plus en rien. Alors, pas de bénédicité avant le repas, sinon une de ces chevrotines sera pour vous.»

Alana m'accompagne. Elle s'occupe de Geoffrey et le dépose au creux d'une couverture, dans un couffin en osier. «Change-le, dit-elle, son lange est mouillé.» S'ensuit le discours décousu d'une femme gênée. Mon petit doit rester au calme et au sec, surtout avec cette toux. Elle a peur qu'il couve un faux croup. Ses deux garçons étaient spécialistes de ça. Je lui demande ce que c'est qu'un *faux croup*. Sa réponse se veut rassurante. C'est comme la diphtérie, mais en moins grave. Quand je l'allaiterai, ça ira mieux. Elle va me faire bouillir une casserole d'eau. La vapeur lui apaisera les bronches.

Et je reste plantée là, comme une grenouille sur le dos d'un mouton.

La table est dressée dans la salle à manger. Le civet de lièvre mijote. Pour fêter le retour de sa fille et l'arrivée de sa petite-fille, Alana Flayerty a mis les petits plats dans les grands. De la cuisine, elle invective son mari : «Monsieur Flayerty, tu peux faire la gueule toute la soirée, et même tout le reste de tes jours si tu veux. C'est ton problème, mais que ça ne t'empêche pas d'aller chercher de quoi boire.» Et l'homme se lève, le visage chargé d'une furieuse résignation.

Le bruit, les odeurs, la mauvaise conscience d'avoir laissé Geoffrey seul dans son couffin, avec son faux croup qui n'arrive pas à guérir, tout me met mal à l'aise. La tête me tourne. Je demande la permission de me retirer dans ma chambre. «Monte, répond Peggy. Repose-toi.» Elle me trouve plus pâle que le sein d'une Anglaise et me gardera une assiette.

De toute façon, je n'ai pas faim. La simple idée de mordre dans un morceau de viande trempé dans une sauce au vin me donne la nausée. Mumiah, qu'est-ce qu'on fiche ici ? Le bungalow de Ropemarkers me manque. Londres, King's Road, Carnaby Street, sont à des années-lumière. Mumiah, j'ai besoin d'entendre chanter Lennon, tu comprends ? Cher, dans Bang Bang, Day dream des Loving Spoonfull ! Ritchie, où es-tu ?

En bas, la mère de Peggy appelle tout le monde à table. « Installez-vous là, père Patrick. Mon mari n'aime pas les curés, mais c'est pas un mauvais bougre. Sauf les jours de grand vent ! »

Raclement de pieds de chaises. Quel soulagement de ne pas être avec eux ! Père Patrick remercie Alana. L'idée me prend de noter ce qu'il dit.

« Merci à vous aussi, Peter, pour votre hospitalité. Même si je la sens forcée. Puisque vous me l'avez demandé, je ne vous offenserai pas d'un bénédicité. Permettez-moi cependant de m'étonner, Peter. Vous affirmez ne croire en rien et pourtant, vous vous comportez comme Dieu. Certes, vous en avez l'allure, mais en avez-vous l'envergure ? Que représente pour vous la valeur sacrée d'une vie ? Vous avez commis l'immonde péché d'obliger Peggy à avorter, ou pire, d'accoucher dans de misérables conditions. Qu'elle abandonne son enfant était pour vous une délivrance. Vous avez forcé votre épouse à accepter votre divin jugement. D'où tenez-vous cette autorité ? Votre fille a été violée par un abruti et vous lui imposez d'en supporter le poids ? Dans la Bible ; le psaume 44 dit : *"ma honte est toujours devant moi et la confusion couvre mon visage"*. C'est ce que vit Peggy. C'est ce que vit aussi Sarah, cloîtrée dans sa chambre, parce qu'elle s'inquiète pour son fils. Connaissez-vous la plus grande faute que puisse commettre un père ? Le verset 34 de l'exode l'explique de manière limpide. *"l'Éternel, Dieu miséricordieux, lent à la colère, riche en bonté, conserve son amour jusqu'à mille générations. IL pardonne l'injustice, mais punit l'iniquité des pères sur ses enfants et sur les enfants de leurs enfants jusqu'à la quatrième génération."* Peter, si vous êtes un tel père, vous êtes un être inique ! Si vous souhaitez être à l'image de Dieu, vous devez pardonner ! L'apôtre Jacques dit : *"Un seul est législateur et juge, c'est celui qui peut sauver et perdre ; mais toi, qui es-tu pour juger ton prochain ?"* Permettez-moi enfin de citer le sixième verset de la Bible selon Mathieu : *"pardonne-nous nos offenses, comme nous aussi pardonnons à ceux qui nous ont offensés."* Pardonnez à votre fille, Peter !

Pardonnez à Sarah et à toutes celles qui ont été abusées. Elles ne le voulaient pas. Aujourd'hui, ces âmes bafouées souffrent d'être rejetées par des hommes tels que vous, il ne leur reste que l'amour de Dieu. »

Je crois n'avoir rien oublié, mais c'était si emberlificoté que j'ai peut-être sauté une ou deux phrases. En tous les cas, ce discours m'a émue. Je le relirai plus tard.

Ensuite, un assourdissant silence s'installe dans la salle à manger. J'aimerais être mouche pour voir les têtes autour de la table. Le civet doit refroidir. Depuis ma chambre, je m'attends au pire. J'imagine Peter Flayerty se lever, se diriger vers l'armoire, sortir son fusil, le charger de deux nouvelles chevrotines et se retourner vers la tablée pour tirer sur mon curé. Je ne veux pas qu'il meure, Mumiah ! Jamais ! Un tel courage ! Tant de bonté ! J'en suis bouleversée.

« Beau discours de curé, père Patrick, dit enfin Peter Flayerty. Mais mangez plutôt ce lièvre avant qu'il ne saute de la casserole. Je réfléchirai plus tard à toutes vos belles remarques. Vous connaissez le proverbe ? Ventre affamé n'a point d'oreilles. »

J'attends. Les bruits du repas se sont dissipés. Pas d'altercations. Pas de mots plus hauts les uns que les autres. Peter Flayerty propose un alcool à père Patrick. C'est plus fort que moi, je ne peux résister à la curiosité de les voir ensemble et descends dans la cuisine. Sur la pointe des pieds, je les observe à la dérobée. Ils discutent devant la cheminée, avec un feu de tourbe et une bouteille de whiskey à partager. Mon curé lève son verre. Puis soudain, il m'aperçoit et je disparais comme une souris qu'un chat convoite.

Plus tard, des pas dans l'escalier, puis dans le couloir de l'étage. Le parquet grince. J'entrouvre la porte de ma chambre. Peter Flayerty regagne la sienne en s'appuyant contre la cloison. On dirait un marin titubant vers sa couchette dans un navire secoué par la houle.

Une heure s'écoule encore. D'autres pas. Allongée sur mon lit, j'ai du mal à calmer ma respiration. La lampe de chevet étire les ombres des poutres sur le plafond. La poignée de ma porte pivote un peu puis s'arrête. Bouge à nouveau. La lumière du couloir s'infiltre dans la chambre. « Éteins », chuchote père Patrick. J'obéis et je ferme les yeux. Je devine qu'il se dirige vers moi. J'entends sa veste tomber sur le parquet. D'autres vêtements aussi. Mon drap se soulève et je ferme les yeux encore plus fort. Il est contre moi. Sa main remonte sur mes jambes. Je n'ose pas croire que c'est bien son sexe que je sens. Sa paume glisse entre mes cuisses. Puis il la retire. Je dois être trop sale. D'un geste délicat mais ferme, il m'ordonne de me coucher sur le côté. Je serre les paupières à m'en écraser les yeux. J'implore Dieu de ne pas interrompre cet instant. Ses doigts me caressent, dessinent un frisson dans mon dos et fouillent entre mes fesses. Doucement d'abord, puis peu à peu, le massage prend le rythme de sa respiration. Délicieux. J'aimerais m'offrir encore plus. Et, comme s'il entendait mon silence, il roule et s'allonge sur moi. Son haleine alourdie de Jameson court dans mon cou, dans mes cheveux, sur ma bouche. *« Sine metu »*, souffle-t-il à mon oreille. « C'est la devise de Jameson, tu savais ? Ça signifie sans crainte. *Sine metu*, Sarah. Sois sans crainte » qu'il répète.

Son membre me cherche. Ses mains appuient sur le bas de mon dos pour que je me cambre. Quand il s'enfonce en moi, je m'attends à chavirer, mais une douleur violente me perfore les reins. À chaque va-et-vient, il me pénètre plus profondément. De plus en plus fort. Son torse écrase mes seins bandés. Inexorablement, j'espère partir à la dérive, mais je ne ressens rien. Et soudain, il jouit. La sodomie me remplit d'une honte douloureuse. Mes cris étouffés sont ceux de la colère de ne rien éprouver de beau. Lui, encombré de sa jouissance, ne se rend compte de rien.

Patrick s'écarte et retombe sur le côté. Puis plus rien. Il s'endort peut-être ? Moi, c'est impossible. Tout mon être vibre de cet orgasme que j'ai espéré et qui n'est jamais arrivé. Qu'importe ! Il a été en moi. Il m'a aimée ! De peur de briser le cristal de cet instant merveilleux, je n'ose remuer un cil. Ma respiration et mon cœur ne veulent pas se calmer.

Puis l'araignée de ses ongles revient sur mon ventre. Sa bouche glisse sur mon cou. Remonte vers mon oreille. Et des mots étranges, coupés, murmurés d'une voix rauque. Je suis sa diablesse, son ange de perdition. C'est donc pour ça que Dieu m'a créée ? Pour extirper de lui ce désir honteux et si délicieux à la fois. Sa main saisit la mienne et me force à prendre son sexe. J'en frémis et il continue. Je suis sa chose impure. Mon corps est le labyrinthe de ses péchés, mais Dieu m'a donné aussi la mission de sauver le pauvre fils qu'il est. Et il m'oblige à mieux le caresser. Pour jouir encore.

Mon Dieu, que je l'aime ! *Sine metu*, je l'aime ! Mon geste devient plus rapide. Sa respiration s'accélère. Ses doigts remontent sur mes seins, m'excitent un peu avant de serrer ma gorge. De plus en plus fort. J'étouffe. De nouveau, son chuchotement rauque dans mon oreille. Ses phrases ne sont plus des douceurs. Chaque fois que nous referons l'amour, je ne devrai jamais ouvrir les yeux. « Tu m'entends ? Jamais ! » Chaque fois qu'il se videra en moi, il veut sentir mon âme ployer sous la honte d'avoir appelé le diable qui le torture. Je ne devrai jamais chercher à prendre du plaisir. Je ne suis là que pour recevoir le sien et celui que Dieu l'autorisera à me donner.

Soudain, il se tait. Sur ma gorge, l'étreinte se desserre. Son front reste au creux de mon épaule. Mon esprit frissonne. Les ordres menaçants se transforment en sucreries murmurées. Ma beauté a été créée par Dieu. Le Tout-Puissant a décidé de dédier mon corps à l'amour. Est-ce un péché de céder aux tentations d'une création divine ? Dieu a voulu ça. Je dois l'admettre et le comprendre car je suis une merveilleuse impure. Lui et moi, c'est le Seigneur qui l'exige. Il n'y est pour rien ! Dans un autre monde, dans une autre vie, il promet de…

Mais Geoffrey tousse, s'étrangle et explose en pleurs. Une sirène dans la nuit. « Mais fais-le donc taire ! » ordonne père Patrick en sautant du lit. Il ramasse ses vêtements et se glisse dans le couloir pour rejoindre sa chambre. J'ouvre les yeux. Il s'enfuit tel un spectre. De dos, nu. Je bondis pour le suivre, nue aussi. Souillée de lui, stupéfaite de tout ce qu'il m'a dit. J'ai froid. Mon regard ne parvient pas à se détacher de son corps. Sa porte se referme sur son ombre. Geoffrey continue de brailler dans son couffin. Et je reste statufiée, le ventre labouré par les tourments d'un marmot qui n'est pas le mien. Vidée de toute envie, mais flottant sur un nuage.

« Fais taire ton gosse ! », dit la voix blanche d'Alana.

Je me retourne dans un sursaut. La mère de Peggy est là, sur le palier de l'étage. Le regard plus sombre qu'un carré de tourbe, elle ne porte que sa chemise de nuit.

Mumiah, je ne suis pas certaine que ce soit une bonne idée de te confier tout ça. Je m'en veux de quelque chose, mais je ne sais pas de quoi. Peut-être d'avoir trahi Ritchie. D'avoir espéré jouir dans les bras d'un d'autre. La tentation était trop grande, alors, pourquoi résister ? Je ne regrette rien. Toi aussi, tu as entendu. Père Patrick et moi, c'est le Tout-Puissant qui l'a ordonné ! On ne peut pas me maudire pour ça, n'est-ce pas ? Je n'ai pas à avoir honte de la volonté de Dieu, hein ? Mumiah ! Réponds-moi !

– Toute honte bue, tu devrais essayer de dormir, ma grande.

Samedi 4 juin 1966
Port de Larne.

Du bout des lèvres, Geoffrey a accepté de prendre mon sein. Maintenant il dort, même si sa gorge siffle toujours un peu. La montée de lait n'a été qu'une barre de douleur. Dehors, le matin se pare d'un soleil arrogant. Le mois de Marie s'est terminé en beauté et, après quelques journées pluvieuses, le beau temps s'est installé. J'entends s'ouvrir la chambre de père Patrick et nos ébats de la nuit tournent dans ma tête. Une odeur de pain grillé et de bacon frit me chatouille les narines. Alana ordonne à Peggy de préparer la table du breakfast.

Trois coups légers contre ma porte. Père Patrick entre, le visage ravagé par le manque de sommeil. Il avance vers moi et me serre dans ses bras. Et j'ai droit à une surprenante déclaration d'amour. Il m'assure que le malin s'est emparé de lui et il me supplie de lui pardonner. Le parfum de mon corps est encore sur ses mains. Je l'ai décloué de sa croyance, de ses conceptions sur la chasteté, édictées par les textes sacrés, mais il ne regrette rien. Peu lui importe si son âme patauge dans la petitesse de ses remords. « Je t'en supplie, ne me juge pas. J'ai tant besoin de toi. Tu me possèdes. Je t'aime. »

Ses derniers mots me bouleversent.

Le long baiser que nous échangeons est, pour lui, celui du pardon accepté. En ce qui me concerne, c'est celui de l'ultime soumission. Ses mains me pétrissent les fesses. La fraîcheur d'un frisson diabolique me pique la nuque. Je m'agenouille. Mes doigts déboutonnent son pantalon. Je saisis son sexe. Père Patrick l'enfonce dans ma gorge jusqu'à m'étouffer, puis il me tire par les cheveux avec une violence inattendue et me gifle. «Pas maintenant!» dit-il en me caressant aussitôt la joue. Et il me laisse là, prosternée en pénitence, comme une catin incrédule. Parce que c'est ce que je suis, Mumiah. Mon attitude appelle l'humiliation.

Peter Flayerty est assis à la table de la salle à manger. Devant lui, un bol de thé fumant et son fusil démonté. Sans nous accorder la moindre attention, il essuie chaque pièce de son arme dans un chiffon graisseux. Après s'être éclairci la gorge, il nous propose de prendre place et s'inquiète de savoir si la nuit a été bonne.

Père Patrick est sur le point de répondre, mais une main calleuse lui interdit de parler. «Gardez votre salive, curé. Vous devez en manquer, non?», ajoute Flayerty dans un rictus. L'homme se lance alors dans une sorte de confession. Le prêchi-prêcha servi par père Patrick lui trotte dans la tête. Et, cette nuit, le grincement de mon sommier l'a convaincu de nous parler.

Certes, il ne croit plus en grand-chose, mais un catholique irlandais sait toujours comment s'adresser à Dieu en cas de besoin. Père Patrick a cité la Bible selon Mathieu, il demande la permission de lui rendre la pareille. *«Lequel de vous donnera une pierre à son fils, s'il lui demande du pain? S'il demande un poisson, lui donnera-t-il un serpent?»* Et, de manière très docte, le père de Peggy ajoute à cela plusieurs choses. D'abord un proverbe : *«Celui qui commet le péché de chair avec une femme est dépourvu de sens. Celui qui veut se perdre agit de la sorte. Il n'aura que plaie et ignominie et son opprobre ne s'effacera pas.»* Ensuite un conseil par lequel il nous suggère de profiter de ces œufs brouillés et de ce lard avant de foutre le camp de chez lui.

Heureusement pour nous, son fusil n'est pas en état de fonctionner sinon, notre espérance de vie serait celle d'un éphémère.

Pour appuyer son discours, Flayerty prétend appartenir à l'*Óglaigh na hÉireann*, les Volontaires d'Irlande, et tuer un curé anglican n'est pas au-dessus de ses convictions. Pour finir, Alana nous offre en cadeau de départ une boule de pain et une bouteille de vin. Il ne sait pas s'il est bon, il n'en boit jamais, mais la mixture est selon lui assez goûteuse pour célébrer la messe des défunts.

Puis l'Irlandais noueux nous inflige un long silence. Son regard cherche à intimider nos âmes. Ses dernières phrases sont une malédiction qu'il nous jette au visage.

« Parce que c'est cela que vous traînez avec vous, curé : la mort et la pourriture. Je n'ai même pas à vous maudire. Avec votre pute, vous vous en chargerez très bien tout seul. »

Comme si de rien n'était, père Patrick se tamponne le bout des lèvres avec sa serviette. Tel un évêque satisfait d'avoir goûté à la souris d'un agneau pascal, il me demande de préparer mes affaires et de remercier nos hôtes pour leur hospitalité. Il m'attendra dans la voiture. La honte m'oblige à garder les yeux sur mon assiette. Père Patrick n'y est pour rien. C'est moi la pécheresse. J'ai envie de hurler. Peggy doit lire dans mes pensées car elle pose la main sur mon bras pour ne pas déclencher la furie de son paternel.

« Vas-y, ma belle. Ce sera mieux pour tout le monde. »

Alana se lève et se tient les reins d'un mal de dos imaginaire. L'air de rien, elle assène le coup de grâce. « Toutes les voies de Dieu ne sont donc pas si impénétrables ! » dit-elle en se dirigeant vers la cuisine pour marquer sa détermination.

Partir encore, Mumiah, mais vers où ? Je m'en fiche que les voies de Dieu soient pénétrables ou pas. Petit Geoffrey est plus blanc qu'une aube d'enfant de chœur. Il a besoin de calme, d'être bercé au coin d'un feu de tourbe, pas par les ornières de mauvaises routes. Et si je le laissais là ? Peggy s'en occuperait bien mieux que moi. Mais non, Flayerty l'écraserait comme une noix entre ses paluches de tueur d'Anglais.

Je suis à l'arrière de la voiture aubergine. Le couffin de Geoffrey est à côté de moi. Père Patrick met le contact et règle le rétroviseur. Nos regards partagent la même envie d'oublier Buncrana, de nous retrouver pour nous enivrer l'un de l'autre. C'est du moins ce que je crois. Je me trompe. « L'acompte que les frères Kray t'ont donné nous permettra de payer le ferry, dit-il. Il te reste combien ? ».

Comment sait-il que les Kray m'ont versé l'argent ?

Peggy cogne contre à la voiture et m'épargne une réponse embarrassée. Je baisse ma vitre et elle me tend un jouet. Une petite maraca, une sorte de hochet pour Geoffrey. Sa fille en a un aussi. « Un pour elle, un pour lui. Puissent-ils se revoir un jour pour danser la rumba ensemble », ajoute-t-elle, au bout de sa tristesse.

Père Patrick démarre avant que je ne puisse la remercier. J'en ai les larmes aux yeux. Ce n'est pas un départ, c'est une fuite, une déchirure. Cette maraca est le présent d'un ange à un autre ange. « Combien ? » insiste père Patrick, toujours englué dans sa question intéressée. Je réponds d'un mensonge. « Trois cents livres. » Et là, il s'énerve, inquiet de comprendre comment j'ai bien pu gaspiller le reste. Comment sait-il qu'il y a un reste ? J'invente une nouvelle baliverne qui m'écorche la langue : « J'en ai donné à Peggy. Elle en aura besoin. Sans elle, je serais morte. »

Où est passé mon tendre amant ? Celui que je masturbais pendant qu'il me couvrait de délicieuses insanités. Celui que j'avais dans ma bouche, ce matin encore. Père Patrick cogne sur le volant, vocifère et me maudit, moi et ma crevure de fils. Je ne suis qu'une vulve immonde ayant accouché de l'antéchrist. Puis il se calme, saisi d'une inspiration divine. Ses yeux s'apaisent et il jure de me donner du bonheur dès que nous serons arrivés à Stockton. C'est une maison modeste, presque abandonnée. Nous y vivrons un amour intense. Tourmenté peut-être, mais tellement merveilleux. Soudain, la folie le reprend. « Tu fermeras les yeux et je te baiserai jusqu'à t'en déchirer l'âme. »

Cette sauvagerie me liquéfie et je ne cherche pas à savoir si c'est une menace ou une promesse.

La peur me pousse à me réciter une des prières de maman : *« Mon Dieu, merci de me donner la sérénité, le bonheur et l'apaisement. Je t'offre mon âme en échange. Que ta lumière m'éclaire et nous protège. »* Ce n'est pas un remerciement, c'est une supplique. Toute gamine, je disais cela sans comprendre, juste avant qu'elle éteigne ma lampe de chevet. Aujourd'hui, c'est un cri muet et sincère. Un appel au secours. Ce doit être ça l'instinct de survie. Petit Geoffrey saisit mon doigt et le porte à sa bouche. J'ai l'impression qu'il sourit. Dieu viendrait-il de me répondre ?

Mardi 7 juin 1966
Sur le ferry entre Larne et Ciarnryan

Les paysages défilent en arrière sans que je les regarde, jusqu'à un quai d'embarquement désert. Deux jours à attendre le ferry pour l'Écosse, dans un motel miteux. Deux chambres séparées avec un lit à peine plus large et confortable qu'une brouette, et une douche qui fonctionne par giclées. Des repas avalés sur le pouce, du fromage et du pain, des tranches de salami et des fruits.

Père Patrick est redevenu un inconnu. Pas un mot ni un geste, sauf à me proposer un verre d'eau. J'égraine mes heures de solitude à le regarder ruminer sa mauvaise conscience ou son impatience. Du coup, je boude. Et ça le décoince. Pour me sortir de mon mutisme, il se décide enfin à me décrire notre prochain périple.

Départ de Larne, pour une traversée d'environ une heure jusqu'à Ciarnryan. Pour que je puisse me reposer et mieux m'occuper de Geoffrey, il réservera une cabine. L'attention est délicate. Ensuite, encore au moins une heure de route pour nous rendre à Stockton-on-the-Bridge. Selon ses dires, le hameau est au milieu du parc forestier de Galloway. Un endroit immense de bois et de vallons creusés de rivières vives. C'est un lieu propice à la prière et à l'introspection. Au renoncement des futilités de la vie. Son oncle, Daniel Abercombrie, est croque-mort et fossoyeur. Il vit à Craigencallie, un autre hameau situé à quelques miles et n'occupe la maison de Stockton que pendant la période de pêche. C'est un homme un peu rustre mais chargé de bon cœur. Sa principale qualité est d'être un excellent piqueur de truites. Quand il n'est pas ivre, il est capable de déposer une mouche dans une pinte, à plus de trente pas. Pour ne pas le froisser, père Patrick le préviendra de notre arrivée lorsque nous nous arrêterons à Newton Stewart.

Je n'ose lui demander où se trouve Newton Stewart.

Pendant la traversée, nous restons deux étrangers. De toute évidence, ma présence à ses côtés, celle de Petit Geoffrey dans son couffin, le dérange. Accoudé au bastingage du pont avant, silencieux comme la statue d'un inquisiteur, celui qui devrait être mon amant ne m'accorde pas un regard lorsque je regagne notre cabine, indisposée par la houle.

Je suis assise là, sur la couchette inférieure, seule avec Petit Geoffrey. Il s'est rassasié de mon lait et s'est endormi. Aujourd'hui, la douleur de mes seins s'est calmée. Pour le reste, c'est le chaos dans ma tête. Pourquoi père Patrick m'injurie-t-il pour me cajoler l'instant d'après ? Il dit m'aimer mais devient furieux lorsque je me plie à ses désirs. Ai-je vraiment accouché du fils du diable comme il le prétend ? Ne suis-je donc qu'une dévergondée, une pute maudite ? J'entends encore les insultes glaciales de Peter Flayerty me cingler le visage. Est-ce que la mort m'accompagne, Mumiah ? Réponds, je t'en supplie !

La porte de la cabine s'ouvre.

Père Patrick entre et se jette à mes genoux. Nouvelle déclaration éperdue dans laquelle il me demande de lui pardonner. Ses mots, son attitude égoïste, sont des crachats sur mon âme. Il m'aime et il a besoin de moi. Sans moi, il n'existe plus. Pour lui, je suis la chose, non, pas la chose, la personne la plus importante au monde. Son divin refuge. Puis, sans que je comprenne pourquoi, il exige que je ferme les yeux. Vaincue, j'obéis et il colle son sexe sur mes lèvres. La raison m'impose de résister, mais, soumise encore une fois à l'espoir de son amour, je lui donne la jouissance qu'il réclame.

La passion est un gouffre, Mumiah. Le vertige de succomber à un l'espoir d'un plaisir est plus fort que tout. Je suis incapable de refuser le péché. Le diable m'aspire dans ce tourbillon de bassesses.

Puis père Patrick m'abandonne sur la couchette de la cabine. Le besoin de prier l'appelle sur le pont du ferry.

8

Stockton-on-the-Bridge
Ou la triste histoire d'un pauvre môme...

Ce matin, Diane a trouvé le manuscrit sur la table du pub. Harvey a lu beaucoup plus que dix pages.

– Je ne sais pas ce que raconte cette histoire, murmure Brenda. Pour tout dire, je crois que je ne veux pas le savoir. Mais quand il est monté se coucher au beau milieu de la nuit, lorsqu'il s'est calé contre mon dos, sa tête dans mon cou, j'ai deviné qu'il avait pleuré.

– Vous a-t-il dit jusqu'où il avait lu ?

– Il m'a avoué que la fatigue l'avait terrassé juste à l'arrivée de Sarah ici, à Stockton-on-the-Bridge.

– Alors il est encore loin du pire...

Haggis, harengs, bacon, haricots blancs, champignons frits et œufs brouillés. Diane picore. Le thé est délicieux.

– Mon Commissaire de mari vous attend devant la maison des frères Abercombrie. La dernière en sortant du village. On ne la voit pas de la route. Un chemin y mène, sur la gauche, après le pré de Boris.

Diane regarde par la fenêtre au moment même où un doigt de soleil perce les nuages. La pièce s'illumine de reflets. Elle n'avait pas remarqué, la veille, les mobiles en vitraux bariolés contre la petite baie coulissante.

– Je les fais moi-même, explique Brenda, heureuse des lueurs fugaces et irisées. J'ai mon atelier derrière la maison.

Puis elle se lève pour faire comprendre à Diane qu'elle peut aller rejoindre Harvey qui l'attend.

– Le père du père Patrick, il s'est vraiment pendu comme vous l'avez dit hier ?

– Oui. Le petit déjeunait. Son paternel est monté sur la table devant lui, a passé la corde autour d'une poutre et s'est pendu. La police a précisé qu'il avait les pieds juste au-dessus du bol du gamin.

– Et le gamin ?

– Patrick ? Lui, c'est pire encore. Il a fini son petit-déjeuner, et après, il est parti pour l'école.

– Il n'est pas allé chercher des secours ?

– Non. Il s'est rendu au bout du village, comme d'habitude, pour monter dans le car de ramassage scolaire.

– Seigneur Dieu, il haïssait donc son père tant que ça ?

– Il faut croire. Allez, Harvey vous attend…

La bruine invisible mouille un ciel brillant et gris comme un zinc bosselé. La maison est plus sinistre encore qu'elle ne l'imaginait. La moitié du portail gît à terre, rongé par la rouille. Des herbes rêches et revêches ont forcé le ciment fissuré des marches du perron. Une partie du toit s'est affaissée. Les poutres ressemblent à de longs os fracturés. Par une fenêtre sans châssis, un arbre insolite a jailli de l'intérieur.

Diane contemple ce triste abandon. Ce que devient toute chose à laquelle plus personne ne pense. Est-ce ainsi que survivent et disparaissent aussi ceux qu'on laisse sur le bord du chemin ? Brenda lui a prêté une paire de bottes jaunes. Harvey, lui, est tout habillé de vert sombre, comme pour la pêche.

Il s'aventure dans la ruine et Diane le suit. Au milieu des gravats et des détritus, on devine quelques vestiges d'une vie quotidienne. Une casserole. Une écumoire. Une pendule fracassée. Et au mur, quelques reliquats de bondieuseries.

– Vous avez parlé du père, mais cet enfant avait bien une mère, non ?

– Ce que j'en sais, je le sais de ce que m'a raconté Gordon Sinclair qui l'avait appris de Kyle Campbell. Kyle était chez les Abercombrie ce matin-là, à tondre des moutons pour eux. Une femme est arrivée, à pied. Engrossée par le diable tellement elle était enceinte, paraît-il. Elle tenait une valisette en carton d'une main et de l'autre un gosse mal fagoté qui suivait son pas vif en trottinant. Trois ou quatre ans. Culotte courte et grosses godasses. En chemise. Sans veste. Avec une casquette. *Je te ramène ton chiard*, qu'elle aurait dit en apercevant Feargus, *j'ai trouvé un meilleur père pour me faire un meilleur môme.* Elle a planté le gamin devant la grille, la petite valise à ses pieds, et elle est repartie comme elle était venue. Une belle voiture l'attendait au bout du chemin.

– Pauvre gamin, soupire Diane.

– Allez vous étonner après de ce qui lui est arrivé, ajoute Harvey. Ce qu'a fait ce Patrick à Sarah est impardonnable, ne vous méprenez pas, mais quand même. Cette jeunesse brisée, pleine de viols et de morts, ne pouvait rien produire d'autre qu'un monstre ! Même s'il n'avait pas voulu, il ne pouvait qu'en devenir un.

Diane préfère ne pas répondre. Ils ne disent plus rien et explorent la maison chacun de leur côté. Dans un coin de chambre, sous des restes de toit défait par les vents et les pluies, écrasé sous des madriers vermoulus effondrés, Diane aperçoit un berceau fracassé et les larmes lui montent aux yeux. Celui de Petit Geoffrey ? Dans les décombres détrempés qui se décomposent, elle fouille du bout d'un manche à balai brisé.

Un biberon en plastique blanchi par les averses et cassé par le gel. Des morceaux de choses et de vie. Et soudain, sous des pans de bois cartonneux tombés du plafond, un jouet. Une petite maraca. Le hochet que Peggy a offert à l'enfant de Sarah. Elle se souvient des mots : *un pour la mienne, un pour le tien. Puissent-ils se revoir un jour pour danser la rumba ensemble !* Le cœur de Diane s'alourdit d'une profonde tristesse. Tout ce qu'a écrit Sarah serait donc vrai. Cet enfant aurait bien existé. Et si c'est le cas…

– Diane, venez voir…

La voix de Harvey la tire de son désenchantement. Elle sort de la maison en ruine et le cherche dans ce qui fut peut-être un jardin.

– Par ici, dit-il pour la guider de la voix, de ce côté…

Elle l'aperçoit à travers un entrelacs de buissons et d'herbes folles. Il est de dos. Immobile. Il regarde par terre.

Elle redoute de savoir ce que c'est et son cœur se noie de chagrin quand elle le découvre. Aux pieds de Harvey, la végétation n'a pas repoussé comme autour. Moins haute. Dans un creux. Un enfoncement de la taille d'une tombe. Une toute petite tombe. Pour un tout jeune enfant.

– Regardez, dit-il en désignant quelque chose d'un mouvement de tête.

Au sol, les restes d'une croix celte grossièrement taillée dans un bout de bois. L'herbe a poussé à travers les motifs.

– Vous avez lu ce passage ? demande Diane, au bord des larmes.

– Je n'ai encore rien lu qui parle d'un enfant mort.

Diane lui raconte le décès du fils de Sarah, la cérémonie improvisée par le père Patrick pour bénir la tombe sauvage et l'expulsion de Sarah par Daniel Abercombrie, l'oncle alcoolique.

– Croyez-vous qu'il soit encore là ?

– L'enfant ? Aucune chance. Cette tombe est vide depuis longtemps.

– Alors ils lui ont donné une vraie sépulture, comme l'a écrit Sarah…

Harvey garde un profond silence, les yeux rivés sur le creux de mousse où a été enterré un pauvre enfant. Puis il prend Diane par le bras et l'entraîne loin de cette maison de malheur et de mort, jusqu'au pub où Brenda, derrière la vitre, les regarde venir, déjà triste pour eux. Harvey lui adresse un geste pressé et pousse Diane vers les marches pour qu'elle rentre se mettre à l'abri, mais lui ne s'arrête pas.

– Je reviens, dit-il.

Il contourne le pub, rejoint sa vieille Saab jaune dans une cour maculée de flaques, et démarre sous la pluie qui soudain redouble.

À l'intérieur, dans la chaleur et la lumière des quelques lampes, Diane retrouve Brenda et lui montre ce qu'ils ont trouvé dans la maison des Abercombrie. Le hochet, qu'elle pose sur la table, et la croix sur les restes de la tombe. Alors, elle raconte ce qu'elle a déjà raconté à Harvey. La brave femme lui saisit les mains avec douceur et la rassure.

– Je sais où il est allé et je sais pourquoi. Il ne faut pas vous inquiéter. Vous êtes trempée, montez vite vous changer. Prenez une bonne douche brûlante et revenez attendre mon commissaire avec moi. Je vais en profiter pour préparer un vin chaud. Harvey et moi, nous avons été en France une fois, pour Noël, à Colmar. Nous en avons rapporté la vraie recette.

Quand Diane redescend, le corps alangui par l'eau bouillante et les émotions, la maison embaume la cannelle, la badiane, le gingembre, le girofle et la muscade. Et bien sûr, l'orange et le vin chaud.

– Mais je vais être ivre après un verre ! s'exclame Diane.

– C'est souvent ce qu'on dit des Écossais. Ils sont tous ivres après un verre. Le dixième en général.

Elles rient de bon cœur et, pour ne pas boire le ventre vide, Brenda sort des biscuits sablés d'une vieille boîte de bonbons Cavendish.

– Les vrais, précise-t-elle, avec de la pâte sans eau qu'on ne peut étaler qu'à la main !

Diane s'abandonne à la tentation et elles attendent le retour de Harvey en parlant de leurs vies. Celle qu'elles ont eue, celle qu'elles auraient aimé avoir. Puis un orage fait du ciel un édredon trempé qui tombe sur les collines et Brenda se demande ce qu'elle va cuisiner pour le déjeuner. Diane éclate de rire. Elles en sont à leur troisième vin chaud quand Harvey revient.

Il court sous la pluie, s'ébroue sur le pas-de-porte, rentre pour voler le verre de Brenda et l'avaler d'un coup de menton.

– Je l'ai retrouvé. Je crois savoir où il est.

– Qui ? demande Diane.

– L'enfant. Je crois savoir où est sa tombe.

– Seigneur Dieu ! murmure Diane en prenant les mains glacées de Harvey dans les siennes, Daniel a tenu parole alors…

– Daniel ?

– Daniel Abercombrie. Lisez le passage sur Stockton-on-the-Bridge, Harvey, et après, s'il vous plaît, emmenez-moi là où vous pensez que repose Petit Geoffrey.

9

Journal de Sarah

Mercredi, juin 1966 – Stockton-on-the-Bridge

Stockton-on-the-Bridge. Des ajoncs. Des tourbières. Des prés. Des vaches et des moutons. Des taureaux aussi, roux et énormes. Une dizaine de maisons regroupées les unes contre les autres, pour se protéger du vent. Un torrent tumultueux traverse le bourg. Au milieu, un pont d'une seule arche et qui semble tenir debout par miracle. Tel un fils prodigue de retour dans son village natal, père Patrick désigne un bâtiment au fond d'une place minuscule. L'unique commerce. On y trouve de tout. De l'essence, des timbres, des médicaments, des légumes et des articles de pêche. C'est aussi un pub qui sert une bière fabriquée dans le coin et le meilleur whisky d'Écosse. Du moins, si on en croit les vingt habitants du hameau.

La désolation.

À côté de ce patelin perdu, n'importe quel regroupement de granges est une capitale. Les rues sont désertes. Derrière les fenêtres, des rideaux s'écartent avant de retomber après notre passage.

Le refuge de pêche de son oncle est plus loin, à environ un mile. Et on arrive pour de bon dans l'arrière-cour du fond du monde. Une maison de pierres grises, posée au pied d'une colline pelée. Au rez-de-chaussée, deux ouvrants, séparés par une porte barbouillée à l'huile de vidange, comme les barrières des bungalows de Ropemarkers. Sur le toit ardoisé, trois lucarnes en chien-assis. Derrière la bâtisse, une grange délabrée cernée d'un jardinet en désordre. Le tout colonisé par les mauvaises herbes et les rhubarbes sauvages. Après une clôture à moutons, un sentier rectiligne s'éloigne entre deux murets tordus vers un lac aussi plat et sombre qu'une pierre tombale.

Père Patrick doit retourner au village et me laisse m'installer avec Petit Geoffrey. Pour ce soir, il me conseille de ramasser du bois et de préparer un feu. Le refuge transpire d'humidité. Je ne dois pas non plus oublier d'aérer toutes les pièces. En principe, des couvertures et des draps sont rangés quelque part dans une des armoires. Comme le temps est au soleil, j'ai pour mission de les étendre et de les laisser sécher sur les buissons.

Et pourquoi ne pas repeindre la maison en bleu, pendant qu'il y est ? Mais plutôt que de me rebeller, j'obéis. Mère, amante et ménagère docile. En s'éloignant, Père Patrick murmure un « et après, repose-toi ma douce. »

Sans être luxueux, ce refuge dispose de beaucoup plus de commodités que je ne l'imaginais, même si on devine que c'est l'antre d'un homme. Des cannes à mouches en bambou refendu, des waders, des cuissardes percées. Et des revues pornos. Mis à part les filles nues, rien de superflu. Pourtant, rien ne manque. Surtout pas les bouteilles de whisky, à moitié vides ou encore pleines. Petit Geoffrey réclame le sein. Après une tétée difficile, je le change et le recouche. Il vomit. Sa respiration graveleuse m'inquiète.

Et j'écris.

Mumiah, sans vouloir vendre la peau de l'ours, j'ai l'intuition qu'ici, à Stockton, les choses vont s'apaiser, mais pour déboucher sur quel avenir ? « Repose-toi, ma douce. » Tu as entendu comme moi. Je suis sa douce. Mon Dieu ! Cette simple phrase me déstabilise. J'éprouve un sentiment étrange, différent de ce que je ressentais avec Ritchie. Là, c'est moins enjoué, mais plus profond. C'est une sorte de force intérieure qui me bouleverse. Une incontrôlable vague de chaleur. Et si c'était ça l'amour, Mumiah, le vrai…

Père Patrick revient deux heures plus tard. De vieilles connaissances l'ont accaparé au bourg et, de pintes en retrouvailles, le temps est passé sans qu'il s'en rende compte. Il en a profité pour troquer ses vêtements de serviteur de Dieu contre une tenue plus adaptée à notre nouvelle ruralité. Bottes et pantalon de ferme, parka épaisse, chemise à carreaux et pull kaki. Une casquette aussi, genre Peaky Blinders des quartiers pauvres de Birmingham au début du siècle. Je le trouve beau et ne peux m'empêcher de le lui dire. Il me sourit, avance vers moi. Son regard brille de l'envie de me prendre.

« Ferme les yeux, » me répond-il en arrachant mon chemisier.

Vendredi 8 juillet 1966
Stockton-on-the-Bridge

Un mois déjà. Un vol de corneilles descend des nuages et saccage de graillements affolés le calme de ce jour d'averses. Maman m'expliquait que les guerriers celtes tués sur les champs de bataille revenaient sur terre dans le corps de ces oiseaux de malheur pour hanter de leurs cris la mémoire des vivants. Elle disait aussi que ces volatiles annonçaient la pluie. La pluie… un mot plus simple pour décrire la tristesse de Dieu devant l'imbécillité des hommes.

Il fait toujours frais à Stockton. Le creux du val garde l'humidité de la nuit. Du bout du tisonnier, j'éparpille les braises encore fumantes dans lesquelles je réchauffe des patates dont j'ai brossé la peau. Mon Dieu, que les heures s'éternisent ! Patrick, comme à chaque fin de semaine, m'a abandonnée pour se rendre à Glasgow. Je n'ai aucune idée de ses occupations et il ne m'en dit rien. Il y reste de plus en plus longtemps. Presque quatre jours maintenant. En échange de cette absence, il me rapporte des livres que je n'ai pas envie de lire. Des histoires de miracles, de bondieuseries. Des récits de prieuré et de secrets fomentés dans les nefs des cathédrales. Moi, j'ai besoin d'aventures amoureuses. De romans sombres aux derniers chapitres remplis d'espoirs. De paysannes maltraitées devenant reines.

C'est en ça que je veux croire. Des balivernes romantiques qui se terminent bien.

Ne t'offusque pas Mumiah, mais je caresse le rêve qu'il existe des fins heureuses, même aux mauvaises vies. Si un jour j'écris autre chose qu'un journal intime, j'inventerai une héroïne traînée dans la boue des hommes et qui se vengerait d'eux en les exterminant les uns après les autres. Jusqu'au dernier. Des représailles froides, inexorables, calculées. Pour avoir enfin le droit de me rassasier de sérénité.

Tu vois, j'écris sans réfléchir et je finis par dire n'importe quoi. Qui punir ? Le flasque et libidineux monsieur Flitch ? C'est étrange, mais le sale souvenir de mon viol s'est estompé dans l'euphorie et l'insouciance de notre vie à Londres avec Ritchie. Bien sûr, cette blessure est toujours en moi, mais ce n'est plus vraiment la mienne. C'est comme si elle appartenait aux confidences froissées d'une vieille amie.

Depuis ce jour, quand j'y repense, les coups durs se sont pourtant enchaînés avec une régularité déconcertante. L'arrestation de Ritchie, ma grossesse cachée, mon exil avec celui que j'appelais encore père Patrick, l'arrivée au sinistre pensionnat de sœur Magdalena. Et ce terrible accouchement dans la peur et le froid, entourée d'une volée de nonnes diaboliques. Mais le cauchemar qui me hante vraiment, c'est celui de notre fuite. Quand, avec Peggy, j'ai dû choisir un de ces pitoyables bébés abandonnés dans la nursery.

Presque chaque nuit, je revisite cet horrible instant. Le doute et la honte me taraudent bien plus que le souvenir du sexe blet de Flitch. Parce que je me tords l'esprit à essayer de savoir ce que sont devenus les autres, ceux que je n'ai pas emportés. J'imagine leurs petits corps bleuis par la mort, enfermés dans un vulgaire sac de jute, pour être enterrés dans un pré tourbeux. Non, surtout pas dans la tourbe, je pense que ces nonnes funestes sont au courant que son acidité empêcherait la décomposition. Alors, dans cette horreur hallucinatoire, défilent des visages décharnés mangés par la vermine. Et je me demande lequel parmi ces petits cadavres recroquevillés est vraiment celui de mon enfant.

Petit Geoffrey, je pourrais lui en vouloir, à lui aussi. Si je suis ici, dans ce trou perdu, à attendre je ne sais quoi, c'est un peu à cause de lui. Tu n'es pas d'accord avec moi, Mumiah ? Je vais t'avouer quelque chose d'odieux : il me fait penser à un chaton tiré à moitié mort d'un ruisseau. Je l'aime, Mumiah, mais je l'aime comme on aime un animal malade…

Par chance, tu es là, toi, mon ange. Mon confident. C'est un miracle de t'avoir inventé. C'est vrai, je parle toute seule et j'engueule le vent lorsqu'il disperse un nuage qui dérive dans mon ciel. Mais je me moque de passer pour une folle si quelqu'un me surprend. Je me confie à toi comme on se confie à un ami lointain. Un ami muet qui sait m'écouter. Du coup, je dois l'avouer, je n'écris plus très souvent. Pourquoi répéter toujours la même chose ? Parler du temps ? Malgré l'été, il pleut presque tous les jours. L'herbe des prés et les lichens des landes sont gorgés d'eau sale. Les chemins, impraticables et creusés de flaques boueuses, sont glissants de glaise. J'ai relu les pages du mois dernier. Elles étaient tellement insipides que je les ai déchirées.

Sinon que raconter d'autre ? Le village ? Je n'y vais jamais, de peur de laisser Petit Geoffrey sans surveillance avec, toujours, cette panique chevillée au cœur de le retrouver mort en rentrant. Quand le soleil le permet, pour lui montrer le ciel et les oiseaux, je le promène dans une brouette, aux alentours de la maison, emmitouflé dans une couverture. Impensable de traverser le pont de Stockton ainsi attelée sans risquer d'être dénoncée comme une mauvaise mère et expédiée à l'asile en m'enlevant mon enfant. Je ne suis pas une mauvaise mère, Mumiah. Une mauvaise fille peut-être, mais tous les jours j'essaie d'être la meilleure mère possible.

Quand je suis démunie devant les cris de Petit Geoffrey, je prie pour que les démons quittent ses bronches. Mes chansons douces le calment. Je lui parle des rochers de la pointe d'Aughrus, tout au bout de mon Irlande. De la vie des moines sur High Island qui ne savaient pas de quel côté se tourner pour célébrer le retour de Dieu sur terre.

Patrick exige de moi une retraite en toute discrétion, et une seule visite m'est accordée. Le dimanche, en fin de matinée, la fille aînée de l'unique commerce du hameau vient me tenir compagnie. Cette indécrottable bouseuse m'apporte quelques légumes, un peu de viande de porc ou de mouton, du lait et six œufs. Et de vieux journaux. Mais même avec la meilleure volonté du monde, impossible d'échanger plus de quelques mots avec elle. Pourtant, j'essaie chaque fois d'être gentille, mais Dieu sait ce qu'on lui a raconté sur moi. Elle a la méchanceté incrustée dans les plis de son visage, les yeux ronds d'une truite morte, un nez comme un groin retroussé et des lèvres qui me font penser à l'accouplement de deux limaces. Une caricature de laideur. Au début, je l'ai imaginée sourde et muette, mais les chapelets d'injures qu'elle bougonne lorsqu'elle repart vers Stockton ont très vite dissipé mes doutes.

Si elle respecte les consignes, elle ne devrait pas tarder. J'espère qu'elle n'aura pas oublié la farine que je lui ai commandée. Depuis quelques jours, je suis possédée par une irrésistible envie de crêpes à la confiture de fraises.

Tu sais quoi, Mumiah ? J'ai l'impression d'être un oiseau enfermé dans une cage ouverte. Je sens qu'au-dehors un monde terrible et dangereux attend de se jouer de moi, encore et encore. J'ai plus peur de la liberté promise par Patrick que de la prison qui me prive de lui. Alors, je reste là, sur mon perchoir, à ergoter avec des fantômes. La solitude et le vide sont devenus des présences inventées qui me rassurent.

Maman me rend souvent visite dans ma tête. On discute de tout et de rien. Dans la journée, si elle n'est pas avec moi, je tourne en rond dans le jardinet. J'écoute le tumulte de la rivière. J'essaie de me rappeler les histoires qu'elle me lisait. C'est rassurant, tu sais. Un peu déprimant, aussi.

Vendredi matin, Patrick est parti pour son périple hebdomadaire à Glasgow, déguisé en aumônier. Il ne rentrera que lundi, a-t-il dit. Ou mardi, peut-être bien. Je n'aime pas quand il s'habille en prêtre. J'ai l'impression que c'est quelqu'un d'autre. « Le noir de la curaille est parfois plus épais que celui des Enfers », disait maman en parlant du curé de Claddaghduff.

La veille de son départ, nous avons fait l'amour, avec une passion tutoyant la violence. C'était un tel déchaînement que la peur m'a empêché de trouver le plaisir. Puis, Patrick s'est abandonné sur moi en me murmurant des mots orduriers et sacrilèges, enrobés pourtant d'une divine douceur. J'en ai profité pour le supplier de me laisser l'accompagner à Glasgow. Une fois. Juste une fois pour au moins retrouver le bruit du monde. J'avais des sanglots dans la voix. Sa main a quitté le creux de mes cuisses pour remonter jusqu'à ma gorge. J'ai cru un moment qu'il cherchait à m'étrangler.

« Geoffrey ne supporterait pas le voyage, m'a-t-il répondu. Tu auras l'occasion de voir des gens plus tard. D'ici quelque temps. Quand il ira mieux. »

C'est vrai que Petit Geoffrey n'est pas en bonne santé malgré mes soins. Tout malingre et pas très vif, je dois bien le reconnaître. Épuisé par des quintes de toux qui déchirent ses maigres poumons et me tordent le ventre. Quand il prend mon sein, souvent, le sommeil le surprend d'un coup, comme on souffle une bougie. Nichée sur ma poitrine, sa tête roule alors en arrière avec le poids d'un fer à repasser. À chaque fois, je redoute qu'il soit mort et je me retiens de respirer. Jusqu'à ce qu'il bouge et gémisse à nouveau.

Dimanche 10 juillet 1966
Stockton-on-the-Bridge

J'ai entendu grincer le portillon et la fille du pub est enfin arrivée. Mais elle n'est pas seule cette fois. Une gamine s'accroche à sa jupe sans lâcher la poupée qu'elle serre contre sa poitrine. Une sorte de marionnette, échevelée de bouts de laine de toutes les couleurs, dont le corps, les bras et les jambes sont fabriqués avec des morceaux de chiffons cousus de fils de pêche. L'œil gauche du jouet a été rafistolé avec un brin d'osier. L'autre a été arraché.

La môme ne doit pas dépasser les six ans. Maigre comme un clou, un peu ridicule avec ses bottes roses trop grandes qui lui montent jusqu'aux genoux. Une tignasse flamboyante, des yeux malins, le nez pointu et les joues piquées de taches de rousseur. Sa jupe de petite fille est protégée d'un tablier gris. Sur son tee-shirt sale, un mouton joue de la cornemuse. « C'est ma sœur, faut pas faire attention. Les vieux me l'ont filée dans les pattes pour la journée». C'est bien la première fois que cette grosse truie me parle si longtemps. Autant l'aînée est épaisse, autant la petite n'a que la peau sur les os. Sa sœur ne me donne même pas son prénom, et je ne le demande pas non plus. Nous l'appelons «la môme».

«En plus de la farine, je t'ai apporté des journaux, si ça t'intéresse», continue-t-elle.

Oui, ça m'intéresse, l'Angleterre a gagné la coupe du monde et, le mois dernier, des loyalistes de l'UVF ont tué des civils catholiques à Belfast. Elle pose le panier devant l'entrée de la cuisine et s'en va, tirant par la main la môme cramponnée à sa poupée et qui se tord le cou pour m'apercevoir. Arrivée au portillon, la fille se retourne et me prévient que Daniel Abercombrie, l'oncle de mon curé, sera au village la semaine prochaine pour s'occuper du cimetière. À ma place, elle ficherait le camp. Paraît qu'il est en rogne de me savoir là avec son neveu. Cette baraque de pêcheur, c'est comme la prunelle de ses yeux.

Décidément, jamais cette pauvre fille ne m'avait gratifié d'autant de mots. Je saute sur l'occasion pour essayer de prolonger la discussion et lui propose de se rafraîchir d'un peu d'eau.

«J'préfère la bière, qu'elle dit. Si t'as, c'est pas de refus. Hier, le haggis était trop salé.»

Assise sur le banc, elle décapsule sa bouteille, en avale une lampée interminable et rote, s'inquiétant de savoir si j'ai déjà mangé du haggis. Je réponds par une moue dégoûtée. Elle prend une mine contrite. Le problème, avec la panse de brebis, c'est qu'une fois retournée comme un gant, il faut la gratter et la tremper toute la nuit dans de l'eau froide et salée. Pareil pour la fressure, les rognons et le gras. Mais là, c'est indispensable de les laisser mijoter dans de l'eau chaude pendant au moins deux heures. Si la main est trop lourde sur le sel, c'est une catastrophe.

Je me fiche complètement de connaître les temps de cuisson et la liste des abats répugnants de ce truc immangeable. Ce qui me préoccupe, c'est la venue de l'oncle Daniel à Stockton-on-the-Bridge et de son courroux de nous savoir dans sa maison de pêcheur. Sur la route, lorsque nous nous étions arrêtés à Newton Stewart, Patrick m'avait assuré l'avoir averti de notre arrivée. Pourquoi ce mensonge ?

Pour dissimuler mon trouble, je propose une autre bière à la fille du pub et lui demande si elle connaît bien père Patrick. Après une intrigante réflexion, elle répond par la négative. Ou alors, elle ne s'en souvient pas vraiment. Quand il est parti pour Londres, elle avait cinq ans. Dans une famille d'accueil, à ce qu'on lui a dit. Ici, parler des Abercombrie, c'est un peu comme raconter la vie du diable. Après, c'est conseillé de se laver les dents à l'eau bénite.

J'insiste.

Elle ingurgite une nouvelle demi-bouteille et reprend son récit, avec ses mimiques et ses mots à elle.

Daniel, l'oncle, c'est le fossoyeur du coin. Un buveur et un pêcheur à la mouche. Mais pas que... Si Dieu l'avait bâti de moins de muscles, bien des cocus alentour se seraient occupés de son cas. Son frère, le père du curé, c'était Feargus. Lui, personne n'en parle. Ou alors en cachette. Si je veux en savoir plus, faut poser mes questions à Kyle Campbell. D'après ce qu'elle a compris des confidences volées çà et là, le Feargus était à la fois marchand de moutons et sacristain. Il vivait plus souvent en Irlande qu'ici. Quand sa femme l'a fichu dehors, il est revenu habiter à Stockton, avec le môme Patrick en cadeau de séparation. Son frangin, le Daniel, le nettoyeur de tombes, a fait contre mauvaise fortune bon cœur et les a recueillis. Paraît qu'ils buvaient à eux deux plus de bières qu'un régiment d'ivrognes et qu'ils se tapaient dessus pour un bout de lacet. Elle n'en sait rien de mieux, elle n'était pas née. Un nouveau rot de troll valide ses confidences. C'est dégoûtant.

Malgré ça, j'insiste encore. L'histoire devient alors très brève.

Les mauvaises langues racontent que le Feargus baisait ses moutons. Puis elle se lève et conclut l'entretien d'une de ses phrases toutes faites : « Bon, c'est pas tout ça, mais à force d'être en avance, je vais finir par être en retard. » Puis, elle appelle sa sœur transformée en nain de jardin dans le potager à l'abandon. « Eh ! Tu viens, toi la môme, tu ne vois pas qu'on rentre ? »

Et je reste là, déconfite, avec mon paquet de farine posé sur le Sunday Mirror de la semaine dernière. La une est barrée d'un « GOLDEN BOYS! » suivi d'un long article pour fêter la victoire des Anglais sur l'équipe allemande. L'arrogante Mannschaft, comme écrit le journaliste. Je ne comprends même pas ce que ça veut dire ni quand a eu lieu le match et je m'en fiche. La seule chose qui compte, c'est l'empreinte d'un mensonge qui me torture.

Me revient en effet en mémoire la confession de Patrick, lorsqu'il m'avait rendu visite dans mon bungalow, juste avant de me proposer de m'emmener Tuam. Mumiah, j'ai écrit ça où? C'est là…

«Il est né en Irlande, à Tuam, une petite ville du comté de Galway, pas très loin du lac Mask et du Corrib. Des coins merveilleux pour la pêche au mois de mai. Sa mère est Écossaise et son père Anglais. Elle est catholique, il est protestant.»

J'ai peut-être mal compris Mumiah, et c'est sans doute l'inverse : sa mère est Anglaise et son père est Écossais. Question religion, j'ai peut-être aussi écrit de travers.

«Le commerce de la viande de mouton permet à la famille de bien vivre.» Bon ça, ça me va. Le reste, beaucoup moins : «Un jour, c'est le drame. Sa mère se noie lors d'une partie de pêche au *tapping* sur le Corrib. Il a quinze ans.» Ça ne colle pas avec ce que la fille vient de raconter.

Mumiah, dis-moi que Patrick n'est pas un menteur. Quand il m'a parlé de son enfance, quel intérêt aurait-il eu à maquiller son histoire? Est-ce qu'il voulait m'apitoyer pour mieux me convaincre de le suivre à Tuam? Pour avoir le temps de me séduire? Patrick aurait raconté n'importe quoi parce qu'il avait déjà envie de moi? Tu vois, j'écris ce que je veux croire! Toujours ce détestable défaut de penser que le monde tourne autour de ma petite personne. C'est moi qui suis idiote d'accorder du crédit à cette fille plutôt qu'à Patrick. Et puis, ça change quoi de me ronger les sangs pour si peu. Il m'aime, et nous sommes ensemble.

Mumiah, j'ai hâte d'entendre les pneus de la voiture aubergine crisser sur les graviers. D'écrire une phrase ou deux de plus, le cœur en folie, avant de t'abandonner pour me précipiter dans ses bras et ne penser à rien d'autre qu'aux péchés délicieux que nous allons commettre. Qu'importent Dieu, les hommes et toutes ces truies envieuses de notre bonheur.

En attendant, c'est Petit Geoffrey qui me réclame. Il a mangé pourtant, mais il hurle encore. J'ai oublié de demander s'il y avait un médecin à Stockton ou dans les environs.

Jeudi 14 juillet 1966
Stockton-on-the-Bridge

Même en Irlande, les sales étés, la température est plus clémente que dans cette combe humide. Je ne savais pas qu'il pouvait exister un pays dont les plus belles journées étaient lavées de pluie et épongées de brouillard. Dans ce trou de granit et de tourbe, des bataillons de nuages en armures de mauvais temps descendent les pentes rocailleuses de White Hill et se regroupent ici, dans le val de Stockton. Pour laisser à la terre le temps de boire le déluge, de rares éclaircies entrecoupent les orages qui se succèdent. J'en ai marre des vaches rousses aux cornes diaboliques. Je ne supporte plus de les voir ruminer derrière les clôtures, l'œil inexpressif et les poils collés de boue. Lorsque les cloches du village martèlent les heures, comme autant de coups de glas sur l'âme, je me bouche les oreilles et je crie pour couvrir le bruit du temps qui passe.

Derrière la maison, la rivière s'est encore renforcée des trombes de la veille et des ruissellements des hauteurs environnantes. Une crue d'eau sombre déchire les berges dans un bourdonnement obsédant. Chaque minute qui s'en va m'écrase un peu plus. Chaque jour transforme cette baraque en décor de film d'horreur. Tous les bruits m'effraient. Une poutre qui craque. Le grincement du portillon du jardinet. L'arrosoir traîné par le vent devant la maison. Les jacassements énervés des pies qui se disputent des entrailles d'oiseau. Le pire, c'est à la tombée de la nuit, quand les corbeaux s'installent sur le toit de la grange en augures maléfiques.

L'océan me manque, Mumiah. Ses embruns iodés. Les algues sur la plage. J'ai besoin d'entendre les vagues se fracasser sur les empierrements de la baie de Cleggan. Je prie de pouvoir contempler les pointes crochues de Cruagh Island et leurs cormorans éparpillés, le bec tourné vers le large, les ailes écartées pour se sécher au vent. J'échangerais une semaine de ma vie contre le cri d'une mouette ou d'un goéland. Je supplie le Ciel de m'accorder le plaisir d'ouvrir une palourde et de l'avaler en fermant les yeux comme on mange une ostie.

L'autre nuit, j'ai rêvé d'une casserole de moules à l'étouffée dans une crème de vin et d'ail, mais quand j'ai soulevé le couvercle en fonte, c'était un enfant mort qui rissolait. Cette vision m'a jetée hors du lit. Hébétée, je me suis précipitée dans la chambre de Petit Geoffrey. Mon ange dormait sur le dos, le visage contrarié par un cauchemar, les petits poings fermés sur la tresse d'un diablotin.

Un jour, Mumiah, je t'emmènerai là-bas, sur ma terre d'Irlande. J'imagine Petit Geoffrey cavaler dans les dunes pour effrayer les mouettes placides, ratisser le sable et lui voler des coques nettoyées par la marée. Les ranger, une à une, dans un seau en fer blanc, comme autant de pierres précieuses. La musique me manque aussi. Dieu sait si celle des bars sombres de Londres m'a enivrée, mais ce sont les mélodies de mon enfance dont j'ai le plus besoin.

Je me transporte alors chez Olliver's à Cleggan. Le pub s'enfume de tourbe et de cigarettes. Les discussions et les rires enflent au rythme des tireuses de bière. Maureen, la patronne, tourne autour des tables, un plateau chargé de pintes dans les mains, rabrouant les uns de la serrer de trop près, houspillant les autres pour qu'ils la laissent passer. Tiga, le labrador, roupille devant la cheminée, le museau dans ses pattes, attendant qu'une âme charitable le gratifie d'un morceau de saucisse. Pete O'Grady est à la guitare, son frère au banjo. Leurs doigts boudinés moulinent une ritournelle lente et envoûtante. Un *fiddle* gémit, soutenu par le souffle de deux *whistles*. Les vieux baissent le nez sur la mousse de leurs Guinness. Ils savent ce qui arrive et se préparent à pleurer. *Amhrán na bhFiann* s'installe. C'est maman qui chante. Je me souviens de ce moment de communion parce que le lendemain, elle s'est noyée. Mumiah, l'hymne irlandais en gaélique, c'est de ça que j'ai besoin.

Dieu que c'est loin tout ça !

Ici, à Stockton, mes jours se chargent de vides et d'attentes interminables. D'occupations aussi futiles qu'inutiles. Hier, j'ai planté des fuchsias devant l'entrée. Puisque Patrick est de moins en moins là, j'ai appris à me mentir, à me fabriquer une existence d'héroïne. Je me vante de mes choix. J'exagère mes tourments pour mieux me rassurer ensuite. De temps en temps, à la vue d'un oiseau, je m'invente un présage ou une fatalité. Et si ma route ne menait nulle part ? Je ne me retrouve pas dans le désordre intérieur de ma vie. Ici, plus rien n'a de sens. Et mes souvenirs se brouillent, reflets trompeurs dans le miroir d'une flaque.

Samedi 16 juillet 1966
Stockton-on-the-Bridge,

Patrick doit arriver dans une heure. Ou deux. Peut-être plus. Peut-être demain. Quand il est là, plus les heures se dispersent, plus je m'accommode de ses silences. J'ai de plus en plus l'impression qu'il me trouve au mieux banale. Même encombrante quelques fois. Sauf quand nous faisons l'amour. Comment pourrais-je me rendre plus indispensable pour qu'il m'aime encore plus ? Si au moins je croyais aux astres et savais lire dans le marc de café, je pourrais concevoir un plan pour l'envoûter. Mais je ne suis qu'une godiche d'Irlandaise, juste bonne à écarter les cuisses pour le satisfaire de la meilleure manière. Son jouet sacrilège. Je situe le début de son désintérêt pour moi à la semaine dernière, quand nous avons parlé encore une fois de l'argent des frères Kray. Enfin, de ce qu'il en reste.

Aujourd'hui, il est rentré tard de Glasgow. Je pensais qu'il n'arriverait plus. Nous sommes couchés l'un contre l'autre, exténués de plaisir. Sa main me caresse l'épaule machinalement et il fixe le plafond comme si c'était la porte d'un coffre-fort fantomatique.

« Cinquante livres, qu'il dit. On ne va pas tenir bien longtemps avec ça. »

À ce moment-là, me passe par la tête une de ces fulgurances idiotes qui me caractérisent. Je lui suggère de prendre contact avec Ritchie, à Londres, puisqu'il a sûrement été libéré en juin dernier. Avec sa dette morale envers les rois de l'East End, il est sans doute possible de récupérer encore quelques dizaines de livres.

Patrick se redresse, furieux. Il me tire par les cheveux et me fait taire d'une gifle qui m'envoie valdinguer hors du lit. Je me carapate sur les fesses, comme un crabe malade, pour me réfugier entre le mur et la commode. Mais il se précipite sur moi, ses mains saisissent ma gorge, et il m'oblige à me relever. Ses yeux sont ceux du diable. « Tu l'aimes toujours, ce minable ! Tu l'aimes toujours, c'est ça ? » Je tourne la tête pour desserrer son étreinte, incapable de parler. « Ne prononce plus jamais son nom, tu m'entends ? Plus jamais ! Sinon, je t'arrache la langue. » J'opine, en panique, au bord de l'asphyxie, et je me résigne à mourir là, étranglée par mon curé d'amant, à Stockton-on-the-Bridge, quand il me lâche pour aussitôt tomber à genoux. Ses mains pétrissent mes fesses et son visage cherche à s'enfoncer entre mes cuisses. Je résiste. Je ne veux pas de lui. « Pardonne-moi, bredouille-t-il en sanglots. Tu as raison, mon amour, pardonne-moi, pardonne-moi, pardonne-moi, mais j'ai tellement peur de te perdre. »

Puis, comme si de rien n'était, il se relève et se dirige vers l'évier pour prendre une tasse et la remplir de whisky. « Demain, je pars pour Glasgow », assure-t-il avec la morgue d'un archevêque s'adressant à un curé de campagne. « De là, j'irai à Londres, continue-t-il, et je parlerai aux frères Kray. J'en profiterai pour rendre visite à Ritchie et lui donner de tes nouvelles. » D'un coup de menton, il avale son Glenn.

Et si Patrick ne revenait pas de son périple à Glasgow, cette fois-ci ? Jusqu'à aujourd'hui, l'idée ne m'a jamais effleuré l'esprit, mais avec quelqu'un comme lui, même cette hypothèse devient possible. Dans ce cas, on se débrouille comment, Petit Geoffrey et moi ? On part où et comment ? Dimanche prochain, je demanderai à la fille du pub si un bus s'arrête dans les environs. Pour me sortir d'ici.

Quoi qu'il en soit, la décision de partir nécessite un minimum de réflexion et beaucoup de préparation. Pour le moment, j'ai la tête tellement vide que je suis incapable d'aligner plus de deux pensées cohérentes. Et puis cette nausée qui m'encombre en permanence. Quelle gourde ! J'ai encore oublié de demander s'il y avait un médecin dans le coin.

Pendant que Petit Geoffrey dort, je vais m'allonger quelques minutes.

Vendredi 22 juillet 1966
Stockton-on-the-Bridge

Patrick est couché sur le dos, le bras gauche derrière la tête. Je suis blottie contre lui, nue, épuisée de plaisirs. Il déplace ma main sur son sexe.

« J'ai des nouvelles de Ritchie, ajoute-t-il au bout d'un long silence. »

Mon geste se fige. « Continue », commande-t-il. Puis il m'explique que ce minable n'est pas resté très longtemps dehors. Un âne ne devient jamais un cheval de course, même si on lui coupe les oreilles. Ce pauvre imbécile n'a pas résisté à l'envie de casser la figure à mon ancien logeur, Stephen Flitch. Cette petite frappe n'est pas du tout un type pour moi.

C'est peut-être vrai, mais quelque chose me dérange. Comment Ritchie a-t-il été informé de l'identité de mon violeur ? Je lui pose la question. « En prison, tout se sait » conclut-il en remettant avec fermeté ma main sur son sexe.

Samedi 23 juillet 1966
Stockton-on-the-Bridge

Un carré de terre retourné. Il pleut. Devant la haie de rhododendrons, une caisse en bois. Cette nuit, pendant des heures, j'ai contemplé la lune se frayer un passage au milieu d'un ciel tourmenté de nuages. Ensuite, le jour s'est levé, écartant le voile d'obscurité. Et de silence.

Le clocher de Stockton cogne sept fois.

Je suis transie de froid. Immobile et glacée de pluie et de désespoir. Assise sur un tronc d'arbre mort, les pieds nus dans une flaque, je claque des dents. Mon cerveau, lui, bouillonne d'une sourde douleur. Mes cheveux ruissellent sur mes épaules et sur mon front. Ma chemise de nuit troussée découvre mes cuisses. D'un paquetage de plaid, un petit bras dépasse. Un petit pied aussi. Blancs. Morceaux d'ivoire d'une poupée démantibulée. Sa tête repose sur mon ventre. Ses paupières sont fermées, soudées par des larmes séchées. Sa bouche est scellée d'un trait de salive. Son teint cireux est celui du néant.

Petit Geoffrey est mort cette nuit.

Patrick creuse sa tombe en silence.

«Je bénirai ce coin de terre de mes prières pour que cet endroit devienne une vraie sépulture», dit-il en plantant la bêche dans le sol tourbeux.

Son genou se plie. Son torse fume sous l'effort. De temps à autre, il jette un regard vers moi, comme pour vérifier si je suis encore vivante. Moi, j'ai les yeux tournés vers le vide laissé par Petit Geoffrey. Pour tenter de ranimer la flamme éteinte de son âme. Pour essayer de lui parler une dernière fois et qu'il m'entende. Pour lui demander pardon de ne pas avoir su mieux le soigner. Que pouvais-je faire de plus que de l'aimer?

Depuis un jour ou deux, avant le retour de Patrick, Petit Geoffrey respirait avec un bruit différent. Comme du sable jeté sur un couvercle de poubelle. Ce n'était pas qu'une mauvaise impression. Je refusais de m'inquiéter, mais le mal se renforçait.

J'écarte le morceau de tissu sur sa joue et la caresse. Petit Geoffrey semble apaisé. Il ne râle plus, ne tousse plus. Il accepte d'être mort et de ne pas se rebeller contre ce Dieu qui ne lui a pas laissé le temps d'être heureux. Petit Geoffrey est parti rejoindre le paradis des chérubins, c'est aussi simple que ça. Sans déranger personne. Sans se plaindre de ne rien avoir connu. Il doit errer quelque part, dans les limbes, à la recherche d'une âme sœur, elle aussi déchirée trop tôt.

Patrick s'agenouille devant moi et pose sa main sur le front de mon soleil éteint. Il le baptise, au nom du Père, du Fils et du Saint-Esprit. Et il s'adresse à Dieu pour que cette pluie tombée du ciel soit l'eau d'une autre vie. Plus belle, plus pleine de joie et d'infinie tendresse. Que Dieu vienne à la rencontre de mon enfant sur le sentier du paradis. Que sa main écarte l'Épée Flamboyante interdisant aux impurs d'accéder aux jardins d'Eden. La lumière de son âme morte luit maintenant à côté du Tout-Puissant et brillera de nouveau sur Terre si elle décide de revenir un jour vers nous. Qu'importe la forme qu'elle choisira. Qu'importe le message qu'elle transmettra. Elle sera à jamais dans le bruit du vent, le chant des oiseaux, le ruissellement d'un torrent. Nous la reconnaîtrons parmi les flocons de neige sur les pentes des plus hautes montagnes, parmi les gouttes de pluie qui remplissent les lacs les plus profonds.

Amen.

Puis, Patrick pose sa main sur les paupières fermées de Petit Geoffrey pour qu'elles deviennent les ailes du plus merveilleux des papillons. Il appartient à l'Alpha et l'Oméga. Il a rejoint le Verbe. Il est à présent le grain de sable sur la dune de la vie éternelle. Puis il m'enlève mon angelot, ma raison de vivre, et je n'ai pas la force de résister.

Depuis des heures, mon cœur s'est fracturé en des milliers de fragments. Comme un miroir brisé. Ce n'est pas du sang qui circule dans mes veines, c'est de la poudre de verre qui me lime et m'abrase de l'intérieur. Douleur insupportable. Punition divine. Patrick essaie de m'aider à me relever. Je refuse qu'il me touche. J'ai trop mal. Au loin, la lumière de l'aube allume les collines de couleurs irréelles. Puis les nuages avancent, éteignant les formes, allongeant les ombres des rochers avant de les noyer dans le brouillard et le manteau de la mort.

Sur les plages d'Irlande, j'ai vu des poissons se décomposer, le ventre éclaté par le bec des charognards. Dans les tourbières, j'ai poussé d'un bâton les carcasses fétides d'un renard ou d'un agneau. Parmi les algues, j'ai écrasé des milliers de coquillages. Je n'éprouvais rien, sinon le plaisir de m'amuser d'une mort qui ne me concernait pas. Pour m'avertir de mon inconséquence, Dieu a tiré une première fois le signal d'alarme. Maman s'est noyée. Puis l'insouciance a repris le dessus. Le péché, la luxure, la dépravation sont revenus en vagues successives pour m'égarer du seul but de ma vie : vivre dans la plénitude d'un bonheur simple et absolu. Et je me suis perdue. Encore une fois, le Seigneur vient de me le rappeler. Encore une fois, ce sinistre signal d'alarme. Et Petit Geoffrey a refusé d'aller plus loin avec moi.

Je n'étais sans doute pas assez bien pour lui.

Patrick dépose la caisse en bois au fond du trou creusé devant le rhododendron dégoulinant de gouttes d'eau et de fleurs violettes. Une pelletée de terre rebondit sur le cercueil de fortune. Puis une autre. Encore une autre. Je lève les yeux vers les nuages pour m'abreuver d'un peu de pluie. Mais l'averse s'est calmée. J'ai besoin d'air. Une douleur infernale me tord le ventre de sanglots plus secs que des pierres. J'étouffe. Deux éclairs zèbrent le ciel. J'explose. Le désespoir de la folie s'empare de moi. Je rampe vers la tombe de Petit Geoffrey pour être enterrée avec lui. Des mains tentent de me retenir. Je hurle. Puis, c'est le noir complet.

Lundi 25 juillet 1966
Stockton-on-the-Bridge

Je me réveille dans la chambre. Le reflet de la fenêtre joue avec un bout de ciel et retient le soleil dans des touffons de nuages. Je suis là depuis combien de temps, Mumiah ? Que s'est-il passé ? N'était-ce qu'un cauchemar ? J'entends des pas dans la cuisine. Les pieds d'une chaise qu'on traîne sur le sol. Le battant de l'armoire à whisky grince sur ses gonds. Je n'ose pas bouger. Mes doigts griffonnent ces quelques lignes comme pour exorciser l'horreur qui m'envahit.

Un mot a été glissé sous la porte.

« Je te laisse te reposer. Prends soin de toi le plus possible. Prie Dieu de t'accorder la force d'accepter cette injustice. Pardonne-lui de t'imposer cette souffrance, mais remercie-le d'éclairer ta vie de sa compassion. Je pars pour Glasgow trouver un endroit qui t'éloignera de ce drame. Sans argent, ce ne sera pas facile. J'espère rentrer au plus vite. On te donnera de mes nouvelles. Je t'aime. Patrick. »

Pendant un long moment, l'incompréhension m'interdit de penser aux conséquences de ce court message. Puis, dans un désordre infernal, les questions affluent. Mes habits sont propres. Patrick a changé mes vêtements avant de partir. Quand ? Quel jour est-on ? S'il n'est pas là, qui est dans la cuisine ? Comme si le ciel entendait mes réflexions, la porte d'entrée claque en se refermant. Je me précipite dans l'angle de la fenêtre pour lorgner dans la cour. Sans être vue.

Précédé par un chien de berger, un homme fait les cent pas. L'animal le sollicite d'un morceau de branche qu'il dépose à ses pieds. Immense, parka militaire verte, casquette vissée sur le front, l'individu expédie le bout de bois de l'autre côté de la clôture et reprend ses allers-retours, le nez sur ses brodequins. Il semble d'un calme déterminé. Quand il marche, sa façon de se tenir est celle d'un propriétaire visitant ses terres. J'ouvre la fenêtre. L'inconnu lève les yeux vers moi. Sa barbe exubérante est celle d'un druide. Visage teinté de colère. Regard sombre d'un égorgeur de moutons satisfait de sa journée.

« Je suis Daniel Abercombrie, dit-il. Descends tout de suite ! »

Je suffoque de honte et de douleur, mais je le mérite. Aide-moi, Mumiah. Ne me laisse pas tomber. Fais-le en souvenir de Petit Geoffrey. Maintenant, la peur me visse le ventre. Mon ange, je ne sais pas comment je vais m'en sortir et je te promets de changer. J'ai déjà gaspillé toutes mes chances, je sais, mais sur ce coup, ne m'abandonne pas.

« Alors, tu viens ou faut que j'aille te chercher ? »

Quand j'arrive dans la cuisine, Abercombrie est appuyé contre l'évier, les bras croisés sur sa poitrine, tel un instituteur courroucé du retard d'un cancre. Sur la table, une bouteille de Glenn à moitié vide. Le verre qu'il s'est servi anesthésierait un troll en furie. De près, l'homme ressemble à un épouvantail. Sous son front, ses sourcils broussailleux dessinent une barre sombre, signe caractéristique des suspicieux ou des jaloux, disait maman. Son regard de prédateur me sonde, m'évalue. Ses yeux me fouillent sans vergogne, s'attardent sur mes seins gonflés du lait que je n'ai pas donné, descendent sur mon ventre. J'ai l'impression d'être un morceau de viande sur l'étal d'un boucher. Transie de peur, je baisse le nez et bricole une prière capable d'exorciser le mal qui le possède. Va-t-il me violer, lui aussi ?

« Quand on n'a rien à se reprocher, on regarde les gens en face, » dit-il d'une voix sourde.

Redoublant d'efforts pour bâcler ma divine supplique, j'obéis. Une colère froide lui soude le visage. Au-dessus de sa barbe qu'il maltraite de ses doigts endeuillés, une cicatrice dessine sur sa pommette gauche la signature d'un ancien ennemi. D'un coup de menton, il m'ordonne de m'asseoir.

« Faut qu'on cause. »

Ma salive a un goût de terre. Je ne me sens pas capable de prononcer autre chose que des gargouillements. Pour éviter de répondre, je baisse une nouvelle fois les yeux. Lourdes de boue, ses grosses godasses traînent sur le plancher. Des empiècements noirs sont cousus aux genoux de son pantalon de pêche. Une ceinture en cuir élimé lui tient le ventre. Sa chemise épaisse est maculée de traces de tourbe. Sa parka sent le chien mouillé.

« Patrick n'est pas là, à ce que je vois », gronde-t-il après avoir tiré une chaise.

Abercombrie vide son whisky d'un trait et se torche les lèvres de sa main épaisse. Dehors, la pluie chasse la clarté matinale et s'abat comme un déluge biblique. Si elle pouvait tout emporter !

« Raconte-moi ton histoire, demande Abercombrie en se remplissant un autre verre. Et évite de mentir. Après, je décide. »

Je lui dis tout. Depuis le début. L'enterrement de maman. Ma vie à Londres chez les Flitch. Le viol. Ritchie et l'insouciance des mois qui suivent. Sœur Magdalena. Peggy. La mort de Petit Geoffrey. Tout. Dans les moindres détails. Enfin presque. Pendant ma longue confession, il termine la bouteille de Glenn et en ouvre une seconde. Du Knockando, cette fois-ci.

« Continue, ordonne-t-il d'une voix sourde. »

Je poursuis. Sans mentir. Sauf par omission, en ce qui concerne ma relation avec Patrick. À la fin, il se lève en s'aidant de la table. Il titube un peu.

« Je reviens dans deux jours. Tu ranges cette baraque comme si ta vie en dépendait. Je veux pouvoir manger par terre. Après, toi et ton curé, vous fichez le camp de cette maison. »

Je tente de protester. Je dis que je ne sais pas quand père Patrick rentrera de Glasgow. Abercombrie arque les sourcils puis hausse les épaules : « Il est à Glasgow, cet enfoiré de défroqué ? J'm'en fiche qu'il soit là ou pas. Débrouille-toi et dégage d'ici. Si tu veux mon avis, gamine, va falloir t'habituer à vivre seule. »

J'insiste en lui hurlant dessus. Je préfère mourir plutôt qu'abandonner Petit Geoffrey. La véhémence de mes propos déstabilise Abercombrie. Il hoche plusieurs fois la tête. Son regard n'est plus aussi buté. L'effet du Knockando, peut-être ? Un long silence s'installe. Il se racle la gorge et pose les deux battoirs qui lui servent de mains bien à plat sur la table. Puis il m'explique comment il planifie les choses. Il m'accorde jusqu'à dimanche de la prochaine semaine. On sera fin juillet. Le temps de s'organiser, il trouvera une sépulture décente à mon môme. D'après ce qu'il a vu, en tournant autour de la maison, le gamin a été enterré à l'endroit où son chien va chier. Même l'antéchrist ne mériterait pas de reposer là. Il s'occupera de cette sale besogne. C'est son métier, il est fossoyeur. Il dénichera un coin de cimetière oublié des visites, un curé pas trop regardant fera l'affaire.

Ça tombe bien, il en connaît un. Le problème, c'est que c'est une véritable tête de mule. Faudra négocier. Et pour négocier, faudra boire et fumer. Côté intendance, il demandera à la fille du pub de m'apporter des vêtements et de quoi rester invisible à Glasgow. Si je me pointe là-bas accoutrée de cette manière, j'ai plus de chance de passer à la casserole que d'en tenir la queue. C'est Kyle Campbell qui m'emmènera, il lui doit un service. Sauf à terminer son existence avec un bras en moins, le gars n'osera pas se défiler. Dernière chose… Il ne sait pas dire si j'ai raconté des balivernes, mais vu comme je suis fichue, il parierait sa canne à mouche que son défroqué de neveu m'a sautée. Même béni par la curaille, un pervers reste un pervers. Surtout quand une fille du diable le taquine.

Daniel Abercombrie prend le temps d'allumer une cigarette et part pour de bon. Il siffle son chien. Ventre à terre, l'animal rapplique avec dans la gueule un morceau de bois qu'il dépose à ses pieds.

Dimanche 31 juillet 1966
Glasgow

L'incertitude et une sourde tristesse me chavirent les entrailles. C'est la même chose depuis une semaine. Comme tous les jours, pendant des heures, je reste agenouillée devant la tombe de Petit Geoffrey. Pour me permettre de passer du temps avec lui, Dieu a la gentillesse de souvent chasser les nuages. Les odeurs, écrasées par les dernières pluies, ressortent, amplifiées de fraîcheur. Cet ultime jour de juillet est maintenant saturé d'un calme et d'un vide assourdissants.

Le nœud d'une corde invisible me serre la gorge. J'ai arrangé des fleurs. J'ai aussi aligné quelques cailloux. Mes genoux sont en sang. Mes seins sont durs comme des pierres. Prostrée en pénitence, je reste là, devant ce tas de terre, les bras écartés, pour montrer à Dieu que j'accepte sa sentence. Et je prie pour l'âme de Petit Geoffrey. Mumiah, comment je vais m'en sortir ? Je t'en supplie, donne-moi encore le droit d'espérer.

Et la journée s'en va, lasse de m'entendre pleurer.

« Bon sang, mais qu'est-ce que tu fiches là comme ça ? »

La fille du pub sort de nulle part. D'un nouveau cauchemar, peut-être ? Dans ma tête, j'entends un craquement. Une nausée subite prend possession de moi. Un spasme violent remonte du plus profond de mon ventre. Je m'effondre sur la tombe fleurie, au milieu de mon vomi. Comme pour m'avaler, le sol encore meuble me happe le visage. Une main me tire par les cheveux. « Crache, pauvre folle ! T'es en train de t'étouffer ! »

J'éructe un filet de bile et de terre de bruyère. Mes bras enserrent mes seins et je m'entends dire que j'ai mal.

« Remets-toi à genoux ! » ordonne-t-elle en se positionnant derrière moi. « Penche-toi, nom d'un chien ! »

Ses doigts cherchent ma poitrine. Une douleur me transperce. Et enfin l'apaisement. Des giclées de lait s'effacent sur la terre souillée de la tombe de Petit Geoffrey. Les unes après les autres, comme crachées par les pis trop pleins d'une chèvre à l'agonie.

Et je pleure de plus belle.

Je suis assise dans la cuisine. Hagarde et salie. La fille du pub range les vêtements promis par Abercombrie sur la commode de l'entrée. « Parait que ton gamin est mort ? » Je ne réponds pas. « Quand ? » insiste-t-elle.

Je ne m'étais même pas posé la question. Depuis cette nuit d'horreur, je suis éreintée de tout. Je ne sais plus quel jour on est. Si la fille du pub est là, ce doit être dimanche. Je lui demande. « Ben, ouais ! Sûr qu'on est dimanche. Quand tu veux qu'on soit ? On m'a dit, tu viens le dimanche, donc je viens le dimanche. »

Elle pousse vers moi une bassine d'eau fumante, un gant de toilette et un torchon de cuisine. Elle enlève le plus gros. Je suis plus boueuse qu'un soc de charrue. Après, elle me conseille d'avaler un truc un peu consistant et de me cuivrer le nez d'une bonne bière. Si je veux son avis, à vomir de la sorte, soit j'ai choppé la maladie, soit j'ai un nouveau polichinelle dans le tiroir. Comme dit sa mère, un clou chasse l'autre ! Et elle me laisse à mes ablutions.

Je déteste cette fille, je déteste ses mots. Mais pour qui se prend-elle, cette grosse truie ?

La douleur s'apaise, Mumiah. Se pourrait-il qu'elle ne redevienne qu'une tristesse infinie ? J'ai le sentiment d'avancer pieds nus, claudicant sur un chemin interminable et pierreux, sans savoir si je marche dans la bonne direction. Les heures s'épuisent, inconsistantes et vides. Je n'ai goût à rien et tout mon être m'ordonne de ne pas bouger de peur de réveiller d'autres cauchemars.

Depuis lundi dernier, je n'ai pas écrit. Quand on a mal, ça ne sert à rien d'étaler son désespoir, sinon à souffrir encore plus. Maman prétendait qu'aligner des phrases sur un morceau de papier permettait de guérir de ses tourments. Elle se trompait. Ou alors, je n'utilise pas les bons mots. Ce dernier jour de juillet ressemble aux précédents. Soleil et nuages. C'est dimanche. Ma visiteuse dominicale est venue me soutenir encore une fois. En principe, je ne la reverrai plus, mais la connaissant un peu, la curiosité d'assister à mon départ risque de l'emporter.

Hier, le type réquisitionné par Abercombrie pour me convoyer jusqu'à Glasgow est passé en coup de vent. Les coups de klaxon qu'il a envoyés depuis le chemin m'ont fichu une trouille bleue. J'ai tout de suite pensé au braiment d'un âne. « Onze heures précises ! Tiens-toi prête ! » a-t-il hurlé depuis le portail. Puis il est remonté dans sa bétaillère qu'il a démarrée dans une pétarade de gasoil.

Drôle de bonhomme. Tout en longueur. Les jambes, enfilées dans des cuissardes. Sa tignasse, qui n'a sans doute jamais croisé un peigne, débordait de sa casquette de voyou. Et un visage en croissant de lune avec une barbe dépareillée au bout. Il était trop loin, je n'ai pas pu croiser son regard.

Je retourne m'allonger sur la tombe de Petit Geoffrey, comme une chienne sur celle de son maître, espérant un mouvement sous la terre. Une résurrection. J'ai devant les yeux la croix que j'ai plantée. Deux morceaux de bois cloués. En travers, un bout d'écorce gravé à la pointe d'un couteau. Un prénom et une date : Geoffrey, 22 juillet 1966.

Le jour de la Sainte Marie-Madeleine.

Me revient en mémoire un passage de l'Évangile de Philippe que maman aimait commenter. La sainte était, paraît-il, l'amante de Jésus. Une cochonne. Comme moi avec Patrick. Ce prénom m'effraie et me rend folle. Tout ce qui est ici, à Stockton, c'est lui et moi. Ça restera une sorte de mystérieuse parenthèse. Des heures merveilleuses. Des inquiétudes. D'interminables attentes. Des humiliations. L'espoir déçu de ne pouvoir s'y installer pour vivre ensemble.

Un endroit de peine éternelle.

Deux coups de klaxon. La bétaillère de Campbell recule vers la maisonnette. Abercombrie surveille la manœuvre en tirant sur sa bouffarde. Quand j'arrive à sa hauteur, il me barre le passage de son bras. « Je te ferai savoir où sera enterré ton rejeton, marmonne-t-il. Maintenant, fiche le camp. »

Les portières claquent. Campbell démarre. En chemin, nous croisons la fille du pub, encombrée de sa sœur *la môme* et de sa poupée borgne. D'après Campbell, on sera à Glasgow en début d'après-midi. Abercombrie m'a dégoté une location chez une prostituée qu'il connaît. Quartier de Maryhill Road. Et il me demande si j'y suis déjà allée. Non, je n'y suis jamais allée. Et je ne sais pas si j'ai envie d'échouer là-bas. Dans ma valise, les trois cents livres qui restent du cadeau des frères Kray sont mon ultime trésor. Avec ça, j'ai de quoi espérer autre chose que de partager la promiscuité d'une fille de joie. « Tu t'habitueras », conclut Campbell devant mon mutisme.

Et l'animal se met à chanter. Faux. Ça dure jusqu'à Glasgow et Maryhill Road. À première vue, un nouvel enfer. J'ai dans un coin de ma tête celui de mon Petit Geoffrey, sous le rhododendron aux fleurs violettes. Le besoin de retourner à Stockton pour m'agenouiller sur sa tombe me saisit à la gorge. Comment je vais faire sans lui ?

Mumiah… Ne m'abandonne pas.

10

Stockton-on-the-Bridge
Où une certaine Ruby parle des Abercombrie

La route en gravillon sinue entre les monts chauves. Les cailloux crépitent sous la Saab jaune de Harvey. Elle file comme si elle connaissait le chemin, sans crainte de croiser quelqu'un sur cette route étroite. D'un côté, des fossés de fougères torsadées devant un front de mélèzes malingres et roussis par la maladie. De l'autre, un talus de terre érodé par les pluies. Des touffes de bruyères s'y accrochent, et de jeunes épineux vigoureux défient les vieux d'en face. Des pierres blanches lavées par la pluie ont roulé sur la route.

– Vous avez tout lu ? demande Diane.

– Non. Je me suis arrêté quand Sarah arrive à Glasgow.

– Pourquoi ? s'étonne-t-elle.

– À cause de ça, dit-il en tirant de sous sa veste une poupée de chiffon qu'il tend à Diane, sans quitter des yeux la route.

– Seigneur Dieu ! murmure Diane. On dirait la poupée de…

– De la môme, oui, c'est bien celle-là.

Diane regarde la poupée molle entre ses mains. Les mots de Sarah reviennent : *« … échevelée de bouts de laine de toutes les couleurs, dont le corps, les bras et les jambes sont fabriqués avec des morceaux de chiffons cousus de fils de pêche. L'œil gauche du jouet a été rafistolé avec un brin d'osier. L'autre a été arraché...»*

– Mais alors... ?

– Oui. La «môme», c'est Brenda. Pas sûr qu'elle apprécie que Sarah traite sa sœur de grosse truie, même si elle est décédée il y a dix ans déjà et qu'elles n'étaient plus en très bons termes.

– Ne lui dites rien tant qu'elle n'a pas lu ce manuscrit, je vous en prie!

– ... si elle veut bien le lire, dit-il en reprenant la poupée pour la ranger dans sa veste. J'espère qu'elle ne s'apercevra de rien. Elle dort avec ce doudou sous son oreiller depuis toujours.

Au loin, la montagne se plisse et se bosselle jusqu'aux cieux imbibés. Dans un creux inondé, un bouquet d'aulnes poisseux.

– Du bois de métal, dit Harvey en les désignant d'un mouvement du menton.

– Pourquoi dites-vous ça? demande Diane sans quitter des yeux la route qui glisse trop vite sous la voiture.

– L'aulne glutineux. La matière première des célèbres guitares Telecaster de Fender.

– Vous jouez?

– J'ai joué! Ozzy Osbourne, Judas Priest, Iron Maiden, Sepultura, Mettalica.

– Je n'en connais aucun...

– Rage against the machine : Know your ennemi ? s'étonne-t-il.

– Non plus...

– Body Count? Cop Killer?

– Cop Killer! s'exclame Diane en souriant, je vous croyais ex-flic?

– J'ai été les deux : flic le jour, métal la nuit. C'était ma vie.

– Et Brenda?

– Elle a partagé ça jusqu'à quarante ans. Notre groupe s'appelait les Half Blind Puppet...

Au hasard d'un virage, le ruban gris de l'asphalte traverse un col et se retrouve à épouser les bosses d'une lande rousse, suspendue sous un ciel qui la frôle. Le moindre creux de tourbe s'est gorgé d'une eau noire comme un marbre. Au loin miroite un *loch* sur lequel Harvey ne pose aucun nom. Un aigle tournoie sous un nuage qui s'effiloche. Puis la route longe une rivière au lit caillouteux où gambade une eau claire qu'on devine de glace. Quelques fois, des forêts pointues et lugubres se dressent d'un côté. D'autres fois, sur une centaine de mètres à peine, elles avalent la route dans l'ombre de leurs branchages. Puis la voiture jaillit sur une autre lande, mauve de bruyère celle-là, et parsemée de bosquets épars de bouleaux argentés.

– Ceux-là m'ont lacéré les fesses plus d'une fois. Vous n'y avez jamais eu droit ?

– À quoi ? s'inquiète Diane, aux bouleaux ?

– À la verge de bouleau. À ses petites ramures ficelées ensemble et trempées dans de la saumure pour fouetter le cul des enfants insolents ou paresseux.

– Et pourquoi dans la saumure ? sourit Diane.

– Que voulez-vous ? Ce don hérité des Anglais pour les tortures raffinées. Le sel de la saumure ajoutait à la douleur du fouet en même temps qu'il désinfectait la plaie.

– Et vous y avez vraiment eu droit ?

– Il y en avait un dans chaque classe.

– Ce n'était pas interdit ?

– Non, c'était même une punition officielle depuis le XVe siècle de par chez nous. Le *birching*. Le dernier prisonnier puni en public l'a été en 1976, sur l'île de Man, sept ans après que l'homme ait marché sur la lune. Vous vous rendez compte ?

– Pas étonnant que vos paysages soient aussi sauvages, finit par lâcher Diane.

Puis ils roulent en silence jusqu'à récupérer la vraie route de Queen's Way qu'ils remontent vers le Nord. Quand ils passent à quelques dizaines de mètres d'un interminable et haut mur de béton. La structure retient toutes les eaux du loch Clatteringshaws et Diane avoue à Harvey sa peur irrationnelle des ruptures de barrage dont les eaux, furieuses d'avoir été si longtemps prisonnières, emportent tout sur leur passage.

– Il n'y a pas d'exemples d'un tel accident en Écosse, dit Harvey, serein.

– Ne dites jamais ça, s'écrie Diane, ça porte malheur !

– Superstitieuse ?

Elle ne répond pas mais croise les doigts.

– Étiez-vous déjà à Stockton vers 1965 ?

– Quoi, vous voulez savoir si j'aurais pu rencontrer Sarah ?

– Pourquoi pas ?

– Parce que je n'étais qu'un gamin à l'époque. Bon sang, mais quel âge me donnez-vous donc ?

– Je n'ai jamais été très forte pour estimer les âges. J'en arrive parfois à oublier le mien, essaie-t-elle de plaisanter.

– Je n'ai même pas soixante ans, et Brenda non plus. Nous les fêterons dans deux ans.

– Désolée, je ne voulais pas vous vexer.

– Eh bien, vous avez pourtant réussi.

– Mais vous étiez à Stockton quand même, non ?

– Brenda, oui, mais pas moi. Ses parents tenaient le pub, je l'ai rencontrée en faisant halte chez eux pendant un tour d'Écosse en vélo.

Diane ne peut retenir un rire nerveux et Harvey se vexe à nouveau.

– Quoi, qu'y a-t-il de si drôle à faire du vélo ?

– Rien, désolée, excusez-moi Harvey. C'est juste que je vous imagine jeune et coiffé en épis de punk, la Telecaster en bandoulière, moulé dans un cuissard de cycliste…

Il ne dit rien. La lande s'éternise, déserte et semblable, mouchetée de bois de mélèze noirs, trouée de mares, creusée de ruisseaux comme des rigoles. Tout un paysage brun et roux, gorgé d'eau, à attendre, indifférent, celle que le ciel lui promet encore pour bientôt.

– J'étais métal, pas punk ! bougonne Harvey au bout d'un kilomètre.

Diane sourit de son air grognon mais ne répond pas. En approchant de New Galloway, la lande se verdit de prairies parsemées de fermes chaulées. Des moutons pâturent, immobiles et dispersés.

– Nous y sommes bientôt, dit Harvey.

– Comment êtes-vous certain que c'est là ?

– Je n'en suis pas sûr, mais tout à l'heure, j'ai fait le tour des églises qui employaient Daniel Abercombrie comme fossoyeur. Trois au sud, autour de Newton Stewart, et trois à l'est, du côté de New Galloway. J'ai d'abord eu un doute en visitant le cimetière de l'église All Saints of Cholloch. Quand j'ai vu celui de la Church of Scotland, à la sortie de New Galloway sur la route de Garroch, je me suis dit que j'avais peut-être trouvé votre tombe.

Ils traversent le village, sous un maigre et pâle soleil, et prennent vers le nord une étroite route sinueuse, bordée de haies propres et taillées, entre des bois de frênes et de noisetiers. Jusqu'à une église de pierres grises sur la gauche. Trapue, hérissé de quatre petits clochetons et marquée par deux ifs centenaires.

– C'est la paroisse de Kells, dit Harvey en aidant Diane à sortir de la Saab.

Tout autour de l'église, les stèles les plus oubliées sont dispersées en désordre comme dans la plupart des cimetières d'Écosse. Mais au nord et à l'est, deux nouvelles parcelles affichent des tombes mieux alignées.

– C'est dans l'ancien cimetière, juste derrière l'église, comme par hasard.

– Pourquoi dites-vous ça ?

– Parce que derrière l'église, c'est à l'abri des regards.

L'église et le cimetière sont ceints d'un mur de pierre et les accès sont fermés par des barrières métalliques.

– Comment êtes-vous entré ? s'étonne Diane.

– Les barrières ne sont là que pour décourager les moutons des prés voisins. Éviter qu'ils ne viennent brouter les fleurs et laisser leurs crottes sur ce tapis de pelouse. Elles s'ouvrent juste en soulevant un loquet.

Il joint le geste à la parole et pousse une des barrières en l'invitant à le précéder. Puis, il referme soigneusement et la guide jusque derrière l'église. Le soleil se fait soudain lumineux et son reflet sur l'herbe tendre les éblouit.

– Voilà, dit Harvey en désignant la croix avant de faire deux pas en arrière, comme un maître de cérémonie obséquieux.

Diane s'avance, plus émue qu'elle ne le pensait. C'est une simple croix nimbée à la façon celte. De par sa taille, elle marque de toute évidence la tombe d'un très jeune enfant. Tout autour, ce ne sont que des stèles et quelques croix, une dizaine à peine. Elle n'aperçoit aucune autre croix celte. La tombe de Petit Geoffrey, alors ? Le fils de Sarah l'Irlandaise, exhumé par Daniel Abercombrie le fossoyeur, pour être enterré à nouveau, comme il l'avait promis, en terre sacrée ?

– Ça ne permet pas d'en être sûr, dit-elle, pensive.

– Mais en quoi la certitude changerait-elle quelque chose ? De toute façon, vous ne pourrez pas vérifier. Votre manuscrit ne dépend pas du lieu où repose cet enfant. Vous savez qu'il a existé, que Sarah et lui sont passés par Stockton-on-the-Bridge, ça ne vous suffit pas pour authentifier ce journal intime ?

– Si, admet Diane dans un murmure après un long silence, si bien sûr, mais j'ai bien peur d'être au-delà de tout ça maintenant. Ce n'est plus tant cet enfant que je cherche à présent, mais cette pauvre Sarah. Cette tombe, si elle est vraiment celle de son bébé, n'est pas seulement la preuve que Sarah n'est pas une auteure de fictions, c'est surtout la première preuve de toutes les souffrances qu'elle a endurées. Mon Dieu, Harvey, quand vous aurez lu…

Diane essuie les larmes qui roulent sur ses joues et Harvey la prend dans ses bras.

– Manger le mauvais pain des autres n'a jamais calé sa faim.

– Ça ne veut rien dire, renifle Diane.

– Je sais, mais je n'ai rien trouvé d'autre comme dicton et j'ai le sentiment que ça sonne bien. Séchez vos larmes, j'ai quelqu'un à vous présenter.

Ils remontent en voiture, roulent moins d'un kilomètre, et Harvey gare la Saab jaune devant une minuscule maison de poupée de pierres grises sous un toit d'ardoises. Un jardinet de quelques mètres à peine la sépare de la route, délimité par une barrière en bois du même blanc immaculé que le lambrequin qui souligne le toit et le pignon au-dessus de la porte. La maison est si petite que Diane baisse la tête par réflexe quand Harvey frappe à la porte vitrée et l'invite à le suivre. L'intérieur est une bonbonnière cosy et chaleureuse de la taille d'un boudoir.

– J'ai bien cru que tu ne reviendrais pas, jeune homme, tinte la voix aigrelette d'un petit bout de femme ridée comme une pomme oubliée.

– J'ai rencontré Madame Cunningham…

– Je t'ai déjà dit de m'appeler Ruby, jeune homme, Ruby, tu m'entends ? Non, mais qu'est-ce que c'est que ce « Madame Cunningham » ? Je te sers du thé ou du whisky ?

– Du thé, Ruby, du thé s'il vous plaît.

– Du thé si tu veux, mais si tu crois que ça va m'empêcher de prendre quelque chose de fort, tu te trompes ! Et toi ma fille, un whisky aussi ?

– Non, un thé comme *Monsieur* MacFarlane. Ne vous dérangez pas, répond Diane, amusée par cet étrange bout de bonne femme.

– Oh, tu ne serais pas un peu british, toi, ma petite, avec cet accent snobinard ?

Finalement, et pour gagner quelques minutes, Harvey accepte un whisky.

– … donc, je disais que j'ai rencontré Ruby près du cimetière quand je suis venu la première fois, tout à l'heure, et j'ai pensé qu'elle pourrait peut-être vous aider.

La cuisine n'est qu'une alcôve dont l'unique fenêtre donne sur un tapis d'herbages parsemés de moutons jusqu'à l'horizon. Ruby Cunningham fait bouillir de l'eau pour le thé et sert un généreux whisky. Elle le pose sur un sous-verre en dentelle déplié sur un guéridon en merisier.

– Sans eau sans glace, j'espère !

– Sans eau sans glace, préfère confirmer Harvey.

Quel âge a cette femme qui se remplit maintenant un verre d'*Amaretto*, s'étonne Diane ? Quatre-vingts ans peut-être ?

– Quatre-vingt-quatorze ans, ma fille, et ne me dis pas que je ne les fais pas, parce que je les sens tous les matins en posant le pied par terre.

Elle lève son verre et porte un toast.

– À la mémoire de ce représentant de commerce qui m'a culbuté le cœur et le reste à l'hôtel Danieli de Venise, il y a soixante-dix ans déjà !

Diane et Harvey échangent un regard complice. Ruby est fine, haute comme une nonne à genoux, et toute maigrichonne. Quel genre de fille pouvait être à l'époque cette petite grand-mère presque centenaire qui joue la fière et la coquette devant Harvey ?

– Vous avez toujours habité dans ce comté, d'après ce que vous m'avez dit, reprend Harvey pour se redonner contenance.

– Oui. Dans cette maison même. J'y suis née, comme mes cinq frères et sœurs.

Diane regarde l'intérieur propret et étriqué d'un œil étonné.

– Vous devez connaître pas mal de gens dans le coin, alors ?

– Oh, à mon âge, c'est sûr que j'ai des amis des deux côtés de la terre, ma fille.

– Vous avez vécu à l'étranger ?

– Non, je veux dire des deux côtés de la terre, explique-t-elle d'un geste. Aujourd'hui, il y en a plus en dessous qu'au-dessus !

– Et Daniel Abercombrie, vous l'avez connu ?

– Les frères Abercombrie, de Stockton, alors de ceux-là, c'est certain. Aucun n'était le meilleur, mais je préférais quand même le Daniel.

– Et pourquoi ?

– Parce qu'il était vigoureux et que moi j'étais veuve, ma fille, voilà pourquoi, et y'a pas de honte à ça. Le Daniel, au moins, il tripotait les filles, pas les gamins, comme son frère. Vous savez qu'il s'est pendu pour ça, le Feargus.

– Vous vous êtes retrouvée veuve à quel âge, Ruby, si je peux me permettre ?

– À même pas quarante ans, la force de l'âge, quand un matin, mon Cunningham se réveille mort.

– Et donc vous avez bien connu Daniel Abercombrie.

– Bien, oui, ça, on peut le dire. Un taiseux qu'était pas toujours tout complet dans sa tête, mais un sacré vigoureux.

– Et Monsieur Cunningham est redevenu poussière en quelle année, Ruby ?

– 1965, ma fille. L'année où Ronnie Biggs s'est fait la belle de Wandsworth. Vous vous souvenez du casse du train postal ?

– C'est donc cette année-là que vous avez connu Daniel, alors ?

– Cette année-là, ou un peu plus tôt, peut-être, avoue Ruby sans gêne en trinquant de loin avec Harvey. À cette époque-là, Cunningham était saoul plus souvent qu'à son tour. Ça faisait quand même quelques années que j'avais envie de le ranger. J'ai une bonne cachette, là, sous mon lit, dans la boîte à souvenirs avec les autres. Faut croire que le bon Dieu m'a entendue !

– Moi, c'est surtout Daniel en 1965 qui m'intéresse, réagit Diane.

– Ben moi aussi, en 1965, c'était surtout lui qui m'intéressait, réplique Ruby en sortant d'une commode en marqueterie une boîte d'assortiment de biscuits Scottie Dog.

– Est-ce que vous savez quelque chose au sujet d'une tombe qu'il aurait creusée derrière l'église, à cette époque-là ?

– Écoute, ma fille, les tombes derrière l'église, c'est lui qui les a toutes creusées, le torse nu, luisant de sueur en été, et les vêtements fumant dans les frimas de l'hiver. Il était comme ça, le Daniel.

– Oui, mais je parle d'une petite tombe, une toute petite qui n'aurait fait l'objet d'aucune cérémonie.

Ruby se lève pour se resservir un Amaretto et proposer un autre whisky à Harvey qui refuse, puis elle revient s'asseoir.

– Tu es qui, toi, déjà ?

– Je suis éditrice, répond Diane, je cherche juste à vérifier certains détails d'un manuscrit.

– Éditrice ? Ça alors, moi, c'est sûr, je n'aurais jamais su inventer toutes ces histoires que vous écrivez.

– Je n'invente rien non plus, Ruby, je suis éditrice, répète Diane, pas auteur.

– N'empêche, j'envie vraiment votre imagination.

Mais l'esquive de Ruby est trop évidente pour que Diane ne la remarque pas et ne revienne pas à sa question.

– Et pour cette tombe ? insiste-t-elle.

– Oui, c'est lui qui l'a creusée, ma mignonne. Et alors ? Fallait bien donner une sépulture chrétienne à ce pauvre môme, non ?

– Mais vous saviez d'où il venait, cet enfant ? continue Harvey.

– Des entrailles d'une fille du diable, à ce qu'il m'a raconté. Mais ne m'en demande pas davantage, mon beau. Le Daniel, on ne se retrouvait pas vraiment pour la conversation.

– Et le curé n'a rien dit ?

– Le curé est resté muet. Chez les Abercombrie, ça donne dans la curaille de père en fils. Daniel était fossoyeur, son frère sacristain et saint patron des enfants de chœur, si tu vois ce que je veux dire. Pour compléter le tableau, son neveu était curé. Alors je suppose que ça s'est arrangé en famille, cette histoire.

– Vous connaissiez le père Patrick ?

– Non. J'ai entendu dire qu'il avait vécu quelque temps à Stockton-on-the-Bridge vers cette époque-là. Je crois même me souvenir que quand Daniel l'a appris, il s'est tout empourpré de colère et qu'il s'est chargé de le ficher à la porte.

Diane fait signe à Harvey qu'elle en sait assez et qu'ils peuvent partir. Ils se lèvent et prennent congé. Harvey tient la porte à Diane qui sort sous un ciel lumineux pommelé de petits nuages cotonneux. Lui vient cette image incongrue de moutons clairsemés qui pâturent à l'envers, accrochés aux cieux.

Harvey ouvre la portière à Diane, qui s'installe, et va contourner la Saab pour prendre le volant quand une idée lui traverse l'esprit. Il s'adresse à Ruby restée sur le pas de sa porte, son verre d'Amaretto à la main.

– À propos, Ruby, qui a payé pour la croix celte sur la tombe ? Vous croyez que Daniel aurait pu s'en charger ?

– Daniel, il était tellement pingre qu'il aurait attendu la monnaie sur un mignon. Il n'a sûrement pas donné une pièce pour cette nimbée.

– Aucune idée de qui aurait pu le faire ?

– Pas la moindre. D'autant que cette croix, elle n'est pas apparue tout de suite. Si j'ai bon souvenir, c'était du temps de Nathanael Robertson.

– Nathanael Robertson ?

– Oui, le troisième fossoyeur après la mort de Daniel. Un vigoureux lui aussi, mais bavard comme une pie ivre. L'apparition de cette croix l'a tarabusté pendant des siestes et des siestes à lui en faire perdre ses moyens. C'est dire si je m'en souviens !

Tout en parlant, Ruby s'est rapprochée de la voiture et fait signe à Diane de baisser sa vitre.

– Je voulais te dire, ma belle, pour les entrailles des filles du diable, faut pas faire attention aux divagations d'une vieille femme comme moi. Ça n'existe pas les filles du diable. Il n'y a que les maudits diables qui les engrossent et les abandonnent avec leur môme qui méritent notre mépris, pas elles. Ce petit ange, là-dessous, garçon ou fille, il n'a même pas eu le temps de pêcher. Je ne sais pas ce que tu lui veux, à cet angelot, mais si tu as envie de découvrir qui entretient sa tombe, c'est moi. Depuis l'époque de Daniel. Et c'est moi qui ai trouvé cette magnifique croix un beau matin, et j'en ai été contente à pleurer pour le mouflet. Mais personne n'a jamais su qui l'avait plantée là.

– Vous vous souvenez vers quelle époque ?

– Je te l'ai dit : trois fossoyeurs après le Daniel, donc fin des années quatre-vingt.

Le regard de Ruby est soudain profond de tristesse et de bonté à la fois. Le cœur de Diane chavire. Elle prend la main fripée que la vieille femme a posée sur la portière et la porte à ses lèvres pour y laisser un baiser.

– Merci Ruby, prenez bien soin de vous. Et de tous les fossoyeurs que Dieu mettra sur votre chemin.

Harvey manœuvre pour faire demi-tour et retrouver la route par laquelle ils sont venus. Ils roulent un instant en silence, chacun cherchant à imprimer dans sa mémoire le personnage de Ruby.

– Attendre la monnaie sur un mignon ? s'étonne enfin Diane.

– J'étais sûr que vous n'aviez pas compris. Un mignon, c'est un oiseau, le troglodyte mignon. Jusqu'en 1960, il figurait sur le *farthing*, la plus petite pièce de monnaie de ce pays. Une rondelle de cuivre qui ne valait guère plus qu'un quart de penny. C'est dire s'il fallait être radin pour attendre la monnaie là-dessus.

Ils redescendent vers la rivière Dee et le barrage qui forme le loch Clatteringshaws. Le soleil rasant creuse déjà la lande rousse d'ombres bleues. Harvey conduit toujours aussi vite, mais Diane s'y est habituée.

– Je vous remercie d'avoir posé la question sur la croix. Je n'y avais pas pensé…

– J'aurais moi-même dû y penser plus tôt. C'est une trop jolie croix.

– Vous voulez dire trop jolie pour un enfant abandonné ?

– Non, Diane. Je veux dire trop belle pour n'être qu'un geste de charité sur la tombe d'un inconnu.

– En quoi serait-elle trop belle ?

Harvey freine. Des moutons sont descendus sur la route et restent immobiles à regarder la voiture venir sur eux. Diane devine qu'un vent du soir s'est levé à leur toison qui s'enfle. Sur le bas-côté, un bélier au masque et au bout des pattes noires les menace du regard.

– Déjà, à la différence des croix ordinaires, le cercle a été taillé en retrait des branches de la croix. Et puis vous avez remarqué que le cercle était strié de trois cercles concentriques ? C'est une symbolique particulièrement étudiée. Le premier cercle, c'est l'univers incréé, le chaos, la source de toutes choses à venir. Une sorte de *big bang* mystique. Le deuxième cercle, c'est le monde terrestre, celui des hommes et de leurs actions. Le troisième, c'est le cercle suprême, celui de la lumière pure, l'endroit où le temps est suspendu. Dans une vie, on va du premier au troisième cercle. Si on ne peut l'atteindre, pour une raison ou pour une autre, Dieu permet à celui qui le demande de redescendre au premier et d'attendre de renaître dans une autre âme pour essayer à nouveau.

– Vous pensez que la personne qui a planté cette croix sur la tombe de cet enfant mort avant d'avoir vraiment vécu souhaitait lui envoyer ce message ?

– C'est une croix sculptée de façon très spéciale et qui reprend tous les messages mystiques de l'espérance. Pourquoi ces messages ne seraient-ils pas adressés à cet enfant ?

– Dans ce cas, réfléchit Diane, qui d'autre qu'une mère pourrait porter autant d'attention à toute cette symbolique ?

– C'est ce que je pense aussi. D'une façon ou d'une autre, Sarah a découvert la vraie tombe de son enfant et veille à son entretien.

– Sarah est donc vivante, selon vous ?

– Du moins l'était-elle encore à la fin des années quatre-vingt quand cette croix est apparue. Après, rien ne nous le prouve.

– La tombe est toujours entretenue.

– Oui, mais Ruby nous a avoué s'en occuper par charité.

Ils restent quelques instants en silence, à suivre au pas les moutons débonnaires qui descendent la route devant eux. Puis soudain, les bêtes s'écartent en panique et laissent passer la voiture, sous le regard sévère du bélier qui n'a aucune reconnaissance pour leur patience. Alors la Saab se lance à travers la lande au moment où le soir sort de ses cachettes. Bientôt, dans la pénombre, au détour d'un virage en creux, des arbres noirs accroupis se redressent et se lèvent comme des trolls. Et deux fois, dans le lointain, les phares d'une voiture qu'ils ne croiseront jamais courent entre les collines sombres, comme des éclairs dans les yeux du chien des Baskerville.

– Si le ciel ne se couvre pas, vous allez pouvoir admirer une des merveilles de ce pays, dit Harvey.

– Ici ?

– Ici même, au-dessus de nous, le plus beau ciel obscur du Royaume. Un noir presque absolu qui scintille de milliards d'étoiles insoupçonnées.

– Un ciel noir, répète Diane incrédule, vous vous moquez !

– Pas le moins du monde. Le Galloway Forest Park que nous traversons a été le quatrième parc au monde à mériter le label officiel de *Dark Sky Park* et le premier du Royaume-Uni.

Diane ne répond pas. Elle se dit juste que s'il existe des gens qui se préoccupent de défendre la profondeur du ciel dans la nuit, ce monde n'est pas encore tout à fait pourri. Même s'il a détruit la vie de Sarah.

Elle demande à Harvey d'arrêter la voiture en haut d'une colline pelée et d'éteindre les phares. Et c'est l'univers entier qui les submerge, les envahit et dessine autour d'eux des horizons infinis.

11

Londres

Où Diane tire Courtney du lit

– Courtney, je te dérange ?

– Diane ? Oui... un peu quand même...

– Tu peux me passer Killian s'il te plaît ?

– ... !

– Courtney, tu veux bien me passer Killian ?

– Mais comment savez-vous que...

– Courtney, je t'en prie, passe-moi Killian.

Tout est éteint dans l'appartement. Les hautes fenêtres sont un rempart fragile contre la nuit. Au-dessus des toits lustrés par la bruine, le halo du vrai Londres tamise le ciel sombre d'une lueur orangée irréelle. Diane devine des conciliabules à l'autre bout de la ligne et vérifie l'heure. 0 h 17. Elle se demande s'ils étaient au lit déjà. Est-ce que Courtney fait signe à Killian que c'est leur patronne ? Panique-t-elle de savoir que leur liaison est découverte ? Killian drape-t-il sa virile nudité, enfile-t-il un slip pour venir ? Ont-ils fait l'amour dans une parure de lit satinée ? Elle, elle aime tant ça...

– Diane ?

– Bonsoir, Killian ! Je ne vous réveille pas, au moins ?

– … pas vraiment, pourquoi ? Une urgence ?

– Non… enfin si, peut-être. Est-ce qu'il est trop tard pour que je vous invite à prendre un verre ?

– C'est-à-dire que… il est passé minuit !

– Et vous travaillez demain, je sais, mais je vous autoriserai un joli retard. Disons deux heures. Alors, ce verre ?

– … Eh bien… si c'est important…

– D'accord, on se retrouve au Sketch, à Mayfair. Ils ne ferment qu'à deux heures du matin. Courtney peut venir si elle veut. Prenez un taxi. Sur note de frais, bien entendu.

Diane raccroche et commande un taxi à son tour. Pendant qu'elle descend, elle compose un autre numéro.

– Ashley, c'est Diane.

– Diane, tu as vu l'heure ?

– Je croyais que les vieux auteurs se couchaient tard. Je ne te réveille pas, j'espère ?

– Non, Diane, tu ne me réveilles pas. Veux-tu savoir pourquoi ? Je batifolais avec un ami très cher et tu viens de couper nos élans !

– Oups ! Pardon, désolée Ashley, toi aussi tu as remis ça avec ton banquier ?

– …

– Ah oui, oh pardon ! Tu ne peux pas répondre, c'est ça ? Ce n'est pas lui et tu ne peux pas répondre ! Quelle gourde je suis !

– Écoute, Diane, si tu me résumais très vite la raison de ton appel.

– À ce point ?

– Diane !

– Ah oui ! Non, c'était juste pour te dire qu'il faut que nous nous parlions. Je suis allée à Stockton-on-the-Bridge et j'ai plein, plein de choses à te raconter. Je crois que je vais te donner ce manuscrit à lire plus tôt que prévu, puisque tu me sembles beaucoup, beaucoup, moins fatiguée que l'autre jour, quand tu voulais tout arrêter.

– Pas tout, Diane. Pas tout. L'écriture, oui, mais surtout pas ce que nous étions en train de faire quand tu nous as interrompus.

– Dis-moi qui c'est, Ashley, dis-moi qui c'est, je t'en prie ! Je le connais ?

– C'est quelqu'un qui me rend heureuse, Diane, et qui a de bien meilleures raisons que toi de me tenir éveillée après minuit. Je passerai demain pour parler de Stockton.

– Demain ? Donc tu n'es pas en Écosse. Tu es à Londres, c'est ça ? Il est londonien ? Anglais au moins, j'espère.

– Diane !

– Oui, bon, excuse-moi auprès de lui, s'il te plaît. Et si tu veux, j'ai lu quelque part dans un mauvais manuscrit que j'ai refusé mais qui semblait fort bien documenté sur le sujet, que la meilleure façon de reprendre un *coitus interruptus* c'était de… Ashley ? Ashley ?

Diane regarde son téléphone comme s'il était responsable du fait qu'Ashley ait raccroché, mais elle n'a pas le temps de s'en offusquer. Son taxi arrive.

Quand elle rejoint le cocon rose et cosy chic du Sketch, sur Conduit Street, Killian et Courtney l'attendent déjà au bar. Dans la salle, quelques rares clients poursuivent une soirée qui s'éternise. Des couples hésitants, des bientôt amoureux, des encore timides, se dit Diane en traversant la salle aux fauteuils capitonnés de velours lisse. Elle se surprend à penser à ces biscuits de Reims. Ces gourmandises de la même couleur tendre, que les Français autorisent leurs enfants à tremper dans leur coupe de champagne les soirs de réveillon. Elle se demande aussi si on les appelle des boudoirs parce qu'ils sont de ce rose coquin et faussement innocent que ces alcôves intimes pour siestes crapuleuses auxquelles les Français, toujours eux, donnent le même nom. D'ailleurs, l'inventeur de ce salon de thé qui se transforme le soir à bar à cocktail n'est autre qu'un grand chef français.

Killian est un petit rouquin barbu, les yeux clairs et malins comme un Prince de la Couronne. Courtney, c'est Kirsten Dunst plus jeune et presque brune. Diane a toujours convoité ce corps qui doit être généreux et rond et que la douce Courtney cache, délicieusement complexée, sous des vêtements trop amples. Des quelques expériences lesbiennes dont elle a déjà épicé sa vie sexuelle, Diane garde le souvenir de l'abandon de ces femmes gémissant à ses caresses et ses baisers intimes. Et la timide Courtney, juriste au service des contrats, est l'un de ses tendres phantasmes. C'est elle qui est là quand elle cède à ses plaisirs solitaires, dans un bain parfumé au jasmin obsédant, lumières éteintes sous la lucarne étoilée de sa salle de bains.

Diane les rejoint au bar et se demande si la gêne de Courtney vient de ce qu'elle devine de la nature de son trouble quand elle l'embrasse sur les deux joues. Killian, tout sourire, lui tend la main.

– C'est un bel endroit, malgré l'heure tardive, dit-il.

– Maurice, nous pouvons encore ? s'inquiète Diane auprès du barman en les invitant d'un geste à s'asseoir à une table sans même attendre la réponse.

– Que buvez-vous ? Moi je vais prendre un White Russian. Maurice les prépare à merveille.

Killian est partant lui aussi pour un White Russian, et Courtney demande un BMW.

– Qu'est-ce que c'est ? s'étonne Diane.

– Baileys, Malibu et Whiskey. En quantités égales. On the rock.

L'aplomb inattendu avec lequel Courtney commande ce cocktail à la fois suave et fort électrise Diane. Comme le défi qu'elle devine dans les yeux de la jeune femme qui plante son regard noisette dans le sien.

– Alors un BMW pour moi aussi, corrige Diane.

Et Killian se range à leur choix. Puis Diane sort le manuscrit de son sac et le pose sur la table.

– Voici la raison pour laquelle je vous ai tirés du lit, dit-elle en regardant Courtney qui rougit imperceptiblement. C'est un manuscrit que j'ai reçu par courrier, mais affranchi dans un bureau de poste qui n'existe pas.

– Comment ça, *un bureau de poste qui n'existe pas*? s'intéresse aussitôt Killian.

Il est vérificateur. Il passe au crible les manuscrits pour valider chaque nom propre, chaque date, chaque lieu. Killian contrôle l'exactitude de tout ce qui peut l'être. Les faits et les chiffres, bien entendu, mais aussi la cohérence des chronologies, la logique des raisonnements, la pertinence des références. Dans son dos, pour qualifier son admirable acharnement à ne jamais lâcher un document qu'il ausculte pour débusquer la moindre erreur, on le surnomme Jack. Comme Jack Russel, ce terrier de chasse tenace et têtu.

Diane raconte l'histoire de ce manuscrit. Comment elle est allée chercher des indices à Stockton-on-the-Bridge. Comment elle pense avoir retrouvé la tombe du bébé de Sarah au nord de New Galloway, dans le cimetière de la paroisse de Kells, une terre de l'Église d'Écosse.

– Waouh, c'est fascinant comme histoire, se passionne Killian en tirant à lui le manuscrit.

– Ne vous emballez pas. En fait, l'histoire est sordide et la vie de cette pauvre fille n'est qu'une succession de malheurs.

– Nous allons le publier? demande Courtney dont le mouvement pour s'intéresser au texte révèle la fragrance d'un gel douche aux agrumes.

– Oui, nous allons le publier, mais j'ai deux problèmes : un pour chacun de vous. Pour Killian, la vérification de tout et surtout des noms et des lieux qui pourraient nous permettre de reconstituer et de suivre à nouveau l'itinéraire de Sarah. Je veux pouvoir aller partout où elle est passée et, éventuellement, retrouver des témoins. Même les pires lieux et les pires personnes et vous comprendrez de quoi je parle quand vous aurez lu ce manuscrit. Pour toi, Courtney, le problème est que nous devons en identifier l'auteur. C'est un journal intime et on peut supposer que Sarah en est l'auteure. Donc il faut retrouver Sarah pour savoir si c'est bien elle. Mais ça peut être n'importe qui aussi. Quelqu'un de sa connaissance ou pas qui aurait mis la main sur le journal d'origine, après sa mort ou pas.

– Est-ce que ça ne peut pas être un faux, une construction littéraire, une manipulation d'auteur ?

– C'était une de mes premières hypothèses, Courtney, mais j'ai changé d'avis. La maison en ruine que j'ai visitée à Stockton-on-the-Bridge et la tombe de l'enfant me font plutôt penser que Sarah a bien existé et vécu cette vie d'enfer. De toute façon, si nous voulons publier ce livre, nous devons proposer un contrat à son auteur, donc le ou la retrouver.

Entre-temps, les cocktails ont été servis. Quand Diane y trempe les lèvres, elle se surprend à chercher, les yeux clos, ce qu'il y a de Courtney dans cette forte douceur. La pointe lointaine de rivages heureux d'un rhum blanc épaissi de crème de coco. Le confort rond et confortable d'un fauteuil en cuir devant la cheminée. De la crème de whiskey irlandais parfumée de café, d'amandes et de noisettes. La vigueur virile et tourbée d'un vieux whisky sec et brut. Est-ce qu'un poète français n'a pas déjà résumé ça ?

« Quand, les deux yeux fermés, en un soir chaud d'automne,
Je respire l'odeur de ton sein chaleureux,
Je vois se dérouler des rivages heureux
Qu'éblouissent les feux d'un soleil monotone. »

Baudelaire a dit ça, et l'image de Courtney endormie sur un sable chaud, ou pelotonnée dans le cuir râpé d'un fauteuil profond devant l'âtre, ou…

– Diane ? Diane, que vous arrive-t-il ?

– Ah oui, excusez-moi… Ce cocktail est délicieux, vraiment, dit-elle, peinant à cacher son trouble quand Courtney se penche vers elle et pose une main sur son bras pour s'assurer qu'elle va bien. Baudelaire a raison : le parfum désirable de la jeune femme n'est pas celui de la mandarine.

«Mais celui des verts tamariniers,
Qui circule dans l'air et m'enfle la narine,
Se mêle dans mon âme au chant des mariniers.»

– C'est du tamarin.

– Pardon ?

– Ce parfum sur ta peau, Courtney, c'est du tamarin, n'est-ce pas ?

– Je… je n'en sais rien, Diane. Je n'ai pas vraiment eu le temps de me parfumer. Juste celui de prendre une douche…

– Oui, c'est vrai, s'excuse Diane en écarquillant les yeux, je vous ai tirés du lit, excusez-moi, vraiment, mais ce manuscrit m'a bouleversée. Je suis désolée. Rentrez chez vous, ou chez Courtney, enfin, je veux dire, rentrez où bon vous semble, et vous savez quoi ? Ne venez au bureau demain qu'après la pause déjeuner. Prenez la matinée pour lire la vie de Sarah.

Elle se lève, fait signe au barman que les consommations sont pour elle et part sans payer, les laissant sans mots. Courtney regarde la beauté triomphante du corps de sa patronne qui s'éloigne et se demande ce qu'elle doit comprendre du comportement de Diane. Troublée, elle reconnaît d'abord que cette femme est vraiment désirable, mais aussitôt après, que céder à cette tentation-là emporterait sa vie vers d'inextricables complications. Malgré tout l'attrait qu'elle imagine de l'expérience, Courtney se résout à se contenter du corps vif et vigoureux de Killian. Quand Diane a disparu et qu'elle tourne à nouveau les yeux sur lui, son compagnon est déjà absorbé par la lecture du récit de cette vie qui l'intrigue.

12

Londres – quartier de Camden Town
Les horreurs de Tuam

Courtney est belle. Elle rejette d'un geste vif le drap blanc et se lève. Un soleil feutré dessine sur son corps nu des ombres blondes. Elle a, au creux des reins, deux petites fossettes qui le tuent d'amour chaque fois qu'il les aperçoit. Quand elle passe une chemise, son mouvement donne à ses seins pâles une pesanteur qu'il désire aussitôt dans ses mains.

– Tu en veux aussi ?

Elle n'attend pas la réponse. Elle traverse la chambre de son coquet duplex de Leybourne Street à Camden Town et descend jusqu'à la kitchenette. Pourquoi les femmes nues marchent-elles si joliment sur la pointe des pieds ? Courtney revient avec deux verres de lait d'avoine. Quand elle repasse devant la fenêtre, le soleil roussit à nouveau, le temps d'une seconde, la touffe brune de son sexe à travers les pans de sa chemise ouverte. Ses seins ont la couleur nacrée du lait. Elle lui tend un verre, pose le sien sur le parquet et rentre dans les draps. Killian ne peut résister au mouvement de sa poitrine sous le tissu et se penche sur elle pour y enfouir ses yeux. Mais dans sa précipitation, il oublie l'histoire de Sarah sur le lit. Les pages s'éparpillent sur le drap, puis glissent sur le parquet par vagues successives. Courtney se courrouce et le repousse.

– Hey ! Diane ne nous a pas donné notre matinée pour que nous la passions à baiser. Je veux terminer ce manuscrit avant de retourner au bureau, dit-elle en chaussant ses fines lunettes.

Encore une fois, ça le tue. Ce geste du majeur pour caler la monture sur son joli nez. Son visage soudain sérieux et concentré qui se plisse de deux petites rides verticales entre les sourcils. Et ses lèvres désirables qui se serrent et s'arrondissent à mesure de sa lecture. Il se penche vers elle et aventure une main sous sa chemise pour empaumer son sein.

– Merde ! Fais chier, Killian !

Cette fois, elle se fâche et saute du lit. Elle enfile une culotte et passe un jeans. Le mouvement des fesses qu'elle a pour s'y glisser affole Killian, mais elle le prévient.

– Tu bouges, tu rentres chez toi !

Alors il regarde Courtney ramasser les feuilles sur le parquet, les reclasser et rechercher la bonne page d'un œil furibond. Puis elle pousse un fauteuil vers la fenêtre, s'y assied de travers, cale son dos avec deux coussins, et reprend sa lecture.

Elle avait cru, à lire les premiers chapitres, à un de ces romans misérabilistes dont les auteurs se veulent les nouveaux Dickens ou les héritiers de Elizabeth Gaskell. Le destin de Sarah avait embourbé son jugement dans des émotions contraires. La colère sourde de voir cette fille se laisser capturer par les mauvais travers prévisibles de la vie. La compassion pour cette enfant sans défense égarée dans ce monde de prédateurs. La révolte de l'imaginer trop facilement accepter le destin qu'on lui impose.

Et puis il y a eu ce viol.

Encore et toujours la violence ultime contre les femmes. Contre une gamine cette fois. Ces quelques minutes de rut animal, celui d'un abruti sûr de sa force, qui détruisent la vie entière de sa victime. Cette nuit, elle a regardé Killian s'abandonner à ses rêves. Comment le pouvait-il après une telle lecture ? Existe-t-il une part de ces hommes-là dans chaque amant qui dort auprès de vous ?

Elle se lève, prend son ordinateur et pianote le nom des Dames Irlandaises d'Ypres dans le moteur de recherche. Apparaît alors l'abbaye de Kylemore dans le Connemara, sur les rives du lac Pollacappull. Rien à voir avec l'horrible avortoir décrit par Sarah. Un château magnifique au contraire, acheté 45 000 livres sterling par une congrégation belge de sœurs bénédictines en 1920. Assez grand pour que la cuisine, qui avait été une salle de réception néogothique sous le premier propriétaire, soit réaménagée en chapelle. Encore une fois, rien de comparable avec le mouroir d'enfants dépeint par Sarah. Un pensionnat pour jeunes filles de bonne famille, étrangères pour la majorité, dont certaines appartiennent aux lignées des maharajahs des Indes.

Courtney pose son ordinateur et feuillette le manuscrit pour retrouver le passage dans lequel Sarah parle de ce couvent maudit.

Mon ami connaît personnellement la mère supérieure qui gère l'établissement. C'est comme Les Dames Irlandaises d'Ypres, à l'abbaye de Kylemore.

– *Comme,* murmure Courtney. Donc ce n'est pas l'abbaye de Kylemore. C'est *comme* Kylemore. *Comme* les Dames irlandaises d'Ypres. Et c'est ce fumier de père Patrick qui parle.

Elle ouvre une page de notes sur son écran. Vérifier Kylemore. Récupérer des informations crédibles sur les Dames Irlandaises. Fouiller les sites des institutions religieuses aux alentours.

Puis elle revient au texte. Sarah a mentionné le nom d'un premier établissement dans lequel père Patrick avait prévu de la faire accoucher. Elle cherche et trouve. Tuam. Elle compose le nom, lance la recherche, et les réponses tombent sous ses yeux effarés avec la froideur d'un flot d'horreurs. Suspicion d'une fosse commune abritant les restes de 796 enfants et bébés enterrés dans les fondations de l'orphelinat catholique du Bon Secours. Son cœur boit tout son sang d'un seul coup. Elle en pâlit si fort que Killian s'en aperçoit et s'en inquiète. Comme elle ne lui répond pas, il s'approche pour lire par-dessus son épaule.

– Tu ne savais pas ?

Elle secoue la tête en silence, les yeux rivés sur les longues descriptions froides et factuelles de cette abomination.

– Les sœurs accouchaient de pauvres filles rejetées par leurs parents ou leur amant et les faisaient trimer comme des esclaves dans une blanchisserie. Autant pour expier ce qu'elles appelaient leur faute, que pour remplir les caisses de la congrégation. On les suspecte d'avoir laissé mourir celles et ceux qu'elles estimaient être des bâtards. Par manque de soins. Dans la crasse et le froid. Entre 1925 et 1961. C'est exactement ce que décrit Sarah.

– Mais comment ces soi-disant femmes de Dieu ont-elles pu justifier une telle horreur ? bredouille Courtney, les larmes aux yeux.

– Elles n'ont rien justifié. La plupart des bonnes sœurs sont décédées ou incapables de témoigner aujourd'hui. Une femme se bat pour obtenir des fouilles et des excavations.

– Mais l'Église, Killian ! L'Église a bien été obligée de présenter des arguments face à ces accusations, non ?

– L'Église dit que 796 enfants entre deux mois et deux ans morts en 35 ans, c'est moins de deux décès par mois. Rien en regard de tous ceux qu'elle aurait sauvés, malgré l'époque, les épidémies et la pauvreté de la congrégation.

Courtney ne sait même pas si elle pleure de rage ou de tristesse. Il pose un baiser sur son front et caresse ses cheveux.

– Cette nuit, j'ai collecté ça, dit-il en retournant à son ordinateur pour lui envoyer deux fichiers. Un rapport du gouvernement de 1997 publié en 2000 qui démontre l'essai clinique de vaccins à hautes doses sur 123 de ces pauvres bâtards, dont une soixantaine dans la région dont parle Sarah.

– Je t'en prie Killian, je ne veux plus rien savoir…

– L'autre dossier est une compilation d'articles. Il se confirme qu'au moins quatre cents petits corps, tous issus d'orphelinats religieux, ont été vendus pour finir sur les tables de dissection des facultés de médecine…

Il se lève et va la serrer dans ses bras, très fort, pour apaiser ses sanglots. Derrière les rideaux, son regard se perd dans les frondaisons des arbres d'un square où des enfants heureux jouent et crient de joie.

– Je suis désolé, Courtney, je suis désolé, répète-t-il en la berçant.

Elle se calme, renifle un dernier sanglot et cale sa tête contre sa poitrine.

– Alors ça veut dire que Sarah n'invente rien, qu'elle a vraiment vécu ce qu'elle raconte et que toutes ces horreurs étaient réelles ici, au Royaume-Unis, il y a cinquante ans à peine. Son terrible accouchement, le triste destin de ces enfants, cet odieux château d'Écosse avec sa salle des offenses, tout cela est donc possible ?

C'est plus une conviction qu'une question. Et ce que répond Killian est déjà un pardon.

– Oui, et tout ce qu'elle a fait pour s'en sortir et se venger aussi.

13

Londres – Bayham Street
Où Courtney se fait enlever

– J'adore Camden Town, dit Ashley. Quand j'ai su que vous y habitiez et que vous aviez rendez-vous avec Diane, j'ai insisté pour la convaincre de me laisser vous rejoindre pour déjeuner ici.

Courtney et Killian sont un peu embarrassés. Ils ont reçu l'appel de Diane à la dernière minute, quand leur patronne et l'auteure phare de leur maison d'édition étaient déjà dans le quartier.

– Tu dois vraiment lui plaire pour qu'elle vienne jusqu'ici, avait boudé Killian. Bientôt, elle va débarquer chez toi avec de l'indien dans des barquettes en alu, une bouteille de chardonnay et des bougies parfumées !

– Arrête de dire des conneries, tu vas me mettre mal à l'aise devant elle.

– C'est hier soir que tu aurais dû l'être. Je sentais son regard te caresser les seins, je te jure. Est-ce qu'elle te faisait du pied sous la table, aussi, sa main sur ta cuisse ?

– Imbécile ! avait répondu Courtney en passant sa veste.

Et ils étaient sortis en courant pour rejoindre Camden High, la descendre au pas de course jusqu'à Pratt Street et récupérer Bayham pour arriver au restaurant. En saluant au passage tous leurs amis des boutiques et des commerces, les camelots, les chanteurs de rue et les restaurateurs qui s'amusaient de leur course effrénée.

Maintenant, ils sont à table chez Daphné et Courtney rougit de sa poitrine que gonfle chacune de ses respirations essoufflées. Diane a commandé des entrées et de l'ouzo sans s'inquiéter de leur avis. C'est elle qui invite. Humus, tsatsiki, caviar d'aubergine et quelques dolmas de feuille de vigne. Et de choux aussi.

– Au riz, précise Diane, sans viande pour Courtney.

– Comment savez-vous ?

– Je vois bien ce que tu manges quand tu restes au bureau, ironise Diane.

Killian cherche le pied de Courtney sous la table, mais elle ne réagit pas.

– C'est mon pied celui-là, Killian, dit Diane en leur présentant le caviar d'aubergine.

– Oh, excusez-moi !

– Mais je t'en prie Killian, c'est plutôt flatteur, répond-elle sans le regarder et en proposant des dolmas à Courtney.

– Malheureusement, nous ne sommes pas là pour disserter sur le fait de savoir si la notion de harcèlement sexuel au travail s'étend à la notion de déjeuner en ville.

– Cela s'applique, ose Courtney, cela s'appelle du harcèlement hiérarchique et le lien de subordination existe, quel que soit le lieu.

– Le vrai problème, répond Diane tout sourire en servant un verre d'ouzo à tout le monde, c'est que ce harcèlement-là, c'est moi qui le subis. Si Killian fait du pied à sa patronne, le *harcèlement* est-il une réalité quand il prend à rebours le lien *hiérarchique* ?

Killian vide d'un coup son verre d'ouzo pour masquer sa gêne et s'étrangle. Tout le monde rit. Sauf Courtney.

– Je pensais que le sujet de ce déjeuner de travail serait beaucoup moins léger que ça, murmure-t-elle sans lever les yeux de son assiette.

Un silence s'ensuit, pendant lequel Ashley adresse à Diane un signe de reproche muet. Diane l'admet d'un signe elle aussi. Elle pose sa main sur le bras de Courtney qui s'électrise.

– Désolée, Courtney, tu as raison. Parlons de Sarah. Vous avez terminé de décortiquer le manuscrit, je suppose ?

– Nous y avons passé une bonne partie de la nuit, répond Killian qui reçoit cette fois un coup de pied de Courtney.

– Alors nous l'avons tous lu, dit Ashley, et je confirme que c'est un texte terrible. Tu acceptes de le publier ?

– J'aimerais prendre ce risque, mais je reste prudente. Cette confession révèle des faits si noirs et si glauques que je veux m'assurer qu'il s'agit bien d'un journal intime et pas d'un roman, même si j'en suis déjà presque persuadée. Je suis allée à Stockton-on-the-Bridge. J'ai vu la maison des Abercombrie où elle a vécu. Et je crois bien avoir retrouvé au nord de New Galloway la tombe de l'enfant.

– Petit Geoffrey ?

Il y a comme une plainte qui les surprend dans la voix de Courtney. La fêlure de quelqu'un qui ne veut pas s'y résoudre. Une supplique.

– Oui, répond Diane en posant à nouveau la main sur le bras de Courtney. J'ai peur qu'il n'y ait aucun doute, malheureusement tout correspond.

– Alors tout est vrai, soupire Courtney, ça et tout le reste ?

– Justement, explique Diane, c'est *tout ce reste* que nous devons vérifier, parce que vous conviendrez que c'est encore plus sombre et cruel que la mort de Petit Geoffrey.

– Qu'attends-tu de nous ? demande Ashley.

– De toi, rien qu'une dernière relecture, Ashley, en t'attachant à deviner ce que la vie a peut-être réservé à la personne qui l'a écrit. Ce qu'est devenue Sarah, si c'est bien elle. Quelques fois, il me semble que l'écriture est inégale, plus maladroite à certains endroits qu'à d'autres. Tu peux te charger de ça ?

– Bien sûr, répond Ashley. Et vous ?

Elle regarde Killian dont les yeux ne quittent pas la main que Diane a gardée sur le bras de Courtney. Diane s'en aperçoit et sourit. Elle se tourne vers Courtney, tapote son bras et lui demande si ça va mieux. Courtney fait signe de la tête et Diane relâche la délicate pression de ses doigts.

– Killian, je te l'ai déjà dit hier soir, je veux que tu vérifies chaque nom, chaque lieu, chaque information de ce texte. Les généalogies, les chronologies, tout !

– C'est ce que je fais d'habitude, non ? se vexe-t-il.

– Oui, et tu le fais très bien, mais cette fois nous devons le prendre comme une enquête policière. Il ne s'agit plus de débusquer des fautes ou des erreurs commises par un romancier, mais de relever les mensonges ou les falsifications d'une éventuelle manipulatrice. Ou même d'un manipulateur, puisque rien ne nous certifie que ce texte a été écrit par une femme. Vous avez tous bien conscience qu'avec certains passages, nous parlons de crimes, n'est-ce pas ? Un crime dans un roman, c'est un rebondissement. Un crime dans un journal intime, c'est une accusation. Je veux que tout soit confirmé avant d'éditer ce texte.

– Alors si c'est une enquête policière, ça me va, je vais m'y mettre jour et nuit.

– Ça tombe bien, Killian, parce que je vais t'enlever Courtney.

– Quoi ? s'étrangle le garçon.

– M'enlever ? s'inquiète Courtney.

– Oui, si tu es d'accord, bien sûr. Nous retournerons en Écosse pour enquêter sur certains lieux et identifier le second couvent où Sarah a accouché de sa petite fille. Visiter le château où elle dit qu'on l'a forcée à faire toutes ces horreurs. Je veux fouiller ce pays pour retrouver les corps de ceux qu'elle s'accuse d'avoir tués. Et j'aurai besoin de quelqu'un pour m'accompagner. Alors j'ai pensé à toi, Courtney.

– Et pourquoi pas Madame Ashley Royce ? propose Killian, désemparé.

– Oh non, moi, mon garçon, ces choses-là ne sont plus de mon âge. Ces péripéties, je les imagine et je les écris, mais ça fait belle lurette que je ne les vis plus.

– Mais ça veut dire quoi, au juste, cette proposition ? Insiste Courtney.

– Ça veut dire au moins quinze jours à travers l'Écosse, tous frais payés, bien entendu, et un mois de salaire en prime.

Killian et Courtney se dévisagent, estomaqués par la proposition.

– Plutôt deux mois, corrige Ashley Royce d'un petit rire en coin. Cette enquête mérite bien ça, non ?

Diane la regarde, étonnée.

– D'accord, deux mois, concède-t-elle.

– Deux mois ! s'exclame Killian, Courtney va partir deux mois !

– Deux mois de prime, Killian. Pas de panique, tu retrouveras bien Courtney dans quinze jours.

Tous les regards se tournent vers Courtney qui perd le sien dans son assiette. Quinze jours à travers le pays, seule avec sa patronne qui avouait hier, au détour d'une phrase, qu'elle aimait également les femmes. Dont Killian dit qu'elle lui caressait les seins des yeux. Qui pose sa main sur son bras chaque fois qu'elle lui parle. Mais aussi quinze jours sur les traces de Sarah dont le journal l'a bouleversée, à rechercher des salauds qui lui ont fait ça, à déterrer les preuves de leurs crimes et de sa vengeance. Et peut-être, avec de la chance, remonter jusqu'à elle, Sarah, et la rencontrer. Elle ou celle qui a écrit ces pages et qui l'a connue. Quand elle donne sa réponse, un brûlant désarroi coule en elle. Parce qu'elle ne sait pas très bien pour laquelle des deux raisons elle accepte. Diane ou Sarah ?

Diane prend la main de Courtney dans les siennes et la porte à ses lèvres pour y déposer un baiser. Killian s'étrangle d'un autre verre d'ouzo et Ashley éclate de rire.

– Merci, Courtney, merci du fond du cœur, nous allons faire du bon boulot, eux ici et nous là-bas. Et nous allons publier ce livre magnifique.

Killian trouve que Courtney s'accorde un peu trop de temps pour dégager sa main et coupe court aux effusions.

– Diane, vous oubliez que nous avons un roman, mais pas d'auteur. Il va être difficile de signer un contrat.

Mais c'est Ashley Royce qui répond.

– Ne t'en fais pas pour ça, mon garçon, les auteurs, ça me connaît. Si une personne a pris la peine d'envoyer ce manuscrit, c'est qu'elle désire qu'il soit publié. Alors je t'assure que d'une façon ou d'une autre, elle ou il doit être à l'affût, à nous épier quelque part, pour voir ce que nous en faisons. Et dès que cette personne aura compris que nous avons authentifié son manuscrit et qu'il nous convient, elle se manifestera.

– Parfait, dit Diane. Bon, et si nous passions au plat ? Courtney, j'ai repéré pour toi une moussaka végétarienne qui me semble délicieuse.

– Portons un toast, alors, claironne Ashley Royce en riant.

– En l'honneur de notre enquête ? s'étonne Diane.

– Non, en l'honneur de mon nouveau job de lectrice chez Sandwood Publishing !

Et elle commande du champagne de France.

14

Glasgow – quartier de Cowcaddens
À la recherche du Midgie's

– Il ne nous reste qu'un lit *double king size* et un lit *single bed* dans la même chambre, s'excuse l'homme de la réception. Il a le visage froissé par une vie nicotinée et des nuits trop courtes.

– Je prendrai le *single bed*, précise Courtney en rougissant.

Son empressement amuse Diane. Et l'homme aussi dont le sourire, en fait, est plus chaleureux que le visage.

– La chambre donne sur les jolies maisons blanches qu'on aperçoit sur la photo de votre site ?

– Les *jolies maisons blanches*, soupire l'homme, mais c'est north Glasgow ici. Depuis la photo, ils ont déjà tout détruit de Larbert Street jusqu'à Dunblane Street.

– Ah. Et les montagnes, on les voit depuis la chambre ?

– Entre deux bâtiments, oui, s'ils n'en ont pas construit un autre dans la nuit. Les jours sans brume, sans brouillard, sans neige, et sans pluie sur Glasgow, on peut aussi apercevoir les Campsie Fells.

– Et ça arrive de temps en temps ? s'amuse Diane.

– L'été, par temps clair uniquement.

– Ah, c'est rassurant, vous avez quand même un été.

– Oui Madame. C'est même mon jour préféré.

Diane sourit puis récupère la clé et demande le chemin pour la chambre. Courtney la précède dans l'escalier aveugle et étroit, à la moquette d'un bleu intense, gênée du regard que sa patronne peut avoir sur ses cuisses. Elle s'en veut de s'être habillée si court. Mais après tout, pourquoi aurait-elle honte de ses jambes ? Killian les adore. Quand elle ouvre la porte et la pousse, c'est la même moquette dans toute la chambre, mais d'un bleu soudain plus lumineux dans la lumière de la fenêtre. Presque électrique. Les deux lits, le petit et le grand, ainsi que les fauteuils, l'assise des chaises et les rideaux, sont aux motifs d'un tartan un peu criard, rouge vif quadrillé de vert tendre et de blanc.

– Allons, courage ma petite Courtney…

– Pourquoi dites-vous ça ? s'inquiète aussitôt la jeune fille en se tournant vers Diane.

– La devise du clan des Comyn, explique Diane en désignant d'un geste le ridicule encadré qui justifie le choix des couleurs. Un clan des Lowlands. Si je lis bien, leur symbole animal est un lion armé, et leur arbre sacré le saule gris.

Puis elle regarde la chambre et conclut d'un très british *« very scottish indeed »*. Le reste du mobilier est de style minimaliste contemporain en bois clair. Mais l'écran plat, au-dessus du miroir encadré au tasseau, est de belle taille.

– Il n'empêche, ajoute Diane en se laissant tomber bras en croix en travers du grand lit, nous sommes quand même dans l'hôtel où Sarah a vécu quelque temps. Notre quête prend du sens, non ?

Puis elle se relève d'un coup de reins, fait glisser sa jupe, lance ses chaussures n'importe où et déboutonne son corsage. Avant même d'entrer dans la salle de bains, elle a dégrafé son soutien-gorge qu'elle jette sur le lit par-dessus son épaule.

– Allez hop ! Une bonne douche et nous partons à la recherche du Midgie's.

Courtney ne répond pas et se tourne en panique vers la fenêtre. Son regard éberlué se perd sur le chantier d'en face.

– Tu devrais en profiter, conseille Diane en sortant, un drap de bain noué autour des seins et sa petite culotte à la main. Froide et forte, c'est l'idéal pour la clarté de la peau et des idées.

Courtney se faufile à son tour dans la salle de bains, encore habillée.

Une heure plus tard, elles demandent au réceptionniste s'il sait où se trouve le Midgie's, un pub qui existait déjà au milieu des années soixante.

– Comment voulez-vous que je vous réponde ? J'étais même pas né à la fin des années soixante-dix.

– Et vous connaissez quelqu'un qui l'était ?

– Peut-être, mais faut marcher un peu. Une fois sur le trottoir, c'est à gauche. Ensuite, tout droit, au bout de McPhater Street, au carrefour avec Port Dunban road, le Station Bar. Le peu d'âmes de ce pauvre quartier qui n'ont pas été chassées à coups de bulldozer essaient de survivre là-bas.

Elles sortent. Le ciel s'est défait, noir et sombre au-dessus d'elles, bas, gorgé de pluies prochaines et déchiré en lambeaux d'averses jaunes au sud, dans la clarté pâle d'un soleil à l'agonie. Le temps d'arriver à l'endroit indiqué, cent mètres plus loin, et l'astre perce à nouveau la noirceur, triomphant, inondant le trottoir d'un rayon de miel. Pour disparaître aussitôt.

L'établissement occupe le rez-de-chaussée d'un bel immeuble ancien en pignon. Trois étages, en pierres roses et tristes, s'allument de reflets orangés à la moindre percée du soleil. Deux colonnes de bow-windows et un toit en terrasse puisqu'une balustrade en fer en souligne le contour. La façade du pub est peinte en blanc, percée de trois baies en verre martelé. Jusqu'à mi-hauteur, un vitrail en damier de couleur protège l'intimité des clients.

– C'est quoi un *dram* ? demande Courtney.

Entre les baies vitrées, deux panneaux en faux marbre affichent des maximes gravées en or de pacotille.

« Obéis au dram qui te démange »
« Ne cède jamais à la tentation du dram solitaire »
« Un dram pour te tapisser l'intérieur »

Diane vérifie sur le dictionnaire de son portable.

– Nous aurions dû nous en douter : un *dram*, ici, « c'est un bon gros verre de whisky. »

C'est beaucoup plus difficile de traduire l'autre panneau, même si elles finissent par trouver un sens à chaque phrase.

« Sers-lui un alcool fort pour balayer
Cette mélancolie qui l'envahit,
Une bonne liqueur pour fluidifier son sang
Que ses tracas engluent,
Et laisse-le se plonger dans une pinte profonde,
Débordant de mousse,
Jusqu'à ce qu'il oublie ses amours et ses dettes,
Et ne se tracasse plus de ses soucis. »

– Ça m'a l'air d'être un excellent programme, un peu sexiste quand même, mais acceptable. Entrons leur montrer que nous savons boire autant qu'eux, dit Diane en posant une main dans le dos de Courtney pour qu'elle la précède.

À l'intérieur, ça pourrait être le Midgie's pour le décor. Disparate, gentiment désuet, sans prétention. « Dans son jus », disent les Français, explique Diane. Banquettes noires capitonnées et une vingtaine de pompes à bière bien astiquées sur le comptoir. Derrière, le bar est un étrange foutoir. Chaleureux, finalement. Bon enfant. Authentique, préciseront bientôt les réseaux sociaux pour mieux y attirer les touristes qui en détruiront l'âme afin de s'immortaliser en grimaçant de selfies outrageusement joyeux.

Courtney et Diane se perchent au bar sur de hauts tabourets et laissent à la barmaid le choix de la bière. La jeune femme sert une pinte de Tenent à chacune. C'est bien pour commencer, dit-elle. Une bière chaleureuse qui fait revenir le soleil, même quand il n'y en a pas dehors.

– Le Midgie's, ça vous dit quelque chose ?

– Non, qu'est-ce que c'est, un restaurant, un lounge, un club ?

– Un pub. Il existait dans ce quartier au milieu des années soixante.

– Waouh, mon père n'était encore que l'ombre d'un désir dans la prunelle de mon grand-père à cette époque-là. Faut voir avec les vieux de la vieille, là. C'est des mémoires, eux, même si c'est prendre le risque qu'ils vous bassinent avec leur monde d'avant.

Elles pivotent sur leur tabouret et repèrent trois vieux solitaires accrochés à leur bière.

– On se joue les deux premiers à pierre-ciseaux-feuille et la perdante a droit au dernier ? propose Diane.

Courtney ne répond pas. Elle fixe un des habitués du « monde d'avant », du genre à défendre sa table comme un territoire. Petit, sec, émacié. Jaquette en cuir souple élimé. Une fine boucle à chaque oreille. Une cigarette éteinte, pincée entre le pouce et l'index.

– Si tu préfères celui-là, je te le laisse, s'amuse Diane, étonnée par le mutisme immobile de Courtney.

Sans répondre, Courtney se lève et prend par le bras Diane qui en éclabousse sa bière sur le bar.

– Venez, ordonne-t-elle.

Elle l'entraîne droit sur l'homme qui les jauge d'un œil méfiant quand elles se campent devant la table.

– Ça va, Bad Billy ?

L'homme plante ses yeux dans les siens.

– On se connaît, poulette ?

– Vous non, mais nous oui. On sait qui vous êtes et on vous cherchait. Franchement, on n'espérait pas vous trouver aussi vite.

Diane est sidérée. Sans mots. Autant parce qu'elles semblent être, pour de vrai, tombées sur un des protagonistes du journal de Sarah que de l'aplomb insoupçonné de Courtney.

– On peut s'asseoir et vous offrir une bière ?

– Et comment que tu peux ! Avant je dis pas, et même plus souvent qu'à mon tour, mais là, ça remonte à un putain de bail le jour où deux *lassies* comme vous sont venues de me rafraîchir la langue.

Il appelle la barmaid pour commander une pinte et Diane en profite pour interroger Courtney d'un regard écarquillé. Pour toute réponse, la jeune fille mime de la bouche un bec-de-lièvre et Diane comprend aussitôt. Elles se glissent avec précaution sur la banquette pendant qu'il réceptionne sa bière.

– Alors, d'où vous connaissez Bad Billy, mes poulettes ?

– Nous avons trouvé votre nom dans un manuscrit, explique Diane, histoire de reprendre la main.

– Un manuscrit ? Merde alors, quel salaud a osé écrire mes mémoires avant même que le diable sonne le rappel !

– Personne, c'est juste que vous apparaissez dans les *mémoires* de quelqu'un d'autre.

– À part les flics qui en ont toujours su plus sur moi que ma propre mère, je ne vois pas qui aurait pu parler de moi.

– Sarah, ça vous dit quelque chose ?

– Sarah ? Non, pas vraiment…

– C'est Madison Bowie qui vous l'a présentée. Vous étiez avec votre frère, Big Baggy, et Little Fry et Lucky Pat.

– On était toujours ensemble, tous les quatre, ça ne m'aide pas vraiment à me souvenir.

– La baston avec le docker, s'impatiente Courtney, quand Sarah lui a coupé un doigt d'un coup de serpette.

– Ah, cette Sarah-là ? Oui, ça y est, je la remets maintenant ! Sacrée guerrière, la môme.

– Alors ça s'est passé ici ? C'était le Midgie's avant ?

Bad Billy la regarde de travers.

– Ça, le Midgie's ? Ça, notre quartier général ? Mais tu as le cul par la fenêtre, ma poulette. Tu vois une seule couleur du Celtic, dans ce pub ? Ça, le Midgie's ? Mais c'est du grand n'importe quoi !

– Qu'est-ce que vous faites là, alors ?

– Je fais que le Midgie's a fermé il y a bien vingt piges de ça. Ce pub est à peu près le seul qui ne soit pas devenu un lounge prétentieux, un resto chicos et chérot, ou un bar à touristes. C'est le moins pire endroit de Cowcaddens pour attendre, maintenant.

– Pour attendre quoi ? s'étonne Diane.

– Et qu'est-ce que tu crois qu'on attend à mon âge, poulette, sinon d'aller voir de l'autre côté de la terre ?

– Vous allez partir ? demande Courtney.

– Non, explique Diane, de l'autre côté de la terre, ça veut dire sous la terre.

– Vous allez mourir ? s'inquiète aussitôt la jeune fille.

– Et alors, tu crois que l'autre, là-haut, va me faire crédit encore longtemps ? Crois-moi, avec toutes les emmerdes que j'ai eues, il s'est déjà largement remboursé les intérêts. C'est dans l'ordre des choses qu'il cherche à récupérer son capital vite fait, maintenant.

– Et le Midgie's ?

– Vous voulez le voir ?

– Je croyais qu'il n'existait plus ?

– J'ai jamais dit ça. Après le Midgie's, le local est devenu le Crystal. Après, ça a fermé. Mais c'est toujours là, dans Cambridge Street, au 22. Vous voulez vraiment le voir ?

– Et comment !

Diane paye les bières et ils sortent. Billy n'est pas très grand, sec comme un coup de trique, mais il marche à la dure, les jambes un peu arquées et les épaules rentrées. D'autres nuages encombrent le ciel, blanc et gris, pareil à du papier mouillé. Le vent qui s'est glissé dessous est glacial.

– Pure Baltique, siffle Billy en relevant le col de sa veste en cuir.

Il faut remonter sur la droite. Après il suffit de descendre Cambridge sur deux blocs. Mais il s'arrête et regarde l'immense trouée qu'est devenue Cowcaddens road.

– C'était que des ruelles ici, avant. Idéal pour la baston. On en a fait quelques héroïques à l'époque. Vous voyez le grand parking à étage là-bas, au coin de Cambridge ? Quand c'était encore des entrepôts, c'est dans ce tas de béton qu'on a mis la plus sévère branlée de leur histoire aux Toon Tongs qu'étaient montés jusqu'ici nous chercher des noises !

Une bourrasque les glace soudain et ils se serrent les uns contre les autres.

– On peut vous tenir le bras, Billy ?

– Vous pouvez me tenir tout ce que vous voulez, mes p'tites bonnies, sûr que c'est pas Billy qui se refusera ça.

Elles éclatent de rire et ils partent vers Cambridge Street.

Elles comprennent pourquoi Sarah a écrit qu'elle n'aurait jamais osé s'aventurer seule au Midgie's à l'époque. La façade est trapue de bois sombre et lourde. Massive. La porte semble creusée dans la masse d'un tronc d'arbre. En profondeur. Deux fenêtres cintrées de chaque côté, encadrées de poutres verticales grossièrement sculptées de semblants de gargouille. Au-dessus des fenêtres, deux traverses horizontales, gravées elles aussi, séparent une rangée de fenêtres basses à croisillons. L'immeuble se prolonge de deux étages percés de trois doubles-fenêtres hautes et étroites, en ogives, comme un reste d'église. Quelque chose de moyenâgeux. D'obscur. De brutal et tribal à la fois.

– Ça, c'était du pub, rumine l'homme. Si un McBadbilly a existé un jour, dans les temps ancestraux, sûr qu'il allait déjà à la baston en armure pour défendre cette tanière. Qu'est-ce qu'on a pu défourailler là-dedans, et pas seulement du surin, si vous voyez ce que je ne dis pas, mes poulettes !

Son œil s'est irisé de reflets noisette. Ses mâchoires se crispent pour ne pas pisser des yeux devant ces dames. « Mais putain que c'était le bon temps. Vous voulez entrer ? » ajoute-t-il, la gorge un rien nouée.

– On peut ?

– Quoi, Bad Billy ne pourrait pas entrer au Midgie's ? sourit-il, et puis quoi encore ?

Il pénètre par la porte d'un autre immeuble, vingt mètres plus loin. Sans un mot, il les entraîne dans un dédale de courettes intérieures, descend dans des caves et remonte par des escaliers débouchant sur des couloirs. Au bout d'un interminable dédale, il force d'un coup d'épaule une étroite porte en fer. Et ils sont dans le Midgie's. L'intérieur est très sombre. Toutes les fenêtres sont obstruées par des planches de contreplaqué. Puis une lampe nue s'allume. Billy sait comment la brancher sur le circuit des étages. Courtney est étonnée. C'est une tanière, un refuge. Diane, elle, est émue. Pour la première fois, elle se sent si proche de Sarah. Elle imagine la bande à Billy, les dockers qui débarquent, les mômes qui leur tombent sur le dos. Madison qui se planque, Sarah qui aperçoit la serpette et s'en empare…

Billy s'est assis dans un des box du même bois sombre que la façade.

Il cherche sous la table et sort trois bières.

– De temps en temps, je viens m'essorer les souvenirs à la bière, ici, tout seul, en mémoire du temps passé.

– Et les autres ?

– Lucky s'est pris un coup de surin dans les reins. Une vengeance des *Toons* après leur branlée. Il allait au message avec sa mère. Ils ont fait exprès de le faire devant elle. Il a mangé sa casquette dans ses bras. Du coup, elle s'est laissée mourir derrière. C'était la même année que l'arrivée de la guerrière.

– Qu'est-ce qu'il faisait à porter des *messages* avec sa mère ? s'étonne Courtney.

– T'es mignonne, toi, mais t'es trop anglaise. Aller au *message*, par chez nous, ça veut dire faire les courses, s'amuse Bad Billy avant de reprendre. Little Fry, lui, s'est débranché les guiboles et ce qu'il y avait au milieu en faisant le mariolle avec une bécane. Il n'a pas supporté longtemps. Deux ans plus tard, il s'est sanglé sur son fauteuil roulant. Un nœud coulant autour de son cou, il a noué l'autre bout de la corde à une bitte d'amarrage et s'est balancé dans la Clyde à marée basse depuis le Queen's dock. Et mon pauvre frangin, lui, il est mort l'an dernier du crabe, après avoir craché ses poumons bitumeux, morceau par morceau, pendant dix ans. Sans arrêter de fumer, ce con !

Elles n'osent rien dire, alors c'est lui qui parle encore.

– Bon, fin des minauderies. Qu'est-ce vous lui voulez au Billy ? C'est à cause de la guerrière, c'est ça ?

Diane résume les malheurs de Sarah depuis Londres jusqu'à Glasgow sans aller plus loin.

– Ce que nous cherchons, ce sont des preuves qu'elle n'a pas inventé ce qu'elle raconte. Que tout ça lui est bien arrivé.

– Avec le curé par exemple ? Alors là, je peux vous garantir que c'est vrai. On le lui a retrouvé, son défroqué, et dans le West End, même, chez les bourges. Et refroqué, avec ça !

– Et comment ça s'est passé ?

– Comment vouliez-vous que ça se passe ? La gamine était raide dingue de la bête à bon Dieu, si vous voyez ce que je veux dire. Il n'a eu qu'à la remettre sous sa soutane pour qu'elle gobe son histoire. Qu'elle gobe ce qu'il racontait, je veux dire.

– Le père Patrick portait la soutane ?

– À West End, oui, mais avec pas grand-chose en dessous, à en croire l'augmentation du nombre de baptêmes par là-bas. Little Fry l'appelait « *frenchy priest* », parce qu'il disait qu'il avait dû en bouffer, des cuisses de grenouille de bénitier. C'était un comique, Little Fry.

– Et avec Sarah ?

– Avec Sarah, c'était différent. Le Patrick, il se la jouait genre écrivain maudit, artiste incompris. Toujours à lui taxer de la maille, et elle, toujours à se réconcilier dans sa soutane. Faut croire qu'il avait de sacrés attributs, le défroqué. Pourtant, c'est pas faute de lui avoir ouvert les yeux, à la guerrière. Un jour, on l'a emmenée jusqu'à Kirklee, dans le West End, pour lui montrer comment il allait confesser tous les jeudis, chez elle, à grands coups de goupillon, une paroissienne bien gironde de la Hillhead Parish Church. Sûr qu'il ne lui faisait pas chanter que des *ave Maria* à celle-là. Ça, Sarah l'a bien compris. Et pareil avec une autre, bien moins troussable, mais bien plus riche, qui se bénissait l'âme à Oran Mor et se chauffait le coquillage dans sa belle demeure de Horselethill road. Le vendredi, celle-là.

– Et qu'a fait Sarah ?

– Au début, on pensait que son curé savait appuyer sur le bon bouton et qu'elle lui pardonnait tout pour qu'il la culbute façon Sodome et Gomorrhe. Puis, un soir de grisaille à décourager le pêcheur d'un jour, Madison s'est fait mousser la mélancolie à la bière et nous a raconté. Les bleus et les traces sur le corps de Sarah, le polichinelle dans son tiroir. Alors on a compris qu'il n'y avait pas que de l'amour entre ces deux-là.

– Et vous l'avez connue longtemps, Sarah ?

– Le peu de temps qu'elle est restée à Glasgow. Je crois, bien moins d'un an. Et puis une autre fois, un an plus tard, si j'ai bonne mémoire. Elle avait une pierre à vendre. Ou un œuf même. Ouais, un œuf de… comment c'était déjà ?

– Fabergé ? suppose Diane.

– Oui, c'est ça, c'est ce qu'elle a dit.

– Et vous lui avez donné le nom d'un receleur ?

– On a fait mieux que ça. On en a fait venir un de Londres. Un sauvage, mais blindé de fric à blanchir.

– Quel âge avait Madison, à cette époque ? demande Diane sans relever la réponse de Billy.

– Un peu plus âgée que la guerrière. La vingtaine, je dirais.

– Ça lui ferait quoi, maintenant, insiste Diane en se retournant vers Courtney, soixante-six, soixante-sept ?

Puis elle dévisage à nouveau Bad Billy.

– Vous croyez qu'elle est encore en vie ? Vous avez gardé le contact avec elle ?

Billy ne répond pas. Il baisse la tête et fait tourner sa bière entre ses mains. C'est Courtney qui comprend la première.

– Billy, ne me dites pas que… ?

– Si, avoue Billy en levant soudain vers elles des yeux qui demandent pardon. À force, avec les années qui passent, la solitude, la mauvaise santé et les emmerdes, on a fini par se mettre à la colle, Madison et moi. Faut comprendre !

– Mais elle est où ?

– Chez nous, là, juste au-dessus. On habite un deux-pièces qu'on a réussi à acheter avec ses cachetons et mes carambouilles, il y a au moins vingt piges déjà. Cash avec la moitié sous la table, pour être sûr de l'avoir. Comment on aurait pu quitter le Midgie's ? En fait, la lumière, je la branche sur le compteur de notre appart.

– Et le Station Bar ?

– Ben, vous savez, on est à la colle, mais au fond, on reste des solitaires, tous les deux. Alors, chacun a ses journées et on se retrouve le soir pour un kebab ou un cinoche. Ou juste une balade. Si j'ai bien tout compris, dans votre manuscrit, c'est la guerrière qui parle de moi, c'est ça ?

– Oui, répond Diane.

– Et elle n'en dit pas trop sur ma pomme ?

– Vous voulez lire ce qu'elle a écrit ?

– Je peux ? s'étonne-t-il avec des yeux d'enfant vieux.

Encore une fois, Diane sent l'émotion la submerger. Elle sort le document de son sac et le tend à Billy.

– À partir de ce chapitre. C'est là que Madison et vous entrez en scène…

15

Journal de Sarah

Samedi, 1er août – Glasgow – le Midgie's

Maryhill Road. L'arrivée sur Glasgow est à couper le souffle. Le monde d'abord. Des gens pressés qui se croisent sans rien se dire et se bousculent sans s'excuser. Une foule désordonnée dans laquelle je vais devoir plonger. Des bus à deux étages et des voitures partout. Depuis ma solitude de Stockton, j'avais oublié que la terre pouvait être aussi peuplée. Une fourmilière affolée et affairée dont la reine serait malade. Ça grouille dans tous les sens.

« À partir de là, ça craint, » marmonne Kyle Campbell. Pas besoin de lui demander ce qu'il veut dire, il suffit de regarder par la vitre. Le gars m'explique qu'on va jusqu'à Cowcaddens, au nord du centre-ville. Daniel Abercombrie lui a donné l'ordre de me conduire dans le quartier de Buchanan, vers la gare routière. Après, il a des trucs à faire et pas envie de m'avoir dans les pattes. Ma future logeuse, Madison Bowie, vend ses charmes dans le quartier de McPhater Street. À partir de là, je me débrouille toute seule.

Et il recommence à fredonner.

Une boule d'appréhension me noue la gorge. Je vais la trouver comment, cette Madison Bowie ? J'ose la question. Campbell s'accorde le temps d'allumer une énième cigarette. Avant de me répondre, il enfume un peu plus l'habitacle.

« McPhater Street, j't'ai déjà dit ! ». Si je me perds, je dois chercher le *National Piping Center*, le paradis des *Great Highland* d'Écosse et des *Uileann's Pipes* irlandaises. Tout le monde connaît. Ici, la cornemuse, c'est sacré. C'est dans la même rue. Si je ne suis pas trop gourde, je trouverai un hôtel, le Piper's Tryst. J'ai qu'à me renseigner. La Madison tapine dans les environs.

Mumiah !

Un enchevêtrement de misère jusqu'à St George's Cross. Après, c'est juste un peu moins lugubre. Puis, c'est Cowcaddens, un amoncellement de vieux taudis et de lieux de débauche en cours de réhabilitation. Campbell se transforme en guide touristique. J'ai droit à la présentation succincte du *Glasgow Royal Concert*, ou ce qu'il en reste. Du Cineworld, sur Renfrew Street. De L'ancienne gare routière de Buchanan Street, retapée par décision du *Beeching Axe*. Et comme mon intérêt le flatte, il me propose de pousser jusqu'à McPhater Street.

« Et voilà, tout le monde descend, ma belle ! ». Je m'exécute. Kyle Campbell décharge mes affaires et me plante là, comme une bouteille vide devant une poubelle trop pleine.

Madison Bowie habite au 32. Un petit immeuble de deux étages, en pierres brunes. Elle vit au premier, au bout d'un couloir mal éclairé. La première porte est celle des toilettes. Je continue. Ça sent le renfermé et la soupe de poireaux. Devant la deuxième, le paillasson est élimé. Contre le battant, un bout de carton punaisé. « M. B. » Je frappe. Des pas qui traînent. La serrure claque deux fois. L'ouvrant s'écarte sur une blonde plantureuse, affublée d'horribles mules roses à pompons jaunes et vêtue simplement d'une trop courte et trop transparente nuisette. Ses seins débordent. Un visage malin de fille à qui on ne la fait pas. Maquillée comme une voiture volée. Mais belle. À sa façon.

« Ben merde, t'es déjà là ? » sourit-elle en guise d'accueil.

Puis elle désigne la chambre où je dois poser mes frusques et attendre. Elle a un client qui arrive et n'a pas eu le temps de le décaler. Quand j'ai frappé, elle a cru que c'était lui. Ça ne durera pas, c'est un rapide, jure-t-elle en m'expédiant un clin d'œil.

« Mais silence radio pendant que ça se passe, sinon j'te vire sur-le-champ. »

Un lit minuscule. Une commode de poupée. Une table et une chaise. Sur les murs, la tapisserie se décolle. Des zébrures marron et jaunes mettent en valeur un poster de Donovan, un petit gars de Glasgow qui devient une idole hippie. Sur la photo, il joue de la guitare sèche. Une casquette épaisse dissimule à peine son visage d'angelot. Je le trouve beau. Je connais « Colours » et « Melow Yellow » que je fredonne pendant que Madison se donne.

Un rire gras. Quatre coups contre la cloison. *Fuck! Fuck*! hurle Madison. Et le râle de jouissance du mâle rassasié. Effectivement, ça n'a pas duré longtemps. À peine quelques minutes et une porte claque. Des bruits d'eau.

« Tu peux venir ! crie Madison. J'lui ai vidé les bourses dans tous les sens du terme ! De l'argent vite gagné. »

Nous parlons de tout et de rien. Au début, ma nouvelle logeuse paraît peu curieuse de savoir qui je suis et d'où j'arrive. Elle s'inquiète surtout de me trouver un autre hébergement. Je ne peux pas rester là. Je dois comprendre. Pas pratique pour le commerce. Pour lui éviter de se noyer dans des justifications qui ne m'intéressent pas, je lui explique ma rencontre fortuite avec Daniel Abercombrie. Et la fille entre en pâmoison.

Pour elle, Abercombrie, Aber comme elle le surnomme, est un peu rustre, mais c'est une perle. Et pas qu'au lit ! Si la vie ne l'avait pas glissé entre ses draps, je parlerais à un fantôme. Aber l'a tirée d'un sale pétrin. Au début, c'était une embrouille de rien du tout. Une histoire de fric. Puis *« des gens »* l'ont mal pris. Le problème, avec les gangs de Glasgow, c'est qu'une fille sans protection qui transgresse les règles n'a plus qu'à prier et numéroter ses abattis. Pour Aber, ici, c'est *open-bar* et plaisir offert.

Toujours pour ne pas avoir à parler de moi, j'insiste pour qu'elle m'en dise un peu plus sur les *gangs de Glasgow*. Sans doute pour se donner du courage, Madison se sert un whisky sans m'en proposer un. Son minois maquillé s'assombrit.

Cowcaddens, Cranhill, Gorbals, la vermine est partout. Demain, pour me prouver que ce ne sont pas des fadaises, elle m'emmènera sur Duke Street et Sauchiehall Street. Je vais vite piger l'ambiance.

« Et je ne te parle même pas de Garnehill et de Townhead. »

Madison plonge le nez dans son verre, happée par des souvenirs douloureux. Un mur de silence l'enferme quelque part. Puis, elle décroche de sa rêverie pour m'expliquer le fond du problème. Les rues sont tenues par des gamins. Des mioches. Les rabatteurs, les rats comme on les surnomme, n'ont pas plus de huit printemps. Dans la rue, les coups de force des gangs sont menés par des merdeux d'à peine treize ans. À partir de quinze piges, s'ils sont encore vivants et que la police ne les a pas coincés, ils gèrent les opérations depuis leur Q.G. Ils ne rendent des comptes à personne et, mis à part le foot, rien ne les passionne. Ils agissent à l'instinct. En meute. Comme des cafards, ils sortent des poubelles et attaquent. Je veux des noms ? La flotte de Maryhill, du Springburn Bounty, de la Vallée. Les plus sournois ? Les Young Rolland Boys de Rolland Street. Les plus vicelards ? Ceux du Peg. Les plus sadiques ? Ceux de port de Dundas, juste à côté. Les pires ? La Gestapo de Dennistown. C'est avec eux qu'elle a eu une embrouille. Dans la rue, si j'entends crier *CODY*, je dois me planquer où je peux. C'est un signal d'attaque. Ça signifie *« Cowards Only Die Young. »* Dès la tombée de la nuit, mieux vaut éviter de se balader seule et bien choisir ses quartiers. Si je ne suis pas protégée par les Momies, le 365 ou le Drumchapel Buck, j'ai une chance sur deux d'être violée dans l'East End. Ici, entre McPhater street, Larbert et Dublane Street, les Shamrocks dominent et, s'ils sont moins dangereux, ça craint quand même. Leurs ramifications vont jusqu'à Townhead et Garngad. Après, c'est les Toon Tongs qui font la loi. J'aurai l'occasion de les croiser. Ils gangrènent les trottoirs et les pubs. Puis elle se lève. La faim et la soif la tenaillent. Et elle me propose un *fish and chips* arrosé d'une *Newcastle Brown.*

Sans Madison, le Midgie's est un pub dont je n'aurais jamais eu le courage de pousser la porte. Devanture crasseuse. Vitres opaques. À l'intérieur, l'air enfumé est irrespirable. Ça empeste le poisson frit et la vieille serpillière. Au sol, le parquet disjoint est couvert de mégots, de sous-verre écrasés et de taches de pintes renversées. Contre les murs, des morceaux de palettes peints à l'huile de vidange. Et partout les maillots verts et blancs du Celtic, des photos de l'équipe et des joueurs historiques du club.

Le Midgie's est un pub catholique et footballistique.

Tout est sombre, sauf les étagères vitrées derrière le comptoir, proposant une trentaine de *single malt*. Le tenancier de cet antre a une gueule de nounours obtus, fendue d'un éternel sourire de grizzli. Chauve comme un cul de singe, mais broussailleux des oreilles et du nez. Une estafilade sur la joue gauche balafre son visage de boxeur qui a encaissé plus qu'il n'a donné. Il engueule tout le monde, puis fracasse le silence provoqué d'un rire tonitruant. Une serpette est rangée à côté du tiroir-caisse. Des mômes sont assis sur les tables. Adolescents sales devenus adultes trop vite. Pour ne pas crever de faim. Mines sournoises mitraillées de taches de rousseur, casquettes de petites frappes, regards de chiens craintifs, capables de mordre si on leur tourne le dos. Au bar, des ouvriers goguenards. Des terrassiers et des dockers. Des filles aussi. Jeunes, faciles et payantes. Grassouillettes et roses comme des jambonneaux. Ça crie, ça s'interpelle, ça offre des tournées à n'en plus finir. Et ça joue aux fléchettes.

Madison me précède et se dirige vers une table occupée par quatre gamins un peu plus vieux que les autres. Elle se penche vers le plus sec et lui glisse quelques mots à l'oreille. Le môme lève les yeux vers moi. Une fente palatine lui torture la bouche. Il siffle. Toutes les têtes des racailles se tournent dans ma direction, attendant l'ordre de me sauter dessus. Mais le bec-de-lièvre me désigne de l'index, m'expédie un clin d'œil, puis dresse le pouce en l'air. Dans le pub, le calme revient. Madison me murmure que c'est bon, je suis adoptée, je suis sous protection.

Le *fish and chips* est délicieux. Moi aussi j'avais faim. « Parle-moi de toi, » demande Madison. Et je recommence une nouvelle fois mon histoire. Comme avec Daniel Abercombrie, j'élude certains passages et en exagère d'autres. J'insiste sur le rôle obscur joué par père Patrick et sur la relation malsaine que nous avons partagée. Sur sa possible mise à l'écart de l'Église par les instances religieuses et sa présence ici, à Glasgow. Je raconte Stockton, le baptême et la mort de Petit Geoffrey. Son enterrement au pied d'un rhododendron aux fleurs violettes. Le nez plongé sur mon assiette, je ne remarque pas les quatre garçons qui écoutent, derrière nous. C'est le gars à la fente palatine qui pose la question.

« Et tu sais où le trouver, ton père Patrick ? Un curé, même défroqué, ça ne peut pas s'empêcher de tourner autour des bénitiers, » ajoute-t-il en se curant les dents d'un bout d'allumette.

Je réponds d'un haussement d'épaules.

« Bad Billy, » dit-il en me tendant la main. Puis il présente les autres en les désignant du pouce. Big Baggy, son frère cadet, roux, vicieux, joue avec la lame de rasoir enfilée dans la visière de sa casquette. Le môme me salue d'un mouvement de menton. Les deux autres, Little Fry et Lucky Pat ressemblent à des rats agacés par un morceau de fromage. Je me présente à mon tour.

« Sale histoire. Juste un truc, Sarah, t'as de quoi tenir ? »

Par prudence, je joue celle qui ne comprend pas le sens de sa question. « Du fric ! T'en as ? » insiste-t-il. Le « dix livres, peut-être » que je renvoie me reste coincé dans la gorge. « Un conseil, ma belle : regarde toujours dans les yeux celui à qui tu mens, ça passe mieux. »

Dans le dos de Bad Billy, un docker s'écarte du bar pour boire sa pinte et bouscule mon *nouvel ami*. En arrivant, j'avais remarqué ce grand type à la gueule mauvaise, accoudé au bout du comptoir, perdu dans la mousse de sa bière. J'avais aussi remarqué ses coups d'œil en coin vers notre table. Le gars porte la main à la poche intérieure de sa veste et sort un couteau dont le cran d'arrêt claque. Dans le pub, l'ambiance s'éteint. Les mômes dégringolent des tables et forment un cercle autour des deux coqs qui se défient. Puis tout se déchaîne. La porte du pub explose. D'autres dockers entrent à leur tour. Cinq ou six, armés de battes de baseball, mais aussitôt suivis par une volée de mioches jaillis de nulle part qui se jettent sur eux comme des chauves-souris affamées.

Bad Billy se rue sur son adversaire et lui fracasse l'épaule d'une bouteille de *Newcastle Brown* récupérée sur une table. Le patron du pub saisit la serpette à côté du tiroir-caisse et se précipite dans le pugilat général. Un violent coup de tête le renvoie dans le renfoncement de son bar. Son arme atterrit devant moi. Madison, la tête dans le cou, se protège derrière une table renversée. Bad Billy s'empêtre les pieds dans une chaise cassée et tombe. Le docker avance aussitôt sur lui pour le poignarder.

Et là, je ne sais pas ce qui me passe par la tête. Je ramasse la serpette du grizzli, inconscient au milieu de ses fûts de bières vides, et je me rue sur le docker que mon hurlement de possédée surprend. Le temps qu'il hésite, le tranchant de ma lame lui sectionne le petit doigt. Incrédule, le gars se redresse, le visage traversé d'une douleur qui n'a pas encore envahi son cerveau. Une tache sanguinolente grandit sur sa chemise, autour de la main qu'il serre contre sa poitrine. Le Midgie's se plombe de silence. Celui d'un champ de bataille éteint. Çà et là, les gémissements des plus mal en point. Le docker ramasse le bout de son doigt et recule vers la porte, couvert de sang, protégé par les battes tendues de ses comparses accablés de devoir battre en retraite.

Une fois les portefaix en déroute, Bad Billy, appuyé contre la façade du Midgie's, tire sur son mégot. « C'était des gars envoyés par les Rangers, bougonne-t-il en balançant son bout de cigarette. Heureusement, les Blue Angels nous avaient donné l'info et on les attendait. En tout cas, toi, t'es une sacrée guerrière. »

Madison nous rejoint, les cheveux en bataille et les yeux exorbités. « T'es couillue, ma fille, dit-elle en me prenant dans ses bras. Une vraie tigresse ! » Arrivent les trois autres, plus ou moins amochés, mais ravis de s'être battus. Big Baggy, Little Fry et Lucky Pat me gratifient d'un « respect, Princesse » qui me touche. « Princesse, c'est ton nom maintenant. Princesse Sarah, ça te va ? » propose Bad Billy.

Ça me va.

Lorgnant ses godasses, le gars avoue me devoir un sacré cadeau. Sans moi, il terminait la nuit en enfer. Pour me remercier, avec sa bande, ils surveilleront toutes les églises et les cathédrales de la ville. Si besoin, tous les gangs du Celtic s'y colleront. Il me jure qu'on va le retrouver, mon défroqué, et me le ramener par la peau des couilles si je le demande.

Je suis dans ma chambre. Madison doit lire un magazine de mode, il y en a de partout dans l'appartement. À la radio, Donovan chante *« Catch the Wind. »* Même si ce n'est pas aussi envoûtant que *« Yesterday »*, c'est pas mal. Mélancolique.

« To fell you around me
And to take your hand
Along the sand
Ah, but I may as well try and catch the wind. »

Qui aurait pu prédire ce qui vient de m'arriver ? Ce matin, je quitte un val perdu où mon pauvre petit Geoffrey est enterré et ce soir, d'un coup de serpette, je tranche le doigt d'un docker. J'étais maudite et je deviens princesse. Mumiah, c'est ça la vie ? Je n'ai rien à dire ? Juste suivre le destin qu'un Dieu imprévisible trace pour moi ? Et c'est toi qui es supposé veiller sur moi ?

Toutes ces questions qui me tournent dans la tête me fatiguent. Encore quelques lignes, et j'arrive au bout du carnet bleu. Les autres sont restés à Stockton. Vides de mots. Je n'ai emporté que ceux que j'avais remplis. Demain, avec Madison, j'en chercherai d'autres. Je veux les mêmes. Bleus à spirales pour déchirer les pages que je trouve mauvaises.

Premier jour à Glasgow.

J'ai donné à Bad Billy la description de Patrick. On verra… Je ne sais pas pourquoi, mais ce soir ce n'est pas lui qui m'importe. Je pense à Ritchie. Sans doute à cause de la bagarre au Midgie's. Dehors, la ruelle sombre s'éclaire d'une lune pâlichonne. Un chat miaule sur une poubelle. Des tessons de bouteilles cassées luisent sur les trottoirs. Là-bas, à l'angle de Larber Street, un amoncellement de meubles démantibulés. Les façades lépreuses des immeubles vomissent des formes grises, des personnages pressés de rentrer chez eux ou d'aller boire une dernière pinte.

Je vais dormir. Bonne nuit, Mumiah. À dans un autre carnet.

Lundi 15 août 1966
Glasgow

Salut Mumiah ! J'ai mis du temps à trouver ce que je cherchais. Je voulais ces carnets bleus. Pas d'autres. J'en ai acheté deux.

Ces quinze derniers jours, je n'ai pas vu les heures passer. Même si j'ai souvent pensé à toi, j'ai éprouvé un certain sentiment de liberté à ne plus te parler. Sans comptes à te rendre, j'ai retrouvé une sorte d'autonomie. Et commis beaucoup de bêtises.

Avec Madison, toutes les occasions sont bonnes pour éviter de s'ennuyer. « Allez, on bouge ! » est son cri de ralliement. Sous ses airs de dure à cuire, c'est une gentille. Une vraie pie. Par contre elle a raison, je ne peux plus rester chez elle. Trop de clients. Une fois sur deux, quand je rentre à l'appartement, j'entends des gémissements dégringoler depuis l'escalier jusque dans le hall d'entrée. Elle exagère souvent Madison. C'est une excessive. Elle fait du moindre orgasme une Traviata.

Keep the customer satisfied, qu'elle répète. Le client doit sortir de chez elle flatté. Le prix réclamé lui paraîtra alors toujours justifié. De toute façon, si Dieu a maquillé la femme du pouvoir de simuler, c'est pas pour des prunes. La thèse se défend. Bref, quand elle est « en main », je file au Midgie's. Le pub est devenu ma tanière. Tout le monde me salue, même le grizzli qui gère le bar. Barney de son prénom. Je ne connais pas son nom de famille, mais au fond, lui aussi c'est un gentil. Ou plutôt un bourru avec un cœur en pâte de guimauve. En souvenir de la bagarre avec les dockers, le *fish and chips* et la *Newcastle Brown* me sont offerts. À vie, a insisté le gros Barney.

Derrière le comptoir, entre deux posters du Celtic, Bad Billy lui a demandé d'encadrer ma photo. Sur le cliché, je tiens une ardoise barrée d'un *Princess Sarah The Warrior* écrit à la craie. Je te le montrerai, Mumiah, et tu me diras si c'est bien moi. J'essaie de paraître méchante, mais je ressemble à un écureuil tiré d'un panier à salade.

Tu vas te moquer de moi et penser que j'exagère, mon ange, mais je suis aussi célèbre que Jock Stein, le manager du Celtic.

Et pire ! Je connais sur le bout des doigts tous les noms des joueurs de l'équipe, leurs numéros sur les maillots, leurs postes sur le terrain. Si un jour on m'avait dit que j'échangerais avec des passionnés sur l'opportunité de jouer en 4.2.4 plutôt qu'en W.M, je ne l'aurais jamais cru.

J'ai aussi appris les vrais noms des quatre gars de ma garde rapprochée. Bad Billy et Big Baggy sont les frères Craigson. Ils habitent juste à côté du Midgie's, un tènement minable, mais qui présente l'avantage de posséder des issues sur toutes les ruelles du quartier. Un vrai gruyère. Les deux autres, Little Fry et Lucky Pat, les Baxters, je les vois moins souvent. La plupart du temps, ils sont de surveillance sur Maitland Street.

Côté moral, ça va mieux, Mumiah. Côté physique, même si les douleurs diminuent, j'en bave toujours avec mes montées de lait. Tous les matins, Madison me bande la poitrine et je dois me changer deux ou trois fois par jour pour éviter une catastrophe. Heureusement, avec son travail, elle est souvent à l'appartement... Hier, avant de récupérer les carnets bleus, j'ai eu comme un étourdissement et j'ai traîné une nausée toute la journée. Aujourd'hui, c'est presque terminé, mais j'ai préféré tuer le temps avec le gros Barney plutôt que de courir la ville.

En principe, Madison m'a dégoté une place de repasseuse dans une laverie de Saracen Street. À mi-temps, pour commencer. Pour y être allée une ou deux fois, le quartier de Possilpark est encore plus sordide que celui de McPhater street. Mais, comme disait maman, *« à cheval donné, on ne regarde pas les dents. »*

C'est aussi dans ce coin, sur Appelcross Street, si j'ai bien compris, qu'habite miss Archibald, ma future logeuse. Une ancienne aristocrate à qui Madison rend service de temps en temps. Je dois la rencontrer bientôt. J'hésite un peu. Je me suis habituée à vivre ici. Tout le monde me respecte. Et puis, être considérée comme une *princesse* ou une *guerrière* me donne des responsabilités. J'ai un rôle à jouer. En cas d'embrouille entre les garçons du gang, Bad Billy me demande qui a tort ou raison. Au début, mon avis n'était que consultatif. Maintenant, même si le litige est important, c'est à moi de trancher. À voir les accusés se débattre, je peux te dire qu'il est plus facile d'être juge ou procureur que d'enfiler la robe d'un avocat. Donc, avec toutes ces nouvelles responsabilités, je ne pensais plus trop à toi, Mumiah, jusqu'à ce que Bad Billy se pointe au Midgie's.

Je te raconte...

Toujours suivi de son rouquin de frangin, il pousse la porte, vérifie si toutes les têtes du pub lui sont familières, tire une chaise en face de moi et se roule une cigarette.

« Parle-moi de ton Patrick. »

Tu me connais Mumiah, j'ai encore des progrès à faire, mais j'ai appris à me méfier. Tout en le défiant du regard, au lieu de me lancer dans une explication embrouillée, je lui affirme que ce n'est pas grave s'il n'a pas retrouvé sa piste. Bad Billy, vexé, me dévisage. Pour le calmer, je pose ma main sur son bras et l'enjôle d'un sourire que j'espère désarmant. Je lui dis que je me sens bien ici, au Midgie's. Que Madison m'a sans doute trouvé un nouvel appartement et que Patrick n'appartient plus vraiment à cette nouvelle vie que je me suis inventée. Et là, sa remarque me désarçonne tout autant que sa mimique tordue.

« C'est con, parce que Little Fry a justement repéré un type du genre de ton défroqué, pas loin de Saint Mungo. »

Et la description correspond. Grand, cheveux bruns, mi-longs, les tempes dégarnies, le menton haut, sapé comme un aristocrate. Mon cœur s'énerve. Devant mon mutisme, Bad Billy continue. Demain, si je veux, on ira tourner vers la Cathédrale. D'après Little Fry, mon *curé* y traîne tous les jours.

« Tu ne m'avais pas dit que c'était un *Kirk*, j'avais compris qu'il était anglican. » Je lui demande ce que ça change. « Rien, me répond-il. Pour moi, si t'es pas catholique, t'es rien du tout. »

Et il me laisse là, devant ma pinte de *Newcastle Brown*. La tête en ébullition.

Mumiah, je n'arrive pas à savoir si c'est une bonne ou une mauvaise nouvelle. J'ai l'impression que Patrick est resté coincé dans mon univers d'avant. Celui de la noirceur et du péché. Bien sûr, je pense à lui de temps en temps, mais la passion du départ, trempée dans de si longues attentes, a fini par se diluer. Avant, quand je ressentais son amour, j'avais l'impression d'être sur le toit du monde. Mais j'en suis tombée si souvent ! Mumiah, je vais avoir besoin de toi pour me rendre plus forte. Pour m'éviter de craquer comme une biscotte à son premier sourire. Tu connais son pouvoir ensorceleur. Tu m'as assez reproché de ne pas m'en méfier et de succomber trop vite à cette passion électrique qu'il provoque, à ces envies incontrôlées qu'il déclenche en moi.

Surtout quand il porte sa soutane.

Samedi 20 août 1966
Glasgow – Appelcross Street.

Voilà Madison, Mumiah. C'est l'heure du rendez-vous chez miss Archibald. Tu penses qu'on va hériter de quoi, cette fois-ci ? D'une folle ? D'une grenouille de bénitier ? D'une gâteuse à qui il faudra laver le derrière ? Pour tout te dire, je redoute le pire. Allez, on bouge, Mumiah. Madison ne supporte pas d'attendre.

À pied, à condition de ne pas lambiner en chemin et en coupant par Dundasvale Court, Appelcross Street se situe à environ vingt-cinq minutes. Madison marche plus vite que moi. J'ai compté. Quand elle fait un pas, j'en fais deux. Le nez rivé sur le trottoir, je suis le sillage de son parfum caramélisé.

« Grouille, bougonne-t-elle, on va être en retard. Et la vieille déteste ça. Et puis si on a le temps, j'aimerais te montrer un truc. »

Je me dépêche. On traverse les eaux noires de la Clyde, via Craighall. Sur le pont, deux groupes de mômes se tiennent en respect. Je reconnais Big Baggy. Mains sur les hanches, jambes écartées, immuable cigarette vissée au bec, le frère de Bad Billy barre la route à un quarteron de rouquins ébouriffés qui n'attendent qu'un mouvement de menton pour lui sauter dessus. Le sujet du litige semble être le scooter sur lequel trône Lucky Pat. De mes quatre gardes du corps, Lucky est celui que j'apprécie le moins. Une anguille arrogante. Une tête à claques de chercheur de noises, rarement sur le pont quand le bateau tangue. Madison ralentit l'allure.

« Baisse les yeux, ordonne-t-elle. On traverse et on la ferme. »

Puis elle m'explique que la semaine dernière, pour une histoire de pari perdu, Lucky Pat s'est mis les Toon Tongs à dos. Ce genre d'embrouille ne reste jamais une patte en l'air.

« Crois-moi, Sarah, ça prendra le temps que ça prendra, mais y aura de la viande sur le trottoir. Alors, avance. Bon sang ! Qu'est-ce que tu lambines ! »

Saracen street. À l'angle de Possil Road, Madison s'arrête sans prévenir devant une boutique et je me cogne contre elle. C'est un magasin de bibelots et de bijoux de pacotille. Un capharnaüm de mauvais goût.

« Là, dit-elle en désignant un présentoir au fond de la vitrine. C'est les trucs que je voulais te montrer. »

Des œufs de toutes les couleurs, kitch à s'évanouir. Au bord de l'étourdissement, elle ajoute que ces *trucs*, ça la rend hystérique. Ma mine déconfite la persuade de mon inculture en art de la joaillerie contrefaite. Je ne comprends pas de quoi elle parle.

« Les œufs de Fabergé ! Ne me dis pas que t'en as jamais entendu parler ! »

Et elle me raconte leur histoire. La Russie, les cadeaux impériaux offerts par Alexandre III et Nicolas II à leurs épouses. D'après elle, le comble du luxe matérialisé par des œufs de Pâques. Ça confine au divin. « Bon, d'accord, ceux-là sont en toc, précise-t-elle en tordant le nez. Mais quand même, c'est beau. Tu sais combien ça coûte, un vrai ? » Je n'en sais rien. « Une fortune, guerrière ! Une fortune t'entends ? Des centaines de milliers de *pounds* ! Certains ont été vendus plusieurs millions. T'imagines ? »

J'en suis incapable. Madison reprend sa marche et je reste scotchée devant la vitrine, incrédule. Comment un œuf peut-il valoir un tel prix ? Qui a assez de fric pour acheter un machin pareil ? Tu trouves ça beau, Mumiah ? Il y en a bien un qui attire quand même mon attention. Il est plus simple que les autres. Moins emberlificoté d'enluminures et de faux diamants. Sur l'étiquette, c'est indiqué *« L'œuf à la poule »*, dix shillings. Ils sont fous !

« Allez ! On bouge ! »

Applecross Street. Deux anciennes maisons bourgeoises attenantes. Collées l'une à l'autre. Siamoises. La première est immense. La seconde toute petite. De la mousse sur les toits et des façades blanches décrépites. La peinture des fenêtres s'écaille. Celle de la porte d'entrée part en lambeaux. Madison tire sur la chaînette d'une cloche. Dehors, deux allées sinueuses s'éloignent pour se rejoindre devant un banc renversé et une pièce d'eau croupie. Ce décor, qui a sans doute été un lieu d'errance poétique, n'a plus connu la main d'un jardinier depuis belle lurette. Des herbes folles et des massifs abandonnés. Un gazon devenu terre, parsemé de statues d'angelots sales.

Depuis la bow-window, Miss Archibald nous invite à entrer.

L'intérieur est étouffant. Surchargé de bibelots en porcelaine. Aux murs, des tableaux de chasse et des tapisseries aux couleurs éteintes. Marron et vert épinard. Des chaises et des lampes de partout. Une table de bridge. Un vaisselier débordant d'assiettes et de verres. Une moquette épaisse et poussiéreuse. Un décor de fin de vie paisible, engorgé de souvenirs disparates. Au fond de la large pièce, un rayon de soleil se faufile entre deux rideaux et dessine sur les chaussures de notre hôte un rictus de lumière diabolique. Miss Archibald pousse son fauteuil d'infirme vers nous.

Soixante-dix ans, peut-être. La mine sévère, le menton haut et pointu d'une ancienne institutrice. Ses cheveux gris, tirés en chignon, sont parsemés de reflets violets. Son pâle visage a le lustre terne d'une vierge malade. Ses rides profondes accentuent la maigreur de ses traits. Ses yeux s'égarent autour de nous. Après avoir demandé à Madison de nous laisser, elle me propose de venir vers elle. J'avance, impressionnée par tant d'énergie concentrée dans aussi peu d'humanité.

« C'est donc toi, Sarah. Je suis presque aveugle. Aurais-tu l'obligeance de t'approcher pour que mes doigts apprennent à te connaître ? »

Bon sang, Mumiah ! Décide pour moi ! On reste ou on s'en va ?

J'obéis. Les phalanges de la vieille courent sur mon visage, effleurent mon cou et mes épaules. Puis sa main gauche descend sur mon ventre avec la légèreté d'une araignée. Un parfum d'eau de Cologne et de poudre de riz accompagne ses gestes. «Ne bouge plus, Sarah... Voilà... C'est bien.» Au bout de quelques secondes, le silence devient irrespirable. «Oh, mon Dieu!» s'exclame-t-elle soudain comme une paroissienne qui recrache la Sainte Eucharistie. Puis elle m'invite à prendre une chaise derrière moi. La bleue, c'est la plus solide. Les autres ne supporteraient pas le poids d'un papillon.

Je m'installe sur la chaise indiquée et j'attends. Miss Archibald s'essuie les lèvres d'un mouchoir en dentelle qu'elle dissimule ensuite dans sa manche. Elle a une bonne et une mauvaise nouvelle. Je peux commencer lundi prochain si je le souhaite. Avant, elle a d'insignifiantes affaires à régler. Je recevrai deux livres par jour. Quelques secondes de silence, une légère toux sèche et elle me demande si c'est d'accord. Et comment que *c'est d'accord,* à deux livres par jour! Je masque mon empressement sous un respectueux *«Oui, Madame.»*

«Ça, c'est la bonne nouvelle, continue-t-elle. Veux-tu connaître la *mauvaise*?»

Défilent dans ma tête des dizaines de possibilités. J'essaie de contrôler ma respiration. Quelle annonce peut être pire que celle de la mort de Petit Geoffrey? Mon *«Je vous écoute»* manque de conviction.

«Tu es enceinte, ma petite.»

Je pâlis. Dans mon dos, Madison que je n'ai pas entendue entrer s'indigne d'un «C'est impossible, elle allaitait y a pas si longtemps!» Miss Archibald recule dans son fauteuil et affiche une moue de réprobation.

«Tu as déjà été enceinte? À ton âge? Mon Dieu, quelle horreur!»

Mumiah, dis-moi que c'est encore un sale rêve. Cette vie de malheur me poursuit comme une mauvaise grippe que je n'arrive pas soigner. Et là, j'ai honte! Une honte lourde, plus gluante qu'une pelletée de tourbe. Ma vie à Stockton défile pendant que je ferme les yeux. Cette nuit pluvieuse, avec Petit Geoffrey mort dans mes bras, enroulé dans la couverture qui lui sert maintenant de linceul. Le bruit de la pelle. Régulier. Sinistre. Le souffle de Patrick, éreinté de creuser. Ça ne peut être que lui, le père.

« Raconte-moi tout, » demande la vieille femme.

Sa voix s'est adoucie. Peut-être parce qu'elle a deviné mes sanglots. Et j'entre en confession. Comme si c'était la dernière fois. Juste avant de mourir. Je parle longtemps, les yeux rivés sur un napperon aux ourlets effrangés. Madison sert du thé. Pour permettre aux mots de sortir, afin de mieux aborder un passage sordide de mon histoire, je me désaltère d'un peu d'eau. Cleggan. Londres. Tuam. Buncrana, chez Peggy. Stockton-on-the-Bridge. Et maintenant Glasgow.

À la fin de mon récit, Miss Archibald sanctionne ma prestation par un « Bien » qui me surprend, puis m'avoue que cette exclamation de bonne société est déplacée devant un tel déluge de catastrophes. Une chose est sûre, elle a senti la vie dans mon ventre. Elle ne sait pas si Madison me l'a expliqué, mais elle possède… comment dire ? Un pouvoir ?

Certains la décrivent comme une guérisseuse et d'autres l'imaginent médium. Les plus irrévérencieux la traitent de sorcière et cette réputation a eu pour effet d'éloigner de sa porte beaucoup de monde. Qu'importe ! Elle ne s'en plaint pas, elle déteste les crétins. Puis elle synthétise mon histoire : j'ai vécu avec un curé qui n'a rien trouvé de mieux que de m'engrosser. Mon premier enfant est mort et, malgré l'allaitement, je suis de nouveau tombée enceinte. C'est rare, mais c'est possible. Par contre, elle pense que le plaisir que j'ai éprouvé dans mes rapports sexuels après mon accouchement était beaucoup plus émotionnel que physique. Une femme met plus de six semaines à surmonter les difficultés d'une telle aventure. Pour finir, à son humble avis, que mon curé me culbute pendant une période aussi peu propice aux accouplements dénote une redoutable perversité et un manque total de respect de sa part.

Puis, quittant le registre du diagnostic médical et de l'analyse comportementale, Miss Archibald rejoint un domaine plus terre à terre. Je lui ai parlé d'un prêtre, elle suggère plutôt un révérend. La cathédrale Saint Mungo, devant laquelle mes amis semblent l'avoir repéré, appartient à l'Église d'Écosse. Si je veux lui mettre la main dessus, elle me conseille de surveiller les églises bourgeoises du West End. Hillhead Parish Church, vers Kirklee. Belmont ou les chapelles du quartier chic de Horselethill Road.

Miss Archibald change encore une fois de sujet et revient sans prévenir à ma possible embauche. Puisque j'accepte son offre, je commencerai lundi et je logerai dans la maison mitoyenne à la sienne. Les entrées sont séparées. Par contre, elle refuse d'apercevoir ne serait-ce que l'ombre de mon curé chez elle. À la moindre incartade, elle me fiche dehors. Sa chaise roulante pivote, elle se retourne vers le jardin qu'elle ne distingue pas et me demande si j'ai bien compris. Bien sûr que j'ai compris. Et l'entretien d'embauche est terminé.

Le chemin du retour vers McPhater Street n'en finit pas. Je n'avance pas et Madison perd patience à me voir traîner au rythme d'un escargot. Mon Dieu, Mumiah, aide-moi ! Je suis perdue. Ma main ne cesse de caresser mon ventre. Pour accoucher encore d'un enfant qui va mourir ? Celui-là, je te jure que je le garderai en vie. Coûte que coûte. Quitte à tuer si c'est nécessaire. Et si c'était une fille, cette fois-ci ? Mumiah, je veux une fille !

Ce soir, Madison est sortie. Je préfère rester seule. Ni le chahut du Midgie's ni les regards en coin de la bande de Bad Billy ne me font envie. J'ai besoin de calme et de siroter une bière. Tu en veux une, Mumiah ? Ça nous fera du bien, non ? Je dois préparer mes retrouvailles avec Patrick. Réfléchir à ce que je dirai quand les gars lui auront mis la main dessus. J'imagine la scène. Et plus je l'imagine, plus je perds mes moyens.

Il me parle. Sa voix est douce. Elle m'emporte sur le toit du monde. Désolée, mon ange. Je suis crevée.

J'éteins.

Mercredi 14 septembre 1966
Glasgow-Applecross Road

Ici, dans la maison d'Applecross Road, c'est la banlieue du paradis. La table est bonne, ma location est douillette et mon service me laisse du temps libre. Sauf le lundi et le mercredi soir, quand Miss Archibald me demande de lui lire des poèmes. Au début, je n'aimais pas ça.

Ceux de Shakespeare, qu'elle m'a décrits comme lyriques et magnifiques, m'ont ennuyée. Ceux de Dryen, même *Music for a While*, n'ont pas réussi à m'émouvoir. Je sais, Mumiah, en matière de poésie, je suis une attardée livresque. Je n'y peux rien si une chanson me touche plus qu'un alexandrin. Bref, je trouvais idiotes et déplacées ces lamentations de puceaux énamourés lorsque j'ai découvert le recueil d'un nouvel auteur. Seamus Heaney. Cinquante-huit pages. Trente-quatre poèmes. Trente-quatre coups de poing au cœur. J'en suis restée ébaubie, Mumiah. Je te raconte.

Ce soir-là, comme tous les mercredis, j'arrive chez Miss Archibald pour son moment de lecture. Elle se tient à sa place, dans la bow-window, entre la table de bridge et le canapé. Elle ne dit rien, un minuscule sourire au coin des lèvres. Sur le plaid cachant ses genoux, un livre. Mince et moche, avec une couverture ocre et orange. *Death of a Naturalist* by Seamus Heaney, imprimé en grosses lettres noires. « Ça, tu devrais apprécier, me dit-elle en me proposant l'ouvrage. »

Et je lis.

Dans le premier texte, je découvre la fin de l'innocence d'un gamin qui ramasse une grenouille piégée dans un barrage de lin. Une claque ! Dans le second, *Mid-Term Break*, les différentes façons d'exprimer sa peine, agenouillé devant la dépouille mortelle d'un enfant dans son cercueil. La dernière ligne me bouleverse *« Une boîte de quatre pieds, un pied pour chaque année. »* Une tornade de tristesse, Mumiah ! L'image de Petit Geoffrey me saute à la gorge. Lui, ce n'étaient pas des années, c'étaient à peine des mois. Une envie de me redresser et de me battre m'électrise l'âme. La colère me consume. À cet instant précis, je sens quelque chose dans mon ventre. Quelque chose d'encore insignifiant, mais de déjà assez puissant pour me donner des ordres. Un cadeau de Dieu ! Et ce petit *quelque chose* me hurle de retrouver ce curé qui m'a engrossée alors que j'allaitais toujours. Pour le forcer à nous aimer, ce *petit quelque chose* et moi, ou à le tuer, s'il refuse. Une histoire contre nature et triste à mourir, comme le répète souvent Miss Archibald.

Tu comprends pourquoi je suis énervée, Mumiah ?

Vendredi 23 septembre 1966
Glasgow – Cathédrale Saint Mungo.

Que les choses soient claires, Mumiah : je ne reculerai pas. D'ici deux heures, Bad Billy me conduira jusqu'à Saint Mungo. Une dernière fois. Ces quinze derniers jours, ça n'a rien donné. Mais là, quitte à y passer le reste de la journée, la nuit entière s'il le faut, même si je dois me transformer en bénitier, je te jure que je finirai par tomber sur Patrick. Je le sens. C'est en moi. J'entends grincer la girouette de la chance. Le vent tourne en ma faveur. C'est obligé.

Mumiah, tu me trouves comment, habillée en garçon ? Ça me donne une assurance que je ne me connaissais pas. J'aime bien. C'est l'idée de Madison. Au début, j'étais réticente. « Si on voit une fille arpenter pendant des heures les marches de la Cathédrale, ça risque d'agacer la curaille, » qu'elle a dit. Elle a peut-être raison. L'avantage de ce déguisement est de m'autoriser à battre en retraite si je me défile au dernier moment. Sans attirer l'attention. Mais remontée comme je le suis, ça n'arrivera pas. D'ailleurs, qu'est-ce qui pourrait m'obliger à reculer ?

Réponds, Mumiah, au lieu de rester coincé dans ce lit placard ! Bon sang, tu ne vas pas moisir là-dedans toute la journée ! Déjà que tu t'autorises des grasses matinées quand je pars travailler à la laverie ! On n'est pas là pour lézarder, Mumiah ! On est en guerre, nom d'un chien ! Qu'est-ce que tu dis ? Je n'entends rien. Comment ça, *au bras d'une belle bourgeoise* ? T'es dingue, ou quoi ? Patrick minauderait avec une fille de bonne famille ? Mais je lui arrache les yeux à l'effrontée ! Si tu n'as rien de mieux à proposer, reste couché.

On parlait de quoi déjà ? C'est ça… Pour moi, retrouver Patrick devient une idée fixe. D'après Miss Archibald, ça ne sert à rien de m'entêter. Mais franchement, elle se mêle de quoi, cette momie ? Tu as vu sa réaction quand j'ai dit que rien n'interdisait à une femme d'avoir des relations sexuelles en dehors du mariage ? J'admets prendre un certain plaisir à la provoquer, elle s'enflamme comme un feu d'amadou. Mais quand même ! Qu'est-ce qu'elle sait de l'amour, elle, dans son fauteuil roulant ?

Bon d'accord, j'arrête. Je me calme. Tu as raison, je suis rosse de parler d'elle en ces termes. Ses tisanes de persil et les feuilles de chou glacées qu'elle m'a obligée à glisser dans mon soutien-gorge ont finalement eu raison de mes montées de lait. Je dois admettre qu'elle est prévenante avec moi. Elle sait m'écouter, même si je cultive souvent cette fâcheuse tendance à m'énerver pour des broutilles. Et puis elle a bien dû être jeune elle aussi. Aimer. Baiser…

Allez, on bouge. Bad Billy va m'attendre.

Townhead est un des quartiers de Glasgow qui m'impressionne le plus. Ici, tout est austère. Ce coin de la ville, c'est un épouvantail qui essaie d'enfiler un smoking. Pour le moment, les rénovations annoncées ne sont que des chantiers à ciel ouvert. Des grues, des pelleteuses et des groupes d'ouvriers éparpillés un peu partout dans la boue comme des grains de café sur un *bread and butter pudding*. Ça patauge. Ça crie et ça siffle des bières dès que la sirène de la pause éteint les pétarades des engins.

Donc, aujourd'hui, Bad Billy m'accompagne. Il tire une gueule de cocker vexé. Comme d'habitude, Lucky Pat lui a posé un lapin. Du coup, au lieu d'effectuer le trajet entre McPhater street et Saint Mungo en scooter, on s'offre une balade de plus de deux miles dans des quartiers que mon guide n'aime pas trop fréquenter. « C'est le coin des Young Deny, des protestants », dit-il en enfonçant sa casquette jusqu'à s'en décoller les oreilles. Il relève le col de sa veste, crache un bout de tabac coincé entre ses dents et continue de bougonner tout seul contre Lucky Pat et tous les cons du monde, petits et grands.

Les Young Deny sont des sournois. Toujours la même façon d'attaquer. Qu'un étranger franchisse le parc de la fonderie Sarrasine, et les rabatteurs le repèrent et le suivent. Vers Taylor ou Grafton, ils le reniflent. Le cercle se rétrécit. Avec un peu chance, le type traversera Townhead jusqu'à Mungo's Place, sinon il a intérêt à avoir assez de souffle pour prier en courant.

Malgré les craintes de Bad Billy, rien ne se produit. Dans les rues, plus de rats dans les poubelles que d'ombres ennemies sous les porches.

La Cathédrale est là. Sombre et imposante. Ses toits verts dominent les bâtiments alentour. Sa flèche noire, dardée au ciel, se plante dans un édredon de nuages. La volonté religieuse, qui consiste à broyer ses fidèles, m'a toujours subjuguée. Définir la petitesse humaine par la grandeur des constructions divines, n'est-ce pas accepter que Dieu nous écrase de son mépris ? Nous contraindre à lever les yeux puis nous forcer à les baisser, n'est-ce pas la forme ultime de notre soumission ? Je ne sais pas si tu es d'accord, Mumiah, mais je pense que croire est un combat perdu d'avance. La foi ne suffit plus à satisfaire Dieu. J'ai l'impression qu'il s'est lassé de nous. Des protestants, des catholiques, des anglicans et de tous les autres. Tous dans le même état d'abandon. Agenouillés devant des statues de saints qui n'ont peut-être jamais existé, à ânonner des suppliques qui ne seront jamais exaucées. Le grand mensonge, en quelque sorte.

Comment ça, je déraille ? J'ai raison, Mumiah ! Quoi que nous fassions, et peu importe le montant de nos oboles, rien ne nous sera jamais pardonné. Regarde ce qui est arrivé à maman. Elle gagnait trois fois rien mais cotisait à toutes les quêtes. Je la revois s'user les mains à ouvrir son porte-monnaie et offrir une pièce au curé pour que le Tout-Puissant m'accorde une belle vie. Et tu vois où j'en suis ? Elle a donné pour rien, Mumiah. Pour rien, tu m'entends !

« Tu parles toute seule ? » s'inquiète Bad Billy.

Je dégringole de mes pensées. Pour ne rien laisser paraître de ma gêne, je prétexte que les godasses empruntées à Little Fry me torturent les pieds.

En face de l'imposante entrée de la cathédrale, une allée pavée. Déserte. À gauche et à droite, des bancs, des arbres rabougris et des pelouses. Sauf à jouer les amoureux transis, pas moyen de passer inaperçu. Et de toute façon, je suis déguisée en garçon. Bad Billy désigne une volée de marches devant une statue.

« On se pose là et on compte les graviers », ordonne-t-il. Je sors de la poche intérieure de ma veste une écharpe arborant les couleurs des Rangers. Bleu roi, blanc et rouge.

« Pas folle, la guerrière ! dit-il en se roulant une nouvelle cigarette, mais j'espère que tu n'en as pas pris une pour moi. »

L'attente commence. Silencieuse. Stressante. Chaque fois qu'une voiture se gare sur le parking de la Cathédrale, je sursaute. On échange des bouts de phrases. Des morceaux d'angoisse. Bad Billy est un taiseux. D'après Madison, c'est sa marque de fabrique. Je pense plutôt que c'est un personnage qu'il s'invente. Pour se donner de l'épaisseur. Malgré leur différence d'âge, je suis prête à parier que Madison en pince un peu pour lui. C'est quoi, cinq ans ? Ça ne compte pas, tu es d'accord Mumiah ? Regarde, avec Patrick, on a combien d'écart ? Douze ans, quinze peut-être ? Ça fonctionne, non ? Eh ! Je te parle !

Cette fin de matinée de septembre se réchauffe d'un soleil pâlichon. Jardinier méticuleux, le vent chargé d'une apaisante odeur d'herbe coupée se faufile sous les bancs du parc et balaie les premières feuilles mortes. Je ressens une sorte de bien-être. Cette sensation tiède et doucereuse, c'est un signe, Mumiah. Je te jure que c'est un signe.

« T'as l'air d'une débile devant une gamelle de pop-corn, se moque Bad Billy. Pourquoi tu souris bêtement ? »

Je préfère ne pas répondre. Comment expliquer la nostalgie à une arsouille de comptoir ? Une simple phrase ne décrira jamais la lassitude de mon âme. J'ai besoin d'aimer et de l'être en retour. C'est sans doute là mon erreur. J'attends. Même si maman me disait souvent que l'attente n'était que la première marche de l'escalier du malheur.

Je renvoie à Bad Billy un haussement d'épaules et une grimace fatiguée. Lui me retourne ses états d'âme. « On vit une sale vie », dit-il en balançant son mégot. Il a l'impression qu'on ne sortira jamais de ce bourbier. La ville change. Les quartiers sont bouffés par des tènements de plus en plus hauts et les entrepôts où ils magouillent se transforment en squares à bourgeois. Comme la fonderie Sarrasine, au bout de Saracen Street. Quatorze acres de bâtiments et de fourneaux. Une ruche. Tout Glasgow a trimé dans cette putain de fonderie, qu'il dit.

Son grand-père, son père... Ils étaient fiers d'être les ouvriers du 73 Hawthorn Street. Aujourd'hui, c'est un naufrage. Les grèves n'arrêtent rien. Le Parti Travailliste a baissé les bras. Maintenant, c'est fermé. Et ça devient une pissotière à chiens.

« C'est mort, guerrière. On est tous cuits. On va finir comme des rats dans un arrosoir. À se bouffer entre nous pour ne pas crever. Jusqu'au dernier. »

Avec un tel état d'esprit, quand Bad Billy entre en confession, il est conseillé de ne pas l'agacer de remarques déplacées. Un mot de travers peut déclencher une guerre mondiale. Et il continue dans son défaitisme. Si je comprends son raisonnement, si mon curé n'est pas une planche savonnée j'ai peut-être une chance de m'en tirer. Sinon, je terminerai à tapiner au milieu d'une horde de marins imbibés de whisky dans un port des Highlands. Mais pour lui, c'est déjà joué : Patrick est un pourri.

Là, il m'agace. Je suis sur le point de l'envoyer au diable lorsque la voiture aubergine se gare dans le cul-de-sac de Vicars Alley. J'en bégaye. C'est lui ! C'est Patrick, Mumiah ! Il claque la portière. Chemise blanche, gilet argenté, nœud papillon. Le costume gris sombre dont il arrange le port d'un geste théâtral lui donne des airs de poète bourgeois. Son visage, chargé de rides délicates et de sérieuse compassion, est celui d'un homme de foi, tourmenté de ne pouvoir mieux servir Dieu.

« Bouge pas, m'ordonne Bad Billy en me verrouillant le bras. Regarde ! »

De l'autre côté de l'entrée principale, une bourgeoise s'avance. La quarantaine, un peu rondouillarde. Tailleur croisé gris-beige. Trop maquillée pour entrer en confession. Elle adresse à Patrick un discret sourire validé par un salut distingué. En homme bien éduqué, Patrick s'incline et propose à l'inconnue de le précéder dans la Cathédrale. Je me statufie. Mumiah, si tu n'interviens pas sur-le-champ, dans moins de cinq secondes je ne serai plus qu'un bloc de granit pour tous les siècles des siècles, amen !

« Moi, je ne mettrai jamais les pieds dans un temple, me secoue Bad Billy. Enlève ta casquette de bandit, deviens transparente et va voir ce qu'ils trafiquent. J'attends Lucky Pat. Ce bâtard va bien finir par se pointer. Ne déconne pas, guerrière. Après, on contrôle et on avise. »

Les marches du parvis de Saint Mungo sont mon Everest. Je pousse la lourde porte et prie le Ciel des protestants d'en minimiser l'éventuel grincement. Raté. Le gémissement des gonds me coupe l'envie d'aller plus loin. Odeur de cierges. Scintillement de bougies. Je pénètre dans un lieu de mystère et de majesté. Depuis les vitraux, la lumière troue l'espace sombre et mystique, exagère les ombres, amplifie le sacré. Le plafond en bois, soutenu par des arcs impressionnants, est la coque renversée d'une goélette céleste. J'avance vers le jubé de jais barrant la nef centrale, clôture divine séparant la piétaille du maître-autel. Au sommet du chœur de pierre, les représentations des sept péchés capitaux. Deux m'obligent à baisser aussitôt les yeux.

Patrick est là, à quelques mètres de la porte de la sacristie, agenouillé en prière. Sur le prie-Dieu, un missel est fermé. Mon cœur bat la misère. À force de respirer la bouche ouverte, ma gorge s'est asséchée. Avec la délicatesse d'un chérubin pieds nus sur la glace, j'avance encore, dans la pénombre des arches. Sur ma droite, la généreuse bourgeoise quitte le banc sur lequel ses fausses prières ne resteront jamais gravées. Son chemisier suffoque sous le poids de ses seins. Je me précipite dans un renfoncement, protégée par une sculpture représentant un arbre, un oiseau, un poisson et une cloche dans une symbolique qui m'échappe et dont je me fiche. Sauf qu'à cet instant précis, j'ai vraiment l'impression d'en être une. Une cloche ou une statue, les deux me vont. L'arrogance d'un parfum capiteux poudre le sillage de la galante d'une traînée maléfique et m'entraîne à sa suite. La coquette toussote, s'avance vers le prie-Dieu de Patrick. Son gant, velouté de noir, frôle l'épaule de mon bien-aimé. Elle récupère le missel, fait semblant de lire une parole divine, mais ne s'attarde pas. Avec discrétion, elle se contente d'y intercaler un petit morceau de papier plié en quatre avant de le refermer et de rejoindre le monde profane, telle une *banchee* endimanchée.

Ses talons claquent sur le dallage.

Sans interrompre son entretien avec Dieu, Patrick prend le livre de Dieu et glisse le *poulet* dans la poche-gousset de son gilet. La lourde porte de la Cathédrale grince. Patrick se signe et sort à son tour.

Et moi, je reste là, face à mon désastre intérieur, à tenter de ramasser les débris de mon âme.

Viens, Mumiah, viens t'asseoir à côté de moi, même si je n'ai pas envie d'entendre ce que tu brûles de me reprocher. Attends un peu avant de me dire mes quatre vérités. Rien ne presse. Pour le moment, j'ai besoin de m'apaiser, d'avaler cette désillusion qui me reste en travers de la gorge et étouffe tout mon courage. Pas facile de retomber sur ses pattes quand on a donné un coup de pied à la lune. Accroupie, adossée au contrefort d'un arc de pierre magnifique, je regarde le haut plafond de bois. Je suis tombée de là-haut, Mumiah. Tu te rends compte ? J'en ai le souffle coupé. Et je m'en veux d'avoir espéré une autre issue à cette quête ridicule.

Quand je sors, la lumière m'éblouit. Je mets la main en visière devant mes yeux avant d'apercevoir Bad Billy, assis sur un banc, aux pieds de la statue d'un notable. Un pigeon audacieux se pose sur l'épaule de l'homme immobile et décore son costume de pierre d'une fiente irrespectueuse. Bad Billy, qui se cure les dents d'un morceau d'allumette, éclate de rire et vient à ma rencontre, l'air content de lui.

« La bourgeoise a filé dans un taxi, dit-il goguenard. Ton défroqué est parti dans l'autre sens. J'ai collé Lucky Pat à ses basques. Il ne le lâchera pas, avec son scooter. Et j'ai récupéré ça. »

Je regarde le morceau de papier plié en quatre.

« Ton curé l'a balancé dans les rosiers. On m'a appris à toujours me baisser pour ramasser ce qui tombe de la poche d'un nanti. »

J'ouvre le billet doux. Une adresse : 22 Horselethill Road. Un jour : vendredi, 30. Et une heure : 14 h

« Ça nous laisse une semaine, me dit Bad Billy en me tirant par le bras. Viens, on s'arrache. »

Sept jours pour quoi faire, Mumiah ?

Avec cette question chevillée dans la tête, j'emboîte le pas à Bad Billy. Le retour vers McPhater Street est une punition. Pour éviter la zone des Young Deny, on emprunte un dédale de ruelles sales bordées de tènements lépreux. Entre les murs de briques flotte une odeur âcre d'humidité et d'urine. Des rats pressés piétinent dans des flaques d'eau croupie. Autour des jardins, les clôtures sont cassées. Et partout des camions de charbon derrière lesquels se cachent des gamins dépenaillés. En approchant de McPhater, seuls les magasins *cash and carry* sont ouverts. Les portes des anciennes salles de billard ou de bingo sont verrouillées.

Tout est lugubre. Comme mes pensées.

Vendredi 30 septembre 1966
Glasgow, Horselethill Road

Que des occasions manquées, Mumiah. Des heures de surveillance devant des temples. Pour rien. Désespérant. C'est à se demander si Patrick est encore à Glasgow. Depuis le *poulet* glissé par la bourgeoise de Saint Mungo, les filatures se sont effilochées pour ne déboucher que sur des culs-de-sac. Aujourd'hui, c'est le *D.Day*. 22 Horselethill Road. Dernière chance ?

L'horloge noire du Midgie's sonne les douze coups de midi. Les habitués arrivent en procession colorée, écharpes verte et blanche. Les discussions sont courtes. Les yeux rasent le comptoir. Derrière son bar, Barney essuie les pintes, la mine préoccupée. Ambiance d'avant-match contre les Rangers et, si les traditions sont respectées, de bagarre générale. Défaite interdite !

Bad Billy et son frère ont commandé une *Newcastle Brown*. Lucky Pat, un whisky. Je les sens tendus comme des cordes de harpe celtique. En raison du derby, Little Fry a été envoyé en éclaireur vers Celtic Park pour repérer les lieux. Il n'est pas encore rentré.

À cause de la rencontre et faute de garde rapprochée, Madison s'est proposée pour m'accompagner à Horselethill Road. Pour une fois, elle ne parle pas, les yeux rivés sur l'assiette de frites qu'elle ne parvient pas à terminer. J'ai préféré m'installer à une table voisine. J'ai besoin d'écrire. Ça me calme. Sans me demander mon avis, le gros Barney m'a servi un cidre. Je ne sais pas si ça m'embrouillera l'esprit, mais en tout cas, ça me libère le stylo.

Comment se présente la situation, Mumiah ? Quel est le plan, avec Patrick, une fois à Horselethill ? Je lui saute dessus quand il arrive ou j'attends que le rendez-vous avec la bourgeoise se termine ? Le *rendez-vous* de quoi, d'ailleurs ? Et si je m'imaginais des choses ? Une paroissienne a quand même le droit de recevoir son confesseur sans écarter les cuisses, non ? Bon sang, Mumiah, ce langage ne me ressemble pas !

Little Fry déboule, ébouriffé. Ensauvagé comme un chat lâché dans un chenil.

« Rien, dit-il en tirant une chaise. Barney ! Une pinte ! »

Le môme avale la moitié de sa bière avec l'aisance de John Wayne dans « L'Homme Tranquille. » Après s'être essuyé les lèvres d'un revers de manche, il explique la stratégie pour préparer la prochaine rixe. Les *Rangers* ne tenteront rien avant le match, par contre, ça risque de chauffer à la sortie. Surtout côté tribune sud. Faudra bloquer au nord et se couvrir les deux côtés pour éviter d'être débordés. Trente gars devraient suffire. En rentrant, il est passé par Saint Andrew et croit avoir vu la bagnole de mon curé.

Pendant deux secondes, mon cœur s'arrête de battre.

« T'es con ou quoi ? s'énerve Bad Billy. Et il foutait quoi le révérend devant une église catholique ? Il cherchait du boulot ? Je t'ai dit de surveiller les temples, bordel ! C'est quoi ce que t'as pas compris dans la phrase ? »

Little Fry retourne à son chef un clin d'œil malicieux et, d'un coup de menton, termine sa pinte. Je reste le stylo en l'air, m'attendant au pire. Son histoire me glace le sang. Il parle trop vite. J'ai du mal à écrire tant c'est vulgaire.

« Le défroqué mange à tous les râteliers. J'veux dire par là qu'il bouffe des minous dans tous les coins de la ville. Des Kirks, des cathos, des anglicans ! Un vrai pillard de nichons ! Et que des mamelles de riches, pas des tétons de pauvres. Dans toutes les paroisses, il se présente sous un nom différent. À

Hillhead Parish Church, Oran Mor, Saint Andrew… Et j'en passe ! D'après les bruits de trottoir, il sait comment les rendre dingues, les grenouilles de bénitier ! Sa dernière trouvaille, elle crèche dans le quartier des riches, à Horselethill. Une bourgeoise friquée, mariée à une fin de race qui ne lui a donné que des gamins pâles comme des cierges. Paraît que les voisins sont obligés de fermer les fenêtres quand ta curaille la fait grimper dans les aigus. »

Et Little Fry continue. Du vulgaire on passe à l'impensable. De l'impensable on déborde sur le sordide. Prédateur. Pervers. Même des gamines. Des parties fines. Madison se retourne vers moi et repousse son assiette. Je lis dans ses yeux une sorte de désolation chargée d'une froide colère. Elle me prend par le bras. « Laisse tomber, guerrière. Des vantardises de puceau. »

Si c'est pour me réconforter, l'argument est faible. Un gargouillis me mord le ventre. Une envie de vomir, aussi. Le cidre ? Ou…

« Allez, on bouge ! »

22 Horselethill road. Presque à l'angle de Victoria Cross. Une imposante bâtisse en pierres brunes, derrière un parc ombragé. Trois étages barrés de larges fenêtres. La volée d'escaliers qui grimpe vers la porte d'entrée moulurée ne dépareillerait pas sur le parvis d'une cathédrale. Des pots, plantés de buis taillés en boule, bordent une allée gravillonnée. Les grilles de l'immense portail en fer forgé sont ouvertes. Sur le pilier de droite, une ostentatoire plaque en cuivre gravée d'un inquiétant « *Advocate General for Scotland G. MURRAY* » souligné d'un plus discret, mais non moins menaçant « *Àrd-neach-tagraidh na Bànrighe airson Alba.* » Madison m'explique que ça veut dire la même chose, mais en gaélique écossais. Sur le vantail de gauche, le lion royal d'Écosse et la devise de la ville : *Let Glasgow Flourish. Let Glasgow Pourish,* qu'on dit dans les autres quartiers, siffle Madison entre ses dents.

Dans ce quartier suffisant, les gens évoluent avec morgue, persuadés d'appartenir à la classe supérieure. Glasgow est à eux. Saluts restreints, la main portée à la visière du chapeau. Visages marqués de responsabilités. Démarches de banquiers bedonnants ou d'industriels satisfaits de profiter du week-end. Lévriers en laisse. Épouses au bras qui espèrent être encore désirées. Que cherchent-elles ? Nettoyer un ultime fantasme ? Devenir les nouvelles « Ladies Chatterley » du West End pour enfin goûter au plaisir d'une étreinte brutale ?

Assise sous un kiosque, je regarde ce monde inconnu se pavaner devant moi. J'écris. Madison ne tient pas en place, fume cigarette sur cigarette et maugrée contre ces nantis. Et mon problème reste entier : dois-je interpeller Patrick avant ou après sa visite chez sa putative maîtresse ? Sans utiliser un terme aussi sophistiqué, je pose la question à Madison. Sa réponse me désarçonne.

« Crois-en mon expérience, guerrière. L'étalon est toujours moins agressif quand il ressort du box de la jument. »

Et elle continue sur le même thème. Dieu sait si elle en a pratiqué des pourfendeurs de sommiers. Des tristes, des mal mariés, des cocus revanchards, elle en passe et des meilleurs. Les pires, ce sont les types du genre de mon curé. Pervers et lâches. Cette engeance ne mérite pas d'exister. Si cet enfoiré se comporte comme un porc avec moi, elle jure devant son hypocrite de Bon Dieu de lui saloper l'existence.

Et la mienne, par la même occasion ? Je préfère ne rien répondre. Rien ne dit que les commérages rapportés par Lucky Pat ou Little Fry sont vrais. Ces graines de racaille sont à même d'inventer n'importe quel mensonge pour attirer l'attention. Ces vantards sans cervelle, aussi fiables qu'un âne qui recule, sont nés menteurs et mourront pareils. Dieu ne perdra même pas son temps à les entendre en confession. Autant espérer absoudre les rejetons du diable.

Mais à l'heure indiquée sur le billet doux, mon cœur bondit. La voiture aubergine se gare devant les grilles du portail des Murray. Patrick descend, claque la portière et ajuste sa tenue d'un geste précieux. Une robe pastorale du plus bel effet. Il se passe la main sur les tempes pour lisser ses cheveux noirs. Sa beauté est toujours aussi ensorcelante, mais le côté diabolique qui la décuplait s'est terni.

Madison me jette un coup d'œil pour connaître ma décision. Je lui demande de ne pas bouger. L'incompréhension lui renfrogne le visage. De l'autre côté de la rue, Patrick gravit deux par deux les marches de l'escalier et jette un regard méprisant vers nous. Pour lui, nous ne sommes que des pauvresses qui enlaidissent le paysage.

J'attendais cet instant depuis si longtemps, je l'avais si souvent vécu dans ma tête et mes tristes rêves. Mumiah, combien de nuits gaspillées à élucubrer des scénarios de romans à l'eau de rose ? Le calme que je ressens maintenant me surprend. Je revois le capot de la voiture aubergine devant le bungalow de Londres. C'est à partir de cet instant qu'une main, satanique ou divine, je le saurai bientôt, a enclenché un inexorable engrenage. Force est de constater que les dents de cette roue de la Fortune n'étaient pas celles du bonheur. Maman me répétait souvent que la vie était une succession de choix. Pour moi, ces phrases creuses n'étaient que d'ennuyeux conseils d'adulte. Qu'est-ce qu'un *choix* quand on est une gamine ? Jouer ou dormir ? Lire ou s'inventer des histoires ? Quel choix de vie pour une môme qui regarde passer le cercueil de sa mère, recouvert d'un drap noir ?

C'est décidé, Mumiah. Quand Patrick sortira, j'avancerai vers lui sans la moindre animosité. J'espère qu'il ne m'en voudra pas de l'avoir recherché. Le connaissant, je m'attends à la grande scène des retrouvailles, chargée d'une émotion confuse et d'exquise surprise. Je trouverai dans ses yeux des regrets infinis. Dans les miens, il lira l'apaisement et le pardon. Je porte en moi un enfant qui ne peut être que le sien. Dois-je le lui dire tout de suite ? Non ! Ne pas tout mélanger. Chaque chose en son temps et un temps pour chaque chose. C'est bien ça, la formule consacrée, non ?

Les minutes durent des heures, puis la porte moulurée s'ouvre enfin. Patrick descend l'escalier, mains dans le dos et menton sur la poitrine, perdu dans une altercation avec Dieu qui lui ride le front. J'avance. Je toussote afin d'attirer son attention. Il vient dans ma direction, préoccupé par son échange divin. Je prononce son prénom. Il lève la tête et son visage s'illumine. D'abord de joie, puis aussitôt de froide colère quand il réalise qui l'interpelle.

« Qu'est-ce que tu fiches ici ? » demande-t-il en me secouant comme une voleuse de pommes.

Puis aussitôt, il me serre contre lui et me caresse les cheveux. Son odeur m'enivre déjà. « Mon Dieu, merci d'avoir exaucé mes prières ! » continue-t-il en me prenant le visage entre ses mains douces. Il dit avoir aperçu, l'autre jour devant Saint Mungo, un adolescent qui me ressemblait. Il a prié en pensant à moi. Que je suis belle ! Il exige mon adresse et promet de passer me voir très vite. Il m'expliquera tout.

« C'est possible pour toi ? »

Bien sûr que c'est possible !

Maman était douce et aimante, mais ses remontrances pouvaient être cinglantes. Rien en comparaison du savon que me passe Madison. Une engueulade de chef de chantier. Une kyrielle de noms d'oiseaux et de *fuck priest* qui outrent les passants croisés sur les trottoirs. Jamais le West End n'a connu un tel déferlement de mots orduriers. Et ça dure deux heures. Jusqu'au Midgie's.

Dans le pub, l'ambiance est au beau fixe. Le Celtic a fichu une raclée aux Rangers. À croire les excités, la rixe d'après match s'est bornée à un échange de crachats et d'insultes assassines. Les plus menteurs parlent d'une dizaine de types balancés dans la Clyde, après une course-poursuite sur Springfield road. « Normal, c'était des branleurs de protestants ! » La bière de la victoire coule à flots. Les chants se terminent en éclats de rire et en claques dans le dos à s'en décoller les poumons.

Je me glisse jusqu'à ma place habituelle, juste à côté du comptoir derrière lequel Barney orchestre une soirée qui s'annonce bouillante. Dans le fond du pub, protégés par des tables renversées, deux micros, deux amplis et deux guitares posées sur des trépieds métalliques. Le bruit m'enivre. La fumée des cigarettes me brûle les yeux. J'ai dans la tête les bribes de ma rencontre avec Patrick. Et, sans doute pour cette raison, un sourire niais sur les lèvres.

Un gars s'approche. Ni beau ni laid. Un minet anglais tout droit venu de Piccadilly Street. Visage d'ange, chemise orange et gilet en cuir marron. Presque aussi roux qu'un écureuil.

« Roy Williamson, dit-il en me tendant une main mollassonne. Je peux ? » Je montre la banquette. « On joue ce soir, ajoute-t-il en désignant les instruments. D'habitude, on est trois. Mais là, on est venu à deux. L'autre c'est Ronnie, le grand barbu accoudé au bar. *The Corries ?* T'as déjà entendu parler ? » Je lui avoue que non. Roy m'explique qu'un *corrie*, c'est un vallon dans les montagnes écossaises. J'en suis ravie. Il m'explique encore que la spécialité du groupe est la musique traditionnelle. Je m'en fiche un peu et souris toujours de manière aussi idiote. Prenant sans doute mon attitude pour une invitation à nouer plus ample connaissance, il propose de m'offrir à boire. Une minute plus tard, une bière blonde arrive devant moi, sur un sous-verre estampillé *Celtic For Ever*.

« C'est ma tournée, p'tite fleur d'Écosse ! » hurle le gros Barney depuis son tiroir-caisse.

Le rouquin m'enveloppe d'un regard mi-charmeur, mi-inquisiteur. « Pourquoi *petite fleur d'Écosse* ? » Je lui explique que Barney a tendance à donner des surnoms à tout le monde. Qu'ici, je suis tour à tour *guerrière* ou *princesse* mais que je n'avais encore jamais été *petite fleur d'Écosse*. Étrange, murmure mon troubadour, ils viennent d'écrire une nouvelle chanson qui n'a pas encore de titre. *Flower of Scotland*, c'est pas mal. C'est même bien. Très bien. Ils me la dédieront, comme ça, si ça devient un succès, je penserai un peu à eux. Il s'installe au micro. Larsen. Il règle le son et demande le calme. « Vous avez ici une princesse, une guerrière, une vraie fleur d'Écosse, dit-il en me montrant du doigt. Cette chanson est pour elle. »

Autour de moi, les gens se rapprochent. Bad Billy applaudit et Madison vient se blottir contre moi. Au bar, le gros Barney remplit deux nouvelles pintes. La première atterrit sur la table à côté du chanteur, et la seconde sur mon carnet bleu qui sert de sous-verre. Désolée, Mumiah.

« O Flower of Scotland,
When will we see
Yer like again,
That fought and died for
Yer wee bit Hill and Glen… »

Et ça continue. Après deux couplets accompagnés à la guitare, la seconde voix monte. Le Midgie's entre en prière avant d'exploser sur le dernier accord. Une boule d'émotion me noue la gorge. Je t'avais dit, Mumiah. Cette fois, je crois qu'on a gagné.

16

Glasgow – Redlands Road
Dans l'antre des curés…

– Bec-de-lièvre et jambes arquées, c'est donc comme ça qu'elle me voyait, la princesse guerrière ? Sec et maigrichon ? Boudeur, colérique, râleur, et puis quoi encore ? Tu parles d'une fleur d'Écosse… !

Bad Billy ressasse sa lecture du journal de Sarah, mais personne n'est dupe. Il est fier de ce qu'il a lu et il n'est bougon que pour cacher son émotion. Dehors, la pluie s'énerve contre le pare-brise et, avec la circulation, le trajet semble ne jamais finir.

– J'ai pas lu tous les mots compliqués, mais n'empêche que si j'ai bien compris, elle avait déjà pigé à l'époque que t'avais le béguin pour moi. Tu aurais pu me le dire plus tôt, on aurait gagné du temps ! insiste Madison.

– N'importe quoi ! boude Bad Billy sans pouvoir retenir un sourire.

Diane et Courtney les laissent se chamailler dans la voiture et vont sonner à la porte d'une belle demeure cossue de Redlands Road.

– C'est très aimable à vous de me rendre visite, dit le prêtre. Le désavantage de vivre plus vieux que les autres, c'est qu'on finit par mourir seul.

L'octogénaire est tassé au fond d'un épais fauteuil club, dans le vaste salon du rez-de-chaussée. Son visage, fripé par les années passées à endosser les péchés du monde, ressemble à celui de Dustin Hoffman au début de Little Big Man. Un autre prêtre, aussi âgé et chauve, mais plus grand, assis un peu raide sur une chaise, lit le Telegraph d'un air sévère, son œil droit agité d'un frémissement nerveux. Plutôt Anthony Hopkins dans Hannibal Lecter. Il semble s'offenser de cette référence à la solitude.

– C'est un beau quartier, reconnaît Diane.

De l'autre côté de la rue, à travers la bow-window, se dresse une demeure semblable à celle que les curés occupent. *Little Big Priest* devine son regard et, sans se tourner vers la fenêtre, répond à la question silencieuse de Diane.

– Une chrétienne généreuse à l'âme charitable, qui habitait la maison d'en face, a fait don de cette demeure à l'église pour assurer la retraite et les vieux jours des curés de l'archidiocèse.

– J'avoue, poursuit Diane, que nous vous avons cherché dans la mauvaise église. Nous nous sommes d'abord rendues à la cathédrale Saint-Mungo.

– C'est vrai que la grandeur sombre et moyenâgeuse de Saint Mungo fait beaucoup plus catholique. C'est sans doute la portée de ses splendides arcs gothiques et vertigineux qui donne cette impression. Savez-vous que les vitraux colorés de sa nef voûtée remontent au XXIe siècle ? Je dois avouer que les cryptes mystérieuses et la tombe de Saint Kentigern font plus catholiques que notre blanche et lumineuse cathédrale Saint Andrew au dépouillement presbytérien, mais... mais je pérore, je pérore... Pourquoi donc êtes-vous allées me chercher à Saint Mungo ?

– En fait, nous cherchons la trace d'un prêtre qui a officié à Glasgow dans les années soixante, et il semble bien que nous

nous soyons trompées de hiérarchie. Il faut nous pardonner notre méconnaissance des différentes Églises d'Écosse.

Dans le reflet d'un lourd miroir ovale, cerné d'un épais cadre baroque et doré, Diane surprend le regard du père Hannibal qui les regarde par-dessus son journal.

– Si ce prêtre était catholique, alors il dépendait bien de Saint Andrew et de l'archidiocèse de Glasgow qui devrait avoir conservé toutes les traces de son passage. Mais, si vous me permettez cette curiosité, ça ne me dit ni pourquoi vous recherchez la trace de ce prêtre ni pourquoi c'est à moi que vous vous adressez.

C'est Courtney qui répond cette fois.

– En fait, nous sommes éditrices et un des manuscrits que nous envisageons de publier mentionne l'existence de ce prêtre. Comme nous avons reçu ce texte de façon anonyme, nous essayons d'en confirmer la véracité en vérifiant certaines informations.

– Et moi ?

– Eh bien, le manuscrit fait allusion à une rencontre que vous auriez eue avec ce prêtre au milieu des années soixante.

– Vous voulez dire quand j'avais encore la foi vigoureuse et conquérante ? plaisante *Little Big Priest.*

– Je trouve que votre esprit n'a rien perdu de sa vigueur, répond Diane en souriant.

– Est-ce que la flatterie est un péché ? Demande *Little Big Priest* comme s'il se parlait à lui-même. Je suppose que cela dépend de qui la pratique : celui qui flatte, ou celui qui aime être flatté. Quoi qu'il en soit, mademoiselle, le plus simple est encore de me dire le nom de ce prêtre.

– Il s'agit du Père Patrick Abercombrie…

C'est un ciel d'orage sur un déjeuner au soleil. L'atmosphère s'assombrit aussitôt. *Little Big Priest* frémit comme un buisson sous un coup de vent. Quand l'autre curé plie son journal sur la table et se lève, le papier se froisse dans un bruit de feuillage trop sec.

– Je vais faire du thé, dit-il.

Il sort de la pièce, raide comme la justice, et en le suivant des yeux, Courtney se rend compte qu'ils sont en contre-jour. Un mauvais film en noir et blanc. Aucune lampe n'est allumée. Quand elle cherche un point de lumière dans la maison, elle aperçoit le père Hannibal qui traverse le hall et entre dans une bibliothèque. En refermant la porte derrière lui.

– Excusez-moi, mon père, puis-je me permettre d'utiliser vos toilettes, s'il vous plaît ?

Trop heureux de changer de conversation, *Little Big Priest* lui indique la direction et Courtney quitte la pièce à son tour.

– Vous vous souvenez du père Patrick, alors, affirme Diane plus qu'elle ne le demande.

– Oui, oui, bien sûr, murmure le curé. Une pauvre âme que Satan aura bien tourmentée.

– À ce point ? s'étonne Diane.

– Que dit le livre à son sujet ?

– Qu'il aurait aidé une fille abandonnée à accoucher de son enfant.

– Rien d'autre ?

– Non, pourquoi, y aurait-il autre chose à savoir de lui ?

On parle souvent de la duplicité des jésuites. De leur capacité à ne rien trahir de leurs émotions. De leur cruelle perversité sous le masque impavide de leur visage. Le pauvre vieux curé n'est pas de cette trempe-là. À son front plissé d'inquiétude succède un regard écarquillé de soulagement.

– Non, bien entendu, rien d'autre.

Diane lui laisse croire qu'il vient d'échapper au pire et le regarde s'en remettre en souriant. Mais il a gobé l'hameçon, même s'il ne lui a pas encore déchiré la gorge. Elle attend un peu pour le ferrer.

– Mais n'a-t-il jamais cédé à la tentation, mon père ? N'a-t-il jamais imploré votre secours et votre pardon ? Satan n'a-t-il jamais eu raison de ses vœux et de sa vocation ?

– Mais… mais, panique *Little Big Priest*, pourquoi dites-vous ça ? Est-ce que le livre parle de ça ? Est-ce qu'il parle de ça ?

– Oui, mon père, le livre parle aussi de ça.

– Oh Dieu tout-puissant, mais comment est-ce possible ? Qui a écrit ces pages ? Qui ? Dites-moi, je vous en prie !

– C'est ce que nous cherchons à découvrir. Père Patrick, peut-être, pourquoi pas ? Ou bien une de ces pauvres femmes qui l'aura entraîné dans le péché de chair, allez savoir ! Mais le texte dit qu'il est venu à vous pour implorer votre secours. C'est exact, n'est-ce pas ?

– Qu'est-il advenu du père Patrick ? s'inquiète le curé sans se préoccuper de la question posée.

– J'espérais que vous me l'apprendriez, répond Diane qui ne veut rien révéler de la mort du prêtre telle que Sarah la rapporte dans son journal.

Le visage du vieil homme s'est affaissé et il a pris le poids du ciel sur ses épaules. Diane devine qu'il ne lutte pas beaucoup contre lui-même. Que depuis longtemps il souhaite ces aveux qui lui pèsent.

– Il est venu, oui, c'est vrai. Nous l'avons convoqué et il est venu. Il ne pouvait rien nier de cette vie de stupre avec cette pauvre fille ni de l'enfant à naître. Il avait été dénoncé. Une lettre d'un délateur infâme. Anonyme. Pleine de fautes et d'anglais de pub. Mais chaque mot portait des accusations irréfutables. Je me souviens, il était là, repentant, prêt à se flageller. Il s'est allongé devant moi, face contre terre, pour implorer ma clémence et le pardon de notre Seigneur…

Diane n'ose rien dire. Elle ne veut pas prendre le risque de casser le fil fragile de cette confession. Quand le silence s'installe, elle le laisse envahir la pièce jusqu'à étouffer le pauvre homme sous un édredon de culpabilité.

– … nous lui avons pardonné, parce qu'il était un homme d'Église, un serviteur de Dieu, et qu'il avait droit au pardon. Nous avons exigé de lui qu'il abandonne la femme et l'enfant. Nous lui avons indiqué une institution. Il l'a fait. Il s'est racheté…

Diane hésite. La question qu'elle prépare, c'est un coup de harpon pour achever le poisson qui suffoque. Elle se penche vers le fauteuil du vieil homme, les mains jointes entre ses genoux. Il devine qu'elle va le tuer et l'implore du regard, mais elle comprend, dans ses yeux qui se mouillent, que vacille l'espoir d'une libération.

– Et les autres femmes, mon père, celles des paroisses de l'église d'Écosse. De Parish Church et d'Oran Mor ?

Cette fois, il gémit et crispe les yeux pour ne plus rien voir du monde qui se froisse autour de lui.

– Oh non… vous savez donc ça aussi… vous savez donc ça… !

– Oui, mon père, nous le savons.

– Ce pauvre père Patrick était le jouet de Satan. Nous avons découvert qu'il passait d'un culte à l'autre. Le malin l'avait perdu entre nos Églises. Il a juré qu'il cherchait le meilleur moyen de servir Dieu, mais sur chaque chemin il s'est égaré pour toujours retomber dans ses péchés de chair…

Il hésite encore, respire pour se reprendre, se redresse dans son fauteuil et regarde Diane droit dans les yeux.

– Alors, autant vous le dire…

– Vous ne dites rien du tout ! aboie le père Hannibal en revenant dans la pièce. Ces dames ont trop longtemps abusé de notre hospitalité. Où est l'autre jeune femme d'ailleurs ?

De nouveau, la pièce bascule dans le contre-jour. Le regard de cet homme crucifie le pauvre vieux curé. Aucune bonté, aucune pitié dans ces yeux-là. Et surtout pas pour *Little Big Priest* qui s'affaisse au fond de son fauteuil et sanglote en silence.

– Je suis là, j'étais aux toilettes, répond Courtney dans son dos. Excusez-moi mon père. J'ai manqué quelque chose ?

– Vous n'avez rien manqué et il ne s'est rien dit ici ! assène le père Hannibal d'un ton cassant. Je vous prie de sortir de cette maison et de ne plus importuner ce pauvre père qui a droit au repos qu'il mérite. Vous voyez bien que l'âge et la fatigue ont eu raison de sa mémoire.

Il indique, sans aucune autre forme de politesse, la porte du salon qu'il garde grande ouverte et les suit jusqu'à celle de l'entrée dont il referme les verrous dès qu'elles sont dans la rue.

– Merci pour le thé ! crie Courtney depuis le perron.

– À propos de thé, se fâche Diane, combien de pintes as-tu bues ce matin ?

– Aucune, s'offusque Courtney.

– Alors pourquoi es-tu restée si longtemps aux toilettes au lieu de m'aider à faire craquer le vieux curé ?

– Parce que je n'étais pas aux toilettes, répond Courtney sur le ton de l'évidence.

– Comment ça ? s'inquiète Diane.

– Père Hannibal Lecter n'est jamais allé préparer du thé. Il s'est enfermé dans la bibliothèque et a téléphoné. À trois personnes au moins.

– Tu as entendu quelque chose ?

– Non, il parlait à voix basse. Ce n'était qu'un murmure. Mais j'ai deviné qu'il leur parlait du manuscrit et de père Patrick.

Elles sont sur les marches du perron et, par le côté de la bow-window, Hannibal le curé les surveille d'un œil noir, droit et raide comme un gibet. Lugubre et menaçant

– Allons bon, se moque Diane, nous voilà maintenant avec les foudres de Dieu sur nos têtes.

Elles descendent les escaliers et remontent le trottoir pour regagner leur voiture. Le ciel s'alourdit de nuages au bord du pire. Quand Diane se retourne une dernière fois, Hannibal est toujours là, mais ne les regarde plus. Il suit des yeux un homme maigre qui traverse la rue pour quitter le trottoir d'en face. Diane retient Courtney par le bras. L'homme a la cinquantaine. Petite veste étriquée en peau claire. Le dos voûté et les épaules rentrées de celui qu'un mauvais destin harasse. Visage émacié, cheveux longs plaqués en arrière jusque dans le cou. Haut front dégagé.

Quand il passe à leur hauteur, le ciel soudain déchiré déverse sur le monde une nouvelle trempée glacée. Diane et Courtney suffoquent sous le déluge. Lui pas. Il avance vers le portail ouvert de la maison qui fait face à celle des curés, monte le perron et tambourine à la porte.

Bad Billy et Madison jaillissent de la voiture et courent jusqu'à elles un parapluie à la main. La pluie frappe si fort le trottoir qu'elle mouille à l'envers leurs pieds et le bas de leurs pantalons jusqu'aux genoux. Ils s'amusent de ce déluge et veulent les raccompagner à l'abri de la voiture, mais comme Diane ne bouge pas, tout le monde reste, sous l'océan du ciel qui se déchire et se vide sur eux. Ils sont trempés rien que par les éclaboussures. Diane est prête à céder à leurs suppliques quand Hannibal dévale son perron sous un grand parapluie de golfeur, traverse la rue, et se précipite vers l'homme à la veste en peau. L'autre lui fait face et ils gesticulent. Discussion animée. Au bord de la violence. Puis l'homme à la veste claire accepte et abandonne, furieux, pour redescendre les marches du perron. Plusieurs fois, il se retourne et, même si le fracas de la pluie empêche Diane d'entendre ce qu'il dit, elle devine qu'il insulte et menace le prêtre. Puis il s'engage pour remonter la rue tandis que le père Hannibal retraverse sous les hallebardes glacées pour rentrer chez lui. Quand il les aperçoit, tous les quatre, il s'arrête au beau milieu de la chaussée sous les trombes qui dessinent un halo de poussière d'eau autour de son parapluie. Il reste longtemps immobile à les regarder, eux qui le regardent en retour, immobiles aussi, sous des parapluies que la violence des cordes d'eau déforme. Puis Hannibal le curé grimpe quatre à quatre les marches de son perron et eux se précipitent jusque dans leur voiture. Diane démarre aussitôt et traverse la rue pour longer le trottoir de droite.

– Tu ne roules pas du bon côté, poulette, tu te crois chez les mangeurs de grenouilles ? se moque Bad Billy.

Elle ne répond pas. Elle avance jusqu'à la hauteur de l'homme encore amaigri par la pluie qui colle ses vêtements à sa peau. Elle baisse la vitre.

– On peut te déposer quelque part ?

Il ne la regarde même pas. Les gouttes sont lourdes comme de la mitraille. Les épaules de sa veste tremblent sous les impacts.

– J'aimerais qu'on parle de la maison des curés, dit Diane, le visage bruiné par les éclaboussures de la pluie contre la portière.

Cette fois, l'homme s'arrête et la dévisage. Derrière les longues mèches noires et brillantes que l'eau colle à son visage, des yeux sombres et fiévreux la fixent. Ils luisent, mais d'une colère sombre. D'une sorte d'obsession. Quelque chose qui le consume de l'intérieur et lui fait oublier le déluge qui le détrempe. Avant même qu'il amorce le moindre geste, elle sait qu'il accepte.

– Bad Billy, commande-t-elle, tu passes à l'arrière.

Le temps qu'il ouvre la portière, une trombe d'eau douche Bad Billy et, quand il veut se moquer de son malheur, l'eau s'engouffre dans le col de son blouson et lui cingle le visage. L'homme à la veste claire contourne la voiture et monte à l'avant. À l'abri de la pluie, ses épaules fument aussitôt et ça amuse Madison qui ne peut s'empêcher de sourire.

– Moi, c'est Diane, et derrière, Courtney, Madison et Bad Billy, dans l'ordre.

– Logan, dit l'homme d'une voix curieuse, chaude et rauque à la fois. Qu'est-ce que tu sais de la maison des curés ?

– Si nous évitions d'attraper la crève avant de faire la conversation. Tu passes chez toi te changer et on va se prendre un bon *dram* au Station Bar, ça te va ? Tu habites où ?

– Park road, au 7, au-dessus du Rain Dogs.

Tout le monde éclate de rire, sauf lui. Peut-être parce que la pluie a cessé aussi subitement qu'elle est tombée.

Diane emmène Bad Billy et Madison chez eux pour qu'ils enfilent des vêtements secs. Ensuite, elle les déposera au Station

Bar, le temps qu'elle et Courtney regagnent leur hôtel pour changer de tenue.

– Alors, cette maison des curés ? demande Logan.

Madison a pris un Hot Teddy qu'elle tient entre ses mains pour se réchauffer. Pour rien au monde, Bad Billy n'aurait gâché le pire des whiskys écossais pour le noyer dans un breuvage irlandais à base d'eau bouillante, de citron piqué de clous de girofle et de miel. La délicate touche de *miel citronné*, il préfère la retrouver dans la saveur ambrée de son Alderfeldy *single malt*. Diane a suivi Courtney dans le choix d'une pinte diluée d'un *shot* de whisky et Bad Billy, encore une fois, a levé les yeux au ciel. Logan a commandé un Laprohaig. Jeune. Pour bien avoir en bouche toute la force de son goût d'algue, de tourbe et de fumée.

– Alors, cette maison, insiste Logan ?

– Les curés nous ont dit que leur maison de retraite était un don des propriétaires de la bâtisse dont tu voulais enfoncer la porte, c'est vrai ?

– Les deux appartenaient à maman. Elle est morte et je ne l'ai pas connue. J'ai été abandonné à la naissance et je n'ai retrouvé sa trace qu'il y a moins d'un an. Mais maman n'a jamais donné cette maison à l'évêché. Ils la lui ont extorquée.

Il a une façon de parler qui les intrigue. Tête baissée, sans les regarder, le nez dans l'ambre de son *dram*. Et puis de temps en temps, il relève ses yeux sombres, droits dans ceux de celui ou de celle à qui il s'adresse. Quelques secondes à peine. Assez longtemps cependant pour y déceler l'inébranlable volonté qui l'anime.

– Pourquoi auraient-ils fait ça ? s'étonne Courtney.

– Les curés extorquent l'innocence des croyants avec toutes les balivernes de leur religion, alors pourquoi pas leurs maisons ? coupe Bad Billy, sentencieux.

– Billy, laisse Logan répondre, s'il te plaît ! s'agace Madison.

– C'est ce que je cherche à savoir, murmure Logan d'un air sombre. Je suis sûr que maman a cédé à un chantage. Elle tenait cette maison de sa propre mère. Elle n'avait aucune raison de s'en séparer.

– Et que voulais-tu au propriétaire de la maison d'en face ?

– Le mari de maman y habite encore. Il a plus de quatre-vingt-dix ans maintenant et lui sait ce qu'il s'est passé. Mais il est sous la dépendance des curés. Ils lui ont mis la main dessus et se préparent aussi à la mettre sur son héritage. Ils veulent aussi la récupérer.

– Elle appartenait à ta mère ?

– Oui. Elle la tenait de son père. En fait, mon grand-père et ma grand-mère se sont connus parce qu'ils étaient voisins d'en face, comme on dit. Elle a hérité des deux maisons. Et moi je suis son fils et j'y ai droit, maintenant.

– Comment peux-tu en être certain, puisque tu dis que tu as été abandonné à la naissance ?

– J'ai fait des recherches. Je pense que je suis un enfant adultérin. Maman a été obligée d'accoucher dans une institution catholique et de me confier aux bons soins de ses nonnes. Mais je n'ai jamais été adopté. Une sorte de malédiction sur moi. Chaque fois qu'une famille me choisissait, mes futurs parents se récusaient au dernier moment. C'est arrivé sept fois. Alors j'ai passé mon enfance et mon adolescence de famille d'accueil en famille d'accueil, de placement en placement, jusqu'à ma majorité.

– Et comment tu as su pour ta mère ?

– Le plus simplement du monde, je suis retourné à l'institution et j'ai exigé de consulter les registres. Ils ont d'abord refusé, puis j'ai reconnu une des sœurs qui était déjà là pendant mon enfance. Elle était si émue de me revoir. Elle disait qu'aucun enfant n'était jamais revenu. Que j'étais le seul. Nous nous sommes promenés, je lui ai raconté ma vie, et elle a beaucoup pleuré. Des dizaines de fois, elle a imploré mon pardon en me baisant les mains. Puis elle m'a conduit dans une pièce isolée, m'a demandé mon portable et est partie avec. Quelques minutes après, elle est revenue et m'a rendu le téléphone. Tu regarderas les photos quand tu seras loin d'ici, m'a-t-elle fait promettre.

Il sort un téléphone de sa poche et affiche les photos. Une page de registre calligraphiée à l'ancienne. Le 13 août 1967, à 4 h 37, Lise Elizabeth Murray donnait naissance à un enfant de sexe mâle et de père inconnu. D'autres pages indiquent qu'elle en abandonne la garde à la communauté des sœurs de la Rédemption de Butterfly House en vue d'adoption. Une note précise que la parturiente émet le désir qu'il soit baptisé sous le nom d'Alistair. Une autre indique que les sœurs de la Rédemption ont choisi le prénom de Logan.

– Mais quel est le lien avec la maison ?

– J'ai retrouvé le notaire qui s'est occupé de la donation. Elle a été signée une semaine avant l'admission de maman le 7 août 1967.

– Et alors ?

– Alors, je suis convaincu que maman a commis un adultère dont je suis le fruit. La conjuration des culs bénis l'a menacée de tous les maux du ciel et lui a proposé un marché qu'elle ne pouvait refuser. L'Église se chargeait de gérer l'accouchement et mon abandon en toute discrétion, par l'entremise d'une de ses institutions charitables. En contrepartie, pour le prix du scandale et de la honte évité à maman, à son mari et à ses autres enfants, elle acceptait de leur céder une de ses maisons. Et avant l'accouchement, par sécurité.

– Est-ce qu'elle habitait cette maison à l'époque ? Est-ce qu'ils l'en ont chassée ?

– Non, maman et son mari vivaient à Horselethill road, dans sa demeure à lui qu'il a vendue depuis. Mais vous, pourquoi vous intéressez-vous à cette maison ?

Courtney explique à Logan que la maison ne les intéresse pas vraiment. Avec Diane, elles recherchent en fait la trace d'une mère et de son enfant qui sont passés par la même institution de

Butterfly House. Fille-mère elle aussi, âme perdue dans les mains de l'Église.

– Est-ce que la bonne sœur qui t'a aidé pourrait nous donner accès aux registres des naissances ?

– On peut essayer. Je peux vous y accompagner. Demain si vous voulez.

Diane et Courtney acceptent et Bad Billy s'aperçoit que les yeux de Madison scintillent de larmes retenues.

– Mais qu'est-ce que tu as mon ange ?

– Moi, des histoires comme ça, ça me déglingue la croyance dans ce foutu monde. Et des curés en plus !

Du coup, Bad Billy prend Logan par le bras pour aller commander une nouvelle tournée, le temps, dit-il, moqueur, de laisser les femmes pleurer leurs sentiments.

Courtney les regarde s'éloigner et se penche vers Diane.

– Tu as bien compris ce que prouvent les documents qu'il nous a montrés, j'espère !

– Bien sûr. Si sa mère s'appelle Murray, alors son père n'est autre que père Patrick.

– Sans déconner ? s'exclame Madison. Mais pourquoi vous n'avez rien dit ?

– Parce que nous ne savons pas encore à qui nous avons affaire.

17

Butterfly House

Où les espoirs partent en fumée

Des silhouettes plantées au hasard, sur un talus ou une pierre, pour éviter la gadoue. Des hommes casqués qui s'affairent à inonder encore plus le paysage. La fumée blanche de l'incendie déjà éteint et les quelques fumerolles âcres et jaunes de ce qui couve encore sous les débris calcinés. Une partie du toit s'est effondrée. Plus loin sur le chemin, de l'autre côté des ruines, à l'écart des curieux, quelques dizaines de jeunes filles sont regroupées, encadrées par des sœurs.

Diane s'approche d'un des hommes du feu.

– Vous le croyez, vous, ça ? dit-il avant même qu'elle lui parle. Il pleut chaque jour que Dieu crée dans ce foutu pays et chaque fois la pluie cesse quand se déclare un feu !

– Que s'est-il passé ? C'est grave ?

– L'enquête le dira. Trois salles ont brûlé. L'incendie s'est propagé par les toits sur toute une aile, mais nous l'avons vite maîtrisé.

– Des victimes ?

– Non. Que des bureaux. Le feu a pris pendant la nuit dans cette aile inoccupée.

– Beaucoup de dégâts ?

– De la paperasse, c'est sûr. Ce qui n'est pas parti en fumée aura été noyé sous nos lances.

Puis un gradé le rappelle à l'ordre et il s'affaire à nouveau à enrouler un tuyau.

Logan et Courtney rejoignent Diane. Un vent froid rabat sur eux l'odeur de cendres mouillées de la toiture effondrée.

– Je n'y crois pas, murmure Logan.

– Quoi ? s'inquiète Courtney.

– Cette aile du couvent qui a brûlé, c'est celle des bureaux, de la bibliothèque et des archives.

– Ne me dis pas que…

– Si. Ce que vous cherchiez n'existe plus.

Un nuage d'orage ajoute soudain à la désolation des âmes et du décor calciné. On devine, à la lumière qui pulse sur un mur, que la police est sur place, dans la cour intérieure.

– Logan !

Une bonne sœur se jette dans ses bras, en pleurs.

– Mon Dieu Logan, quel malheur ! Quelle catastrophe ! Tout a brûlé, Logan, tout, absolument tout ! On soupçonne qu'une des pensionnaires est venue voler un livre la nuit à la lueur d'une bougie.

– Une sacrément grosse chandelle alors, grogne le pompier qui a fini d'enrouler son tuyau, parce que pour qu'un feu comme ça parte aussi vite et avec une telle force, même un cierge Pascal ne suffirait pas !

– Harold, hurle de loin son chef, tu la fermes et tu rappliques.

– Oh non, souffle Diane en regardant du côté du capitaine.

Deux hommes l'ont rejoint. L'un ressemble à un policier. Superintendant au moins, à en croire la déférence des autres uniformes. L'autre est le père Hannibal Lecter.

– Qui est ce prêtre ? demande Diane à la sœur.

– L'ancien évêque de Glasgow. Il est aujourd'hui à la retraite, mais il reste à la tête de la fondation qui dirige Butterfly House.

– Et depuis quand occupe-t-il ce poste ?

– Depuis bien des années, avant même de devenir évêque. C'est un saint homme.

– Et est-ce que votre *saint homme* gère toujours votre accouchoir ? C'est bien de cette façon qu'il extorque leur fortune aux femmes infidèles et approvisionne les lupanars de la chair fraîche des misérables filles-mères ? La grande bourgeoisie est-elle satisfaite de ses services ?

La violence des mots et de la voix de Courtney crucifie la femme qui ne trouve rien d'autre pour s'en protéger que de se signer plusieurs fois.

– Elle a raison, murmure Logan en serrant la sœur dans ses bras, et ils ne peuvent pas le faire par-dessus vos têtes depuis si longtemps sans que vous le sachiez, non ?

– Logan, nous faisons tout pour ces pauvres filles et leurs enfants… Tout ce que Dieu exige de nous.

– J'en suis consciente, insiste Courtney, mais je ne parle pas des exigences de Dieu, mais de ce que les hommes de dieu vous demandent. Leur cupidité, leur perversité, leur veulerie arrogante.

– En servant des hommes comme celui-là, dit doucement Logan en désignant de la tête Monseigneur Lecter, vous offrez votre âme à Lucifer. Pas à Dieu.

La pauvre nonne éclate en sanglots et, d'un signe, Monseigneur Lecter envoie deux autres sœurs la récupérer manu militari. Puis le superintendant s'approche d'eux.

– Écartez-vous, s'il vous plaît, vous n'avez rien à faire ici.

– C'est un incendie criminel, n'est-ce pas ?

– Ce n'est pas à vous d'en décider.

– À vous non plus, réplique Courtney.

– Et pourquoi ça ?

– Parce que la cause d'un incendie, ça ne s'invente pas, ça se prouve.

– Je n'ai pas saisi votre nom ?

– Parce que je ne vous l'ai pas donné. Regardez plus loin que le bout de vos chaussures… Ce pathétique curé, là-bas, vous a sûrement déjà informé de qui je suis.

– Eh bien, madame, ne vous en déplaise, je me fiche de savoir « qui vous êtes ». Quand viendra le temps de l'enquête, je me souviendrai de votre présence sur place et de votre intérêt pour cet incendie.

– Et nous, Superintendant, nous pensons que cet incendie cherche à détruire les preuves d'un scandale. Quand il éclatera, nous n'oublierons pas de nous remémorer ce long et curieux entretien avec le capitaine des pompiers et l'ancien évêque qui préside cette sinistre institution.

– Si c'est une menace, madame, elle risque de vous coûter cher.

– Ce n'est pas une menace mais une promesse, Superintendant. Si vous avez mal compris mes propos, permettez-moi de les reformuler : s'il n'est pas déjà souillé, gardez votre cul propre. Là, c'est un conseil.

Et sans laisser le temps au policier de répondre, Diane fait demi-tour et retourne à sa voiture. Courtney la suit, trop contente du caractère de sa patronne.

Un peu plus tard, sur la route qui les ramène à Glasgow, une Audi A8 bleu marine aux vitres fumées les dépasse. Malgré le vent frisquet et la vitesse, la vitre arrière droite est à moitié baissée sur le profil impassible de Monseigneur Hannibal Lecter qui la remonte ostensiblement, le regard agité de son tic ridicule. Geste mesuré. Regard glacial. Léger sourire pour être certain d'avoir été reconnu. Un avertissement insidieux qui ne mérite aucune réponse.

Personne ne trouve de réplique à une telle arrogance. Courtney, énervée comme une diablesse dans un bénitier, offre un doigt d'honneur à cet enfoiré d'ecclésiastique. Maintenant, elle sait. Avant que la vitre ne se referme, le Monseigneur arrogant, ce pitoyable vénérable comprend qu'une misérable femme jure de le confondre.

– Maintenant que j'ai bien vu sa tronche de néon qui clignote, bougonne Courtney, je veux bien relire le passage du journal de Sarah qui concerne cette raclure de curé.

18

Journal de Sarah

15 mars 1967 – Glasgow

Salut, Mumiah, c'est moi. Rassure-toi, je suis la première surprise. Si je suis là, ce n'est pas bon signe, même si dans deux jours, c'est mon anniversaire.

Depuis six mois, je n'écris plus. J'en ai marre de mes états d'âme. Pourquoi consigner une vie de hauts et de bas qui s'englue dans la banalité ? De manière inexorable, comme un navire dérivant sans gouvernail vers un iceberg. Les semaines se suivent et, avec Patrick, nous avons repris une vie normale. Quand il est là. Et c'est ça le problème : je suis souvent seule. Alors je gaspille mes soirées au Midgie's. Pourquoi perdre mon temps à rapporter des discussions de racaille et des fins de match avinées ?

Aujourd'hui, Mumiah, ça ne va pas fort.

Un sentiment d'oppression. C'est égoïste, je sais, mais j'en reviens à Patrick. Ses occupations sont très prenantes. Pour le compte de sa hiérarchie, il doit effectuer de nombreuses visites paroissiales. C'est un ministre de Dieu. Résultat, quand il rentre de ses périples religieux, nous n'avons plus rien à nous dire. Nous sommes à des années-lumière, séparés par nos occupations respectives. Bref, l'habitude étouffe les rares moments que nous partageons. Le feu sacré des retrouvailles s'est éteint.

La passion est morte et les quelques braises qui rougeoient encore ne s'attisent que de soirées silencieuses.

C'est pour cette raison que je reprends ma plume.

Chez Miss Archibald, en revanche, ça se passe plutôt bien. Le vrai sujet qui nous sépare concerne justement Patrick. Même si elle ne l'a jamais croisé, je sais qu'elle me soupçonne de le rencontrer en catimini. Quand il vient me voir, nous prenons d'infinies précautions. Et je crois que ça la rend folle. C'est simple, elle refuse jusqu'à l'idée de prononcer son prénom. Pour elle, il n'existe pas et la moindre remarque peut attiser son courroux.

« C'est un débauché ! » hurle-t-elle alors en désignant le plafond de son index.

Depuis quelque temps, ses menaces se précisent sans avoir besoin d'une étincelle pour déclencher ses foudres. Pour ne pas envenimer les choses, je me tais et hausse les épaules. Un tel entêtement ne mérite que de l'indifférence en retour. La convaincre du contraire exigerait de ma part une diplomatie incompatible avec mon tempérament d'Irlandaise. Je préfère m'en tenir là et attendre que le vent tourne. Dans le bon sens, bien sûr. Je dois cependant confesser que la tentation d'infléchir le jugement de mon hôte envers Patrick me titille en permanence. Chez nous, les Irlandais, obliger quelqu'un à changer d'avis est une distraction de pub. Aussi addictive que les fléchettes.

Hier, mardi, jouant de ruses et de phrases sibyllines, je parviens à contourner ses réticences, lorsqu'elle m'intime l'ordre de me taire et me demande d'approcher. J'obtempère avec une certaine crainte. Miss Archibald garde les yeux fermés. Ses mains craquelées quittent le tartan qui couvre ses genoux et se posent sur mon ventre. Une délicieuse chaleur m'envahit.

« Ce sera bien une fille, dit-elle en écartant les doigts. Vigoureuse, qui plus est. Sans doute un rien sauvageonne. Belle, séduisante et volage. »

Puis son geste devient désagréable. Ses ongles me griffent un peu. Elle poursuit et assure percevoir le plaisir que mon amant maudit sait me donner. Elle sent aussi les coups qu'il m'infligera. Mon âme souffrira de subir un tel affront. J'essaie de me dégager, mais je reste prisonnière de son étreinte fragile. Sa prédiction continue. Ma route vers une vie meilleure est longue et semée d'embûches. Elle entre entraperçoit une accalmie, puis de nouveaux orages. Pour m'en sortir, je vais peut-être enfreindre encore un des commandements de Dieu…

« N'hésite pas si tu as à le faire, Sarah. Cette fois, c'est Dieu qui te l'ordonnera. Et je suis sa messagère. »

Je lui échappe et m'écarte. Une peur glacée dégouline dans mon dos. La pièce devient un manège. Le parquet, le tapis, le sol, tout se dérobe. Les bibelots glissent des étagères cirées. Les affreuses tapisseries brodées se décrochent, s'affaissent. Petit à petit, une image s'impose. Sur la tombe de Petit Geoffrey, une pelle écarte la terre. Des mains saisissent le cercueil. Un chien cavale dans tous les sens, aboyant aux nuages. Puis la vision se déchire.

Miss Archibald me sourit. De nouvelles rides de lassitude brouillent son visage déjà fripé. « Parlons plutôt de la pluie et du beau temps, dit-elle après un léger toussotement. Il n'est pas l'heure de nous encombrer de sombres discussions. Quel jour sommes-nous ? ». Je lui réponds, le 14 mars. « Le jour anniversaire de la naissance d'Albert Einstein ! » s'exclame-t-elle. « Sais-tu que cet homme a été très proche de démontrer, de façon scientifique, l'existence de Dieu ? » Je n'ose m'aventurer sur un terrain aussi glissant. Puis elle saute du coq à l'âne, ce qui m'évite de répondre.

« Je te saurais gré, ma petite Sarah, de me réserver ce prochain vendredi, tu veux bien ? J'aimerais que tu consacres cette journée à prier pour moi. Nous serons bien le 17 mars, n'est-ce pas ? »

Quoi ? Le jour de la Saint-Patrick, de l'anniversaire de ma naissance, de celui de la mort de maman ! Et cette vieille folle me demande de négocier sa fin de vie avec Dieu ! Mais qu'est-ce qu'il en a à faire de sa pauvre existence de misérable aveugle ? Qu'elle aille au diable ! Cette fois, elle pousse le bouchon trop loin. Pour ne pas l'envoyer sur les roses, je m'enferme dans un mutisme qui l'amuse. Elle imagine sans doute que je la déteste, que je ne suis là que pour profiter d'elle. Cette intuition à mon égard est dans le sourire fade qu'elle me propose. Dans ses yeux éteints. Dans sa main froide et décharnée qui agrippe le poignet de ma mauvaise conscience. Et pourtant, d'une certaine façon, je l'aime.

Vendredi 17 mars 1967
Glasgow.

Il pleut. J'écris. J'ai dix-sept ans. Pas de gâteau ni de bougies à souffler en dehors de celles que j'ai dans les yeux. Il est encore très tôt. Ce matin, je suis trop mal en point pour aller à la laverie. Impossible aussi de m'occuper de Miss Archibald et encore moins de lui réciter mes prières. Je n'ai plus de forces et mon dos est perclus de douleurs. J'essaie de me remémorer la soirée d'hier.

Et la nuit.

Patrick arrive, plus tard que prévu. Juste avant vingt-trois heures. Quand j'ouvre, je comprends qu'il est ivre. Son regard vacille, possédé par le diable. Son haleine est chargée de Brandy. Sa voix est pâteuse et son discours incohérent. Sa veste et sa chemise déchirées empestent le tabac froid. Il me bouscule puis me retourne et me plaque contre la commode pour me prendre sans rien dire. C'est moche. Violent. Dégradant.

Mumiah, j'aimerais tant ne pas salir cette page à décrire ma douloureuse humiliation. Mais à qui me confier ? Tu es mon seul recours, mon ange. Je continue donc. Je suis contre la commode. Étourdie et souillée. Il m'arrache le reste de ma chemise de nuit. Et soudain, les gifles tombent. Pour me soustraire à ce déluge de coups, je roule en boule dans un coin de la chambre. Mais impossible de l'éviter. Je tente de m'enfermer dans le lit placard. Il me tire par les cheveux. Je me protège comme je peux, je l'exhorte d'arrêter. Et plus je le supplie, plus je m'abaisse à accepter ses coups, plus il me cogne. Le diable, Mumiah ! Le diable ! Des crachats, des coups de pied. J'essaie de me retourner pour qu'il épargne mon ventre. Je le conjure de penser à l'enfant que je porte. Son enfant. Le déchaînement redouble et se transforme en râle de haine au milieu duquel je finis par saisir une phrase qui devient litanie : « Pourquoi tu m'as fait ça ? Pourquoi tu m'as fait ça ? Pourquoi tu m'as fait ça ? Salope d'Irlandaise ! » Et je perds connaissance. Au réveil, nue et transie de froid, tremblant comme une chienne blessée, je comprends qu'il m'a pissé dessus.

Vendredi 17 mars. Il pleut. Je me suis lavée. J'ai réussi à enfiler un pantalon et un pull pour me réchauffer. Des bottes de pluie aussi, parce que je suis incapable de me baisser pour attacher mes lacets. Et je ne sais même pas pourquoi j'écris. C'est mécanique. Un empilement de mots pour effacer le dégoût. Que s'est-il passé ? Qu'est-ce que j'ai fait, Mumiah ? Pourquoi cet ouragan de violence ?

Ces derniers mois ont bien été émaillés de quelques disputes, mais ce n'était rien comparé à la sérénité retrouvée. Les balades à Kelvingrove Park, à Hillhead ou sur les rives de la Kelvin. Les soirées dans les pubs d'Ashton Lane. Les spectacles au King's Théâtre. Très vite, mes visites régulières au Midgie's l'ont agacé. Il ne comprenait pas que je me sois entichée de cette racaille pouilleuse. Alors, j'y suis allée de moins en moins souvent. Aujourd'hui, je ne revois presque plus personne. Ni Madison, ni Bad Billy et sa bande. Et quand je les croise, je m'arrange toujours pour me défiler en inventant un mensonge. Que pouvais-je lui offrir de plus ? Je lui ai tout donné. Mon ventre. De l'amour. Mon temps le plus précieux. Et tout mon argent. Ma paie à la laverie et le pactole des frères Kray.

Mon Dieu, Mumiah, si Ritchie savait ça !

C'est étrange de penser à lui à cet instant précis. En fait, son souvenir me hante chaque fois que ma route dérape dans un mauvais virage. Souvent, je ne ressens qu'une simple présence. Un peu comme celle d'un fantôme bienveillant. D'un deuxième ange gardien. J'ai mal partout, Mumiah. Miss Archibald avait raison, *mon âme souffre d'avoir subi un tel affront*.

J'entends le bruit d'un moteur. Pas celui d'une voiture sur Applecross road, mais celui d'un véhicule qui ronronne devant l'allée gravillonnée. Des crissements de pneus. Je me lève en me tenant les reins. J'ai des hématomes sur les bras et sur les épaules. Dans le reflet de la fenêtre, je découvre ma lèvre enflée, de la grosseur d'une limace. J'écarte le rideau. Un homme en costume sombre se pavane devant chez miss Archibald. Je distingue à peine son visage. Il est raide comme la mort. Les mains croisées sur sa ceinture. Pas très vieux, mais déjà bedonnant. Avec son chapeau-feutre noir, on dirait un policier. Ou un croque-mort. Ou un curé. Encore !

Après m'être désaltérée d'un verre d'eau, je regagne la table de la cuisine en me soutenant le ventre. Ma tête tourne un peu. Je devrais sans doute grignoter quelque chose, mais je suis incapable d'avaler quoi que ce soit. Trois coups secs contre la porte d'entrée. Elle s'ouvre avant que je comprenne ce qui arrive. Alors que l'homme sombre poireaute toujours devant chez Miss Archibald, son jumeau se tient dans l'encadrement. Lui, son chapeau-feutre est beige. Un visage épais, inexpressif, sans sourcils. Des yeux de saumon mort et une bouche de batracien.

« Ce n'est pas le moment d'écrire. C'est toi, Sarah ? Ramasse quelques affaires, ordonne-t-il. Ne t'encombre pas. On va au poste de police. Les collègues ont des questions à te poser. » Je demande à quel sujet, mais il hurle de me magner à le suivre si je veux le savoir.

L'homme au *chapeau-feutre beige* ouvre la porte du véhicule. Son compère est déjà au volant. On traverse le centre-ville, puis les quartiers riches. Je suis perdue. Je ne reconnais pas les rues. La voiture pénètre sous un porche et stoppe dans une cour pavée. Ce n'est pas un poste de police. Des nonettes. Des curés en soutane. Une statue de la Vierge au milieu d'un parterre d'hortensias éteints. Des rosiers taillés attendent leurs premiers bourgeons. Des buis. C'est beau et triste à la fois.

Un mouton. On me pousse. J'avance. Un hall sombre. Des candélabres et des tableaux sinistres. Des crucifixions douloureuses. Des chemins de croix torturés. Une immense volée d'escaliers. Je trébuche sur la première marche et me retiens à la main courante moulurée. Un couloir qui n'en finit pas. Des statues qui prient, les yeux implorant un ciel qu'un plafond peint leur cache. Des vases. Des échappatoires barrées de cordes suspendues à des patères cuivrées. Et une écœurante odeur d'encens et de cigare froid. Encore un autre couloir, plus étroit celui-ci. Vide. Au bout, une porte matelassée de cuir piqué. Elle s'ouvre. J'entre, aidée par la main ferme de mon garde-chiourme. Celui au chapeau-feutre beige.

Les rideaux opaques filtrent la lumière extérieure. Trois hommes attendent. Celui qui se tient derrière le bureau désigne un fauteuil et m'ordonne de m'asseoir. Je reconnais sur sa soutane les signes de la religion catholique. Il pourrait ressembler à un confesseur avenant et prompt à pardonner, mais son regard clair, agité d'un frémissement de l'œil droit et souligné d'un sourire figé, me met aussitôt mal à l'aise. Compte tenu de sa calvitie déjà marquée, difficile de lui donner un âge. Trente-cinq ans, peut-être moins. Les deux autres sont accoudés contre la poutre en granit de la cheminée. Sérieux et sévères.

Le plus petit, un curé jeune et fluet, a le visage fermé. Peut-être dérangé de se trouver là, il ne regarde personne et semble chercher quelque chose sur le parquet encaustiqué. Ses mains manucurées s'énervent et s'entortillent devant le crucifix qu'il porte sur la poitrine.

L'autre, en civil, cheveux gominés et tirés en arrière, avance une quarantaine d'années, mais son accoutrement et sa barbe taillée avec soin indiquent qu'il aimerait paraître plus vieux. Plus respectable. Plus important. L'homme, sérieux, affiche la prestance d'un bourgeois qui ne connaît pas les soucis d'argent. Ses yeux froids d'intransigeance démontrent que ce personnage hautain n'a pas l'habitude de changer d'avis.

« Sarah ? » demande le curé derrière le bureau. Devant mon silence, son visage s'agace d'un tic nerveux. J'acquiesce et profite de l'occasion pour m'élever contre de la manière dont j'ai été traînée ici.

« La ferme ! » hurle l'homme de Dieu en cognant du poing son sous-main de cuir vert.

Ils savent tout de ma relation avec père Patrick. Je suis une démone, une immonde prostituée. Une diablesse dévergondée qui a égaré un homme des voies du Tout-Puissant. Je porte en moi la marque de l'infamie et il maudit l'enfant que je vais mettre au monde. Après dénonciation, une enquête a été diligentée à l'encontre de mon amant par toutes les Églises de Glasgow. Père Patrick s'est fourvoyé dans le péché par ma faute. Après avoir été questionné avec fermeté, il a avoué m'avoir rendu visite hier au soir. Devant les lettres qui l'accusaient, il était dans l'incapacité de nier l'évidence. Y compris d'être l'amant de l'épouse de ce pauvre chrétien charitable et pratiquant, ici présent, Lord Gordon Murray. Et je suis la source de ce déshonneur. Un virus pire que la peste. Et les précautions sont prises pour éviter sa propagation.

Je n'écoute plus. Je revois la plaque ostentatoire devant la maison de Horselethill Road. Patrick qui file à son rendez-vous coquin. Madison qui arpente le trottoir en se rongeant les ongles.

Père Patrick a sollicité leur pardon, continue le prêtre dont l'œil tremble de plus en plus, et ils le lui ont accordé. L'Église, autant que Lord Gordon Murray. En contrepartie, père Patrick prendra un poste dans une modeste paroisse où ils sauront le surveiller et l'éloigner de la tentation. Il était important d'agir ainsi pour éteindre le scandale, car personne n'est dupe. Face à la perversité des femmes dans mon genre, la tentation de la chair est puissante et les serviteurs de Dieu, devant ces odieuses sollicitations, n'en restent pas moins des hommes. En ce qui me concerne, ils ont décidé de faire preuve d'indulgence. Les conditions ne sont pas négociables. En échange de mon silence, je serai transférée dans une institution catholique qui s'occupera de moi et de mon enfant à naître. Je ne reverrai plus jamais père Patrick ni ne chercherai à entrer en contact avec lui. Ces consignes sont des ordres et prennent force à l'instant. Mes affaires suivront. Hors de question de retourner chez ma logeuse avant mon départ. « Miss Archibald est morte », m'assène le curé avec froideur. La nouvelle me pétrifie. Que s'est-il passé ? Un silence s'installe. Lourd. Menaçant. Puis il me poignarde, les yeux dans les yeux, affirmant que mes frasques sont la cause de son décès. L'accusation me dévaste et mon âme vole en éclats. D'un geste négligent de la main, sans un mot, sans compassion, il me congédie.

La pauvre Miss Archibald avait raison : elle ne connaîtra pas le printemps. Elle n'aura plus à prononcer ce prénom qu'elle maudissait. Elle est morte avant le matin de la Saint-Patrick.

Mon Dieu, Mumiah, peuvent-ils l'avoir tuée ? Des hommes d'Église peuvent-ils faire ça ? Ont-ils pu demander à quelqu'un de le faire ? À Patrick, peut-être ? Qui d'autre ?

19

Sur la route de Moíndhearg

Le premier mort

Elles ont déjeuné d'un *fish and chips* et d'une *Innis and Gunn blood red* à l'auberge de Kilchrenan. Le menu annonçait plutôt un *Beer battered angel-cut haddock & fries with peas & tartare*, mais c'était bel et bien un délicieux *fish and chips*. Crumble rhubarbe et gingembre en dessert pour Courtney, glace whisky *and brown bread* pour Diane.

L'endroit est une ancienne ferme blanchie à la chaux, accueillante, au croisement un peu désordre de la B845 et du chemin sans nom qui mène à Moíndhearg. Elles ont préféré s'arrêter pour s'assurer de la route, malgré l'insolente certitude électronique et l'intelligence artificielle du navigateur de la voiture.

Depuis Glasgow, elles ont joué les touristes pressées sur la route d'Oban, jetant le véhicule sur le bas-côté le temps d'une photo sur les rives d'un loch. Quelques fois, elles ont immortalisé des pentes abruptes et sombres d'un lac de montagne empierré de galets sous une eau claire et transparente. D'autres photos aussi. En clair-obscur, dans le velours plissé d'une lande de bruyères grisée, sous des nuages de laine mouillée. Elles refont à l'envers le chemin par lequel les Gaëls, venus d'Irlande, ont créé l'Écosse.

Le manoir de Moíndhearg n'est plus qu'à dix kilomètres de Kilchrenan, sur la berge du Loch Awe. Elles reprennent la route à une seule voie, étroite et sinueuse, qui court à travers des collines érodées, tapissées de mousse et de lichens, mouchetées de digitales, d'angélique et de chardons bleus. Elles ne croisent personne, dans ce paysage de prairies et de terres abandonnées sous la démesure d'un ciel lumineux à force d'être gris. Des arbres bordent la route des deux côtés. Saules, bouleaux ou noisetiers. Quelques chênes en retrait. Par deux fois, les branches se rejoignent par-dessus la voiture et entremêlent leurs doigts fourchus. La route devient alors un tunnel végétal aussitôt sombre et inquiétant. Une mousse acidulée d'un vert presque fluorescent, tapisse les murets de pierre. Le pied des arbres aussi, dans les sous-bois, et quelques fois jusqu'aux branches maîtresses. La terre noire luit d'être toujours mouillée. Au sortir du premier bois, Diane se gare soudain sur la droite.

– Regarde !

Perchés chacun sur une colonne en pierres, deux aigles sculptés dans du granit gris. Massifs et menaçants. Le premier figé dans un envol carnivore, le second immobile et sévère, à surveiller la route. Ils devaient marquer l'entrée d'un domaine aujourd'hui abandonné. Dans la végétation d'herbes hautes et de ronces, on devine encore l'allée qui s'enfonçait, perpendiculaire à la route, jusqu'au creux d'un vallon.

– Tu te souviens du journal de Sarah, murmure Diane, les yeux fixés sur les deux rapaces. *Les aigles menaçants qui déchirent les yeux de ceux qui s'enfuient*… Ça ne peut pas être une coïncidence. J'ai cru à une fauconnerie, mais peut-être bien qu'elle parlait de ces statues lugubres.

Courtney prend quelques photos, puis comprend le silence suspendu de Diane.

– Alors, ça signifie que le pont de pierre n'est pas loin.

– Et le kiosque dans les bois non plus.

Courtney est morose depuis leur départ de Glasgow. Elle s'en veut. À la relecture du journal de Sarah, elle a fait, mais un peu tard, le rapport entre le frémissement de l'œil du père Hannibal et le tic que Sarah décrit chez l'évêque de l'époque. Si elle avait été plus attentive, elle aurait pu crucifier sur place ce suppôt de Satan au lieu de s'acharner sur l'autre pauvre curé. Probablement le second prêtre dont parle Sarah, au côté de Lord Murray.

– Oublie ça, nous réglerons les comptes de Sarah avec cette ordure bientôt. Pour l'instant, concentre-toi sur Moíndhearg, insiste Diane.

Concentrée, Courtney l'est déjà. Cette enquête est devenue une mission pour elle.

Elles remontent en voiture, reprennent la route et pendant deux kilomètres, dans leurs esprits, tout se mélange. Les mots sont inutiles. Leurs pensées sont des images immobiles. Pour Diane, les oiseaux de proie. Pour Courtney, le Monseigneur. Mais qu'importe leurs pensées, elles sont ensemble, obsédées par ce qu'elles n'arrivent pas à s'avouer. Pour toutes les deux, la seule option est de se taire et d'avancer sous les frondaisons du bois qui les entoure. Branches basses balayant l'asphalte. L'obscurité descend sur le goudron. La route devient chemin et se rétrécit. Elle creuse son passage entre des coteaux taillés dans le talus du sous-bois, d'où jaillissent des racines tortueuses. Comment feraient-elles, si elles devaient croiser une voiture ? Puis, après deux dos-d'âne successifs, la route plonge vers un val encaissé où court une rivière agitée.

– Le pont ! murmure Diane.

Un court pont de pierre. Trapu et solide. Il enjambe la rivière qui roule ses remous entre les berges. Les parapets sont engoncés dans une mousse spongieuse qui en rembourre les angles. Elle tapisse et envahit le sol, épaisse, jusqu'au courant encombré de racines et de rochers. Moussus, eux aussi. Comme les arbres, déchiquetés par les orages, ou couchés en travers par les tempêtes, ponts précaires et pourris. Le sous-bois se gonfle de fougères dont les crosses en spirales sont autant de vipères. Des chênes et des aulnes puissants gardent l'endroit à l'ombre du moindre rayon de soleil. C'est sinistre et inquiétant. Humide et sombre. Aqueux. Fangeux. Hors du temps.

Un dégagement a été aplani sur la gauche pour permettre aux voitures de passer le pont en alternance. Diane s'y range et Courtney descend prendre quelques photos. Quand elle se retourne, sa patronne feuillette le manuscrit avec impatience sur le capot et elle la rejoint.

– Là, dit Diane en pointant un paragraphe.

Il s'est arrêté avant le pont et me force, canon dans les reins, à escalader le talus jusque dans les bois… Elles regardent le pont. Le sous-bois ne s'étale que sur la gauche. De l'autre côté, il s'affaisse pour suivre le cours de la rivière… *Je suis terrorisée. Le temps me semble des heures, mais nous ne marchons pas longtemps, une minute ou deux, à peine*… Elles grimpent le talus et s'enfoncent dans le sous-bois en remontant la pente… *je me suis retournée pour essayer de fuir et j'ai aperçu le pont, entre les troncs de deux grands arbres*… Diane dit à Courtney de chercher deux grands arbres entre lesquels on peut voir le pont, même si les taillis ont dû pousser en cinquante ans. *Il m'empoigne par les cheveux et accélère le pas sur une centaine de mètres, avant que le terrain ne redevienne plat. Et le kiosque est là.*

Elles se taisent. Le kiosque est bien là. À moitié effondré, défait par les arbres qui transpercent le toit. Des branches maigres et torves qui l'enserrent. Le socle est éclaté par les herbes folles et les buissons sauvages. Les marches feutrées d'une moisissure humide. Elles se regardent. Diane cherche une autre page… *il grogne un chapelet d'insanités et finit par défourailler son sexe. Il m'oblige à m'agenouiller devant lui, le canon de son arme appuyé sur mon crâne…*

Elles fouillent le kiosque dévasté. Rien. Pas le moindre bout de pierre susceptible d'ouvrir un hypothétique caveau, même en s'arrachant les doigts pour écarter les ronces. Après une demi-heure, c'est Courtney qui trouve l'entrée. Un carré de mousse sur lequel n'ont poussé que quelques champignons marrons et mouillés. Elles creusent avec des bois morts pour dégager la trappe. Une poignée en fer forgé leur reste dans les mains quand elles essaient de tirer dessus. Elles nettoient le contour et glissent leurs doigts entre la terre et le bois qui bouge. Elles s'y attellent à deux du même côté et tirent ensemble sur le bois qui finit par s'ouvrir d'un coup. Elles se penchent vers le trou sombre, hurlent de terreur et se jettent si fort en arrière qu'elles basculent toutes les deux les fesses dans la glaise.

Parmi les araignées qui paniquent, les os dispersés d'un squelette, le crâne démantibulé, gisent dans la poussière. Diane a lâché le manuscrit dans sa chute et se redresse comme elle peut pour récupérer les feuillets qui s'éparpillent. Courtney, le cœur battant la chamade, tente de calmer sa frayeur et se relève, électrisée d'une peur qu'elle se doit d'immortaliser. Autour d'elle, rien n'a d'importance. Elle a juste besoin de prendre des photos. Diane la rejoint, pestant contre sa maladresse et les pages maculées de boue ou griffées par les ronces. Elle se sert de son portable pour éclairer l'intérieur de la cave. Posé contre le mur, feutré de poussière grise, elles aperçoivent le fusil… *Il m'oblige à m'agenouiller devant lui, le canon de son arme appuyé sur mon crâne…*

Elles n'osent pas descendre dans ce sous-sol parmi les os et les araignées. Courtney se contente de mitrailler le décor sordide, à l'aveugle, en déclenchant le flash.

Une portière claque. Elles sursautent puis se figent. Le bruit vient du côté du pont. Diane ordonne à Courtney de l'aider à refermer la trappe et à maquiller les traces sous de la mousse et des branchages. Puis elles se rajustent autant que faire se peut et redescendent vers la voiture. Elles ont à peine passé les deux grands chênes qu'un homme jaillit des taillis devant elles, un fusil de chasse à la main.

– Qu'est-ce que vous faites ici ?

– Pipi, improvise Diane en prenant l'air le plus gêné possible.

– C'est la propriété privée du manoir de Moíndhearg, aboie l'homme, vous n'avez rien à y faire.

– Il se trouve que si, justement, réplique Courtney d'un ton qu'elle veut offusqué, nous y avons réservé deux chambres pour ce soir et nous y sommes attendues.

L'homme les regarde, pas impressionné du tout. Trapu. Fort. Il a la soixantaine, ou une mauvaise cinquantaine rongée par la bile et les excès. D'un mouvement de la tête et du fusil, il leur fait signe de passer devant et les raccompagne jusqu'au pont. Elles prennent soudain conscience qu'elles ont le tissu mouillé de leur jupe souillée de boue qui leur colle aux fesses. Quand elles rejoignent leur voiture, l'homme désigne le manuscrit dans les mains de Diane.

– Ça fait beaucoup de papier, juste pour pisser…

– Bravo, perspicace, s'emporte Diane. Élégant et galant de votre part, merci de le faire remarquer ! Eh bien oui, je suis allée chier dans les bois, voilà, vous êtes satisfait ? Ça répond à vos questions existentielles ?

L'homme hausse les épaules et pose son fusil sur le siège passager de sa Range Rover.

– Que vous chiiez et que vous pissiez, c'est votre problème, mais on ne fait pas ça dans les bois des gens.

Il monte dans sa voiture et démarre en direction de Kilchrenam.

Diane regarde Courtney offusquée, les bras écartés, paumes vers le ciel.

– *Dans les bois des gens* ! Non, mais tu crois ça, toi ?

Elles reprennent leur voiture et, quelques centaines de mètres plus loin, passent devant un pavillon de chasse qui marque l'entrée d'un vaste parc arboré. La route étroite n'est plus qu'un chemin de gravier qui sinue à travers une pelouse encore gorgée des dernières pluies, plantée d'arbres élancés et espacés, botaniquement identifiés d'une petite pancarte blanche à leur pied. Quand le manoir apparaît, Diane et Courtney sont envahies du même sentiment étrange. Le silence. Cet inconfortable instant de silence qui les confronte à quelque chose de cossu et de terrifiant. Noble et ténébreux. Un assemblage compliqué de pignons gris aux pentes en escalier, sur chaque face. Des tourelles, des lucarnes, des chiens-assis. De hautes cheminées au-dessus du faîtage des toits pentus qu'elles dominent. Des dépendances attenantes prolongent en désordre une architecture calculée et austère. Fin dix-neuvième, a lu Courtney sur la documentation avant de réserver. Elles découvriront plus tard que la façade la plus ordonnée donne de l'autre côté, sur le loch Awe, toute d'ardoises et de pierres grises aux huisseries blanches. Nue, sobre et lisse. La seule à ne pas être ensevelie sous un amoncellement de lierres et de vignes vierges.

– Néo-romantique ? tente Diane.

– Fin de race ! assène Courtney, catégorique.

Elles roulent jusqu'à la grande et prétentieuse allée circulaire et s'arrêtent devant les marches du porche. Une porte ordinaire, surmontée d'une demi-rosace, encadrée de plantes grimpantes aux fleurs pâles. Elles attendent. Au prix de la chambre, elles espèrent quelqu'un. Un portier, ou un voiturier, ou un majordome. Un chevalier. Le roi d'Écosse. Un dragon. Quelqu'un, n'importe qui, même un serviteur au visage ramolli et à l'air blasé, dédaigneux, qui conviendrait assez bien aux lieux. Mais quelqu'un. En désespoir de cause, elles se résignent à descendre et Courtney s'éloigne aussitôt pour prendre des photos du manoir. Diane soupire, tire leurs valises du coffre et pousse la porte du pied.

Le hall doit être néo quelque chose, en bois clair sur fond de murs bleu nuit. Un tapis rouge cardinal feutre le large escalier gothique qui monte à l'étage. À droite, un long comptoir, les murs en bois ciselé à la façon d'un autel de cathédrale. Deux chaises sculptées dans la même essence, le dossier travaillé en pointe en forme de façade d'église. Une cheminée habillée de hêtre et de moulures fades. « Gothiquo-barroque si ça existe », juge Diane. D'immenses natures mortes aux murs. Très mortes. Du petit gibier de retour de chasse, lièvres et faisans, la tête pendante, dans de lourds cadres dorés. Un vase chinois, aussi haut que Diane, dans une encoignure. Deux lampes, au corps en faïence, coiffées d'un abat-jour à la française. Un portemanteau-perroquet. Sur les murs de l'escalier, une tapisserie élimée d'un autre âge et une composition florale plus terne qu'une gerbe d'obsèques. Un alignement de portemanteaux. Une horloge en bois ciré. Un extincteur. Une rangée de bottes de toutes tailles. Et personne.

– Il y a quelqu'un ?

Elle avance et pousse une porte qui s'ouvre sur deux salons en enfilade. Ils donnent sur la pelouse qui descend vers les eaux grises du loch. Aussi lumineux et bourgeois que le hall est sombre et moyenâgeux. Encombrés de meubles élégants, de sofas surchargés de coussins moelleux, de fauteuils et de canapés en cuir, de rideaux en brocards. Murs en boiseries creusées de niches pour des vases précieux. De fines colonnes de marbre vert jusqu'au plafond travaillé de corniches et de boiseries en caissons. Des bronzes aériens aussi. Des femmes chasseresses et légères, très court vêtues. Sur le marbre noir de la cheminée, le buste blanc d'une femme au décolleté pigeonnant et accort. comtesse ou concubine ? Deux éléphants de porcelaine orientale, roses, jumeaux, impassibles, attendent un de chaque côté du feu qui ronfle. À travers de larges et hautes bow-windows de bois précieux, une vue magnifique s'ouvre sur les eaux du loch Awe en bas d'une longue pelouse en escalier.

– Puis-je vous aider ?

Diane sursaute et l'homme est comme elle s'y attendait : sinistre et compassé. Buster Keaton en majordome.

– J'allais désespérer, s'impatiente Diane.

– La demeure est grande, explique l'homme. Vous êtes les dames du cinéma ?

– Oui, répond Diane, la réservation au nom de Sandwood Production.

L'homme retourne vers le hall et elle suppose qu'elle doit le suivre. Il se glisse derrière un comptoir étroit, niché sous l'escalier, et compulse des dossiers, des liasses de papiers, qu'il feuillette en humectant son doigt. Il lit longtemps un formulaire qu'il semble ne pas comprendre, puis le repose et cherche autre chose.

– Vous avez beaucoup d'autres réservations ? s'impatiente Diane.

– Non, Madame, il n'y a guère que vous et votre amie.

– Dans ce cas… suggère-t-elle en haussant les sourcils.

– Je ne suis que le majordome, Madame, il ne me revient pas de procéder à l'enregistrement.

– Ah ! Mais vous m'avez pourtant bien proposé votre aide. Je me trompe ?

– Oui Madame. Pour du thé ou un café, des rafraîchissements, un whisky, des fruits, des brownies, du shortbread à la châtaigne, une vérine de blackberry cranachan… Quelque chose pour patienter, en attendant Monsieur le Comte qui ne devrait tarder.

– Ah, s'il ne s'agit que de patienter, notre bonne éducation calmera notre impatience, se moque Diane. Dans ce cas, apportez-nous, je vous prie, une assiette de fromages d'Écosse avec un verre de vin rouge. Français si vous avez. De préférence du pinot noir. De bourgogne.

– Bien sûr Madame, répond l'homme avec l'obséquiosité d'un préposé des pompes funèbres dépressif. Et pour votre amie ?

– Nous partagerons le fromage. Sans abuser, pour le vin, portez-nous plutôt une bouteille et deux verres.

À travers les vitres de la porte, Diane aperçoit Courtney. Elle tente d'échapper en courant à une averse soudaine, sous un ciel d'argent, et se précipite dans le hall.

– Puis-je me permettre, Mesdames, de vous demander de ne pas vous asseoir dans les sofas et les canapés ainsi que sur les chaises tapissées ?

– Pardon ? s'étonne Diane avant de comprendre. Ah oui, nous avons le cul sale, c'est vrai, excusez-nous. Nous sommes tombées dessus dans la forêt.

– Dans ce cas, Madame, nous avons un petit salon boudoir pour les *early check in.* Deuxième porte sur votre gauche, après la salle à manger, tout au bout du couloir rouge. Vous y trouverez une douche à l'italienne et toutes les commodités pour vous mettre à l'aise, dit le major Keaton.

Le temps que Diane repère le couloir, il a disparu par une porte de service dérobée dans la boiserie. Mais Diane ne bouge pas, le visage soudain triste.

– Tu ne vas pas te changer ? s'étonne Courtney.

– Courtney, souviens-toi de Sarah, murmure-t-elle. Le couloir rouge. Le salon boudoir où l'on habillait ces pauvres filles en vestales avant qu'elles ne rejoignent les salons en passant par le couloir rouge…

– Merde ! siffle Courtney, alors nous y sommes vraiment !

– Tu en doutais encore après ce que nous avons découvert sous le kiosque ?

– Non, mais j'essayais d'imaginer autre chose, un accident de chasse, la mort d'un vagabond, pour ne pas avoir à me persuader que Sarah avait réellement vécu tout ça.

Elles cherchent en silence le salon boudoir, tirant leur valise roulante sur la moquette, et Diane veut aussitôt se laver de toute cette journée et de toutes ces images. Elle se déshabille sans pudeur et passe derrière la paroi vitrée de la douche, laissant longtemps une eau brûlante lui cingler le visage. Sa nudité embarrasse Courtney qui essaie de ne pas la regarder, mais la pièce est décorée de grands miroirs qui renvoient de tous côtés l'image du corps nu de Diane. Puis l'eau bouillante embue les reflets et le joli corps troublant et attirant de sa patronne disparaît dans un brouillard de chaleur.

– Ça fait du bien, dit-elle en sortant ruisselante, sa peau blonde et les poils de son sexe perlés d'eau, pour chercher une serviette que lui tend aussitôt Courtney.

Puis la jeune fille enlève sa robe et, pour dégrafer son soutien-gorge, tourne le dos à Diane qui s'en amuse. Un drap de bain à la main, son autre bras en travers de ses seins, elle se glisse dans la douche pour accrocher la serviette en rideau sur la vitre. Puis elle abandonne sa culotte sur le carrelage et se brûle à l'eau bouillante.

– Comment fais-tu pour supporter une eau si chaude ! suffoque-t-elle en réglant le mitigeur.

Mais Diane ne répond pas. Elle s'est assise sur une banquette, nue encore, et frotte ses cheveux d'un mouvement mécanique, les idées ailleurs. Courtney sort de la douche à son tour, emmaillotée dans son drap de bain.

– Tu penses à Sarah ?

– Oui, avoue Diane, je ne pense plus qu'à elle. Cette histoire a plus de cinquante ans, tu crois que le major Keaton était déjà là ?

– Le major Keaton ?

– Tu ne trouves pas que ce majordome a une tête de Buster Keaton ?

Le rire de Courtney sort Diane de sa torpeur. Elles fouillent alors chacune dans leur valise pour se dénicher une nouvelle tenue et de quoi sécher leurs cheveux. Quand elles reviennent dans le hall, « Bois des gens » les attend. Ce rustre grossier n'est autre que Monsieur le Comte de Moíndhearg.

– C'est une chambre pour deux nuits ou deux chambres pour une nuit ? demande-t-il en regardant ailleurs.

– Deux chambres pour une nuit, précise Diane, ou peut-être plus…

– Dans ce cas, il faut me le dire tout de suite. Je peux vous garder ce soir et demain mercredi, mais jeudi, le manoir est complet.

Il répond en compulsant les mêmes papiers que consultait le majordome.

– Complet ? Un jeudi ?

– Oui, tous les jeudis, le manoir est réservé.

– Et vous faites quoi, un bal masqué ? se moque Diane pour cacher son trouble. Les éliminatoires de Miss Scotland ? Des tournois de poker ?

– Un cercle privé organise des dîners-conférences dont les recettes vont à une œuvre caritative.

– Quoi, genre orphelin sans frontières ?

– Oui, on peut dire ça comme ça, en effet…

Pour la première fois, *Bois des Gens* relève la tête et la regarde droit dans les yeux. Diane soutient son regard noir.

– Et comment peut-on s'y inscrire, à ces conférences ?

– Vous ne pouvez pas, répond *Bois des Gens*, il faut être membre du Cercle.

– Et si nous adhérions à ce cercle ?

– C'est un cercle à vingt mille livres la cotisation annuelle, plus les prestations.

– Ah oui, en effet. Dans ce cas, oublions les bonnes œuvres, et contentons-nous de faire les repérages pour notre film. Est-ce que demain quelqu'un pourra nous organiser une visite détaillée du manoir et du domaine ?

– J'ai prévu de m'en occuper, répond *Bois des Gens* en regardant déjà ailleurs.

Il pose deux clés de pont-levis, alourdies chacune d'un écusson héraldique en bronze sur le comptoir.

– Au premier. Les chambres des dames.

– Délicate attention, sourit Diane en glissant un regard rieur vers Courtney.

– On les a décapitées parce qu'elles avaient des mœurs contre nature, précise *Bois des Gens* agenouillé derrière le comptoir pour vérifier un branchement informatique. Une des deux chambres est celle dans laquelle elles ont passé leur dernière nuit.

– Savaient-elles qu'elles allaient mourir le lendemain ? demande Diane.

L'homme émerge de son réduit sombre et la dévisage, étonné.

– Qu'est-ce que cela aurait bien pu changer à leur destin ?

– L'intensité de leurs étreintes, peut-être, la fougue de leurs jouissances, le vertige de leur ultime orgasme ? Que sais-je ?

Elle prend les clés et le bras de Courtney et se dirige vers les escaliers. Le major Keaton, tel le serviteur de la Maison Adams, surgit de nulle part pour les précéder aussitôt, leurs valises légères à la main et tout le désespoir résigné du monde sur ses épaules. Sur un palier, à mi-hauteur de l'escalier, dans une niche haute et profonde, le mannequin d'une femme. Sans tête.

– La comtesse de Moíndhearg, douzième du nom, dite la Dame Rose, récite le major Keaton d'une voix mécanique. Elle fut décapitée sur un échafaud dressé sur la pelouse entre le château et le loch. Le comte tenait à ce que sa famille et ses invités puissent le voir procéder, de ses mains, à l'exécution de la sentence qu'il avait prononcée…

Elles passent devant le mannequin grandeur nature, sa robe plissée rose comme celle d'une pénitente, lugubre, sans sa tête, malgré un corps de rêve. Le décorateur a poussé le mauvais goût jusqu'à la faire s'appuyer, les mains jointes, au pommeau d'une lourde épée dont la pointe repose entre ses pieds. Fragile, précise un petit écriteau, ne pas toucher. En effet, Diane remarque que l'épée, la pointe sur le marbre, est juste tenue en équilibre par les mains de la suppliciée.

– … l'autre chambre est attenante, où la comtesse s'acoquinait avec son amante et dame de compagnie, Eleanor Richford, que le comte décapita aussi lui-même, dans la cour de l'office, derrière les cuisines.

– Nos chambres communiquent donc.

– Oui. Monsieur le Comte vous a attribué celle de Madame la Comtesse, et à mademoiselle, celle de la dame de compagnie.

La chambre de Diane est une suite spacieuse, mais vieillotte et surannée. Celle de Courtney, un petit boudoir intime et chaleureux. Un nid d'amour propice à tous les abandons. Elles déposent leur bagage pour inspecter les lieux.

– Pas difficile de savoir dans laquelle de ces deux chambres ces gentes dames se sont abandonnées à leur dernier élan, observe Diane.

– Et pour le dîner ? s'empresse de demander Courtney.

– À 19 h 30, dans la salle à manger. Hors saison, le menu est fixe. J'espère qu'il vous conviendra.

– Je l'espère aussi, répond Diane. En attendant, n'oubliez pas nos fromages et notre vin.

Avant que le major Keaton quitte la chambre, offusqué qu'on ait pu penser qu'il puisse oublier quoi que ce soit, Diane le rappelle.

– Le comte actuel a-t-il hérité de la hache de son cul béni d'ancêtre ?

Le majordome s'étonne, puis se reprend et répond.

– Je suppose, Madame. Puis-je me permettre de vous demander pourquoi cette question ?

– Juste pour savoir ce que nous risquons au petit-déjeuner.

– Vous ne risquez rien, Madame. Quoi que vous fassiez, vous ne risquez rien. Ces temps-là sont révolus.

– Il ne nous reste qu'à l'espérer, conclut Diane quand le majordome se retire.

Courtney est à la porte de sa chambre. Droite. Immobile.

– Allons Courtney, je plaisante, je voulais juste m'amuser de ce cul serré de majordome.

– Oui, mais vos allusions me gênent, Diane. Tous ces sous-entendus m'incommodent. Je ne suis pas…

– Quoi ? Une gouine ? Une lesbienne ? Une broute-gazon ? Moi non plus Courtney ! Rassure-toi, tu peux dormir sur tes deux seins. Je suis juste une femme qui profite d'être encore assez jeune pour aimer de jolis corps, quels qu'ils soient. Et je n'ai jamais forcé personne. Mon lit t'est ouvert si tu veux, mais je ne me glisserai jamais de force dans le tien.

Courtney reste sans répondre à ce qui est autant une proposition qu'une promesse. Pour trancher le silence et le sourire de Diane qui soutient son regard, elle change de sujet.

– Nous avons plus de quatre heures avant le dîner, donnez-moi le manuscrit, je vais remettre les pages en ordre et nettoyer celles qui sont souillées.

– Très bonne idée, acquiesce Diane en posant le document sur le lit. Moi je vais faire une petite sieste pendant ce temps. Puis-je t'emprunter ton boudoir ?

– Pas de problème, je vais classer tout ça dans un des salons en bas. J'ai repéré de grandes tables basses.

– Tu n'attends pas le vin et les fromages ?

– J'en profiterai quand j'aurai fini.

Mais Courtney ne remontera que beaucoup plus tard, presque à l'heure du dîner. Le journal de Sarah a désormais ce pouvoir sur elle de la captiver chaque fois qu'elle y replonge, même en l'ayant déjà lu. Après avoir remis les feuilles en ordre, elle veut se remémorer très exactement comment Sarah est arrivée jusqu'à Moíndhearg.

20

Journal de Sarah

Vendredi 24 mars 1967 – Dans le train.

Huit jours. Enfin, je crois. Difficile de me rendre compte quand on est enfermée. Pour ne pas perdre la notion du temps, j'ai gravé des traits sur le mur avec un clou rouillé en regardant le jour s'éteindre ou s'allumer à travers le fenestron grillagé. Pas de visites, sauf pour les repas. Personne pour répondre à mes coups de pied contre la porte et à mes gémissements.

Et là, ce matin, la serrure qui claque. Un type balance mon sac au milieu de la cellule et m'ordonne de le suivre. Tu es dedans Mumiah, ils ne l'ont pas fouillé.

Des courses. Des cavalcades. On me bouscule, je n'avance pas assez vite. Je suis incapable de comprendre les ordres qu'on me hurle. Et tous ces curés sinistres qui me regardent passer sous les arches de la cour principale comme si je portais l'antéchrist en moi. Certains se signent. Les nonnettes qui leur papillonnent autour baissent les yeux pour ne pas croiser mon regard de pécheresse.

Dans le taxi qui m'emmène vers Buchanan Station, je vois défiler les rues de Glasgow. Sales et sombres. Comme cette détresse qui me ronge. Comme ce printemps qui n'arrive pas à écarter l'hiver. Où est Madison ? Bad Billy me manque déjà. Les trois autres aussi.

Je pars vers un endroit «où je serai bien.» Le sous-diacre qui m'accompagne me l'a répété au moins trois fois. D'ailleurs, il n'a dit que ça, sans doute gêné de devoir me parler d'autre chose. Après cet incommensurable effort de bienséance, il est resté muet. Ce benjamin de Dieu ne sera jamais un bel homme. Un visage de poupon, affublé d'une barbichette effilochée, lui donne un âge qu'il n'a pas. Il est déjà suiffeux. Son costume sent la bougie et la transpiration. Plutôt que de me rassurer, il s'entortille les doigts autour de son chapelet afin d'exorciser l'incarnation du mal que Dieu a mis sur sa route.

En ce milieu de matinée, la gare de Glasgow est glacée. Un palais des courants d'air où les rares passants pressent le pas pour ne pas attraper la mort. Le quai 3 est désert. Une locomotive fume. Une femme rondouillarde attend devant le wagon numéro cinq. Miss Clervie, qu'elle dit en me débarrassant de mon sac.

«À partir de maintenant, je veille sur toi.»

Miss Clervie est mon accoucheuse et la rondeur de mon ventre lui permet d'affirmer que nous nous reverrons très vite. Elle a un sixième sens pour ça. Pas d'inquiétude, surtout pas. Tout se passera bien.

D'après miss Clervie, Butterfly House est un bel endroit. Un château de pierres grises. Des tourelles d'angle en surplomb. Au centre des bâtiments, une cour rectangulaire décorée de carrés de rhododendrons et d'azalées. C'est le lieu de promenade préféré des pensionnaires. Alentour, un jardin de vingt acres domine le Loch Etive. Venteux, parfois. Pluvieux, souvent. Mais paradisiaque. Je vais aimer.

Mon Dieu, quel moulin à paroles! Le seul endroit merveilleux que je connaisse, c'est la maison à la pointe d'Aughrus, en face de l'océan. Cette lande à l'ouest du Connemara que je ne reverrai sans doute jamais. Tout ce que j'étais et espérais devenir est enterré là-bas. Avec maman. Je ne l'écoute plus. Le wagon me berce. Le front appuyé contre la vitre, je laisse le sommeil m'embrumer l'esprit.

Vendredi 24 mars 1967
Achnacloïch, Butterfly House

La nonne est là. Longue silhouette sombre. Tunique noire serrée autour de la taille par une ceinture de cuir portant un rosaire. Un scapulaire sur les épaules et une guimpe blanche entoure son visage. Sœur Heather se tient sur la deuxième volée de marches d'un escalier en pierre. Sévère et revêche, elle caresse le crucifix en bois qui pend au bout d'une cordelette torsadée sur sa poitrine.

L'endroit par contre est féerique. Les descriptions de miss Clervie sont en dessous de la réalité. Des groupes de filles, jeunes et enceintes, se promènent dans la cour intérieure. Le dos creusé et le ventre en avant. Les mains sur les reins pour se soulager. Et des rires qui fusent de partout. Un bonheur radieux autour d'immenses parterres de fleurs.

Sœur Heather s'arrête devant un carré d'azalées pour décrire les lieux. Dans l'aile sud, c'est le quartier des *«espérantes»*, un corps de bâtiment cerné de tourelles. Les nouvelles, comme moi, sont regroupées ici, dans des chambres doubles et bien chauffées. Pour l'instant, je serai seule. Une autre résidente doit arriver dans quelques jours. Au milieu, dans le bâtiment d'en face, la maternité, la nursery, les soins et l'espace des *«parturientes.»* Là, dans l'aile nord, les salles communes, les cuisines, le réfectoire et les chambres réservées aux *«repentantes.»* C'est ici que j'irai après mon accouchement. Butterfly House héberge au maximum une dizaine de filles dans chaque espace afin de respecter la tranquillité et l'intimité de toutes. Mais cela peut varier en fonction des périodes de l'année.

Ma chambre est douillette et sobre. La haute fenêtre donne sur le parc et l'étang bordé de fleurs jaunes. Une carte postale.

Sœur Heather reste dans l'encadrement de la porte et continue son discours de présentation tout en inspectant la pièce du regard. Ça devrait me convenir. Une couverture et un oreiller supplémentaires sont dans l'armoire. Je dois penser à reprendre des forces. Pour ce soir, puisque je viens d'arriver, le repas me sera servi dans ma chambre. Demain, le lever est à sept heures pour ma première visite médicale. Ensuite, elle me présentera aux autres *espérantes*. Dernière chose. À Butterfly House, le personnel religieux ne posera aucune question sur ma vie d'avant. Si je suis ici, c'est qu'elle n'a pas été facile. Entre elles, les filles ne sont pas aussi discrètes, alors elle me conseille d'en dire le moins possible. Je suis là pour apprendre à me reconstruire. D'*espérante*, je deviendrai *parturiente* puis *repentante*. C'est à partir de ce moment qu'il faudra choisir quel genre de vie je souhaite.

Et la porte se referme doucement sur l'ombre austère de sœur Heather.

Ce n'est pas facile de décrire une journée de sa vie quand tout bascule. De trouver le bon ton, des mots qui ne sont pas des répétitions alors que les situations qui défilent ne sont que ça. Des répétitions. Qu'importent les concordances de temps, Mumiah, quand le passé, le présent et le futur s'entremêlent. Je te l'ai déjà dit : je ne sais plus écrire au jour le jour. C'est trop épuisant. J'ai le sentiment de me mentir en permanence. Sœur Heather a raison, j'ai besoin de repos et de calme. Ici, à Butterfly House, l'endroit paraît idéal.

Si miss Clervie ne se trompe pas, je vais accoucher bientôt. Quand ? Cette fois, contrairement à ce que j'ai pu ressentir avant la naissance de petit Geoffrey, je me sens en forme. Mon ventre est gros, mais moins difficile à porter. Sans doute parce que c'est une fille, si les prédictions de miss Archibald se réalisent. Je dois réfléchir à un prénom.

Voilà, Mumiah, j'ai presque terminé le récit de cette harassante journée. J'ai apprécié de te retrouver, mais, à force d'écrire, le stylo me tombe des doigts. Dans quelques minutes, je laisserai le sommeil m'envahir. Des personnages défileront pour me souhaiter bonne nuit et la succession des visites décidera de mon sommeil. Souvent, quand le dernier à venir me saluer est Ritchie, la nuit est sereine.

J'éteins.

Dimanche 2 avril 1967
Achnacloïch, Butterfly House.

« C'est l'heure ! »

Je m'évade d'un rêve étrange et angoissant. Penchée au-dessus du vide d'une falaise, j'aperçois le cadavre d'un homme vêtu de noir, écrasé sur les rochers. Les vagues qui affluent vers son corps essaient de le réveiller. Une, plus forte que les autres, l'emporte.

« C'est l'heure ! »

Les ordres s'accompagnent de coups frappés contre les portes des chambres. Une robe de grossesse bleue est pliée sur une chaise. Dessus, un corsage blanc aux manches bouffantes. De confortables sabots en cuir et semelle bois sont rangés sous une chaise. Sur le dossier, un gilet gris en laine, col en V, pattes de boutonnage et deux poches plaquées. Maman m'avait tricoté le même pour mes quatorze ans.

J'enfile le tout et me retrouve dans le couloir avec six autres filles ébouriffées par l'oreiller, habillées de la même manière, encore à moitié endormies. Ça baye aux corneilles, ça s'étire, ça se soutient le ventre. Aréopage grotesque de poupées difformes.

Sœur Heather, les mains jointes, fend le groupe et se retourne, la bouche citronnée d'un rictus. Puis elle me présente après avoir appelé ces « demoiselles » à un peu plus de tenue. Personne ne m'avait encore remarquée et elle souhaite que tout le monde me réserve le meilleur accueil possible, comme l'exige la tradition de Butterfly House.

Nous traversons ensuite la cour principale. Claudicantes et ventrues. Presque impotentes pour certaines. Les premiers rayons du soleil allongent les ombres des massifs de fleurs sur des morceaux de pelouse fraîchement tondus. Un agréable parfum d'herbe humide et de printemps musarde au pied des bâtiments.

La lumière pénètre dans le réfectoire par trois larges baies vitrées. Deux filles habillées comme des serveuses de restaurant, tenues noires et tabliers-valet blancs, s'occupent de nous. Leur maquillage léger dissimule à peine leurs mines fatiguées.

Ma voisine, qui s'appelle Gaëlle, m'explique que les deux pies qui nous servent sont de nouvelles *repentantes*. Elles ont accouché, elles. La grande blonde, c'est Mary, pas futée mais gentille. L'autre, la brune aux cheveux courts et aux yeux verts, c'est Lizbeth. Une sauvageonne. Un sale carafon. Quand elle était encore dans le groupe des *espérantes*, elle avait la gifle facile. Par hasard, mon regard croise celui de cette fameuse Lizbeth. D'abord surprise, la jolie brunette me retourne un sourire discret qu'elle ponctue d'un froncement de nez canaille. Rouge de honte, je plonge le mien sur mes tartines.

Pendant que Gaëlle me parle, je suis devenue le centre d'intérêt de la tablée. Les questions fusent auxquelles j'évite de répondre. Puis les filles se présentent : Keylin, Nolwenn, Ona, Sinéad, Jennifer, je crois, pour la dernière. Toutes dans la même tranche d'âge. Un ventre énorme, des traits épuisés et un soupçon d'inquiétude au fond des yeux. Gaëlle se vante d'être la plus ancienne des *espérantes*. Elle est là depuis un mois et devrait accoucher dans moins d'une semaine. Nolwenn, la seconde par ordre d'ancienneté, m'explique que Lizbeth a mis au monde une petite fille la semaine dernière. Depuis, la maternité n'est plus occupée que par Loane. La naissance de son enfant est prévue aujourd'hui. Au total, la nursery héberge à ce jour dix marmots.

L'arrivée de sœur Heather éteint les papotages. La nonne m'interpelle et me prie de la suivre dans son bureau. Le ton est sec. Elle doit m'informer de certains détails de fonctionnement. Ensuite, ce sera la visite médicale. Miss Clervie, qui m'a accompagnée jusqu'à Butterfly House, souhaite m'ausculter au plus vite.

L'antre de sœur Heather est aussi imposant que la cave du Midgie's. Des étagères surchargées d'ouvrages alignés de manière minutieuse. De la poésie. Des grands classiques. Des livres religieux. Au milieu de la pièce, un immense bureau en merisier décoré de deux bougeoirs et d'une lampe en cuivre sur pied articulé. Elle me désigne un fauteuil pourpre dont les accoudoirs sont trop hauts pour moi et commence à énumérer ces fameux *détails de fonctionnement* qui me valent d'être assise là. Sous ses mains jointes, un dossier ouvert.

Puisque les présentations avec les autres *espérantes* sont faites, elle souhaite me prévenir. Mis à part une *repentante* au caractère compliqué, les autres ne posent aucun problème. Toutes sont issues de bonnes familles et leur éducation permet de gommer d'éventuels écarts de conduite. Toutes, sauf deux. Moi, si elle lit les informations qui lui ont été transmises et une prénommée Lizbeth qui servait ce matin au réfectoire. C'est elle, le cas difficile à gérer. Nous avons en commun, cette fille et moi, des origines modestes et d'être arrivées à Butterfly House à la demande des autorités religieuses. Sœur Heather attire mon attention sur ce que cela implique. Il ne me sera toléré aucun relâchement. Lizbeth vient d'être recadrée avec fermeté et elle me conseille de ne pas tomber sous sa mauvaise influence. Ai-je une requête particulière à formuler ?

La prudence me recommande de répondre par la négative.

La nonne referme le dossier. En ce cas, elle me souhaite la bienvenue de manière officielle. En l'état actuel des présences à Butterfly House, nous sommes sept *espérantes*. Je suivrai le même parcours que toutes les autres. Après un temps d'adaptation et de rédemption, il me sera proposé de travailler au manoir de Moíndhearg. Soit j'accepte et bénéficierai d'avantages certains, soit je refuse et devrai rentrer chez moi. Avec mon enfant si c'est possible. Sinon, et toujours avec mon accord, l'institution me présentera des familles susceptibles de l'adopter. Rien ne sera entrepris sans mon assentiment. Ce point sera abordé en temps utile. Pour l'instant, certaines *repentantes* ont bien voulu être affectées à Moíndhearg. Des filles, extérieures à Butterfly House, travaillent de manière régulière au manoir. Elles sont hébergées dans la gentilhommière située de l'autre côté de l'étang. On appelle l'endroit la *ruche des servantes*. L'expression lui déplaît, mais puisqu'elle est utilisée, autant que je la connaisse. Les contacts avec ces personnes sont rigoureusement interdits.

Je me fiche des *espérantes*, des *repentantes*, des *parturientes*, des *servantes* et tout ce qui se termine par « ante ». J'ai le temps de me faire ma propre religion sur ce que ces termes pompeux cachent en réalité. Ma curiosité est ailleurs. J'ai envie d'en savoir plus sur ce qu'elle entend par *bénéficier d'avantages certains*.

Je lui pose la question.

Sœur Heather, après un silence qui n'en finit pas, daigne enfin me répondre. J'aurai la possibilité de profiter de mon enfant le plus souvent possible, d'émoluments significatifs et, pour moi et ma progéniture, d'une prise en charge éducative d'excellent niveau. À cela, s'ajoutera la possibilité de m'investir dans d'intéressantes rencontres. Compte tenu de mes origines et de mon parcours pour le moins chaotique, cela me permettra d'accéder à des milieux dont les portes seraient restées fermées dans d'autres circonstances.

Puis c'est l'heure de ma visite médicale. Une fille va m'emmener à la maternité, je dois l'attendre dans le couloir.

C'est Lizbeth qui pointe sa coquine frimousse. Elle me fait signe de la suivre. Un dédale d'espaces vides. Des escaliers et des pièces austères. Vides, elles aussi. Un réfectoire désaffecté. Une bibliothèque. Elle m'explique alors que tous ces endroits sont des lieux interdits, mais que sœur Heather, dans sa maniaquerie maladive, exige pourtant de les voir nettoyés et dépoussiérés tous les jours.

« Avance ! »

Son effluve est parfumé de magnolia. Sa jupe de soubrette montre ses genoux. Ses hanches ondulent quand elle marche. Sans prévenir, Lizbeth s'arrête devant une statue.

« L'ancien propriétaire des lieux », dit-elle. Puis la mignonne devient guide de musée.

L'homme est un riche aristo, Henry de Moíndhearg, qui ne savait pas maîtriser ses érections devant les charmes des jeunes filles et, surtout, des petits garçons. Et pour que Dieu lui pardonne ses fautes, le bougre a légué tous ses biens à l'Église. Dans un premier temps, Butterfly House est devenue une sorte de maison de retraite pour nonnes de bonne naissance. Puis elle s'est transformée en maternité, toujours pour filles d'un certain niveau social. C'est miss Clervie qui lui a raconté tout ça. « Et toi, demande-t-elle soudain sans se retourner, qui t'a violée ? »

La honte et le désarroi doivent se lire sur mon visage. Lizbeth m'interrompt avant d'entendre ma réponse. « Ne te fatigue pas à cacher ça, Sarah. C'est notre point commun à toutes, ici ».

Puis elle termine la visite guidée et m'explique que dans l'histoire de cette lignée de débauchés, seul le manoir de Moíndhearg est resté dans la famille. Et, quels que soient les racontars que j'entendrai sur cet endroit, je ne dois surtout pas refuser de m'y rendre. J'ai le physique qui convient. Une idée lui trotte dans la tête depuis quelque temps, mais c'est trop tôt pour m'en parler. D'abord, je ponds mon môme et ensuite je me remets en état de fonctionnement. Ça lui laissera le temps de me jauger. Elle tourne les talons et m'entraîne au milieu d'autres pièces immenses au bout de couloirs interminables.

J'ai regagné ma chambre et ça me fait du bien de me retrouver avec toi, Mumiah. Comme le lunch était copieux, le repas du soir a été assez frugal. Pas grave. Après être passée entre les mains de miss Clervie, je n'avais plus très faim.

La tête qu'elle a faite quand je lui ai expliqué que j'avais déjà accouché ! Son visage s'est fermé. Son front s'est plissé de reproches. Alors, j'ai menti pour éviter sa colère et inventé n'importe quoi. Je n'ai pas pu garder mon petit. Il était mort-né. Ensuite, j'ai été violée dans une église par des soudards après un derby entre les Rangers et le Celtic Glasgow.

« Ma pauvre petite, a-t-elle répondu en hochant le menton, je m'en doutais bien, tu sais ! »

Elle avait remarqué que j'étais déjà ouverte et mon bassin bien large pour un premier accouchement. Ça se passera bien. Ce n'est pas un gros bébé. Quand il sera sorti, j'aurai droit à une claque sur les cuisses et Dieu m'autorisera à pleurer de soulagement et de joie.

Jeudi 20 avril 1967
Achnacloïch, Butterfly House,

Loane, la dernière *repentante* en titre, est malade. Morgan aussi. Pour au moins une semaine. La grippe. Les autres étaient, mardi soir, sur le pont des festivités organisées en l'honneur de l'anniversaire de la comtesse de Moíndhearg. Aujourd'hui, toutes sont dispensées de service. Il n'en reste qu'une seule de disponible : Lizbeth. C'est elle qui assure l'intendance du dîner.

Côté *espérantes*, les troupes sont décimées. Gaëlle est en maternité. Elle vient d'accoucher. Un môme de huit livres. Un porcelet. Keylin et Nolwenn avancent comme des limaces. D'après miss Clervie, Ona, Sinéad et Jennifer arriveront à terme dans moins d'une semaine. Elles sont plus pâles que des ailes de goéland, obnubilées par leur progéniture à venir.

Heureusement, Lizbeth est là. Elle non plus ne tient pas debout. Mais elle reste belle. Comme un arc-en-ciel sur une tourbière. Quand je lui demande si ça va, elle me répond par un grognement. Depuis quelques jours, cette fille est devenue mon rayon de soleil. Et, aussi bizarre que cela puisse paraître, son sale caractère me réchauffe. Je dois t'avouer un secret Mumiah. Hier, après une nouvelle visite chez miss Clervie, je croise Lizbeth dans la salle de la bibliothèque. Elle pleure. Je m'approche. Elle me repousse d'un « dégage » qui me serre le cœur. Alors je m'assieds à côté d'elle.

Tu sais Mumiah, certaines secondes sont plus longues que d'autres. Certains silences sont plus révélateurs que bien des discours. Lizbeth pose finalement sa tête sur mon épaule. Sa main remonte sur mon gros ventre et s'attarde à la lisière de mes seins. Ses doigts divaguent. Et alors elle m'embrasse. C'est surprenant. Intense. Une sorte de péché irrationnel et merveilleux. Comme un pacte entre nous. Puis, sans prévenir, elle change d'attitude et m'ordonne de ne surtout pas m'imaginer des trucs.

Je suis déconfite. Elle s'éloigne. Dans ses yeux, quand elle se retourne, je lis la colère d'avoir dévoilé sa détresse à une quasi étrangère.

Vendredi 21 avril 1967
Achnacloïch, Butterfly House,

Ce soir, dans le réfectoire, les contractions commencent. En aidant Lizbeth à débarrasser le plat dans lequel personne n'a trempé sa cuillère, je sens monter dans mes reins une douleur violente. Une flaque grossit entre mes jambes. Mon ventre pèse et pourtant se vide. J'ai l'impression qu'il me tire en avant. De l'autre côté de la table, les filles, bouche bée et les yeux ronds, se figent. Les deux autres, Ona et Sinéad, comprennent la scène qui se joue. Leurs cris déclenchent une cavalcade.

Miss Clervie avait raison, je suis allée au bout de mes neuf mois de grossesse. J'accouche, Sœur Céleste est derrière moi. Je regarde le plafond et j'ai mal. De plus en plus mal. Je respire par saccades, jamais au bon moment. Ça dure une bonne partie de la nuit. Et c'est la délivrance.

Sœur Céleste s'occupe de la toilette de ma petite. Je m'endors, épuisée.

Jeudi 27 avril 1967
Achnacloïch, Butterfly House,

Elle est là, sur moi, coincée entre mes seins. Le drap de bain qui l'enveloppe sent l'herbe des étendages. Elle essaie de bouger la tête puis se calme. Ses bras battent une mesure étrange, comme pour attirer l'attention d'un ange. Peut-être qu'elle appelle Petit Geoffrey ?

Elle est née il y a cinq jours, le 22 avril 1967.

C'est un matin ensoleillé, le plus merveilleux de ma vie.

Sois la bienvenue sur cette terre, petite fille. Tu es déjà ma seule raison d'être. Je jure de te protéger, de t'offrir mes yeux pour découvrir le monde. Tu seras l'héroïne de mes plus beaux rêves. Tu es née *Fleuve de vie-Tilleul*. En Irlande, cela signifie qu'au-delà des pires épreuves, la pureté de ton âme triomphera toujours car elle portera en elle la douceur du miel. Pour toi, l'amour sera plus fort que la mort. Tu aimeras la foule et rechercheras la gloire. L'instinct te guidera. Tu seras la créatrice de ta vie et tu adoreras contourner les règles imposées. C'est écrit.

Si Dieu avait eu la bonté de me donner une petite sœur, maman l'aurait prénommée Andie. Toute mon enfance, j'ai joué avec cette gamine imaginaire. Puis, elle est devenue mon amie. En souvenir, tu porteras ce prénom. Que ta lumière brille plus longtemps que celle de maman. Reste étincelante. Comme elle, tu seras douce et merveilleuse, bercée par le calme et la beauté du monde. Ta vie ressemblera à ces livres dont on tourne les pages pour se réconforter.

Dans la chambre, c'est un perpétuel défilé. Miss Clervie, sœur Céleste deux fois par jour, sœur Heather, les *repentantes*, on dirait des mouches autour d'une soucoupe de lait. Ona, une des *nouvelles*, a été admise dans le lit d'à côté. Sans vouloir jouer les médisantes, je la soupçonne d'exagérer ses douleurs. Quand quelqu'un la regarde, elle se tient les reins. Gaëlle pouponne en face de moi. Gazouillis débiles. Mon Dieu, que son gamin est laid ! Les familles de Jennifer et de Sinéad ont insisté pour que leurs filles disposent de lits individuels et de soins particuliers. Comme quoi, même si nous partageons un malheur identique, nous ne sommes pas toutes logées à la même enseigne.

Quand Lizbeth vient pour le ménage, le service du lunch ou les changements de draps, c'est souvent Maureen qui l'accompagne. Les deux sont avares de mots. Aucune gentillesse, que des gestes brusques et des pousse-toi de là. Mais hier, pour le breakfast, dans ma serviette pliée en quatre, Lizbeth a glissé un mot. *« J'ai fait du gringue à Heather, on sera dans la même chambre. Tu sors bientôt. Je t'embrasse. »*

Ça ne tient à rien, un morceau de bonheur.

Puis sœur Heather débarque et avertit Gaëlle que sœur Céleste l'aidera à boucler sa valise. Ses parents viennent la chercher. Son fils sera placé en famille d'accueil. Ensuite, elle s'adresse à Ona qui regagnera le bâtiment des *espérantes*. Son état ne justifie pas de monopoliser un lit. Trois nouvelles naissances sont annoncées. D'après miss Clervie, l'état de santé des futures mères nécessite de les garder en maternité. Même chose pour moi. Mon sevrage sera organisé et je rejoindrai la chambre de Lizbeth dès que possible. De moi, sœur Heather attend maintenant une réponse à ce dont nous avons parlé le jour de mon arrivée : soit je reste avec ma petite et je travaille ici, soit je quitte Butterfly House. Dans l'hypothèse de mon départ, ma gamine sera placée. Une bonne famille d'Édimbourg en quête d'adoption lui a été recommandée par l'Évêché. Cela couvrira les dépenses engagées pour mon accueil.

Quel choix me donne-t-elle, Mumiah ? Abandonner ma petite Andie ou la garder ? Mais qu'est-ce qu'elle croit ? La messe est dite depuis longtemps : je reste avec ma princesse, quitte à servir de serpillière aux autres. Et s'il le faut, nous fuirons. C'est peut-être ça le plan de Lizbeth. J'espère.

Lundi 15 mai 1967
Achnacloïch, Butterfly House.

La chambre donne sur le parc. Au loin, l'étang miroite sous le soleil couchant. Les arbres étirent leurs ombres au milieu des massifs de fleurs jaunes et violettes. C'est beau, même si aujourd'hui quelque chose cloche dans ce décor parfait. Il est trop parfait justement. Et surtout, il est vide. Enfin presque. Là-bas, vers l'endroit appelé la *ruche des servantes*, trois filles discutent devant le portail de la bâtisse. Ça fume, ça rigole. Deux autres se tiennent à l'écart, assises sur un banc, les jambes allongées, comme si elles prenaient un bain de soleil.

Lizbeth, qui vient de terminer son service, m'ordonne de fermer la fenêtre. Elle dépose sur ma table de nuit une coupelle de brocolis et une assiette de blancs de poulet et de *pickles*. Elle a piqué ça à la cuisine, ajoute-t-elle pour se justifier. Heather visite les chambres dans moins d'une heure. J'ai décidé quoi ? Je reste ou je pars ?

Je reste et je garde ma fille, quelle question !

« C'est bien », dit-elle en s'allongeant sur son lit. Puis elle me demande d'ouvrir grandes mes oreilles.

Avec moi, on est sept. Comme les cavaliers de l'apocalypse ou les péchés capitaux. Gaëlle ne nous rejoindra pas et les autres, les *espérantes* friquées, rentreront chez elles après avoir pondu leurs mômes, sans passer par la case des *repentantes*. Ici, c'est les mêmes règles pour toutes... On ne voit nos enfants qu'à la nursery, le matin et le soir, pas plus d'une heure en tête à tête. Si on l'a mérité. Inutile de préciser que les occasions d'être privées de cette intimité sont nombreuses et sévères. Un mot de travers, un trait de poussière sur un meuble, une soupe trop chaude ou trop salée, tous les coups sont permis. Bref, c'est l'injustice permanente. Les punies sont tirées au hasard. Elle me conseille donc de ne pas jouer les malignes.

« T'as pigé le système ? »

Mon silence l'agace. Moi, c'est son attitude qui m'énerve. Alors, pour changer de sujet, je lui demande qui sont les filles qui poireautent devant le portail de la *ruche*. Elle se recouche, les mains croisées derrière la tête, les yeux rivés au plafond de la chambre.

On les appelle les *servantes*. Elles bossent au manoir et souvent à l'extérieur pour *« entretenir »* la fondation. Sœur Heather a dû m'expliquer tout ça. En arrivant à Butterfly House, tout le monde a droit à son couplet : apprendre un vrai métier, préparer l'avenir, blablabla... Toutes les autres filles, celles qui accouchent ici, contribuent à ce que ce mensonge n'en soit pas vraiment un. Certaines *repentantes*, les plus dociles, disposent de chambres individuelles mais ne voient leurs mômes que deux fois par jour, comme nous. Toutes celles qui sont convoquées pour servir à Moíndhearg, le jeudi soir, peuvent passer toute la journée du vendredi avec leurs gamins. En ce moment, les bras manquent au manoir et elle y va après-demain pour dépanner. Morgan devait l'accompagner, mais comme elle est malade... Si je veux la remplacer, elle peut essayer de demander au majordome. Sans rien promettre, c'est un gros con.

Si je suis retenue, je dois m'attendre à être corvéable à merci. Ce n'est pas déplaisant, mais c'est crevant. Le ménage des chambres et des cuisines, surtout. Moíndhearg est immense. Dans le genre château écossais sinistre, je vais être servie. Des salons et des bibliothèques de partout. Et des cheminées où on peut rôtir un mouton. Les filles affectées au dépoussiérage des lustres et des chandeliers, le soir, elles ont les épaules en compote. Et elle ne parle pas de la buanderie ! À Moíndhearg, toutes les *nouvelles* commencent là, au linge sale. Et puisque le sujet de Moíndhearg est sur la table, pour le recrutement du jeudi soir, c'est Hardy qui décide. Stanley Hardy, c'est le *gros con* dont elle a parlé. On le surnomme Doggy. Elle n'a jamais su pourquoi. La quarantaine épaisse, les cheveux gominés, un regard torve et libidineux, et un parapluie dans le derrière. Le gars a la main leste. Autant pour balancer une gifle que pour la mettre au panier. Au manoir, c'est lui qui fait la pluie et le beau temps. S'il m'a à la bonne, c'est dans la poche.

La porte de la chambre s'ouvre sur sœur Heather. Le menton en l'air, elle nous demande de nous lever. Derrière elle, un type noueux, tiré à quatre épingles, nœud papillon et costume noir. Sans s'intéresser à ma voisine de lit, il me jauge. Son regard me tripote. Je me statufie sans comprendre ce que marmonne Lizbeth en regardant ses chaussures. Stanley *Doggy* Hardy valide son inspection d'un hochement de tête.

Le temps de me remettre d'aplomb, je commence jeudi à Moíndhearg.

Tu crois que c'est une bonne idée, Mumiah ?

Jeudi 8 juin 1967
Manoir de Moíndhearg,

À l'inverse de Lizbeth qui possède l'incroyable capacité de s'endormir n'importe où et n'importe quand, cette nuit, je suis incapable de fermer l'œil. Ce n'est pourtant pas faute d'avoir trimé, hier, à la buanderie de Moíndhearg.

État des troupes, Mumiah.

C'est assez étrange, mais depuis que je suis arrivée à Butterfly House, aucune des *espérantes* qui sont entrées après moi n'est restée. Du groupe initial, Sinéad et Jennifer sont rentrées chez elles. Avec leur môme. À contrecœur, Gaëlle a accepté de voir partir le sien dans une famille d'accueil londonienne. Je ne sais pas si elle s'en remettra. Je l'aimais bien. D'autres nous ont rejointes. Avec les attitrées, nous sommes dix *repentantes*.

L'ambiance ? Chacune pour soi et Dieu pour personne. Sauf entre Lizbeth et moi. La complicité qui nous lie nous permet de tenir debout. Les autres nous surnomment cul et chemise. La *chemise*, c'est Lizbeth. Le *cul*, c'est moi. Je m'en fiche, Mumiah. Parce que *cul et chemise*, elles ont un plan. Je t'en parlerai plus tard.

Chaque jour, vers onze heures, si nos tâches domestiques ont été bien faites, nous rendons visite à nos petits. Cette heure passée avec Andie n'est que du bonheur. Sœur Céleste, attentive à tout, s'affaire autour des berceaux. Toujours un mot gentil, toujours une attention délicate. Elle a réussi à convaincre Heather de nous accorder un moment de promenade supplémentaire, en poussette, avec nos enfants, quand le temps s'y prête. L'acariâtre a cédé, à condition d'avancer le réveil d'une heure. Certaines rouspètent encore. Moi, je m'en fiche. Avec tout ce que Lizbeth m'a mis dans la tête, je suis devenue insomniaque de toute façon.

Le lunch est prévu à midi pour celles qui sont affectées au manoir. Je fais partie du groupe avec Lizbeth, Mary, Maureen et Mahé. Les autres ont refusé. Comme dit Lizbeth *« elles peuvent, ces connes ! Leurs familles sont pleines de fric. »* Si les *servantes* de la ruche s'occupent du service en salle, de la réception des clients et de l'entretien des chambres, nous, les *repentantes*, sommes promises de manière prioritaire à la vaisselle et à la blanchisserie. Et la *blanchisserie* de Moíndhearg, c'est quelque chose ! Lizbeth insiste chaque fois pour trier le linge sale. Ça lui permet de récupérer toute sorte de choses. De l'argent quelquefois, des dessous oubliés par les clientes. Hier, elle a hérité de deux boutons de manchette en or. Et elle s'est prise d'affection pour le gamin du majordome. Le mioche de Stanley *Doggy*, maigre comme un déjeuner de moine, ne doit pas dépasser les dix ans. Un nez pointu, une tignasse coiffée avec un pétard, des yeux apeurés et une tête à claques de voleur de pommes. Elle le surnomme la fouine. Je préfère microbe.

Compte tenu de sa force et de sa grande taille, le lavage et l'essorage sont sous la responsabilité de Mary. Mahé et Maureen, n'ayant pas leurs pareilles pour lire la pluie dans un ciel sans nuages, sont dévolues aux opérations de séchage et d'étendage. De fait, je suis chargée du calandrage des draps, des taies d'oreiller et des traversins. Avec mon expérience de blanchisseuse à Glasgow, c'est encore moi qui assume, fer en main, le repassage du linge délicat des occupants du manoir. C'est éreintant. En fin de journée, à force de piétiner, les jambes me rentrent dans les reins. Et j'empeste la paraffine.

Je connais donc sur le bout des doigts les habitudes vestimentaires de Stanley *Doggy* Hardy. Et je postillonne toujours sur ses chemises amidonnées avant de m'en occuper.

Ce type est détestable. C'est lui qui, tous les matins, dans son Volkswagen Westfalia Camper, vient nous chercher à Butterfly House pour nous emmener au manoir. Son van pourri, qui date du début des années cinquante, est une poubelle ambulante. Vert nazi et blanc crème. Une caisse à filles, comme il dit. Nous, on l'appelle la Caravelle, sans que personne ne sache pourquoi. Ça pue le chien mouillé. Les sièges sont soudés au plancher. En pensant aux histoires que les housses crasseuses pourraient raconter, j'imagine le pire.

Lorsqu'il ouvre la porte coulissante de sa bétaillère, ce porc ne s'écarte qu'à moitié pour nous laisser entrer ou sortir, nous obligeant à nous frotter contre lui. Son regard dégueulasse nous déshabille. Une fille qui ramasse une main aux fesses n'a que le droit de se taire si elle ne veut pas être sanctionnée d'une gifle ou, plus grave, d'une interdiction de visite à la nursery.

Ensuite, arrêt devant la ruche des *servantes*. On se tasse pour les laisser s'asseoir. Elles sont cinq. Toutes plutôt jolies. Toutes un rien vulgaire. Blondes, avec des minois de chatte et des yeux de biche. On dirait des jumelles. Pas des lumières, à les entendre rire de n'importe quoi. Toutes de conditions modestes, à leur façon de s'exprimer. Si Butterfly House est une chance pour elles, c'est pour un temps qu'elles ne maîtrisent pas. Leur responsable, un dénommé Holl, un rouquin rugueux dont les arcades sourcilières imitent des salsifis, passe une fois par semaine pour vérifier que tout est en ordre et relever les compteurs des heures effectuées. Hier, Jenny, la plus crâneuse du groupe, avait un œil au beurre noir et la lèvre inférieure enflée.

Le trajet vers Moíndhearg dure une quarantaine de minutes. Un moment d'évasion, serrées les unes contre les autres. Après

Kilchrenan, la route ombragée longe le Lough Awe, cernée par un fouillis d'arbres mangés de lierre. Le goudron se rétrécit. L'asphalte devient un chemin de flaques tourbeuses. Deuxième arrêt. Devant la barrière des rapaces. *« Deux aigles menaçants qui déchirent les yeux de ceux qui s'enfuient »* pontifie chaque fois Stanley *Doggy*.

Plus loin, après une succession de dos-d'âne, un court pont de pierres. Après l'embranchement, marqué d'une pancarte indiquant « kiosque », on passe devant le pavillon de chasse. Puis, c'est le parc arboré de Moíndhearg. Lorsque les feuillus s'écartent, la lourde bâtisse apparaît dans l'arc de l'allée gravillonnée. Un assemblage compliqué de bâtiments, de tourelles et de dépendances. Une vision fantomatique. Des pierres grises. Des toits ardoisés. Des encadrements de fenêtres blancs. C'est à la fois beau et sinistre. On contourne l'imposant manoir. Devant l'entrée de service, Stanley *Doggy* gare la Caravelle le long de la façade qui surplombe les jardins en espaliers filant vers le Lough Awe. Tout le monde descend.

Et encore une fois le même rituel. *Doggy* n'importune jamais les *servantes* qui sortent en premier mais nous gratifie de sa veulerie journalière qui se veut trait d'humour : *« flattez la croupe d'une jument et elle trottine en hennissant ! »* Et toutes nos fesses de *repentantes* ont droit à l'encouragement de sa pogne salace.

Hier matin, lorsque mon tour est arrivé, j'ai osé le rembarrer contre la carrosserie. Lizbeth s'est interposée. Rien. Pas de claque, pas de reproches. Juste un sourire vicieux et une remarque qui nous ont glacé le sang. « Vous deux, vous êtes bientôt prêtes pour servir le jeudi soir. » Est-ce une menace, Mumiah ? En tout cas, la remarque m'a plus effrayée que les coups que j'aurais pu recevoir.

Tu comprends pourquoi je n'arrive pas à dormir ?

Dès que Lizbeth ouvre un œil, on prend une décision. Travailler au manoir ? Jeudi, c'est aujourd'hui. Elle, je sais qu'elle est déjà d'accord. En ce qui me concerne, plus d'hésitation non plus. D'abord pour me permettre de passer plus de temps avec Andie, ensuite, parce que c'est le moyen de sortir de cette buanderie dans laquelle je transpire et de découvrir autre chose.

Avec Lizbeth, on a imaginé un plan.

Mumiah, c'est le moment de t'en parler.

L'hypothèse de départ est simple : ficher le camp d'ici le plus vite et le plus loin possible. Mais pour ça, il faut de l'argent, et c'est Lizbeth qui a en eu l'idée. Depuis qu'elle s'occupe du tri à la buanderie, c'est elle qui réceptionne le linge sale des résidents et des clients de Moíndhearg. Tous les matins, la fouine, le fils du majordome, apporte ce que sa famille a salopé. Des sous-vêtements, des chemises, des torchons. Et Lizbeth l'a dressé. Je ne sais pas comment elle s'est débrouillée pour embobiner le microbe, mais un billet et quelques pounds sont glissés dans le sac de linge sale. Paraît qu'il chaparde l'argent à son paternel. C'est vrai que *Doggy* a toujours des liasses de billets dans ses poches. À ce jour, on a récolté une cinquantaine de livres. Encore un petit effort et on envisagera l'étape suivante : la fuite.

Doggy le pervers gare la Caravelle dans un bâtiment attenant à la nursery. À l'occasion d'une promenade avec Andie, j'ai constaté que la serrure du garage ne résistait pas à la double pointe d'un tournevis et d'une fine épingle à tricoter. J'ai été à bonne école avec Ritchie. Chaque fois que c'est possible, je tente de crocheter le pêne. Au début, ça me prenait plus de trois minutes. J'en suis maintenant à moins de trente secondes. Dans le même temps, j'ai appris à Lizbeth à se servir d'un rossignol pour déverrouiller une porte. Elle a encore un peu de mal, mais elle finira par y arriver. Ensuite ? Ensuite, on récupère nos gamines, on saute dans la Caravelle et on s'envole dans la nature.

Où ? Mais là, Mumiah ! Regarde !

J'ai arraché les pages dans un guide de voyage qui traînait sur le bureau de miss Clervie. Ça s'appelle Strathnaver. Ce n'est pas loin de Durness, tout en haut, dans le nord des Highlands. Un hameau devant l'océan, perdu et magnifique. Des moutons. Des landes à perte de vue. Des plages de dunes et des maisons abandonnées. C'est la ruine de l'ancienne église qui m'a interpellée. Des pierres grises, couvertes de mousse. Dans le carré de la minuscule nef, un parterre d'herbe piqué de marguerites. Et, en arrière-plan, un cimetière de croix celtiques descendant en pente douce vers une plage bossuée de sable blanc.

Dans l'article, le curé du coin implore les gens de s'installer à Strathnaver. Pour que le village ne meure pas. Ce brave père Kelly décrit cet endroit comme le dernier coin de paradis sur terre. Le journaliste, en conclusion de son reportage, termine par un paragraphe qui m'a tiré les larmes. Écoute…

« Strathnaver ? L'Eden de la solitude. Vivre ici, c'est apprivoiser le vent du large, apprendre à parler avec l'océan. Strathnaver ? C'est offrir le bonheur à son âme. Strathnaver ? J'irais là-bas si je savais peindre. Strathnaver ? C'est devant ces empierrements de granit fracassés par les vagues que j'aimerais écrire le plus beau des romans. Celui des tourments de toute une vie. »

J'en frissonne encore, Mumiah. Ça me rappelle mon Connemara.

J'entends qu'une nonne dépose nos plateaux devant la porte. Ce matin, ça sent le bacon grillé. Trois coups secs. « C'est l'heure ! » Puis des pas s'éloignent dans le couloir, mais la porte de la chambre s'ouvre sur Heather et Stanley *Doggy*. C'est la nonne qui nous parle. L'autre se contente de nous observer.

Si nous le souhaitons, ce soir, nous sommes affectées au service à Moíndhearg. Monsieur Hardy viendra nous chercher à seize heures. En attendant, nous restons consignées dans nos chambres. Pas de visites aux enfants aujourd'hui, on en profitera demain. Dans son dos, le majordome se passe deux fois la langue sur la lèvre supérieure. Son regard brille d'une obséquiosité perverse. Heather insiste pour avoir notre réponse.

Lizbeth saute du lit et n'hésite pas une seconde. Elle est nue et m'adresse un clin d'œil. *Doggy* écarquille les yeux et s'invente un fantasme. Heather triture son chapelet pour exorciser la diablesse. « Et toi, Sarah ? » Moi aussi, bien sûr ! Et ils sortent.

Les dés sont jetés, Mumiah.

Mardi 1er août 1967
Butterfly House/Manoir de Moíndhearg,

J'ai écrit. Beaucoup. Tous les jours depuis des mois. Ce début août est caniculaire et Butterfly House est vide d'*espérantes*. On s'ennuie. J'en profite pour relire les dernières pages de ce journal intime et je les déchire les unes après les autres. Quel gâchis de lignes ! C'est toujours la même chose. Les mêmes jérémiades, les mêmes anicroches avec les filles, la narration d'événements inintéressants au possible. Quel exploit que d'avoir giflé Maureen ! Quelle aventure que d'avoir volé du whisky dans la cave du manoir ! Devant cet enchevêtrement de mots inutiles, je regroupe mes idées en chapitres et décris les situations a posteriori.

C'est moche. Tout ce qui nous arrive est conditionné par un seul élément déclencheur : la soirée du jeudi à Moíndhearg. Et tout change si on y participe ou pas. Je n'invente rien, Mumiah. En ce qui me concerne, la première a eu lieu en juin.

Loin de moi l'idée de passer sous silence les affronts subis. Mais pourquoi s'appesantir sur les détails sordides d'une peinture alors que l'œuvre en elle-même est une abomination ? Avant d'écrire ces phrases, j'ai essayé de prendre un peu de distance, de ne pas rester le nez collé sur le tableau. Cela ne veut pas dire que je n'ai pas été dévastée. Le premier *jeudi soir*, j'ai pleuré de rage, Mumiah. Comme jamais. Mon âme fracassée a hurlé de détresse et, pour l'apaiser, j'ai semé au plus profond de mon être les graines d'une haine viscérale. Telles les racines diaboliques d'un roncier effroyable, elle s'est plantée en moi et m'a aidée à me redresser lorsque la faiblesse me courbait l'échine.

Je sais, ce n'est pas bien. Ce n'est pas ce que maman m'a appris. Ce n'est pas non plus ce que je voulais pour moi. Mais pour gravir une immense montagne, même si de temps en temps on lève les yeux pour apercevoir le lointain sommet, c'est le prochain pas qui compte. Juste celui-là, avant d'avoir la force d'effectuer le suivant.

J'ai espéré, et j'ai cru trouver à Butterfly House un moment d'apaisement et la possibilité d'un nouvel envol avec la naissance d'Andie. Encore une erreur de jugement. Je pensais me donner un peu d'air, je n'ai fait que frapper à la porte des Enfers. Parce que voilà ce que c'est, ces fameuses soirées privées du jeudi au manoir de Moíndhearg, Mumiah. Je te raconte.

Cheveux en chignon, maquillage soigné, mais quelque peu agressif, jupe noire très courte, gilet cintré brodé d'un numéro, fin chemisier blanc, pas de soutien-gorge. Nous sommes posées là, comme des pots de buis, sur la volée de l'escalier principal, devant la porte de Moíndhearg. Une fille par marche, six de chaque côté. Nous attendons, les mains croisées sur le mont de Vénus, telles des vestales soumises.

En grand uniforme de maître d'intendance, Stanley *Doggy* Hardy officie, silencieux et revêche. Ses doigts nous corrigent d'une perfection maladive. Il relève nos mentons, ajuste nos cols ou arrange un bout de mèche rebelle, époussette nos épaules d'une pellicule inventée. Maquignon au milieu de son cheptel de pouliches, la revue de détail qu'il nous impose est son Graal.

La journée est entre chien et loup. Les torches plantées le long de l'allée gravillonnée éclairent le parc. Celles disposées aux pieds des statues donnent vie à des mirages d'ombres et de lumières chancelantes.

Les pneus des voitures crissent sur le gravier. Les phares fauchent la nuit qui tombe. Vitres teintées, chauffeurs, Austin Healley, Triumph, Jaguar Mark 2, Bentley et autres limousines se succèdent dans une sarabande d'opulents ronronnements de moteurs. Les portières s'ouvrent sur des personnages caricaturaux. Des notables de divers horizons conjuguant de façon saisissante l'arrogance de la richesse au mal banal et inéluctable de la quarantaine finissante. Il émane d'eux la certitude de ne jamais être confrontés à la disgrâce sociale ou financière. Pour eux, ce concept fumeux ne sert qu'à attiser les revendications des pauvres.

Smoking noir, chemises à jabot et nœuds papillon, ces hommes, aux tempes qui ne tarderont pas à se griser, défilent entre nous sans nous regarder. Des « Bonsoir cher ami », des « J'aimerais t'entretenir de... » ou des « Et comment va ton épouse » sont échangés comme autant de signes de bienséance aristocratique.

Le jeudi soir, Moíndhearg met ses habits de gala. Pas un trait de désordre. Sous le luminaire du hall d'entrée, les meubles de bois clair brillent comme des éclats de cristal. Pas le moindre grain de poussière sur les tableaux de chasse aux scènes dégoulinantes de bave et de sang. Les lampes baroques, allumées de faibles ampoules, étirent les ombres des vases chinois contre les dais bleu sombre des murs. Au pied de l'escalier qui grimpe vers les chambres, le tapis rouge cardinal est vierge de toute trace de pas. Sur le demi-palier, la nature morte de fleurs séchées devient gerbe d'obsèques quand les flammes du feu de tourbe en accentuent les détails symboliques. Tout est somptueusement laid. Telles des virgules de mort sur l'autel d'une cathédrale, douze masques de loup sont alignés sur le comptoir d'ébène de la réception.

Cohortes ridicules de soubrettes silencieuses, nous guidons la troupe ordonnée de ces hommes de la haute société à travers le salon réservé d'habitude au breakfast des clients de passage. Les discussions discrètes sont entrecoupées de raclements de gorge et de « Oh ! Mais je ne savais pas ! » que seuls les gens distingués sont capables de distiller en guise d'étonnement.

Le salon des apéritifs. Les murs en boiserie sont creusés de larges niches décorées de statues de femmes nues. Des bronzes aux postures suggestives. Érotisme de pacotille. Le buste d'une lointaine comtesse de Moíndhearg trône sur la cheminée de marbre noir, gorge profonde et intrigante, tel un trophée de maison close. Les chandeliers dégoulinent de cire fondue. Autour des meubles précieux, des colonnes veinées de marbre vert se perdent dans les corniches moulurées du plafond. Devant les fauteuils et les épaisses chaises rembourrées, trois tables basses, marquetées de merisier, sont dressées de verres à whisky disposés sur de fins carrés de dentelle violette.

Les hommes respectent un ordonnancement qui ne varie jamais. Lorsque chacun est à sa place, le silence s'installe et le comte de Moíndhearg se dirige vers l'armoire interdite. Il se signe et s'agenouille. Débute alors une incantation que j'ai fini par apprendre par cœur.

« En ce premier jeudi de Lugnasad, fertile période de récoltes distributrices de richesses, que la trêve de cette soirée célèbre la paix

entre nous, l'amitié qui nous lie, l'abondance et la prospérité de nos royaumes. Que le nectar des loups que nous allons boire nous donne force et vigueur. Que cette force possède toute beauté. Les symboles de nos écharpes ne représentent pas ce que nous sommes en dehors de ce lieu. Elles sont là pour nous rappeler que nos pendeloques décrivent notre puissance. Messieurs, portons nos insignes et ouvrons nos libations. »

Tout le monde s'exécute. La longue-vue pour l'amiral. La croix pour l'évêque. Le fusil pour le nobliau. Les clés de la ville pour le Prévost. Le crâne pour le médecin. La couronne pour le lord. Le tas de pièces pour le bourgeois. La fiole pour l'apothicaire. Le livre de comptes pour le banquier. La balance pour le juge. La plume pour le philosophe. Les épées croisées pour le policier.

La porte du placard aux alcools découvre dix étagères surchargées de whiskys hors d'âge. Pour nous, c'est le signal du service des merveilles distillées à Oban. Dalwhinnie, Glenkinchie, Lagavulin, Royal Lochnagar, Talisker, Knockando.

Le comte de Moíndhearg lance ensuite le thème philosophique de la soirée. Le cerveau de cet homme encore vert est une horloge complexe. Un assemblage de pensées incertaines mû par un engrenage aux roues pernicieuses. Impossible de savoir, lorsqu'il est à l'arrêt, dans quel sens il va redémarrer. Vers le stupide ou vers le sublime ? Les sujets tournent autour des permissions de bonheur que l'homme s'accorde et qui expliquent son errance sur les champs de bataille de la vie. Les questions se succèdent. Un être doué de raison a-t-il le droit de satisfaire ses folies ? Pourquoi l'instabilité de l'âme doit-elle courber l'échine devant la réalisation du plaisir ? Peut-on refuser de posséder ce qui est à notre portée ? En quoi serait-il nécessaire de juguler son désir ?

Les esprits s'échauffent, mais personne ne coupe la parole à l'autre. Les idées échangées sont aussi fumantes que les cigares. Chaque phrase bien dite est assortie de deux ordres : « Chargez ! Buvez ! » Nous remplissons les verres pendant que les regards s'alourdissent de whisky et s'égarent dans l'échancrure de nos corsages et le sillon de nos seins. Les hommes félicités pour leur réponse se lèvent, boivent et se rassoient. Les discussions repartent. Les rires aussi. Les yeux striés d'alcool s'enivrent de nos fesses. Les mains s'autorisent des caresses sous nos jupes.

Nous n'avons pas le droit de refuser ces attouchements. Sans oser esquiver, certaines sursautent et reculent quand un doigt s'insinue trop loin, à la lisière de l'ultime interdit. Ces porcs n'en sont que plus excités. Ils sont là pour forniquer, pas pour être rabroués par de juvéniles salopes. Pour eux, c'est ce que nous sommes. Des offrandes délurées qu'il suffit de cueillir et dans lesquelles ils ont le droit de croquer à pleines dents. Ils sont douze. Nous aussi. Mais nous ne passons pas toutes à la casserole. C'est le tirage au sort qui décide. Leur plaisir de meute est d'être plusieurs sur quelques-unes.

« Messieurs, cessons de boire », ordonne alors le comte en fermant le placard aux alcools. Tout le monde se fige. Nous restons où nous sommes, debout, les mains croisées et le visage en pénitence, au milieu de ces pervers affublés de leurs insignes de pouvoir. L'odeur écœurante des cendriers remplis de cigares devient l'haleine du diable. C'est le moment le plus angoissant. Nous baissons les yeux en essayant d'inventer la bonne prière.

Un saladier en cristal, chargé de boules blanches, circule entre les fauteuils et les chaises. Les doigts des dépravés triturent le hasard. Les six premiers numéros désignent les filles qui assureront le service du dîner. Les autres, celles dont les insuffisantes suppliques ont aiguisé l'appétit du diable, sont moins bien loties : *Doggy* les emmène vers le boudoir par un long couloir rouge sang, avant que commence le dîner.

La salle à manger. Une décoration baroque et des murs tapissés de tableaux de nus et de scènes satyriques. Là encore, des statues. En pierre, celles-ci, plus sages, loin des poses arrogantes des vestales du salon des apéritifs. Des pénétrations figées. Des regards révulsés de jouissance ou de douleur. Des accouplements de loups monstrueux avec des chevrières hurlant de peur. Et là, au-dessus de la cheminée, ce tableau immense et sombre. Un cadre prétentieux. L'imitation d'une scène de genre de l'époque hollandaise. Du Van Eyck galvaudé. Douze hommes attablés, costumés de ce qui les caractérise, décorés de leurs insignes. Devant eux, des masques de loup et les symboles de leurs charges. Apologie du narcissisme, les visages peints sont ceux des édiles alcoolisés qui se tiennent debout derrière la chaise qui leur est réservée.

Le dîner commence. Cullen Skink, une épaisse soupe de pommes de terre, d'oignons et de haddock fumé. Bœuf d'Angus et porridge. Plateau de fromages constitué de Crowdie, de Caboc et de Lanark Blue. En dessert, le mythique Cranachan, cette douceur à base de crème fouettée, de miel, de framboises et de flocons d'avoine grillés et macérés dans du whisky. Les vins français sont à volonté.

Les boissons capiteuses exacerbent les plaisanteries grasses et les gestes déplacés. Les obscénités engendrent des postillons de rires épais. Seule la vaisselle est délicate. Les filles s'affairent comme elles le peuvent au milieu de ce déluge de vulgarités. Les privautés s'affirment et nos reins se cambrent lorsqu'une main s'égare trop haut entre nos cuisses. Et ça s'éternise jusqu'à ce que le comte lève son verre. Encore une fois, toujours cette même litanie que je n'oublierai jamais.

« Messieurs, mettons nos masques. Que la meute soumette le troupeau. Le théâtre de la salle des offenses est ouvert. Que la curée commence. Que le nectar de nos flasques nourrisse la vigueur de nos queues et le poids de nos bourses. »

Le petit théâtre. Une pièce attenante à la salle à manger, tapissée et moquettée de rouge, qui n'est jamais disponible les autres jours. Sa double porte est invisible depuis le couloir. Des lustres comme des cascades de lumière. Des miroirs au plafond et sur les murs. Kaléidoscope de reflets qui se repoussent. Des foutoirs, ces fauteuils d'ébats vénériens, qui nous obligent à écarter les cuisses et dont les coussins sont maculés de taches infâmes.

Sur la gauche, la scène des offenses.

Les six filles qui n'ont pas été désignées pour le service du dîner attendent dans le boudoir. C'est là qu'elles se préparent au sacrifice. Costumes de pâtres, aubes courtes d'enfants de chœur, parures transparentes de vestales. Pas de sous-vêtements, mais des perruques blondes de poupées folles qui les rendent ridicules. Stanley *Doggy* veille aux préparatifs, excité comme un pou sur un cheveu sale. Quand le sang lui monte aux tempes, il colle l'une d'entre nous contre la porte pour l'humilier de ses doigts ou la forcer à s'agenouiller devant lui.

Pour ces six malheureuses, lorsqu'un coup de gong retentit, c'est l'entrée en scène. L'abattage commence. Les humiliations, les coups, l'ultime décadence d'abjectes pénétrations. Dans nos cris, jamais de plaisir. Les râles des hommes en rut imitent le grommellement des sangliers. Une orgie d'immondes accouplements fractionnés et démultipliés par les illusions des miroirs qui tapissent les murs.

À minuit, l'horreur s'achève. Ces messieurs, sevrés de plaisirs et de stupre, sirotent un dernier verre avant de rentrer chez eux. Les *sacrifiées* se lavent et se rhabillent. On a deux heures pour tout ranger. Puis c'est le retour à Butterfly House, dans la Caravelle puante de Stanley *Doggy*. Pas un mot, car aucune d'entre nous est assez forte pour exprimer sa honte. Des gémissements et des pleurs, pour expulser l'humiliation de nos corps souillés. Des visages hébétés, parce que la sidération précède le dégoût qui nous interdira de dormir.

En douze participations aux *fêtes du jeudi à Moíndhearg*, mon numéro n'a été tiré que trois fois pour m'envoyer aux Enfers. Je m'estime plutôt chanceuse. Mes prières sont donc de bonne qualité. Certaines ne peuvent pas en dire autant. Tu comprends pourquoi il m'est impossible de te raconter en détail ces heures de martyre, Mumiah. C'est pour ça que j'ai déchiré les pages de mon journal. Pourquoi chercher à décrire l'indicible ? Qu'est-ce que l'histoire y gagne ?

La journée du lendemain, avec Andie, est d'abord un moment de vide avant de devenir un partage. J'ai besoin de temps pour ranger dans le tiroir de l'abject les masques de ces loups aux titres prétentieux. Ces nantis ivres et pervers. Ces pourceaux bedonnants qui fument et qui boivent aux croupes et aux seins des gamines qu'ils vont posséder. Ces religieux qui forniquent, persuadés qu'au-dessus de leur tête, l'épée de la sanction divine ne leur pourfendra jamais l'âme. Ces notables, ces entrepreneurs et ces flics pourris, passés du statut d'ennuyeux époux à celui d'amants magnifiques. Je conchie tous ces fringants étalons de boudoir galant pour qui le viol d'une gamine est à la fois un acte de possession et de triomphe.

Je jure de tous vous tuer. Mais avant, je promets de dérober vos trésors. Les bijoux de Moíndhearg. Ces boucles d'oreilles et la parure de diamants exposées sur un écrin de velours bleu marine dans le tabernacle vitré du hall d'entrée. Je n'oublierai pas non plus l'œuf de Fabergé, enfermé à l'étage et à double tour, dans la vitrine ciselée du bureau du comte. Je revois Madison décrire cette merveille, médusée, devant le présentoir du magasin kitch de Glasgow. Celui-là est un vrai. Pièce unique, précise une petite plaque explicative. Il s'agit de la *Poule dans un panier, avec le pendentif de saphir*.

Si c'est l'original, on n'a plus de soucis à se faire, Mumiah.

Avec Lizbeth, on a compté et recompté notre pécule : cent cinquante-deux livres et des broutilles. C'est décidé, on se fait la belle dans une semaine. On prend la tangente. La poudre d'escampette !

Notre plan est prêt. Ça se passera jeudi prochain.

Bonne nuit, mon ange. J'espère rêver des plages de Strathnaver.

Jeudi 10 août 1967
Manoir de Moíndhearg

La semaine s'écoule, millimétrée et ennuyeuse. La répétitivité des tâches, tant à Butterfly House qu'au manoir de Moíndhearg, n'est pour nous qu'une occasion de mieux préparer notre évasion. Nous avons une nouvelle fois gaspillé la nuit à revoir nos plans. Lizbeth dort. Moi, c'est impossible. Je n'ai pu que m'assoupir. Mes pensées tourbillonnent. Et je tremble, à la fois de peur et d'excitation.

Encore une heure avant le lever du jour.

Avec du recul, Mumiah, nous sommes dans une sorte de fuite en avant, un cycle de l'absurde, inéluctable et irraisonné. Toutes nos élucubrations le sont et cette forme d'inconscience devient, d'heure en heure, une véritable obsession. Celle de nous enfuir, même si cette évasion débouche sur un suicide.

Voici ce qui est prévu. C'est presque parfait. Tout doit se dérouler un jeudi, entre seize et vingt-deux heures au plus tard. Ni avant, ni après, ni aucun autre jour de la semaine. Parce que pendant la journée au manoir, Stanley *Doggy* nous surveille en permanence, plus méfiant qu'un garde-chiourme sur son mirador. Et la nuit, cet homme, qui a le sommeil aussi léger qu'un taon sur l'encolure d'un cheval, revient parfois à Butterfly House avec son véhicule personnel et rôde dans l'établissement. Comme un renard affamé, il attend qu'une poule écervelée quitte la douceur du poulailler pour la saigner. On ne peut pas prendre le risque de tomber sur lui.

La dernière nuit, Nolwenn en a fait les frais.

Concernant nos rôles respectifs, Lizbeth reconnaît ne pas être assez experte en crochetage de serrure pour assurer l'ouverture du tabernacle vitré dans le hall d'entrée du manoir ou la vitrine dans le bureau du comte. L'objectif est de dérober les bijoux et l'œuf de Fabergé. La prudence nous recommande, en cas d'urgence et pour minimiser les risques, de ne voler que ça. Et ce sera déjà bien si nous y parvenons. Je m'en occuperai.

C'est donc elle qui restera à Butterfly House et se chargera de récupérer nos filles et ce qu'il faut pour survivre quelques jours. Le point de rendez-vous est fixé à vingt-trois heures, vers l'appentis, à gauche du portail de Butterfly House.

Afin qu'elle paraisse malade et ne soit appelée ni aux travaux de la journée ni aux orgies de Moíndhearg, nous avons concocté une mixture de mine de crayon écrasée et de liquide vaisselle dilué dans du Brandy. Après l'avoir ingurgité, elle devrait vomir une bave mousseuse imitant une intoxication sévère. Pour la température, je lui ai appris comment exagérer les degrés d'un thermomètre.

J'enfile donc le costume de la voleuse et celui, beaucoup plus étroit, de celle qui se chargera de réduire au silence ce porc de Doggy. Au moins jusqu'à minuit, l'heure de la fermeture des agapes.

Compte tenu de la serrure récalcitrante de la grange où elle est garée, je m'occupe, dès que j'ai un moment, d'accastiller la Caravelle. Nous aurons besoin de cette bagnole pour mettre un maximum de distance entre nous et Moíndhearg. Cette guimbarde ne sert qu'à nous véhiculer vers le manoir ou en revenir et, le reste du temps, s'empoussière dans son garage.

Lors de ma promenade quotidienne avec Andie, je force la porte du capharnaüm. Tout en conservant l'épaisse couverture qui pue la charogne, je débarrasse le dépotoir entassé derrière la dernière rangée de sièges et le remplace par ce qui paraît important. Des vêtements de pluie. Une musette de chasse pour dissimuler notre larcin. Des cartes routières. Des boîtes de conserve. Des biberons. Une lampe torche. Et, on ne sait jamais, un sac de crampillons, des clous triangulaires, dénichés dans un meuble éventré de la remise du jardinier.

Avant-hier, sans en parler à Lizbeth, j'ai caché, dans la tige d'une botte, un revolver Cattelmann et une boîte de balles. L'arme dormait dans une armoire du débotté, enveloppée dans un torchon graisseux. Si on doit s'en servir, j'espère qu'elle fonctionnera.

Hier, j'ai aussi coincé dans les ressorts du siège conducteur un couteau de chasse qui traînait sur l'établi du garage. La lame est émoussée, mais suffisamment longue et pointue pour atteindre le cœur d'un cochon. Sous le siège passager, j'ai attaché une massette de maçon. C'est avec cet outil un peu lourd que je dois rayer Stanley *Doggy* de la carte de nos potentiels ennuis.

Plus facile à dire qu'à faire. C'est à cause de lui que notre plan n'est que *presque parfait*, Mumiah.

Le temps imparti pour mettre *Doggy* hors d'état de nuire est mince. Pendant l'immuable rituel du jeudi soir, son rôle est indispensable aux pervers jusqu'à ce que les filles désignées par le tirage au sort entrent dans la salle des offenses. Ensuite, pendant que les malheureuses servent à nettoyer les fantasmes des dépravés, il surveille les autres, celles qui sont affectées au rangement du salon des apéritifs, de la cuisine et de la salle à manger. À vingt et une heures trente, avant que débute la longue corvée de la vaisselle, le vicieux s'autorise une courte pause. Il chaparde un cigare et un verre de whisky grand âge et déguste le tout dans l'arrière-cour, appuyé contre le capot de la Caravelle. Ça dure vingt minutes. C'est à ce moment précis qu'il baisse sa garde. Je dispose alors d'une demi-heure, au maximum, pour l'assommer, le bâillonner, le tirer dans la réserve attenante, voler ce qui m'intéresse et rejoindre Lizbeth.

Si la chance me tourne le dos et que mon numéro m'expédie dans la pièce des orgies, tout le plan s'effondre. C'est pour ça que je ne trouve pas le sommeil. Mumiah, plus que jamais, j'aurai besoin de toi. Que ma boule reste dans la coupe en cristal. Que ma main soit ferme. Que ce fichu combi nous emmène, avec Lizbeth et les petites, jusqu'au bord des plages de Strathnaver.

Je ne m'inquiète pas des poursuites judiciaires que le comte de Moíndhearg pourrait engager. Si beaucoup de monde trempe les doigts dans cette confiture nauséabonde, aucun des impétrants n'a envie d'attirer les guêpes. Trop de notables sont impliqués. La une des journaux à scandales n'est pas prévue pour se noircir du nom de ces gens-là. Par contre, c'est évident, Lizbeth et moi devrons disparaître pour toujours.

Des pas dans le couloir. Le bruit des plateaux du petit-déjeuner. Deux coups contre la porte de la chambre. « C'est l'heure ! » Lizbeth s'étire et se lève. Elle vient s'asseoir sur mon lit en bâillant. Nue, comme d'habitude. Sa main fine écarte les mèches sur mon front et elle me demande si j'ai assez dormi, si je n'ai pas écrit trop tard. Puis elle se glisse entre les draps et se serre contre moi. Peut-être pour me donner du courage ? Elle est chaude comme une pierre de lit. On n'a pas besoin de se parler. On sait toutes les deux que c'est aujourd'hui que tout se joue. J'éprouve l'irrésistible envie de l'embrasser, mais, par peur de déranger l'instant, je me contente de lui caresser l'épaule.

Puis elle se lève comme si une guêpe l'avait piquée. Elle se dirige vers son lit et fouille sous son oreiller en me montrant ses fesses. Elle se retourne, s'assied sur sa couverture et croise les jambes dans la pose figée d'une statue de jeune fille bien sage. Ses lèvres tremblent un peu. Ses yeux sont mouillés. Dans sa main, pendant quelques secondes, une feuille de buvard rose lui sert d'éventail. Elle la déplie. Après une profonde inspiration, elle bredouille alors le plus beau des poèmes.

« Moi, mes mots sont tordus,
Et mes phrases mal foutues.

Je ne sais pas écrire.
Tout ce que j'ai à dire,
Est là, sur ce buvard,
Sans clinquant et sans fard.
Tu es un bout de moi,
Mon cœur, mes yeux, ma voix,
Et si ma garce de vie,
Est si belle aujourd'hui,
C'est parce que t'es là.
Je t'aime, petite Sarah. »

Sans rien ajouter, elle me tend son morceau de papier. L'émotion me bloque la poitrine. Lizbeth, toujours en silence, s'habille de ce qu'elle a sous la main et sort une fiole de sa table de nuit. La mixture de lessive et de crayon. Elle tire une bassine de dessous son sommier et se recouche, la tête hors du lit, prête à vomir. C'est dans cette position que sœur Heather la découvre quand elle entre dans notre chambre.

Ça a fonctionné, il y en a de partout. Jusque sur l'oreiller. L'odeur est insupportable. Je suis blanche comme un linge. Sœur Heather porte la main à son nez, les yeux arrondis d'étonnement, le visage pincé de reproches muets et de dégoût. Aujourd'hui, Lizbeth sera dispensée de tout. Sœur Céleste viendra la chercher pour l'emmener à l'infirmerie puis elle regagnera son lit pour se reposer.

Moi, comme d'habitude, je vais sous la douche. La journée va être longue, Mumiah.

Jeudi 10 août 1967. Cette date restera gravée dans ma mémoire comme celle de mes plus intenses prières et de mes peurs les plus ébouriffantes.

En astrologie celtique, c'est le début de la constellation du Vaisseau-If. Aujourd'hui, on l'appelle le Navire. Elle représente un arbre sacré aux feuilles pointues comme des armes, piquées de larmes de sang. Le souffle de l'invitation au départ tend ses voiles mais promet d'innombrables tempêtes et de rares calmes plats. Il indique la direction à suivre. Cernunnos, le dieu vers lequel il navigue, permet aux saumons de remonter les rivières, aux fleurs de s'ouvrir et à l'océan d'apaiser ses vagues. Ce n'est pas une divinité de chance ou de malchance. C'est un dieu qui patiente.

Et moi j'attends, raide comme un piquet. Les onze filles aussi, plantées autour des tables basses. Les pervers ne sont que neuf ce soir, à se gorger du nectar des loups pour se remplir les bourses. Le juge, le médecin et l'apothicaire vaquent à des opérations d'une autre nature. Plus familiales sans doute. Le baptême d'un petit dernier. Ou l'anniversaire d'un mariage, qui sait ? C'est peut-être un signe du destin, mais lorsque le comte se lève pour marquer la fin de l'apéritif et fermer l'armoire aux alcools, je me trouve à proximité de l'amiral. Prête à voguer sur le Vaisseau-If. Sa main épaisse se balade sous ma jupe. Sa chevalière me griffe. Il est ivre. Si, par malheur, mon numéro est tiré au sort, nul doute que la brute a déjà jeté son dévolu sur moi. Le Prévost, assis en face de lui, l'homme aux clés de la ville brodées sur son écharpe, semble partager la même idée.

Pas ce soir, Mumiah. Pas le cabinet des offenses !

La boule numéro six. Keylin est la première à rejoindre le boudoir. La huit. C'est au tour de Mahé. La neuf. Maureen s'avance à sa suite, tête basse, résignée. La quatre…

Mumiah ! Pourquoi tu m'as laissée tomber ?

Mon cerveau mouline n'importe quoi. Dans moins de trente secondes, ce sera trop tard. Une fois dans le boudoir, impossible de filer. C'est cuit. La grosse pogne de l'amiral me pousse vers le troupeau des sacrifiées du soir. Au lieu de rejoindre les autres, je me dirige vers la cuisine. Stanley Doggy me barre la route : « t'as pas compris où tu dois aller ? » Je lui réponds que j'ai compris, mais que l'amiral veut que je me parfume. Le vaporisateur est dans mon sac, sur la commode du débotté. Il s'écarte à contrecœur et m'ordonne de me grouiller.

Sur les plaques de cuisson, les plats ne mijotent plus. Les *épargnées* s'affairent autour des fourneaux et des îlots de préparation pour les nettoyer. Je me précipite vers un tiroir. Des couteaux à découper et des louches. Je récupère n'importe quoi. C'est un court écailleur à poissons, à dents de scie.

Mahé est déjà coincée. Le banquier la besogne et l'évêque lui malaxe les seins. Keylin a deux types sur elle, dans un enchevêtrement de bras, de têtes et de jambes. Le médecin et le philosophe enchaînent Maureen sur la table des offenses. Le philosophe claque son fouet sur la scène du petit théâtre, impatient de s'en servir sur une paire de fesses blanches. Partout des râles, des gémissements, des insultes et des rires sales. La bouche marquée d'un rictus, les yeux gonflés de whisky, l'amiral titube dans ma direction. Il transpire. Les pans de sa chemise débraillée encadrent son ventre mou et gras. L'immonde est sur le point de se jeter sur moi lorsque le Prévost l'en empêche, peu disposé à lui céder sa place. Pendant que les deux se bousculent, je tire l'écailleur de la manche de mon aube de prêtresse et plante ses dents à l'intérieur de mes cuisses. Le tissu blanc absorbe quelques gouttes de sang. Je me lacère le bas-ventre.

L'amiral, sorti vainqueur du pugilat, m'écarte les jambes pour s'apercevoir des dégâts. Il me crache sa rage au visage et me gifle. Tous les yeux se tournent vers nous. Alerté par les cris, Stanley *Doggy* se précipite dans la salle des orgies et me roue de coups de pied. Dans les miroirs, les reflets démultiplient la scène. Le majordome, écarlate de colère, me traîne par les cheveux jusqu'au boudoir.

«Lave-toi le cul! beugle-t-il en me poussant vers l'évier. Change-toi! Je te ramène à Butterfly.»

Tout n'est pas perdu, Mumiah. Merci d'être encore là.

Dans un accès de fureur, Doggy me plaque la tête contre le carrelage, au-dessus du lavabo. Je ne me change pas assez vite. Un méli-mélo de chandelle et je me casse la figure. Une éclaboussure de sang marque la faïence. Assise par terre, j'enfile mes frusques tant bien que mal. Il me saisit à nouveau par les cheveux pour m'emmener vers la Caravelle. Je rebondis sur la carrosserie. Et il hurle : «T'as failli bousiller la soirée! Tu vas me le payer! Putain, sûr que tu vas me le payer!» Un premier coup de poing dans le ventre me coupe la respiration. Un second, sur la tempe, souffle les torches du parc.

De temps en temps, des lumières vacillent à travers la vitre. À chaque virage, un renfort métallique me maltraite la nuque. Allongée à plat dos sur la banquette arrière, j'émerge peu à peu d'un immense trou noir. Les ornières secouent le Combi, les graviers cinglent le bas de caisse, Stanley *Doggy* conduit trop vite. Sur les dos-d'âne et dans les ornières, la carcasse du Volkswagen menace de se déglinguer. Ma main glisse sous le siège conducteur, mais un écart du véhicule me jette sur le plancher. Je fouille les ressorts en priant le ciel de dénicher ce fichu couteau de chasse. Il n'est plus là. Mes doigts tâtonnent au milieu des chiffons gras et des détritus. La massette, elle, est toujours à sa place, mais les nœuds ne se défont pas. Impossible, dans cette obscurité, d'en trouver le bout. C'est trop serré. Une pointe me déchire le dessus de l'avant-bras. Lorsque je le retire, une sorte de coupe-papier, enfilé dans un morceau de liège, me tombe dans la main. La pointe de sa lame rouillée est cassée.

Doggy freine brusquement et s'arrête. Il récupère son fusil sur le siège passager et charge deux chevrotines. J'entends sa portière claquer. C'est cuit, Mumiah, il va m'abattre comme une brebis blessée. La portière coulissante s'écarte. Un souffle de vent chaud brasse les remugles poussiéreux du van. Stanley Doggy, l'arme en bandoulière, me tire par les pieds à l'extérieur. Un nouveau coup de botte m'oblige à me mettre à quatre pattes. Le nez dans l'herbe humide, j'essaie de savoir où je vais mourir. Des bosquets. La rivière de Moíndhearg. Une main noueuse agrippe mon chemisier. Le col m'étrangle. « Lève-toi, je vais te défoncer comme tu le mérites. Tu vas regretter d'être née pute ! » Et le trait lumineux de sa lampe torche balaie les broussailles.

Il s'est arrêté avant le pont et me force, canon dans les reins, à escalader le talus jusque dans les bois. Je suis terrorisée. Le temps me semble des heures, mais nous ne marchons pas longtemps, une minute ou deux, à peine. La lumière frôle les troncs des aulnes et des chênes, rebondit sur les pierres, perfore les ajoncs. Je n'avance pas assez vite. Je me retourne pour essayer de fuir et j'aperçois le pont, entre les troncs de deux grands arbres... Il m'empoigne par les cheveux et accélère le pas sur une centaine de mètres, avant que le terrain ne redevienne plat. Le kiosque est là. Construction de bois léger. Deux lisses fatiguées encadrent une courte volée d'escaliers.

Je bute contre le deuxième nez de marche et m'étale sur l'esplanade cernée d'une balustrade en fer forgé. Encore un coup de pied pour me couper le souffle et m'ôter l'envie de fuir.

À moitié inconsciente, j'aperçois Doggy s'acharner sur l'anneau d'une trappe. Il l'ouvre dans un effort de bûcheron puis me traîne dans la courte pente caillouteuse du sous-sol. Sa torche éclaire des murs suintants d'infiltrations. Ça sent le champignon. L'animal grogne un chapelet d'insanités et finit par défourailler son sexe. Il m'oblige à m'agenouiller devant lui, le canon de son arme appuyé sur mon crâne. Je résiste et me recule. Puis, de désespoir, je tente une ruse désespérée. De celles que je réservais à Ritchie quand il avait trop bu et cherchait à en découdre avec la terre entière. Je le provoque. Je lui dis que c'est moi qui le veux. Qu'il peut venir. Que je suis capable de prendre tout ce qu'il a à donner. Et même plus…

Et ça marche, Mumiah.

Ce vieux dégueulasse puant appuie son fusil contre le mur. Il grogne que je n'ai pas idée de tout ce qu'il va me mettre, mais il n'est plus dans la fureur. Il est déjà dans son fantasme et s'agenouille sur moi. Il souffle comme un phoque, s'allonge entre mes cuisses, me pénètre d'un violent coup de reins et ses yeux s'arrondissent soudain d'un insondable étonnement. Il n'y croit pas. Il ne comprend pas. Son cerveau n'a pas encore reçu l'information qu'un filet de bave dégouline sur mon visage. Et du sang aussi. Beaucoup de sang. Le sien. Celui qui jaillit du trou laissé par la lame du coupe-papier que je viens de planter dans sa gorge. Doggy bascule sur le côté, essaie de se relever, trébuche dans son pantalon baissé sur ses chevilles et retombe à genoux, le cul à l'air. Alors j'enfonce plusieurs fois mon couteau de fortune dans sa nuque et ses reins.

La bête mourante rampe vers la sortie puis cesse de lutter. Le faisceau de sa torche éclaire maintenant son visage gonflé de la peur de crever là. Des gargouillis. Des mots inaudibles éclatent dans des bulles sanguinolentes. Son corps tressaute et s'agrippe à ses dernières secondes de vie. Ses yeux se révulsent. Et je le regarde, comme une sauvageonne assise devant un feu de camp, sans rien ressentir sinon une immense lassitude et l'énorme besoin de remettre mes idées en place.

Parce que ce n'est pas fini, Mumiah.

Le moteur de cette garce de Caravelle ne veut rien savoir. Le démarreur cliquette et se fiche autant de mes d'injures que de mes vaines prières. Au sixième essai, pourtant, dans un soubresaut de moteur, le miracle se produit. Tous feux éteints, je reprends la direction de Moíndhearg. Aucun risque de tomber en panne sèche, la jauge indique que le réservoir est plein. Si elle fonctionne. Et je passe d'un Notre Père à un je Vous Salue Marie pour que ce soit vrai.

Pas question d'abandonner les trésors, je retourne au manoir.

Sans couper le contact, je m'arrête vers la grille du parc éclairé. Contre la façade lugubre du manoir, la lueur des torches ondule d'alternances fantasmagoriques. Là-bas, les limousines sont garées sous un porche obscur. Les chauffeurs doivent être en plein repas, chouchoutés par les *servantes*, dans la cuisine du sous-sol réservée au petit personnel.

La longue allée gravillonnée est déserte mais, musette à l'épaule et sac de crampillons dans la main, je préfère emprunter le sentier entre les arbres et les statues de chasseresses dénudées. L'ombre portée du bâtiment principal me permet de traverser sans encombre l'arrière-cour des cuisines et du local poubelle. La porte métallique est ouverte. Je me faufile dans le premier corridor, celui qui débouche sur le hall d'entrée. Vide. La serrure du tabernacle ne résiste pas plus de cinq secondes.

Le collier et les boucles d'oreilles de la comtesse disparaissent dans ma musette.

Une discussion et des bruits de pas. Je reconnais la voix de la grande Mary. Pas l'autre. C'est sans doute une des filles de la ruche. Blottie derrière le comptoir, j'entends se refermer la porte du premier salon. Les bruits s'éloignent. Je file dans l'escalier et grimpe jusqu'au bureau du comte. La lumière du rez-de-chaussée suffit à m'éclairer et je crochète la vitrine du trésor de Fabergé en moins de temps qu'il en faut pour le dire.

L'œuf rejoint les bijoux de la comtesse.

Personne ne pointe le nez pendant que je regagne le local des poubelles. Assise sur un sac d'ordures, le cœur au bord des lèvres, j'attends de me calmer. De nouveau des voix. «Non, il n'est pas encore revenu. Qu'est-ce qu'elle a dû se ramasser, la Sarah!» Puis le silence. Je compte jusqu'à vingt, m'éjecte de ma cachette et me lance dans une cavalcade effrénée en empruntant l'allée principale. Comme poursuivie par le diable, je sème les crampillons derrière moi, en priant le Ciel qu'ils crèvent les pneus du premier véhicule qui sortira de Moíndhearg.

Marche arrière. Les pignons de la boîte de vitesses craquent de douleur. Je lâche l'embrayage, la Caravelle recule et percute le vantail de la grille. Nouveau craquement pour enclencher la première. Les roues patinent et l'arrière du van s'écarte sur le côté, comme le cul d'une vache récalcitrante. Quand la gomme mord le goudron, je fonce vers un talus. Par chance, la roue avant gauche l'escalade puis, par miracle, redescend sur l'asphalte.

Le paysage s'ouvre dans la lumière des phares sans que j'en aperçoive les détails. Des haies, des murs de pierres, des barrières et des enchaînements de dos-d'âne. Toujours ce même décor qui ne s'arrête jamais de défiler. De temps à autre, le brusque reflet d'un panneau indiquant un chemin de randonnée ou une clairière me saute au visage. Puis, c'est le pont vers le kiosque et le cadavre de Doggy dans le sous-sol.

À jamais, j'espère!

Foutre le camp, je n'ai que ça à l'esprit. Pas le moindre remords. J'ai soif à crever. Et je hurle ma trouille rétrospective en cognant sur le volant.

21

Manoir de Moíndhearg

Keaton le terrible !

Le dîner est délicieux, mais sinistre. Dès la nuit tombée, l'idée d'être les uniques clientes de ce lugubre manoir les hante.

– Combien de personnes travaillent ici ? demande Diane.

– Hors-saison, ma femme et moi seulement, explique le major Keaton. Elle, à la cuisine et aux chambres, moi, au service.

– Et le comte ne dîne pas avec ses hôtes ?

– Quand il est là, oui, Madame, mais ce soir il est retourné à Glasgow. Un appel urgent. Des affaires importantes. D'ailleurs, il s'en excuse auprès de vous.

– Ce n'est pas plus mal. Cet homme ne m'a pas donné l'impression d'être un hôte particulièrement jovial et cordial.

– C'est Monsieur le Comte, répond le major Keaton, comme une évidence.

– Et ça, qui est-ce ? demande Courtney en pointant d'un doigt discret le grand tableau accroché au mur. N'est-ce pas David Bowie ?

Diane suit le regard de Courtney, mais le majordome continue de desservir sans même se retourner.

– Oui, Mademoiselle. L'homme au premier plan de profil est bien David Bowie. Dans l'ombre derrière lui, vous reconnaîtrez John Lennon.

Elles regardent l'immense toile qui représente en taille réelle douze hommes autour d'une table, dans le clair-obscur d'un cabinet des curiosités. Intriguée, Diane se lève pour s'en approcher, suivie de Courtney.

– L'homme, au fond, devrait vous dire quelque chose, dit le major Keaton qui les a rejointes.

– Morrison ? tente Diane.

– C'est tout à fait exact, Jim Morrison, en effet, des Doors...

– Celui debout à gauche, dont l'ombre masque Lennon, et qui semble s'adresser aux autres. C'est Presley, n'est-ce pas ?

– Oui, Madame.

– Et là, c'est Rod Steward.

– Et celui-ci, John Fogerty.

– Qui ? s'étonne Courtney.

– Fogerty, des Creedance Clearwater Revival, tu ne connais pas ?

Après quelques minutes, elles ont identifié, avec ou sans l'aide du major Keaton, onze des personnages : Bowie, Lennon, Morrison, Fogerty, Steward, Presley, Donovan, Barry Gees, Roy Orbison, Mercury, Johnny Rotten.

– Et celui-là, alors ?

– Celui-là, c'est Gordon Duncan, un joueur de *pipe* qui a interprété « Thunderstruck », le premier single tiré de l'album The Razors Edge d'AC/DC en 1990. Chez nous, ici en Écosse, c'est un peu le Jimmy Hendricks de la *pipe*.

– Mais de quand date ce tableau ? On le dirait peint au dix-neuvième...

– Il date bien du début dix-neuvième, en effet. La petite histoire veut qu'il ait été offert à Arthur Thompson, le parrain de la pègre de Glasgow de l'époque, pour décorer la salle de réception du Provanmill Inn, un pub dans lequel il venait d'investir. L'idée était de faire un parallèle flatteur entre la réunion de douze esprits éclairés et la puissante famille Thompson. Philosophie, médecine, finances, tous les sujets étaient abordés. Le pub était sous la responsabilité d'Eddie, le fils faible et sans charisme d'Arthur. L'héritier n'avait aucune envergure pour diriger l'empire. On parle de revenus de 100 000 livres par semaine, à l'époque.

Une clochette interrompt le major Keaton. Il invite Diane et Courtney à rejoindre leur table pour leur servir le dessert. Un cranachan à l'ancienne, pour que chacune puisse composer son délice. Miel de bruyère, crème fouettée, framboises fraîches, coulis de framboises épépinées, flocons d'avoine toastés marinés au whisky.

– … et donc, reprend le majordome, le tableau ne plaît pas du tout à Eddie Thompson qui paye un pont d'or à un vieux professeur de l'Académie des beaux-arts de Glasgow pour repeindre. Façon dix-neuvième, le visage de ses idoles par-dessus ceux des douze édiles. Puis le tableau est vendu, ou donné. Bref, il disparaît et réapparaît dans une brocante où Monsieur le Comte, père de Monsieur le Comte d'aujourd'hui, le rachète pour le château.

– Eh bien, Keaton, quelle histoire ! Étonnant résultat, quoi qu'il en soit.

– Je trouve aussi, Madame, mais mon nom est Ronald. Madame, vous n'êtes pas la première à m'affubler du nom du mécano de la générale… Je ne m'en suis jamais offusqué.

– Je vous prie de m'en excuser, Ronald, n'y voyez aucune moquerie de ma part.

– N'y voyez aucun souci de la mienne, Madame. D'ailleurs, mon épouse se prénomme Eleanor. Norris, de son nom de jeune fille. Comme la troisième femme de Buster Keaton, dit-il en desservant sans rire.

Il leur propose un sherry au salon et les invite à quitter la salle à manger.

– La nuit, le service est réduit, prévient-il d'un ton solennel. Mon épouse et moi-même dormons dans un des pavillons extérieurs. Vous avez là un bar et un réfrigérateur à votre discrétion.

– Vous voulez dire que nous serons seules cette nuit dans cette immense demeure ? s'inquiète Diane.

– J'en ai bien peur, Madame, mais vous avez sur votre table de nuit un numéro où me joindre à n'importe quelle heure. De toute façon, vous n'avez rien à craindre, dit-il d'un air toujours aussi triste en tirant tous les lourds rideaux des grandes bow-windows. Sauf si vous avez peur de l'orage, bien entendu.

– De l'orage ? panique Courtney.

– Oui, vers trois heures du matin, probablement.

– Comment pouvez-vous le savoir, Ronald ? Êtes-vous originaire du coin ?

– Nous recevons les alertes de l'application *The Weather Chanel* à laquelle Monsieur le Comte est abonné. Mademoiselle, je suis né dans ce château où mon père travaillait déjà et je connais donc parfaitement la météo capricieuse de la région.

– Votre père, dites-vous ? Pardonnez ma curiosité, Ronald, mais est-il toujours en vie ?

– Je n'en sais rien, Madame.

– Comment ça, vous n'en savez rien ?

– Il a disparu une nuit du mois d'août 1967 sans jamais revenir. Avec une gourgandine de passage au manoir, avons-nous supposé. J'espère qu'elle paye aujourd'hui tout le malheur qu'elle a provoqué chez ma pauvre mère. Pour ma part, je lui suis reconnaissant d'avoir attiré loin de nous cette brute qui me violentait et abusait de ma petite sœur.

Et il prend congé, les laissant atterrées par cette vision de son enfance et l'image du squelette desséché sous le kiosque dans la forêt. Quand elles entendent la porte d'entrée se refermer, elles se regardent en silence. Longtemps. Puis sirotent leur sherry en faisant le point sur leur folle aventure. Elles sont seules dans ce sinistre manoir où surgissent aussitôt les mots terribles de Sarah.

Et ceux, lugubres, du major Keaton. C'est Diane qui se secoue la première.

– Tu as vraiment relu tout le passage du journal de Sarah concernant le manoir ?

– Oui, et j'en tremblais à chaque page de savoir que je redécouvrais ses malheurs dans l'endroit même où elle les a subis.

– Le couloir et le boudoir correspondent à certains passages du journal, mais cette salle où nous avons dîné ne ressemble en rien à celle décrite par Sarah comme étant celle des offenses.

– Cette histoire remonte à plus de cinquante ans, Diane. Le manoir a peut-être été restauré depuis ?

– Ces salons, très certainement, mais la salle à manger semble d'époque. De toute évidence, elle baigne encore dans son jus, à part peut-être un coup de peinture. Mais où se trouve ce que Sarah appelait le petit théâtre avec sa scène et ses tentures rouges ? Où sont les énormes lustres ? D'un autre côté, le manoir est grand. Peut-être que cette salle existe ailleurs…

– Oh non, Diane, sans moi ! Avec ce que je viens de relire, je ne vais pas explorer de nuit cette bâtisse lugubre ! L'orage s'annonce et…

Mais Diane se lève et Courtney court après elle pour ne pas rester seule.

– Attendez, attendez ! Avant de vous rejoindre, j'ai photographié la façade côté loch à notre arrivée ici. Maintenant, je me rends compte que quelque chose cloche !

Elle sort son téléphone et affiche les clichés en question.

– Les deux portes-fenêtres à gauche correspondent aux salons où nous sommes. Les deux suivantes à la salle à manger où nous avons dîné, mais il en reste encore quatre dans le prolongement, dont tous les rideaux sont tirés. Il y a d'autres pièces !

Elles retournent dans la salle à manger, mais comme elles l'avaient deviné, le mur ne cache aucune ouverture dissimulée. Diane passe tête dans le couloir rouge et cette fois remarque la porte de même couleur qui en ferme discrètement le fond.

– Viens, Courtney ! C'est là !

Courtney hésite. Dans la seconde, toutes les lumières du salon s'éteignent et elle se précipite pour rejoindre Diane dans le couloir qui reste allumé de veilleuses.

– Détecteurs de mouvement, explique Diane en désignant les appareils au plafond.

La porte n'est pas fermée à clé. Diane l'ouvre. De l'autre côté, le couloir continue dans l'ombre puis, soudain, s'éclaire dès qu'elles avancent. Cette fois, sur la droite, une seule grande double porte. Elles s'y dirigent et, quand la première partie du couloir s'éteint, Courtney sursaute et se cramponne à Diane. Tétanisées d'angoisse, elles poussent les deux battants du large ouvrant et ne distinguent d'abord rien. De hauts rideaux masquent les fenêtres et étouffent tout clair de lune. Mais comme Diane s'avance dans l'obscurité, tout s'éclaire soudain et elles se figent.

La salle des offenses.

La longue salle à manger des festins malsains. La lourde table des supplices. Les douze fauteuils obscènes et damassés de caresses volées. Les lustres de cristal aux reflets indécents des innocences brisées. Les miroirs partout. Les tapis des outrages et des profanations. Et sur la gauche, précieux et ignoble à la fois, le petit théâtre des turpitudes, des bassesses, des abjections et des ignominies. Tout est là, exactement comme dans le journal de Sarah. Le même luxe décadent.

C'est Courtney qui remarque le tableau. Aussi grand que celui de la salle à manger. De la même veine. Dans un prétentieux cadre alourdi de dorures. Douze hommes encore, en habits d'époque eux aussi. Des notables posant debout autour d'une table, comme à un conseil. On peut reconnaître chacun à sa tenue ou à un objet symbolique qu'il porte ou qu'il serre dans sa main. Un évêque, un Prévost avec les clés de la ville, un médecin tenant un crâne. Ici, un lord et sa canne au pommeau d'or et un officier, pistolet à la main. Là, un apothicaire derrière ses fioles de remèdes lorgne vers un notaire et ses parchemins scellés à la cire. Sur la gauche, un amiral, longue-vue sur la poitrine médaillée de son uniforme, domine un commissaire arborant son insigne. À côté, un bourgeois négociant et sa bourse de pièces en or qu'il présente à un banquier en haut de forme, les mains jointes sur son livre de comptes. Dans son dos, un nobliau en tenue de chasse semble se moquer d'eux.

– Mon Dieu, murmure Diane, ils sont tous là, exactement comme l'a écrit Sarah. Ces pauvres filles ont donc bien subi toutes ces horreurs de la part de ces hommes dont elles ont sous les yeux le portrait.

– Diane… chuchote Courtney.

La terreur dans sa voix sort Diane de son effondrement.

– Diane… le visage de l'amiral…

Diane cherche l'amiral et s'approche du tableau pour mieux en observer le visage. Quand elle le reconnaît, son cœur chavire.

– Ne me dis pas que… ?

– Si, murmure Courtney, il n'y a aucun de doute. C'est le visage de cet évêque de Glasgow. Le Hannibal Lecter qui nous a mises à la porte de leur maison de retraite.

Diane cherche à comprendre et fouille le tableau du regard.

– Ici, dit-elle, le banquier. Je connais ce visage aussi…

– C'est celui de feu le père de Monsieur le Comte, dit une voix dans leur dos.

Elles hurlent et sursautent de terreur et, quand elles se retournent, leur cœur défaille à nouveau. Le Major Keaton est là, un fusil de chasse à la main. Pointé sur elles.

– Que faites-vous ici, j'ai cru à des voleurs. Cette aile du château est privée. Les clients n'y ont pas accès.

Courtney est si pâle que Diane redoute qu'elle s'évanouisse. C'est pourtant elle qui répond au majordome.

– Excusez-nous, Ronald, nous nous sommes trompées de porte dans le couloir en cherchant le boudoir où nous nous sommes changées.

– Veuillez sortir alors, je vous raccompagne à vos chambres.

– Avec un fusil braqué sur nous ? s'inquiète Diane.

Ronald casse son fusil et le porte sur le bras, comme un chasseur en battue.

– Suivez-moi, je vous prie…

– C'est toi, chéri ?

Le majordome et Diane se retournent, étonnés. Courtney, le téléphone à l'oreille, s'excuse du regard et leur fait signe de patienter. Elle couvre l'appareil de sa main et prend un air désolé.

– C'est mon chéri qui m'appelle, il s'inquiète. Nous nous téléphonons tous les soirs et aujourd'hui j'ai oublié.

Puis elle se tourne et parle à quelqu'un. Oui, oui, tout va bien, l'endroit est exactement ce que nous cherchons. Nous rentrons demain. Oui, moi aussi j'ai hâte… Oui, moi aussi je t'aime… Oui moi aussi je t'embrasse… Oui, dit-elle gênée à voix basse, tout partout, moi aussi… oui, là aussi… oui aussi. Écoute mon chéri, je dois raccrocher parce qu'en fait, je ne suis pas vraiment toute seule… oui, ma patronne… et le majordome du manoir aussi. Je sais, tu ne pouvais pas deviner, chéri… d'accord… bonne nuit… fais de beaux rêves.

Puis elle éteint son téléphone et le range dans une poche de sa robe.

– C'était Aaron, mon chéri, dit-elle en haussant les épaules comme une Marylin en faute, il veut toujours savoir où je suis. Il faut l'excuser, il ne peut pas s'endormir sans m'embrasser, même virtuellement.

Puis elle les rejoint.

– Allons au lit, maintenant, minaude-t-elle toute guillerette en prenant Diane par le bras. Vraiment, nous sommes confuses de vous avoir réveillé, Ronald.

Il les raccompagne jusqu'à leurs chambres et elles entrent toutes les deux dans celle de Diane.

– Merci, Ronald, dit Courtney. Vous pouvez dormir tranquille, nous ne vous dérangerons plus de la nuit. À demain matin.

Quand il est parti, Diane se retourne vers Courtney.

– Aaron ? Ton chéri ?

Courtney sort son téléphone et affiche une vidéo à l'écran.

– Il nous fallait des photos de ce tableau. J'ai filmé au hasard. J'espère qu'il y aura au moins quelques vues exploitables.

Diane va lui témoigner de son admiration quand un éclair déchire la nuit.

– Bon, je propose de dormir et de quitter cet endroit le plus tôt possible demain matin.

Courtney approuve et regagne sa chambre. Diane remarque qu'elle laisse sa porte grande ouverte.

– Tu as peur de l'orage, Courtney ?

– Oui, un peu...

Elles se souhaitent bonne nuit, puis elles se couchent et éteignent les lumières. Quelques minutes plus tard, le premier tonnerre roule au loin et claque dans la nuit. Courtney rejoint le lit de Diane en courant et se glisse sous les couvertures en essayant de garder ses distances.

– C'est juste parce que j'ai trop peur. N'allez pas croire que...

Diane ne répond pas. Elle se lève, sort de la chambre et revient. Dans sa main, la grande épée de la statue de la dame sans tête. Elle rejoint le *king size*, écarte les draps et pose l'épée au beau milieu du matelas.

– Comme dans la légende de Tristan et Yseult, en gage d'une nuit de pureté et de chasteté germanique sans péchés de chair, ça te rassure ?

Puis elle se couche d'un côté de l'épée et laisse Courtney rabattre le drap sur elle de son côté. Au troisième coup de tonnerre, l'orage explose au-dessus du manoir. Courtney enjambe l'arme et se plaque contre Diane qui sourit sans rien dire. Une heure plus tard, Diane dort, mais pas Courtney. Quand l'éclair crépite en silence avant le tonnerre et qu'elle aperçoit la porte de la suite grande ouverte, son cœur s'assèche. Et quand, de panique, elle sursaute dans le lit, l'horreur la saisit à nouveau. Le temps d'une seconde, l'ombre d'un homme armé d'un fusil se dessine contre le mur de la chambre.

Elle hurle, et Diane se redresse comme une diablesse plongée dans l'eau bénite. Puis la nuit retombe dans le fracas du tonnerre qui les force à crisper les paupières. Jusqu'au prochain éclair. La porte est toujours grande ouverte, mais l'homme au fusil a disparu. Courtney, terrorisée, le cherche des yeux. Il n'est plus au milieu de la pièce, là où elle l'a aperçu, mais elle devine encore sa présence. Et soudain il est là, tout contre le lit, le canon de son arme appuyé sur le ventre de Diane.

– Ronald ? Mais que faites-vous ?

– Fermez-là ! Levez-vous et habillez-vous, j'ai eu des nouvelles de Monsieur le Comte. Nous allons nous promener.

– Que se passe-t-il, Ronald ? Je vous en prie…

– Fermez-là ! Et toi aussi la petite gouine ! Tu te lèves et tu t'habilles.

– Ronald, vous voyez bien qu'elle est paralysée de terreur. Pas la peine de braquer votre fusil sur elle. Ce n'est pas comme si elle était en armure avec une épée en main, non ? Laissez-lui le temps de comprendre.

– Nous n'avons pas le temps et elle n'a rien à comprendre. Elle se lève et elle s'habille ou je la descends.

– Ne vous énervez pas, Ronald, vous êtes armés. Chercher à nous défendre ne serait qu'un coup d'épée dans l'eau. Je vais préparer sa valise, le temps qu'elle se remette, dit Diane.

– Vous n'avez pas besoin de valise.

– Oui, mais elle, elle aura au moins besoin de ça, dit Diane.

Quand Ronald se tourne pour voir ce que Diane montre du doigt, Courtney se dresse sur le lit. La lame de l'épée qu'elle brandit à deux mains effectue un large mouvement circulaire et s'abat avec violence sur la tempe du majordome. L'homme s'effondre. Son doigt se crispe sur la détente. Dans un claquement d'orage, le coup de feu tiré au hasard se perd dans les tentures des doubles rideaux.

Courtney, en culotte et soutien-gorge, a lâché l'épée et reste figée sur le lit, debout, les deux mains sur la bouche dans un cri de terreur silencieux, les yeux écarquillés par l'horreur de son geste. Diane ramasse l'épée et redonne un coup du plat de la lame sur le crâne de Ronald.

– Il a son compte, dit-elle. Allez, on dégage !

Elles jettent leurs affaires dans leurs valises, s'habillent et dévalent les escaliers jusque dans le hall. C'est Diane qui pense à remonter pour effacer ses empreintes sur l'épée et la remettre en place. Puis elle tire le corps sur le palier et le pousse dans l'escalier. Courtney hurle quand Ronald se cogne sur les marches et roule à ses pieds. Lorsqu'elle voit Diane retourner dans la chambre et revenir avec le fusil, ses yeux s'arrondissent de terreur et d'incompréhension.

– Regrettable accident en cas d'enquête. Il aura trébuché… la rassure Diane.

Puis elles sortent de la maison sous des trombes d'eau, se jettent dans leur voiture et Diane balance le fusil sur le siège arrière. Elle démarre en creusant les graviers jusqu'à la terre détrempée. Par une chance inespérée, dans la panique, elle n'a pas encore allumé les phares et repère ceux du véhicule qui se précipite vers le manoir. Elle pile et fait signe à Courtney de baisser la tête. Le Range Rover du comte surgit et va s'arrêter en dérapant devant la porte d'entrée. Dès qu'il a disparu, Diane remet le contact et démarre, mais au milieu des arbres, sous les nuages noirs de l'orage, la nuit est trop sombre. Elle allume les codes et fonce aussi vite que possible vers la sortie du domaine. Deux minutes plus tard, d'autres phares l'aveuglent dans le rétroviseur. Le Range Rover les rattrape. Avec sa Jaguar, Diane aurait pu tenir la distance. Elle aime la conduite sportive, mais avec cette berline de location, elle n'est pas de taille contre le 4x4 qui se rapproche à chaque ligne droite. Leur voiture dérape, se frotte contre les talus, manque plusieurs fois de verser dans le fossé, et c'est bien ce que cherche le comte. Dès qu'il le peut, il cogne l'arrière de leur pare-chocs pour déséquilibrer leur voiture et la jeter dans le bas-côté. À chaque soubresaut, Diane jure et Courtney crie. Puis le pont apparaît devant elles, dans la lumière blanche des phares et l'ombre de leur berline projetée par ceux du 4x4.

– Sur le pont, sur le pont ! s'époumone Courtney. Prends l'avance que tu peux et tiens-toi prête à piler.

Diane a compris. Elle accélère pour distancer d'une demi-douzaine de mètres son poursuivant avant de s'engager sur l'étroit passage de pierre qui enjambe la rivière.

– Maintenant ! Freine ! hurle Courtney, le cou tordu pour regarder par la lunette arrière.

Quand le comte, à pleine vitesse, voit leurs feux incendier le paysage, il cherche par réflexe à éviter le choc brutal. Le Range Rover monte à droite sur le talus qui le renvoie sur la gauche et il s'encastre dans le solide parapet du pont. Le cul du 4x4 se soulève, puis retombe de travers. Une roue mord dans le fossé et le lourd SUV glisse dans la rivière. Son flanc se cogne à un rocher moussu, puis le véhicule se retourne. Lentement, aidé par la tourbe, il glisse dans la rivière et s'immobilise, les essieux en l'air au milieu du courant.

– Descends ! Vite ! ordonne Diane en sortant sous la pluie, le fusil à la main.

– Mais…

– Descends ! hurle-t-elle à nouveau.

Courtney s'éjecte de son siège sous le déluge qui la crible de gouttes plus épaisses que des billes et froides comme des grêlons.

Diane passe derrière leur voiture, braque le deux coups et pulvérise la lunette arrière. Puis elle essuie la crosse et la détente, court vers le 4x4 et balance l'arme vers le comte qui cherche à s'extraire de la carcasse.

– Allez, on repart, crie Diane en reprenant le volant.

Quand elles ont roulé quelques minutes, Diane répond à la question que Courtney n'a pas posée.

– Si la police s'en mêle, on a fui ce manoir de dingues et ce fou furieux nous a pris en chasse en nous tirant dessus avec son fusil. Avec un peu de chance, cet imbécile l'aura ramassé et y laissera ses empreintes. Ça sera toujours ça pour notre défense.

– Et pour le majordome, s'il est mort ?

– Je te l'ai dit, il est tombé dans l'escalier. Quand ? On ne sait pas. Tout seul ? Poussé par quelqu'un ? On ne sait pas. On n'a rien vu. On ne cherchait qu'à fuir ce manoir sinistre. Une altercation avec le comte peut-être.

– Ça ne résistera jamais à une enquête, Diane !

– Courtney, je n'ai pas mieux pour l'instant, alors on s'arrange avec ça, d'accord ?

– Et qu'est-ce qu'on fait maintenant ?

– On retourne à Glasgow. On réveille Bad Billy et on lui demande qu'il nous trouve un endroit au calme pour nous remettre de tout ça.

22

Glasgow – Royal Infirmary Hospital
Les drôles de baisers de Pinky

Elmer Pinkerton avait rapporté d'un voyage en France, avec sa petite caille de l'époque, une fascination pour le château de Chambord. C'est la raison pour laquelle il était heureux, d'une certaine façon, de mourir au Royal Infirmary Hospital de Glasgow. Dire que l'imposante bâtisse en pierres de calcaire jaune et sale a quelque chose de l'élégante et majestueuse maison de plaisance du très catholique roi François Ier ne convainc guère que Pinkerton. Le Royal, à côté de la ténébreuse et mystique cathédrale Saint Mungo qu'il surpasse et écrase, se dresse plutôt, lui aussi, comme un rempart austère et lugubre. Une forteresse. Plus un château fort qu'un rendez-vous de chasse. La façade, toute sévère et menaçante est barrée de donjons brodés de corbeaux lourds, de poivrières, de poternes et de mâchicoulis. Surplombs et barbacanes. Arcs de décharge sur d'improbables et inutiles balcons aveugles. Les fenêtres sont alignées en meurtrières et le toit plat est cerné de balustres comme autant de créneaux. C'est au choix, un démoniaque navire de guerre, un trois-ponts démâté en cale sèche sur le pavé, ou un de ces hôtels germaniques et transalpins, aux dimensions vertigineuses, qui défient les montagnes immobiles d'en face.

Quand ils entrent dans la chambre en contre-jour, Pinkerton est allongé sur son lit, sous un simple drap de tissu vert. Visage taillé à la serpe, cheveux en colère, fins et argentés. Un individu gris, épuisé par l'âge et les malheurs, et qui n'en a plus rien à faire.

– Tiens donc, v'là l'autre petit voyou de Bad Billy… Oh ! Et accompagné par *Big Booes* Madison qui plus est ! Alors, on vient voir mourir le vieux flic ?

Bad Billy, gêné, n'ose pas rentrer. Madison le bouscule pour passer et va se pencher sur le lit pour embrasser Pinkerton, prenant bien soin de laisser ses seins lourds peser contre la poitrine du vieil homme.

– Ça, roucoule Pinkerton heureux, c'est un bon gros bisou de généreuse ! Qu'est-ce que vous faites là tous les deux, ne me dites pas que vous…

– Si Pinky, Billy et moi on est à la colle, maintenant.

– Et les jolies cailles qui vous accompagnent ? s'intéresse Pinkerton en inclinant la tête pour mieux détailler les corps de Courtney et de Diane. Quelqu'un les tient à la glue, celles-là ?

– Des amies dans des embrouilles, explique Billy.

Diane s'amuse de voir Billy timide comme un gamin au premier jour d'école. Elle passe devant lui et tend la main à Pinkerton.

– Et alors, ma caille, on n'ose pas embrasser Pinky le vieux flic ?

Diane sourit et avance les lèvres vers la joue qu'il offre à son baiser. Quand elle est contre lui, il murmure à son oreille.

– Il faut te pencher un peu plus, ma belle, tes jolis seins sont bien moins lourds que ceux de Madison. Te gêne pas, donne un petit coup de reins à la pesanteur. Quand t'es mort, c'est pour longtemps, tu sais, alors mieux vaut en profiter avant !

Diane le regarde dans les yeux, sourit de bon cœur et s'approche au plus prêt pour que les pointes de sa poitrine frôlent celle de Pinkerton. Puis elle fait signe à Courtney de la rejoindre.

– Je suis Diane, voici Courtney. Nous sommes éditrices à Londres. Billy prétend que nous nous sommes fourrées dans un pétrin dont vous pourriez peut-être nous aider à comprendre le pourquoi du comment.

Courtney préfère adresser un petit salut de la main. Le brusque intérêt de Pinkerton pour leurs ennuis la sauve du bisou à la Pinky.

– C'est quoi, l'embrouille ? insiste le vieux policier.

Billy et Diane se sont mis d'accord pour ne pas trop parler. Pinkerton est depuis longtemps à la retraite, bientôt mort, mais ce n'est pas une raison pour l'affranchir sur toute la ligne. Comme dit Billy, on ne jette pas toute son orge à la rivière pour faire son whisky.

– Voilà, intervient Billy, j'ai expliqué à Diane et Courtney que tu as été flic dans cette ville pendant plus de vingt ans…

– Hey, tu as le cul à la fenêtre ou quoi, mon p'tit Billy ? Qu'est-ce que tu racontes, mon gars ? Je suis rentré dans la police de Glasgow le 7 mai 1959 et j'en suis parti le 8 mai 1989. Trente ans de service, pour une retraite de 125,95 livres par semaine. Depuis, le système m'a forcé à survivre trente autres années avec cette misère. Alors, ne viens pas raboter la partie heureuse de ma vie, d'accord ?

– D'accord Pinky, s'excuse Bad Billy, d'accord. Donc tu as bien connu la pègre et les affaires criminelles des années soixante et soixante-dix.

– Billy, je viens de te dire que….

– Est-ce que vous reconnaissez un de ces hommes ? intervient Diane en tendant une photo du tableau de Moíndhearg.

Pinkerton prend le cliché, le regarde et affiche aussitôt une tête d'horloge arrêtée. Puis il mouline un bras pour exiger de Billy qu'il redresse son lit et qu'il allume la petite lampe directionnelle.

– Par Saint-André ! murmure-t-il en gesticulant pour qu'on lui trouve ses lunettes sur sa table de nuit. Où avez-vous déniché ça ?

– Au château de Moíndhearg, explique Diane. Il y est accroché aux cimaises d'un salon abandonné. Vous savez ce qu'il représente ?

Pinkerton observe la photo sans répondre.

– Ce que nous savons déjà, précise Diane, c'est que l'homme en uniforme d'amiral n'a rien d'un marin. Nous l'avons rencontré dans une curieuse retraite bourgeoise de Redlands road : c'est un ancien évêque.

– Un marin pêcheur d'âmes, même un aveugle serait heureux de voir ça, murmure pour lui Pinkerton. C'était donc vrai, alors…

– Quoi ? Qu'est-ce qui était vrai, Pinky ? s'inquiète Diane.

– T'as une clope, Billy ?

– Pinky, dans l'état où tu es ?

– Quoi, j'ai les poumons mieux bitumés que la M. 90. Alors, qu'est-ce que tu veux qu'il m'arrive de pire, bad boy ? Une dernière sortie de route ? La balle est sur le toit et ça fait longtemps que j'ai fini de jouer.

– C'est un hôpital Pinky, on n'y fume pas, dit sagement Diane.

Pinkerton se résigne dans un soupir.

– Bon, pour votre histoire, Glasgow a toujours été un lieu de plaisir pour bourgeois en goguette. Ces messieurs réformés et austères d'Édimbourg avaient les principes moraux bien moins rigides que leur queue, si vous voyez ce que je veux dire. Ça venait même de Newcastle. Et aussi de Leeds, de Liverpool ou de Manchester, parfois. Y'avait de la pauvreté pire que chez eux, ici. Des familles démunies, des filles de misère, des femmes au bord du vide et des hommes prêts à les vendre pour un verre d'alcool ou une blague de tabac. Alors, boudoir ou lupanar, Glasgow est devenu un cloaque.

– Dans les années soixante ?

– Et comment ! On a vu fleurir les bordels dans les banlieues ouvrières, les maisons de rencontre dans les beaux quartiers, les salons de massage, les spas de débauches. Madison peut vous confirmer que l'argent circulait !

– Hey, ne viens pas trop te plaindre, Pinky, je ne t'ai pas fait payer souvent !

– Ça, c'est vrai, ma grande, mais j'étais flic, tu ne pouvais pas faire autrement. C'était la règle.

– Quelle règle ? demande Diane.

– On ne touche pas au cul ! Voilà quelle était la règle pour les flics à Glasgow dans les années soixante. On touchait à la cambriole, à la dope, on touchait à la carambouille ou au crapuleux, mais on ne touchait pas au cul !

– Qui l'avait décidé ?

Pinky fait mine de réfléchir puis garde le silence un moment.

– Tu es sûre que t'as pas une clope ?

– Pinky, arrête de faire ta petite langue, gronde gentiment Madison.

– Personne ne l'avait décidé, je crois. Personne en particulier, je veux dire. C'était juste une règle non dite. Une tolérance. Nous, on voyait bien ce qui se passait, on était dans la rue, mais on n'avait pas les ordres. Pour faire du blé, à l'époque, n'importe qui était prêt à courir plus vite que ses chaussures, vous savez, même dans la police. Tu dois te souvenir de ça, Madison, non ?

– Parle pour les flics et les macs ou pour les deux grosses familles de la pègre de Glasgow, peut-être, mais pour nous, les filles, ramasser les miettes n'a jamais fait du pain !

– En tout cas, ça faisait du business et ça arrangeait tout le monde. Aux dépravés d'Édimbourg comme à ceux qui venaient d'Angleterre, alors on fermait les yeux. Comme on disait même entre nous : prends ce que tu peux et garde ce que tu as !

– Et le rapport avec la photo ? insiste Diane.

– Le rapport ne va pas vous plaire. Pour expliquer cette coupable tolérance, on prétendait qu'il existait quelque part, dans l'ombre, une sorte de « Coppola » mafieuse. La Toison d'Or, qu'on la nommait, en sachant très bien de quelle toison on parlait. Des gens de la haute ou des bas-fonds du pouvoir, encore plus déglingués de la bistouquette que le pire client de la pire pute du pire bastringue, si vous voulez bien excuser mon vocabulaire.

– Et vous croyez que ce sont eux sur ce tableau ? se passionne aussitôt Diane.

– L'histoire de cette mafia de bourgeois dégénérés, je l'ai entendue mille fois de mes michetons sans jamais en voir le bout d'un seul, doute Madison. Tout ça, c'est du ragot de lessive. N'importe quel mensonge fait le tour d'Écosse avant même d'y être entré.

– Madison, tu parles si vite et sans comprendre que tu vas finir par te brûler la langue. Bien sûr que tu n'en as pas *vu le bout d'un*. Tu crois que ces gens-là allaient au bordel ? C'est le bordel qui venait à eux, ma caille. Désolé de te vexer, Madison. Tu sais bien que moi, tu m'as toujours plu, mais si tu ne les as pas vus, c'est que pour ces gens-là, c'est pas dans la rue qu'on leur servait les filles les plus affriolantes, mais dans leurs belles demeures, leurs manoirs cossus, leurs sombres châteaux. Elles étaient à peine adolescentes. Parfois, c'étaient des vierges.

– Merde, Pinky, explose soudain Courtney, vous allez nous dire ce que vous savez de ce tableau à la fin, oui ou non ?

Pinkerton sourit à Courtney qui rougit aussitôt de son audace.

– Oh là, une petite caille au caractère de pie australienne ! Si j'avais encore des ailes... Bon d'accord, alors votre curé amiral que vous voyez ici, il était évêque de mon temps. Le mec en évêque, par contre, c'est Matthew Riggs, le fils aîné d'une des deux familles de la pègre qui tenait Glasgow à l'époque.

– Mon Dieu, soupire Diane.

– Garde ton Dieu pour la fin, murmure Pinkerton, il y a pire à venir. Le nobliau en tenue de chasse, c'est Johnatan Aliston. Il était juge à la Haute Cour.

– J'ai eu l'occasion de le croiser, coupe Billy, la première fois qu'on m'a accusé d'être le mac de Madison. Et j'ai rien ramassé du tout.

– Normal, tu n'as jamais été mon mac. Je n'ai jamais eu de mac, moi ! s'indigne Madison.

– Je sais, n'empêche que j'ai rien pris ce jour-là. Par contre, quand je suis repassé devant lui pour cambriole, je n'avais rien fait non plus, mais je me suis coltiné six mois derrière les yeux quand même !

– De toute façon, on savait bien dans la police, quel jeu jouait Aliston ! C'est juste qu'on ne savait ni pourquoi, ni pour qui. L'autre, là, le Prévost avec les clés de la ville, c'est Alistair Granville, l'avocat redoutable de la pègre. Quand tu étais son témoin, il fallait dire ce qu'il te disait de dire. Quand tu étais le témoin de la partie adverse, tu la fermais ou t'étais mort. Toi ou quelqu'un de chez toi. Le médecin avec son crâne dans la main, Donald Brighton, présidait les houillères et autres mines d'Écosse et d'ailleurs. Un type blindé aux as comme tu peux pas imaginer. Ce type, il aurait pu racheter cash la Reine avec ses bijoux de famille en prime.

– Vous êtes sûr de ce que vous avancez, Pinky, s'inquiète Diane.

– Et comment ! À un moment ou à un autre de mes trente ans de flic, j'ai fricoté directement avec chacun d'eux. Et crois-moi ma belle, à chaque fois c'était pour me la faire mettre à l'envers, alors oui, je me souviens parfaitement d'eux.

– Et qui d'autre ?

– Mon chef bien-aimé, ce bel enfoiré pourri jusqu'à la moelle de superintendant William Conninghan, big boss de la police de Glasgow, qui fait le mariolle sur la toile, déguisé en lord. Ce type, il avait deux visages et aucun n'était franc. Le bourgeois, avec son tas d'or, n'est rien d'autre qu'un procureur de la couronne dont j'ai oublié le nom. Je ne me souviens que de sa réputation à abandonner les poursuites contre la pègre. Un champion toutes catégories ! Et l'apothicaire, là, avec ses fioles et ses éprouvettes, c'est Lord Hamilton, comte de je ne sais plus quoi et membre par je ne sais quelle descendance de la famille royale. Les autres, je ne les connais pas.

Un silence sidéré fige la pièce avant que Courtney intervienne.

– Et le banquier, c'est le père du comte de Moíndhearg, l'homme qui a essayé de nous tuer hier soir.

– De vous tuer ? s'étonne Pinkerton.

– Raconte-lui, dit Madison en posant une main sur l'épaule de Diane.

Cette fois, Diane vide son sac. Le manuscrit, ses recherches, la certitude qui s'impose, peu à peu, que Sarah dise vrai. Les pauvres gamines, les *repentantes* de l'accouchoir, le chantage aux bébés, les parties fines, les viols en réunion, la complicité des bonnes sœurs, le manoir de Moíndhearg. L'abject esclavage sexuel. Le squelette sous le kiosque, aussi. Le tableau dans la salle condamnée. La poursuite en voiture.

– Il voulait vraiment vous tuer ? demande Pinkerton à Courtney.

– Il nous a tiré dessus, ment Diane avant que Courtney ne réponde. Je n'ai plus de lunette arrière à ma voiture et les plombs sont encore fichés dans le tableau de bord.

– Je pensais ne jamais avoir à dire ça, murmure Bad Billy, mais on devrait peut-être appeler les flics. Ils pourraient…

– Ferme-là Billy, ordonne Pinky. Le livre des « peut-être », c'est toujours le plus épais sur l'étagère la plus haute. Personne n'y touche jamais. Une chose est certaine par contre : deux des fils de Conninghan ont aussi fait carrière dans la police de Glasgow. Et on ne sait pas combien de ces dégénérés de juge, de procureur et d'avocat ont essaimé dans la magistrature ou dans les cercles du pouvoir. Alors il ne faut pas se décoller les semelles avant d'être sûr d'avoir atteint le but. Voyez ce comte de Moíndhearg qui est prêt à tuer pour défendre la mémoire de son père : les autres pourraient bien être pires !

– Dans ce cas, que doit-on faire ? demande Diane.

– J'avoue que j'ai la tête en hachis et que je réfléchirais bien mieux avec une clope.

– Je t'en prie, Pinky, implore Madison.

– Bon, d'accord. Moi aussi j'ai pondu un fiston dans la maison. C'est, paraît-il, un bon flic… Laissez Billy et Madison vous mettre au vert loin de cette ville. Qui veut manger à la gamelle du diable a besoin d'une longue cuillère. Moi je vais voir si Marty, mon fiston, accepte de me reparler.

– Vous êtes fâchés ?

– Il y a cinq ans, sur son lit de mort, sa mère lui a avoué qu'elle tapinait quand je l'ai rencontrée, se désole Pinkerton. Ce benêt a tété sa mère jusqu'à la grande école, alors ça lui a fait un choc. Il la croyait bibliothécaire.

– Une tapineuse ? s'intéresse aussitôt Madison, je la connais ?

– Samantha, du Trumpet Lounge, sur West Nile Street, tu la recadres ?

– Samantha ? Celle qu'on appelait Samie la rousse, avec ses gros…

– Madison ! s'offusque Billy.

– Avec ses gros bouquins, Billy, avec ses gros bouquins ! s'indigne Madison. Samie avait toujours de la lecture dans son baise-en-ville ! Des trucs de dingue : Les hauts de Hurlevent, Moby Dick…

– Je t'en prie ! supplie Billy.

– Hey, coupe un peu ta chaudière à conneries, Billy. Moby Dick, c'est le titre d'une vache de bonne histoire de baleine, pas d'un roman porno !

– C'est vrai, Madison, Sam Big Books, c'était devenu ma régulière, et le Prince héritier n'a pas apprécié. Mais je vais l'appeler. Vous, par contre, il faut vraiment mettre un peu de distance entre cette ville et vous. T'as une planque, Billy ?

– Tu parles, j'ai changé de vie depuis ce temps-là, Pinky. Aujourd'hui, les gens me croisent dans la rue sans me voir, pourquoi j'aurais besoin de me planquer.

– Je sais où nous réfugier, dit Diane.

– Je ne veux pas savoir alors, réplique Pinkerton. Gardez ça pour vous. Je me contenterai d'un téléphone pour vous contacter.

– Je vous donne mon portable, décide Diane qui prend la main de Pinky et note son numéro au stylo dans sa paume.

Billy le salue et les trois femmes se prêtent au petit jeu du frotté de poitrine, avec générosité pour Madison, indulgence pour Diane et beaucoup de retenue pour Courtney.

– Et soyez sage, plaisante Diane en sortant.

– Vous savez bien que les Écossais ne sont sages qu'après coup. Vous avez peur que je finisse en enfer ?

– Ça, ça ne nous dérange pas, rigole Billy, bien au contraire ! Dès que tu y seras, Lucifer affichera complet et nous fermera les portes au nez.

Il retrouve les trois femmes dans le couloir et tous se dirigent vers l'ascenseur quand Madison s'excuse.

– Avancez sans moi, j'ai oublié quelque chose, dit-elle en retournant dans la chambre de Pinkerton.

– On t'attend, dit Courtney.

– Non, non, allez-y, j'arrive.

Madison disparaît dans le couloir.

– Descendons par les escaliers, propose Billy, ça lui donnera le temps de nous rejoindre.

– Elle a juste oublié quelque chose, on peut l'attendre, une minute quand même ! s'indigne Courtney.

– Attends-la si tu veux, mais nous on y va, réplique Diane en haussant les épaules.

Ils poussent la porte de l'escalier et disparaissent. Courtney reste décontenancée. Ils auraient pu attendre. Mais Madison ne ressort que cinq bonnes minutes plus tard, reboutonnant son corsage, décoiffée comme si elle s'était battue avec un chat.

– Mais qu'est-ce que tu faisais ?

Madison lui pince la joue entre le pouce et l'index et secoue la tête.

– T'es mignonne, toi, tu sais !

Puis, devant la loge des infirmières, elle ajuste sa frange et ses mèches et passe la tête par la porte.

– Mesdames, faudrait peut-être songer à fermer la fenêtre de la 512, il est en train de réchauffer toute l'Écosse depuis sa chambre !

Puis elle entraîne Courtney dans l'ascenseur. Entre deux étages, les yeux complices, la jeune femme se penche à l'oreille de Madison.

– Tu lui as laissé fumer une petite cigarette, hein ? C'est ça ?

Madison la regarde, le sourire étonné, et lui pose un baiser sur la joue.

– T'es vraiment une mignonne, toi !

Ils rejoignent les deux autres dans le hall et sortent dans la cour.

– Elle a laissé Pinkerton fumer une cigarette ! confie Courtney comme un secret.

Billy et Diane s'arrêtent, médusés, et Madison hausse les épaules, les yeux au ciel. Puis les trois éclatent de rire.

– Ben quoi ? se vexe Courtney. Madison lui a laissé le temps de fumer une cigarette, c'est gentil, non ? Qu'est-ce que vous voulez qu'elle…

Elle se fige soudain, pose la main sur sa bouche, les yeux écarquillés.

– Oh non, Madison !

– Bien sûr que si, ma mignonne ! Tu ne crois pas que Pinky le méritait ?

23

Glasgow – chez Bad Billy et Madison

Killian ou les talents d'un jaloux

– Comment va mon éditrice préférée ?

– Mal Ashley, mal. Je crois bien qu'on a essayé de nous tuer, Courtney et moi.

– Vous tuer ? s'alarme aussitôt Ashley.

– Oui, ou peut-être nous faire juste très peur et ça a été très réussi. Je te jure que j'ai eu la peur de ma vie !

Diane raconte à Ashley tout ce que Courtney et elle ont découvert à Moíndhearg et qui confirme la confession de Sarah.

– Tu n'imagines pas à quel point ce manoir a dû être le domaine des horreurs et des humiliations pour Sarah, soupire Diane. La salle des offenses qu'elle décrit dans son journal est encore là, intacte, avec ce funeste et menaçant tableau au mur.

– Mon Dieu… murmure Ashley.

Diane parle de leur séjour à Moíndhearg, un peu dans le désordre tant l'émotion la trouble encore. Le majordome énigmatique et soudain fou furieux, le squelette pourri sous le kiosque abandonné, le comte rustre et arrogant, la course-poursuite dans la nuit pour fuir ce lieu maudit.

– Où êtes-vous ? s'inquiète Ashley.

– Nous sommes repassées par Glasgow nous réfugier chez Bad Billy et Madison.

– Comment vont-ils ?

– …

– Diane ?

– Comment tu connais Bad Billy et Madison ?

À son tour, Ashley marque un silence avant de répondre sur le ton de l'évidence.

– Diane, tu m'as fait lire tout le journal de Sarah, souviens-toi !

– C'est vrai, mais je veux dire : comment sais-tu qu'ils sont toujours en vie ?

– Mais enfin, Diane, tu es sûre d'avoir encore toute ta tête ? Tu viens de me dire que vous vous êtes réfugiées chez eux, c'est donc qu'ils sont vivants, non. Que se passe-t-il ? Diane, tout va bien ?

– Oui, oui, excuse-moi. Je dois être sous le choc. Ils vont bien, mais nous ne restons pas chez eux. Un vieux flic du temps de Billy nous conseille de nous mettre au vert en toute discrétion. Madison et Billy aussi. Ils vont nous accompagner à Stockton-on-the-Bridge, chez les MacFarlane.

– Vous allez séjourner là-bas ?

– Oui, quelques jours, si possible, le temps de nous remettre de tout ça. Et toi, comment vas-tu ?

– Toujours un peu fatiguée. Je voulais même annuler une lecture chez Waterstones, sur Sauchiehall Street à Glasgow, mais je vais y aller quand même, comme ça nous aurons l'occasion de nous voir et tu me raconteras toutes vos aventures.

– D'accord, appelle-moi quand tu y seras. Stockton n'est qu'à une heure et demie de voiture. Nous nous passerons une soirée entre filles pour parler de tout ça.

– C'est très flatteur Diane, mais étant donné mon âge, tu vas plutôt t'imposer une soirée avec mamie Ashley !

– Il n'y a pas d'âge pour être jeune, plaisante Diane. Choisis un bel hôtel avec un bar bien cosy, que nous puissions nous mettre la tête à l'envers au vin et au champagne. C'est moi qui offre.

– Alors au One Devonshires Garden. Ils ont des tableaux représentant de grands crus dans toutes les chambres, c'est une sérieuse garantie, non ?

Diane raccroche et compose un autre numéro.

– Killian ? Courtney t'a raconté ?

– Bien sûr qu'elle m'a raconté ! Qu'est-ce que vous êtes allée l'entraîner dans cette galère, Diane, vous vous rendez compte qu'elle a risqué sa vie ?

– Moi aussi, je te ferais remarquer, réplique-t-elle.

– Mais qui parle de vous ! s'énerve Killian. Je me fiche de vous, ce n'est pas vous que j'aime !

– Oh comme c'est mignon, s'amuse Diane, comme c'est touchant cette colérique déclaration d'amour.

– Ne vous moquez pas, Diane. Jetez-vous dans la gueule de tous les loups que vous voulez, mais arrêtez de faire courir vos risques à Courtney.

– Calme-toi, Killian, et fais un peu plus confiance à Courtney. Elle s'est montrée étonnamment forte et courageuse. Une belle femme forte et courageuse, Killian, voilà ce qu'elle est. Je la découvre et, pour un peu, j'en tomberais presque amoureuse, moi aussi.

– …

– Killian ?

– …

– Killian, c'était une plaisanterie, Killian !

– Oui, eh bien je vous interdis de plaisanter avec Courtney !

– Sinon ?

– Sinon je ne vous dis pas ce que j'ai trouvé.

– Ah ! Très bien, alors, mes plus plates excuses, Killian, oublions Courtney et raconte-moi.

– Voilà : j'ai soumis le manuscrit de Sarah à un logiciel d'analyse d'écriture et le résultat est sans appel. Si une partie de ce journal peut avoir été écrite par une jeune femme un peu maladroite, une autre partie a été réécrite par quelqu'un de plus mûr et de plus expérimenté.

– Comment un logiciel peut-il aboutir à une telle conclusion ?

– Analyse sémantique, analyse du champ lexical, analyse syntaxique, degré d'iconicité de la relation causale, étalonnage des connecteurs…

– Oui, c'est bon Killian, j'ai saisi. Et est-ce que cette fichue technologie permet de savoir si nous avons deux auteurs ?

– Non.

– Non ?

– Non. Elle ne conclut pas que nous aurions deux auteurs, mais plutôt un seul à deux époques différentes. Celle ou celui qui a écrit le journal intime l'a en partie repris plus tard.

– Et est-ce que tes algorithmes ont la moindre idée de l'écart entre les deux écritures ?

Diane se reproche aussitôt d'avoir posé la question avec un peu trop d'ironie, car Killian lui répond avec une modestie triomphante à peine retenue.

– Mais bien sûr. Selon le champ lexical, on relève quelques particularités syntaxiques et deux ou trois néologismes. Ce qui a été réécrit l'a été au cours des dix dernières années.

Diane encaisse cette réponse avec une humilité qui, bien entendu, ne transparaît pas à travers la communication téléphonique, mais que Killian devine quand même.

– Ce qui voudrait dire que Sarah pourrait toujours être vivante, avoir partiellement réécrit son journal et nous l'avoir envoyé elle-même…

– Oui, confirme Killian. Sarah est peut-être bien encore en vie… si nous prenons comme base l'âge qu'elle se donne en 1965 dans les premières pages de son journal, elle serait âgée aujourd'hui de soixante-quatre ans.

Diane réfléchit à cette éventualité. Se retrouver face à une dame d'un certain âge et qui aurait survécu à autant de malheurs. À quoi pourrait-elle ressembler, presque un demi-siècle plus tard ? Est-ce qu'une petite cinquantaine d'années suffisent à se reconstruire d'une enfance aussi chaotique ? Et pour quelle raison une femme de cet âge déciderait-elle soudain de livrer au monde une telle confession ? La laisser en héritage pour que personne n'oublie ?

– Killian, est-ce que la technologie peut nous aider à tirer autre chose de ce texte ?

– Qui sait ? Je peux le soumettre à un logiciel antiplagiat. Il pourrait détecter des œuvres que Sarah aurait lues et qui l'auraient influencée. Nous pourrions peut-être en déduire quel genre de personne elle est devenue. C'est un peu tiré par les cheveux, mais ça se tente.

Diane hésite quelques secondes puis se décide.

– Non, laisse tomber Killian. Fais plutôt des recherches sur la liste de noms que je vais t'envoyer en message.

– Quel type de recherches ?

– S'ils existaient à la fin des années soixante, ce qu'ils sont devenus et s'ils existent toujours.

– Je peux savoir à quoi correspond cette liste ?

– Ce sont les noms des personnages de Moíndhearg. Celui du tableau de la salle des offenses. L'évêque, c'est le truand Matthew Riggs. Le nobliau, c'est le juge Royce Aliston. Celui déguisé en Prévost, c'est l'avocat Alistair Granville. Le médecin est l'industriel Donald Brighton. Habillé en lord, c'est le superintendant William Conninghan, et le vrai Lord Hamilton, c'est celui habillé en apothicaire. Pour finir, le banquier c'est le comte de Moíndhearg de l'époque.

– C'est tout ? plaisante Killian.

– Non. L'amiral sur le tableau est un ecclésiastique de haut rang, probablement un ancien évêque. Il vit dans une sorte de maison de retraite de luxe. Essaie de savoir qui il est à partir de son visage, les portraits sont vraiment ressemblants. D'accord ?

– D'accord, Diane, mais je vous en prie, laissez Courtney en dehors de tout ça, laissez-la revenir à Londres.

– Pour rien au monde, plaisante Diane, je l'aime trop maintenant. C'est donnant-donnant. Je ne te la rends que si tu me dis ce que sont devenus ces hommes.

24

Stockton-on-the-Bridge

Où Diane croise la mort

L'ancien pub moutonne de chaleur dans l'odeur du chou-fleur à la vapeur. Dans la cuisine, Brenda prépare pour eux une de ses spécialités : Saint-Jacques à la purée de chou-fleur épicée et lanières de bacon croustillant. Madison et Courtney, fascinées et gourmandes, ne quittent pas ses mains des yeux. Harvey et Bad Billy devisent dans la salle, assis autour d'une bouteille de Glengoyne. Diane regarde par la fenêtre.

C'est un temps d'Écosse. Un ciel d'ardoise, boursouflé de nuages crémeux qui défilent et s'effilochent à la pointe des arbres sombres. Le soleil, en embuscade, glisse de temps en temps des rayons audacieux qui allument d'éphémères incendies soufflés aussitôt par un vent glacé de bruine. Le paysage change à chaque percée, désespéré de noirs abandons ou chaleureux d'un fugace espoir. Un vieux 4x4 gris passe devant la maison des MacFarlane. Le seul véhicule de la journée, probablement.

– Je vais y aller, annonce Diane.

– Pas question, répond Harvey, pas avant d'avoir goûté les Saint-Jacques de Brenda. Et d'ailleurs, ce n'est même pas certain que vous aurez envie d'aller où que ce soit après un tel régal.

Marty Pinkerton, le fils de Pinky, a appelé Bad Billy sur son portable, de la part de son père. Le vieux flic l'a mis au courant de leurs ennuis et il est prêt à les aider. Il a laissé son numéro pour que Diane le rappelle et qu'ils se fixent un rendez-vous. Elle tente de le joindre, mais il ne décroche pas, alors elle laisse un message sur son répondeur. Elle partira dans deux heures environ et sera à Glasgow dans quatre heures, vers 16 h. Marty Pinkerton rappelle quelques minutes plus tard pour dire qu'elle ne se presse pas inutilement, il ne sera disponible qu'à partir de 17 h.

– Nous irons avec toi après le déjeuner, décide Bad Billy. Harvey a raison, pour rien au monde je ne manquerais ces Saint-Jacques !

– Non, répond Diane catégorique. J'y vais seule. J'ai téléphoné à Ashley hier soir. Il se trouve qu'elle est à Glasgow pour une signature et nous passerons la soirée ensemble. Je rentrerai demain, mais je vous tiendrai au courant dès que j'aurai parlé avec le fils de Pinky.

Courtney et Madison chassent Harvey et Billy de la table et s'affairent à la dresser. Brenda, frétillante de malice, arrive avec une entrée surprise au fumet savoureux : soupe de haddock fumé à la crème.

– Ça me rappelle tellement l'époque où nous avions des clients tous les jours !

La soupe est un délice et les Saint-Jacques un régal. Le dessert un heureux feu d'artifice : crème aux œufs glacée au whisky et au miel.

C'est presque à regret que Diane prend sa voiture pour rejoindre Glasgow sous la pluie. Par chance, Bad Billy leur a fait faire un détour à l'aller pour passer chez un copain carrossier. Le gars a redressé quelques bosses de la voiture et remplacé la vitre arrière. Mais la mitraille dans le tableau de bord a eu raison du chauffage et du désembuage. Bad Billy lui a bien proposé de prêter sa voiture à Diane, mais elle a refusé. Quand ils la regardent partir tous les cinq, par la vitre éclairée de l'ancien bar, Diane trouve qu'il y a quelque chose de tragique dans cet adieu sous la bruine. Puis elle chasse cette sombre idée, leur sourit et articule un « à demain » silencieux pour qu'ils lisent sur ses lèvres.

C'est un temps délavé. Il n'y a plus qu'un seul ciel tissé d'une pluie suspendue qui imprègne tout. À moins de cent mètres, le crachin crée une brume dégoulinante qui s'éloigne à mesure qu'elle s'en approche. Elle a pris la route de Straiton pour rejoindre Ayr sur la côte puis Glasgow par l'autoroute. Bientôt, elle roule à travers des paysages luisants d'une pluie invisible. Sur les bas-côtés, des landes gorgées d'eau. Les talus ruissellent et le moindre fossé déborde de flaques profondes qui reflètent toute la tristesse du ciel. Sur les vingt-cinq premiers kilomètres, c'est une route à une seule voie avec un dégagement alterné, tous les cent mètres, pour permettre aux rares voitures qui s'y aventurent de se doubler ou de se croiser. Diane guette les phares le plus loin possible, mais ne rencontre personne. De temps en temps, derrière elle, elle aperçoit, à travers la poussière d'eau que dispersent ses roues, un autre véhicule qui roule feux éteints.

– Par un temps comme ça, quel irresponsable, pense-t-elle !

La route est à flanc de talus maintenant. Sur la droite, grimpe un maigre bois d'arbres transis. Sur la gauche, une longue prairie en pente dévale jusqu'à ce qui doit être, tout en bas, un chemin ou une rivière bordée d'une clôture. Le paysage défile, désespérant de solitude. Comme un monde à l'abandon sous une pluie appelée à durer des siècles. Elle va se secouer pour revenir à des pensées plus positives quand un Range Rover équipé d'un pare-buffle jaillit d'un chemin creux caché par le talus et la percute de plein fouet. Elle n'a que le temps de hurler à la fois sa surprise et sa terreur avant de perdre le contrôle. Sa voiture se couche sur la route, bascule dans le bas-côté, bute contre le fossé et glisse sur l'herbe détrempée jusqu'en bas de la prairie. Juste avant de perdre connaissance, Diane entend un autre choc, avec des pneus qui crissent, le rugissement d'un moteur, des cris de panique.

Quand elle reprend ses esprits, la tête à l'envers, un homme, plutôt vieux mais sec et vigoureux, s'inquiète de son état. La voiture gît sur le côté. Il est penché à travers la vitre et cherche à débloquer la portière. Elle aperçoit des tatouages à son cou et à ses bras. Il s'assure qu'elle n'a rien de cassé et s'affaire à détacher sa ceinture. Il l'aide à se dégager de la voiture puis enlève sa veste pour couvrir ses épaules. La voiture de Diane a glissé sur plusieurs dizaines de mètres dans la prairie. L'homme dit que c'est une chance. La glissade lui a évité de partir en tonneaux. L'autre voiture, celle qui l'a percutée, gît encore plus bas, sur le toit. L'inconnu aide Diane, sous le choc, à remonter jusqu'à la route et l'installe dans son 4x4. Il pousse le chauffage à fond, branche les feux de détresse puis dévale la prairie vers l'autre véhicule. Elle l'aperçoit ouvrir la portière et s'affairer à l'intérieur. Quand il en ressort, il lui adresse de loin un signe terrible. Il écarte les deux bras en signe d'impuissance et fait « non » de la tête. Diane en tremble aussitôt. L'homme remonte alors à travers les touffes d'herbe détrempées, le téléphone à l'oreille.

Dix minutes plus tard, la police et les secours arrivent. Des agents balisent la scène de l'accident et des secouristes prennent en charge Diane qui récupère du choc. L'homme qui l'a secourue explique aux policiers qu'il n'a rien vu de l'accident. Qu'il est arrivé sur les lieux juste après et a découvert les voitures qui gisaient dans la pente ! Il s'est d'abord précipité vers la dame avant de s'occuper de l'autre chauffeur ! Quand il a constaté qu'il était mort, il est remonté sur la route en appelant les secours. Les policiers notent qu'il n'est pas un témoin direct de l'accident, et il demande la permission d'y aller parce qu'il est attendu. Il donne un nom, une adresse et un numéro de téléphone pour qu'on puisse le joindre si nécessaire. Il revient vers de Diane, serre son épaule avec gentillesse et lui conseille de prendre soin d'elle, puis s'en va. C'est en regardant s'éloigner le 4x4 qu'elle le reconnaît. C'est celui qu'elle a aperçu à Stockton-on-the-Bridge, depuis la fenêtre de l'ancien bar de Brenda et Harvey !

– Vous êtes romancière ? s'enquiert un homme en uniforme qui revient de sa voiture.

– Non, pourquoi ?

– Votre voiture est pleine de pages dactylographiées.

– Je suis éditrice, explique Diane, c'est un manuscrit sur lequel je travaillais.

– Pas en conduisant, j'espère !

– Pardon ?

– Excusez-moi, je plaisante. Nous organiserons le remorquage de votre véhicule jusqu'à notre poste de police, à Pennyvenie, un peu à l'est de Straiton, sur la B741. Si vous voulez récupérer ce manuscrit à peu près en bon état, je peux demander à un de mes hommes de s'en charger.

– Ce serait très gentil, oui, merci.

– Vous allez à Straiton ?

– Non, à Glasgow rencontrer une de mes auteurs.

– Vous y resterez-vous quelque temps ?

– Je patienterai le temps nécessaire à l'enquête, si ça ne se prolonge pas trop longtemps.

– L'accident est plutôt évident. Même s'il y a eu mort d'homme, l'enquête ne devrait pas durer. Il nous faudra juste une adresse et un téléphone pour vous joindre. Les premiers secours vous ont examinée ?

– Oui. Ils ont dit que je n'ai miraculeusement rien. Je crois que la ceinture de sécurité y est pour beaucoup.

– L'autre conducteur l'avait bouclée, lui aussi, mais il ne s'en est pas moins brisé le cou.

– Pauvre homme…

– C'est plutôt compatissant pour quelqu'un qui a failli vous tuer. Quoi qu'il en soit, présentez-vous le plus vite possible dans un hôpital de Glasgow. On vous a fourni la prescription pour les différents examens ?

– Oui, merci.

– Et on vous a fait signer la décharge ?

– Oui, c'est fait.

– Votre véhicule sera à votre disposition au poste de police de Pennyvenie. Voulez-vous que je vous fasse déposer quelque part ? D'où veniez-vous ?

– De Stockton-on-the-Bridge. Je vais contacter des amis pour qu'ils me récupèrent et m'amènent directement à Glasgow, merci.

Le policier la salue et s'éloigne. Un de ses hommes attire son attention sur des traces sur la route. Diane prend son téléphone et pianote un message sur le clavier.

« Courtney, ne dis surtout pas que c'est moi. Je vais t'appeler. Prétexte que c'est Killian pour t'isoler. Il ne faut pas que Brenda et Harvey entendent ce que je vais te dire. Ne dis pas que c'est moi qui te parle. Mis à part toi, Je n'ai confiance en personne. »

25

Sur la route de Glasgow

Où Diane abandonne sa quête au diable !

– Où allez-vous ? hurle Harvey.

– Faire une balade, répond Courtney en claquant sa portière.

– Où ça ? Attendez, je vous accompagne !

– Pas la peine, Harvey. Une petite heure et on revient.

Bad Billy démarre et laisse Harvey, interdit, sur les marches du perron. Derrière la vitre de l'ancien pub, Brenda, l'air inquiet, regarde la voiture disparaître.

– Tu nous expliques, maintenant, demande Madison en se tournant vers Courtney.

– Diane m'a appelée…

– Oui, ça, j'avais compris, pour nous dire de déguerpir de chez Harvey et Brenda, mais pourquoi ?

– On a essayé de la tuer.

– Quoi ? hurlent ensemble Madison et Bad Billy.

– Une voiture l'a délibérément balancée hors de la route. Elle a dévalé toute une prairie.

– Seigneur Dieu, elle est…

– Madison, si elle a téléphoné, c'est qu'elle n'est pas morte !

– Il semblerait qu'elle ne soit même pas blessée, les rassure Courtney.

– Mais pourquoi fuir Brenda et Harvey ?

– Madison, la voiture était en embuscade sur cette petite route. Qui pouvait savoir que Diane y passerait ?

– Et qui pouvait savoir que nous étions à Stockton-on-the-Bridge depuis hier soir, rajoute Bad Billy.

– Tu veux dire que Harvey et Brenda l'auraient dénoncée ?

– Je n'en sais rien, mais qui d'autre ? Ils n'étaient que deux à savoir que Diane prendrait cette route, à cette heure-là.

– Merde alors ! Où est Diane maintenant ?

– Sur les lieux de l'accident. Elle nous attend dans une voiture de patrouille.

Un quart d'heure plus tard, au moment où un soleil de miel se faufile enfin sous les nuages et ambre la lande, ils aperçoivent les gyrophares affolés des véhicules de secours. Pompiers, ambulances et deux voitures de police. Quand ils découvrent la voiture de Diane, renversée sur le côté au beau milieu de la pente, Bad Billy jure entre ses dents. Des larmes perlent aux yeux défaits de Madison.

– Seigneur Dieu ! murmure Courtney en glissant la tête entre eux pour mieux voir.

Un policier les arrête et ils lui expliquent qu'ils sont venus récupérer Diane à sa demande. Il les autorise à se garer derrière un des fourgons de patrouille. Dès qu'elle les aperçoit, Diane se précipite dans leurs bras.

– Ce sont vos amis ? demande l'officier.

– Non, maugrée Bad Billy à qui l'uniforme donne de l'urticaire, nous sommes juste des inconnus de passage et nous adorons nous jeter dans les bras d'inconnus.

– Oui, désamorce Diane. Ils viennent me chercher pour me ramener directement à Glasgow.

– Prenez bien soin d'elle alors, monsieur l'inconnu bougon, dit le policier. C'est presque une miraculée quand on voit l'état de sa voiture. Et veillez à ce qu'elle aille passer les examens nécessaires à l'hôpital.

– Comptez sur nous, Monsieur l'Officier, répond Madison.

Ils sont sur le point de remonter dans la voiture de Bad Billy quand l'officier se ravise et revient vers eux.

– Ça roule encore ce genre de véhicule ? dit-il en désignant du menton la vieille SAAB de Billy.

– Si j'ai encore le temps de conduire deux cent mille kilomètres, j'enterrerai toutes les hybrides japonaises.

– À propos, Madame, vous souvenez-vous avoir freiné avant la collision ?

– Honnêtement, Officier, je n'en ai aucun souvenir. Par réflexe, peut-être, mais je me souviens avoir été si surprise par le choc que je dirais plutôt non.

– Très bien, ça n'a pas vraiment d'importance, ne vous inquiétez pas. Bonne route. Soyez prudente et passez à l'hôpital pour un contrôle.

Ils quittent la scène de l'accident et restent silencieux un long moment. Madison regarde Bad Billy avec insistance.

– Quoi ? s'énerve-t-il.

– Allez, dis ce que tu as à dire !

– Je dis que tout ça va trop loin. L'épisode de Moíndhearg, cette attaque contre Diane, ça va trop loin. Nous ne sommes pas de taille contre ceux qui en ont après toi, Diane.

– Tu as peur ? s'inquiète Courtney.

– Oui, et vous devriez, vous aussi. Regarde à quoi nous ressemblons, on dirait une bande de déserteurs dans un cimetière militaire !

– Qu'est-ce que ça veut dire ? se fâche Madison. Mets la bonne langue dans ta bouche, on ne comprend rien.

– On est comme des couteaux à moitié tirés, s'entête Bad Billy, avouez qu'on ne sait pas quoi faire !

– Et qu'est-ce que tu proposes, toi ?

– Honte à celui qui me trompe une fois, mais s'il me trompe deux fois, honte à moi ! Alors j'ai honte de le dire, mais il faut prévenir la police.

– Pas question, tranche Madison. Tu oublies nos soupçons ? Mieux vaut tenir le diable en dehors de chez soi que d'être obligé de le mettre à la porte. Pas de flics dans notre histoire. Nous n'avons qu'à tout laisser tomber. Après tout, ce n'est que le manuscrit d'un bouquin !

– Va te faire bouillir la tête, réplique Bad Billy, ils ont déjà essayé de s'en prendre deux fois à Diane, tu crois peut-être qu'ils vont s'arrêter ?

Un silence tendu sature l'air confiné de la voiture. Madison a planté son regard sur Billy qui surveille Diane dans le rétroviseur.

– Celui qui ne parle pas ne dit rien de bien, finit-il par lâcher.

– Mais arrête avec tes proverbes idiots, sinon je te mets au clou et je jette le reçu ! s'énerve Madison.

– Non, je laisse tomber, murmure Diane. Il faut prendre une décision, alors j'abandonne. Madison a raison, ce n'est qu'un manuscrit après tout. Nous rentrons à Londres et nous faisons profil bas. Ces gens-là finiront par nous oublier. Après tout, comme vous dites par ici, si fort que court le vent, il finit toujours par tomber.

– Ouais, c'est ça, et le plus vieil homme qui a vécu a bien fini par mourir. On ne vole pas le pantalon d'un cul-de-jatte. On ne peut pas vendre la vache et avoir du lait ! Non, mais vous avez fini avec vos dictons à la con ! s'emporte Courtney. On a essayé de te tuer, Diane, et tu laisses tomber ? Bad Billy a raison, on doit les dénoncer à la police.

– Ça me déchire le tartan, vous pouvez me croire, mais c'est ce qu'il faut faire, confirme Bad Billy.

– Non, tranche Diane, j'insiste, Madison a raison. Nous avons le témoignage de Sarah et suffisamment de preuves qu'elle a dit vrai. Alors nous n'allons pas nous décoller les semelles à courir après les ennuis. J'arrête. Je dois rencontrer Ashley qui est de passage à Glasgow ce soir et dès demain nous rentrons à Londres. Pas la peine de tenter les chiens du diable.

26

Glasgow – One Devonshire Garden
Le cul de Yul Brynner

L'homme est élégant, mais c'est un policier. Diane le devine à cette légère nonchalance que donne l'assurance d'un pouvoir sur les autres. Il les rejoint dans le salon douillet et cossu de l'hôtel. Un feu crépite dans la cheminée. Le linteau et les jambages sont de bois précieux. Le contrecœur de briques rouges. Sur le tableau, un bouquet de lys blancs aériens dans un vase droit en cristal. Diane regarde le policier venir à elles. Il est poli, prévenant et plutôt beau gosse, se dit-elle, la tête en fête par le champagne.

– J'avoue ! murmure Diane dans un sourire.

– C'est encore un peu tôt, répond-il, je ne vous ai pas encore torturée. Je suis l'inspecteur Calloway.

– Bonsoir, inspecteur Calloway. Je suppose que vous venez pour l'accident.

– Entre autres choses.

– Donc, vous êtes en service et ne pouvez partager un verre avec nous, c'est ça ?

– C'est ça, mais deux jolies femmes qui s'enivrent sont une aubaine pour un homme de la police. Les bulles les rendent légères et bavardes.

– …

– Vous ne dites rien ?

– Je réfléchis à ce que cette généralité sexiste peut contenir de machisme inconscient. Pensez-vous, a contrario, que les hommes ivres soient lourds et taiseux ?

– Monsieur n'a jamais dit que nous étions saoules, proteste Ashley. N'est-ce pas, inspecteur ?

– Vous avez raison, confirme-t-il.

S'ensuit un étrange silence pendant lequel ils regardent la nuit par la bow-window et le rempart touffu des arbres qui protègent Devonshire Gardens de Great Western Road. À travers les feuillages agités par un invisible vent, les lumières des voitures clignotent comme des guirlandes.

– Madame Diane Stewart…

– Oui, inspecteur Calloway ?

– Quelques détails nous turlupinent dans cette histoire d'accident, maintenant que nous disposons des constats et des analyses techniques.

– Turlupine ? Voyez-vous ça !

– Ce n'est pas le bon mot ?

– Si bien sûr, quand on s'appelle l'inspecteur Columbo, s'amuse Diane. Mais dites-moi donc ce qui vous *turlupine*, inspecteur.

– Vous me permettez d'être direct ?

– Je vous en prie, c'est votre métier, non ?

– Il nous arrive parfois d'y mettre des formes, se défend-il.

– Mais pas avec des femmes légères et bavardes, n'est-ce pas ?

– La légèreté, madame Stewart, c'est d'être en danger et de ne pas vouloir prévenir la police.

Un autre silence s'installe. Ashley se perd dans les bulles de son verre de champagne. Diane, elle, fixe longtemps le policier, droit dans les yeux, avant de lever le sien.

– À la légèreté, inspecteur !

Contre toute attente, Calloway regarde sa montre et, d'un geste discret, demande une coupe. Un majordome l'apporte et la remplit.

– Disons qu'il est minuit et que je ne suis plus en service, ajoute-t-il en portant un toast muet avec son verre.

Il boit une gorgée de champagne, l'apprécie, puis repose sa coupe sur un coffre précieux qui sert de table basse et sort une carte de visite qu'il tend à Diane.

– Madame Stewart…

– Diane, je vous en prie !

– Diane, demain matin, j'aimerais que vous passiez à cette adresse pour nous éclairer sur les points suivants. Dans quelle circonstance du plomb s'est-il fiché dans le tableau de bord de votre voiture ? Pourquoi des traces de gomme sur les lieux de l'accident tendent-elles à démontrer l'implication d'un troisième véhicule ? Pourquoi le témoin qui vous a secourue a-t-il donné un faux nom, un faux téléphone et une fausse adresse ? Et surtout Diane, pourquoi le chauffeur du véhicule qui vous a emboutie n'est-il pas mort des conséquences de l'accident, mais, d'après les premières constatations du légiste, d'une rupture des vertèbres cervicales par rotation ? Et surtout, pourquoi était-ce un flic ?

– Un flic ?

– Oui. Marty Pinkerton. Policier et fils de policier, ici à Glasgow, à la *Crime and Drug Enforcement Agency*. C'est-à-dire, si j'en crois le message que vous lui avez laissé sur son répondeur, l'homme que vous alliez rencontrer et qui percute votre voiture à quelques kilomètres de votre point de départ ? Vous comprenez la situation ?

Diane est sidérée par ces calmes révélations qui supposent autant de mystères que de dangers. Ashley la regarde maintenant. Ses yeux lui demandent d'avouer. Ceux plutôt troublants de Calloway aussi.

– Diane, ma vision de cette affaire est assez claire. Vous ne vous rendez pas vraiment compte à quel point vous n'êtes plus en sécurité. Je ne sais pas quels choix ou non-choix personnels vous ont entraînée dans cette situation, mais ce dont je suis persuadé, c'est que vous ne vous en sortirez pas sans nous. Vivante, je veux dire…

Diane et Ashley se regardent, et Ashley écarquille les yeux, la tête sur le côté, pour signifier qu'elle est d'accord avec Calloway. Diane inspire longuement, retient son souffle et le relâche en signe de résignation.

– Très bien inspecteur, dit-elle, mais ça risque de prendre une partie de la nuit. Une autre bouteille, peut-être ?

– Eh bien, soyons légers et bavards alors, s'il le faut.

Ils parlent pendant deux heures, obligeant malgré eux le majordome à rester immobile, à leur disposition. Diane explique à Calloway leur enquête sur les traces de Sarah. Les indices et les témoins qui confirment les horreurs de son journal. Leurs découvertes à Moíndhearg : le cadavre sous le kiosque, le tableau dans la salle des offenses, l'attaque du majordome dans la nuit, la fuite, poursuivies par le 4x4 du comte.

Au début de son récit, lorsque Diane décrit le calvaire de Sarah, Calloway écarquille les yeux, sidéré. Puis il sort un calepin, lui demande de reprendre et note tout. Quand Diane en arrive à leur propre enquête, à Courtney et à elle, il écrit dans une autre partie de son carnet. De temps en temps, le majordome, silencieux, remplit les verres pour rappeler sa présence et l'heure qui s'avance. Calloway n'y prête pas attention. La mécanique policière de son cerveau est enclenchée et il revient point par point sur chaque détail du récit. Ses questions sont de plus en plus précises.

Il est deux heures du matin quand il pense en savoir assez pour réclamer, dès le lendemain matin, l'ouverture de plusieurs dossiers au supérieur de son supérieur.

– Pourquoi sauter un échelon ? s'étonne Ashley.

– Parce que mon supérieur direct est un Conninghan. Le fils aîné du Conninghan qui figure sur votre tableau.

– Mon Dieu ! soupire Diane.

– Je vous en prie, implore Calloway en souriant, ne mêlez surtout pas Dieu à tout ça, cette histoire est déjà bien assez chaotique. Nous serions probablement contraints de l'inculper lui aussi, au minimum pour complicité, sinon pour association de malfaiteurs.

Calloway se lève, et le mouvement feutré du fauteuil sur la moquette réveille le majordome qui dormait debout.

– Diane, appelez-moi demain pour convenir d'un rendez-vous dans nos bureaux. Il faut officialiser tout ce que vous m'avez confié par une déposition en bonne et due forme. Vous devez envisager de rester au moins une nuit supplémentaire à Glasgow. À demain, Mesdames.

– Bel homme, dit Diane quand il est parti.

La remarque, un tant soit peu réductrice, a le mérite de la soulager. Pourtant, elle est bien consciente qu'elle vient de mettre son destin et celui de Sarah entre les mains de la police.

Ashley sourit en regardant Calloway quitter le bar feutré.

– Joli cul à la Yul Brynner, confirme-t-elle.

Puis elle sort la bouteille du seau à champagne, répartit ce qu'il en reste dans leurs deux coupes et trinque avec Diane.

– Pourquoi lui as-tu dit que le manuscrit avait disparu dans l'accident ?

Diane vide sa coupe et trinque à nouveau.

– Parce que je veux bien qu'il enquête pour me sauver la vie, mais je ne veux pas qu'il s'acharne sur Sarah. Là-dessus, je peux encore me renseigner sans avoir besoin de son aide. Pour l'instant, je refuse qu'il sache pour la mort de Patrick et pour ce que Sarah a été obligée de faire pour sauver sa fille.

Ashley vide sa coupe à son tour et pose un baiser sur le front de Diane.

– Tu as le cœur trop tendre, Diane. Je me demande comment tu fais pour survivre dans le milieu des requins de l'édition.

– J'y survis parce qu'il y reste encore quelques auteurs comme toi. Et puis aussi parce que je m'investis pour que certains manuscrits ne deviennent pas des pièces à conviction impubliables tant que dure une longue procédure !

Elles s'amusent encore de quelques phrases puis s'embrassent et regagnent leurs chambres. Quand elle regarde Ashley rejoindre la sienne, un peu plus loin dans le couloir, Diane se demande si ce n'est que l'heure tardive qui tasse la silhouette de sa vieille amie et alourdit sa démarche.

27

Glasgow – One Devonshire Gardens

Où Diane se sent guerrière elle aussi

Diane ne trouve pas le sommeil. Le contrecoup de l'accident sans doute. Ou le champagne. Ou cette nouvelle et lancinante inquiétude pour la santé d'Ashley. Elle essaie bien de penser à autre chose. À ce séduisant Calloway, par exemple, et son joli cul à la Yul Brynner. Ça devrait être facile, puisqu'elle dort nue. Mais rien n'y fait. Elle défait ses draps en pédalant de rage des deux jambes. S'adosse contre la tête de lit, tous ses oreillers empilés sous ses fesses. Elle se recouche soudain en tirant les couvertures sur sa tête, soupire, geint, gémit. Elle se lève et boit de l'eau à la bouteille puis décide de prendre une douche glacée. Non, ce sera un bain parfumé et moussant de tout ce qu'elle trouvera comme *body cream, body foam* et *body shampoo* de courtoisie.

Quand elle entre dans l'eau bouillante, sous une montagne de bulles savonneuses, pétillantes et légères, elle suffoque à chaque glissement. Des mollets à ses fesses, de son sexe à ses seins, puis jusqu'à son cou. Le nez dans la mousse, elle s'aperçoit qu'elle a oublié d'éteindre la lumière. Alors, elle se relève en colère, inonde la salle de bains avant d'éteindre et de glisser à nouveau dans l'eau délicieuse. La chaleur l'envahit, ramollit son stress, dégrise ses obsessions. Puis elle s'abandonne à l'étuve parfumée et à la nuit complice. Elle a failli mourir quand même. Plusieurs fois depuis Moíndhearg. À Moíndhearg, comme Sarah. Les mêmes horreurs. La même fuite. Une évasion ! Et elles ont réussi ! Sarah et elle sont parvenues à quitter l'emprise maléfique de Moíndhearg. Elle en sourit de bonheur. *« Oui, petite Sarah, toi et moi, nous les avons bien dupés, n'est-ce pas ? Nous leur avons échappé, Sarah, comme des guerrières, et nous avons fui pour nous mettre à l'abri. Moi à Stockton-on-the-Bridge, et toi… »*

La mousse pétille sur sa nuque et elle repense à la fuite de Sarah…

28

Journal de Sarah
Vendredi 11 août 1967, Moíndhearg.

Lizbeth est là, accroupie sous l'appentis, vers l'entrée de Butterfly House. On dirait une romanichelle assise sur les marches d'une église, au milieu des cartons éventrés de sa vie ratée. Piteuse mendiante, une couverture couvre sa tête et ses épaules, et nos deux mômes sont serrées contre elle, enroulées dans des plaids.

Lizbeth installe les filles sur la banquette et bloque leurs couffins avec tout ce qu'elle peut trouver. Les cartons sont empilés dans le coffre avec le reste de nos « ça peut servir. » Le « vas-y, bordel ! » qu'elle hurle en claquant la portière lui arrache la gorge. Lorsqu'elle constate mon état, le sang sur mon visage et mes vêtements, le « Mon Dieu, mais qu'est-ce qui t'es arrivé ? » qu'elle m'adresse me fiche presque la trouille.

Une gerbe de gravillons mitraille les battants fermés de Butterfly House quand je démarre, et c'est parti pour plus de deux cents *miles* de fuite en avant. Pour nous rendre à Strathnaver, ce sera sept heures d'une route inconnue. L'obligation de traverser une nuée de villages où chaque croisement deviendra une possible souricière. Les petites gazouillent puis s'assoupissent, bercées par le ronronnement du moteur et les virages.

Lizbeth ressemble à ces portraits de femmes de Purser, le visage figé, les yeux tournés vers l'incertain. Ces modèles sages et résignés dont le calme courroux n'est en fait que la première vague d'une tempête intérieure. Mes questions ne l'atteignent pas et je prie Dieu qu'elle s'endorme plutôt que de rester muette à fixer la nuit.

Un interminable silence s'installe entre nous. Cinquante *miles* de clôtures et de prés séparés de murets fantomatiques. De temps en temps, les phares éclairent un groupe de moutons couchés sur la chaleur du goudron, à la lisière d'un fossé. Dans ma tête, la scène du kiosque tourne en boucle, sans m'émouvoir, comme on feuillette avec détachement un magazine inintéressant.

Ce détail attire Madison dans mes pensées. Je revois le capharnaüm de son appartement de Glasgow. Les racailles du Midgie's. Barney, derrière son comptoir. Bad Billy et sa bouche de travers. Le tendre souvenir de Miss Archibald, assise dans son fauteuil à côté de la table de bridge, appelle celui moins reluisant de Patrick.

Depuis des mois, mon esprit refuse de formuler ce prénom. Pourquoi sort-il de la nuit maintenant ? Quelle ombre, sur cette route qui n'en finit pas, l'a déterré du cimetière de mon esprit ? S'enclenche alors la sarabande d'un mauvais fil en aiguille. Le trou tourbeux dans lequel repose Petit Geoffrey. Abercombrie a-t-il tenu sa promesse de l'inhumer ailleurs ? Quel cimetière a-t-il choisi pour lui ? Quelle main fleurit sa tombe ? L'autre nuit, j'ai rêvé de ça. Un petit bout de femme, sec et tordu comme un cep de vigne, s'agenouillait devant une pierre grise marquée d'une croix celtique. Elle déposait un bouquet de branches de fuchsias et de rhododendrons à côté d'un angelot de pierre blanche.

Quelque chose traverse la route.

Je donne un coup de volant. La roue gauche mord le fossé et revient par miracle sur l'asphalte. Par réflexe, je freine de toutes mes forces, comme si ma vie en dépendait. Pour rien. Lizbeth, à moitié endormie, atterrit contre le pare-brise et n'a que le temps de se protéger le visage de ses bras. Derrière, les couffins valdinguent entre les sièges. Les deux gamines se mettent à hurler. Alors, je craque. Les mains toujours sur le volant, je regarde la poussière de la route voleter dans la lumière des phares. Ma gorge nouée finit par cracher un cri de détresse.

Et je perds connaissance.

Le froid me réveille. Assise, le derrière dans l'herbe, dépoitraillée, le dos appuyé contre un abreuvoir à vaches, Lizbeth me lave du sang séché de Stanley Doggy. Son sourire fatigué signifie que tout va bien, que les petites n'ont rien et qu'on se racontera nos aventures plus tard. Puis elle m'aide à me relever. Nous ne sommes qu'à mi-chemin.

La route rectiligne longe le Loch Ness pendant une vingtaine de *miles* sans que *Nessie* se montre à la surface, malgré la lune fantomatique qui s'est levée. En milieu de nuit, nous dépassons le centre désert d'Inverness. La carte routière dépliée sur ses genoux, éclairée par la lampe électrique, Lizbeth lit le nom des villages que nous laissons derrière nous. Novar Toll, Bonar Bridge, Invershin. Autant de victoires sur le chemin de notre liberté. Vers Lochmore Lodge, nous nous arrêtons pour prendre de l'essence, avaler deux rondelles de pain lestées d'un morceau de fromage et donner le biberon aux petites. Nous en profitons aussi pour nous dégourdir les jambes et satisfaire d'impérieux besoins.

L'horloge du clocher de Durness indique six heures du matin lorsque nous passons le centre-ville.

Vendredi 11 août 1967
Strathnaver,

Un soleil courageux se frotte aux nuages qui s'écartent. Encore quelques *miles* d'un chemin tortueux et les plages de Strathnaver apparaissent enfin.

Je gare la Caravelle derrière une dune, à l'abri des caprices du vent. Ma portière grince et je saute du van, hébétée de fatigue. Agenouillée en pénitence, j'enfonce les doigts dans le sable frais comme ceux d'une pauvresse dans un sac de pièces d'or. Et je sanglote. Lizbeth prend ma main et m'aide à me relever. Nous avançons vers l'océan, le visage fouetté par les embruns, les cheveux chahutés par le vent. La tête me tourne un peu. Mes jambes ankylosées sont deux morceaux d'échasse. De longues vagues ourlées d'écume étouffent les hauts-fonds. Au loin, une voile matinale, penchée, ressemble à une plume piquée sur l'horizon. Le Vaisseau-If ? Sur la gauche, trois vaches désœuvrées, naseaux en l'air, semblent brouter le ciel. Un border collie cavale vers nous. Me revient en mémoire l'article du journal volé sur le bureau de miss Clervie.

« *C'est devant ces empierrements de granit fracassés par les vagues que j'aimerais écrire le plus beau des romans. Celui des tourments de toute une vie.* »

On a réussi, Mumiah ! Seigneur Dieu, on a réussi ! J'ai tant de choses à raconter.

Entrer dans un Nouveau Monde, c'est avancer à pas comptés. Plutôt que de le découvrir, nous restons, la journée entière, le derrière dans le sable, à contempler l'océan. Ma petite Andie et Gwen, le bout de chou de Lizbeth, ne sont en rien perturbées par ce changement de rythme et de décor.

C'est une longue journée paisible, piqué de siestes, enivrée de vents et de vagues, jusqu'à une soirée bercée de douceur. Une brise légère attise les braises de notre feu de camp et pousse vers le ciel des brindilles incandescentes. Quatre maigres saucisses cuisent dans une boîte de conserve ouverte en deux. Ce moment d'accalmie n'est qu'une virgule dans un roman, mais il nous régénère. Nous profitons de ce jour béni de liberté. Nous verrons bien ce que nous réservera demain. Nous en avons déjà parlé. C'était dans nos élucubrations nocturnes les plus folles, à Butterfly House.

D'abord, nous devions nous enfuir et arriver jusqu'ici.

Maintenant, c'est fait et nous n'avons besoin que d'un coup petit de pouce du destin pour réaliser la seconde partie du plan.

De l'extrémité d'un bout de fer arraché à une clôture, Lizbeth, perdue dans ses pensées, range devant ses pieds des coquillages en forme de point d'interrogation. La connaissant, je sais qu'elle mouline les mêmes idées que moi. Elle suspend son geste et m'adresse un regard sombre. Quand elle a cette tête-là, c'est qu'elle va parler. Replongeant le nez sur sa création nacrée, elle se lance dans un long monologue sur le mensonge. Sa raison d'être s'il est par omission, les dégâts qu'il peut causer s'il trahit une amitié. Lorsqu'elle avoue avoir lu en cachette des passages de mon journal, mon intimité se prend une claque. Elle me demande alors de tout lui raconter, sans rien dissimuler. Sans mentir. Pour ne rien oublier, je récupère mes carnets bleus et je commence mon histoire, là où elle a débuté, sur les plages d'Omey, le jour de l'enterrement de maman. La lecture de tout ce qui suit, entrecoupée de remarques tristes ou badines, nous occupe plusieurs heures.

Au-dessus de nous, une main divine éclaire d'étoiles l'édredon de la nuit. Depuis l'océan, le vent forcit un peu. Les épaules couvertes d'un pull effrangé, Lizbeth cale sa tête sur mes genoux et pousse les braises encore vaillantes d'un bout de bois. « J'ai faim, » dit-elle doucement. Je suis d'accord, les mauvaises saucisses m'ont retourné le cœur.

Et nos rêves culinaires s'envolent. Lizbeth fantasme devant un *fish and chips* de morue, nappé de sauce marron et de vinaigre de malt, accompagné de *french fries*. Moi, c'est un breakfast complet de boudin noir, de *Lorne Sausage* coupée en tranches et de scones de pommes de terre. Nos délires naviguent ensuite sur une mer de fromages, dont le *Dunsyre Blue*, crémeux et épicé, est l'île au trésor. Surgissent alors la plage des desserts et ses vagues de douceurs. Du *Dundee Cake* aux raisins de Corinthe, des carrés de caramel aromatisés de Glen, du *clootie Dumpling* nappé de crème au whisky et du *Tunnock's Tea Cake* surmonté de guimauve chocolatée. Devant ces impossibles hallucinations, nous tombons d'accord : deux cuisses de poulet et une *Stout* suffiraient à notre bonheur.

Et soudain, Lizbeth se lève et m'envoie un sourire malicieux accompagné d'un clin d'œil dévergondé. La porte arrière de la Caravelle grince. Des bruits métalliques, une salve de jurons lestée de « Putain, j'en ai foutu quoi de ces trucs ? » Et ma Lizbeth revient. Dans la main gauche, une bouteille de Brandy, dans la droite, un magnum de Champagne. La folie l'électrise et elle se lance dans une danse païenne et délurée devant le feu de camp.

Elle hurle à la nuit, en appelle au diable. Elle a volé ces trésors dans les caves de Moíndhearg. « Buvons aux cons ! » Ses pas excités projettent sur le feu du sable qui agace les braises. Et moi aussi je deviens folle. Des cris. Des rires. Des insultes lancées au ciel. Des « J'encule les nonnes et leurs curés ! » Des gestes obscènes en ombre sur les dunes complices qui s'en fichent de nous voir nues. On boit. Vite. Trop. La bouteille de Brandy fracasse le rétroviseur. On rit. On se douche de Champagne. Sur notre visage, sur nos seins, sur nos ventres qui ont donné vie. On se caresse, on s'enlace, on s'embrasse, enivrées d'alcool et de liberté. D'amour peut-être. Sûrement d'être encore vivantes. Peu importe, Mumiah, lâche-moi ! Laisse-nous partir à la dérive. Tu ne crois pas que c'est mérité ? C'est tellement beau, toutes ces étoiles piquées sur la nuit. Elles éclairent cet interdit que nous transgressons sans honte et dans la joie.

Pour avoir été privées d'une telle liberté depuis si longtemps, notre délire dure des heures.

Bien plus tard, Lizbeth s'effondre. Saoule et épuisée de bonheur. Je la regarde. Les dunes et la nuit semblent vouloir l'avaler. Elle rampe vers la Caravelle comme un crabe à moitié mort et, dans un dernier effort, s'affale sur la banquette. Je reste là, avec cette bouteille de Champagne devenue de la pisse tiède. La plage bascule. L'horizon chancelle. J'ai soudain besoin d'air. Sentir la morsure de l'océan. Me convaincre que ce n'est pas qu'un rêve.

Derrière moi, loin, j'entends des cris.

Andie.

Elle pleure.

Impossible de bouger. À genoux dans le sable de ce pays du bout du monde. Incapable de répondre aux hurlements de ma gamine. Saoule, moi aussi. C'est alors qu'apparaît, au milieu de ce décor moiré par la lune, une ombre qui s'avance. Longue comme celle d'un poteau électrique. Une poigne solide me saisit et me relève. Je n'ai devant les yeux que le visage déformé d'un ectoplasme courroucé. Ses lèvres me parlent, mais je suis sourde à ses mots. Sa main me pousse vers les cris d'Andie. Je trébuche en entrant dans la Caravelle. Un bras ferme me soutient et m'allonge sur la banquette. Après ? Après je ne me souviens de pas grand-chose. Je me couche, épuisée. Une couverture se pose sur moi. Elle sent le chien mouillé. Lizbeth, inconsciente, s'écarte pour me donner un peu de place et s'entortiller contre moi comme la faim sur un pauvre.

Avant que tout s'éteigne, j'aperçois les doigts d'un spectre courir sur le visage de nos filles. Une prière incompréhensible les enveloppe et leurs cris s'éloignent puis disparaissent.

Enfin le silence.

La nuit est pénible, entrecoupée par les pleurs des petites. L'une après l'autre, pour mieux remplir la coupe des raisins de nos colères avinées et de la honte de ne pas savoir les apaiser. Gwen, la fille de Lizbeth, capable en un battement de cils de passer de la risette aux larmes, a le sommeil plus léger qu'une plume de courlis. Ce matin, quand j'ouvre la porte coulissante de la Caravelle, toute crottée de notre longue route, la symphonie stridente reprend de plus belle.

Devant le feu de camp éteint, une casserole en fonte recouverte d'une plaque de contreplaqué lestée de deux bières brunes. Un morceau de carton dans le sable. *« Bienvenue à Strathnaver. Père Kelly. »* Dans le faitout, des cuisses de poulet.

Encore un curé ! Et visionnaire qui plus est ! Bon sang, Mumiah ! Demande à Dieu de mettre sur notre route un être humain normal ! Lizbeth, toujours dans un état second, se fiche de savoir à quel genre d'individu on a affaire. Son discours est décousu, mais, à son avis, les présents offerts sont plutôt un signe de bienveillance et l'homme, curé ou pas, mérite des remerciements. « Sarah ! Si une main se tend pour te donner à manger, tu ne la mords pas. »

Et elle se rassasie du poulet puis, sans tenir compte de mes réticences, la têtue essuie ses doigts sur sa chemise et enroule sa gamine dans une écharpe pour la porter comme une gitane. Moi, j'ai mal au crâne pour la suivre. Au bout de quelques mètres, elle se retourne et assène un sévère « Et si ce curé était le coup de pouce du destin que nous attendons ? »

L'argument finit par me convaincre.

Un demi-mile de plages herbeuses qui se termine entre les dunes. L'air du large nous dégrise. Puis c'est un chemin étroit qui redescend vers une quinzaine de maisons alignées, le dos au vent du nord, comme des dominos sur une table de jeu. Quand nous traversons le village, l'image de Stockton-on-the-Bridge me revient en mémoire. La même station-service vendant des *n'importe quoi*, des timbres, des bottes, des cartes postales défraîchies et de quoi ne pas mourir de faim à condition de posséder un ouvre-boîte. Dans ce décor de western celtique, partout les rideaux s'écartent pour lorgner ces deux bohémiennes dépenaillées, surgies du néant et lestées de leurs marmots.

Un vieux, plus courageux ou plus curieux que les autres, avance sur le pas de sa porte. Je lui demande où se trouve l'église de père Kelly. L'ancêtre grisâtre me dévisage, prend le temps d'allumer sa bouffarde sans me quitter des yeux puis, plus effrayant qu'un mauvais augure, désigne une vague direction du tuyau de sa pipe. « Dix minutes, après la ferme. C'est à gauche » bougonne l'affable en s'enroulant de fumée qu'un vent soudain lui dérobe. Je tire Lizbeth par le bras pour couper court à son envie d'entamer une discussion.

Une baraque en bois blanc s'appuie contre la façade de l'église, face aux plages étalées à l'ouest. C'est un chien, le border qui galopait vers nous quand nous sommes arrivées, qui nous accueille. L'animal nous tourne autour et repart en jappant vers son maître occupé à poncer la coque d'une chaloupe retournée. D'un geste de la main, l'homme nous invite à le rejoindre et reprend son travail sans plus insister.

La cinquantaine finissante sculptée par le vent du large, la tignasse grise tirée en catogan, six pieds de haut, père Kelly a de la bonté dans les yeux et le front marqué de rides. Son visage est celui d'un christ vieillissant qui aurait troqué sa couronne d'épines contre un bonnet de marin. L'homme s'essuie les mains sur son pantalon déchiré aux genoux et désigne l'église. « Vous voulez visiter ? »

La nef minuscule est construite autour du bénitier creusé dans un bloc de granit. Les bancs ? Des planches de coffrage clouées sur des rondins. L'autel, une table recouverte d'un drap blanc, décorée de deux chandeliers dépareillés. Un est en fer forgé, l'autre en cuivre, les deux sont sertis de larmes de bougies. Le toit du tabernacle, bricolé dans une boîte à lettres plaquée de chaume, est chargé de fanons de baleine. Décor dadaïste surveillé par un Christ pâle, sculpté, les bras en croix, dans un tronc de bois flotté.

« C'est l'heure. Une bière bien fraîche ? » propose le curé.

Père Kelly nous raconte sa vie. Cette effroyable peur qui l'a poussé à rejoindre le troupeau des serviteurs de Dieu.

Il est sergent dans les *Seaforth Highlanders, « The Mackenzies »*, comme on les surnomme, en mémoire des anciens héros de la bataille de Givenchy. Son bataillon est décimé dans l'avancée des panzers allemands à Sedan, en mai 1940. Avec les restes d'une armée française moribonde, tout ce qui peut marcher se regroupe dans la poche de Dunkerque. Ce sera le début de cette fameuse *opération Dynamo*, une véritable débâcle érigée en victoire pour le moral des troupes. Les morts déchiquetés, soulevés par les bombes dans des tourbillons de sable. Les hurlements des hommes blessés. Ces grappes de soldats accrochés aux cordages des bateaux, hachées par les guêpes de la *Luftwaffe*. Alors, il prie devant les cadavres qui pourrissent sur la plage. L'horreur lui apporte la foi et il jure de servir Dieu si jamais il s'en sort.

C'est avec la soutane et deux balles dans la jambe droite qu'il revient sur ses terres natales, ici à Strathnaver. « L'amour du Seigneur se cache dans les recoins des misérables églises, pas dans l'or des cathédrales », dit-il pour justifier son choix.

Un silence de plomb s'installe. L'homme nous regarde, l'une après l'autre, en nous gratifiant d'un maigre sourire. Puis il nous raconte une autre histoire. Celle de deux filles paumées qui fuient leur adolescence pour devenir adultes, le plus vite possible, afin d'élever des gamines qu'elles n'étaient pas destinées à mettre au monde. Le hasard les emmène sur une plage, aux confins de *n'importe où*, et elles croisent un vieux curé qui se fiche de savoir d'où elles viennent et pourquoi elles sont là. Pour lui, le simple fait qu'elles soient poursuivies par le diable suffit à le convaincre de les aider. Et personne, dans ce pays au bout de nulle part, n'y trouvera à redire.

Père Kelly décapsule une autre bière puis s'écarte de la table pour ouvrir le tiroir et sortir deux clés qu'il pousse devant nous. La première est celle d'un vieux Ford pick-up qui ne lui sert qu'à tirer la remorque de son bateau pour le mettre à l'eau.

Il nous préviendra s'il en a besoin. La seconde, plus grosse, est celle d'une maison isolée sur la falaise. À environ un demi-mile de l'église si on coupe à pied par les dunes, à deux *miles* si on emprunte la route. Sa locataire, une grenouille de bénitier nonagénaire, ne verra aucun inconvénient à ce que nous y logions, puisqu'elle a rendu son bail à Dieu il y a quelques semaines.

« Deux choses cependant, » ajoute le curé en levant l'index.

Pour nous présenter au village, il nous propose de participer à l'office de ce prochain dimanche où tout le monde sera convoqué. Puis, il prend un temps infini à lire l'avenir dans la mousse de sa bière. Il nous annonce qu'il profitera de l'occasion pour baptiser nos filles car il se doute que nous n'avons guère eu le temps de nous préoccuper de ce détail. Ce n'est pas une suggestion, c'est un ordre. « Ici, pour avoir la paix, c'est important d'afficher sa foi », précise-t-il d'une voix grave. Ensuite, et là je suis bien d'accord avec lui, il nous aidera à nous débarrasser de la Caravelle, bien trop repérable aux yeux des gendarmes de Satan.

Dimanche 13 août 1967
Église de Strathnaver

La minuscule église est pleine. Des hommes et des femmes aux visages renfrognés, peu enclins à démontrer leur sympathie, écoutent un sermon qui ne parle pas de l'amour de Dieu, mais de la fierté écossaise qui bannit la trahison. De la vocation du clan où la collectivité prime sur les individus qui y sont intégrés. Qu'en gaélique « *clann* » signifie « rejetons, bourgeons, enfants, famille » et qu'il a décidé, au nom du droit holiste prôné par le clan MacKay, de nous accueillir avec nos gamines qu'il va baptiser. Puis il regagne sa place derrière l'autel et saisit un poignard qu'il pointe au ciel. Les paroissiens se lèvent à leur tour, le poing fermé sur le cœur. Et le père Kelly continue :

« Selon notre sigle et notre devise : *Manu Forti*, si vous êtes d'accord, prononcez notre cri. » Et là, un frisson d'émotion. La trentaine d'inconnus aux trognes rugueuses hurle à l'unisson : *Bratach Bhan Chlann Aoidh !*

Le lendemain, repeinte de goudron et chargée de foin, la Caravelle devient le nouveau poulailler de l'église. Une Sussex blanche et noire, deux *Scotch Grey* grises et une *Rhode Island* rousse, ont pour mission de nous fournir des œufs.

29

Glasgow – One Devonshire Gardens

Calloway mène l'enquête

Calloway ne respecte pas les règles. Il ne joue pas franc jeu. Lorsqu'il reçoit Diane le lendemain, en fin de matinée, elle se doute bien qu'il a travaillé toute la nuit. Sur son bureau, plusieurs chemises cartonnées, identifiées chacune par un nom : Sarah, Moíndhearg, Père Patrick, Accident, Butterfly… Elle comprend qu'il a repris ses notes de la veille et qu'il les a réparties sur diverses pistes. Il est courtois, appliqué, organisé. Pour chaque dossier, Diane se doute qu'il a préparé des questions précises. Il y a vraiment passé la nuit, se dit-elle. Quand elle s'en étonne, il a cette phrase :

– Cette affaire est une bombe, Diane, pire que ce qui s'annonce à Tuam. Vous connaissez l'affaire de Tuam ?

– D'après ce que j'en ai lu, on redoute d'y découvrir huit cents corps d'enfants, c'est ça ?

– 796 très exactement, enterrés entre 1925 et 1961, probablement dans des fosses communes que les autorités sont sur le point d'excaver.

– Comment pouvez-vous dire, alors, que la tragique histoire de Sarah peut être pire ?

– Parce qu'il est pratiquement acquis que les orphelins de Tuam sont morts des conséquences coupables de la négligence d'une congrégation religieuse. C'était l'Irlande ultra-catholique du début du siècle dernier, Diane. Une foi sans pitié pour les âmes égarées des filles-mères. Ces religieuses mettaient au monde ces enfants perdus au nom du respect du vivant, puis les laissaient crever selon la règle divine qui veut, qu'à travers cette barbarie, « Le Créateur de tout reconnaîtra toujours les siens ».

– Et vous ne trouvez pas ça assez terrible déjà ? s'indigne Diane.

– Si, bien sûr, concède Calloway, mais dans votre affaire…

– Ce n'est pas mon affaire !

– … d'accord. Alors, disons dans l'affaire de Sarah, il ne s'agit plus de la responsabilité d'une congrégation, ni même de quelques complicités religieuses locales. Il est question de la complicité de toute la haute société écossaise de l'époque. Diane, ce tableau que vous m'avez décrit, s'il existe vraiment, va déclencher un séisme.

– Vous doutez qu'il existe ?

– Vous n'avez fait que m'en parler.

– Parce que cette histoire m'a poussée à me méfier de tout le monde.

– Je peux comprendre ça, Diane, mais vous devez vous aussi comprendre que c'est une enquête officielle désormais et que vous me devez toute information en votre possession.

Diane hésite, puis sort son téléphone et transfère la photo du tableau de Moíndhearg sur le portable de Calloway.

Il observe longtemps le cliché, immobile, puis regarde Diane.

– Ça risque d'être dur pour vous, Diane. L'enquête va remonter jusqu'à des juges, des policiers, des notables et, si tout s'enflamme, des membres de la famille royale. Un d'entre eux est visé. J'insiste… vous saurez…

– Je saurai m'en préserver, rassurez-vous.

– Non, Diane, vous n'avez aucune idée du tsunami que peut représenter une telle enquête. Aucun de ceux qui y participeront n'en sortira indemne. Pas même moi.

– J'en prends le risque, ne serait-ce qu'en hommage à ce qu'a enduré Sarah.

Calloway la regarde longtemps avant de répondre, pour qu'elle comprenne bien qu'il pèse chacun des mots qu'il va prononcer.

– Écoutez, Diane, les relevés techniques sur les lieux de l'accident sont très clairs. La voiture qui vous a percutée était en embuscade dans un chemin perpendiculaire à la route, dissimulée par un talus. Les traces dans la terre du chemin correspondent aux pneus de la voiture.

– Calloway, c'est ce que j'ai dit aux policiers pendant le constat.

– C'est vrai. Et lui vous a demandé si vous aviez freiné, n'est-ce pas ?

– Oui…

– C'est parce qu'il avait remarqué d'autres traces sur la chaussée. Les traces d'une voiture allant dans le même sens que vous, mais en arc de cercle vers la pente dans laquelle vous êtes tombée.

– Je ne comprends pas où vous voulez en venir, Calloway.

– Un homme vous percute et vous pousse dans la pente, mais il n'y a aucune raison qu'il y bascule lui-même. Il n'a pas assez d'élan depuis le chemin, le choc contre votre voiture l'a arrêté et surtout, s'il est là pour vous tuer, il n'a aucune envie de mourir.

– Je ne comprends toujours pas.

– Autour de l'accident, tout démontre que les traces ne correspondent pas à des empreintes de freinage, mais à des marques floues, comme de patinage. L'autre véhicule, celui de l'inconnu qui vous a secouru, a de toute évidence poussé votre assassin hors de la route.

– Seigneur Dieu, vous êtes sûr de ça ?

– Oui, Diane. Vous vous retrouvez avec des criminels organisés contre vous et de mystérieux justiciers assassins pour vous défendre, parce qu'il ne fait aucun doute que votre sauveur a aussi été l'exécuteur de votre chauffard.

– Mais à quoi rime tout ce jeu macabre ! murmure Diane défaite.

– Ce n'est pas un jeu, Diane. Je comprends l'intérêt que vous avez, en tant qu'éditrice, pour ce qu'a vécu Sarah, mais nous ne parlons plus d'édition ou de marketing désormais. Nous sommes en face de crimes, de conspirations, de complicités sociales, religieuses, judiciaires et de pressions politiques ou policières. On a devant nous une pieuvre ! Et cette foutue bestiole a tenté de vous tuer par deux fois déjà. Ce n'est plus un roman, vous êtes dans la vraie vie !

– Comment pouvez-vous penser que…

Calloway ne répond pas. Il ouvre la chemise « Accident » et en sort plusieurs photos qu'il étale sous les yeux de Diane. Elle ne comprend pas tout de suite et, quand elle percute, il le remarque aussitôt.

– Eh oui ! dit-il comme un joueur d'échecs qui pousse au mat.

Sur la plupart des photos, on voit des pages du manuscrit. Éparpillées, récupérées par un homme en uniforme, rassemblées, regroupées…

– Vous avez toujours ce manuscrit, n'est-ce pas ?

– Je l'ai, admet Diane, confuse.

– Et c'est à partir de lui que vous avez mené votre enquête.

– Oui. C'est le journal intime de Sarah, que j'ai reçu de façon anonyme à Londres.

– Il me le faut, Diane.

– Si je vous le donne, il deviendra une pièce du dossier et je ne pourrai plus le publier. Et si votre enquête est enterrée comme elle risque bien de l'être, le témoignage de Sarah sur tous ces gens cupides et tordus disparaîtra à tout jamais.

C'est à ce moment-là que Calloway décide de ne pas respecter les règles. Son visage se ferme. Son regard balaie les documents qu'il a devant lui. Diane comprend ses tourments. Il vient d'accepter de franchir la ligne et de ne plus jouer franc jeu avec sa hiérarchie.

– Diane, vous me laissez le consulter cet après-midi, pour prendre toutes les notes dont j'ai besoin et je vous le restitue sans... Je m'arrangerai pour que votre manuscrit n'apparaisse pas dans la procédure. Pour l'instant.

– D'accord, murmure Diane.

– Et votre amie Ashley ?

– Quoi Ashley ?

– Quel rôle joue-t-elle dans cette histoire ?

– Ashley ? Aucun, bien entendu. Elle était hier à Glasgow pour donner une lecture dans une librairie. Nous nous sommes appelées par hasard et nous sommes convenues de passer la soirée ensemble. Je suis aussi son éditrice. C'est une grande romancière, vous ne l'ignorez pas ?

– Oui, Ashley Royce, je sais. Même si elle n'a parlé de rien lors de vos derniers entretiens, elle me semblait pourtant très informée de la vie de Sarah.

– Ashley fait partie de notre comité de lecture et, à ce titre, elle a lu le manuscrit.

– Ah, d'accord, ceci explique cela. Dites-lui qu'à l'occasion je pourrais l'appeler pour éclaircir quelques détails.

– Encore une fois, inspecteur, Ashley n'a fait que lire ce manuscrit et le juger d'un point de vue littéraire.

– Et son avis ?

– Passionnant sur le fond, inégal dans la forme. C'est pour cette raison que je me suis mise en quête de l'auteur. Pour voir si elle, ou il, serait d'accord pour retravailler son manuscrit.

– Je comprends, répond Calloway, vous avez raison. Je n'ai aucune raison d'importuner Madame Royce. Saluez-la de ma part et prenez soin d'elle.

– Pourquoi dites-vous ça ? s'inquiète aussitôt Diane.

– Votre amie n'est pas souffrante ?

– Je ne pense pas. Qu'est-ce qui vous le fait croire ?

– Je l'ai trouvée fatiguée hier soir et je me suis même demandé si elle ne se débattait pas contre quelque chose de… difficile… un mal de tête violent et douloureux. Je l'ai vue baisser les yeux et soudain porter la main sur son front avant de se lever.

– Ashley est juste une femme qui prend de l'âge et se donne beaucoup à son écriture, à son métier d'écrivain et à ses fans. Monsieur Calloway, je souhaite être aussi forte qu'elle si des ecclésiastiques mafieux ou des nobliaux pervers et criminels me laissent atteindre son âge.

Ils sourient, se quittent, se revoient l'après-midi à l'hôtel au sujet du manuscrit, et il ne se passe rien pendant quelques jours.

Ashley est repartie le lendemain et Diane se dit que Calloway a peut-être raison. Le matin des au revoir, à l'hôtel, elle l'a trouvée plus fatiguée que d'habitude. Comme elle a gardé les deux chambres, Diane offre à Courtney de profiter de celle libérée par le départ d'Ashley. Puis elle invite Bad Billy et Madison à dîner dans une petite salle à manger privative de l'One Devonshire Gardens.

Un repas délicieux.

Le chevreuil des highlands accompagné de betteraves au four, de chicorée rouge et de figues noires régale Bad Billy. Le tartare de râble de lièvre à la compotée de poireaux, garni d'échalotes marines à la bière, fait pétiller les yeux et les papilles de Madison. Le vin est français et le champagne aussi, puis Bad Billy exige un vrai whisky écossais. Ils se moquent et ils s'amusent. Trop quelques fois. La soirée tient à la fois des retrouvailles et des adieux. De la fierté d'avoir porté cette affaire jusqu'à la police, et de la culpabilité de la lui abandonner et de se sentir libérés d'un poids difficile à gérer. Ils trinquent beaucoup à Sarah, et Madison est ivre la première. *Tipsy* seulement, rit-elle aux éclats. Puis ils le sont bientôt tous un peu. Et c'est Diane qui le propose. Que Bad Billy et Madison ne reprennent pas leur voiture dans l'état où ils sont. Qu'ils restent dormir dans la chambre de Courtney et que Courtney la rejoigne pour partager la sienne. Et Courtney, les yeux joyeux et les joues rosées d'une tendre ivresse, accepte sans hésiter.

Le lendemain matin, au petit-déjeuner, personne n'a honte de rien. Ni de l'ivresse de la veille ni des ivresses de la nuit. Tout est délicieux. Les gourmandises et les souvenirs. Puis Diane appelle une voiture de location pour «monter» à Strathnaver et ils se séparent. Bad Billy et Madison repartent pour leur appartement au-dessus du Midgie's. Diane fait charger ses bagages dans la voiture et Courtney s'apprête à demander un taxi pour l'aéroport. Mais quand Diane s'installe au volant, Courtney se précipite et saute à ses côtés sans rien dire.

Calloway avait raison. Cette affaire est une bombe. Une de ces vieilles bombes rondes et noires déclenchées par une longue mèche. Il ne se passe rien pendant quelques jours. Le temps, suppose Diane, que grésille en silence la poudre noire du cordon. Puis soudain, tout explose.

30

Strathnaver
La maison de Sarah

C'est la maison de Sarah. Posée comme une pierre blanche sur la lande rase et rousse, presque à la pointe de l'éperon de roches brunes qui mord, au nord, dans l'océan agité. Murs chaulés et ardoises pentues, le toit est planté d'une solide cheminée de pierres. On y accède par un chemin caillouteux entre des rochers ocre qui affleurent. Diane est émue aux larmes. Par le paysage autant que par la présence palpable de Sarah. Cette dent aiguisée de falaises sauvages, entre la plage sage et préservée de Farr Bay à l'est, et le petit delta sablonneux des rivières Borgies et Naver, face à Torrisdale Bay, à l'ouest. Pourquoi Sarah n'est-elle pas restée vivre ici, heureuse, avec sa fille ? Dans cette grandiose et sereine solitude, au confluent des éléments, loin du chaos du monde et de sa triste jeunesse ? Mais Diane connaît la réponse : parce que Dieu et ses hommes en ont décidé autrement.

La maison est à huit cents mètres du presbytère, mais le vent continu les essouffle plus que la marche. Une femme les précède, la tête contre les rafales qui font claquer son châle en étendard. Diane et Courtney la suivent en silence, l'esprit encore chamboulé. L'église de Strathnaver tient plus de la solide chapelle. Un pignon de pierre troué d'un unique vitrail, une porte close en haut d'une courte volée de marches blanches et un clocher tronqué comme un pigeonnier.

Elles avaient cherché à entrer, puis à regarder à l'intérieur, et la femme les avait interpellées depuis le presbytère. Une belle maison aussi, de deux étages, qui affiche fièrement vers le sud non pas un pignon, mais une large façade percée de nombreuses fenêtres.

– Je peux vous aider ?

– Oui. Est-ce ici qu'habitait le père Kelly ?

– Oui, mais il n'est plus là.

– Je m'en doute bien, répond Diane qui a calculé que le père aurait 96 ans aujourd'hui.

– Que lui voulez-vous, au père Kelly ?

– Nous cherchons des témoignages sur une personne qu'il aurait connue à la fin des années soixante.

– Ah ! alors le mieux serait de le lui demander.

– Pardon ?

– Le père Kelly n'habite plus au presbytère. Il s'est retiré dans la maison sur la falaise. Depuis plus de vingt ans déjà.

La nouvelle est un coup au cœur. Diane regarde Courtney, incrédule, avant de se retourner vers la femme à nouveau.

– Le père Kelly est toujours en vie ?

– Ah ça oui, et comment ! dit la femme en s'approchant. Solide comme une falaise et plus coléreux que l'océan. C'est bien là le problème, il n'est pas loin d'être devenu plus incontrôlable que le vent.

– Et nous pourrions le rencontrer ?

La femme les invite à entrer dans le presbytère pour prendre un thé. Elle doit rendre visite au père Kelly un peu plus tard. Elle y passe tous les jours. Elle les accompagnera jusqu'à la maison de Sarah.

– La maison de Sarah ? s'écrie Diane.

– Oui, c'est comme ça qu'il appelle cette petite bâtisse isolée sur la falaise. Allez savoir pourquoi ce diable d'homme la préfère au confort du presbytère.

– Est-ce qu'il y a un commerce dans le village où nous pourrions acheter quelque chose à offrir au père Kelly, quelque chose qui lui ferait plaisir ?

– Nous ferons un détour par le Store. Apportez-lui quelques cannettes d'Irn Bru. À part son Old Pulteney Sherry Wood du soir, il ne boit que ça.

Chacun, dans les Highlands, cherche la moindre chaleur. C'est ce que réclament le vitrail de la chapelle et les fenêtres du presbytère. La maison qu'elles rejoignent n'offre, au sud, qu'un mur percé d'une porte étroite et d'une petite fenêtre carrée de chaque côté. Mais quand la femme tourne la clé dans la serrure et les fait enter, les pignons à l'est et à l'ouest, comme tout le mur au nord, sont largement vitrés. Ce n'est pas la tanière sombre d'un vieux reclus, qu'elles avaient imaginée, c'est la chambre des lanternes d'un phare ouvert sur la mer.

– Père Kelly, tu as de la visite ! crie la femme.

L'intérieur est simple et chaleureux. Un feu de tourbe se consume dans l'âtre, aspiré à travers la cheminée par le vent qui court au-dessus de la maison.

– Peut-être le dérangeons-nous, s'excuse Diane, il se repose, je suppose.

La salle principale est en longueur, toute vitrée au bout sur l'océan. À l'est, deux portes béantes ; l'une ouvre sur une chambre propre et rangée, l'autre sur un bureau bien ordonné. Vers l'ouest, une cuisine lumineuse et ce qui doit être un cellier.

– Lui, se reposer ? Non, rassurez-vous, à cette heure-ci il est dehors, face à la mer.

La femme désigne ce que Diane et Courtney pensaient être un cellier et qui, en fait, n'est pas une pièce. Elles entrent. Mis à part les murs adjacents à la cuisine et au salon, tous deux percés d'une porte, les deux autres murs n'existent pas. C'est comme un coin-terrasse, abrité par le toit qui, lui, couvre l'ensemble. Et le père Kelly est là. Sur un banc face à l'océan. Dans le vent. Immobile, dans un chandail marin de grosse laine. Les cheveux courts et blancs. Le visage buriné, strié des rides de mille et une vies. Diane aime aussitôt cet homme et, quand il tourne vers elles son regard bleu délavé par la vie, elle frémit du bonheur de le rencontrer.

– Ah ! Vous voici donc enfin, les filles ! dit-il.

Diane et Courtney s'étonnent.

– Vous nous connaissez ?

Père Kelly les dévisage plus longuement. Un nuage de tristesse brouille son regard, puis il sourit à nouveau.

– Non. Je ne crois pas, non. Mais vous ressemblez à deux gamines que j'ai rencontrées. C'était dans un temps lointain que mes souvenirs appellent jadis. Ces deux mômes ont débarqué chez moi un peu comme vous aujourd'hui. Elles étaient plus mignonnes et bien plus jeunes que vous. Plus sales aussi.

Diane est sidérée. Plus de cinquante ans après, la mémoire fugueuse de père Kelly les ramène dans l'instant à leur quête.

– Vous voulez parler de Sarah et Lizbeth, père Kelly ?

– Oui, c'est ça, répond le vieil homme dans un sourire qui illumine son visage. Sarah et Lizbeth. Il y a si longtemps. Vous les connaissez ?

Diane se retient. Ce n'est pas le moment de brusquer les choses. L'important est de prendre la juste mesure de la mémoire et de la santé de père Kelly. En plus, elle ne sait pas comment expliquer la raison de leur venue sans partir dans des explications compliquées pour le vieux curé.

– Nous vous avons apporté quelques cannettes d'Irn Bru, dit-elle.

– Je vois, répond-il d'un air entendu. Cette brave Margareth vous a convaincues que c'était ma boisson de prédilection, n'est-ce pas ?

– C'est ce qu'elle a dit, confirme Courtney en jetant un coup d'œil dans la cuisine où Margareth s'affaire en les surveillant d'un œil à travers la fenêtre.

– C'est ce qu'elle raconte à tout le monde pour éviter qu'on m'offre mon Old Pulteney préféré.

– Je suis désolée. Nous vous apporterons de l'Old Pulteney à notre prochaine visite.

– Vous allez revenir ?

– Si vous nous le permettez. Je crains que nous ayons des milliers de questions à vous poser.

– À propos de Sarah et de Lizbeth, c'est ça ?

– Oui père Kelly. Nous sommes à la recherche de Sarah.

– Et que lui voulez-vous donc à cette gentille Sarah ?

– Je suis éditrice à Londres et j'ai reçu le manuscrit d'un journal intime qui raconte sa vie. Nous avons fait assez de recherches et de découvertes pour nous persuader qu'il s'agit bien de la triste existence de cette pauvre Sarah.

– C'est ce qui vous a menées jusqu'à moi ? Elle parle de cette maison dans ce journal ?

– Oui, confirme Courtney, elle parle de vous, de l'aide et du bien que vous leur avez apportés, à elle et à son enfant.

Père Kelly se lève alors et c'est Hemingway qui se dresse face à elles.

– Venez, dit-il, rentrons.

Il les précède dans la maison et les invite à s'asseoir à la lourde table en bois appuyée au mur nord, sous la grande fenêtre qui donne sur la mer.

– Vous avez ce manuscrit avec vous ?

– Bien sûr, avoue Diane.

Elle le tire de son sac et le pose devant père Kelly. Le vieux regarde tous ces chapitres qui peut-être le concernent et il caresse la couverture. Le temps s'arrête. Il mouille la pointe de son index et feuillette quelques pages en lisant des passages au hasard. Puis il se fige. Sévère.

– Vous avez une voiture ?

– Oui, bien sûr, répond Diane sans comprendre.

– Alors, partez d'ici. Quittez Strathnaver pour rejoindre la A836 et prenez-la vers l'est. À deux miles, passez le virage en épingle à cheveux sur la gauche, vers Kirtomy. Remontez vers le nord pendant un mile en longeant Kirtomy Burn. La maison est sur la gauche. Plus petite que la mienne. Une large souche de cheminée sur le faîtage avec cinq conduits qui dépassent…

– Sarah habite là-bas ? s'écrient Diane et Courtney d'une même voix. Sarah habite Kirtomy ?

– Non, non ! s'amuse père Kelly dans un rire de marin face à la tempête. Là-bas, c'est le Côte du Nord. Le meilleur restaurant de toutes les Highlands. Réservez de ma part, dit-il en notant le numéro de téléphone sur un papier. Ne manquez à aucun prix leur dîner dégustation en dix services. Cuisine écossaise contemporaine avec une petite touche à la française. Et offrez-vous leur *Wine flight* : sept vins différents à déguster au verre. Si vous aimez les Saint-Jacques au Sauternes, un rock and roll de homard, un tempura de haggis et maquereau, *et*, pas ou, *et* si une blanquette de turbot vous tente, c'est l'endroit idéal.

– Mais…

– Il n'y a pas de mais ! Prenez du bon temps et revenez loger au presbytère. Margareth vous donnera des chambres et une clé pour rentrer à l'heure que vous voulez. Laissez-moi votre manuscrit. Je le lirai cette nuit et nous reparlerons de Sarah demain matin. Allez, ouste, allez vous préparer et n'oubliez pas de réserver à mon nom.

Il les chasse presque, sous le regard habitué de Margareth qui hausse les sourcils pour répondre à leur interrogation muette. Quand le vent les fouette à nouveau sur la falaise et leur coupe le souffle, Courtney lui tourne le dos pour rassurer Diane qui avance soucieuse, le front plissé.

– Même s'il le détruit, nous avons d'autres copies, ne t'inquiète pas.

– Je ne m'inquiète pas. Je me demande ce que ça peut bien être un *rock and roll de homard.*

Plus tard, dans sa maison blanche sur la falaise, pendant qu'il imagine qu'elles prennent plaisir à leur dîner, père Kelly éteint tout. À côté du manuscrit, il pose une lampe-tempête sur la lourde table et tire une chaise. Il sait ce qu'il veut lire. Il cherche dans les pages en se repérant aux dates. Dehors, le vent chahute contre la vitre pour le distraire, mais ni la nuit ni la lune n'existent plus pour le vieil homme. Il n'est plus là. Il est presque cinquante ans plus tôt, aux côtés de Sarah et de Lizbeth, à partager leurs rêves de liberté de gamines écorchées par la vie et les hommes. Puis avec Sarah, dans cette folle équipée qu'il a tenu à vivre avec elle. Et il est heureux de lire que Sarah, elle non plus, n'a rien oublié…

31

Journal de Sarah
Lundi 11 septembre 1967 – Strathnaver

Strathnaver se prépare aux premières tempêtes. Pour éloigner les rares curieux, les plages d'habitude décorées d'écume sont devenues hostiles. Un vent du nord insistant nettoie les dunes et secoue les ajoncs. Des tourbillons de sable nous piquent les yeux. Les marées de plus en plus fortes découvrent des roches tapissées d'algues sombres que nous ne connaissions pas.

Maintenant, les soirées sont enfumées du feu dans la cheminée et d'interminables discussions pour mettre au point la seconde partie de notre plan. C'est bien beau d'être riche de bijoux, encore faut-il les vendre. Ça, c'est la première évidence. La seconde, c'est que nous sommes obligées de nous séparer. Même si l'idée nous arrache les tripes, rester ensemble pour tenter de négocier notre trésor est le meilleur moyen de nous faire repérer et de finir en prison.

Lizbeth a son idée. Une grand-tante à elle, fâchée avec tout le reste de sa famille pour avoir fauté avec un rustre, vit à Glencoe. Dans cette bourgade plutôt touristique, *« l'exclue »* a ouvert un *bed and breakfast*. Aux dernières nouvelles, il mériterait du sang neuf pour redorer son blason.

Lizbeth lui écrit une longue missive dans laquelle elle raconte ses misérables aventures et sollicite de sa bienveillance la possibilité d'être hébergée chez elle, au moins pour un temps. Dans le dernier paragraphe, elle laisse entrevoir l'éventualité d'aider au B & B. Sa petite Gwen ne doit pas payer pour ses erreurs.

Huit jours plus tard, une carte postale arrive chez père Kelly.

« Ma maison t'est ouverte, ma belle. Pour la vie entière, si ça te chante. »

Le *Bed and breakfast* de Glencoe servira donc de base arrière. De là, Lizbeth ira à Glasgow pour monnayer les bijoux de la comtesse auprès d'un receleur, Bad Billy doit bien en connaître un. Je lui donne l'adresse de Madison sur McPhater street. Un mois après la vente du dernier diamant, pas avant pour ne pas attirer l'attention et permettre à Bad Billy d'avoir le temps d'activer ses réseaux, je me rendrai à Glasgow. C'est là-bas que j'ai la meilleure chance d'écouler l'œuf de Fabergé. Afin d'avoir les mains libres, je passerai par Glencoe et laisserai Andie en garde chez Lizbeth. Après ? À la grâce de Dieu ! Une fois l'opération réalisée, c'est aussi simple que le destin est cruel : récupérer Andie, partager l'argent avec Lizbeth et nous séparer pour reconstruire nos vies.

Ce soir, je débute un nouveau carnet bleu et feuillette les précédents de façon machinale. C'est la brève histoire du temps qui passe et pose toujours les mêmes questions : depuis quand et jusqu'où ? Quelle main a retourné le sablier ?

Lizbeth se fiche de ces considérations qui la dépassent. Les petites sont couchées et elle boucle sa valise. Elle pleure. Moi aussi. Demain, elle part avec sa fille pour Glencoe. À sept heures du matin, le car s'arrêtera devant la station-service de Strathnaver.

Il nous reste la nuit pour apprendre à nous quitter.

Dimanche 24 décembre 1967
Strathnaver

Strathnaver, l'hiver, c'est l'hiver en pire. Le vers d'un poète romantique français me revient en mémoire et résume mon état d'âme. « *Un seul être vous manque, et tout est dépeuplé.* » La vie sans Lizbeth, c'est une coupe de fruits sans sucre et sans crème, une bière sans mousse. Un jardin sans soleil. C'est fade. Ça explique pourquoi je t'ai délaissé, Mumiah.

Le temps n'arrange rien. Depuis deux semaines, le ciel crache des trombes d'eau et pousse un vent à décorner un Dieu celte. L'océan vomit des vagues de quinze pieds qu'il explose contre les rochers. D'après le père Kelly, les colères d'Éole n'augurent rien de bon. L'automne a accouché d'un sinistre hiver, annonciateur d'ouragans pour janvier et de la pluie jusqu'à Pâques.

Mais Strathnaver nous a adoptées. Ma petite Andie est devenue la poupée du village et croule sous les cadeaux. Des écharpes en laine aux couleurs du clan, des tartans MacKay anciens, à carreaux bleus et verts rayés de noirs et des jouets en bois. Pour ma part, j'ai hérité d'une collection de kilts pour femme, mi-longs, en laine de mérinos, plissés comme des soufflets d'accordéon. Dans l'armoire de la nonagénaire morte, j'ai déniché une casquette *Union Jack* rouge surmontée d'un pompon du plus bel effet. Et mes cheveux ont été tressés en nœuds celtiques par les mains expertes de la patronne de la station essence.

Mais rien de cela ne gomme mon ennui.

C'est étrange Mumiah, j'ai d'innombrables heures à perdre et aucune envie d'écrire. Là, je me force pour griffonner ces quelques lignes. Depuis début décembre, j'espère des nouvelles de Lizbeth. Une lettre rassurante dans laquelle elle m'expliquerait sa vie à Glencoe et ses incursions à Glasgow pour tenter de vendre les bijoux. Rien. Je n'ai reçu en tout et pour tout que trois cartes postales. Toujours les mêmes. Un B & B, le *A'Chàrnaich*, sur la route du fjord avec, au dos, un gros cœur tracé au feutre rouge. Dans cet hiver maussade, ces trop brefs rayons de soleil ont raison de mon courage. Je déprime.

L'argent récupéré dans le linge sale des résidents du manoir s'épuise et, pour ne pas vivre à crédit, je travaille tous les soirs au pub de la station-service. Le reste du temps, je lis. N'importe quoi. Des trucs à l'eau de rose, des romans-feuilletons idiots et des magazines de mode datant de la Première Guerre. Dans les colonnes d'un journal de cette année, trouvé au fond d'une commode, j'apprends que le Celtic a battu l'Inter de Milan en finale de la coupe d'Europe.

J'imagine la soirée au Midgie's, la racaille debout sur les tables et le gros Barney en chef d'orchestre de la beuverie. J'en ai les larmes aux yeux et prends conscience de ce qui me tourmente. Lizbeth me manque, bien sûr, mais plus que tout, j'ai besoin de voir du monde. De me mêler à une foule joyeuse, de m'enivrer de rires et de bousculades. J'ai besoin de musique et des cigarettes interdites de Ritchie, celles qui m'emportaient dans d'indicibles rêveries. Le tourbillon des nuits de Londres, l'envoûtement presque gothique des pubs de Glasgow, tous ces instants de vie, mon esprit les réclame.

Mais ils vont à l'encontre du plan établi. Règle numéro un : ne pas bouger sans avoir reçu le signal de Lizbeth. Si celui-ci ne vient pas, règle numéro deux, attendre le début du printemps avant de mettre le nez à la fenêtre.

Même si le cœur n'y est pas, la messe de Noël et le repas organisé au pub de la *Station Oil* ont été de courts moments de réjouissance. Je suis accoudée au comptoir, perchée sur un tabouret, maquillée comme une catin, avec ce ridicule *Union Jack* et son pompon en laine rouge sur la tête. Dans le reflet de la glace derrière le bar, je ne me reconnais pas. Triste et stupide, presque laide d'ennui. Père Kelly s'approche et pousse une pinte devant moi. *« Manu Forti ! »* dit-il pour m'encourager à lever le coude. Puis il se lance, d'une voix presque inaudible, dans un de ces récits ésotériques et troublants dont il a le secret.

Le curé prétend avoir consulté les runes et mon avenir ne s'éclaircira pas avant que janvier s'endorme. Une tempête déferlera sur moi. Il a vu un endroit sombre, une cave peut-être, et il a entendu des cris. Puis il se tait. Le sourire qu'il affiche est plus énigmatique que rassurant. « Viens passer le réveillon à l'église, ajoute-t-il. Tu te régaleras du meilleur gallinacé bouilli de ta vie. Qui plus est, j'ai quelque chose pour toi. »

La poule, lardée de champignons, est délicieuse. Les légumes qui l'accompagnent, nappés d'une crème à la bière légèrement aillée, sont une stèle érigée au péché de gourmandise. Andie s'est endormie dans son couffin, emmitouflée dans un tartan. J'ai un peu trop bu. Père Kelly est resté sobre et n'a de cesse de me couvrir de gentillesses.

En silence, il se lève et me serre dans ses bras avant de me demander de me rasseoir. Lui se dirige vers des étagères encombrées de vieux magazines d'astrologie et de livres religieux. Dans ce bazar poussiéreux, il finit par dénicher une enveloppe en papier kraft. Elle est déchirée. Il la pose devant moi, mais garde la main dessus. Je reconnais entre ses doigts maigres la rondeur de l'écriture de Lizbeth. Mon cœur virevolte.

Le courrier lui était adressé, alors il l'a ouvert sans se méfier. Et il l'a lu. Le *quelque chose* qu'il a pour moi est un conseil. « Réfléchis avant d'agir, Sarah. Sois attentive à tout. » *« Der Teufel steckt im Detail. »* C'est d'un philosophe allemand, un certain Nietzsche, à ce qu'il dit, et ça signifie que *Le diable se cache dans les détails.* Ensuite, il me conseille de rentrer chez moi avec ma petite Andie et nous souhaite, un peu à l'avance, une bonne et heureuse année à toutes les deux.

Les essuie-glaces du Ford peinent à évacuer la pluie. Sur le chemin troué de flaques qui serpente jusqu'à la maison vers la falaise, les phares balaient les talus et inventent des ombres fourbes. Après ce que vient de dire père Kelly, la lettre de Lizbeth sur le siège passager paraît plus lugubre qu'un faire-part de décès.

Comme une vieille femme fatiguée, j'avance courbée en deux contre le vent pour protéger Andie du déluge. Dans le poêle de la cuisine, quelques braises refusent de s'éteindre. Je les ravive d'un journal roulé en torche, de deux courtes branches et d'une dizaine de coups de soufflet. Les flammes froissent le papier avant de lécher les bûches.

Andie somnole dans un édredon à côté du feu et se fiche bien de savoir ce que cette année lui réserve. L'image de la tombe tourbeuse de Petit Geoffrey me traverse l'esprit. Puis c'est celle de Stanley Doggy, dans le sous-sol du kiosque de Moíndhearg, un coupe-papier dans la gorge.

Bon sang, Mumiah ! Aide-moi à effacer toutes ces horreurs !

Un fond de Glen pour m'encourager, une cigarette pour me concentrer, et j'ouvre la lettre de Lizbeth.

« Glencoe, 20 décembre.

Bonjour mon cœur,

C'est fait, non sans mal... Comme convenu, la rivière s'est écoulée avec ses boucles aussi. Le foin est dans l'écurie. Les chèvres, même si elles sont effrayées, seront rassasiées pendant plusieurs années. Heureusement, Bad Billy méfiant comme un rat a trouvé un type qui serait d'accord pour acheter ce que la poule a pondu. Un gars de Londres, plus gourmand que l'autre, est d'accord pour l'acheter. Il sera à Glasgow le 14 janvier et attendra dans ton ancienne tanière que tu viennes lui préparer une omelette. En principe, en échange, il te donnera les livres que tu as commandés, même s'ils sont moins épais que prévu.

J'espère que ta petite Andie va bien.

Ta jolie frimousse me manque. Je suis impatiente de te voir au A'Chàrnaich et je t'embrasse.

Love.

Lizbeth. »

« Réfléchis avant d'agir, Sarah. Sois attentive à tout. »

Le conseil de père Kelly m'obsède. Plus je relis la lettre, plus un sentiment de danger me serre la poitrine. Le message de Lizbeth n'est pas très difficile à décoder. Ses mots, tout autant que ses idées, vont toujours l'essentiel. *Les chèvres effrayées et rassasiées*, c'est nous. *Le gars de Londres, plus gourmand*, ça signifie que Bad Billy a reniflé une embrouille possible à Glasgow. Des flics ripoux ou des dépravés de Moíndhearg. C'est inné chez lui. Les réseaux sombres de Glasgow sont infiltrés d'indicateurs avides, et l'arrivée des bijoux de la comtesse sur le marché a, de toute évidence, bousculé un milieu qui comporte autant de policiers véreux que de maisons closes.

Si ce fameux gars de Londres *vient avec mes livres*, c'est que tout est déjà ficelé. Compte tenu de l'urgence, la transaction ne s'étalera pas sur plusieurs jours. La lettre de Lizbeth est avant tout un avertissement. J'ai deux semaines pour prendre les bonnes décisions.

J'ai tout juste assez d'argent pour sauter dans le car pour Dundee, puis le train vers Inverness et ensuite Glasgow. Si j'emmène Andie avec moi, outre l'aspect financier, se pose le problème d'une étape supplémentaire à Glencoe. Pourquoi Lizbeth n'a-t-elle pas pensé à joindre un billet de dix livres dans sa lettre ?

Comme souvent depuis quelques mois, quand le moral part à la dérive ou qu'une interrogation me torture, je me rends chez père Kelly pour vider mon sac. Je trouve le curé sous le hangar, encore occupé à dorloter sa chaloupe pour le prochain printemps. Pendant qu'il peint le nom sur sa barcasse, je lui rapporte le fruit de mes laborieuses réflexions. Lui ponctue mes options de « c'est complètement idiot » ou de « inenvisageable ! » qui ne font que creuser mon désespoir. Enfin, il se lève, pose son outil et s'essuie les mains dans un chiffon. « T'en penses quoi ? » me dit-il en désignant la coque. « ANDIE, c'est un joli nom pour une barque, non ? »

Puis il répond à mes questions. Dans la lettre transparaît le danger d'être, l'une et l'autre, repérées par des gens mal intentionnés. Aussi me déconseille-t-il d'utiliser les transports en commun. Gares et stations d'autocars sont des endroits faciles à surveiller et des souricières dont il n'est pas aisé de s'échapper. À condition de ne rien savoir de ces *livres moins épais que prévu* ni de la nature de *l'œuf qui servira à l'omelette*, il m'accompagnera donc à Glencoe. Là-bas, nous laisserons Andie puis il me conduira jusqu'à Glasgow. Si je suis d'accord, départ le 13 à 5 heures du matin. Je dois préparer des sandwichs, il s'occupera des bières. On ne s'arrêtera que pour satisfaire des besoins urgents et on dormira chez Lizbeth après avoir vérifié que la place est sûre. Le lendemain, le 14, en route pour Glasgow. Pas pour une visite touristique : un but, un objectif, une réussite. Ensuite retour à Strathnaver. Pendant tout le voyage, tant à l'aller qu'au retour, il ne veut entendre que des *Pater noster* et des *Ave Maria*.

Mumiah, ce curé-là, je l'aime vraiment.

Samedi 13 janvier 1968
Glencoe

J'attends. Andie n'a presque rien mangé, mais ce changement d'horaire ne la dérange pas. Cette petite n'est perturbée par rien et se ravit de tout. La vie lui va comme un gant, surtout si quelque chose distrait son ordinaire. Je la regarde, assise au milieu des couvertures, à s'étonner de ses doigts, un bonnet de laine sur la tête. Les deux bougies sur la table éclairent les murs de la cuisine de lueurs chancelantes qu'elle cherche à capturer, émerveillée.

Dans une demi-heure, père Kelly nous emmènera vers l'inconnu. La dernière étape d'un périple insensé ? En tout cas, je l'espère. Cet homme est pour moi une énigme. Ses histoires remontent à des périodes si lointaines que ses cinquante ans en paraissent parfois deux fois plus. C'est un conteur ou un messager, un Ernest Hemingway version écossaise. À des questions qui tiendraient sur plusieurs pages, il répond en quelques mots. À des disputes que trois générations ne sont pas parvenues à éteindre, il apaise le conflit d'une évidence à laquelle personne n'a jamais pensé et ponctue le tout d'un signe de croix désinvolte.

Ce passionné du temps qu'il fait ne semble pas se préoccuper de celui qui passe. Il se définit comme un simple témoin de l'histoire. Avec lui, j'ai vécu, bouche bée, la retraite de Russie et le désastre de la Bérézina. La bataille d'Austerlitz et celle de Waterloo m'ont coupé le souffle. J'ai pleuré en refermant la porte des camps de concentration. J'étais loin de me douter qu'il y avait sur terre des Kurdes, des Druzes ou des Arméniens, et j'ai assisté, en direct, à la crucifixion de Jésus de Nazareth.

J'entends le ronronnement du Ford… Mumiah, si tout se passe bien à Glasgow, je promets de ne t'adresser que des prières de remerciement. Je sais, l'enfer est pavé de bonnes intentions, mais pas cette fois.

Effectuer la route en sens inverse, c'est visionner un film en commençant par la fin. Je revois Lizbeth suivre le nom des villes sur la carte routière à la lumière de sa lampe de poche. Cette peur silencieuse qui nous serrait la gorge à l'apparition d'une bourgade endormie. Cette nuit qui n'en finissait plus de défiler vers nulle part, rythmée par les scintillements des œils-de-chat.

« Là, au moins, tu sais où tu vas. »

Je dévisage père Kelly. Sa phrase, la première depuis la sortie de Durness, souffle une fraîcheur désagréable dans mon cou. Est-ce une simple coïncidence ou cet homme est-il capable de lire aussi dans mes pensées ? Depuis notre première rencontre, à aucun moment le curé n'a cherché à connaître les raisons qui nous avaient amenées à Strathnaver. Une fois, sans doute pour implorer une hypothétique compassion, Lizbeth a tenté d'aborder le sujet. Elle n'a récolté en retour qu'un haussement d'épaules et un discours irréel. D'après lui, la première erreur de l'homme est de considérer Dieu à son image. Alors que c'est l'inverse. La seconde, plus pernicieuse, est de croire que le Seigneur accorde de l'importance aux agissements des hommes. En réalité, il s'en fiche. Ce qui compte à Ses Yeux, c'est vivre l'expérience de *Qui Il est* à travers les résultats découlant de nos propres choix. Donc, si le Tout-Puissant ne s'intéresse pas aux affaires humaines, de quel droit, lui, père Kelly se mêlerait-il des nôtres ?

Le curé assénait ses vérités depuis la cuisine, sans s'occuper de nous, occupées dans une autre pièce. Lizbeth, déconfite, n'en croyait pas ses oreilles.

« J'aurais bien aimé voir sa tête ! »

Là, ce n'est pas une douce fraîcheur qui me titille la nuque, c'est la langue glacée d'un mort. À moitié réveillée, je lui demande de qui il parle.

« De Mary Stuart », répond-il en désignant du menton les premiers tènements d'Inverness. J'ai droit à l'histoire de la ville, la place forte des Pictes. À celle du roi Brude qui vivait à Dexter Phadrig, le château dans lequel Macbeth aurait tué Duncan. Et les siècles s'enchaînent jusqu'à l'insurrection du comte Huntly et à la visite que lui accorde la Reine au destin tragique. Pour donner du poids à ses dires, il m'inflige la biographie de celle qui régna sur l'Écosse, à la mort de son père. Elle n'avait que six jours.

À Dochgarroch, il enjolive les mensonges inventés sur le monstre du Loch Ness et les péripéties, beaucoup moins palpitantes, de la construction du canal calédonien et de son écluse. À Invermoriston, devant les chutes de la rivière du même nom, j'avale un épais sandwich au salami et supporte les indigestes étapes de l'édification du pont qui l'enjambe.

À partir de là, Andie pleure.

Nous traversons le massif féerique de Glen Coe.

Père Kelly me raconte, dans les moindres détails, l'histoire du clan MacDonald, massacré ici pour ne pas avoir prêté assez tôt allégeance à Guillaume II d'Angleterre. Paysage torturé de versants abrupts et de plaines infinies dont l'hiver accentue les reliefs. Les pluies dégringolent en cascades des pentes arides. Le long de la route étroite, les toits de chaume des rares maisons peintes à la chaux imitent le décor d'un dessin animé. Partout, le paysage se dédouble dans le reflet de lacs immobiles.

Devant nous, le Loch Leven. Le village de Glencoe est plus loin, après un virage et une longue ligne droite. Un fin brouillard enveloppe le décor d'un voile d'angoisse. Lizbeth est là, quelque part. L'urgence de la serrer contre moi, de m'enivrer de ses folies, me noue la gorge. Quels seront ses premiers mots ? Qui pleurera la première ? Père Kelly freine et s'arrête dans le dégagement d'un parking, à proximité d'une auberge.

« On va boire une pinte pour savoir où se trouve le B & B de ta copine. »

Un curé qui entre avec une jeune femme et sa gamine dans un pub du *Clan Iain Abrach*, les MacDonald de Glencoe, et les discussions s'enfoncent dans le culot des pipes. Deux costauds, barbus et hirsutes, s'extirpent des rustres accoudés au comptoir et s'avancent vers nous. S'engage alors un échange de phrases, toutes aussi brèves qu'incompréhensibles. Dans ce charabia de mots qui ne comportent que des consonnes, je n'en saisis que deux : Lizbeth et *A'Chàrnaich*, le nom du B & B. Andie, stupéfaite de découvrir des trolls, cesse de pleurer. Le plus large tire une chaise, me reluque et nous ordonne de nous asseoir. L'autre reste debout, les bras croisés sur la poitrine, aussi avenant qu'un bourreau sur son échafaud. Père Kelly me sourit, pose sa main sur mon bras et m'invite, avec le plus grand sérieux, à expliquer aux deux monstres rouquins ce que je sais de l'histoire de leur clan. La peur m'ébouriffe. Comment me souvenir de ce qu'il m'a raconté, je dormais à moitié ?

« Tes mots sont les miens, Sarah, insiste le curé. Tu n'as qu'à ouvrir la bouche pour les prononcer. »

Mumiah, je n'ai jamais cru aux miracles. Je ne suis plus dans mon corps. La scène se déroule sous mes yeux mais je la regarde d'en haut, comme une mouche collée au plafond. Mon sosie parle de choses que je ne pensais pas avoir retenues.

Nec Tempore, Nec Facto, la devise du clan. L'histoire de Robert Bruce qui, après la bataille de Bannockburn, offre ses terres à Angus Og MacDonald. Celle de Iain Fraoch, le fils bâtard qui s'y établit et fonde la branche des *Iain Abrach*. Le massacre de Glencoe par les troupes de Campbell. Je parle, et les rouquins médusés s'écartent du bar pour s'agglutiner autour de notre table. Deux bières mousseuses glissent devant nous pendant qu'un gars s'éclipse par la porte arrière du pub. Les visages ne sont plus sévères mais imprégnés de fierté, impressionnés par cette inconnue qui dévide la pelote de leur sanglante histoire. J'ai la bouche sèche. La main de père Kelly me rassure en dégageant une mèche sur mon front. « C'est bien », dit-il.

Un type immense me prend alors par les épaules, me soulève comme si je n'étais qu'un sac de vent et me serre contre lui. C'est dans cette étreinte incongrue que Lizbeth me découvre, les pieds à cinquante centimètres du sol, le visage dans la barbe d'un troll.

La joie des retrouvailles est de courte durée, contrariée par ce que nous avons à nous dire et tout ce qui reste à entreprendre. Comme à Butterfly House, nous convenons d'un *« minuit »* ponctué d'un clin d'œil, pour nous fixer rendez-vous.

Pendant le dîner, des côtes de mouton trop cuites, des brocolis fades et un pudding d'une étrange consistance, père Kelly et la tante de Lizbeth se découvrent une passion commune pour la météorologie. Cette femme, qui peut se vanter d'avoir été belle, garde dans le regard l'arrogance des vendeuses de plaisirs. Son maquillage exagéré confirme ce qui se dégage de son personnage : un intrigant besoin de séduire. Son fume-cigarette lui donne un air de mère-maquerelle et son parfum, trop capiteux, est celui d'un piège à maris volages.

Les sujets abordés sont donc d'une effroyable banalité. Le temps qu'il fait. Celui qu'il faut pour venir des Highlands jusqu'à Glencoe. Père Kelly meuble les silences des exploits de son clan, les MacKay. Ses mensonges de pêcheur à la mouche ne dupent personne. Sous la table, Lizbeth me fait du pied.

À cette période de l'année, le B & B est vide. Pour la nuit, le curé est affecté au bout du couloir, dans la *suite aux papillons*. Avec Andie, nous héritons de celle des *phares dans la tempête*. Lizbeth et sa fille dorment dans une alcôve de la chambre mitoyenne. Vers minuit, j'entends grincer le parquet, puis quelques coups discrets contre ma porte. Dans la pénombre, Lizbeth se glisse dans mon lit et se colle contre moi. Ses orteils me glacent les jambes.

Après un câlin insistant, elle entre en confession. Sa tante n'est au courant de rien. Dans la version qu'elle lui a donnée, je suis de passage à Glencoe et me rends à Glasgow pour chercher un poste de serveuse. Les bijoux de la comtesse ont rapporté plus que prévu, dans les vingt mille livres. C'est ce qui a éveillé la méfiance de Bad Billy. Pour lui, tirer une telle somme de ce tas de cailloux est un miracle. Sa paranoïa de margoulin l'a poussé à imaginer le pire. L'objectif du quidam qui a accepté de payer cette somme était sans doute de nous amadouer pour récupérer ce qui a le plus de valeur : l'œuf de Fabergé. Depuis des semaines, les milieux sombres de Glasgow bruissent de nouvelles invraisemblables et confirment ses inquiétudes. Certains indics parlent de timbres d'une valeur inestimable, de livres anciens ou d'œuvres d'art. Dans les milieux artistiques, il est fait état d'un tableau hollandais, peut-être un Van Gogh. Dans d'autres, de rivières de diamants. Les bruits les plus farfelus décrivent un écrin noir : celui de la couronne de la reine d'Angleterre. Les flics sont sur des charbons ardents et, comme il est impossible de séparer chez eux le bon grain de l'ivraie, Bad Billy a préféré contacter le milieu des receleurs de Londres pour finaliser la transaction. Les types concernés sont méfiants, il n'y aura pas de négociation, simplement un échange. L'œuf contre de l'argent, moins que prévu sans doute, mais il ne sait pas combien.

Puis Lizbeth se tait. Sa main glisse sur ma poitrine et se loge sous mon bras. Et elle me serre contre elle. J'imagine ses pensées. Avec la vente du collier et des boucles d'oreilles, nous ne manquerons de rien. Plus jamais. En restant prudentes, nous aurons de quoi tenir des années. Pourquoi ne pas ficher le camp avec nos petites, nous cacher un an ou deux à Strathnaver en attendant de nous faire oublier ?

Les cheveux en désordre, les joues dessinées de larmes, elle se redresse et avoue ce que je redoutais le plus : elle a rencontré quelqu'un. L'heureux élu est un pêcheur de Glencoe d'une vingtaine d'années, pas futé, mais costaud et bon amant. Me revient en mémoire un des conseils de maman : *« lorsque tu choisiras un homme, prends le plus riche et plus bête que toi. »* Le gars en question ne coche pas toutes les cases, mais je suis trop épuisée pour engager la discussion sur le sujet et range mes désobligeantes réflexions sous l'oreiller. Lizbeth repose sa tête sur ma poitrine. « Vingt mille livres ! Tu te rends compte, Sarah ! De quoi ouvrir un pub à Lerwick, dans les Shetlands. J'ai souvent rêvé d'aller là-bas. »

Pas moi.

En une seconde, un des rouages bloqués dans mon crâne depuis des mois se dégrippe. Sans jamais en parler, j'ai toujours considéré que la troisième étape de notre fuite serait impossible. Nous retrouver, rester ensemble après avoir vendu nos trésors et chaque journée deviendrait un tunnel d'angoisse. J'aime Lizbeth comme on aime l'impossible. Elle est le chimérique et le réel, la folie et l'apaisement, le rire et les larmes. Plus jamais je ne perdrai mon temps à aimer quelqu'un aussi fort, mais les endroits vers lesquels notre relation nous emporte resteront déserts. Pas de fausses promesses. Pas de trahisons. Si son aventure avec le premier venu n'en est pas une, elle démontre quand même un manque certain de fiabilité. Comme elle, l'amour et l'argent m'intéressent, mais pas au point de mettre en danger ma petite Andie.

Notre séparation créera des souvenirs que les années enjoliveront. Entre mes bras, ce soir, je serre une des deux seules personnes que je possède encore. Et j'aimerais que cet instant dure un peu. Ma main caresse ses cheveux. Elle respire fort. Moi aussi. Je tourne son visage vers le mien et mes lèvres cherchent les siennes. On sait, l'une et l'autre, que c'est un baiser d'adieu.

Les dernières secondes de ce qui aurait pu devenir une vie entière.

Depuis son départ de Strathnaver, j'ai souvent préparé cet instant et mes phrases viennent toutes seules. « Garde l'argent des bijoux. Ne le gaspille pas dans de vaines chimères, ta petite Gwen est le plus beau de tes diamants. » Au « Comment tu vas t'en sortir ? » qu'elle me murmure, je réponds par une des phrases cultes de père Kelly.

« Ne t'inquiète pas. Quand on n'attend rien, on n'est jamais déçu. »

Dimanche 14 janvier 1968
Glasgow.

C'est comme une branche qui craque, un miroir qui se brise. Père Kelly, imperturbable, attend au volant du Ford que mes embrassades avec Lizbeth se terminent. Un sentiment étrange court dans ma tête. À la fois une tristesse infinie et un coupable soulagement. Celui de passer à autre chose en ayant plus que ma petite Andie à protéger. L'idée initiale, celle de la laisser à Glencoe et de revenir la chercher après mon périple à Glasgow, a été abandonnée. C'est père Kelly qui a insisté. Pour lui, les allers-retours ne sont que des pertes de temps et chaque seconde gaspillée est un bras d'honneur à la chance. La métaphore qu'il a inventée pour me convaincre m'a fiché la trouille :

« Quand le lièvre aperçoit le chasseur, il baisse les oreilles et file dans le premier terrier qu'il trouve. »

Une dernière fois, je serre Lizbeth dans mes bras. On sait l'une et l'autre que cette séparation laissera une éternelle cicatrice. Cette déchirure s'accompagne de promesses qui ne sont que de délicieux mensonges. Le *« je viendrai te voir à Strathnaver »* qu'elle murmure à mon oreille est un vœu pieux. Ma réponse, *« je t'attendrai »*, en est un autre.

Un léger coup de klaxon. Père Kelly démarre et m'adresse un « haut les cœurs » qui m'enfonce un peu plus au lieu de me remonter le moral. Dans le rétroviseur, l'image de Lizbeth, enveloppée dans un tartan rouge et noir, disparaît peu à peu. Bientôt, elle n'existera plus. Pour ne pas la voir se dissoudre dans l'obscurité, j'appuie la tête contre la portière et je ferme les yeux.

Pendant une vingtaine de minutes, je reste ainsi, entre somnolence et envie de hurler, hypnotisée par le va-et-vient des essuie-glaces. La main de père Kelly tapote mon genou et je dégringole de mes sombres pensées. Son index montre le pare-brise. Devant ma mine déconfite, il secoue la tête avec, sur le visage, la moue dépitée d'un père qui constate l'imbécillité de sa progéniture. Il ralentit puis, après un pont, se gare sur la gauche.

« Quand le sage désigne la lune, l'idiot regarde le doigt », dit-il.

S'ensuit un cours de météorologie, inattendu et déplacé. Un front froid arrive des Bermudes et se fonce vers les Açores. La dépression explose de 50 millibars à 956 Mb et, sur Glasgow, on va hériter de la tempête du siècle. D'ailleurs, il pleut depuis notre départ de Glencoe et ça tombe de plus en plus serré.

Mais d'après lui, ce n'est pas le plus important. Ce qui le tarabuste, c'est ma capacité à affronter, avec un état d'esprit aussi lamentable, les prochaines heures et la rencontre programmée avec des gens peu recommandables. À ses yeux, j'ai deux solutions : soit je continue de pleurer sur mes malheurs et on rentre à Strathnaver, soit je me ressaisis et on poursuit notre périple. J'ai dix secondes pour prendre une décision. Cet ultimatum me secoue. Il a raison, j'ai la vie entière pour ruminer mes états d'âme. Direction Glasgow. Je lui explique les doutes de Bad Billy sur la fiabilité de ses premiers contacts. Il a préféré fixer le rendez-vous ailleurs qu'au Midgie's. Ça sera au RW Cairns, sur Miller Street.

Il connaît. Pour ma gouverne, le bar-salon du RW Cairns, en plus d'avoir une entrée réservée au public, en possède une autre, plus confidentielle, séparée de la rue. Si la situation dérape, c'est là qu'il m'attendra.

Et revoilà Glasgow. Des bourrasques balaient la ville. Les quartiers nord sont déserts. Dans le centre-ville, les rares passants se battent contre leurs parapluies retournés que le vent déchire et leur arrache des mains. Certains cavalent après leurs chapeaux qui roulent dans les flaques. La pluie diluvienne parque les moins téméraires dans les pubs et sous les porches des tènements. Tous assistent, médusés, à la sarabande fantomatique des détritus que le vent fouette au milieu des rues inondées puis aspire soudain en spirales vers les cieux.

Père Kelly passe au ralenti devant le RW Cairns, se gare à l'angle de Miller et Argyle Street et coupe le contact. Comme nous sommes un peu en avance sur l'horaire prévu, il me demande de préparer un biberon pour Andie. La petite, endormie dans son couffin sur le siège arrière du Ford, est indifférente au monde chaotique qui l'entoure et à l'anxiété qui me ronge. Il se chargera de le lui donner. Je crains le pire.

La portière s'ouvre brusquement et je sursaute. Bad Billy, trempé comme un rat d'égout, se glisse à côté de moi. Toujours la même tête de filou. Toujours cette morgue qui aimante les ennuis et les coups de poing. Pendant quelques secondes, il reste incrédule et me dévisage comme si j'étais un gnome surgi d'un cauchemar. Puis il prend mon visage entre ses mains et me serre contre lui. Les explications qu'il donne ensuite sont embrouillées. L'antiquaire et les deux types de Londres sont déjà là. Par contre, ses ultimes conseils ne sont guère encourageants : *« Interdiction de déconner, faut pas la leur jouer à l'envers, compris ? Tu ramasses l'oseille et tu te tires. Après, tu files aussitôt le plus loin possible. »* Bad Billy m'embrasse une dernière fois, s'extasie pendant deux secondes devant le couffin d'Andie et me gratifie d'un « C'est le truc que t'as pondu ? » conforme à sa légendaire délicatesse. Il claque la portière. Dans son regard flouté par la pluie qui dégouline le long de la vitre, je lis autant d'excitation que de peur. Le chef de la racaille du Midgie's disparaît à l'angle de Miller Street, courbé en deux pour résister aux rafales, la tête dans les épaules, le col de sa veste relevé sur les oreilles.

« Vas-y, Sarah. Je m'occupe de la petite. »

La voix de père Kelly me tire d'un passé pas très lointain, celui des coups tordus, des soirées enfumées où toutes les occasions de lever le coude et de se crêper le chignon étaient bonnes. De *Flower Of Scotland*, aussi. Sous le siège avant, je récupère la musette volée à Stanley Doggy et me dirige vers l'entrée principale du RW Cairns.

Lorsque je vivais à Glasgow, cet endroit mythique nous était interdit. Pour plusieurs raisons. D'une part les tarifs pratiqués bien trop élevés pour nos bourses exsangues, et d'autre part, le responsable du service avait eu maille à partir avec Barney, le grizzli du Midgie's. Mais la vraie raison est tribale. Le RW Cairns est le repaire des *Westergait*, la bande qui règne sur le territoire délimité par la Clyde et les tènements d'Anderston et de Blythwood Hill. Ici, en dehors de rares alliances pour repousser les Toon Tongs dans leurs quartiers de misère protestante, les rats de Cowcaddens ne sont pas les bienvenus.

Sans être bondé, le pub est déjà bien fréquenté. Un type s'écarte de la caisse enregistreuse et se faufile vers moi. Cheveux gominés, bien mis, pas sympathique pour un shilling. Le blason cousu sur la poche de sa veste indique qu'il est membre du *Ayrshire Nothern District Courts*. D'un geste discret, il m'invite à le suivre. Nous traversons l'espace réservé aux habitués, puis une sorte de magasin bizarrement appelé *Family Département*. Le lounge est vide. Le tapis épais, ajusté de différentes couleurs, tranche avec les murs pâles et le plafond lilas. Un miroir en portique. Des peintures murales au design français. Au fond de la pièce, le comptoir du bar en formica gris tourterelle et jaune citron renforce le côté *new age* de la pièce. Autour de plusieurs tables basses, des fauteuils confortables, en cuir bleu poudre et rouge espagnol. Disposés par groupe de quatre. Mon guide, jusqu'alors muet, me propose de m'asseoir et d'attendre.

La musette rangée entre mes pieds, je place les mains à plat sur mes cuisses et tente de calmer mon excitation. Je récite le mantra que père Kelly m'a forcé à apprendre par cœur si la situation m'échappe.

« Je fixe mon interlocuteur à la racine des cheveux. Je passe pour une folle, mais la folie est la pire des menaces. »

La porte du lounge s'écarte sur trois hommes. Le premier, grisâtre, maigre et insignifiant, présente toutes les caractéristiques d'un vieil avocat malade. Une couronne mortuaire à lui tout seul. Les mains soudées sur l'anse de son cartable avachi, le chétif reste debout. Le second, je l'ai déjà vu, à Londres, juste avant mon départ avec Patrick pour l'Irlande. Tyson Brown et sa gueule de travers, son regard en dessous, vicieux comme un chien battu prêt à mordre. C'est lui qui m'a apporté les six cent cinquante livres données en récompense par les frères Kray pour le sacrifice de Ritchie. Le troisième, c'est Ronnie Kray en personne, le roi du rasoir et des solutions expéditives. Costume noir à fines rayures beiges, chaussures lustrées avec maniaquerie, pochette rouge sang et chapeau-feutre gris, c'est une caricature. Le Al Capone de Tottenham Hale. Le Lucky Luciano de Brixton dépose un sac à côté d'un fauteuil et s'assied en face de moi. Avec soin, il remonte son pantalon pour ne pas le froisser aux genoux.

Son *« Alors ma poule, t'as ton œuf ? »* se veut d'une drôlerie extrême, mais ne réussit pas à me dérider. Je le fixe à la racine des cheveux, plus muette qu'une carpe envasée. Le silence qui s'installe entre nous le rend nerveux. Il fronce les sourcils, se passe la langue sur les gencives. Au bout d'une minute, il se racle la gorge, recule dans son fauteuil et prend le temps d'allumer un cigare de la taille d'un pouce de gorille. La fumée dont il s'enveloppe lui procure la satisfaction de maîtriser l'instant et les lieux. D'un claquement de doigts, il ordonne à Tyson de récupérer la musette entre mes jambes. Le molosse avance. Je lève le pied et le garde en l'air.

« Une omelette ? »

Ma question fige la scène. Ronnie calme son chien de garde et se lance dans un plaidoyer qui ne m'intéresse pas. Pièce difficile à écouler, réseaux des collectionneurs particuliers, riches et peu regardants, mais ni antiquaires ni joailliers. C'est ça ou se rendre à Anvers, avec le risque d'une transaction qui dure plusieurs mois, voire des années. D'où le prix qu'il propose : trente mille livres, en cash, à prendre ou à laisser.

« Montre l'œuf, maintenant ! » aboie-t-il en guise de conclusion.

Je sors le trésor et le tiens devant moi, prête à le fracasser sur la table. Le spectre valétudinaire s'avance, les yeux arrondis d'incrédulité. « Merde alors ! C'est un vrai ! », dit-il en s'essuyant le front de son mouchoir.

Ronnie ouvre le sac ventru de billets et le pousse dans ma direction. Je ne bouge pas d'un millimètre, l'œuf entre mes doigts. Son regard m'interroge. D'abord, je le remercie d'être venu de Londres jusqu'ici. Ensuite, je lui pose les deux questions qui me brûlent l'esprit depuis qu'il est entré dans ce lounge douillet. Qu'est-ce qui me dit qu'il me laissera partir ? Peut-il me donner des nouvelles de Ritchie ?

À la première, il répond que tout travail mérite salaire et qu'il a déjà prouvé avec Ritchie qu'il savait tenir parole. D'après lui, les risques que j'ai pris démontrent un certain courage et donc une rémunération significative. Bien sûr, il pourrait s'occuper de mon cas, mais en tant que *gentleman*, il préfère un acte de générosité à une attitude impulsive. En plus, il me trouve ravissante et serait navré de découper un sourire au rasoir dans un aussi joli cou. « D'autant que la moquette est neuve » ajoute-t-il l'air goguenard.

À la seconde question, il répond être désolé. Depuis la sortie de prison de mon ami, il n'a plus de nouvelles. Et surtout, lui et son frère ont d'autres chats à fouetter que la réinsertion sociale d'un ex-taulard. Ritchie leur a rendu service, mais maintenant leur dette envers lui est payée. Qui plus est, l'animal ne s'est plus manifesté. Il a peut-être même quitté Londres. Ronnie Kray promet de lui transmettre le bonjour de ma part si jamais il le croise. Son discours sonne faux. Ça ne tient pas la route. Ritchie a plus de chance de rentrer dans les ordres que de s'éloigner d'Upton Park, le chaudron de West Ham, où il aime traîner sa flemme et pavaner sa gouaille. Et les frères Kray le savent aussi.

Avec la plus grande délicatesse, je dépose l'œuf de Fabergé sur la table basse. C'est maintenant que tout se joue. Je ramasse le sac de billets sans me précipiter, fais quelques pas vers la sortie du lounge et me retourne. Les trois n'ont pas bougé. D'une main, Ronnie Kray tapote son cigare sur le rebord du cendrier et de l'autre admire le trésor négocié à un prix aussi ridicule.

Du bout de son havane, il m'ordonne de dégager le plancher. Son regard froid est sans équivoque. Il est capable de changer d'avis dans la seconde au sujet de mon cou délicat.

Le Ford est là. Je saute sur le siège arrière. Père Kelly, occupé à donner maladroitement le biberon, me transfère Andie et démarre en jurant. C'est du latin. *Sane coleus es*, est sans doute destiné à Dieu pour le punir de nous infliger une pluie pareille. *In cruce figaris*, pour les mêmes raisons, est réservé à Jésus. Pour être honnête, je ne me souviens pas de tout son chapelet d'insultes ni par quelle route nous quittons Glasgow.

La tempête annoncée se transforme en ouragan.

Sur N. Hanover Street, les poubelles valdinguent en travers de la rue et percutent les vitrines des magasins qu'elles étoilent de fissures blanches. Townhead est le décor d'un film catastrophe. Les arbres déracinés sont couchés sur le toit des voitures écrasées. Port Dundas, Hamilton Hill, Maryhill, tous les quartiers sont dévastés. Des façades de vieux bâtiments vomissent des briques et des fenêtres au milieu de la chaussée. Certains se sont effondrés.

Les yeux rivés sur le désastre et les mains soudées au volant, le curé courroucé conduit la Ford au milieu des gravats, vif comme une estafette sous un bombardement. Les essuie-glaces patinent sur le pare-brise. Dans le couffin à côté de moi, Andie, la barboteuse trempée de lait, pas du tout concernée par la catastrophe, est en grande discussion avec ses doigts.

Incapable de formuler une pensée cohérente, le sac de trente mille *livres* sur les genoux, je regarde défiler la désolation, sourde aux rares remarques de père Kelly. Et ça dure pendant deux heures, jusqu'à une intersection qui indique, à gauche, Glencoe *10 miles*.

Dans le rétroviseur, les yeux du curé me posent une question muette.

Strathnaver ou Lizbeth ? La solitude ou la folie ?

Sans attendre ma réponse, il prend à droite.

32

Strathnaver
Quarante-six ans après le drame

C'est délicieux. Inattendu. Gourmand. C'est presque aussi convivial qu'un dîner à la maison. Elles ne voient pas passer les trois heures de dégustation. Et l'homme aux fourneaux n'est même pas chef. Juste le médecin de famille du village voisin qui cuisine comme ça, en plus par passion. Elles en reviennent un peu pompettes, amoureuses de ce cuisinier barré et de sa cuisine festive. Elles aiment ces Highlands tapissés d'ombres et de landes, de l'océan qui rugit à côté, du ciel piqué d'étoiles qui s'en moque, du père Kelly, de Sarah…

Elles rentrent comme deux noceuses en retour de goguette et se faufilent dans la même chambre du presbytère pour se coucher nues dans les bras l'une de l'autre, en gloussant sous les draps.

Après un premier sommeil, Diane se réveille sans pouvoir se rendormir. Quelque chose de trop joyeux dans ce dîner avec Courtney. De trop facile dans cette rencontre avec père Kelly. Elles sont presque au bout du voyage. Leur enquête a confirmé toutes les horreurs endurées par cette pauvre Sarah. L'ultime drame, celui qui va conduire Sarah au grand déchirement de sa vie est donc très probablement vrai, lui aussi. Et c'est là que tout s'est joué, dans cette petite maison sur la falaise où, par le plus singulier des hasards, père Kelly a décidé de vivre plutôt que d'habiter le presbytère. Cette masure sur laquelle s'acharnent tous les vents de l'océan, comme pour la punir d'un impardonnable péché. Ce mur blanchi sous ce toit bleu d'ardoise et que père Kelly appelle la Maison de Sarah.

Diane s'en veut d'avoir laissé le manuscrit au vieux curé. Elle aurait aimé relire ces pages terribles qui ont conduit Sarah à s'amputer d'une partie de sa vie. Il n'est que minuit. Peut-être que...

Elle s'habille en silence, descend au rez-de-chaussée, passe un suroît jaune et des bottes de la même couleur et sort dans le vent qui la bâillonne aussitôt. Elle traverse le village et s'engage sur la falaise, bousculée par les bourrasques qui prennent tout leur élan pour la mettre à terre. La maison blanchit bientôt, comme un spectre surgi de nulle part. Tout est éteint. Elle s'en veut de ne pas y avoir pensé plus tôt. Elle s'approche encore. Rien. Pas une lumière sous la lune noire. Pas d'autres sifflements que le hurlement du vent. Elle contourne la maison jusqu'au coin-terrasse et les larges fenêtres qui donnent sur l'océan. Rien. Tout est éteint. Alors elle fait demi-tour et se résigne à rentrer. Le vent la pousse maintenant comme pour la chasser, la forcer à partir au plus vite. Mais il n'étouffe plus les bruits et porte au contraire les voix.

– Tu veux le lire toi aussi, n'est-ce pas ?

Diane sursaute et se retourne sans rien voir dans le noir. À nouveau, le vent s'engouffre dans sa bouche et l'empêche de s'étonner. Puis elle le devine, debout dans l'ombre de la nuit et du toit, contre le mur de la terrasse.

– Père Kelly ? Mais que faites-vous dehors par ce temps ? Vous allez attraper la mort !

– La mort, ce n'est pas toi qui l'attrapes, mon enfant, c'est elle qui t'attrape. Nous sommes bien placés pour le savoir, non, nous qui avons lu le journal de Sarah ?

– Vous l'avez lu ce soir ?

– Oui. En partie. Celle qui me concerne. Et toi, quelle partie es-tu venue relire ?

Le vieux curé allume une lampe nue que le vent bouscule aussitôt et qui chahute leurs ombres affolées sur les murs blancs de la maison. Père Kelly invite Sarah à entrer se mettre à l'abri. Il la débarrasse de son suroît, lui donne un de ses vieux pulls en grosse laine et passe dans la cuisine pour préparer le thé. Diane en profite pour relancer le feu qui n'attendait que ça pour crépiter de joie.

Quand père Kelly revient, il porte sur un plateau deux Darjeelings bouillants et une bouteille d'Old Pulteney. Il pose le tout sur la table. À côté du manuscrit. Ouvert à la page du 15 mars 1968.

– Allez, relis-le, va, puisque tu es venue pour ça.

33

Journal de Sarah

Vendredi 15 mars 1968 – Strathnaver

Je vais au village. Pour ce soir, en ce Vendredi saint, père Kelly m'a demandé d'acheter de quoi manger maigre. Pour me remercier du service rendu, il me confie un recueil de poèmes de Shakespeare.

Pour lui et pour Martha, qui s'occupe désormais du presbytère, je négocie deux dos de cabillaud chez Driscoll. Moi, rien ne me fait envie. Le saumon a les yeux retournés et manque d'écailles. Sa queue et ses dorsales sont abîmées. C'est un poisson d'élevage, pas de pleine mer. Au *store*, je tords le nez devant une souris d'agneau autour de laquelle des mouches noires se taquinent. Les côtes de porc sont trop grasses. Prise au dépourvu par l'impatience de la bouchère, je jette mon dévolu sur un quarteron de saucisses, en souvenir de notre premier repas ici, sur la plage, avec Lizbeth. Je m'arrêterai à la ferme pour acheter quelques patates et des œufs. Pour Martha et le père Kelly, ce sera des maquereaux.

Ce milieu d'après-midi est encore chargé de soleil, mais un troupeau de nuages se range sur l'horizon, au large des plages de Torrisdale Bay, préparant l'assaut. « Quand ça vient de l'ouest, ça finit toujours par tomber à l'horizontale. » Père Kelly ne se trompe jamais.

Après avoir déposé le ravitaillement et récupéré ma petite Andie, j'écourte la discussion avec Martha en désignant les nuages qui s'amoncellent. J'accélère le pas. Du presbytère jusqu'à mon refuge au bout de la falaise, j'ai encore un demi-mile de chemin caillouteux à parcourir. Avec ma petite dans les bras, mes quatre saucisses, mes pauvres patates et ma douzaine d'œufs, je risque de rentrer trempée. Si par malheur je me casse la figure dans le raccourci, ce soir, ce sera une omelette aux graviers. Le pire serait de noyer les sonnets de Shakespeare dans une flaque tourbeuse. Père Kelly tient à ce recueil comme à la prunelle de ses yeux. Mais plus je presse le pas, plus Andie se prend au jeu d'être chahutée et je m'en amuse.

Soudain, la surprise me fige.

Que la barrière du chemin qui mène chez moi soit restée ouverte n'est pas une anomalie. Une fois sur deux, j'oublie de la fermer. Mais jamais, au grand jamais, je ne jette la corde qui la retient dans le fossé.

Le clocher de Strathnaver cogne les quatre coups de l'après-midi et secoue les nuages. Les volutes cotonneuses, alourdies de la grisaille d'un orage, autorisent un dernier soleil à redonner une vie éphémère aux couleurs du sentier. Ses rayons crayeux fouillent dans les fossés, repeignent les barrières à moutons, lèchent des carrés de landes puis disparaissent, fatigués de ne rien trouver de vivant à réchauffer. Dans ce paysage de pierres, quelque chose s'est vitrifié. Le temps, peut-être. La vie sûrement. Dieu s'est arrêté de respirer, stupéfait de ce qu'il a fait.

C'est certain, quelque chose cloche. Mais quoi ?

Le babillement d'Andie m'extirpe de mes pensées. Aucune peur, juste l'appréhension de ne pas comprendre pourquoi je ne parviens pas à avancer alors que les cordons de mon filet à provisions scient mes doigts. À une dizaine de mètres, un couple de corneilles mantelées épie mes gestes. Grises et noires, sombres messagères, vivants faire-part d'un décès annoncé, les oiseaux de mauvais augure mesurent le danger que je représente, statue inconnue. Puis, sans plus se préoccuper de moi, elles piètent un instant au milieu des touffes d'herbe puis, dans un claquement d'ailes, s'envolent et se dispersent au-dessus de la toiture ardoisée de la maison. Je sursaute. Une fumée blanche s'en échappe vers le ciel. C'est ça, le fameux *« quelque chose qui cloche.* » Quand je suis partie pour le ravitaillement, les braises mourantes n'avaient plus de bois à ronger ni personne pour les attiser.

Mais la raison me commande de ne pas paniquer. La barrière est ouverte, mais aucune voiture n'est garée à l'embranchement du chemin. Martha gardait Andie au presbytère et le Ford du père Kelly était parqué derrière l'église. En apercevant le véhicule, j'ai imaginé mon curé en pleine préparation de la messe de Pâques. J'étais loin de penser qu'il s'occupait à garnir mon feu. Car ça ne peut être que lui. L'homme de Dieu, taillé par le vent du large, est capable de discuter des heures, les mains dans les poches, vêtu d'une seule chemise ouverte au froid, il peut tout supporter. Par contre, voir des cendres éteintes dans une cheminée l'irrite au plus haut point. Pour lui, ces résidus sont la poussière de la mort. Celle qui efface tout, ternit les couleurs, recouvre les objets du linceul de l'oubli. Il veut du feu. Partout. Tout le temps. Comme un défi à l'obscurité de la vie. Je le revois, l'autre jeudi, me tancer en empilant les bûches dans l'âtre.

L'image du curé gomme mon appréhension et une main invisible m'aide à avancer. La porte d'entrée gémit. Me promettant de m'occuper sans plus attendre de la vaisselle de la veille, je dépose mon filet à provisions sur le bord de l'évier.

« Quel plaisir de te revoir, Sarah ! »

La voix me glace. Je lâche les provisions. Les œufs se brisent au sol et, par instinct, je serre contre mon cœur ma petite lovée dans son porte-bébé. Puis, avec une lenteur de condamnée, je me retourne et mon cauchemar est là, ombre immobile et sinistre.

Patrick, costumé du noir de l'Église, est assis dans le fauteuil devant la cheminée. Pour notre rencontre, il a choisi de se grimer d'une posture aristocratique et méprisante. Jambes croisées et menton haut, la bouche dessinée d'une fine satisfaction et le front plissé de fausse surprise. Il me dévisage. Me propose un siège d'un geste de la main, comme si j'étais entrée chez lui pour lui rendre visite. Il ne lui manque que le cigare pour paraître encore plus dédaigneux. Pour le reste, il s'est déjà servi un Old Pulteney.

Je suis piégée, mais ne veux prendre aucun risque et je garde une distance prudente entre nous. Je tire une chaise de l'autre côté de la table. Je me doute qu'il a préparé notre rencontre, qu'il s'est essayé à plusieurs rôles en attendant mon arrivée. Le repenti éperdu, l'amoureux éconduit, le froid calculateur, le moralisateur, le représentant de Dieu, tous ces personnages que je l'ai vu interpréter trop souvent pour me subjuguer ou me terrifier.

Mais cette fois, ça ne fonctionnera pas. Je ne me laisserai pas hypnotiser par ce serpent.

Plus silencieuse qu'une truite morte, j'attends sa prochaine réplique. Je sais qu'il la veut courte et cinglante, assez fétide pour m'obliger à réagir et me forcer à retourner les maigres atouts de mon jeu. Mon calme et ma froideur le déstabilisent. Son pied marque un rythme d'énervement. Sans doute l'impatience de me voir effrayée et soumise, comme il l'avait prévu. Un léger tic agite sa pommette ; je reconnais à ce signe son envie de me posséder, en me baisant ou en me cognant. Lentement, je sens son esprit glisser vers le pire. Pour ne pas le pousser à bout, je lui jette à ronger l'os d'une phrase anodine : « Que fais-tu là, ton évêque t'a exilé ? »

Beau joueur, le sombre dandy devient écrivain maudit et trouve ma question amusante.

– Eh bien quoi, c'est bientôt ton anniversaire et ma fête aussi. Je suis venu pour célébrer ça !

Mais il se lance aussitôt dans des explications dénuées de sens et s'envole ensuite dans un hors sujet larmoyant. Pourquoi ai-je tout gâché ? Des gens me cherchent et sont prêts à tout pour me retrouver, jamais je ne pourrai leur échapper. Je suis devenue la proie d'une chasse à courre dont il est le premier pisteur. Remonter jusqu'à Strathnaver lui a certes pris du temps, mais l'argent de la guilde de Moíndhearg a fini par délier des langues. La racaille pouilleuse de Glasgow, la police corrompue, l'antiquaire avide qui a racheté les bijoux de la comtesse, tout le monde y est allé de sa fielleuse délation.

« Même Lizbeth... » ajoute le scélérat sans terminer sa phrase.

Là, il marque un point. Le coup est rude. Une sensation glacée me serre la nuque, j'ai l'impression d'avoir la glotte à l'envers. Après une longue inspiration, j'arrive à murmurer un *« Comment va-t-elle ? »* qui le surprend, mais c'est surtout mon tendre sourire qui le désarme. Et la diatribe repart de plus belle. Lizbeth n'est qu'une immonde traînée. Cette garce n'oubliera jamais. « Le prix de sa forfaiture est ici », précise-t-il en descendant l'ongle de son pouce sur sa joue droite.

Et il s'énerve encore. Il devient fou soudain, d'une fureur diabolique. Toutes ses phrases commencent par *« Pour toi, Sarah ! »* et se terminent par un lamentable apitoiement sur lui-même et ce qu'il a dû endurer par ma faute. Si j'avais été patiente, si j'avais mesuré l'intensité de son amour, il n'en serait pas là, à servir de larbin à des *intouchables*. Ma rébellion l'a transformé en esclave alors qu'il se prédestinait à être empereur.

À force de dire n'importe quoi, sa schizophrénie lui ordonne de jouer un nouveau personnage. Il se lève brusquement et se jette à genoux devant moi pour une prière hystérique. Il m'aime. Plus que tout. Plus que Dieu. Mais le désir qui le consume est l'aveu de sa faiblesse. Mes charmes, mes manigances amoureuses l'ont décloué de sa foi, mais il est prêt à en assumer le châtiment. Il sait comment me sauver, comment effacer mes errements. Tout me sera pardonné si je restitue l'argent, le comte de Moíndhearg l'a promis. Tous l'ont promis, le Prévost, l'amiral, le juge. Même l'évêque !

Mais je revois les reins des filles pénétrés par ces porcs immondes. Leurs rires gras, leurs ventres flasques, leurs doigts qui forcent la bouche d'une proie pour l'obliger à devenir le réceptacle de ce qu'ils appellent le nectar des loups. La scène du théâtre des offenses, nos cris effrayés, nos orgasmes simulés pour calmer la meute. Une lugubre cacophonie résonne dans mon crâne. Le film de ces horreurs tressaute au ralenti dans ma tête et m'aspire au cœur d'un tourbillon infernal.

Alors que Patrick continue de s'enliser dans ses délires, l'envie de me jeter sur lui pour lui arracher les yeux brouille ma raison. Une fois, une seule fois, je l'ai vu dans cet état et il n'en était sorti que pour essayer de m'étrangler. Il est devenu hors de contrôle. Aucune supplique ne l'apaisera maintenant. Sa folie se dresse autour de moi comme un mur. Il ne me lâchera pas.

Andie qui s'était endormie contre moi gémit faiblement. On dirait l'avertissement d'un ange. Patrick, possédé, englué dans son ego, ne s'est même pas aperçu de sa présence. Les pleurs ne l'interpellent pas. Rien ne peut plus l'atteindre. Andie encore moins que moi. Se souvient-il seulement qu'il en est le père ? Peut-être l'imagine-t-il déjà morte ? De manière insidieuse, cette dernière interrogation me pousse vers une évidence : il nous tuera. Bien sûr qu'il nous tuera. Il est venu pour ça. Andie et moi, il va nous tuer !

Mumiah !

Toujours à genoux, la tête dans ses mains, il sanglote à présent. Sans bruit, je glisse de ma chaise et me dirige vers la cheminée. Le tisonnier est posé en travers des chenets. Je n'aurai qu'une seule occasion et c'est maintenant. L'ombre de mon bras monte contre le mur. Je bloque ma respiration et lâche mon coup. Le plat du métal cogne l'arrière de son crâne et il bascule, en se protégeant de ses bras. Je n'ai pas frappé assez fort. J'essaie de l'assommer à nouveau, mais, gênée par Andie dans le porte-bébé, mon arme improvisée ne meurtrit que son dos ou ses épaules. Alors, je tente de le planter, comme un scarabée sur une planche. L'estocade désespérée est portée au hasard et la pointe rouillée lui pourfend la cuisse.

Il rugit de douleur, bavant de rage, mais à peine blessé. Déjà, il se relève en trébuchant. Fuir maintenant. Vite. Loin ! Et au milieu de ce cauchemar, un éclair de lucidité. Je ramasse la boîte de biscuits sur l'étagère et me précipite dehors. Père Kelly, je dois me réfugier chez lui, au presbytère ! Je sors en courant, mais mon pied heurte la pierre de seuil et je tombe. Pour ne pas blesser Andie, j'effectue une vrille ridicule, et m'écrase le dos par terre. Andie hurle. Devant mes yeux, des chandelles vacillent. J'en ai le souffle coupé. Le *« Salope ! Je vais te tuer ! »*

qui résonne dans la maison me donne la force de me relever. Mais le diable est déjà là, dans l'encadrement de la porte, le tisonnier à la main. Le sang colle son pantalon à sa cuisse.

Alors, je détale comme un renard sous l'hallali. Mes chaussures ripent sur les cailloux. Je ne comprends pas pourquoi des rochers inconnus me barrent le passage. Je me cogne et trébuche contre eux, possédée par la trouille. Après une cinquantaine de mètres, c'est l'évidence : trompée par ma chute, je cours dans la direction opposée au presbytère. En contrebas, pas très loin, Patrick avance avec calme. Lui aussi s'est rendu compte de mon erreur. Pourquoi se presser alors ? Pourquoi forcer sa blessure, puisque je me suis condamnée à finir ma course ici, au bord d'une falaise qui surplombe l'océan furieux ?

Le chemin caillouteux débouche sur un mur de roches qui m'oblige à emprunter le sentier de crête. À droite, une lande tourbeuse, un bourbier inextricable, capable de digérer un troupeau de moutons. À gauche, le vide. Devant, les restes d'une étable en ruine. Des planches pourries. Un toit en tôle, grignoté de rouille, qu'une pierre un peu lourde pourrait transpercer. L'abri ne nous protégera pas. Andie hurle de plus belle. Ses mains cherchent à me griffer. Une constellation de traces boueuses ont creusé le sol. J'arrache une pierre d'un muret et la jette vers la mort qui me suit à trente pas. Encore raté. L'inéluctable se rapproche. En bas, le bourdonnement des vagues qui se fracassent monte vers moi, rugissements de dieux sauvages et sanguinaires. Les langues d'océan, ourlées d'écume, avalent les empierrements qu'elles régurgitent en se repliant, lugubres, vers les Enfers obscurs d'où elles surgissent à nouveau.

Et je manque de nous entraîner, Andie et moi, dans un autre vide inattendu. Une faille trop large pour être enjambée. Ses parois en dents acérées sont la gueule renversée d'un dragon. Mon esprit crépite de peur. Mes jambes refusent d'avancer. Je me tétanise. Aller plus loin, c'est mourir. Moi, ce n'est pas grave, mais Andie mérite de vivre. Je nous imagine nous envoler, comme deux plumes dans le vent, portées vers le paradis. La lumière de nos âmes s'éclaire de l'invisible bonheur de toujours être ensemble. Et en dessous de nous, au bord de la falaise, dans un cri rageur, brandissant son arme misérable vers nous, le diable impuissant nous regarde partir et s'agenouille, dépité de sa défaite.

Mais c'est moi qui me prosterne, le dos au gouffre.

L'autre arrive, la jambe raide, son tisonnier à la main comme une épée flamboyante. Le vent gomme ses paroles aboyées, mais j'en comprends quelques bribes. L'argent, ça ne sert à rien de le rendre. Ce qu'ils veulent, c'est me tuer pour apaiser leur haine. Et il a accepté d'être leur bourreau pour calmer la sienne. Nous tuer toutes les deux. Je dois me laisser faire et mourir avec dignité, puisque je l'ai mérité.

Encore dix mètres. J'ouvre en tremblant la boîte de biscuits. J'en sors le Cattelmann de Moíndhearg qui m'échappe et que je rattrape. Mes mains paniquent. Les hurlements d'Andie m'égarent de ma cible. Pourquoi n'ai-je pas le courage d'appuyer sur la détente ? En regardant ce curé pitoyable claudiquer vers moi, ma résolution s'effiloche. Et là, le damné hurle la phrase de trop : « Ta gamine ! Je vais lui faire tout ce que tu as accepté qu'ils te fassent ! »

Alors je tire sans viser dans sa direction. La balle atteint Patrick à l'épaule. Le choc le désarticule et il tourne sur lui-même puis me fait face à nouveau. Après une courte hésitation, étonné que j'aie osé, il retrouve son équilibre et avance encore. Le second projectile lui arrache la mâchoire et le cloue sur place. Puis, lentement, lui aussi se met à genoux. Dans son regard, la stupéfaction. L'incrédulité. Puis la folie tente de reprendre ses droits mais il s'effondre, ce qui reste de son visage contre terre. Pendant quelques secondes, son âme s'agite encore pour quitter ce corps maudit qui tressaute. Quel autre corps va-t-elle hanter à présent ? Pour exorciser le mal, ivre de peur et de soulagement à la fois, je vide le chargeur des trois dernières balles dans le dos du monstre qui m'a brisée. Les impacts lui redonnent un semblant de vie, puis il est vraiment mort. Définitivement. Et le revolver me glisse des doigts. En bas, toujours le fracas des vagues.

Une mouche. Une mouche sur un morceau de sucre. La bestiole hésite. Le danger la guette, elle le sent, mais ne sait pas d'où il viendra. Et ma main l'écrase.

Raté. Et je revois la scène.

Poupée mécanique, je redescends de la falaise, un goût de cendre dans la bouche. Andie n'en peut plus de hurler. Maintenant, elle s'étouffe d'une rage stridente. Je me souviens de m'être arrêtée pour lui montrer le coucher de soleil. Pour l'apaiser, la bercer d'une comptine inventée, lui dire *« C'est fini, tout va bien ma puce »*, comme à la fin d'un mauvais film. C'est faux. Rien ne va. Plus rien ne va dans le bon sens.

Désorientée ? Détachée ? En état de choc ? Aucun de ces termes ne convient et pourtant, ils sont les pièces d'un même puzzle, celui de l'incompréhensible mécanique d'émotions qui me broient de l'intérieur. Je ne maîtrise rien, je subis. Ce n'est pas moi. L'ombre qui se dessine sur les rochers n'est pas la mienne mais celle d'une inconnue, d'une victime qui s'est transformée en meurtrière. J'ai échappé au pire et, au lieu d'en être soulagée, je ne ressens que du dégoût pour ce que sera désormais ma vie à cause de ça. Celui d'avoir été salie par des mots obscènes et orduriers. Celui d'être allée trop loin, pour obliger un monstre à se taire. Quelle furie m'a ordonné de presser trois autres fois sur la détente pour achever un homme déjà mort ?

Une brise froide se contorsionne sur le sentier. Sur le toit rouillé de l'ancienne cabane à moutons, les mêmes deux corneilles mantelées me surveillent encore. Quels sales présages fomentent-elles contre moi cette fois ? Andie, épuisée par ses cris, me regarde. Ses yeux sont mouillés de larmes, ses mains s'agitent devant moi comme si elle voulait m'effacer de sa vie. Une pluie fine lui pique le front. En contrebas, l'océan à marée basse fait mine d'abandonner le combat. Ses vagues battent en retraite et se calment.

Pas moi.

La porte est restée ouverte. Dans la cheminée, le feu est à l'agonie. Je dépose mon petit ange sur la table de la cuisine, le temps de jeter deux bûches sur les braises. Comme une idiote, je m'énerve de ne pas trouver le tisonnier. Le verre d'Old Pulteney que Patrick n'a pas terminé permet d'attiser le feu dans un éternuement du diable. À cet instant précis, je me rends compte que je suis sur le point de craquer. Cette impression de déborder, de n'être qu'une théière surchauffée, je l'ai ressentie tant de fois que j'en décèle les symptômes avant d'exploser. Avec la rage d'une alcoolique en manque, je récupère une tasse sur l'évier et la remplis d'une dose de whisky capable de couper la parole à un avocat. La brûlure qui me consume m'arrache un râle de douleur.

Et je vomis.

Avec un reste de lait, j'ai donné un biberon à ma princesse, sans même me rendre compte qu'elle s'était endormie en le prenant. Alors, je l'ai couchée et je suis revenue m'asseoir là, sur cette chaise où j'écoutais Patrick déblatérer ses obscénités maladives. Avant que toute ma vie ne dérape à nouveau et m'entraîne vers l'inconcevable. J'ai tué encore une fois. Avant que cette fichue mouche ne s'envole de son morceau de sucre.

Désolée, Mumiah, j'écris n'importe quoi.

Si je m'en suis sortie, c'est grâce à toi. C'est étrange, je me souviens d'avoir eu la présence d'esprit de t'appeler une seule fois, après, où étais-tu ? Tapi derrière un rocher ? Au creux d'un fossé ? Est-ce que tu sais pourquoi je pleure ? D'une peur rétrospective ? Tu peux me dire ce qui va se passer maintenant ? Pourquoi, chaque fois que j'essaie de me maîtriser, mon esprit s'évertue à enclencher la bande-annonce de l'horrible ? Toujours la même. La bouche éclatée de Patrick. Son corps qui sursaute sous les impacts des dernières balles. Son ombre boiteuse qui enjambe une fissure de roche pour venir fracasser le crâne de mon enfant. Ce funeste tisonnier qui allonge son bras d'un rostre d'acier. Son visage torturé de folie. Et cette promesse ignoble qui m'ordonne d'appuyer sur la détente.

Sois honnête avec moi, Mumiah. Aide-moi à me souvenir des mots de Patrick. Peu importe les digressions des personnages qu'il a tenté de jouer pour m'apprivoiser, j'ai besoin de l'essentiel. De ses paroles germent les prémices d'une décision à prendre, j'en ai l'intime conviction. Quelque chose en moi hurle de la découvrir. C'est une question de survie. Promis, Mumiah, je ne brouillerai pas tes conseils d'une once de compassion ou de regrets. C'est juré, pas d'apitoiement sur moi pour avoir trahi un des commandements de Dieu. C'était de la légitime défense.

Je m'enfonce dans un état second et me dédouble. Comme dans le pub des MacDonald, quand père Kelly a posé sa main sur mon bras pour que je raconte à des trolls rouquins l'histoire de leur clan. J'étais une mouche collée au plafond. Mes mots sortaient tout seuls et je récitais une leçon d'histoire que je n'avais pas l'impression d'avoir apprise.

Pourquoi faut-il toujours que je perde un temps infini à pleurer sur mes misères au lieu d'agir ? Il doit bien y avoir quelqu'un, quelque part, dans ce paradis dont on nous vante les mérites, pour éclairer ma lanterne ?

Maman, où es-tu ?

Soudain, une fulgurance me torpille l'esprit. J'ai tué Patrick, c'est une évidence, mais il subsiste encore une chance infime de me sortir de ce pétrin. Mon Dieu, quelle gourde je suis ! Le corps est resté là-haut, au bout de la falaise. Pourquoi n'ai-je pas pensé à le pousser dans le vide ? Les vagues cognaient sur les avancées rocheuses. D'après père Kelly, ce week-end de Pâques sera celui d'une des plus fortes marées de l'année. En se retirant, la mer avalera son cadavre. Ça me laissera du temps pour me tirer du roncier dans lequel je me suis fourrée au lieu de m'y empêtrer encore plus. Père Kelly m'aidera ensuite à prendre la bonne décision, il m'a toujours soutenue et protégée. Mon geste était celui d'une désespérée, il comprendra.

Et je me précipite dehors.

La nuit est là, trempée d'une bruine glaçante. Une lune famélique éclaire le sentier. Le cœur au bord des lèvres, je hurle de rage et de douleur avant de reprendre ma course. Plusieurs fois, je me retourne pour vérifier si je suis suivie et mon imagination détraquée invente le spectre lugubre de Patrick armé du tisonnier. Le mur de pierres. La crête. La cabane au toit de tôles rongées de rouille. La première crevasse, courte et étroite comme une cicatrice sur le poignet d'une suicidée. La faille avec les dents de dragon mort. Mais rien. La pluie a déjà nettoyé l'herbe du sang du drame et le cadavre de Patrick n'est plus là. Je marche jusqu'au bord de la falaise dans l'espoir d'apercevoir son corps brisé sur les rochers en contrebas. Je ne distingue que la bave des écumes dans l'ombre des vagues. Le vertige me noue le ventre. Le vide m'aspire et je me jette à la renverse, loin du bord, les bras écartés, les yeux perdus dans l'obscurité.

Mon Dieu, Mumiah, il s'en est sorti ! Je l'imagine ramper vers la maison en s'appuyant contre les roches pour mieux respirer. Comment est-ce possible ? Sa mâchoire fracassée pendait. Peut-on survivre à une telle blessure ? Des images de gueules cassées des grandes guerres me hurlent que oui. Mais alors où est-il ? Dans ma course pour revenir ici je ne pouvais que le croiser. S'est-il effondré entre deux blocs de pierre ? C'est peut-être son pied contre lequel j'ai trébuché tout à l'heure ? Soudain, sa figure détruite, penchée au-dessus du couffin d'Andie, la maculant de son sang qui goutte, m'arrache un cri d'épouvante. Hurlant comme une possédée, je me précipite vers la maison.

Dans le reflet du miroir, une forme effrayante me saute au visage. La tête en folie, hirsute. C'est moi. Le feu crépite. Dans l'alcôve, Andie dort, les poings fermés, prête à asséner un uppercut au diable. Et je tombe à genoux. Une barre douloureuse me serre la poitrine. Ma gorge se noue sur un sanglot qui m'étouffe, mais je n'ai plus assez de larmes pour pleurer.

L'eau ruisselle sur mon visage. Je glisse le long du carrelage et m'assieds, encore habillée, dans le bac à douche. Le rideau se colle contre moi. Sous mes fesses et mes pieds, des rigoles de boue sanguinolente. J'enlève un à un mes vêtements souillés et invente une prière bancale à l'attention d'un Dieu quelconque.

C'est le froid qui me réveille. Le réservoir s'est vidé. Je claque des dents. Enroulée dans un tartan épais, je récupère ma petite Andie et l'emmène dans mon lit. Son visage est contre ma joue. Sous la couverture, son souffle me murmure ses rêves et je lui parle des miens. De tout ce que j'ai imaginé pour nous deux. De ces promesses que je ne pourrai plus tenir.

J'ai compris, Mumiah.

J'ai compris que jamais je ne sortirai de cette impasse. Si Patrick a retrouvé ma piste, d'autres en seront capables. Vengeurs têtus. Assassins obstinés. Certes, son cadavre n'est plus là, mais qu'est-ce que ça change ? Des puissants, des policiers, des évêques, des juges, des lords, des avocats, voilà la horde à mes trousses. Je ne serai jamais en mesure de t'en protéger, mon ange. Je ne suis pas assez forte, Andie, et l'idée de te voir mourir me condamne. Ton odeur m'enivre, petite princesse. Ce soir, tu dors, innocente, contre moi. Quand tu étais encore dans mon ventre, à Butterfly House, j'ai juré de donner ma vie pour toi. Aujourd'hui, mon âme exige de t'en apporter la preuve. La fautive, c'est moi, Andie. Rien que moi. Pas toi. Cette dernière phrase devient un leitmotiv qui me berce.

Et je m'endors.

34

Strathnaver

Où est Sarah maintenant ?

Diane est rentée au presbytère dans la nuit. Père Kelly l'a laissée lire sans rien dire puis l'a raccompagnée. Le lendemain, le ciel d'ardoise est fendu à l'est d'une fêlure dorée. Le soleil y force ses rais et le matin devient soudain lumineux. La lande roussit aussitôt. La mer se creuse de profondes transparences émeraude que chevauchent des écumes légères.

Quand elle arrive avec Courtney en vue de la maison, leurs bouteilles d'Old Pulteney à la main, père Kelly se tient devant sa porte. Il ne demande rien de leur dîner et, d'un geste de sa canne, leur indique un chemin à suivre dans lequel il s'engage sans les attendre. 96 ans et il marche en dehors des sentiers. Elles calent leurs pas sur le sien.

– J'ai lu les malheurs de cette pauvre Sarah. J'en connaissais une bonne partie car elle s'est confessée à moi une fois, mais même à Dieu elle n'a pas osé tout avouer comme elle l'a fait dans son journal.

Ils marchent en haut de la falaise, à travers la lande de bruyère, contournant le dos des rochers enterrés. Un vent frisquet affûte son souffle. Père Kelly avance d'un bon pas.

– Et vous saviez pour père Patrick ?

Il ne répond pas. Comme s'il n'avait pas entendu. Diane est persuadée du contraire mais préfère ne pas insister. Au bout de l'éperon, la falaise se brise et s'effondre. Les assauts inlassables de l'océan depuis des millénaires. Les pluies et les vents ont érodé la lande, décapé et lessivé la terre. Il ne reste que la roche fracturée.

– Bien sûr que je savais ! finit par dire père Kelly sur le ton de l'évidence.

Ils sont au bord d'une longue fissure dans la roche qui leur barre le chemin. Une faille qu'il faudrait sauter pour continuer. Profonde, mais à moitié comblée d'éboulis par endroits.

– Il n'y a pas de passage, s'inquiète Courtney. On ne peut pas contourner cette faille ?

– Pas la peine : il est là.

– Où ça ?

– Pas le passage, répond le curé, père Patrick. Le corps de père Patrick est là, sous cet éboulis.

Elles regardent l'amas de pierres qui maintenant leur semble incongru. Tous ces cailloux, tombés dans la faille à cet endroit en particulier. Diane se tourne vers père Kelly sans rien lui demander. Il lui fait face, avec sa bonne tête de presque immortel, ses yeux clairs et sans remords dans les siens.

– Ce qu'a écrit Sarah est vrai. Père Patrick est venu jusqu'à Strathnaver pour la tuer. Se débarrasser d'elle et de l'enfant. Il est passé par le presbytère d'abord pour s'informer. Je suis arrivé trop tard, une femme de ménage l'avait déjà renseigné. Mais ce n'était pas un homme de Dieu. Ni dans sa parole, ni dans ses gestes, et surtout pas dans son regard. Il y avait de la folie dans ces yeux-là, une folie fiévreuse et maladive, et de la résignation aussi. Tant de résignation !

Et père Kelly leur raconte comment, après avoir hésité, de loin, il a suivi Patrick. Il l'a vu entrer dans cette maison qu'il habite aujourd'hui et dans laquelle il hébergeait Sarah à l'époque. Puis il a aperçu la jeune femme s'étonner devant la maison, y pénétrer à son tour, et en sortir pour fuir, sa fille dans un bras et quelque chose sous l'autre. Il a deviné sa frayeur et sa décision en même temps. Et le pas de père Patrick aussi, quand il l'a suivie. Sans hâte. Sûr de lui. Menaçant à force d'être calme.

– C'est ce qui l'a perdu. J'ai vu Sarah se retourner et lui faire face, et il a cru à un renoncement. Elle s'est agenouillée, sa fille accrochée à elle, et il a pensé à une supplique. Je l'ai vue ouvrir d'une main une vieille boîte. Il a peut-être espéré qu'elle voulait acheter sa pitié. Puis Sarah s'est relevée pour brandir son arme et il n'a pas imaginé une seconde qu'elle oserait le tuer.

– Et c'est vous qui avez caché le corps sans le lui dire, c'est ça ? dit Diane qui se souvient du récit de Sarah.

– Oui. Je l'ai vue paniquer, prendre sa fille et se précipiter chez elle pour ne plus en ressortir. J'ai surveillé jusqu'au soir, puis je suis allé tirer le corps par les pieds et le jeter dans cette faille avant de l'ensevelir sous la pierraille.

Les deux femmes regardent l'amas de pierres. Elles imaginent le cadavre décomposé de cette pourriture de Patrick en dessous. Puis elles réalisent que ces événements remontent à plus de cinquante ans et qu'il ne doit plus rester là-dessous qu'un squelette blanchi par les pluies. Peut-on encore haïr un squelette ? Ce n'est plus humain un squelette. Un cadavre, oui, mais pas un squelette.

– Mais vous étiez prêtre ! murmure Courtney sans détacher son regard de la tombe sauvage.

– Oui, et je le suis toujours, d'une certaine façon, à ma manière comme à l'époque. Je lui ai accordé l'extrême-onction dans un murmure de haine et de colère, c'est vrai. J'ai pris le temps de bredouiller une prière. Et j'ai marqué sa tombe.

De sa canne, il gratte la mousse sur un affleurement rocheux et dégage le dessin d'une croix gravée dans la pierre. Pour Diane, c'est une délivrance en même temps qu'une profonde tristesse. Sarah s'est montrée plus forte que le défroqué, mais la mort de père Patrick signifie la fin du récit de la jeune femme.

– Père Kelly, où est Sarah maintenant ?

Il la regarde, vieillard de granit immobile dans les bourrasques.

35

Strathnaver
Tous les autres morts.

– Alors Diane, vous avez lu ?

– Je suis en train. Pourquoi avez-vous fait ça, Calloway ?

– Pour que personne ne puisse enterrer l'affaire, comme vous le craigniez.

« Le tableau des offenses » de Moíndhearg est en première page du Herald, du Scotsman et du Daily. Les articles citent le nom de Diane et de Sandwood Publishing, rappelant au passage que Sandwood publie entre autres les best-sellers de la célèbre Ashley Royce. Ils sont plus flous sur le lien entre Sandwood et le tableau. Les journalistes évoquent une enquête de la maison d'édition pour vérifier le contenu d'un manuscrit et que cette recherche aurait permis de mettre à jour le fameux tableau. Le Herald parle avec prudence de suspicion d'affaires de mœurs. Le Scotsman souligne la possible implication de la bonne société écossaise des années soixante dans un scandale sexuel à grande échelle. Pour terminer, le Daily Record dénonce de probables trafics humains, de la prostitution enfantine et des ballets roses au profit de hauts responsables du clergé, de la police et de la justice.

– Seigneur Dieu, Calloway, mais qu'est-ce qui vous a pris ? Vous rendez-vous compte de la situation dans laquelle vous me mettez ?

– Je vous mets à l'abri d'une nouvelle tentative d'assassinat, Diane. Tout ce beau monde ou ce qui en reste a désormais d'autres chats à fouetter que de vous éliminer, maintenant que les faits sont sur la place publique.

– Et qu'espérez-vous avec la publication de cette photo ?

– J'espérais ce que j'ai déjà obtenu depuis sa publication : l'identification de tous les visages. Je connais maintenant le nom, le poste et le statut social de chacun de ces salauds. Et j'ai fait arrêter ce matin le comte de Moíndhearg. Demain, les journaux parleront de la découverte du cadavre sous le kiosque.

– Mon Dieu, je vous en prie, Calloway, ne faites pas ça. Le manuscrit en fera retomber la culpabilité sur Sarah.

– Je vous ai promis de ne pas me servir du manuscrit et je n'en ai pas de copie. Et puis qui vous dit que Sarah est encore vivante pour pouvoir en être accusée ?

– …

– Diane, vous avez appris quelque chose ?

– …

– Diane ?

– Sarah serait encore vivante, Calloway, sa fille aussi.

C'est au tour de Calloway de rester silencieux et Diane comprend pourquoi. Passer sous silence les crimes d'une personne disparue est une chose. Taire ceux d'une personne encore en vie en est une autre.

– Diane, je n'en veux pas à Sarah. Je n'enquête pas sur elle. J'enquête sur ces salauds. Je ne la mêlerai pas à tout ça. Je peux gérer le cadavre de Moíndhearg et il n'y a aucun témoin ni aucune preuve du meurtre de père Patrick dont on n'a d'ailleurs jamais retrouvé le cadavre, c'est bien ça ?

– …

– Diane ?

– J'ai retrouvé un témoin de l'assassinat de Père Patrick et je sais où est le corps.

– Alors, ne m'en dites pas plus, Diane, ne me dites plus rien. Je ne veux rien savoir. Pour l'instant, Sarah n'existe pas dans mon enquête et si par hasard elle y apparaissait, je ferais en sorte qu'elle soit considérée uniquement comme une victime disparue.

– Pourquoi feriez-vous ça, Calloway ?

– Parce que ce que vous m'avez laissé lire m'a soulevé le cœur. Sarah a commis deux meurtres en légitime défense, mais ces salauds et leur descendance, ou même leur corporation aligneraient contre elle une armada d'avocats sans scrupule. Si Sarah et sa fille sont toujours en vie, je ne ferai rien qui puisse les mettre dans cette situation.

– Mais sans le témoignage de Sarah, vous n'avez rien pour étayer votre accusation !

– Rassurez-vous, ces gens-là sont moins courageux qu'ils veulent le faire croire. Nous sommes remontés jusqu'au comte de Moíndhearg dans le dossier de votre accident. C'est lui qui en est à l'origine, mais il se déballonne déjà et pleurniche qu'il refuse de payer pour les autres. Marty Pinkerton en a référé à son supérieur qui était un des deux fils Cunningham. C'est lui qui a organisé l'accident contre vous. Eux vont nous permettre de remonter la filière policière et peut-être même judiciaire, et le comte nous dénoncera tout le reste de ce beau monde. C'est par lui que nous retomberons sur l'affaire de mœurs. Il va lui-même alimenter les accusations contre les autres. Nos hommes perquisitionnent son château depuis ce matin. Je vous tiens au courant. En attendant, soyez discrète et prudente. Si vous êtes loin quelque part, restez-y deux ou trois jours.

– Alors ? demande Courtney quand Diane raccroche.

Diane lui rapporte sa conversation avec Calloway. Elles sont dans *the Store*, l'unique magasin du village. À la fois bar, restaurant, boutique et laverie automatique. Petit et sans prétention. Chaleureux. Presque cosy. Tout lambrissé de bois et chauffé par un poêle à tourbe. Elles voulaient faire quelques provisions avant de conduire jusqu'à Édimbourg prendre un avion pour Londres. Un froid soleil de craie mouillée dans un ciel gris d'éponge les avait convaincues d'attendre un peu. Diane avec un *coconut sponge cake*, et Courtney avec un bol bouillant de soupe de la mer.

– Alors ? insiste Courtney.

– Alors je crois que Calloway a raison. Nous ne devrions peut-être pas rentrer trop vite. Nous pourrions patienter deux ou trois jours ici, le temps de voir comment toute cette affaire évolue, propose Diane. Tu penses pouvoir te passer de Killian encore quelque temps ?

Le sourire de Diane est aussi taquin qu'amoureux et elle s'amuse de voir Courtney rougir encore. Puis elle voit son visage se décomposer de surprise et de panique.

– Qui veut se passer de moi ?

Diane sursaute et se retourne. Killian est là, surpris lui aussi.

– Qu'est-ce que tu fais là ? bredouille Courtney.

– Et vous ? Je rentre dans cette boutique pour demander mon chemin et voilà que je tombe sur vous !

– Courtney veut dire qu'est-ce que tu fais ici, à Strathnaver, Killian ?

– Je venais vous retrouver, quelle question !

– Et comment savais-tu que nous y étions ?

– Parce que c'est écrit dans le manuscrit de Sarah.

– Il n'est pas écrit dans le manuscrit de Sarah que nous y serions aujourd'hui, Killian, répond Diane, suspicieuse.

Il abandonne aussitôt son sourire de gamin pris en faute et s'assied entre elles en sortant une tablette.

– Que fais-tu avec mon iPad ? s'inquiète Courtney.

– Je suis passé chez toi le récupérer, avoue Killian, penaud.

– Pour en faire quoi ?

– Pour te retrouver. Tu as téléchargé *Localiser* en enregistrant ton téléphone, au cas où tu le perdrais ou qu'on te le volerait, tu te souviens ?

Il montre l'écran de la tablette. Le plan de Strathnaver y est affiché avec, à hauteur de *The Store*, deux-points qui pulsent. Celui de la tablette et celui du téléphone de Courtney.

– Tu es partie depuis trop longtemps, Courtney, j'avais trop envie de te revoir ! dit-il comme excuse.

Et comme Courtney ne répond pas, il en fait un peu trop, du ton enjoué de celui qui veut masquer sa gêne.

– Cet outil est fantastique, explique-t-il à Diane, je sais que vous avez dîné au Côte du Nord, que vous êtes allées jusqu'à la pointe de la falaise et que vous avez dormi au presbytère.

– Pourquoi n'as-tu pas prévenu que tu venais ? Nous aurions pu être reparties pour Londres.

– Pour la première question, parce que je voulais vous faire la surprise, se défend Killian, à la seconde, parce que ton téléphone pulse toujours à cet endroit !

– Ah oui, tu rentres ici par hasard pour demander ton chemin alors que tu as le plan du village et ma localisation sur l'écran de mon iPad !

– Cyberjalousie, nous voilà dans de beaux draps ! se moque Diane.

Killian regarde Courtney qui lorgne sa soupe.

– Je ne suis pas jaloux, ment-il sans conviction et soudain inquiet. Je devrais ?

Courtney se reprend et se fâche d'un ton qui éteint toute fanfaronnade chez Killian.

– Arrête ce cirque, Killian. J'espère que tu avais une autre bonne raison pour venir nous rejoindre.

– D'accord, bougonne le garçon, *boulot boulot* alors, c'est ça ? Dans ce cas, allons ailleurs, parce que j'ai beaucoup de choses à vous dire qui n'ont pas besoin d'être entendues par tout le monde.

Ils retournent à deux voitures jusqu'au presbytère et, quand ils se garent à proximité, père Kelly est là, comme un ogre marin sans âge, à discuter avec Margareth devant la porte.

– Ah, vous voilà ! J'avais peur de vous avoir manquées. Un inspecteur de Glasgow m'a téléphoné, un certain Calloway, et j'ai cru comprendre que quelqu'un s'en est pris à vous à Glasgow, Diane. Il m'a recommandé de prendre soin de vous…

– Comment savait-il lui aussi que nous étions à Strathnaver ?

– Il l'ignorait. Il m'appelait dans le cadre de l'enquête. J'ai l'impression que vous avez fait lire le manuscrit à ce policier, n'est-ce pas ?

– Décidément s'amuse Diane sans répondre, je devrais rougir de tant de sollicitude. Tu vois Courtney, tu n'es pas la seule dont les hommes se préoccupent !

Puis elle explique au père Kelly qu'elles aimeraient profiter quelques jours de l'hospitalité du presbytère, en payant ce qu'il faut, bien entendu, avec Killian comme hôte supplémentaire. Margareth accepte volontiers et père Kelly les invite à passer dans la bibliothèque pour être plus confortables. Malgré l'heure, il opte pour un Old Pulteney sans eau, sans glace, et les filles décident de le suivre sans remords. Killian s'y résout à contrecœur.

– Alors Killian ?

Il ne répond pas, soutenant d'abord le regard de Diane, puis celui de père Kelly.

– Killian, père Kelly fait partie de la famille. Tu as lu le manuscrit, non ? Tu devrais avoir compris que tu peux parler devant lui.

Killian hésite, plus pour marquer qu'il est vexé que pour faire comprendre qu'il a compris. Il sort un carnet.

– Des douze hommes sur le tableau, trois sont encore en vie. Monseigneur Dillinger, l'ecclésiastique que vous avez rencontré à Glasgow et qui posait en amiral. Lord Hamilton, le membre un peu fin de race de la famille royale, qui joue les apothicaires, et Manfred Delanoe, ancien procureur de la couronne, déguisé en bourgeois blindé d'or, ce qu'il est d'ailleurs devenu.

– À en croire la presse de ce matin, sourit père Kelly, ceux-là vont pouvoir commencer à se mettre le cul à l'envers !

– Oui, mais le plus intéressant, ce sont les morts. Le comte de Moíndhearg, le père du comte actuel, est mort noyé dans les eaux du Loch Awe, juste derrière le château. À cinq heures du matin, le 2 février 1972, alors qu'il n'avait aucune raison d'être sur le Loch.

– Et pourquoi donc ? s'étonne père Kelly.

– Parce qu'à cette période, ni la chasse ni la pêche ne sont ouvertes.

– Peut-être braconnait-il.

– Sur ses propres terres ?

– Peut-être considérait-il qu'il pouvait chasser sur ses terres comme il l'entendait.

– Peut-être. L'enquête, elle, a conclu à un accident de barque.

– Noyade ? Hydrocution ?

– Rupture des cervicales. Il aurait basculé dans l'eau et la barque se serait retournée sur lui, lui brisant la nuque de son plat-bord.

– Paix à son âme en enfer, lâche père Kelly.

– Donald Brighton, le président des houillères, habillé en médecin dans le tableau, est mort l'année suivante. Chute de cheval dans sa propriété de Lomond Hills. L'enquête a mis en évidence les traces de deux chevaux, mais aucun second cavalier n'a pu être identifié. Une enquête a été ouverte pour homicide, mais un second rapport a conclu que les autres traces devaient être plus anciennes. Donc accident. Le cheval a tiré son cavalier, le pied coincé dans son étrier, pendant plus d'un mile à travers un terrain accidenté de souches et de cailloux. Crâne fracassé. Quelque chose aurait paniqué le cheval. Ou l'aurait piqué.

C'est père Kelly qui intervient encore.

– À moins que le second cavalier n'ait entraîné le cheval de Brighton par la bride aussi longtemps qu'il le fallait pour tuer ce salaud.

Tous se tournent à nouveau vers père Kelly qui les regarde en souriant et lève son verre pour trinquer avec eux.

– Killian, dit Diane, es-tu en train de nous expliquer que quelqu'un aurait entrepris d'éliminer certains de ces salauds ?

– C'est une hypothèse à envisager. Deux autres sont morts dans des accidents de voiture avec délit de fuite. Impossible de retrouver le chauffard. Matthew Riggs, le mafieux qui paradait en tenue d'évêque dans le tableau, a été abattu sur les bords de la Clyde sans qu'aucune guerre des clans ne justifie son exécution. On a mis l'affaire sur une histoire de dette de jeu en laquelle personne n'a jamais cru, ni dans la police ni chez les voyous. Sur une population de douze individus, ça fait beaucoup de morts suspectes…

– Toujours dans les années soixante-dix ?

– Non, Diane, certains sont morts dans les années quatre-vingt. Et Riggs au début des années quatre-vingt-dix…

– Un vengeur, tu crois ?

– Le bras de Dieu, j'espère, lâche père Kelly à la stupéfaction de tous. Ce serait bien la moindre des choses, non ? Tous les malheurs de Sarah n'ont-ils pas commencé par la faute d'un curé pervers et de mauvaises sœurs sans âme ?

– Dites-moi que ce n'est pas vous, supplie Diane.

– Bien sûr que non, ce n'est pas moi, mais ça me flatte que tu y penses parce que j'aurais bien aimé le faire. Pourquoi Dieu a-t-il choisi un autre bras que le mien ? Il faudra que je lui demande des comptes. Il était pourtant encore assez fort à l'époque. Je veux dire mon bras, pas Dieu.

Deux nuages bousculent le soleil. Les fenêtres s'allument, s'éteignent, et laissent la pièce quelques instants à la seule lueur du feu. Puis les nuages passent et la pièce s'illumine à nouveau.

– Si cette hypothèse se vérifie, reprend père Kelly pensif, cela signifie que quelqu'un d'autre que nous connaît toute l'histoire de Sarah depuis très longtemps.

– Et la protège depuis un demi-siècle.

– Et pourquoi pas Sarah elle-même ? murmure Courtney sans vraiment oser le dire.

– Comment peux-tu dire ça ! s'offusque Killian.

– Elle a déjà confessé le meurtre de deux hommes dans son journal, et nous avons la preuve qu'elle n'a pas menti. Pourquoi n'aurait-elle pas continué à retrouver un par un ceux qui ont abusé d'elle dans la salle des offenses ?

– C'est une hypothèse à laquelle je ne crois pas, tranche père Kelly, catégorique.

– Et pourquoi ? s'étonne Killian, trop prompt à prendre la défense de Courtney. Qui vous dit d'ailleurs que Sarah est toujours en vie ?

Père Kelly ne répond pas et profite que personne ne bouge pour se servir un autre whisky. Killian les regarde un par un, surpris d'abord, puis suspicieux.

– Quoi ? Vous me cachez quelque chose ?

– Père Kelly sait ce qui est arrivé à Sarah après les événements qu'elle confesse dans son journal, avoue Diane. Il dit qu'elle est encore en vie.

Cette fois, c'est Killian que tous dévisagent pour voir comment il encaisse l'information. Et personne ne s'attend à sa subite colère.

– Bravo ! Merci de votre confiance ! J'ai travaillé jour et nuit pour analyser le texte et retrouver les personnages du tableau, jour et nuit je vous le jure, et vous ne me faites même pas part d'une telle information ! Pas un message, pas un appel, rien !

Il se lève, furieux, rouge de colère et jette dans la cheminée les dossiers qu'il tenait à la main. Père Kelly bondit aussitôt sur un tisonnier pour les sauver des flammes.

– Puisque je ne sers à rien, je retourne à Londres. Oubliez-moi ! Avec toi, je romps, hurle-t-il face à Courtney sidérée dans son fauteuil avant de se tourner vers Diane, et avec vous, je démissionne. Continuez comme ça entre vous, à partager vos petits secrets et vos grands lits…

La gifle que Diane lui assène claque comme un fouet et Killian en trébuche jusqu'à perdre l'équilibre. Il retombe dans le canapé de vieux cuir et, quand il cherche à se relever avec rage, les bras du curé centenaire sont des ancres qui le retiennent.

– On se calme mon garçon, on se calme.

Killian ne peut même pas se défaire des bras du vieil homme. Sa colère s'en décuple d'abord, puis il se résigne. Père Kelly devine ses muscles qui abandonnent peu à peu et relâche son étreinte. Killian s'en dégage, se lève et quitte la pièce. Courtney, les larmes aux yeux, abasourdie par la rage de son compagnon, interroge Diane du regard, puis court après lui. Diane se lève à son tour, bras croisés, et va jusqu'à la fenêtre les regarder s'expliquer dehors. Père Kelly a disposé les feuilles des dossiers de Killian sur la table basse et les observe. Quelques-unes sont partiellement brûlées, mais la plupart n'ont eu que le temps de roussir. Quand il pense les avoir remises en ordre, il les lit et son attention s'aiguise.

– C'est vraiment du beau travail, ce qu'a fait ce garçon.

Diane se retourne, hésite et rejoint père Kelly.

– Le dossier sur les hommes du tableau est très complet et bien documenté. Regardez, il a même fait un tableur et un modèle de fiche pour croiser les informations.

– Oui, répond Diane un peu absente.

Elle regrette sa gifle. Elle regrette son aventure égoïste avec Courtney. Elle regrette de perdre Killian dont elle connaît toutes les qualités.

– Killian est un garçon très organisé, très structuré dans sa tête. Presque maniaque. C'est une belle mécanique intellectuelle à l'intérieur d'une belle personne.

– Et intuitif aussi, si j'en crois son allusion à votre lit et cet autre dossier, sourit père Kelly.

Diane préfère ne pas parler de *son lit* et se concentre sur le dossier.

– Oui, ce sont des analyses lexicales et sémantiques du journal de Sarah. Nous avions remarqué qu'il semblait écrit par plusieurs personnes, à des époques différentes peut-être. Sandwood n'éditerait pas ce texte si c'était un journal authentique que se serait réapproprié un auteur autre que celui du texte original.

– Alors vous tenez un best-seller, car les conclusions de ce garçon sont catégoriques : même auteur, à deux âges différents.

Champ lexical, syntaxe, occurrences, tout le confirme. Mais de toute évidence, Killian avait envisagé la même hypothèse que vous.

– Laquelle ?

– Celle d'un auteur s'appropriant le journal de Sarah. Regardez ce tableau, dit-il en posant une feuille bien à plat sur la table basse.

C'est une liste verticale plus qu'un tableau. Les noms de vingt-deux auteurs avec trois pourcentages en regard. Diane l'observe et s'étonne.

– Ashley Royce ?

– Vous m'expliquez ? s'intéresse père Kelly.

– Killian a soumis le manuscrit à trois logiciels antiplagiat. Ce sont des programmes qui comparent le vocabulaire et la structure des phrases d'un texte à toutes les bases de données disponibles compilant tout ce qui a été édité et numérisé.

– Dans le monde ?

– Oui, si c'est accessible et en anglais.

– Et c'est efficace ?

– C'est redoutable. La plupart des copies des examens importants ou des thèses y sont soumises. La moindre phrase identique à n'importe quel texte publié à n'importe quelle époque, s'il a été numérisé, est immédiatement identifiée et surlignée.

– Et que dit ce tableau alors ?

– Il liste vingt-deux auteurs dans les œuvres desquels on a retrouvé au moins une phrase significative identique à une phrase du journal de Sarah.

– Vraiment ? Du genre « le soleil se lève » ou « la mer est verte et le ciel est bleu » ? se moque père Kelly.

– Non, j'ai dit une phrase *significative*. En même temps que le logiciel compare le manuscrit à tous les autres textes, il considère comme non significatives les phrases qui se retrouvent au moins une fois dans plus de 50 % de tous les textes examinés.

– Vous m'embrouillez, Diane.

– Je n'en crois rien et je suis sûre que vous avez compris. Mais disons que si le logiciel ne retient pas « La mer est verte et le ciel est bleu », par contre, s'il tombe sur *aux femmes verse donc des torrents de plaisir,* alors il signalera que cette phrase a été empruntée à William Shakespeare et tirée du sonnet 20 de l'édition de 1609.

Père Kelly tourne vers elle son beau visage de vieillard, homme de mer et de Dieu à la fois, et lui sourit.

– J'aime bien Shakespeare, dit-il : *fais-leur baiser tes doigts, mais donne-moi ta bouche…*

– Sonnet 128, dit Diane qui s'en amuse.

– *Et confonds ma goutte de désir dans ton large caprice* !

Cette fois Diane, troublée, ne répond pas.

– Sonnet 135, précise père Kelly sans la quitter des yeux :

Alors que le désir n'a plus aucune ardeur
Chez les autres, chez toi sans rêve il surabonde,
Et je ne cesse pas, en mon erreur profonde
De vouloir m'imposer à ta douce faveur !

Ne peux-tu me trouver un coin dans ton cœur,
Toi de qui le désir est aussi grand qu'un monde ?
Et quand tu le répands sur chacun à la ronde,
Ne réserveras-tu qu'à moi seul ta rigueur ?

La mer admet pourtant la pluie en sa matrice,
Heureuse d'augmenter ses réservoirs profonds :
Comme elle, accrois sans fin ta richesse et confonds

Ma goutte de désir dans ton large caprice.
Que tes adorateurs arrivent tous à s'unir
En Will, et que ce nom résume ton désir.

– Vous connaissez tout Shakespeare ? demande Diane pour cacher sa confusion.

– Vous ne me croyez pas assez vieux pour avoir eu le temps de beaucoup lire ?

– Si, je suppose, murmure Diane comprenant soudain que père Kelly était probablement à la retraite dans sa maison sur la falaise depuis une trentaine d'années.

– Et donc, dit-il en la ramenant à la réalité, que doit-on penser de ce tableau ?

Diane le regarde encore un instant avant de répondre, se demandant si à son âge cet homme joue vraiment du charme qu'elle doit lui reconnaître.

– Alors, ces vingt-deux auteurs sont les seuls dont les œuvres présentent quelques occurrences significatives avec le journal de Sarah.

– Même votre amie Ashley Royce ?

Diane vérifie les notes de Killian.

– Oui, deux occurrences parmi les 10 467 813 signes des 7 992 pages des 18 romans qu'elle a écrits. C'est-à-dire rien. Elle est la vingt et unième sur la liste. Sarah n'a pas plagié Ashley Royce. Pas plus qu'elle n'a plagié l'auteur en tête de liste d'ailleurs. Les cinq occurrences chez cet auteur concernent essentiellement des descriptions de paysage que l'on retrouve également chez neuf autres auteurs de la liste. Cela veut juste dire qu'à un certain moment, chacun de ces auteurs a trouvé les mêmes mots pour les mêmes émotions.

– Et si vous raisonniez à l'envers. Si vous cherchiez la possibilité, pour ces auteurs, d'avoir écrit le journal de Sarah ?

– Le résultat serait le même. D'après les recherches de Killian, le journal de Sarah ne comporte aucune similarité significative suffisante avec le style des vingt-deux auteurs de la liste. Le journal de Sarah a été écrit par Sarah. C'est la seule conclusion et ça ne nous avance pas. À moins que vous nous disiez où est Sarah, père Kelly.

– Le monde entier est un théâtre, Diane, et tous, hommes et femmes, n'en sommes que les acteurs. Et notre vie durant, nous jouons plusieurs rôles.

– Cessez de citer Shakespeare, s'énerve Diane, et aidez-nous à aider Sarah !

– Mais pourquoi Sarah aurait-elle besoin de votre aide, Diane ?

– Parce que ce manuscrit s'est échoué sur mon bureau comme une bouteille à la mer, voilà pourquoi ! N'y voyez-vous pas un appel au secours ? N'y voyez-vous pas sa volonté de dire, de témoigner, de dénoncer ? Ne comprenez-vous pas que même si nous aimerions le faire, nous ne pourrons publier son journal sans l'avoir retrouvée avant ?

– Et pourquoi voudriez-vous qu'elle désire à ce point être publiée ? Que voulez-vous que cela change à sa vie, un demi-siècle après les faits ?

Diane n'a pas le temps de répondre. Courtney lui fait signe depuis la porte.

– Diane, je vais rentrer à Londres avec Killian.

La décision étonne et contrarie Diane.

– Très bien, lâche-t-elle un peu vexée.

– Il s'excuse pour ce qu'il a dit.

– Il pourrait le faire lui-même. Prendre personnellement congé de père Kelly par exemple.

– Il dit qu'il est encore trop en colère.

– Très bien. Nous en reparlerons à Londres alors.

Elles se regardent un instant, puis Courtney fait demi-tour et monte dans la chambre préparer ses affaires.

– Courtney, tout ça, c'est un peu ridicule. Dis à Killian que je vous invite à dîner à Côte du Nord, avec père Kelly, pour oublier tout ça.

– Il m'a dit qu'il refuserait si tu le proposais, répond Courtney depuis l'escalier.

– D'accord. Très bien. Soyez prudents sur la route alors.

Elle les regarde partir depuis la fenêtre. Le temps s'est grisé d'un mauvais crachin qu'un soleil de calcaire peine à éponger.

– Voulez-vous passer la nuit chez moi, pour ne pas rester seule ? Nous réciterions Shakespeare en buvant du Whisky.

– Non merci, père Kelly, je ne serais pas d'une plaisante compagnie, j'en ai peur. J'ai le whisky plutôt triste. Et puis je suis bien ici, dans cette demeure.

– Vous avez bien raison, dit-il en se levant pour prendre congé. Je vais recommander à Margareth de bien prendre soin de vous.

– C'est une femme adorable, reconnaît Diane, je l'aime beaucoup.

– Oui, dit père Kelly en quittant la pièce, je l'aime beaucoup moi aussi. Aviez-vous deviné que c'est ma fille ?

– Votre fille ? s'étonne Diane.

– Les allusions y sont pourtant assez claires dans le journal de Sarah, non ?

– Je ne me suis pas arrêtée sur ces détails, dit-elle dans un triste sourire. Je vais profiter de cette soudaine solitude pour revenir un peu en arrière dans le journal de Sarah. Prendre le temps de relire ce qu'elle dit de vous, juste avant que Patrick la retrouve pour venir briser sa vie.

36

Journal de Sarah

Jeudi 1er février 1968 – Strathnaver

Les jours de « messages », comme disent les Écossais pour parler des courses, j'emporte avec moi de quoi lire. Il faut toujours s'attendre à laisser passer une heure de tempête au beau milieu d'un ciel bleu. En attendant, plutôt que de rester désœuvrée à patienter au pub et à espérer un début d'éclaircie, je lis. Ces derniers temps, ce sont les sonnets de Shakespeare qui meublent mon ennui quand il pleut.

En voiture, le bourg n'est pas loin ; par contre, à pied sous l'orage, c'est une véritable punition de revenir chargée comme un baudet avec Andie dans le porte-bébé ventral. Ma crevette ne pèse pas plus lourd que le cartable d'un cancre, mais au bout de deux *miles*, j'ai les reins sciés et le souffle court. La petite adore se balader ainsi, bringuebalée contre moi, à s'émerveiller de tout. Hier, si les moutons de MacGregor l'ont amusée pendant un court instant, elle est surtout restée interloquée devant la truie de la ferme qui se pavanait dans la boue.

Aujourd'hui, jour de marché à Strathnaver, il tombe des cordes. « Tu veux prendre le Ford pour aller au village ? » Je sais ce que ça signifie : rapporte-moi une bouteille d'Old Pulteney et un paquet de tabac à rouler. C'est devenu un jeu entre nous. J'appelle ça le jeu du questionnement imbécile où le non-dit est plus important que le dit. Résultat : la capacité à déchiffrer ce que sous-entend l'autre détermine celui qui cuisinera le repas traditionnel que nous partageons le jeudi soir. Trois fois sur quatre, je perds. Et la dernière fois, la question de père Kelly m'a surprise : « Sais-tu qui était Marie Madeleine ? » Pendant trois jours, j'ai cherché la réponse, loin d'imaginer ce à quoi il faisait allusion :

« C'était la maîtresse de Jésus, bien évidemment ! »

Il s'est ensuite lancé dans le décorticage de l'Évangile selon Saint Marc. Pour lui, la présence de ladite Marie-Madeleine au moment de la crucifixion était suspecte. Quelques jours plus tard, sa visite au tombeau avec sa belle-mère putative confirme les soupçons. En conséquence, j'ai été condamnée à lui préparer un râble de lièvre au vin et un pudding irlandais, sauce whisky, agrémentés d'un panier de croustillants glacés de vanille et de pistache.

Ce jeudi donc, alors que le lièvre mijote, je prends un moment pour essayer d'écrire quelques lignes. Le voyage à Glasgow remonte au mois dernier ; depuis, j'ai été incapable de coucher dans mon carnet bleu plus de deux phrases dignes d'intérêt. L'étrange impression d'avoir éloigné le danger s'est traduite par un vide émotionnel plutôt angoissant. Me persuader que la banalité des jours et des semaines ne mérite pas d'être décrite n'écarte pas ma mauvaise conscience. Alors, je m'hypnotise du paysage en pensant à Lizbeth, et ça se termine toujours de la même manière : je cafarde.

Comme maintenant.

Aujourd'hui, c'est particulier. Je prends conscience que l'absence d'un autre être aimé m'obsède. Une personne que j'ai abandonnée d'une certaine manière, sans vraiment le vouloir.

Ritchie.

Pourquoi ne suis-je jamais retournée te voir en prison ? Pourquoi ai-je eu peur de tes réactions ? De quel droit t'ai-je interdit d'être père ? Sauras-tu me pardonner un jour ? Tu me manques, Ritchie. Certaines nuits, ça m'est insupportable. Beaucoup de mes caresses sont pour toi, pour que mon corps ne t'oublie pas. Hier, j'ai rêvé de nos retrouvailles, c'est peut-être le signe que tu penses encore à moi. À tout ce que nous avons partagé. Nos folies, nos plaisirs, nos rires, tous ces interdits que tu m'as appris à jeter aux orties. C'est grâce à toi que je vis, je m'en rends compte aujourd'hui. Je t'aime Ritchie, comme on aime un rêve merveilleux. Mais je ne veux plus que ce ne soit qu'un rêve. Je te veux toi, Ritchie. Pour le reste de ma vie. Avec moi. Avec Andie. Où que tu sois, Ritchie, reviens-moi.

Oui, je pleure, Mumiah, et alors ? Avec Andie, Ritchie est la seule personne que j'aime plus que toi. C'est-à-dire plus que moi. Maintenant, je le sais, je suis prête à tout pour le retrouver.

Dehors, le déluge s'est dispersé en crachin. Les nuages se grimpent les uns sur les autres pour mieux boucher l'horizon. Là-bas, l'océan prépare une nouvelle tempête et creuse ses vagues. À l'est, les plages de Farr Bay s'enivrent de brouillard. À l'ouest, la Borgie et la Naver, gorgées du sable de Torrisdale, bouillonnent d'écume sale. Au-dessus de la cheminée, l'horloge indique trois heures de l'après-midi. Pourtant, quand je mets le nez à la fenêtre, la nuit est presque tombée.

Et d'après le père Kelly, ça durera au moins jusqu'à la Saint-Patrick. Mumiah, explique-moi comment un saint homme peut porter un prénom pareil ! Je ne veux plus fêter mon anniversaire ce jour-là et rayer cette date de tous les calendriers. Soudain, l'évidence s'impose. Pourquoi n'y ai-je jamais songé ? Je vais avoir besoin de papiers d'identité et, à cette occasion, rien ne m'interdit de corriger ce détail. Et si j'en profitais aussi pour changer de nom ?

Deux portières claquent. Des voix. Sur le sentier rocailleux, deux hommes avancent dans la brume, les mains dans les poches, leurs épaules cernées par la fumée qui se dégage de leur corps dans le froid de la bruine. Par précaution plus que par panique, je récupère sous l'évier la boîte de biscuits dans laquelle j'ai rangé le Cattelmann de collection du comte de Moíndhearg. Il reste cinq balles dans le barillet. Et il fonctionne. Un jour, avec Lizbeth, on a essayé de viser une boîte de conserve. On l'a ratée, mais le bruit nous a effrayées et on a replié l'arme dans son chiffon graisseux pour ne plus jamais la toucher.

Mais c'est bien père Kelly qui pousse la porte. Le type qui le suit n'est autre que Bill Roberts, le seul maçon à trente *miles* à la ronde. Le gars, ancien pilier de rugby, est réputé pour casser tout ce qui lui résiste. Surtout quand il a bu. L'homme me salue d'une moue du menton, déplie un plan crayonné sur la table et met le plat de ses mains sur les murs de la maison, comme un maquignon flatte la panse d'une vache. « Quand ? » s'enquiert alors le serviteur de Dieu. « Pas avant l'été », rétorque l'ex-rugbyman. Et il s'en va.

Père Kelly soulève le couvercle de la casserole et renifle le fumet, satisfait. « Ici, c'est trop sombre, dit-il en trempant le doigt dans la sauce. On va ouvrir des fenêtres sur la mer et la falaise pour redonner un peu de vie à ce tas de pierres. À propos, rajoute une assiette pour ce soir. »

La trentaine, rousse, plutôt jolie, bien qu'un peu rondelette, le visage marqué par des jours difficiles, l'invitée de père Kelly n'est pas très bavarde. Elle s'appelle Martha O'Donnel et travaillait à Glasgow dans une buanderie. Son mari, un vieil ami du père Kelly à qui Madame O'Donnel se confiait, se donnait beaucoup de mal pour boire et fumer tout ce que gagnait sa pauvre femme. Le malheureux est décédé d'une crise cardiaque et la modeste paie de sa veuve ne suffit pas à combler les mois de loyers en retard. Grand cœur, père Kelly lui a donc proposé de l'employer comme femme de ménage au presbytère où elle logera dans un premier temps. Les chambres à l'étage ne manquent pas, la bâtisse est immense et a bien besoin de la main d'une femme pour paraître moins austère. Pour valider sa décision et enfouir sa gêne sous un tombereau de bonnes intentions, il me demande ce que j'en pense.

Je réponds ce que répondait maman quand elle se doutait que je lui racontais des fariboles en la prenant pour une idiote : « Ben voyons ! » Et là, je ne résiste pas à une misérable et déloyale revanche. En posant la casserole sur la table, je retourne la question qui m'a valu de préparer ce repas, l'arrangeant à ma sauce. « Mais, dites-moi, père Kelly, Marie-Madeleine, c'était la maîtresse de Jésus ou la concubine de Dieu ? »

Jeudi 7 mars 1968
Strathnaver,

Le simple fait de mettre le nez dehors sans avoir à scruter le ciel est un privilège que je partage avec Martha-Marie-Madeleine. Chose prévisible, la femme de ménage de père Kelly est restée au presbytère afin de rendre les lieux plus ordonnés. Cette touche féminine a eu pour effet de débarrasser la cour de tout ce qui était rouillé ou cassé, de fleurir l'église et de dépoussiérer la bibliothèque du curé.

À cette occasion, je donne volontiers un coup de main à Martha et nous débusquons sur les étagères quelques perles qui ralentissent notre ménage. La prose flamboyante et poétique d'Eddison dans *The Word Ourobors. Le Hobbit, le Fermier Gilles de Ham* et, bien sûr, *Le Seigneur des Anneaux* de Tolkien. Sans parler de tout l'univers de fiction de Lovecraft, dans la collection complète du *Mythe de Chtulu*. Si la lecture nous rapproche, c'est aussi parce que nous avons passé un accord tacite. Jamais nous n'abordons le sujet de notre vie d'avant Strathnaver et des raisons qui nous font partager le quotidien de père Kelly.

Pour l'instant, nos seize années d'écart ne nous permettent pas de tisser une véritable amitié. Pourtant, au fil des jours, une relation empreinte de gentillesse et de beaucoup d'attentions s'installe entre nous. Martha est la première personne de ma nouvelle existence. En principe, lorsque je me rends à pied au village pour effectuer quelques achats, je lui confie ma petite Andie. Cet intermède me permet de traîner un peu à la Station Oil et au pub.

Ce matin, j'attends la fin d'un épisode pluvieux en lisant le sonnet numéro 18 où le poète compare une femme aimée à une journée d'été. Quand un homme m'aborde. Il propose de m'offrir le thé qui infuse devant moi et, si ça ne me dérange pas, de s'asseoir à ma table. La surprise de rencontrer une jeune fille de mon âge tuer le temps avec Shakespeare l'interpelle. Le *Maître* serait flatté de voir si belle personne laisser tiédir son breuvage pour se désaltérer de ses vers. C'est qui ce faiseur de phrases ? Dans son regard, l'inquiétude gênée de m'importuner. Son costume fatigué est celui d'un instituteur en vadrouille. À l'entendre s'adresser à moi dans cet anglais châtié, bien éloigné du dialecte rugueux des autochtones, mon étonnement gomme ma méfiance. En quelques secondes, son déconcertant sourire m'apprivoise. Piquée de curiosité, je désigne la banquette et autorise l'inconnu à prendre place en face de moi.

Il dit s'appeler Bryan Morgan, un nom courant dans les Highlands. Il vient de la capitale où il enseigne la littérature dans le département des sciences sociales et humaines de l'université d'Édimbourg. Ses parents tiennent un B & B sur la côte, vers Strathy, et sa mère tarde à se remettre d'une mauvaise grippe. Il profite donc de sa semaine de congés pour la soutenir.

La discussion et le personnage sont agréables. Décalés, dans cet endroit d'Écosse. Un autre thé m'est proposé et je l'accepte. À ses questions, je réponds par des banalités et de nombreux mensonges. Je passe les vacances Pascales chez mon grand-père, à Strathnaver. Il est fermier. Mes parents vivent à Glasgow. Afin de ne pas m'enliser dans un bourbier inconfessable, j'agrémente le tout d'une pincée de vérité. J'adore lire. Les mots me passionnent. Puis, au bout d'une heure, nous épuisons ce que nous avons à nous dire. En homme élégant, il ne me demande pas mon âge, règle les consommations et glisse sous ma tasse une carte de visite de l'université d'Édimbourg.

À travers la vitre du pub, comme une femme adultère délaissée par un futile amant, je le regarde s'éloigner. Cette pensée me dérange. Vais-je terminer mes jours ici, à jouer aux devinettes avec un curé ou à ergoter de *Fantasy* avec sa femme de ménage devenue son amante ? Dans ce coin perdu d'Écosse, quel avenir pour ma petite Andie ? Va-t-elle apprendre à compter avec des moutons qui sautent des barrières ? À lire dans les nuages ? Et pour couronner le tout, une truie boueuse sera-t-elle son meilleur souvenir d'enfance ?

Sans doute pour ne pas ouvrir la boîte de Pandore et devenir la Prométhée qui vola le feu aux dieux, je n'ai pas encore touché aux trente mille livres des frères Kray. C'est peut-être le moment de commencer à échafauder un plan d'avenir pour Andie et moi. J'ai toujours rêvé d'une vie calme et sereine. Calme, c'est fait. Sereine, pas vraiment. Pour l'instant, mon existence est apaisée, mais triste. Qu'est-ce qui m'anime réellement ? Les yeux fermés, mes doigts jouent avec l'angle de la carte de visite de Bryan Morgan. Mon âme appelle le vide et demande à Dieu un début de réponse. Pour résister à de nocives pensées, j'entame un compte à rebours. Trente, vingt-neuf, vingt-huit…

À zéro, la première phrase qui me traverse l'esprit est un proverbe irlandais : *« Ici aujourd'hui, pour s'en aller demain. »*

37

Strathnaver

Où père Kelly disparaît dans la nuit

– Il est tard, dit Calloway.

– Excusez-moi, je me suis encore laissée emporter par la lecture du journal de Sarah…

En fond sonore, on devine une télé. Des enfants aussi, qui rient.

– Vous avez une famille ? s'étonne Diane.

– En quelque sorte. Et une vie de famille par la même occasion.

– Oh, pardon, excusez-moi, je vous rappellerai demain à des heures plus officielles.

Il ne répond pas, le temps qu'elle entende une voix de femme dire qu'ils vont bientôt dîner.

– Vous allez bien ? demande-t-il après un long silence.

– Non, pas très bien à vrai dire. Je me suis fâchée avec des amis et j'ai perdu la trace de Sarah, même si j'ai eu la confirmation qu'elle est vivante.

– Où êtes-vous ?

– Je préfère ne pas vous le dire. Ne vous inquiétez pas pour moi. Je vais rester blottie quelques jours avant de revenir à Londres affronter les tabloïds.

– D'accord. Prenez soin de vous. Je vous tiendrai au courant de l'enquête demain.

Ils raccrochent, et Diane regarde son téléphone comme si la voix de Calloway lui manquait.

Elle a dîné d'une soupe que Margareth lui a servie dans la bibliothèque. Un *cullen skink* onctueux et délicat, un velouté dans lequel la fille de père Kelly ajoute au haddock une fondue de poireau. Du *Finnan Haddie*, a-t-elle précisé avec fierté. De l'aiglefin fumé à froid au bois vert et à la tourbe, comme on fait de ce côté-ci de l'Écosse, à la mode de Cullen Moray. Puis elle a disparu dans le grand presbytère éteint. Diane a dîné sur la table basse, assise sur le parquet ciré. Dans l'âtre, la seule lueur d'un feu pour l'éclairer.

Elle regarde son portable. Elle a besoin de parler à quelqu'un et appuie sur la touche « rappel. »

– Allo ? Calloway ? J'ai... j'ai oublié de vous dire quelque chose. Ça pourrait être important. Enfin peut-être, je ne sais pas...

– Concernant Sarah ?

– Oui. Enfin non, plutôt les gens qui lui ont fait du mal.

Elle raconte à Calloway les découvertes de Killian sur le destin de certains personnages du tableau. Ces morts violentes et inexpliquées. L'inspecteur l'écoute attentivement.

– C'est du beau travail. Vous pouvez dire à ce garçon de m'appeler ? Nous avons tous des pièces du puzzle, mais pas les mêmes. Pouvez-vous lui donner mon numéro qu'il me passe un coup de fil, même ce soir ?

– J'aimerais pouvoir le faire, Calloway, mais c'est en partie avec lui que je me suis fâchée. Il est reparti pour Londres.

– Alors, laissez-moi son numéro, que je prenne contact avec lui.

– Non, non ! Il est un peu particulier de caractère, un appel de la police le ferait flipper. Je vais lui laisser un message. Je vais lui expliquer.

– Vous êtes sûre ?

– Oui.

– Très bien, alors dites-lui que j'attends qu'il se manifeste.

– Je lui dirai, promis…

– Alors bonsoir, Diane.

– Bonsoir inspecteur.

C'est idiot d'avoir le cœur lourd pour un policier qu'on ne connaît pas et qui dîne en famille. C'est idiot d'avoir le cœur lourd tout court. *« Où est ta belle solitude arrogante, Diane ? »* Elle hésite et déambule, songeuse, dans la pièce. Margareth a dit que le *mollen skink* ne s'accompagne que d'un bon whisky. Un Glenglassaugh. Distillé à moins de cinq miles de Mullen. Par une femme. S'enivrer du nectar d'une femme. Diane pense au corps de Courtney.

Le whisky bat ses tempes et pulse son pouls qui cogne. Que dit le fils du gantier de Stratford déjà ? Elle murmure les vers de Shakespeare :

« aux femmes, verse donc des torrents de plaisir… et confonds ma goutte de désir dans ton large caprice. »

La lueur des flammes qui rougeoient fait danser son ombre contre les murs tapissés de rouge, et sur les dos alignés des livres reliés de cuir. *« Dans le fond du jardin, père Kelly travaille les reliures lui-même »*, lui a expliqué Margareth un jour de grand ménage.

Diane caresse les reliures. Les titres. Le nom des auteurs. Gravés dans le cuir. Elle suspend soudain son geste : Ashley Royce, « Sang donné ».

Une folle envie de parler avec Ashley la pousse à composer son numéro.

– Allo ? Qui êtes-vous ? dit-elle surprise par la voix d'homme qui lui répond.

– Diane ?

– Comment savez-vous mon nom ?

– Il s'est affiché sur l'écran du téléphone.

– Pourquoi répondez-vous sur le téléphone d'Ashley ?

– Parce que je partage sa vie.

– Vous… vous êtes son compagnon ?

– Oui.

Bien sûr qu'Ashley a une vie, bien sûr qu'un homme doit avoir succombé à sa beauté, à son esprit, à son talent. Mais Diane reste d'abord sans mots.

– Pouvez-vous me la passer s'il vous plaît ? dit-elle enfin.

– Non. Elle dort. Elle est fatiguée en ce moment. Et d'ailleurs, il est tard. Un message en particulier ?

– Non. Qu'elle se repose. Faites-lui part de mon appel, j'essaierai de la joindre demain.

– Je transmettrai.

– D'accord. Merci monsieur… ?

Mais il a raccroché et, comme pour Calloway, elle reste interdite, à regarder son téléphone muet. Ashley a un homme dans sa vie ! Depuis combien de temps ? Pourquoi ne lui en a-t-elle jamais parlé ? Elle en sourit et esquisse deux pas de danse sur le parquet ciré. Un peu ivre, elle se laisse tomber, son verre à la main, dans le canapé où elle s'endort après avoir « dégusté » presque la moitié de la bouteille de Glenglassaugh.

Et les rêves défilent.

Chaotiques.

Une bonne heure plus tard, Margareth la réveille en tirant un plaid sur ses épaules.

– Désolée, murmure-t-elle, je ne voulais pas vous réveiller. Nous vous avions laissé un mot sur la table basse, mais j'ai eu peur que vous preniez froid. Mon père et moi, nous devons partir. Quelqu'un de notre famille est mourant. La maison est à vous et il y a tout ce qu'il faut dans la cuisine.

– Mais vous n'allez pas prendre le volant maintenant, en pleine nuit ? s'inquiète Diane.

– C'est à peine à un peu plus de deux heures de route d'ici, rassurez-vous.

– Ne serait-ce pas plus prudent de partir demain matin ?

– Mon père insiste. Il dit que c'est important. Vous devriez monter dans votre chambre, vous y seriez plus confortable.

Un instant, Margareth s'inquiète de l'air hagard de Diane. Comme une enfant qui ne comprend rien à ce qui se passe chez les grands. Au bord de la panique. Puis elle devine qu'elle se calme et la regarde se blottir à nouveau dans le canapé.

– Non merci, Margareth, je vais rester ici, j'y suis bien.

– D'accord. Alors je remets une bûche dans la cheminée et j'y vais.

– Votre père ne vient pas me dire au revoir ?

– Il est déjà dans la voiture et doit pester contre le babil futile des femmes.

– Il ne conduit pas, j'espère ?

– Il voudrait bien !

– Ne le laissez pas faire, et prenez bien soin de lui.

Margareth tire à nouveau le plaid sur les épaules de Diane qui s'est lovée dans le cuir, et s'en va.

Elle entend le bruit du moteur se perdre dans la nuit. Le silence se glisse derrière chaque ombre. Le feu crépite dans l'âtre. Et Diane ne sait pas vraiment pourquoi elle pleure.

Heureusement, il reste du whisky.

Il y a des nuits comme ça !

38

Strathnaver
Elle est morte ce matin…

Diane boit son café sans sucre. Dans un bol. Plein. Dans la maison déserte, un silence immobile tient son mal de tête à distance. Pas loin. En embuscade. Au moindre mouvement, il roule dans sa tête des billes de marbre qui percutent des cloches d'airain.

Dehors s'est levé un matin d'Écosse. Lumineux à l'horizon et déjà tout effiloché de pluies éphémères au-dessus du monde. À travers les larges fenêtres de la cuisine, il dessine sur le sol et les murs des ombres et des couleurs évanescentes dans lesquelles Diane perd son regard. Quand son téléphone sonne, il semble branché directement dans sa tête. Juste derrière ses yeux. Elle crispe ses paupières comme si elle pouvait en étouffer le timbre. Puis elle regarde le nom sur l'écran et décroche.

– Killian, il est sept heures du matin. Les bureaux ouvrent à neuf heures. Rappelle.

Elle raccroche, mais le téléphone sonne aussitôt.

– Diane. Il vaut que je vous dise…

– Écoute, Killian, je comprends, mais pas maintenant, tu veux bien ?

– Mais c'est...

– Killian, j'ai une gueule de bois de marin pêcheur des Caraïbes, tu comprends ça ? On m'arrache les cheveux de l'intérieur par poignées, alors pas maintenant !

– Non, Diane, il faut vraiment que...

– Killian, qu'est-ce que tu ne comprends pas dans l'expression *pas maintenant* ? Je suis cuivrée comme un alambic, alors lâche-moi ! Nos histoires de cul peuvent bien attendre une heure ou deux, non ?

– Mais...

Elle raccroche, jette le téléphone sur la table et se prend la tête entre ses mains. Un lourd galet de curling glisse dans son crâne. Quand il percute les autres galets, c'est comme le glas d'un bourdon de cathédrale à l'intérieur. Elle se lève, au bord du vertige, et récupère dans le réfrigérateur une cannette d'Irn Bru qu'elle boit d'une traite. Elle est hors de sa tête lorsque le téléphone sonne à nouveau.

– Merde, Killian, tu sais ce que c'est que d'avoir sifflé une bouteille de whisky toute seule dans la nuit ?

– Oui, je m'en doute, mais....

– Il n'y a pas de mais, Killian, j'ai un gong tibétain dans l'occiput, une poignée d'aiguilles d'acupuncteur derrière chaque œil et une serpillière croupie mal essorée dans la gorge. Rappelle plus tard. Dans dix ans !

Elle raccroche à nouveau et s'appuie des deux mains sur le plan de travail, le temps de retrouver la force et l'équilibre de monter à l'étage pour prendre une douche. Elle marche en Culbuto jusqu'à la salle de bains et, au dernier moment, se précipite dans les toilettes pour se forcer vomir. Plusieurs fois. Puis elle reste longtemps sous l'eau bouillante, puis glacée, au point qu'elle en suffoque. Et la poisse dans sa tête et son cœur se dissout peu à peu. Elle essuie son corps, sans pouvoir s'empêcher de penser qu'il est encore beau et qu'elle pouvait avoir la prétention de croire qu'elle méritait bien Courtney. Ou Killian. Ou Calloway.

Et pourquoi pas père Kelly ! Puis elle sourit de sa désespérante solitude sexuelle et sentimentale, ouvre grand la fenêtre de sa chambre et se jette, nue, les bras en croix, sur le dos, en travers de son lit. Et rit tout fort d'elle-même et de la vie en écoutant son téléphone qui sonne de désespoir. En bas. Dans la cuisine.

Quand elle redescend, un soleil de miel inonde la pièce immobile, même si dehors un vent taquin chahute les hortensias roses. Le téléphone sonne toujours et affiche une dizaine de messages.

– Killian, soupire-t-elle, tu es sûr que nos turpitudes d'amoureux et nos vanités sexuelles ne peuvent pas attendre quelques heures de plus ?

– Il ne s'agit vraiment pas de ça, Diane, c'est au sujet de....

– Oublie le reste, Killian, parce que moi, ce matin, moi, et pour le reste de ma vie probablement, il n'y a que ça qui m'intéresse et....

– Mais putain de merde ! hurle soudain Killian, vous allez fermer votre grande gueule de patronne égocentrique à la fin ! Vous croyez vraiment qu'il n'y a rien de plus important au monde que votre putain de libido à la con ? Bordel de merde ! Oubliez-vous un peu et écoutez-moi !

Passé la surprise, une colère brûlante enflamme l'esprit de Diane.

– Nom de Dieu Killian, mais pour qui te prends-tu pour me parler sur ce ton ? Que Courtney et moi ayons baisé ensemble te donne peut-être le droit d'être furieusement jaloux, j'en conviens, mais certainement pas celui de m'insulter de la sorte. Tu te souviens de qui je suis, Killian, tu t'en souviens ?

Mais Killian s'est déjà calmé. Il marque un temps de silence avant de répondre, d'une voix posée et résignée.

– Diane, vous n'êtes plus rien du tout pour moi, je vous ai donné ma démission. Celle de Courtney sera sur votre bureau à votre retour à Londres. Je voulais juste vous faire part de ma dernière découverte. Sarah, c'est Ashley...

– Quoi ? Qu'est-ce que ça signifie, c'est Ashley ? C'est Ashley quoi ?

– Sarah, c'est Ashley Royce ! Tout est expliqué dans les messages que je vous ai laissés. Démerdez-vous avec. Pas la peine de me rappeler.

– Killian, attends…

Cette fois, c'est lui qui raccroche. Diane finit de dessaouler dans la seconde et se précipite sur ses messages.

Diane, Sarah, c'est Ashley Royce. C'est Ashley qui a écrit le journal de Sarah et j'en ai la preuve. Je vous appelle.

Elle passe au message suivant.

Diane, je vous en prie, laissez-moi vous expliquer, il n'y a aucun doute : Ashley a écrit le journal de Sarah et je peux le démontrer. Je ne veux parler que de ça, je vous le jure.

Autre message.

Diane, si vous avez gardé les dossiers que j'ai failli brûler au presbytère, regardez la page avec la liste chronologique des romans d'Ashley. Regardez-la bien et rappelez-moi quand vous l'aurez sous les yeux. Je vous en prie.

Le message suivant est signé par Courtney.

Diane, je t'en prie, fait ce que Killian te demande. Nous n'avons jamais rien vu parce que nous connaissons cette liste par cœur et que nous la survolons sans vraiment la lire chaque fois qu'elle passe entre nos mains. Mais cette fois, ça a sauté aux yeux de Killian comme une évidence. C'est une preuve indiscutable, Diane. Je t'en prie, fais-le pour Sarah !

Diane se lève, troublée, et se précipite dans la bibliothèque pour récupérer les dossiers de Killian. Elle trouve la liste et la relit avec attention. Sans rien remarquer, mais avec le sentiment étrange d'avoir sous les yeux quelque chose de terrible. Elle se laisse choir dans le sofa de cuir, les pieds sous ses fesses, et affiche le message suivant.

C'est un acrostiche, Diane, un acrostiche tout bête et qui explique tout. Absolument tout.

Et son cœur trébuche quand elle lit la liste parce que la vérité lui saute aux yeux. Évidente. Indiscutable. Écrite à la verticale. Par la première lettre de chaque titre.

Sang donné
Où meurent les anges
Un amour sacrifié
Vient toujours le temps
Infinie tristesse
Être et ne rien devenir
N'oubliez jamais
Sans toi, si jeune
Tendre est l'enfance
Ombres
Il est encore temps
D'autres désirs
Encore vivre
Seules les âmes
Absence
Rien ne sert de mourir
Aimer surtout
Heureux les anges

– Seigneur Dieu, murmure Diane : « Souviens-toi de Sarah ».

L'acrostiche des titres d'Ashley Royce compose le titre du journal intime de Sarah. Elle lâche la feuille qui glisse en pendule jusque sur le parquet. Ça ne peut pas être une coïncidence, Killian a raison, c'est une preuve. Elle l'appelle, mais il ne répond pas. Quel petit con génial et buté ! Ashley a écrit le journal de Sarah. La phrase tourne dans son esprit soudain clairvoyant et d'autres certitudes se dessinent, terribles : Ashley est Sarah et le journal n'est pas la lubie d'un auteur sous pseudonyme. Ce n'est pas une fiction. Cette enfance et cette vie désastreuse, cruelle et sordide, Ashley ne peut que l'avoir vécue. Ils ont retrouvé tant de preuves indéniables de l'existence de Sarah. Le château de Moíndhearg, la salle des offenses, les cadavres du majordome et de Père Patrick…

Et soudain, l'autre vérité lui saute aux yeux et son esprit déraille cette fois. Le premier roman d'Ashley, le seul que Diane n'a pas publié, « Sang donné », remonte à plus de vingt ans. Elle tente de se lever pour affronter tout ce que cela suppose, mais un vertige la fauche et elle retombe dans le divan. Elle compose à nouveau le numéro de Killian qui ne répond pas et elle lui en veut. Elle s'en veut à elle. Au monde entier qui a osé faire ça à Ashley. Les larmes lui piquent les yeux. Elle nie de la tête, comme si elle pouvait encore ne pas y croire. Elle affiche le message suivant.

Diane, cet acrostiche signifie qu'Ashley savait ce qu'elle faisait depuis l'écriture de son premier roman. Cette confession, elle la préparait depuis plus de vingt ans et elle l'a construite année après année, pendant tout ce temps, pour ne lui donner de sens qu'avec cet ultime manuscrit.

Mais pourquoi ? Panique Diane. Pourquoi une confession après toute une vie ? Une vengeance, ça se comprend, ça s'organise, ça se peaufine, avec le but précis de faire mal, de rendre coup pour coup, mais une confession, à quoi ça sert ? À qui cela peut-il faire du mal ou du bien ?

Elle compose le numéro de Killian et c'est Courtney qui répond.

– Il ne veut pas te parler, Diane.

– Je peux l'admettre, Courtney, mais toi, tu veux bien me parler ?

– …

– De Sarah et d'Ashley, Courtney, tu veux bien ?

– Je veux bien, Diane, mais je vais démissionner quand même.

– Rien ne t'y oblige, à part toi, Courtney, mais c'est ta décision. Parle-moi d'Ashley. Est-ce que Killian a découvert d'autres choses ?

– Bien sûr, tu le connais, il y a passé la nuit et, comme pour l'acrostiche, tout était sous notre nez. Tu te souviens des premières pages du manuscrit où la mère de Sarah était enterrée sous le nom de Sheila Dennehie ?

– Oui, vaguement…

– Nous en avions déduit que Sarah s'appelait Dennehie également. Sarah Dennehie.

– Et ?

– Killian avait fait des recherches auprès de l'état civil pour confirmer l'existence de Sarah, mais comme notre enquête en a vite apporté la preuve, il avait un peu délaissé cette piste. Mais avec la conviction qu'Ashley et Sarah étaient la même personne, il s'y est intéressé cette nuit. Sarah ne s'appelait pas Dennehie, Diane, mais Corey, du nom de jeune fille de sa mère.

– En quoi est-ce important ?

– Diane, fais un effort. À quel nom sont signés les contrats d'Ashley ?

– Seigneur Dieu, Abigael Corey ! Mais pourquoi « Sarah » alors ?

– Sarah est née des premières amours de sa mère avec un homme de passage, probablement un certain Charlie Lester d'après les informations rassemblées par Killian. Jason Dennehie a épousé la mère de Sarah parce qu'elle était enceinte, sans doute pour lui éviter la honte du village. Et il s'est tué en emmenant sa femme accoucher, comme Sarah le raconte dans son journal. Il semblerait que chaque parent avait souhaité lui donner un prénom à la naissance. Abigael, pour le celui qui n'a pas eu le temps de devenir son père adoptif. Sarah, pour la mère. Tu connais l'étymologie d'Abigael ?

– Courtney, je t'en prie, va droit au but !

– Abigael est dérivé de l'hébreu et signifie *la joie du père*. Killian pense que quand ce fameux père est mort, sa mère n'a plus voulu que Sarah soit la joie d'un père absent et n'a gardé que son deuxième prénom.

– Mais Courtney, comment Killian en est-il arrivé là ? De quoi a-t-il déduit cette explication ?

– Il n'a pas eu besoin de le faire, Diane, parce que c'est le destin d'un des personnages du premier roman d'Ashley. Une de ses héroïnes refuse de s'appeler Abigael pour cette raison.

– Donc, avec son deuxième prénom, Ashley est bien Sarah, même pour l'état civil.

– Oui, et Killian passe tous ses romans au crible des noms propres que nous avons croisés pendant l'enquête. Il a déjà trouvé des Kelly Hemingway, des Lizbeth Glencoe, des Patrick Devilness…

– Alors tout a toujours été sous nos yeux…

– Oui, mais nous ne pouvions rien comprendre sans le manuscrit de son journal.

– Est-ce que le nom de plume d'Ashley a un sens aussi ?

– Oui, et Killian qui adore les anagrammes s'en veut de ne pas l'avoir compris plus tôt. Ashley Royce est, à une lettre près, l'anagramme du nom de sa mère, Sheila Corey. Juste un « y » à la place du « i ».

– Waouh ! souffle Diane, comme un marathonien en bout de course.

– Que vas-tu faire ?

– Je suppose qu'il faut que je l'appelle, murmure Diane.

– Je suppose aussi, répond Courtney, mais garde bien une chose en tête : si Ashley est Sarah, alors le mystère du manuscrit est résolu.

– Comment ça ?

– Il n'a jamais été envoyé de Stockton-on-the-Bridge ni de nulle part ailleurs. Il a été déposé sur ton bureau par Ashley elle-même.

– Oui, tu as probablement raison. Le jour où le manuscrit a atterri sur mon bureau, Ashley venait me dire qu'elle souhaitait arrêter d'écrire…

– Une sorte de testament littéraire, alors ?

– C'est possible. Ou alors, elle voulait que nous menions cette enquête.

– Pourquoi l'aurait-elle voulu ?

– Pour que nous confirmions sa confession. Pour que nous sachions, et les lecteurs aussi, qu'elle avait vraiment vécu ces horreurs.

– Peut-être bien, Diane.

– Bon, je vais essayer d'encaisser tout ça et j'appellerai Ashley dans la journée. Prends bien soin de toi, Courtney, et remercie Killian pour moi. Je t'embrasse et...

Mais Courtney a déjà raccroché.

Dehors, un vent de chien fou affole les haies. Sur l'océan plombé, il doit prendre la mer à rebrousse-vagues et éclabousser le ciel d'écumes revêches. Une ombre passe dans le jardin et quelque chose cogne à la porte. Diane va ouvrir et trouve les journaux. Le vent la gifle et elle rentre aussitôt les lire dans la cuisine.

Les unes sont encore consacrées à l'affaire de Moíndhearg et tous les personnages du tableau des offenses ont été identifiés maintenant. Des têtes et des réputations tombent déjà. Le scandale politique est violent comme un orage.

Calloway tient sa parole pour l'instant. Sa ruse fonctionne à merveille. Il déclare être remonté jusqu'aux ballets roses de Moíndhearg à la suite de suspicions concernant un accident qui a failli tuer une éditrice londonienne. Il a pu relier l'homme mort dans la collision au comte de Moíndhearg. Sûr que le policier lui a mis la pression grâce aux informations puisées dans le journal de Sarah. Les traces d'un troisième véhicule que la police n'a pas encore réussi à identifier ont suffi à faire craquer le comte. Connaissant un peu les manières de Calloway, celui-ci a dû instiller chez l'homme aux abois l'idée qu'après avoir éliminé son chauffard, « on », ou « qui il savait », n'hésiterait pas à l'éliminer lui aussi.

Elle veut appeler Calloway mais se retient.

Maintenant qu'Ashley est Sarah, elle ne veut pas prendre le risque de l'impliquer dans l'enquête.

Ne sachant pas vraiment quoi entreprendre, Diane se prépare un long café. Perdue, elle repense à toute cette histoire, tous ces malheurs, ces viols, ces horreurs, ces crimes avec, obsédant, en filigrane de tout ça, le sourire radieux d'Ashley. Son amie. Sa confidente. Sa complice. Son auteur depuis vingt ans.

Son téléphone sonne et elle ne reconnaît pas le numéro. Elle hésite un court instant, puis accepte la communication.

– Diane ?

Elle croit reconnaître la voix de l'homme qui avait répondu sur le téléphone d'Ashley, sans en être vraiment sûre.

– Oui, c'est moi…

– Je vous appelle de la part de père Kelly.

– À quel sujet ?

– Je suis désolé d'avoir à vous annoncer une si triste nouvelle.

– Quoi ? panique Diane. Il est arrivé quelque chose au père Kelly ?

– Non, Diane. C'est Ashley. Ashley Royce. Elle est morte ce matin…

39

Strathnaver
Sans le cercueil d'Ashley.

Diane est défaite. Une mauvaise houle roule et tangue dans son cœur. Dans sa tête souffle en continu une désastreuse tempête. Le même désordre que dehors, même rage, même force, mais sans horizon pour laisser filer sa peine. Elle a fini par fuir le presbytère sous un ciel en deuil, justement. D'une infinie tristesse, d'une froideur insupportable, à désespérer du moindre espoir de lendemain. Elle est sortie confronter la violence de sa peine au déchaînement d'un vent de chagrins. Elle est sur la falaise et il la repousse, la bouscule, cherche à la terrasser. À croire qu'il ne veut plus d'elle. Comme cette mer qui hurle, qui fracasse ses vagues en geysers d'écumes que des bourrasques dispersent aussitôt au ciel pour les pleuvoir sur elle. Et qui noient ses larmes de leurs embruns. Des éléments en guerre, qui agressent l'humanité, qui haïssent les hommes et s'en prennent aux femmes esseulées que le désespoir égare sur des chemins hasardeux.

Dans cette tourmente, Diane fulmine aussi de rage contre le monde entier. Mers, vents et tempêtes compris. Elle lutte contre eux pour rejoindre la maison de Sarah. Cette masure où Ashley, qu'elle aimait le plus au monde, a été une autre femme. Une enfant. Meurtrie, celle-là. Blessée. Violée. Une enfant qui a tué pour survivre.

Ashley.

Elle répète sans cesse ce prénom qui lui consume l'âme. Son amie. Sa sœur de cœur. Sa confidente aussi, presque sa mère, qui vient de mourir loin.

C'est en relevant la tête contre le vent qu'elle l'aperçoit. Elle plisse ses yeux contre la pluie qui cingle son visage pour mieux voir. Un homme se tient debout, planté de travers, sa maigre silhouette appuyée contre le vent qui le fouette, face à la maison de Sarah. Malgré la pluie qui le gifle à chaque bourrasque, il reste le front buté contre la tempête, à distance de la maison. Quelque chose de tragique dans son attitude et de craintif à la fois. La colère du temps a délavé toutes les couleurs du monde. Ce n'est plus qu'une scène en noir et gris. Diane se dirige vers l'homme qui ne la voit pas venir et elle ne le reconnaît qu'un dernier moment.

– Logan ?

Il tourne vers elle son visage émacié, bleui par le froid. La pluie a filé ses longs cheveux en queues-de-rat. Elle croise ses yeux sombres et fiévreux qui l'implorent et se méfient d'elle à la fois.

– Qu'est-ce que tu fais ici, Logan ?

Il ne répond pas, mais son regard s'égare soudain, comme s'il découvrait l'endroit où il se trouve. Un brusque frisson le glace sur place.

– Ne reste pas là, décide Diane en le prenant par le bras. Viens, abritons-nous dans la maison.

Le temps de raviver les braises et de relancer le feu, Diane ordonne à Logan de se déshabiller. Elle lui propose de passer dans la salle de bains et de se sécher avant d'enfiler des vêtements de père Kelly qu'elle décroche d'une penderie. Puis elle prépare deux whiskys bouillants et ils restent un long moment silencieux, attentifs à leur sang qui se réchauffe et à l'alcool qui détend leurs muscles tétanisés par le froid.

– Alors ? demander Diane au bout d'un interminable silence.

Logan soupire, les yeux fermés, pose sa tasse sur la table, prend son visage dans ses deux mains pour ramener ses cheveux noirs et mouillés en arrière. Diane devine qu'il lui en coûte de se confier enfin.

– J'ai lu toute cette enquête dans la presse autour de vous. J'ai vu le tableau aussi. Bien sûr, j'ai aussitôt reconnu cette ordure d'évêque, alors je suis allé lui rendre visite. Il n'était plus dans la maison qu'il a volée à ma mère, mais des maisons, ils en ont extorqué tellement d'autres ! Je savais où il pensait se cacher de la police. De manière un peu musclée, je lui ai donc demandé d'avouer certaines choses…

– Logan, j'espère que tu n'as pas…

– Si !

– Mon Dieu Logan, mais pourquoi ?

– Parce que cette âme nauséabonde, pour se défendre, pour m'avilir, pour m'humilier, m'a tout dit de mon père. Comme si le monstre qu'avait été mon père le dédouanait, lui, de celui qu'il était toujours.

– Alors tu sais pour père Patrick ?

– Oui, cette pourriture d'évêque a pris un long et malin plaisir à tout me raconter par le détail. Une minutieuse torture. Un dépeçage en règle. J'ai cru vomir mon cœur. Je l'ai même imploré d'arrêter, mais sa cruauté le poussait à jouir de mon désarroi, encore et encore. Je me suis retrouvé prosterné devant lui, à gémir, à le supplier. J'avais honte. Alors, comme il s'est mis à se moquer, à rire de moi, à dire que j'étais aussi veule et vil que mon foutu détraqué de père, je lui ai fracassé le crâne.

– Oh non, Logan ! Tu n'as pas fait ça, j'espère ? Est-ce qu'il…

– Non, il n'est pas mort, Bad Billy a retenu mon bras.

– Quoi ? Tu as entraîné Bad Billy dans cette affaire ?

– Je n'ai pas eu besoin. C'est lui qui m'a appelé pour me convaincre de ne pas laisser cette ordure échapper à la police. Nous y sommes allés ensemble.

– Et ensuite ?

– Nous avons ficelé l'évêque, nu sur une chaise, et nous avons passé un coup de fil anonyme à la police pour qu'ils le retrouvent.

– Mon Dieu Logan, dans quel pétrin vous vous êtes fourrés, Bad Billy et toi ?

– Et Madison aussi. Elle faisait le guet pour nous, murmure-t-il.

– Est-ce qu'ils se sont mis à l'abri, au moins ?

– Oui, ils ont quitté Glasgow.

– Tu sais où ils sont ? Je dois absolument leur parler…

– Oui. Ils sont ici, à Strathnaver, ils m'y ont conduit avec leur voiture. Ils m'attendent au magasin, sur la rue principale.

– Mais pourquoi êtes-vous venus jusqu'ici ?

– Ils m'ont dit qu'Ashley Royce était décédée et qu'ils souhaitaient assister aux obsèques. Ils m'ont aussi expliqué qui elle était vraiment. La Sarah dont un manuscrit décrivait le calvaire.

– Mais comment l'ont-ils su ?

– Courtney les a appelés pour les informer que vous auriez besoin de soutien dans ce deuil.

– Et toi, que fais-tu là ?

– Cet évêque de malheur a pris un plaisir sadique à me raconter tout le mal que mon père avait fait à Sarah. Comment elle l'avait probablement tué pour se défendre quand il l'avait envoyé se débarrasser d'elle et de son enfant ici, à Strathnaver où elle s'était réfugiée. J'ai juste eu à demander à la serveuse du magasin où était la maison de Sarah.

– Et maintenant, qu'est-ce que tu veux faire ?

Logan soupire à nouveau et se masse plusieurs fois le visage en se pinçant les yeux.

– Je n'en sais rien. C'était idiot de venir. Je n'ai rien à trouver ici, sinon le fantôme d'un mauvais père que je n'ai jamais connu. Ou peut-être la certitude qu'il est bel et bien mort, pour échapper à son emprise malfaisante.

– Cela t'aiderait réellement à te libérer de cette tourmente ?

– Comment voulez-vous que je le sache, sans le vivre vraiment ?

Diane se lève, lui tend le suroît de père Kelly et passe son manteau de pluie. Ils sortent dans les derniers assauts de la tempête et, le temps qu'ils rejoignent la faille, il ne reste que des bourrasques d'arrière-garde qui chahutent dans les rayons d'un nouveau soleil. La nature tout autour reprend des couleurs. Elles coulent sur terre depuis un arc-en-ciel.

– Voilà, dit Diane, ton père, père Patrick, est enterré sous cet éboulis puis un demi-siècle.

Diane explique à Logan la mort de père Patrick, tué par Sarah et enseveli par père Kelly.

– Je te le raconte parce qu'aujourd'hui, Sarah est morte aussi. Cette révélation ne peut plus l'atteindre, alors, si elle peut te libérer d'une obsession… De toute façon, tout se saura bientôt quand le manuscrit sera publié.

Pendant plus d'une minute, Logan regarde la faille, incrédule, puis soudain, il cambre le dos et hurle contre le ciel un long cri de délivrance. Puis il se tourne vers Diane, la prend dans ses bras et pleure sur son épaule. D'apaisement ? De joie peut-être ?

– On s'inquiétait, dit Madison.

Ils se retournent. Madison est là, blottie contre Bad Billy. Diane leur tend les bras et ils restent tous les quatre, serrés très fort les uns contre les autres, comme pour des retrouvailles. Ou des funérailles. Puis Diane rompt leur étreinte et les invite à retourner au presbytère.

C'est Madison qui prend l'initiative du lait de poule, à la Brenda MacFarlane, pour tout le monde.

– Je n'arrive encore pas à croire que Brenda et Harvey aient joué un rôle dans ton accident, dit Madison en cherchant des gâteaux. Elle trouve des *shortbread* et de *oatcakes* dans une boîte en métal et ils s'en régalent.

– Harvey n'y est pour rien, répond Diane. L'homme qui est mort dans mon accident, celui qui voulait me tuer, c'était Marty Pinkerton.

– Le fils de Pinky ? Tu prétends que c'est un flic qui a organisé l'accident ?

– Le vieux Conninghan et son fils s'en expliquent en ce moment devant la police. Calloway les a coffrés hier soir. Ils devaient tenir Marty pour quelques magouilles, comme ils le font souvent entre eux.

– Pauvre Pinky, murmure Bad Billy, il ne faut surtout rien lui dire.

Ils parlent et s'étonnent de toutes ces terribles et macabres histoires qui n'ont pour origine que l'arrogance sociale d'une caste et la détestable déviance sexuelle de quelques-uns.

– Je ne comprendrai jamais cette perversion envers les enfants, bougonne Madison écœurée.

– C'est une question de pouvoir, lâche Logan d'une voix sombre.

– Comment ça, s'indigne Diane, quel pouvoir ?

– C'est le dépassement de l'interdit. Du pire interdit. L'exercice d'un pouvoir sans aucun compte à rendre. La jouissance de commettre l'abominable en toute conscience et de se savoir à l'abri de tout jugement. C'est aussi le pouvoir de ces hommes de se soutenir les uns les autres. Le pouvoir du groupe qu'ils forment. Le pouvoir sur l'innocence de leurs victimes. La pédophilie n'est pas un problème de déviance sexuelle, c'est un problème de dégénérescence du pouvoir. Il y a des scandales pédophiles dans tous les cercles de pouvoir…

Tout le monde s'étonne de la tirade de Logan, mais personne n'ose lui demander de s'expliquer. Une gêne s'installe qu'un crissement de gravier à l'extérieur vient rompre. Diane regarde par la fenêtre et va ouvrir la porte.

– Nous étions à mi-chemin, dit Courtney, les larmes aux yeux. Nous nous sommes permis de revenir.

– Vous avez bien fait, dit Diane en la serrant dans ses bras.

– Je ne veux pas créer de malaise, dit Killian, si tu préfères que….

– Ne dis pas de bêtises… Ashley est morte et tous ses amis sont les bienvenus. Nous en étions au lait de poule et aux *oatcakes*, si ça vous dit.

Ils entrent, un peu gênés, et Killian se fige en découvrant Logan.

– Qu'y a-t-il ? s'inquiète Diane.

– Qui est-ce ? dit-il en désignant Logan, cette ressemblance, Seigneur dieu ! Tu sais vraiment qui est cet homme, Diane ?

– Oui, nous le savons tous, Killian, et toi aussi apparemment. Courtney, je te présente Logan, le fils de père Patrick.

– Oh mon Dieu ! murmure Courtney.

– Écoutez, tous les deux : Logan a été victime de son père au moins autant que Sarah. Il a mené son enquête de son côté et elle l'a mené jusqu'ici aujourd'hui. Il est là, c'est comme ça et c'est bien.

Logan s'approche et tend la main à Killian qui finit par la serrer, sans cesser de le dévisager.

– J'ai trouvé des photos de votre père en fouillant les archives numériques de certaines paroisses de Glasgow. Vous lui ressemblez tellement !

– Pas en toutes choses, j'espère, sourit Logan qui salue Courtney à son tour.

– Montez vous installer, le temps que Madison prépare votre lait de poule. Prenez la deuxième chambre à l'étage. Bad Billy et Madison occuperont la première et Logan la troisième. J'irai dormir dans la maison de Sarah.

– Est-ce qu'on sait comment vont se dérouler les obsèques ?

– Non, je n'en sais rien encore. Père Kelly m'a dit que ça se passera ici, après-demain sûrement.

– Pourquoi après-demain ?

– Je n'en sais rien. Il m'a juste parlé de problèmes d'église, de paroisse et de compétences à régler. Et des volontés très précises d'Ashley à respecter. Seigneur Dieu, je n'arrive pas encore à y croire…

La journée se passe dans le souvenir d'Ashley. Mélancolique d'abord, puis joyeuse, les repas et le vin aidant. Le soir, autour d'un feu vif, au cours d'une étrange veillée sans aucune malveillance, ils expliquent à Logan tout ce que le journal de Sarah dit de son père. Puis ils boivent en silence, le regard perdu dans les flammes dansantes. Quand les mots ne servent plus à rien, ils montent se coucher. Diane décide de dormir dans le sofa. Logan reste encore un peu, silencieux, égaré dans ses pensées, puis disparaît après l'avoir serrée dans ses bras.

Le lendemain est comme un dernier jour de vacances entre amis qui n'attendent plus d'autres amis. Quelques fois, ils sont tous ensemble, d'autres fois, ils se séparent.

Bad Billy et Madison entraînent Logan jusqu'à la plage de Farr Bay. Courtney et Killian mettent un point d'honneur à descendre le plus tard possible de leur chambre. Enlacés, ils vont ensuite laisser leurs empreintes amoureuses dans les grandes étendues sablonneuses de Torrisdale Bay, inondées des eaux couleur de ciel de la Naver et de la Borgie. Diane se réfugie dans la maison sur la falaise et s'enferme, dans la chaleur du souvenir d'Ashley.

Tout le monde se retrouve dans l'après-midi, quand une fine pluie tisse un voile gris sur l'horizon et les rappelle au presbytère. En revenant de Torrisdale Bay, Courtney et Killian se sont arrêtés au Store acheter de quoi agrémenter un thé bienvenu. Leur choix s'est porté sur du *Clooty dumpling* aux raisins secs et à la mélasse, *Dundee cake* aux fruits confits, et gâteau au whisky et à l'orange.

Puis un nuage isolé se boursoufle et masque le soleil. La journée s'éteint. Une nouvelle pluie drue amène le crépuscule. Et c'est la nuit. Ils se dispersent dans la maison. Madison cuisine des biscuits. Elle dit qu'ils en auront besoin demain. Logan la regarde s'affairer, comme une mère qu'il n'a jamais eue. Courtney a choisi un livre dans la bibliothèque. Les sonnets de Shakespeare. Elle les lit en surveillant, de temps en temps, par-dessus la couverture en cuir, Diane qui ne fait rien, blottie dans le canapé, les yeux perdus dans ses pensées. Bad Billy parle à voix basse avec Killian puis va voir s'il peut aider Madison. Killian hésite un instant et annonce qu'il monte se coucher. Courtney lui dit d'accord. Bonne nuit. Qu'elle le rejoindra plus tard.

C'est une dernière nuit.

Demain, ils mettront Ashley en terre.

Diane tire alors le manuscrit de son sac. Ils sortent du salon et la laissent seule.

Chacun devine qu'elle va relire les ultimes pages du journal de Sarah. Ashley maintenant. Une autre lecture, de toute évidence. Plus personnelle. Plus intime. Pour comprendre mieux.

40

Journal de Sarah
Samedi 16 mars 1968 – Strathnaver

Une odeur de tabac. Les pieds d'une chaise raclent le plancher de la cuisine. La théière siffle. Devant mes yeux alourdis de sommeil, le visage de ma douce princesse. Ses doigts se sont entortillés dans une mèche de mes cheveux. Je les libère et me lève. D'un seul coup, toutes les peurs de la veille et de la nuit m'oppressent le cœur. Qui est là ? J'ose un timide *« C'est vous, père Kelly ? »* et reçois en retour un rassurant *« Qui veux-tu que ce soit ? »* qui me soulage au point d'en sourire.

Il est attablé et touille son thé. D'un mouvement de menton, il désigne la tache de sang devant la cheminée, celle de la blessure de Patrick, quand le tisonnier lui a percé la cuisse. Il me demande si j'ai égorgé un lièvre cette nuit, et je ne réponds pas. « Tu n'as pas quelque chose à me dire, Sarah ? »

Emmitouflée dans une couverture, le visage défait, je regarde mon brave père Kelly jouer avec le couvercle de la boîte à sucres. Dans le morceau d'aluminium qui lui sert de cendrier, son mégot s'éteint. D'une voix monocorde, je m'entends raconter mon histoire. Pas dans les moindres détails, bien sûr, mais rien ne manque aux meurtres que j'ai commis ni aux raisons qui m'ont poussée à les perpétrer. Je décris aussi la mort de

Petit Geoffrey, la horde qui nous traque déjà. Enterrer Andie ? Je n'y survivrai pas.

Père Kelly me regarde, les lèvres pincées, les sourcils froncés et le front ridé de sombres tourments. Ses yeux coloriés d'un ciel d'orage sont mouillés des larmes qu'il retient. Alors, je me dirige vers le vaisselier, sors la musette qui contient les trente mille livres de la vente de l'œuf de Fabergé et la pousse devant lui. L'étonnement se lit dans son regard. Au lieu de le laisser m'ensevelir sous des tonnes de questions ou de reproches, je prends les devants…

Non, ne fais pas ça Ashley, je t'en prie. Pas ça ! Il faut garder espoir. Les choses peuvent s'arranger. Tu as la vie devant toi, sois plus courageuse que ça, n'abandonne pas déjà…

S'il accepte de s'en charger, cet argent permettra de subvenir aux besoins de ma petite Andie. Je sais qu'il trouvera une famille qui lui apportera tout l'amour dont elle a besoin et que je n'ai plus le temps de lui donner. Cette idée m'a obsédée toute la nuit, le visage de mon ange contre le mien. Je n'ai plus de vie. Si Patrick a suivi ma piste jusqu'à Strathnaver, d'autres retrouveront aussi ma trace. Et si ce n'est pas eux, ce sera la police. Et tout ce qui pourrait m'arriver entraînerait le malheur d'Andie.

Tu te trompes Ashley, personne ne t'a retrouvée. Tu as survécu. Tu vas vivre encore des années, sans te soucier de matérialité. Tu seras riche même, célèbre et heureuse, alors n'abandonne pas Andie ! Garde ta fille près de toi, ne cède pas au désespoir, ne fais pas ça ! Ne fais surtout pas ça !

Père Kelly reste un long moment à me dévisager. Son esprit fouille dans les profondeurs de mon âme et, peu à peu, je sens une sorte d'apaisement ruisseler en moi. Je suis sur le point d'ajouter quelque chose, mais sa main se lève et m'interdit d'en dire plus. Il ne veut rien connaître de mes intentions ni de l'endroit où je vais tenter de me reconstruire. « Celui qui ne sait pas ne parle pas », précise-t-il en allumant son mégot éteint.

D'après lui, loin de Strathnaver, de bonnes personnes sauront répondre à mes exigences. Chez eux, Andie vivra heureuse, il en fait le serment.

Et la fumée s'enroule autour de lui.

Père Kelly, pourquoi avez-vous accepté cet odieux marchandage ? Comment avez-vous pu si vite vous résoudre à ce misérable abandon ? Regardez, mais regardez autour de vous ! Vous êtes encore là, Ashley était encore là il y a deux jours encore ! Et où est Andie maintenant par votre faute ? Comment avez-vous pu la priver de sa mère ? Comment avez-vous pu leur faire ça, à Ashley et à Andie ?

Père Kelly tient Andie contre lui, la petite s'amuse avec sa barbe grise et je me suis blottie contre eux, pour les enfermer dans un dernier geste d'amour. Tout est dit et je n'ai plus de mots à ajouter à mon immense tristesse. Nous en avons discuté pendant des jours. Des nuits entières. J'ai parlé surtout et père Kelly m'a écoutée. Il a laissé mes idées se mettre en place. Ma résolution se forger. Mon âme s'y résoudre. Pour Andie. Rien que pour Andie. Bien sûr, je prendrai des nouvelles auprès de lui, tous les jours si je peux. Il me suffira d'appeler à midi, juste avant le lunch. Le curé sera dans la cuisine, à côté du téléphone, à attendre un éventuel appel de ma part. C'est une promesse devant Dieu. J'écrirai des cartes postales signées Geoffrey, pour ne pas laisser de traces si elles tombent entre de mauvaises mains. Adressées à lui, pas à Andie. Je ne veux pas hypothéquer sa nouvelle vie. Qu'elle soit heureuse, à l'abri du danger que je suis pour elle, suffira à mon bonheur. Ou à mon malheur, je ne sais plus exactement. Mais il faut que ce soit loin de moi. Elle n'a pas deux ans, elle m'oubliera et aimera une autre mère. Elle n'en souffrira pas. Je serai la seule à souffrir. Père Kelly s'engage à veiller à ce qu'elle vive heureuse dans une famille aimante loin de Glasgow, de Stockton-on-the-Bridge, de Moíndhearg et de Strathnaver…

Mercredi 3 avril 1968
Strathnaver.

Je tire la porte de la maison sur la falaise. C'est un livre qui se ferme. Malgré l'insistance du père Kelly, j'ai refusé qu'il m'accompagne jusqu'à la *Station Oil* pour prendre l'autocar qui m'emmènera à Inverness. Je n'ai pas le courage d'éterniser la douleur des adieux. Même si je m'y prépare depuis deux semaines, j'ai peur d'un coup de poignard au cœur. J'ai besoin de silence, d'arpenter seule ce chemin qui descend vers Strathnaver. Si je veux avoir une chance de supporter cette nouvelle vie, je dois me servir de cette solitude, Mumiah.

Tu as eu tort, Ashley. Regarde, plus de vingt ans que nous nous connaissons. Tu n'as jamais été seule. Tu as eu des amis, des compagnons, des amants. Tu as eu ton métier, tes admirateurs. Tu m'as eu moi, Ashley, ton amie. Tu as survécu Ashley, et tu aurais pu survivre avec Andie. Comment est-ce que tu as pu te résoudre à faire ça ?

Tu comprends, ce que j'essaie de te dire, Mumiah ?
J'abandonne ma petite Andie pour la sauver et je te demande de rester là toi aussi pour veiller sur elle. Si je continue, l'envie de triturer le passé, de me battre avec ma déchirure ne cessera jamais. Nous avons partagé des folies, des rires, des violences et d'immenses moments de désarroi, et tu m'as toujours accompagnée. Chaque fois que j'ai eu besoin de toi, tu étais là, dans un coin de ma tête, sur la branche d'un arbre, dans l'eau d'une rivière. Je me sens coupable de te demander ça, mais je t'en prie, reste ici. Je reviendrai peut-être, ou quelqu'un se chargera de te parler de moi. Mumiah, ne me suis pas, c'est Andie qui a besoin de toi maintenant. Tu n'existes que pour elle. Pour lui dire un jour qui j'étais.
Laisse-moi m'imprégner encore une fois de ce paysage, d'en ressentir les odeurs, de me rassasier de la vue sur l'océan. Je n'oublierai jamais nos balades sur les plages de Farr Bay ou de Torrisdale Bay. De ces moments où tu m'as appris à comprendre qui je suis vraiment devant la beauté infinie de ces

horizons perdus. Si ma prochaine vie me joue des tours, je me souviendrai de la sérénité dont tu me couvrais les épaules sur le chemin du presbytère. Si la chance devient une usurière, je prendrai quelques pièces de bon sens dans le trésor que tu as enfoui dans un coin de mon âme. Et si un jour je parviens à vieillir, c'est ici que j'aimerais mourir.

À côté de toi, Mumiah.

Un couple de mouettes plane en criaillant au-dessus d'une masure effondrée. Je me retourne et j'aperçois la longue silhouette grise de père Kelly devant son église, avec le couffin blanc de mon petit ange dans ses bras. Au détour du sentier, l'image du bonheur disparaît. Il ne reste dans le ciel que la croix du clocher pour essayer d'agripper les nuages.

Les dernières paroles de mon curé résonnent dans ma tête. Lorsque je lui ai demandé s'il pouvait intercéder auprès de Dieu afin d'éclairer ma vie d'un peu de bonheur, sa réponse m'a étonnée. « Mais pourquoi passer par un intermédiaire ? Je suis Dieu, Sarah ! Et je serai toujours avec toi. »

J'aime cet homme. Ce qu'il a fait pour Andie et moi, et la force qu'il m'a donnée pour que mon ange ait une vraie chance dans ce monde. Maintenant, je referme ce dernier carnet bleu. Mumiah, ma vie de malheurs se termine où commence le bonheur d'Andie.

Merci d'avoir été là.

Sarah, ma petite Sarah. Ashley, mon amie…

41

… celles de ta mère.

Quand père Kelly et Margareth reviennent, en milieu de journée, Diane sort à leur rencontre, les bras croisés contre un air soudain frisquet et s'étonne de ne pas voir un corbillard suivre leur voiture.

– Il n'y a pas de corbillard, Diane.

– Pas de corbillard ? s'inquiète-t-elle aussitôt.

– Rentrons, s'il te plaît, Margareth et moi sommes épuisés.

Elle les précède et chacun se doute que quelque chose ne tourne pas rond quand elle pénètre dans la pièce.

– Il n'y a pas de corbillard ! lâche-t-elle exaspérée et déçue à la fois.

C'est elle qui décide que l'explication aura lieu dans la cuisine et tout le monde la suit. Père Kelly se laisse tomber sur une chaise, soudain aussi vieux que son âge, et Margareth s'affaire aussitôt à lui préparer quelque chose à manger. Madison s'empresse de l'aider.

– Pourquoi n'y a-t-il pas de corbillard ? Quand arrivera-t-il ?

Diane exige des explications.

– Il n'y aura pas de corbillard, Diane.

– Mais pourquoi ?

– Parce qu'Ashley a été incinérée à Inverness.

Un instant de stupeur fige la pièce avant que Diane n'explose.

– Incinérée ! hurle-t-elle sans pouvoir retenir ses sanglots. Mais pourquoi ? Pourquoi avez-vous fait ça ? Je ne l'ai pas vue, vous m'entendez, je n'ai pas eu le temps de la revoir. Elle n'existe plus maintenant, et moi je n'ai pas eu le temps de la revoir une dernière fois ! Vous comprenez ça ? Mais pourquoi m'avez-vous fait ça ?

Elle hurle et sort de la cuisine en bousculant Logan qui cherche à la consoler et la calmer. Elle l'écarte pour se réfugier dans la bibliothèque et ils l'écoutent pleurer par saccades suffoquées.

Père Kelly se lève malgré sa fatigue, sous le regard inquiet de Margareth, et va rejoindre Diane. Elle refuse d'abord qu'il la prenne dans ses bras, puis s'y abandonne.

– Je ne l'aurai pas revue une dernière fois.

– Bien sûr que si, Diane, tu l'as forcément vue une dernière fois. Souviens-toi.

– Mais je ne l'aurai pas revue cette dernière fois-là…

Elle n'ose pas prononcer le mot, mais père Kelly le devine.

– Morte, tu veux dire ? La belle affaire. C'est ce qu'Ashley refusait, justement : que nous gardions d'elle l'image d'une morte, d'une malade affaiblie. Quel est ton dernier souvenir d'elle ?

Diane renifle comme une enfant, essuie ses yeux d'un revers de main et se souvient.

– Chez One Devonshire Gardens, à Glasgow, nous buvions du champagne…

– Et ?

– Et rien, nous étions bien… je me souviens qu'il y avait ce flic, Calloway. Quand il est parti, Ashley a trouvé qu'il avait un joli cul à la Yul Brynner.

– Et tu ne crois pas que c'est une bien plus douce image à garder d'Ashley que son visage figé d'un faux sourire de thanatopracteur, entre les planches capitonnées d'un cercueil ?

– Si, renifle encore Diane, peut-être bien…

– Ce que nous avons fait, c'est Ashley qui l'a voulu. Elle avait tout prévu. Une cérémonie privée avec quelques amis et relations de Port Augustus où elle vivait quand elle venait en Écosse. L'incinération à Inverness. Et la dispersion de ses cendres ici, à Strathnaver, depuis la falaise autour de sa maison.

– Vous parlez comme si….

– Oui, je parle comme si.

Diane fixe père Kelly. Elle cherche dans ses yeux une faille pour la détromper. Quelque chose pour la convaincre qu'elle aura mal compris.

– Oh non, je vous en prie, pas ça. Ne me dites pas ça.

– Si Diane. Ashley a choisi de mourir. C'est pour cette raison que nous avons couru là-bas en pleine nuit. Elle était malade depuis longtemps. Quelque chose d'irréversible.

– Malade ? Mais comment ça ? Elle n'en a jamais parlé à personne.

– Si, à moi pour me prévenir. Et à son compagnon pour lui en donner la force.

– Mais comment vous, un homme de Dieu, avez-vous pu l'aider à commettre ça, au lieu de l'aider à survivre ?

– Survivre pour qui, Diane ? Sais-tu au moins à quel point elle souffrait ? Et je ne suis plus un homme de Dieu depuis longtemps. Je ne crois plus ni en Dieu ni en moi. Je ne crois plus qu'à l'amour qui nous lie, vaille que vaille, dans cette vie de tourments. Je suis allé aider une âme que j'aimais à partir en paix dans la mort qu'elle avait choisie, sans plus souffrir ni perdre son humanité.

Diane s'est assise sur un accoudoir du canapé et pleure en silence, la tête posée sur la main de père Kelly, qu'elle tient dans les siennes. Elle n'a pas la force de demander comment cela s'est passé puis chasse aussitôt cette idée. Elle ne veut rien savoir. Jamais. Elle imagine Ashley, cette pauvre petite Sarah devenue femme, glisser tendrement hors de sa vie trop douloureuse, la main dans celle de père Kelly qui la couve d'un regard aimant.

Le chagrin l'abandonne et c'est un océan de tristesse qui enfle en elle et noie ses pleurs.

– Toi et moi, son compagnon et quelques autres aussi, nous lui avons donné le bonheur qu'elle méritait. C'est tout ce qui compte, Diane. Aucun comment, ni aucun pourquoi.

– Est-ce que son compagnon va venir ?

– Bien sûr. Il sera là dans une heure. C'est lui qui apporte les cendres d'Ashley.

Diane se surprend de ne plus pleurer quand père Kelly parle des cendres de son amie. Ashley n'est déjà plus prisonnière de son corps et de sa vie. Elle est une émotion maintenant. Une sensation chaleureuse. Un souvenir merveilleux. Elle sourit comme on sourit aux anges.

– À la bonne heure ! murmure père Kelly. Tu sais ce que disent les Brésiliens ? Ne pas regretter ce qui n'est plus, mais être heureux de l'avoir connu.

– Vous êtes allé au Brésil ?

– Non, mais j'aurais tant voulu.

Ils regagnent la cuisine au moment où une voiture se gare dans la cour. Margareth va ouvrir mais Diane, qui passe devant la porte d'entrée, la précède.

– Calloway ?

– Bonjour Diane. J'ai appris pour Ashley. Je ne sais pas trop pourquoi, mais je suis venu. Je suis désolé, je me rends compte maintenant que c'était idiot. Vous êtes en famille, je vais repartir…

Diane, déboussolée, ne trouve pas de réponse. C'est père Kelly qui le fait à sa place.

– Vous êtes Yul Brynner, n'est-ce pas ?

– Pardon ?

– Ne cherchez pas et ne faites pas l'idiot. Vous n'allez pas rentrer à Glasgow après cinq heures de route. Restez avec nous. Il semblerait que vous ayez été une des dernières heureuses surprises dans la vie d'Ashley.

Calloway s'étonne du regard auprès de Diane qui écarquille les yeux en haussant les épaules pour lui faire croire qu'elle ne comprend pas. Quand il passe devant lui, père Kelly regarde ses fesses et confirme le jugement d'Ashley d'un hochement de tête approbateur qui pousse Diane au bord d'une inopportune envie de rire.

– Je ne veux mettre personne mal à l'aise, dit Calloway après les présentations, je ne suis pas en service. Ce qui se dira à Strathnaver restera à Strathnaver.

– C'est gentil d'avoir abandonné femme et enfants pour la mémoire d'Ashley, dit Diane, faisant mine de s'occuper à autre chose.

– Pourquoi dites-vous ça ?

– L'autre soir au téléphone, vos enfants et votre femme qui vous réclamaient à table.

Père Kelly sourit de cette approche aussi directe que maladroite.

– Ah, eux ! Non, non, vous n'y êtes pas, c'étaient ma sœur et ses enfants. Je suis divorcé et elle est veuve. Nous essayons de bricoler un semblant de famille pour les petits.

– Quoi qu'il en soit, encore une fois, c'est gentil à vous d'être venu pour Ashley.

– En fait, je ne suis pas vraiment là pour elle...

Cette fois, Diane se tourne pour ne pas montrer son trouble, mais le silence qui s'installe fait sourire tout le monde.

– Savez-vous, Inspecteur, qu'Ashley trouvait que vous aviez le cul de Yul Brynner ? Et que sur ce croustillant détail, Diane n'était pas loin de penser la même chose.

– Père Kelly ! s'offusque Diane en rougissant.

– Eh bien, si c'est un compliment, j'en suis flatté, répond Calloway d'un sourire complice. Puis-je aider à quelque chose ?

– Aidez donc Diane à dresser la table.

– Volontiers.

– Nous sommes sept, précise Logan en souriant, comme les sept mercenaires...

Sans que personne ne s'en rende vraiment compte, Margareth a préparé un déjeuner. Du *Haggis* traditionnel, accompagné de *champit tatties* et de purée de navet. Elle se confond en excuses d'avoir eu recours à des congelés et se justifie en ajoutant qu'elle a tout cuisiné et précuit par elle-même. Père Kelly fait mine de se fâcher de voir ainsi ses réserves disparaître. Puis tout le monde s'affaire pour dresser la table et trouver du vin. Ils s'attablent quand un 4x4 maculé de boue entre dans la cour. Cette fois, Margareth profite de ce que Diane joue les cantinières pour servir les autres pour aller ouvrir. Quand elle accompagne l'homme dans la cuisine, Diane laisse tomber sa cuillère à service.

– Vous !

C'est l'homme au 4x4 gris. Celui de l'accident. Celui qui l'a aidée à se sortir de la voiture. Celui qui, selon Calloway, aurait expédié *ad patres* à mains nues le chauffard qui voulait la tuer. Un homme déjà usé, mais qu'on devine encore vigoureux et fort de caractère. Malgré sa surprise, Diane l'observe mieux cette fois. Ce tatouage qui remonte dans son cou. Celui qui glisse de sa manche de chemise jusque sur le dos de sa main droite. Des codes et des clés se déclenchent et s'imbriquent dans son cerveau surchauffé par l'émotion. Mais l'homme la précède.

– Ritchie, dit-il en tendant lui la main.

– Ritchie ? murmure Diane qui en tremble. Vous êtes Ritchie ? C'est vous le compagnon d'Ashley ?

Père Kelly coupe court à toutes ces effusions, autant pour respecter un semblant d'horaire que pour masquer sa profonde émotion. Il force tout le monde à passer à table. Il place Courtney et Killian de chaque côté de Ritchie, et Diane face à lui pour qu'ils puissent s'apprivoiser l'un l'autre. Ritchie se raconte…

Sarah est revenue à Londres après s'être assuré du bonheur d'Andie. Ils se sont cherchés l'un l'autre, sans se retrouver, pour se croiser enfin, vingt ans plus tard. Ils ont galéré, chacun de leur côté, beaucoup, la vie en équilibre sur le bord du trottoir. Un jour les pieds dans l'eau, un jour les pieds au sec. Plus d'une fois, ils ont failli redevenir ce qu'ils étaient. Des paumés, de petites gens, des presque rien. Puis Sarah a quitté Londres pour Édimbourg, une carte de visite en poche. Bryan Morgan, l'homme de Shakespeare, dans la minuscule boutique de Strathnaver. Il la prend sous son aile et lui trouve du travail. D'abord un job de serveuse à la cafétéria de la National Library of Scotland et, un an plus tard, un poste de libraire dans la célèbre Armchair Books de West Port. Avec des cours de littérature le soir.

– Nous nous sommes retrouvés en 1983 à Édimbourg. J'étais encore un peu voyou. Nous étions partis en virée en Écosse, une petite bande, pour le festival officiel, mais surtout pour le festival Fringe. Nous profitions des festivités et de la foule pour monter des embrouilles et des arnaques dans la journée, et le soir nous allions à la baston pour nous amuser. Un matin, avec une terrible gueule de bois, je me réveille dans un square, Charlotte square, pour être exact, et Sarah est là, près d'une grande tente, sous une banderole signalant le premier Salon du livre d'Édimbourg. Elle est belle, souriante. Elle semble heureuse. Rien qu'à la regarder, on devine qu'elle est éduquée. Moi, je suis sale, vaurien, ivre. J'ai envie de disparaître. Qu'elle ne voie pas ce que j'ai continué d'être loin d'elle. Mais je reste figé sur place et elle finit par m'apercevoir. Seigneur Dieu, personne n'a jamais eu autant d'amour dans ses bras pour moi qu'elle ce jour-là. Elle m'a serré longtemps, sans rien dire, les larmes aux yeux, puis m'a imposé comme volontaire et j'ai aidé à tenir le stand. Nous ne nous sommes pas parlé de la journée. Le soir, c'est elle qui m'a invité. Au Conan Doyle. Nous nous sommes tout raconté de nos vies et nous ne nous sommes plus quittés.

Le reste du repas s'anime des questions de tous et des réponses de Ritchie, puis de père Kelly qui y met fin. Il se lève et va chercher une bouteille de Drambuie.

– Nous aurons le temps que Dieu nous laissera pour continuer à parler de tout ça. Portons un toast à Sarah et Ashley, et prenons celui de leur rendre un dernier hommage depuis la falaise.

Ils boivent, interdisent à Margareth de débarrasser et l'entraînent avec eux.

Dehors, c'est un soleil de printemps dans un temps d'hiver. La mer est d'argent sous un ciel d'ardoise qu'une lumière divine perce par endroits de rais obliques. La lande s'allume de blondeurs et de rousseurs. La roche se patine d'ocre lumineux. Au-delà de la falaise, l'horizon scintille. Ils avancent en désordre, calmes, presque joyeux. Ils ne se rendent pas à des funérailles, mais accompagnent une amie qui s'en va. Ritchie marche devant, l'urne à la main. Quand Diane se retourne pour chercher des yeux père Kelly, elle l'aperçoit loin derrière au bras de Margareth. Il s'est habillé aux couleurs du clan des MacKay et porte une cornemuse en bandoulière.

Courtney rattrape Madison et s'accroche à son bras pour la prendre en confidence.

– J'ai un truc à te demander, Madison.

– Dis toujours.

– La lettre qui dénonce père Patrick à l'Évêché, c'est bien toi, hein ?

Madison s'arrête, la regarde, puis lui pince gentiment la joue.

– Décidément, t'es vraiment mignonne, toi !

Calloway aide tout le monde à sauter la faille qui barre le chemin de la pointe, et Diane se retourne cette fois pour surveiller Logan, qui lui fait signe, d'un sourire, que tout va bien. Puis Ritchie, en équilibre sur le dernier escarpement, face au nord, se tourne vers eux et attend père Kelly qui le rejoint et se poste à ses côtés.

– Toutes les beautés de ce monde ne sont que les conséquences de chaos antérieurs. Falaises, plages, océans, vallées et montagnes, tout naît d'un fracas. Nos vies aussi. Belles de ce qu'elles nous ont permis de survivre aux malheurs. Dieu est maître du chaos. Soyons comme Sarah, maître de sa vie en devenant Ashley.

Puis il embouche sa cornemuse et entame Amazing Grace face à l'océan qui s'illumine de transparences aigue-marine sous un soleil de paille. Ritchie ouvre l'urne et disperse les cendres. Le vent d'ouest les emporte vers Farr Bay. C'est Diane qui applaudit, pour résister à l'émotion de la musique. Tous applaudissent à leur tour et Ritchie referme l'urne. Ils s'embrassent les uns les autres puis rentrent, surpris d'être si sereins, en cortège vers le presbytère, suivis de père Kelly à la cornemuse, que surveille Margareth.

– Nous sommes si peu de choses, murmure Diane qui marche aux côtés de Ritchie.

– Pourquoi dis-tu ça ?

– J'ai trouvé qu'il n'y avait pas beaucoup de cendres pour toute une vie qui s'envole.

– C'est parce que je n'ai pas tout dispersé, répond Ritchie.

– Ah non ? Mais pourquoi ?

– Parce que j'ai dispersé les cendres de ma femme et qu'il te revient maintenant de disperser celles de ta mère.

42

Journal de Diane
Claddaghduff – mardi 5 juin 2012.

Je m'appelle Diane Stewart. Je suis éditrice. Je suis un peu déboussolée. Je suis seule.

Par où commencer ?

Je suis la fille unique et chérie de parents simples et aimants. Trop vite disparus. Un accident de la route, banal et tragique à la fois. J'avais vingt ans… Aujourd'hui, je suis aussi Andie Corey. Une môme abandonnée. Ma vraie mère s'appelait Sarah, héroïne malgré elle d'une vie de malheurs, dont je cherchais à vérifier les sombres détails dans son journal intime.

Sarah. Ma mère et mon amie la plus proche, depuis plus de vingt ans, sous son nom de plume d'Ashley Royce. Toutes les deux vous avez décidé de me laisser sur le bord de la route. Sans rien me dire.

Je ne voulais pas de cet héritage. Vous me manquez. J'ai besoin de vous, de vous parler encore. On a tant de choses à se dire. Au plus profond de mon âme, dans tout mon être, j'ai de l'amour à vous donner… Pour rien, puisque vous en avez décidé autrement.

Alors, j'écris. Pour guider ma plume, en quittant Strathnaver et la maison de père Kelly, j'ai emporté quelqu'un avec moi.

Mumiah.

Les mots qui me viennent sont consignés sur ce carnet bleu. Et j'en tourne les pages.

« Pendant le long trajet qui nous mène de Strathnaver en Écosse à Claddaghduff en Irlande, Ritchie, compagnon des mauvais jours de Sarah et des beaux jours d'Ashley, m'explique qu'elle était condamnée.

Ses phrases hésitent. Ses mots trébuchent.

Un mal retors et obstiné la détruisait de l'intérieur, corps et âme. Il prétend aussi que Sarah m'a tout dit dans son journal. Pour me convaincre, il ajoute qu'Ashley m'a donné toutes les clés de ses secrets dans ses romans. Que tout était là. Sa vie, à travers ses personnages. Ses viols, ses crimes, mon abandon, sa disparition et sa renaissance, ailleurs, loin de moi et de la honte qui l'humiliait de m'avoir abandonnée. C'est peut-être cette honte qui a fait germer le mal qui la rongeait. Un mal inexorable. Elle se savait perdue et exigeait une mort décente. Pour le reste, les détails de ce qu'elle est, ses exigences, les frasques des personnages et les thèmes qu'elle aborde dans ses livres, c'est à moi de comprendre.

Selon Richie, elle ne s'adresse qu'à moi.

Mais comment aurais-je pu le savoir, sans me rendre compte ou me douter une seule seconde que j'étais sa fille ? Ritchie dit qu'en me choisissant comme éditrice, Ashley a fait que nous nous sommes vues plus souvent que bien des mères et des filles. Plusieurs fois par semaine pendant vingt ans.

Pendant tout le voyage qui nous confine et nous force à la confession de nos sentiments, Ritchie m'explique qu'Ashley n'a pas voulu réparer l'abandon de Sarah. Qu'elle souhaitait respecter ma vie sans elle. Qu'elle n'avait rien à exiger de moi après m'avoir abandonnée. Que j'étais heureuse sans elle dans ma nouvelle famille. Elle n'a rien cherché à savoir de moi, jusqu'à l'accident qui emporta mes parents, que je sais aujourd'hui adoptifs. C'est dans ces circonstances que le père Kelly lui a dit où j'étais et ce que j'étais devenue. Ashley a ensuite décidé de ne pas embrouiller ma vie de ses remords et de ne la partager que de loin. Elle s'est forcée à se contenter d'être mon amie, ma complice, ma confidente, pour mieux vivre au plus proche de moi.

Et voilà comment aujourd'hui, alors que le pays en liesse fête le Jubilée de la reine, moi je suis orpheline et en deuil.

Ritchie m'apprécie bien, c'est certain, et mérite ma reconnaissance. Il a aidé Ashley à reconstruire sa vie et a sauvé la mienne. Pourtant, à l'écouter, il ne se résigne qu'à être la cause de tous les malheurs de Sarah. Ces explications me dérangent. Alors, dans un réflexe égoïste, je change de sujet et lui demande, maintenant que tout est fini, comment Ashley, qui prétendait tant m'aimer, a pu se donner la mort en me préservant de son secret.

Au bout d'un long silence, il avoue qu'elle n'a jamais souhaité empiéter sur ma vie pour l'encombrer d'anciens malheurs qui auraient pu la détruire. Que je sache qu'elle était Sarah, c'est-à-dire qui elle était vraiment, lui suffisait. Elle voulait partir avec la certitude que je la chérirais comme j'avais chéri Sarah pendant toute cette enquête.

C'est à cet instant que j'ai compris.

Ce manuscrit ne pouvait prendre sens que si quelqu'un établissait que Sarah et Ashley étaient la même personne. Mais surtout, avec ce qu'il révélait des crimes de Sarah, il ne pouvait être publié qu'après la mort d'Ashley. C'est ainsi qu'elle avait décidé de clore son histoire. Ashley n'avait eu qu'un objectif : me faire comprendre qu'elle était Sarah.

Pourquoi m'infliger alors ce coup de poignard posthume ? Parce que j'étais sa fille ?

Je pose la question à Ritchie qui ne répond pas. C'est en le regardant se taire que tout devient évident. Ashley n'a jamais rien voulu me dire. Elle a souhaité partir en silence, en emportant son secret. C'est lui qui a décidé de tout m'avouer. C'est lui, une fois dispersées les cendres d'Ashley, sa femme, à Strathnaver, qui me donne celles de Sarah et m'annonce que ce sont celles de ma mère.

C'est lui ! Le marionnettiste, c'est lui !

Je hurle et je le frappe pendant qu'il conduit. En catastrophe, il s'arrête dans la pierraille qui longe le bord d'un loch. Il descend du véhicule et s'éloigne aussitôt jusqu'à la rive et reste là-bas, droit, immobile, de dos, à s'hypnotiser d'une eau de ciel qu'une brise dérange.

J'en pleure de rage dans la voiture. Une rage qui m'effraie. Pour essayer de me calmer, je sors en hurlant, claque la portière de toutes mes forces et m'y adosse pour regarder de l'autre côté, le plus loin possible de lui. Pourquoi Ritchie m'a-t-il tout révélé ? Pour me blesser ? Pour se venger ? Oui, une vengeance. Se venger de moi qui suis une enfant de Sarah alors que son enfant à lui est mort. Me le faire payer. Me faire mal, quitte à trahir la volonté d'Ashley de m'épargner tout ça.

L'envie me vient soudain de le frapper et je le rejoins sur la rive pour le gifler. Mais quand il se tourne vers moi, je vois ses larmes et je regrette aussitôt. Idiote, désemparée, je reste là et pleure à mon tour. Ce n'est plus de la rage, juste un chagrin qui me submerge. Profond, comme le loch face à nous. Et on reste tous les deux plantés là. Longtemps. Debout. Puis Richie me tend la main et m'invite à le rejoindre. On déniche deux bouts de pierres plates pour s'asseoir, l'un et l'autre vidés par la peine.

C'est un instant de silence. D'un geste triste, il envoie des galets sur l'eau noire. Ricochets de gamin sur une vie d'adulte.

Et il se confesse.

Il ne voulait pas. Il voulait juste essayer de bien faire. Pour une fois… Parce que, depuis toujours, toutes les pièces d'or qu'il a touchées sont devenues des cailloux. Toujours, il a tout mal fait. Mal aimé Sarah quand il était trop jeune. Mal choisi père Patrick comme confesseur quand il était en prison. Mal assumé quand il a abandonné Sarah et l'enfant. Mal viré quand il est devenu voyou. Mal vécu sa vie, sans jamais rien construire, jusqu'à cette rencontre au Salon du livre, à Édimbourg, où il a cru renaître en apercevant le seul amour de sa vie. Mais là encore, mauvais choix. Pas celui d'aimer Sarah, mais celui de vouloir la venger quand elle s'est confiée à lui. Les malheurs qu'elle décrivait décuplaient sa mauvaise conscience et sa haine de n'être qu'un lâche.

Sans qu'elle n'en sache rien, il a décidé de retrouver un à un ses tortionnaires et leur faire payer de leur vie. Oui, c'est lui qui a tué le comte de Moíndhearg, Donald Brighton, Matthew Riggs, l'homme du 4x4 et d'autres encore. Mais là encore, il s'est trompé. C'est lui qu'il cherchait à éliminer à travers eux. Lui, le seul et unique responsable des malheurs de Sarah.

Alors il a voulu une dernière fois tout réparer, mais s'est de nouveau trompé.

Cette histoire de cendres à Strathnaver, c'est lui qui en a eu la triste idée. Il s'est rendu compte de sa bêtise en voyant Logan m'aider à enjamber la faille devenue la sépulture sauvage de père Patrick. D'une certaine façon, Logan et moi, nous étions presque frère et sœur de malheur. Et voilà qu'il nous fallait disperser les cendres de Sarah sur la tombe de celui qui avait causé tous ses malheurs. C'est à cet endroit et à cet instant qu'il a décidé de ne pas gaspiller tout ce souvenir funeste au vent. Et de m'avouer que Sarah était ma mère.

C'est pour ça que nous sommes là. Pour disperser ce qu'il reste de Sarah, ou d'Ashley dit-il, mieux, cette fois, loin de tout et de tous, dans un lieu où elle a été heureuse. Lorsqu'elle n'était qu'une gamine, avec sa mère. Là où être sa fille pouvait prendre un sens.

En Irlande.

Je ne sais pas pourquoi, contre toute attente, contre moi-même, je pose ma tête sur son épaule. Je le laisse me serrer fort dans ses bras, face aux eaux froides et sombres de ce lac qui ressemble à une pierre tombale.

– J'ai pensé que tu t'en rendrais compte pendant ton enquête, murmure-t-il.

– Comment aurais-je pu ?

– En comprenant que Diane était l'anagramme d'Andie.

Mon cœur défaille. L'acrostiche des titres d'Ashley, les noms des personnages de ses romans, leur destin, l'anagramme de mon prénom, tout était donc là sous mes yeux, depuis toujours.

Ritchie m'avoue que cette improbable idée de devenir vraiment célèbre a germé dans l'esprit d'Ashley après mon refus de son premier roman. «Sang Donné», un titre évocateur, une confession qui m'était destinée. Elle avait alors décidé de prendre le temps nécessaire pour mieux me toucher et me convaincre. Vingt ans. Dix-neuf romans qui ont donné un sens à sa vie et dont elle a voulu, par son journal, qu'ils en offrent un à la mienne.

Il m'avoue enfin que demain nous serons à Claddaghduff où Sarah est née et a grandi. Elle aimait cet endroit pour se recueillir sur la tombe de sa mère et lui parler de sa vie. Nous resterons au milieu des ruines de Saint Feichin Church où Ashley murmurait toujours, sourit-il, une prière païenne pour moi. Ensuite, à marée basse, il m'aidera à rejoindre l'île d'Omey, juste en face du village. Nous traverserons l'isthme sablonneux, passerons le cimetière ouvert aux horizons où les mouettes survolent, âmes blanches hésitantes dans le ciel, les stèles inclinées dans le vent. Et nous irons jusqu'à la pointe de roches rases et d'empierrements de granit posés parmi les sables humides, face à la mer lustrée. Là, il retiendra son pas pour que j'aille, seule, disperser les cendres de ma mère, ma maman, mon amie, dans un océan vierge de tout malheur. Comme un nouveau commencement.

Serait-ce possible alors, que la paix m'envahisse ?
Serait-ce possible alors, qu'un bonheur me saisisse ?
Serait-ce possible alors, de m'apaiser vraiment ?

Mumiah, souviens-toi de Sarah.

M+ éditions
5, place Puvis de Chavannes
69 006 Lyon
mpluseditions.fr

Achevé d’imprimer en mai 2022
par Dupli-Print à Domont (95)
N° d'impression : 2022050172